KNAUR

Von der Autorin sind bereits im Knaur Taschenbuch erschienen:
Als wir unsterblich waren
Als der Himmel uns gehörte
Weil sie das Leben liebten

Über die Autorin:
Charlotte Roth, Jahrgang 1965, ist Berlinerin, Literaturwissenschaftlerin und seit zehn Jahren freiberuflich als Autorin tätig. Charlotte Roth hat Globetrotter-Blut und zieht mit Mann und Kindern durch Europa, hält an ihrem Koffer in Berlin aber unverbrüchlich fest. Sie lebt heute in London, liebt aber Berlin mindestens so sehr wie Paris und ihre Heimatstadt London, die in ihren Augen zusammengehören.

CHARLOTTE
ROTH

BIS WIEDER EIN TAG ERWACHT

ROMAN

KNAUR

Besuchen Sie uns im Internet:
www.knaur.de

FSC
www.fsc.org
MIX
Papier aus verantwortungsvollen Quellen
FSC® C083411

Originalausgabe Juli 2017

Ein Imprint der Verlagsgruppe
Droemer Knaur GmbH & Co. KG, München
Ein Projekt der AVA International Autoren- und Verlagsagentur
www.ava-international.de

Redaktion: Silvia Kuttny-Walser
Covergestaltung: ZERO Werbeagentur, München
Coverabbildung: Trevillion / Eve North; FinePic®, München / shutterstock
Satz: Adobe InDesign im Verlag
Druck und Bindung: CPI books GmbH, Leck
ISBN 978-3-426-51840-3

2 4 5 3 1

Für Lilly –
und ihre Stadt mit den blauen Dächern.

(Und für Fréhel –
der ich über den Wolken so sehr eine
Mühle am weißen Platz, einen Tabakskiosk
und ein kleines Bistrot wünsche.
Und jeden Tag Sonntag.)

»Da stehe ich auf der Brücke und bin wieder mitten in Paris, in unserer aller Heimat. Da fließt das Wasser, da liegst du, und ich werfe mein Herz in den Fluß und tauche in dich ein und liebe dich.«

Kurt Tucholsky,

»Ein Pyrenäenbuch«, 1927

Prélude – Aprèslude
Vorspiel – Nachspiel

1943

Sans numéro

Die Stadt hielt still. Am blauen Schiefer der Dächer zersprang funkelnd der Glanz des Abendlichts. Sie war sonst nie so, ihre Stadt. Für gewöhnlich betrug sie sich wie eine der fünf großen Katzen, die sich vor einer Ewigkeit im Milchhof des Châteaus gesonnt hatten. Kaum hatten sie einen Menschenblick gespürt, war es vorbei gewesen mit dem Frieden. Zwei – darunter die wilde, heiß geliebte – hatten auf der Stelle begonnen, sich in Szene zu setzen, zwei waren herangeschlichen, um schnurrend und bittend dem Betrachter um die Beine zu streichen, und die fünfte hatte den Schwanz eingeklemmt und sich verdrückt. Keine von ihnen hatte stillgehalten, solange Augen auf ihr ruhten, und Paris verhielt sich genauso. Kokett oder zärtlich, scheu oder stolz, aber heute war sie nichts von alldem – nur blaugrau und still.

Bist du müde, meine Wilde, Überwache, meine nächtliche Tänzerin mit den Wadenmuskeln aus Stahl? Ich an deiner Stelle wäre todmüde und hätte den Wahnsinn, der in meinem Namen aufgeführt wird, über alle Maßen satt.

Nathalie war erschöpft, obwohl jeder Strang in ihrem Körper sich anfühlte wie zum Zerreißen gespannt. Erschöpft vor Angst. Sie war lange nicht hier gewesen, und in diesem Zimmer überhaupt erst einmal. Ihr Gastgeber hatte beim Öffnen weder gelächelt noch ihr das Kopftuch zurückgestrichen, um ihr die Wangen zu küssen.

»Was ist denn jetzt los? Ich dachte, dir ist jeder gekachelte Geisterbahnhof lieber als die vier Wände, in denen ich lebe.«

Das stimmte. Sooft er sie auch gebeten hatte, ihn in seiner Wohnung, auf die er stolz war, zu besuchen, Nathalie hatte immer abgelehnt. Zu groß war die Angst gewesen, von einem ihrer Leute entdeckt zu werden und hinterher allein dazustehen. Verstoßen, dachte Nathalie. Wenn es nach dieser Nacht wieder Tag wird, habe ich niemanden mehr. Jemand würde sie gesehen haben, wie sie im Schutz der Kastanien aus dem Vélo-Taxi gesprungen war, um im Portal des Hauses unterzutauchen. Jemand würde es einem anderen weitersagen und dieser dem Nächsten, bis jeder es wusste. Aber das spielte keine Rolle, denn sie würde nicht zurückkehren.

Ihr Gastgeber hatte sie in den schmalen Flur gezogen und die Tür hinter ihr ins Schloss geworfen. »Was willst du?«

Nathalie hatte keine Antwort gegeben, weil das auf diese Frage die klarste Antwort war.

Er hatte sie verstanden. Ein, zwei Herzschläge lang war sein Blick wie suchend über ihr Gesicht gewandert, dann hatte er sich abgewandt. »Einverstanden«, hatte er gesagt und mit dem Kinn in den Gang hinein und zur letzten Tür gedeutet. Dahinter lag sein Schlafzimmer. »Zieh dich aus.«

Kurz hatte Nathalie gezögert, hatte ihm sagen wollen, dass er sie diesmal nicht wieder verlieren würde, dass sie bereit wäre, mit ihm fortzugehen, wohin er wollte – in was auch immer von der Welt noch übrig war. Als sich nichts davon in Worte fassen ließ, war sie wortlos gegangen. Jetzt lag sie auf seinem Bett und blickte durch Zigarettenrauch, Fensterscheibe und Balkongitter hinaus auf das stille, müde Paris.

Der Blick über das Mosaik aus Dächern war einzigartig, ihr Gastgeber hatte die Wohnung ausgesucht, weil er Paris von ganzem Herzen liebte.

»Paris und dich. Ich kann an das eine nie ohne das andere denken.«

Und der Rauch roch gut. *Gauloises Caporal*, schwarz und stark und im Maispapier. Sonst kaum zu bekommen. Männer erhielten auf Bezugsschein zwanzig Stück in zehn Tagen, was ein Witz war, und zwar einer von den schlechten. Frauen erhielten nicht einmal den Witz, weil die Heldenfrau, mit der Hitlers Gefolgsleute ihre neue Welt bevölkern wollten, nicht rauchte, sondern beim Sex die Hände faltete. Dennoch hatte Nathalies Gastgeber eins der blauen Päckchen auf dem Nachttisch liegen, als hätte er auf ihren Besuch gewartet. Vermutlich hatte er das. Nathalie hatte sich ausziehen wollen, sich auszuziehen war die leichteste Übung, es lag ihr im Blut wie anderen das Töten. Doch sie streifte sich nur das Kopftuch vom Haar und blieb reglos auf dem Rücken liegen, zu nichts anderem fähig, als zu rauchen und Paris zuzusehen.

Wenn ich dich nicht wiedersehe, mein Paris, sogar wenn es dich nicht mehr gibt, glaub bloß nicht, dass ich dich vergesse. Es hat mich immer glücklich gemacht, dich anzusehen, du Hindu-Göttin mit den Armen, die jeden umschlingen, aber niemanden festhalten. Jetzt macht es mich traurig, inmitten von all der Angst. Ich vergesse dich nicht, und wenn ich hundert Jahre alt werde. In meinen Grabstein können sie deinen Namen meißeln – wir zwei haben ineinander gepasst wie ein Kerl mit schlanken Hüften in ein rotgelocktes Mädchen. Hundert Jahre, das sind noch fünfundsechzig ohne dich, mein Paris, und wenn ich jetzt heulen muss, weil du mich mit deinen Splittern von Abendlicht blendest, wie soll ich dann rauchen?

An einer *Gauloise Caporal* im Maispapier musste man unentwegt ziehen, denn sonst ging sie aus. Als der Gastgeber das Zimmer betrat, war Nathalie noch immer nicht ausgezogen.

»*Pardonne-moi*«, sagte sie. Dann verbesserte sie sich, obwohl das eine so lächerlich klang wie das andere: »Tut mir leid.«

Er schüttelte den Kopf, streifte die Jacke ab und legte sich in Hemd und Hosen neben Nathalie aufs Bett. »Gib mir auch eine.«

»Ich dachte, das französische Kraut ist dir zu stark?«

»Mir ist manches zu stark«, sagte er und griff über sie hinweg. »Aber ich kann daran ja nun einmal nichts ändern.«
Nathalie hörte das Feuerzeug schnappen und sah aus dem Augenwinkel, wie er an der Zigarette zog. Sich ihm zuzuwenden, wagte sie nicht. Wenn sie es tat, würde sie nicht über sich bringen, wozu sie gekommen war, und das durfte nicht sein. Sie durfte den Gedanken nicht einmal zu Ende denken, oder die Angst würde stärker sein als sie.
»Nathalie.« Er sprach ihren Namen durch den Rauch zur Decke. Sie wollte das Gleiche tun, ihn beim Namen nennen, doch ihr trockener Mund brachte keinen Ton heraus. Wenn er sie küsste, würde seine Zunge dann spüren, dass ihre wie ein Reibeisen war? Bei der Vorstellung, von ihm geküsst zu werden, schauderte sie, als wäre ihr in dem stickigen Zimmer, in der Julihitze kalt. Sei nicht albern, schalt sie sich. Er hat dich oft geküsst und du ihn noch öfter, du hast mit ihm geschlafen und mochtest es, er hat dir etwas gegeben, was keiner der anderen zu bieten hatte. Keiner.
Pétain, der verdammte Maréchal, tönte in seinen Reden, er habe seine kostbare Person den Franzosen zum Geschenk gemacht, und Nathalie hatte ihren Spott darüber ausgegossen, nachts, nach der Sperrstunde, wenn Gäste, denen man nicht trauen durfte, brav in ihren Betten lagen. Sie war in Uniformrock und *Képi* über ihre winzige Bühne gehüpft, eine Geschenkschleife um die Taille drapiert, die Stimme ätzend vor Hohn. Das Geschwafel machte sie wütend, weniger weil der Maréchal ein Verbrecher war, sondern weil hohle Phrasen sie wütend machten. Niemand verschenkte sich selbst, nicht einmal ein aufgeblasener Greis, nach dem ohne diesen Krieg kein Hahn mehr gekräht hätte. Menschen waren besessen von sich, egal was sie behaupteten, sie waren ihr eigener Nabel der Welt.
Der Mann, der neben ihr lag, war eine Ausnahme. Er hatte ihr beigebracht, dass es möglich war, sich selbst zu verschenken

und fortan um einen anderen Fixstern zu kreisen – ohne zu fragen, ob das Geschenk willkommen war.
Es hatte Nathalie Angst gemacht, es hatte sie überfordert, doch es hatte sie auch berührt wie vielleicht sonst nichts.
»Nathalie«, sagte er noch einmal.
Nathalie nickte mit seltsam verzweifelter Anstrengung.
Versteh mich doch. Ich habe ein Spiel mit dir gespielt, weil ich nach Spielen süchtig bin, seit ich damals beim Weltenspiel damit angefangen habe. Du hast mitgemacht, obwohl du schon als kleiner Junge zum Spielen zu ernst und zu tapfer warst, und als ich gewonnen hatte, hast du mir mehr gegeben, als ich haben wollte. Ich habe es dir nie vergolten, aber ich tue es jetzt. Kein Paris mehr. Keine Nathalie. Nur du. Ich bin der Maréchal mit der Schleife vor dem Bauch, gib mir das eine, das ich um jeden Preis brauche, und ich werde dich für den Rest unseres Lebens um nichts mehr bitten.
»Nathalie«, sagte er noch einmal. Dann war ihre Zigarette zu Ende geraucht, und seine ging aus. »Du bist gekommen, um mir etwas zu verkaufen, ich habe dein Angebot angenommen, aber die Ware musst du schon liefern, denke ich.«
Sein Versuch, den Zyniker zu spielen, geriet so schlecht, dass sie auflachte. Er war zu ehrlich dafür, zu unschuldig, obwohl das bei dem, was er tat, wie ein schlechter Witz klang. Im Grunde hatte er nicht einmal Humor, weil man dazu ein Minimum an Bosheit brauchte. Die ging ihm ab, und wenn er hundertmal ein Diener des Teufels war und sie allen Grund hatte, ihn zu hassen.
Nein. Sie nicht. Die anderen ja, aber sie hatte keinen. Er hatte den Hemdkragen geöffnet, der Stoff war verrutscht und entblößte ein blasses, glattes Stück Haut. Es war diese Haut, die Nathalie entwaffnete. Sie hatte mehr nackte Männer gesehen als Gilles, der Schlachter, Kaninchenbäuche, aber diese Haut mit dem rötlichen Haarflaum gab ihr den Rest. Er warf die Zi-

garette weg. Lauernd, wie um eine Frage zu stellen, fuhr seine Hand an den Hosenschlitz. Was Nathalie dort zu sehen bekam, hatte sie ohnehin gewusst.
Sie war deswegen gekommen. Weil sie wusste, dass er ihr ausgeliefert war, dass er keine Wahl hatte, als nach dem Strohhalm zu greifen, den sie ihm bot, und den Preis dafür zu zahlen.
Den höchsten Preis.
»Hast du es dir anders überlegt?«, fragte er.
Wie von selbst streckte sich ihre Hand nach dem Stück Haut …
Ich darf das nicht tun!
Die Erkenntnis durchfuhr sie, als ihre Fingerspitzen das Klopfen des Blutes ertasteten, das verriet, dass ein Mensch am Leben war. Wenn sie jetzt mit ihm schlief, damit er ihr gab, was sie brauchte, würde er glauben, sie habe sich ihm immer nur verkauft.
Für Zigaretten. Für Nylonstrümpfe, deren Naht man sich nicht mit Augenbrauenstift aufs Bein malen musste. Für eine Flasche Champagner, einen Tiegel *pâté de foie gras*, eine Razzia, die anderswo stattfand, ein Dokument, auf das kein zweiter Blick geworfen wurde, eine Tür, die in der Mauer offen blieb. Sie nannte ihn beim Namen. Vor dem Fenster igelte das müde Paris sich zum Schlafen ein. »Du darfst das nicht glauben, *mon chou rouge*.«
»Nenn mich nicht so. Und was darf ich nicht glauben?«
»Dass ich nur zu dir gekommen bin, wenn …« Sie verstummte.
»Dass du nur zu mir gekommen bist, wenn du etwas wolltest, das dir kein anderer beschaffen konnte? Dass du eine Hure bist, eine von den großen, *une dame aux camélias*, bei der es Kaviar sein muss, weil so eine für Graubrot nicht den Hintern hebt?«
Nathalie zuckte zusammen. »Mir hat Kaviar nie geschmeckt«, flüsterte sie. »Mir bleibt kein anderer Weg.«
»Wohl wahr«, sagte er. »Bliebe dir einer, wärst du nicht hier.«
Nathalie konnte noch immer nur flüstern: »Bitte hilf mir.«
»Hilf *ihm*, meinst du wohl.«

Sie sah von ihm weg auf das Weiß des Lakens, das in der Dämmerung leuchtete. »Hilf uns.«
Er beugte sich über sie und begann das rote Kopftuch, das um ihren Hals lag, aufzuknoten. »Das hier ist so hübsch, so frivol, so leichtfertig – genau wie du. Worüber machst du dir Sorgen? Du weißt doch, dass du mich in der Hand hast. Ich bin ein Waschlappen, den du auswringst, bis kein Tropfen mehr kommt.«
Ehe sie widersprechen konnte, hatte er seine Lippen auf ihre gepresst. Es tat weh. Als er sie freigab, atmete sie auf.
»Also los, bring's hinter dich.« Mit einer Hand öffnete er seine Hosen und zerrte sie sich bis auf die Schenkel hinunter. Auf seinen Schwanz, der erwartungsgemäß in die Höhe schnellte, sah Nathalie nur kurz. Ihr Blick wanderte zu der weißlichen Narbe über Bauch und Hüfte, die er sich im Duell um sie zugezogen hatte. Sie erinnerte sich, wie zornig sie in jener Nacht gewesen war, wie sie die Männer hatte anschreien wollen: Verdammt, in einer Welt, in der so viel Leid ist – gibt es da nichts Wichtigeres, als sich mit solcher Kinderei einen glücklichen Moment zu verderben?
Salah hatte es ausgesprochen: »Warum nicht teilen? Was Nathalie braucht, kann ein Mann allein sich sowieso nicht aus den Rippen schneiden.«
In der Tat, in jener Nacht hätte sie sein wollen wie Paris – die Arme ausbreiten und sie beide darin einschließen, um sie wieder loszulassen, wenn sie ihrer müde war und in Idelles Kiosk eine Atempause brauchte. Warum konnte das Leben nie so sein, hübsch, frivol und leichtfertig, warum brachte man sich Narben bei, statt sich beim Kartenspiel zu betrügen, warum zerbrach der Mann neben ihr an der Welt, warum saß ein anderer Mann in der beginnenden Nacht hinter Mauern und wartete auf den Tod?
Er strampelte sich aus den Hosen frei wie ein Kind. »Na komm«, sagte er. »Du hast schon Üblere als mich überlebt, und ab und an hatten wir beide es doch nicht schlecht miteinander.«

Nein, dachte Nathalie, damals, vor dem Krieg, hatten wir es wie im Paradies. Das weiß ja ein Mensch nicht, dass er es wie im Paradies hat, wenn er in einem warmen Bett liegt, mit einem neben sich, der es gut mit ihm meint, wenn er noch etwas zu rauchen hat, zur Not gerollte Artischockenblätter, und ein Glas Wein aus der eisernen Ration, wenn niemand ihn bedroht, wenn niemand die Tür einschlägt, wenn niemand ihm Entscheidungen abverlangt, nach denen der eine lebt und der andere stirbt.

Dazu ist ja ein Mensch zu dumm, um das zu wissen: Wer so ein Bett hat, so eine Sicherheit, wer nicht hungert, nicht friert und sich nicht fürchtet, wer nicht allein ist, sondern einen zum Lieben hat, der hat es wie im Paradies.

Er begann sie zu streicheln. Sie lag still und sah auf seine Bauchdecke, die sich hob und senkte. Die Haut war hier noch zarter als die am Hals, der Flaum noch feiner, nur dort, wo er verletzt worden war, wuchs gar nichts mehr. Sie hatte eine Entscheidung getroffen, sie musste sich jetzt nur den Rock herunterziehen und die Sache zu Ende bringen, dann würde niemand sterben. Der Krieg konnte ja nicht alles zermalmen, manche mussten davonkommen. Sie würde mit ihm irgendwohin entfliehen, wo der Wein nicht rationiert war, wo sie sich ins Vergessen trinken konnten und wo niemand ihre Gesichter kannte.

»Ich geh morgen früh nicht zurück«, flüsterte sie. »Ich bleib bei dir. Wir können aus Paris wegziehen, wie du es dir gewünscht hast. Wohin du willst.« Ihr Flüstern geriet so leise, dass sie es selbst nicht hörte. War das überhaupt möglich? Sie blickte auf und erkannte in seinem Gesicht, dass er es ebenfalls nicht gehört hatte. Sie hatten beide nichts gehört, denn sie hatte nichts gesagt.

Ich kann das nicht tun.

Er kam noch näher, und sie nahm seinen Geruch wahr. Anders diesmal. Sie hätte nicht zu sagen vermocht, ob er herber, süßer, verschwitzter, parfümierter, stärker oder schwächer war, nur dass er anders war als der, der in der Nacht zu ihr gehörte. Es war der falsche Geruch, der falsche Mann, die falsche Entscheidung. Ich kann das nicht tun.

Sie schob ihn von sich und schwang die Beine aus dem Bett. »*Pardonne-moi*«, sagte sie und verbesserte sich nicht. Das rote Tuch glitt zu Boden, sie hob es auf und knotete es sich wieder um.

»Was ist denn jetzt los?«

»Nichts.« Nathalie biss sich auf die Lippen. Sie würde diesen Raum verlassen und hinaus in die Nacht gehen, es würde niemanden mehr geben, bei dem sie zu Hause war, und nichts mehr, das ihr zu tun blieb. Gehen musste sie trotzdem. Den einen opfern, um den anderen zu retten – das durfte sie nicht.

»Komm zurück. Ich habe gesagt, wir sind im Geschäft.«

»Nein«, sagte sie, »ich kann nicht. Ich mag eine Hure sein, aber selbst die macht es einem, den sie liebt, umsonst.«

Er sprang aus dem Bett. »Du liebst doch nicht mich!«

Traurig sah sie zu, wie er sich ohne Hosen vor ihr aufbaute. »Doch, *mon chou rouge*. Auch wenn dir das nichts nützt.«

»Nathalie.« Hart packte er sie bei den Armen und zog sie an sich. »Geh nicht. Bleib bei mir. Diese Nacht ist so schlimm.«

»Ich weiß. Aber ich muss ja gehen.«

»Warum? Du bist ihm nichts schuldig. Er ist ein Mörder, so sieht die Wahrheit aus. In diesem Cabaret waren Frauen.«

»Ich weiß.«

Er sprach weiter, sagte Dinge, denen sie hätte widersprechen müssen, aber sie hörte kaum zu. »Er hat gewusst, worauf er sich einlässt«, beendete er seine Rede. »Hat er dich vielleicht gefragt, was du davon hältst?«

»Nein«, sagte sie. »Aber ihn hat auch niemand gefragt.«

Er stieß sie zurück, und sie taumelte gegen die Wand. »Wenn du ihn willst – warum sagst du dann mir, dass du mich liebst?«

»Weil es stimmt.«
»Hör auf!« Er schrie. »Wenn du jetzt gehst, kannst du nicht mehr zurück, und dein feiner Terrorist ist morgen tot.«
»Ich weiß.«
Er wollte ihr den Weg abschneiden, aber sie war schneller und floh auf den Gang. »Ich hätte euch sowieso nicht geholfen!«, schrie er ihr hinterher. »Glaubst du, ich mache mich zum Verräter für eine Hure und ihren Bomben werfenden Liebhaber?«
Nathalie drückte die Wohnungstür auf, sein Brüllen drang bis ins Treppenhaus. Fast glaubte sie die schlurfenden Schritte auf den krummgetretenen Holzdielen zu hören, das Wispern und Rascheln, wenn Ohren sich gegen die Tür pressen. Sie wandte sich um. Vor ihren Augen verschwamm sein Gesicht. »Du bist verrückt.« Seine Stimme kippte. »Bei Gott, wir haben den Verstand verloren.«
»Ich weiß«, sagte sie, schon im Gehen. »Und hätte die Welt nicht das Gleiche getan, wären wir damit vielleicht davongekommen.«

Jeu d'enfant – Kinderspiel

Les Adrets-de-l'Estérel,
Provence, Frankreich.
Und Berlin.

Nathalie

November 1918

1

Nathalie saß auf dem Klosett.

Wenn sie sich reckte, den Rücken straff wie die Osterkerze in Notre-Dame de l'Assomption, konnte sie im Wandspiegel sehen, wie ihr Haar aus den gelösten Zöpfen um Wangen und Schultern fiel. Einmal hatte sie *grand-mère* Rose' Topf mit Pinienhonig vom Bord gestoßen, um dem Strom aus dunklem Gold zuzuschauen, der sich über das Holz der Dielen ergoss. Jetzt neigte sie den Kopf zur Seite, betrachtete ihr Haar und verliebte sich. Ihr Herz klopfte, und unter ihrer Bauchdecke begann ein zartes, wildes Flattern. Es war das schönste Gefühl der Welt.

Auf ihre Beine, die kurz und stämmig von der Schüssel baumelten, sah sie nicht. Fabrice, das Ekel, behauptete, an den Beinen könnte ein Blinder eine Deutsche von einer Französin unterscheiden.

»He, *traînarde,* hast du Kohl gegessen wie die Hunnen, oder warum vergeigst du den halben Tag auf dem Klo?« Kaum dachte man an ihn, war der Teufel schon da! Fabrice' Stimme dröhnte, als gehöre ihm das Château, als tanze das ganze Dorf Les Adrets nach seiner Pfeife. Sie hatten zu viert am Hang ihr Weltenspiel spielen wollen, und er hasste es, wenn er warten musste. Nathalie hasste es selbst, doch ihre Sitzung auf dem Klosett ließ sich nicht umgehen. Rhythmisch hämmerten Fabrice' Fäuste an die Tür, bis Bernardine, die Kinderfrau, ihn zu fassen bekam. Mit ihrem Fliegenwedel verpasste sie ihm einen Patscher auf den Hintern, kräftig genug, dass Nathalie es durch die Tür hörte.

»So ein Wort nimmt kein wohlerzogener Mensch in den Mund, *mon petit maître du monde*. Und wenn eine Dame sich aufs *privé* begibt, hat sich ein Herr zu betragen, als hätte er nichts bemerkt.«

»Die ist doch keine Dame, nur Natou von der Mühle!« Fabrice fauchte wie ein wilder Kater, aber es nützte ihm nichts. Er war zehn Jahre alt, zwei Jahre älter als Nathalie, doch zu seinem Ärger schmächtig, und Bernardine besaß Bärenkräfte. Ohne Federlesens zerrte sie den jüngsten Spross des Hauses Cadière de l'Estérel aus der Halle, wobei ihr Fliegenwedel noch einmal höchst hörbar auf Hinterbacken aus ältestem provenzalischem Adel klatschte.

Nathalie strich sich Haar von der Wange und korrigierte ihre Haltung. Geschah ihm recht, fand sie. Wenn sie keine Dame war, war er dann etwa ein Herr, nur weil sie in einer Mühle und er auf einem Schloss geboren war? Beide lagen nicht mehr als hundert Schritte über einen Bergpfad für Ziegen voneinander entfernt. Seine Brüder waren Herren, der fabelhafte Claude, der im großen Krieg für Frankreich kämpfte und eines Tages das Erbe des Comte antreten würde, und Didier, der Manieren wie ein Prinz hatte. Fabrice dagegen kläffte wie die Dorfköter, die am Brunnen vor Sebastiens Bar auf Bissen lauerten. Einer, der sich beim Gehen auf die Schnürsenkel trat, dem das Hemd aus der Hose schlappte und der obendrein schmutzige Lieder pfiff, hatte wohl kaum ein Recht, seine Angebernase über Nathalies Herkunft zu rümpfen!

Ja, es stimmte, sie hatte Kohl gegessen, aber auf dem Klosett, das im Château *privé* hieß, saß sie aus anderen Gründen, von denen der Flegel Fabrice keine Ahnung hatte. Daheim, in *grand-mère* Roses Mühle, gab es kein *privé*, nur ein Kabuff aus Holz, in dem es übler stank als im Ziegenstall. Nathalie hasste es, sich dort im Finstern einzuriegeln. Sie wurde die Angst nicht los, ihr Hintern könnte auf der Schüssel festkleben, und sobald sie es unter sich plumpsen hörte, flitzte sie wie von der Tarantel gestochen ins Freie.

Kein Mensch bei klarem Verstand hätte in der dunklen Bude einen Spiegel aufgehängt, und insgeheim fragte sich Nathalie, warum überhaupt jemand auf so eine Idee kam. Wer brauchte einen Goldrahmen auf schwarzen Marmorfliesen, um sich selbst beim Kacken zuzusehen? Praktisch war der Spiegel trotzdem. Wie eine Dame ihr Haar zurückwarf, wie sie den Kopf neigte und die Lider senkte, wollte schließlich geübt sein, wenn man nicht auf einem Plumpsklo bei der Mühle kleben bleiben wollte. Und Nathalie wollte alles andere als das: Sie wollte eines Tages selbst ein *privé* in Marmor und Gold ihr Eigen nennen, und wenn die Reichen sich beim Kacken zusahen, würde sie es in Gottes Namen auch tun.

Außerdem aß dieser Tage jeder Kohl. Es war ja kaum mehr etwas anderes zu bekommen, weil die Männer fehlten und daher die Ernte verkam. Außerdem musste allzu vieles, was gut schmeckte, abgegeben werden, selbst von den Eiern, die *grand-mères* stinkende Hühner legten, durften sie nicht mehr als fünf für den Sonntag behalten. All die Eier, Trauben, Kirschen, die Pinienkerne, Ölfässer und Käselaibe wurden in Kisten genagelt und nach Paris geschafft. Als Nathalie sich einmal beklagte, weil in der *soupe au pistou* statt Bohnen und Nudeln nur Kohl

und glasige Rüben schwammen, schimpfte *grand-mère* Rose: »Falls es dir entgangen sein sollte, Mademoiselle Erbsenprinzessin: Da draußen ist Krieg, und unsere tapferen provenzalischen Söhne verrecken nicht dafür, dass eine kleine Hunnin sich den Bauch mit Kaviar vollschlagen kann.«
Die Erinnerung brannte wie Galle im Hals. Nathalie biss sich auf die Lippen. Als sie sich im Spiegel sah, klappte sie den Mund wieder auf. Zerbissene Lippen passten zu Armut und Kohl, nicht zu Nathalie Delage, die sich eines Tages mit Kaviar nicht nur den Bauch vollschlagen, sondern darin baden würde! Dann würde niemand mehr wagen, sie eine Hunnin, eine dickbeinige Deutsche, zu schimpfen, die schuld am Krieg war, weder das Großmaul Fabrice noch *grand-mère* Rose. Die sagte, die Welt wäre besser dran, wenn es keine Deutschen mehr gäbe, aber weil es sie gab, weinte im Dorf Les Adrets unter jedem Dach eine Mutter. »Die überziehen unser Land mit Tod, und ich muss mit denen mein Haus teilen. Gleich mit zweien. Mir bleibt nur zu hoffen, dass die Hunnin nicht noch mehr Bälger kriegt.«
Jedes Mal, wenn *grand-mère* Rose am Esstisch in der Küche ihren Hass versprühte, wünschte sich Nathalie, einer aus der Familie – *papa, maman* oder wenigstens Tante Edwige – möge aufstehen und ihr sagen, dass das alles Unsinn war. Dass Nathalie keine Schuld daran trug, wenn unter den Dächern von Les Adrets Mütter weinten. Aber es stand nie jemand auf. *Papa* flüsterte ihr höchstens danach, wenn sie allein waren, zu, dass *grand-mère* Rose es nicht so gemeint hätte, aber Nathalie wusste es besser. *Grand-mère* Rose meinte alles so, wie sie es sagte. Sie war eine böse Vettel und wurde noch böser, seit Pâcome von der Post ihr den graublauen Brief hinauf ans Mühlentor gebracht hatte.
Für gewöhnlich hob der Postbote eine Hand vom Lenker und brachte sein Rad ins Schlingern, indem er schon von weitem mit der Sendung wedelte. Hier oben, wo es so wenig Abwechs-

lung gab, freute sich jeder über Post, und Pâcome wiederum freute sich, weil er der Überbringer war. An jenem Tag aber hatte er den Brief erst vor dem Tor aus seinem Postsack genestelt und dazu eine Leichenbittermiene aufgesetzt. »Leider keine gute Nachricht, *Madame la meunière*. Sind sie nie, die grauen. Gewiss muss man nicht gleich ans Schlimmste denken, aber wenn's grau ist, sag ich immer, dann ist es ganz bestimmt nichts Gutes.«

Pâcome hatte sich samt Rad an den Lattenzaun gelehnt und die Hand nach dem Glas Wein ausgestreckt, das er sich nach dem harten Herweg verdient hatte. Sein Glas Wein bekam er in schönster Regelmäßigkeit, sooft er hier heraufstrampelte, und *grand-mère* Rose, die gar keine *meunière*, also keine Müllerin, war, sondern nur in einer Mühle wohnte, hielt eines in der Hand, doch sie starrte an ihm vorbei. Ohne ein Wort zu sprechen, nahm sie ihm den grauen Brief ab und trug das volle Glas zurück ins Haus. Vor ihren Schritten flohen die Hühner gackernd nach allen Seiten. Als Nathalie noch einmal nach draußen lief, um dem armen, abgehetzten Pâcome seinen Wein zu bringen, war der Postbote, der sonst nie Eile hatte, bereits davongefahren.

Auch später, als die Familie in der Küche um den Tisch saß und aufs Essen wartete, hatte *grand-mère* Rose kein Wort gesprochen, sondern wie jeden Tag in der Suppe gerührt. Nathalie hatte an den blaugrauen Brief denken müssen, daran, dass er inzwischen gewiss geöffnet worden war, und daran, wie *grand-mère* Rose jedes Mal, wenn sie sich über *papa* ärgerte, loskeifte: »Dem Himmel und der gesegneten Jungfrau sei Dank, dass ich noch zwei Söhne habe und das Amt deines Vaters keinem Nichtsnutz in den Schoß fällt.«

Papas Vater, der vor Nathalies Geburt gestorben war, hatte Stéphane geheißen wie sein ältester Sohn. Er hatte das Château für den Comte Claude Cadière de l'Estérel verwaltet wie schon sein Vater und Großvater vor ihm. Vater und Großvater hießen ebenfalls Stéphane, die des Comte dagegen hießen Claude, und so war es immer gewesen, vielleicht schon so lange, wie das Château auf seinem Felsen stand. Die Mühle mochte wohl auch schon so lange dort stehen, obwohl der Mühlbach mit den Jahren abgeflacht war und wilder Thymian die Uferhänge überwucherte. Als er schließlich so flach geworden war, dass das Mühlrad im Schlamm stecken blieb, hatte einer der Claudes den Betrieb eingestellt und die nutzlose Mühle einem der Stéphanes zum Wohnen überlassen.

Sie wohnten noch immer dort, die Stéphanes mit ihren Familien. Ihr Haus war das letzte an der Straße, die aus dem Dorf auf den Berg führte, und das erste vor dem Pfad, der sich zwischen Wiesen, rot zerklüfteten Felsnasen, Schirmpinien, Kiefern und Korkeichen zum Château hinaufschlängelte. Die Bewohner des Dorfes, das sich in Inseln aus gelbweißen Häusern um die Felsen schmiegte, nannten sie *les meuniers*, die Leute von der Mühle.

Als der Krieg begann, war der derzeitige Stéphane – *papas* ältester Bruder – eingerückt, um tapfer für Frankreich zu kämpfen. Mit ihm gingen der mittlere Bruder Christophe, der gerade erst Tante Edwige geheiratet hatte, die jungen Männer aus dem Dorf und Claude, der älteste Sohn des Comte. Als sie aufbrachen, standen Frauen und Kinder an der Straße und winkten mit Tüchern, Mützen und Fähnchen. Claude ritt ein weißes Pferd und trug eine prächtige Uniform: grüner Rock, leuchtend rote Hosen und ein *Képi* mit Streifen, fesch aus der Stirn geschoben. Er war Offizier und führte eine Eskadron der Kavallerie, obwohl er noch bartlos und keine zwanzig Jahre alt war.

Die Übrigen, die als gewöhnliche Soldaten dienten, trugen zu den roten Hosen Himmelblau und stampften grölend und Zoten reißend die Gasse hinauf. Zwar hatte *papa* behauptet, jetzt, wo Frankreich in Gefahr sei, gehörten alle Franzosen zu einer *Union sacrée*, einem geheiligten Bund, in dem es zwischen ihnen keinen Unterschied mehr gäbe, aber das war Blödsinn. Den Unterschied sah ein Blinder: Der junge Claude saß zu Pferd und sah blitzsauber und hübsch aus, während die anderen wie eine Rotte Wildschweine herumtrampelten und die neuen Uniformen im Nu verdreckten.

Alle bis auf Stéphane. Der war zwar auch nur einfacher Soldat, aber so wie schon immer ein Claude vom Château für einen Stéphane von der Mühle gesorgt hatte, so hatte auch der junge Claude für *papas* Bruder Stéphane gesorgt: Er hatte ihn sich als Offiziersburschen gewählt. Mit Würde ging er bei der Schulter des Pferdes, trug ein fesch gestreiftes *Képi* wie sein Herr und beherrschte den Marschschritt, als hätte er mit dem Pack aus dem Dorf nichts zu schaffen.

Papa war nicht eingerückt, weil er mit seinem krummen Rücken nicht zum Heldentum taugte. *Grand-mère* Rose aber fand, als Verwalter des Châteaus tauge er noch weniger, weshalb sie ihn nicht als Stéphanes Vertreter einsetzte, sondern bis zu dessen Rückkehr alles selbst erledigte. Nur wenn der Comte Erntearbeiter für seinen Wein brauchte, durfte *papa* als Werber losziehen.

»Ein Mann, der nichts zu tun hat, kann sich einsargen lassen«, hatte *papa* geklagt. »Ist dir das wenigstens klar, dass du einen Mann damit zum Tode verurteilst?«

Grand-mère Rose hatte sich auf Zehenspitzen gereckt und über ihn hinweggeblickt. »Ich kann hier keinen Mann finden«, hatte sie gesagt. »Hätte ich einen im Haus, würde ich mich gewiss nicht an Pflichten krummschuften, die für Kerle gedacht sind, nicht für Weiber.«

Dann aber war der blaugraue Brief gekommen, *grand-mère* Rose hatte am Herd in der Suppe gerührt, und Nathalie war vor Aufregung auf ihrem Stuhl herumgerutscht, dass das Holz unterm Hintern quietschte. Was würde geschehen? Im Dorf Les Adrets mit seinem Château, seiner Mühle, seinen Claudes und

Stéphanes blieb immer alles, wie es war, aber Nathalie sehnte sich danach, dass etwas sich änderte, wie bei ihrem Weltenspiel, wo sie mit einem Zug alles umstoßen und tausend neue Möglichkeiten auftun konnte.

Endlich hatte *grand-mère* Rose sich umgedreht, hatte den Topf zum Tisch getragen und einem nach dem andern aufgetan. Bei jedem wartete sie ab, bis er sich das *pistou,* in dem der Käse fehlte, in die Schüssel gelöffelt hatte, und füllte dann Suppe obendrauf. Bei Nathalies Mutter wartete sie nicht, sondern holte mit der Kelle aus und ließ die Suppe in die Schüssel platschen, dass sie *maman* auf die Bluse spritzte. »An der verdammten Somme bringt mir der Hunne den Sohn um«, sagte *grand-mère* Rose. »Und in meinem eigenen Haus muss ich ihm Essen hinstellen.«

Nathalies Mutter sagte nichts, sondern senkte das Gesicht bis fast in die Schüssel. Wie ein kleines Mädchen, fand Nathalie und schämte sich. Wäre die Mutter tatsächlich noch ein Mädchen gewesen und hätte Zöpfe getragen, wären deren Enden in die Suppe getaucht.

Nathalie, vor dem Spiegel im Klosett, zerbiss sich noch einmal die Lippen, um nicht loszuheulen. Scham fühlte sich an, als hätte man ein ekelhaftes Tier verschluckt, aber sie war keine Heulsuse, die sich wie *maman* von *grand-mère* Rose zur Schnecke machen ließ. Sie war Nathalie, *papas* Goldstern, der einzige an seinem schwarzen Himmel. Damals hatte sie auch nicht geweint. Sie hatte den Atem angehalten und sich mit aller Kraft gewünscht, *maman* würde sich wehren. *Papa* würde *grand-mère* Rose den Mund verbieten. Oder wenigstens Tante Edwige, die als Braut so hübsch ausgesehen und so fröhlich gelacht hatte, würde sagen, dass doch Nathalie und ihre Mutter für das, was der Hunne tat, nichts konnten.

Als sie ihren Atem nicht länger anhalten konnte und noch immer niemand etwas gesagt hatte, stand sie auf, packte ihre vollgeschöpfte Schüssel und schleuderte sie vor *grand-mère* Rose zu Boden. Die Schüssel war nicht zerschellt, doch die Suppe war über *grand-mère* Rose' braunen Rock gespritzt wie zuvor über die Bluse der Mutter.

Grand-mère Rose brauchte höchstens eine halbe Minute, um sich zu fassen, dann wandte sie sich ab und trug den Suppentopf zurück zum Herd, ohne sich den Rock abzuwischen oder Nathalie eines Wortes zu würdigen. »*Ma minette*«, murmelte *papa,* aber Nathalie hörte nicht hin. Sie hatte begriffen, dass ihr gegen *grand-mère Rose* niemand beistehen würde. Sie war auf sich gestellt, und auch wenn sie allein keinen Sieg erringen konnte, war kämpfen besser, als wie leblos dazusitzen und sich nicht zu wehren.

Grand-mère Rose tauchte in dem bespritzten braunen Rock nie wieder auf, weil sie von dem Tag an stets einen schwarzen trug. Sie sagte auch nie wieder: »Dem Himmel und der gesegneten Jungfrau sei Dank, dass ich noch zwei Söhne habe«, sondern: »Ich muss ja dankbar sein, dass mein Christophe mir geblieben ist.«

Nathalie schüttelte die Bilder ab, straffte erneut die Schultern und sah ihr Gesicht zwischen honigbraunen Wellen wieder auftauchen. »Wart's ab«, zischte sie ihrem Spiegelbild zu. »Aufs Château komme ich trotzdem, auch wenn meine *grand-mère* eine Vettel ist und *maman* und *papa* zwei Schafe, die immer ja und amen zu allem sagen.« Nathalie war kein Schaf. »Eine Ziege bist du«, behauptete Fabrice. Ziegen hatten Hörner.

Wie sie es anzustellen hatte, Herrin auf dem Château zu werden, erklärte ihr *papa,* solange sie denken konnte, allerdings nur, wenn *grand-mère* Rose außer Hörweite war: »Du bist was Besonderes, *ma minette*. Alle Sterne, nach denen ich gegriffen habe, sind mir entglitten, doch ein einziges Mal habe ich einen erwischt. Du gehörst in keine verfallene Mühle, du gehörst auf ein Schloss, und es ist kein Zufall, dass hoch über deinem Köpfchen eines steht. Noch bist du das kleine Zuckermädchen von deinem *papa*, aber einmal wirst du die sein, die alle wollen. Und die, die keinen will – keinen als Claude vom Château.«

Das war Nathalies Marschroute. Claude vom Château, der junge Comte Cadière de l'Estérel, war ihr heimlicher Bräutigam, für den sie sich tagein, tagaus aufs Klosett setzte. Als er in den Krieg geritten war, war er neunzehn gewesen und sie vier, auf dem Hintern seines Pferdes hatte ein Muster geglänzt, und sein *Képi* war hübsch wie eine Bonbonschachtel. Die Mädchen aus dem Dorf hatten ihm Blumen zugeworfen und sich die Kopftücher heruntergerissen, um ihm zu winken. Nathalie hätte sich ein rotes gewünscht, doch sie besaß nicht einmal ein weißes. Dennoch hatte Claude in all dem Getümmel nur Augen für sie gehabt.

»Sieh an, kleine Müllerin«, sagte er. »So jung und schon die Schönste. Den Kameraden, die von überall her kommen, um für unser Land zu kämpfen, werde ich sagen: In der *Union sacrée* mag es keine Unterschiede geben, aber die schönsten Mädchen von Frankreich sind noch immer die Knospen der Provence.«

Das klang ein bisschen albern, doch wegen der Leute, die zusahen, gefiel es Nathalie trotzdem. Ihr Verehrer hatte sich so tief zu ihr herabgebeugt, dass ein schlechterer Reiter vom Pferd gerutscht wäre, aber Claude saß im Sattel wie angeleimt. In der Hand hielt er ein Sträußchen aus aufgefangenen Blumen, die schon zu welken begannen. Er drückte es ihr in die Hand. »Wer weiß, vielleicht steht, wenn ich wiederkomme, eine junge Dame am Tor, und wenn ich sie nach ihrem Namen frage, ruft sie: Aber Monsieur le Comte, erkennen Sie mich denn nicht? Ich bin doch Nathalie, die kleine Demoiselle von der Mühle!«

Das war ihr halbes Leben her, doch die Erinnerung blieb immer frisch. Deswegen unterbrach sie ihr Weltenspiel, schlich sich

aufs Klosett und übte ihren Part als junge Dame ein. Delphine brachte ihr immer *Le Petit Journal* mit, die farbig gedruckte Beilage, in der alle möglichen Arten von Damen abgebildet waren, weil es so etwas in der *Dépêche du Midi*, die *papa* las, nicht gab. Das war nett von Delphine. Delphine war immer nett, aber Nathalie hätte ihre bunte Zeitung nicht gebraucht. Sie hatte von selbst ein Gespür dafür, was zu tun war, ihr fehlte nur ein wenig Übung.
Die jedoch zeigte mit jedem Tag mehr Wirkung. Längst war Nathalie kein Baby von vier mehr, sondern ein Mädchen von acht, davon die Hälfte Kriegsjahre, die doppelt zählten. Wenn sie mit den anderen zwischen Rebstöcken im Gras lag und ihr *jeu des mondes* spielte, war es noch immer göttlich, ein Kind zu sein, doch vor dem Spiegel sah sie sich bereits mit erwachsenen Augen. Es war ein Rausch wie von stibitztem Zucker. Das schönste Gefühl der Welt.

2

Kaum hatte Nathalie den Zauber wiedergefunden, da platzte ihr von neuem der elende Fabrice dazwischen. Fingerknöchel trommelten an die Tür und zerschlugen die gläserne Kugel, in der sie mit sich allein war. Der Kerl war eine Landplage! Ehe sie jedoch eine Beschimpfung ausstoßen konnte, erkannte sie, dass der Takt der Schläge anders war, als sie es von ihm kannte. Nicht rhythmisch, sondern holprig; nicht wild, sondern verzagt. »Nathalie? Meinst du, du könntest bitte recht bald zu uns herauskommen?«
Didier, nicht Fabrice. Hätte Nathalie sich unter den drei Brüdern vom Château einen aussuchen können, so hätte sie, ohne zu zögern, Didier gewählt. Didier mit seiner zarten Locke, die

er sich fortwährend aus dem Gesicht pusten musste, Didier mit seinen großen Augen, Didier, der immer sprach, als hätte er Angst, die Zikaden im Gras zu erschrecken. Das verhaltene Klopfen erstarb. »Schau, wir müssen dir etwas sagen. Es lässt sich eben leider nicht vermeiden.«

Auf so eine geschraubte Formulierung wäre außer Didier wohl kein Junge von zwölf verfallen. Nathalie musste lachen und rutschte vom Klosett. »Ich komme ja schon. Mach dir bloß nicht die Hosen nass.«

Sofort hätte sie die Worte gern zurückgenommen. Eine junge Dame sprach nicht so, schon gar nicht zu Didier, der zu nett war für diese Welt. Alle anderen Leute waren böse, zumindest ein bisschen, auch sie selbst, die mit dem fiesen Fabrice darüber lachte, wenn Pâcome mit dem Rad auf einer platt gedrückten Artischocke ausglitt. Didier lachte über so etwas nie, und er sah aus, als litte er Schmerzen, wenn jemand ein hässliches Wort benutzte. »Tut mir leid«, murmelte sie und entriegelte die Tür.

Didier stand mit hängenden Armen davor, wie bestellt und nicht abgeholt. Sein Matrosenanzug wirkte wie üblich blütenweiß und frisch gebügelt, obwohl er an diesem Vormittag mit Nathalie, Fabrice und Salah stundenlang im verschlammten Gras gekauert hatte. Spuren von Schmutz hafteten nur an den Spitzen der Knie, die wie zwei scheue Tiere unter dem Hosensaum hervorragten. Didier blies sich die braune Locke aus dem Gesicht, und Nathalie musste lachen, weil sie ihn so sehr mochte.

»Was lässt sich denn leider nicht aufschieben?«, fragte sie und blickte zu ihm auf. Er war lang und dünn und hatte Mädchenwimpern, die über den aufgerissenen Augen flatterten.

»Du musst mitkommen, Nathalie. Zu dir nach Hause.«

Ein Fuß scharrte über den Boden, und Nathalie fielen die Leute auf, die im Zwielicht hinter ihm standen. Die Herrschaft von Cadière gab Geld für Spiegel über dem Klosett aus, sparte aber an Brennholz und Gas. Nathalie schlang die Arme um den Leib und fragte sich, warum sie zuvor nie bemerkt hatte, dass es in der Halle mit dem mannshohen Kamin bitterkalt war. Mit dem Fuß gescharrt hatte Fabrice, den Bernardine noch immer beim Schlafittchen gepackt hatte und der seinerseits eine Katze unter dem Arm hielt, die er irgendwo aufgelesen hatte, die langhaarige, beinahe blonde. Sie wird ihn gleich kratzen, dachte Nathalie, doch die Katze hielt still und schien sie aus grünen Augen ebenfalls anzustarren.

Neben Bernardine reihten sich Monsieur Bruno, der *majordome*, und eine Schar Bedienstete, alles Frauen und Mädchen, weil die Männer für Frankreich kämpften. Im Hintergrund drückte sich Salah herum und wirkte zwischen dem Weiß der Schürzen dunkler denn je. An Fabrice' anderer Seite stand Jeanne-Camille, die einzige Tochter des Hauses, im Alter zwischen Claude und Didier und viel zu erhaben, um mit Müllerstöchtern auf verschlammten Wiesen zu spielen. Neben ihr befand sich Madame la Comtesse, Odette Cadière de l'Estérel. Bei ihr waren noch zwei der Cousinen oder Schwägerinnen, die in diesem Haushalt ständig auf Besuch waren, doch Nathalie hatte nur Augen für die Comtesse.

Odette Cadière war eine Frau, die jeder für groß hielt, obwohl die meisten Erwachsenen sie überragten. Sie trug ihr Haar zu einer Krone gesteckt, und auch ihr Kleid war königlich: enges Mieder, hohe Taille und eine Schleppe in der Farbe der blassen Weinbergpfirsiche, die an Spalieren zwischen den Rebstöcken wuchsen. Wenn ihr Mann, der Comte, in Kriegsangelegenheiten auf die Präfektur nach Toulon musste, oblag ihr die Herrschaft über das Château. Vielleicht oblag sie ihr auch sonst. Ihr Mann war ja ständig weg, ob in Sachen Krieg oder aus Gott weiß welchen Gründen. Er spielte begnadet Billard, behauptete Nathalies Vater, aber als Schlossherr war er womöglich nicht sonderlich geeignet. Vornehm und fein wie Didier war er, und

die paar Locken, die ihm geblieben waren, tanzten zimtfarben um seinen Kopf.
Seine Frau war ruppiger, roher, mehr wie Fabrice, auch wenn sie ihr Bestes tat, um es zu verbergen. Salah hatte einmal während einer Jagd beobachtet, wie einer ihrer schönen Hunde gerissen und getötet worden war. Unberührt war sie über den blutigen Körper hinweggestiegen, begierig, keine Sekunde der Jagd zu versäumen. Das war böse, fand Nathalie, noch böser als Fabrice, der wenigstens nett zu streunenden Katzen war. Insgeheim vermutete sie, Odette Cadière konnte so wenig weinen wie *grand-mère* Rose. Doch lachen konnte sie erst recht nicht.
Um die Erziehung ihrer drei jüngeren Kinder machte die Comtesse wenig Wind. Jeanne-Camille war vermutlich schon erwachsen und stocksteif zur Welt gekommen, und Didier und Fabrice überließ sie der Obhut der resoluten Bernardine. Sie hatte ja Claude, den Erstgeborenen, und damit ihre Pflicht erfüllt.
»Siebzehn war sie, als der Comte sie geheiratet hat«, hatte Tante Edwige, die nicht aus Les Adrets stammte, zu *grand-mère* Rose gesagt. Über die Cadières vom Château redeten die beiden ständig, so dass Nathalie weit mehr von ihnen wusste als von ihrer eigenen Familie. »Und trotz der Tragödie hat sie ihm neun Monate später schon einen Jungen geboren. Mehr kann kein Mann von einer Frau verlangen, und drei sind noch hinterhergekommen.«
»Die hat's umsonst«, hatte *grand-mère* Rose erwidert. »Die Jüngsten missraten meist, aber solange man seinen Ältesten hat, ist das nicht das Ende der Welt.«
Demzufolge sah Madame la Comtesse wohl darüber hinweg, dass ihr ungebärdiger Jüngster und sein zwei Jahre älterer Bruder mit Mühlenkindern und Dienstboten spielten. Andere Kinder gab es ja nicht, bis auf Delphine, und die kam nur über den Sommer. Es war Krieg, die Erwachsenen hatten anderes zu tun. Dennoch standen sie jetzt alle versammelt und starrten Natha-

lie an. Die Blicke weckten Argwohn in ihr. Ein klebriges Unbehagen.
»Nathalie.« Didier spreizte die leeren Hände und trat einen Schritt zurück.
Seine Mutter räusperte sich. Bernardine, die sonst so Beherzte, setzte dreimal an, ehe sie etwas herausbekam: »Du gehst besser heim in die Mühle, *poupée*, da warten sie auf dich.«
»Tun sie nicht«, versetzte Nathalie. »*Grand-mère* Rose freut sich, wenn sie mir kein Abendessen hinstellen muss, und den anderen ist es egal.«
Eine kleine Stille entstand, dann murmelten ein paar Bedienstete durcheinander, aber niemand sagte ein verständliches Wort. Nathalie spürte, wie ihr Körper vor dem Unheil, das keiner beim Namen nannte, zurückweichen wollte. Aber sie war kein Feigling. »Didier!«, rief sie. »Warum sagst du nichts? Hältst du den Mund und schaust zu, wie deine Leute mich rauswerfen?«
Nett war das nicht. Letztendlich hatte sie in der Halle des Châteaus nichts zu suchen, und Didier taugte nicht zum Haudegen. Er war sanft wie Watte, wollte keinen Menschen verärgern, und sie mochte ihn, weil er so vollkommen anders war als sie. Dennoch musste sie ihn herausfordern. »Welcher Teufel dich reitet, weiß ich nicht«, sagte manchmal *maman*, die sonst kaum den Mund aufbekam, in der verhassten Sprache der Hunnen, und Nathalie wusste es auch nicht.
Didier trat von einem Fuß auf den anderen und rieb sich die Hände, die, wie Nathalie vermutete, völlig verschwitzt waren. »Du musst doch jetzt bei deiner Familie sein«, sagte er. »Es tut mir so leid, Nathalie. Es tut uns allen so furchtbar leid.«
Madame la Comtesse wandte scharf den Kopf. »Bruno«, rief sie den *majordome* und klang dabei nach Migräne und drei schlaflosen Nächten. »Seien Sie so gut und schicken Sie jemanden mit der Kleinen zur Mühle. Hier gerät die Welt gerade aus den

Fugen, und ich habe nicht noch die Nerven, mich um eine Krabbe aus dem Verwalterhaus zu kümmern.«
Ich bin keine Krabbe, schrie es in Nathalie auf. Ich bin Nathalie, und eines Tages wirst du dir meinen Namen merken – wenn dein Claude mit mir in Notre-Dame de l'Assomption vor dem Altar steht. Zornbebend starrte sie ihrer Widersacherin entgegen, und auf einmal fiel ihr in all der Perfektion ein Makel auf: Die schöne Odette hatte einen Hängebauch, der den Stoff des Pfirsichkleids dehnte. Die Erlauchte wurde alt und schlaff wie jede gewöhnliche Frau.
»Virginie«, sagte Bruno, der *majordome*, zu einem der weißbeschürzten Hausmädchen. »Du gehst und bringst die kleine Müllerin nach Hause, zu ihrer Großmutter.«
»Niemand bringt mich nirgendwohin!«, rief Nathalie in den Tumult, den Salah nutzte, um zwischen den Mädchen hindurchzuschlüpfen und sich an ihre Seite zu stellen. Wie stets hielt er sich hinter ihr, aber so, dass sie am Hals seinen Atem spürte. Natürlich hätte Salah nie das Wort erheben dürfen, wenn jemand sie angriff, ob Odette oder *grand-mère* Rose, aber er war immer da. Fabrice hatte er sogar einmal geschlagen. Ich würde auch jeden schlagen, der dich angreift, dachte Nathalie. Salah war nur ihr Diener. Aber dass Diener keine Freunde sein konnten, galt nicht in ihrer Welt, in ihrem Spiel, in dem sie die Regeln bestimmten.
»Also los, beeil dich, Valerie oder wie du heißt«, fuhr die Comtesse das Hausmädchen an. »Mit der Krabbe wirst du ja wohl fertig werden.«
Das Mädchen stolperte einen Schritt vorwärts, Salah richtete sich schützend hinter Nathalie auf, und dann schnitt eine Stimme in die Stille. Eine Kinderstimme, noch nicht gebrochen und zu hoch für einen Jungen: »*Merde alors*«, sagte Fabrice.
»Fluchende Grafensöhne.« Bernardine stöhnte und ließ den Fliegenwedel auf Fabrice' Hintern sausen. »Heilige Mutter, sei uns gnädig, was hat dieser Krieg nur aus uns gemacht.«

Die Katze fauchte und schlug nach ihr, Bernardine zuckte zusammen und ließ Fabrice entwischen. Der schüttelte sich, wie von einem Insekt gebissen. »Wieso steht ihr alle da wie die Spalierstangen, wieso sagt keiner Natou, was los ist?« Er ließ seine Katze laufen, schwang herum und sah Nathalie an. »Deine Mutter ist gestorben«, sagte er. »Deshalb sollst du nach Hause, auch wenn's deiner Mutter ja wohl kaum noch was nützt.«

Jeanne-Camille kreischte auf, riss ihren Bruder zu sich und ohrfeigte ihn. Nathalie wusste nicht, was sie mit ihren Händen anfangen sollte, die ihr groß wie Schaufeln vorkamen, und ebenso wenig, was sie sagen, denken oder empfinden sollte.

Ihre Mutter war gestorben, *maman*, die Hunnin, die stille Frau, die sich von *grand-mère* Rose kleinmachen ließ und erlaubte, dass ihre Tochter kleingemacht wurde. *Maman*, die nie ein Wort auf Französisch zu ihr sagte, sondern immer in der Sprache der Todfeinde sprach, selbst wenn Nathalie sich die Hände auf die Ohren presste. Sie war tot – was sollte das heißen? Fabrice hatte einmal geprahlt, seine Mutter sei die schönste Frau der Welt, wenn sie in Abendtoilette ins Kinderzimmer kam, um gute Nacht zu wünschen. Mit jäher, wilder Verzweiflung wünschte sich Nathalie, ihre Mutter wäre auch die schönste Frau der Welt gewesen, wenn sie ihr gute Nacht wünschte, oder die hässlichste – irgendetwas, das sie im Gedächtnis behalten und nie verlieren würde. Aber da war nichts. Wo das Bild der Mutter hätte sein sollen, fand sich nur ein Schema ohne Gesicht.

Mühsam erinnerte sie sich, dass die Mutter am Morgen nicht bei Tisch gesessen hatte, um ihren Zichorienkaffee zu trinken, für den keine Milch mehr da war. War sie gestern beim Abendessen noch dabei gewesen? Es hatte Steckrübeneintopf gegeben, der grässlich stank. Nathalie wusste es nicht mehr. Mit Entsetzen entdeckte sie: Ob die Mutter da war oder nicht, fiel überhaupt nicht auf.

Von den Versammelten machte niemand Anstalten, sich zu bewegen, nur Fabrice, der jedoch nicht die Kraft besaß, sich aus dem Klammergriff seiner Schwester zu befreien. Sie standen still, bis ein Knall sie zusammenfahren ließ. In einem der Höfe musste etwas umgefallen sein, oder einer der Jäger hatte sich zu nah ans Haus gewagt. Als es noch einmal knallte, stand fest, dass es sich um Schüsse handelte. »Ich bitte um Verzeihung, Madame«, sagte Bruno. »Ich werde mich darum kümmern.«

»Das lassen Sie den Delage machen«, versetzte die Comtesse. »Zu irgendetwas muss der Mann ja zu gebrauchen sein.«

»Aber seine Frau ist doch gestorben«, kam es kaum hörbar von Didier, der sich gleich darauf eine Hand auf den Mund presste.

Nathalie kämpfte noch immer darum, zu begreifen, dass es sich bei »dem Delage« und seiner Frau um ihre Eltern handelte, dass all das, was hier geschah, mit ihr zu tun hatte. Zwei weitere Schüsse hallten, und Geschrei ließ die Fenster hinter ihren Gittern klirren.

»*Nom d'un chien*, das ist ja nicht zum Aushalten.« Die Comtesse hielt sich mit den flachen Händen die Schläfen. »Tun Sie etwas, Bruno, ich beschwöre Sie. Am liebsten würde ich all diese Nichtskönner aus dem Jagdrevier fernhalten, aber was bleibt mir übrig? Brauchbare Jäger haben wir nicht mehr, und Fleisch von irgendeinem Vieh muss der Mensch ja essen.«

Eine Hand streifte Nathalies Schulter. »Komm«, sagte Salah. »Es ist besser, wenn wir jetzt gehen.«

»Warum?« Sie wollte nicht gehen. Hier oben, auf dem Château, fühlte sie sich sicher, vor dem Weg ins Mühlhaus dagegen erfüllte sie eine klamme, dumpfe Angst.

Salah gab keine Antwort, sondern zog sie am Arm von den anderen weg. Aus der Halle führte ein Gang in den Milchhof, wo in windgeschützten Ecken die Katzen lungerten, und von dort zu einer Tür in den Küchengarten, die Lieferanten und Bedienstete nutzten. Nathalie wollte nicht gehen, ihr ganzer

Körper sträubte sich, doch welche Wahl hatte sie? In ihrem Rücken hörte sie das Scharren von Schritten und das Rascheln von Kleidern, dazu verhaltenes Murmeln. Nicht nur der *majordome*, sondern die ganze Menschenhorde samt der vier – nein, neuerdings fünf – Katzen aus dem Milchhof schien ihnen zu folgen.

Sie hätte sich gern herabgebeugt und eine der Katzen gestreichelt. All dies war so fremd, so schwer zu begreifen, und was half dagegen besser als warmes Katzenfell und tiefes, gleichmäßiges Schnurren?

Sobald Salah das Tor aufzog, ertönte ein weiterer Schuss, und das Geschrei schwoll wieder an. Jetzt waren Stimmen erkennbar, vor allem von johlenden Frauen und ein paar Männern und Kindern. Nathalie sah den Nebel, der schwer über den Beeten des Küchengartens hing. In den Schwaden verschwanden wie Geister vier der Katzen, nur die beinahe blonde war noch zu erkennen. Nathalie wünschte, sie hätte es ihnen gleichtun können, sich nach Katzenart bei Gefahr wegducken und im Nebel untertauchen.

Etwas löste die Starre in ihren Gliedern und veranlasste sie dazu, loszulaufen. Sie rannte den vom Regen aufgeweichten Gartenweg hinunter und spähte über den Zaun. Über den Dächern der vorderen Häuserinsel verlor sich eine Rauchwolke wie die aus *papas* Trompetenflinte, die er abzufeuern pflegte, um aus den Kirschbäumen Vögel zu vertreiben. Auch im Dorf musste es etwas zu vertreiben geben, denn eine weitere Salve wurde in die Luft gedonnert. Zugleich stürmte ein Zug aus Frauen, Kindern und Alten den Weg hoch, schwenkte weiße, an Stöcke geknotete Tücher und eine halb zerfetzte Fahne der Provence mit Adler und Delphin.

Nathalie erkannte ein paar Gesichter – die Leute stammten aus dem Dorf, waren Angehörige der Männer die als unabkömmlich oder untauglich auf dem Château verblieben waren. Die

ließen ihre Forken und Äxte fallen und strömten ihren Familien entgegen. Alles grölte, die ganze Bergflanke schien ein Teppich aus Stimmen. Für gewöhnlich wirkte dergleichen auf Nathalie wie ein Elixier. Sie liebte Festtage in Sebastiens Bar, wo sie in Menschenlärm baden konnte, und verspottete Didier, der wie ein Mäuslein nach einem Loch suchte. Heute dagegen schlug das Getöse über ihr zusammen und überforderte sie. Sie hätte die Leute wegschieben wollen bis irgendwann später, wenn ihr Kopf sich nicht mehr wie zum Platzen voll und leer zugleich anfühlte.
Eine der Frauen, eine große mit blauem Kopftuch, riss einer anderen die Fahne weg und schwang sie über ihrem Kopf. »Lang lebe Frankreich!«, schrie sie. »Die *boches*, die verdammten Hunnen, haben die Waffen gestreckt, der Krieg ist aus!«
Der gegenüberliegende, fast blutrote Felshang, der aussah wie ein in Stein gehauenes Gesicht, bekam eine Stimme, griff das Echo auf: »... ist aus, ist aus, ist aus ...« Einer nach dem anderen fielen die Männer ein: »Der Krieg ist aus, *grâce à Dieu*, diese Geißel von Krieg ist aus!«
Der Krieg. Der mochte weit weg von Les-Adrets-de-l'Estérel ausgefochten werden, aber dennoch galt ihm ein Wort in jedem Satz. In Nathalies Erinnerung war er so wie *maman*: stumm, so gut wie unsichtbar, aber immer da. Wenn jetzt der eine aus war und die andere tot – wer hatte dann künftig an allem Schuld, an Müttern, die unter Dächern weinten, und an Zichorie im Kaffee, an stinkendem Kohl, an jungen Männern, die nicht wiederkamen, an brachliegenden Feldern, verwilderten Kindern und zu viel Regen im November? Wie würde ihr Leben weitergehen, wenn der Krieg es nicht länger regelte, würde alles sich ändern, nichts so bleiben, wie es war?
Nathalie hatte sich so etwas gewünscht: einen frischen Spielzug, beide Hände voller brandneuer Möglichkeiten, doch jetzt überfiel sie die Angst. Würde wirklich alles anders werden, als

es in den Jahren des Krieges gewesen war, würde kein Stein, aus dem ihre Welt gebaut war, auf dem anderen bleiben?
Solange Krieg herrschte, hatte kein Erwachsener Zeit, sich darum zu scheren, ob zwischen Weinstöcken und Pfirsichspalieren fünf Kinder bäuchlings im Gras lagen und sich in einem Spiel verloren, das sie niemandem hätten erklären können. Wenn aber nun der Krieg vorbei war, wenn die fehlenden Männer zurückkehrten und die Frauen nicht länger von früh bis spät mit Warten und Sorgen zu tun hatten, mochte einer von ihnen bemerken, dass die fünf Kinder im Weinberg nicht zusammengehörten.
Nur zwei von ihnen waren von Adel, nur drei von ihnen waren reich, und nur vier waren Provenzalen. Oder auch nur drei. Augenblicklich begehrten Nathalies Gedanken auf. Ich bin sehr wohl eine von hier!, hätte sie in die feuchte Luft und den Lärm hinausrufen wollen, ich bin durch und durch Provenzalin, und wenn es in dieser *Union sacrée* nur noch Franzosen gibt, bin ich durch und durch Französin. Mein Vater ist einer, und was meine Mutter ist, zählt nicht, die spricht nicht in meiner Sprache zu mir, und wenn sie in ihrer spricht, höre ich nicht hin.
Wieder gerieten ihre Überlegungen ins Stocken. Wenn die Mutter jetzt tot war, wenn sie dort, wo sie alle zusammen gewohnt hatten, nicht mehr zu finden war, musste sie dann nicht erst recht zählen? Hätte sie nicht doch hinhören sollen, wenn die Mutter in der verhassten Sprache redete, damit sie sich erinnerte? War es andernfalls nicht so, als hätte Nathalie nie eine Mutter gehabt?
Was für komplizierte, verworrene Gedanken! Sooft Delphine beim Weltenspiel mit so etwas anfing, verdrehte Nathalie die Augen und begann zu gähnen. »Der Krieg ist aus!«, johlte die Horde, die an ihr vorbeidrängte, und das Echo hallte von den roten Felsen wider.
»Komm weiter, Nathalie.« Salah hatte sie eingeholt und stieß die Gartenpforte auf. »Dein Vater will dich bei sich haben.«

Nathalie rührte sich nicht. Salah hatte mehr Kraft als Didier und Fabrice zusammen, er hätte ihr spielend leicht seinen Willen aufzwingen können, doch er hielt mit einem Seufzen inne. »Ich geh nicht«, beharrte Nathalie und krümmte die Zehen, wie um sie in der Erde festzukrallen. Sie wollte nicht nach unten, in das Totenhaus! Sie hatte Angst davor, und vor allem hatte sie Angst, nicht mehr zurückkehren zu dürfen, wenn sie jetzt ging.

Die anderen brauchen mich ja, versuchte sie sich zu beschwichtigen. Wenn sie mich nicht mehr haben, haben sie auch unser Spiel nicht mehr. Das Spiel lebte davon, dass einer Bewegung aufbrachte, Wellen schlug, auf denen die Übrigen reiten konnten, und diese Bewegung kam nie von Didier, Delphine oder Salah, sondern immer von Nathalie. Und von Fabrice, besann sie sich. Selbst wenn Didier wie so oft an seinem guten Herzen scheiterte, würde Fabrice darum kämpfen, dass Nathalie weiterhin aufs Château kommen durfte. Ihr Spiel würde er sich nicht nehmen lassen, es war ihr Geheimnis, ihre Welt, in die nichts eindrang, weshalb sie ihm auch diesen Namen gegeben hatten – Weltenspiel.

Wie es entstanden war, wusste niemand mehr. Nathalie erinnerte sich an den Tag, an dem Didier mit einem Rebmesser den Umriss einer Hand in den Boden geritzt hatte, dort, wo der hohe, fast schwarze Wacholder die Reihen der Reben und Spaliere von den Olivenbäumen trennte. Es war August gewesen, die rotbraune Erde zwischen den Grasbüscheln so hart gebrannt, dass Salah ihm hatte helfen müssen und schließlich das Messer übernahm. Der erschöpfte Didier hatte ihm die Namen genannt, die er einen nach dem anderen in die fünf Finger schreiben sollte: »Didier. Fabrice. Delphine. Nathalie. Und Salah.«

»Den nicht«, war Fabrice ihm ins Wort gefallen, während Salahs Hand mit dem Messer in der Luft innehielt. »Der ist doch nur ein Diener, der gehört nicht mit uns in eine Hand.« Er hatte Nasenbluten gehabt und sich ein Taschentuch ans Gesicht gepresst, so dass seine Stimme trotz aller Empörung jämmerlich klang. Dennoch hatte keiner von ihnen ihm etwas entgegengesetzt. Salah hatte das Messer beiseitegelegt und auf den verbrannten Boden gestarrt.

Endlich sprach doch jemand. Ausgerechnet Delphine, die sich sonst wand wie ein Wurm, wenn es darum ging, etwas zu sagen. »Warum denn nicht?«, hatte sie gefragt. »Dürfen in unserem Spiel nicht wir bestimmen, wer dazugehört?«

Keiner musste etwas sagen. Keiner verlor sein Gesicht. Nathalie nahm Salahs Hand und drückte sie, so fest sie konnte, und Delphine nahm das Messer und begann, die Buchstaben in den letzten leeren Finger zu ritzen. Obwohl sie so plump war, hatte sie kaum mehr Kraft als Didier, und der Name Salah war schwächer lesbar als die anderen, aber die Sonne brannte alle fünf in die Erde ein wie in Ton. Seither waren zwei nasse Winter vergangen, und der Regen hatte Hand und Schrift gelöscht, aber die Kinder kannten genau die Stelle, wo sie gewesen war. Sie trafen sich immer wieder dort.

Auch morgen, versicherte sich Nathalie. Die jubelnden Ankömmlinge verschmolzen mit der Gruppe vom Château. Für Nathalie und Salah hatte auch jetzt niemand Augen. Sie würden frei sein, zu tun, was immer sie wollten, genau wie im Krieg.

Noch etwas anderes fiel ihr ein: Wenn es keinen Krieg mehr gab, brauchte niemand mehr Soldaten. Claude würde auf seinem weißen Pferd heimkehren, an Sebastiens Bar vorbeireiten und erkennen, dass aus dem Wildfang Nathalie eine junge Dame geworden war. Würde er ihr wohl erlauben, weiterhin mit seinen Brüdern zu spielen?

Das brauchst du dann nicht mehr, rief sie sich zur Ordnung. Sobald Claude erklärte, dass Nathalie Delage seine Braut war, würde sie ein echtes Schloss haben und brauchte sich keines mehr zu erspielen. Leben ohne das Spiel blieb dennoch unvorstellbar. Auch wenn sie ein Unmensch war, der Angst um ein Spiel hatte, statt um seine Mutter zu trauern. Aber wie trauerte man um seine Mutter? Wen hätte sie fragen können, wie man das machte?

Es begann zu regnen, aber so sacht, als wüsste der Himmel nicht, um was er weinen sollte. »Du musst jetzt kommen«, sagte Salah und zog wieder an Nathalies Arm.

»Ich will aber nicht! Und überhaupt bin ich es, die dir zu befehlen hat, nicht du mir.«

»Dein Vater hat es befohlen«, erwiderte Salah. »Er hat mich geschickt, damit ich dich hole.«

»Ha!«, trumpfte Nathalie auf. »Du bist aber nicht meines Vaters Diener, sondern meiner!« Dagegen war nichts zu sagen, auch wenn es ihr hinterher leidtun und sie sich in seine Kammer schleichen würde, um sich bei ihm zu entschuldigen. *Papa* hatte ihr Salah zum Geburtstag geschenkt, einen braunen Kabylenjungen in schneeweißer Uniform und Schnabelschuhen, »damit meine Prinzessin ihren eigenen kleinen Lakaien hat, der ihr Luft zufächelt und alles Böse aus ihrer Welt vertreibt«. Salah fächelte nie Luft, und das Böse ließ sich nicht vertreiben, aber sie waren vom ersten Tag an zueinander gekrochen, wenn es ihn oder sie überkam.

»*Ya Allah*«, stieß Salah hervor. »Begreifst du, dass deine Mutter gestorben ist?«

Nein, dachte Nathalie, ich begreife nichts, und ich will nichts begreifen. Ich weiß, ich muss traurig sein, weinen und mir die Haare ausraufen wie die Frauen, die die graublauen Briefe bekommen, aber mein Kopf ist zum Platzen leer. Vielleicht bin ich nicht richtig im Kopf? Oder eine böse Vettel wie *grand-mère* Rose?

Sacht zupfte Salah noch einmal am Ärmel, und diesmal ließ sie sich mitzerren. »Der Krieg ist aus«, hallte es hinter ihr her, und kalte Tropfen trafen ihr Gesicht. Durch den Regen sah sie die

Senke mit der Mühle, in der sie geboren worden war. Unter dem Vordach stand *grand-mère* Rose, neben ihr duckte sich *papa*. Tante Edwige ging neben Père Raymond, dem Vikar von Notre-Dame de l'Assomption, zum Gartentor und hielt den Regenschirm über seinen Kopf. Die ewig gackernden Hühner hatten sich vor der Nässe in ihr Haus geflüchtet.

Grand-mère Rose, die das Gras wachsen hörte, hob das Gesicht. »Sieh mal an«, sagte sie, »die Erbsenprinzessin gibt sich die Ehre. Tränen seh ich keine. Sicher ist's den Hunnen noch egal, wenn ihnen die Mutter verreckt.«

Papa hob ebenfalls das Gesicht, doch auf Protest von ihm hoffte Nathalie auch jetzt vergeblich. Salah ließ ihren Arm los, ging aber weiter neben ihr her wie ein Schatten. Nathalie sah an ihnen allen vorbei, über den Mühlbach, den sie den flachen Fluss nannten, hinweg auf den Pfad. Ein Mann auf einem Fahrrad, an dessen Lenker zwei Postsäcke hingen, strampelte aus Leibeskräften, um gegen Schlamm und Steigung anzukämpfen. Pâcome. Kein anderer hätte sich zu dieser Jahreszeit die Mühe mit dem Rad gemacht, doch der Postbote betrachtete das rostige Gefährt als Zeichen seiner Amtswürde. »Der Krieg ist aus«, hallte es gegen die Felswand und übertönte *grand-mère* Rose' Gezeter. Pâcome hatte ein Gesicht wie ein Spaniel mit tiefen, triefenden Augen. »*Madame la meunière.*« Er hievte sich vom Rad und lehnte es gegen den Zaun. Man hätte ihm etwas anbieten müssen, kein Provenzale verweigerte einem erschöpften Mann ein Glas Wein, und Nathalie hätte ihm gern eines geholt. Auch dass Tante Edwige Père Raymond den Schirm halten musste, während der arme Pâcome klatschnass wurde, schien ihr ungerecht, aber anders als sonst fehlte ihr die Kraft, etwas dagegen zu tun. Pâcome würde heute so wenig Wein bekommen wie an dem Tag, an dem er die Nachricht von Onkel Stéphanes Tod überbracht hatte. In seiner Hand am Lenker klemmten zwei Briefe wie verwelkte Blumen.

Tante Edwige griff an Père Raymond vorbei und stieß das Gartentor auf, um den Geistlichen hinauszulassen. Pâcomes Rad kippte um und plumpste in den Dreck. »Ich bitte vielmals um Verzeihung, *mon révérend*«, stammelte der Postbote. Père Raymond nickte und stampfte seines Weges, während Tante Edwige den Schirm vor sich ins Leere hielt. Pâcome machte keine Anstalten, das Rad aufzuheben, sondern glättete ohne Erfolg die zwei Briefumschläge. »Ich bin untröstlich, Madame«, sagte er zu Tante Edwige. »Und das jetzt, wo der Krieg doch zu Ende sein soll.«

»Sparen Sie sich das«, erwiderte *grand-mère* Rose. »Die Hunnin ist ja wohl kaum für Frankreich gestorben, um das sie keinen Pfifferling gegeben hat. Sie hat sich eine von diesen törichten Krankheiten eingefangen, der Himmel weiß, wo.«

Pâcome rieb sich die Stirn mit der Faust, die die Briefe umklammerte. Sie waren durchweicht, die graublaue Farbe verlaufen. Tante Edwige stieß einen schrillen Laut aus. Nathalie sah, dass sie schwankte, und lief los, um sie festzuhalten, doch mit einem Satz war *grand-mère* Rose zur Stelle und stieß sie zurück. Mit der freien Hand riss sie Pâcome, der Tante Edwige aufgefangen hatte, die Briefe weg. »Sind die für mich? Für die Familie Delage?«

»Nur einer, Madame.« Betrübt wiegte Pâcome, Tante Edwige in den Armen haltend, den Kopf und wies den Berghang hinauf. »Der andere ist für die vom Château.«

Alwin

Mai 1920

3

Für einen Augenblick stahl sich die Sonne durch Wolkenschichten und ließ Sprenkel auf dem Pflaster tanzen. Alwin, der sich Mühe gegeben hatte, seine Kreidestriche dick und gerade auf den Steinen aufzutragen, fühlte sich jäh zu schwach, um fortzufahren. Er setzte sich auf den Boden und zog die Beine an die Brust.

Himmel und Hölle.

So hieß das Spiel, für das er vor den Augen sämtlicher Passanten auf den Knien rutschte und Kreidekästchen auf den Gehsteig malte. Die Mädchen, die mit seiner Schwester zur Schule gingen, spielten es auf dem Pausenhof. Alwin sah sie, wenn er Dörte abholte: Unermüdlich warfen sie ihren Stein von einem Kasten zum nächsten und hüpften ihm hinterher, nach Regeln, die sich ihm nicht erschlossen. Er war keine Spielernatur, konnte weder Billard noch Offiziersskat etwas abgewinnen. Das größere Mädchen, das auch oft in der Schule warten musste und sich um Dörte kümmerte, hatte sich Mühe gegeben, ihm das Spiel zu erklären: »Ganz oben ist der Himmel, wer dahin zuerst kommt, hat gewonnen. Springen darf man aber nur in Felder, in die man den Stein geworfen hat, und wer falsch wirft, der springt auch falsch.«

Das Mädchen sprach mit einem unangenehmen Akzent, wie man ihn in diesem Teil der Hauptstadt allzu oft hörte. Charlottenburg war eine gute Adresse, wenn man unerwähnt ließ, dass man in einer einstigen Hausmeisterwohnung im äußersten

Nordosten des Bezirks lebte, an der Grenze zum Wedding, wo in Mietskasernen die Arbeiter hausten. Dörtes Schule lag keine zehn Schritte von dieser Grenze entfernt, und das größere Mädchen wohnte ohne Zweifel auf der anderen Seite. »Wozu ist der Kasten unter dem Himmel?«, fragte Alwin. »In den springt ihr nie.«

»Das ist die Hölle«, erwiderte das Mädchen, dem ein dünner geflochtener Zopf über den Rücken hing. »Da darf man keinen Fuß reinsetzen, und wer den Stein dahin wirft, scheidet aus.«

Sie war nett. Das verschossene Kleid, das sie trug, war gewiss schon durch etliche Hände gegangen, der Bügel ihrer Brille war mit Draht geflickt, und ihr Vater, den Alwin hin und wieder sah, wenn er sie abholte, zog ein Bein nach und wirkte grimmig wie ein Kommunist. Einer von den Verrätern und Aufrührern, die im Winter von neuem versucht hatten, den Reichstag zu stürmen und den letzten Rest Ordnung zu zerstören. »Mit so etwas gibt ein deutscher Offizier sich nicht ab«, hatte Onkel Baldur ihm eingeschärft. »Solche Leute sind es, die uns den Krieg verloren haben, die haben ihrem eigenen Land die Ehre geraubt.«

Was das bedeutete, spürte Alwin jeden Tag. Es war hart, in einem Land ohne Ehre zu leben, das sich vor den anderen ducken musste und tun, was sie ihm aufzwangen. Im Januar war der Vertrag von Versailles in Kraft getreten, der Schandvertrag, wie Onkel Baldur ihn mit Speichel auf den Lippen genannt hatte. Die Freikorps waren aufgelöst worden, die Offiziere entlassen, und ihren Familien hatte man alles geraubt. Ihr Zuhause, ihre Würde und sogar ihren Namen, um den sich im brodelnden, wüsten Berlin keiner scherte. Wir sind niemand mehr, dachte Alwin, und genau das hatten die Vaterlandsverräter erreichen wollen.

Aber dafür konnte das Mädchen im verschossenen Kleid nichts. Mit ihrer Brille und dem strengen Zopf wirkte sie ehrlich und ernst. Vor allem aber war sie nett zu Dörte, und nur darauf kam es an. Dörte war es, auf die Alwin sich konzentrieren musste, sie war erst sieben Jahre alt, und es gab sonst niemanden, der sie beschützte.

»Wir haben jetzt nur noch dich«, hatte seine Mutter damals gesagt und ihm die winzige, klatschnass geschwitzte Dörte in die Arme gelegt, an dem entsetzlichen Tag, an dem die Nachricht eingetroffen war. »Wo der Vati nun nicht mehr da ist, musst doch du unser kleiner Vati sein.«

Alwin erinnerte sich, wie dünn ihm seine Arme vorgekommen waren. Er hatte schreien wollen, dass er mit so dünnen Armen kein kleiner Vati sein konnte, dass er seinen großen Vati zurückhaben wollte, der ihm aus seiner Wilhelm-Hauff-Ausgabe Märchen vorgelesen und ihm auf seinem weißen Trakehner das Reiten beigebracht hatte. Diese Ausritte im halb schwarzen und dann wieder lichten Wald der Schorfheide, wenn Vati ihn seinen Kameraden genannt und sie von Sattel zu Sattel Gespräche geführt hatten, bis die Sterne auftauchten und den Himmel endlos machten, die durften doch nicht für immer vorbei sein! Dann aber hatte Dörte zu weinen angefangen, hatte sich wie unter Schmerzen gekrümmt und ein Wimmern ausgestoßen, das Alwin Angst machte. Hilfesuchend hatte er aufgeblickt und die Kleine der Mutter zurückgeben wollen, doch die hatte dagestanden, als hätte sie ihre Kinder vergessen. Tränen waren über ihre Wangen gerollt.

»Wein doch nicht, Mutti!«, hatte Alwin gerufen. »Du hast doch mich!«

Etwas daran hatte falsch geklungen, aber Alwin wusste nicht, was. Wochen später, als Onkel Baldur mit seiner Verwundung nach Möhlitz gekommen war, hatte er Alwin durchs Haar gestrichen. »Deine Mutter hat mir erzählt, wie tapfer du warst«, hatte er gesagt. »Du hast dich wie ein echter von Sterzing betragen, wie ein guter deutscher Offizier, und dein Vati wäre stolz auf dich.«

Damals war alles noch einfacher gewesen, denn Möhlitz hatte ihnen noch gehört. Ihm hatte es gehört, Alwin von Sterzing, er war der Erbe seines Vaters, und Onkel Baldur, Vaters Vetter, verwaltete den Besitz für ihn. Solange sie Möhlitz noch hatten, das Gutshaus, durch dessen Türen niemand eindringen konnte, hatte Alwin sich sicher gefühlt. Die Säulen, die das Portal trugen, waren die Pfeiler, auf denen seine Welt ruhte. Wenn die Angst ihn übermannte, wenn seine Arme ihm wieder einmal viel zu dünn vorkamen, wenn Dörte vor Schmerzen wimmerte und er ihr nicht helfen konnte, dachte er daran, dass er am Abend unter dem Giebeldach von Möhlitz zu Bett gehen würde, dass die Betttücher, die das Hausmädchen Erna gemangelt hatte, nach Veilchen duften und vor Sauberkeit knistern würden, dass am Morgen das Frühstück unter silbernen Abdeckhauben auf der Kredenz bereitstehen und er von Geschirr mit blauem Zwiebelmuster essen würde.
Solange sie Möhlitz hatten, das hohe Schilf um den Weiher, die von der Dorfstraße zurückgesetzte Zufahrt unter Linden, das Birkenwäldchen mit seinem Unterholz voller Maulbeersträucher und die nun leeren Boxen für die Pferde, traute er sich zu, seine Schwester zu beschützen. Er wurde ja älter, seine Arme kräftiger. Aus der hohen Kinderstimme war der warme Bariton eines jungen Mannes geworden. Vati, den er jetzt Vater nannte, wie es sich für einen fast erwachsenen Erben gehörte, war mehr als fünf Jahre tot, und die Erinnerung verblasste wie *Stollwerck*-Kakao, der sich in Milch auflöste. Wenn er jedoch unvermittelt seine eigene Stimme wahrnahm, glaubte Alwin manchmal, seinen Vater zu hören.
Die Winter waren hart gewesen, das Haus zu groß, um es warm zu halten. »Es ist kaum noch Kapital da«, hatte Onkel Baldur ihm erklärt, weil er der Ansicht war, Alwin als Erbe sei alt genug, von solchen Dingen zu wissen. »Ich muss von meinem Sold zubuttern, da sind die großen Sprünge, die ihr gewohnt seid, nicht mehr drin.«

Alwin wollte keine großen Sprünge. Er wollte Sicherheit, verschlossene Türen, hinter denen niemand seine Schwester bedrohte, Sauberkeit und eine Ordnung, in der er sich zurechtfand. Sie entließen die Mädchen, was Hilde, die Hausdame, mit Entrüstung quittierte. Die Bettwäsche war nun nicht mehr gemangelt, und der Veilchenduft wurde schwächer, aber ihre kleine Familie saß noch immer beisammen in ihrem schönen Salon, und all die Bosheit und Hässlichkeit der Welt blieben draußen.
Dann war der Schandvertrag in Kraft getreten, und sie hatten Möhlitz verloren. Über Nacht. Einfach so. Alwin hatte sich abends in seinem Jungenzimmer unter dem Giebeldach schlafen gelegt, hatte später Dörte zu sich geholt, weil sie wimmernd in ihrem Bett saß, und als ihr Wimmern ihn am Morgen weckte, stürmten durch alle Zimmer Möbelpacker, die Möhlitz den Garaus machten.
Die Mutter hatte ihm nichts erklären können, und Zeit hatten sie auch nicht gehabt. »In zwei Stunden muss hier alles geräumt sein«, hatte einer der Packer gebellt und der Mutter ein Papier vors Gesicht gehalten. Alwin hatte versucht, sich den Männern, die ihren Besitz in Kisten warfen, entgegenzustellen, doch die stießen einen spillerigen Vierzehnjährigen mit leichter Hand beiseite. Sosehr er sich schämte, weil er der Lage nicht Herr wurde – er brauchte Hilfe.
Onkel Baldur, auf den er gehofft hatte, war nirgendwo zu finden, und außer ihm gab es nur noch einen Mann, den er um Hilfe bitten konnte: Onkel Hauke, den Herrn über das Nachbargut. Ein richtiger Onkel war Baron Hauke von Salchow nicht, doch er war Vaters Freund gewesen, sein Waffengefährte und Alwins Taufpate. Sein Sohn Robert war Alwins Freund, er hatte auf dem Gymnasium in Nauen vom ersten Tag an neben ihm in der Bank gesessen und schrieb im Rechnen von ihm ab. Ja, beschloss Alwin, Onkel Hauke würde ihnen helfen. Ihre Familien gehörten beide dem Reichsheer an, was sie fester verband

als Blut und Tinte zusammen. Jetzt, wo ihre Feinde sich anschickten, sie zu vernichten, war ihr Zusammenhalt ihre stärkste Waffe.
Alwin durfte keine Zeit verlieren, denn wenn Onkel Hauke erst hier war, würde alles gut. Der Baron von Salchow würde die unverschämten Packer in die Schranken weisen, die Dienstboten, die sich verdrückt hatten, zusammentrommeln, damit sie die Ordnung von Möhlitz wiederherstellten, und die Türen verriegeln, so dass Frieden einkehrte und der Schrecken sich legte.
Da sie nur noch ein Pferd hielten, fiel Heinz, dem Stallmeister, auch die Arbeit des Kutschers zu, doch Alwin suchte den Hof vergeblich nach ihm ab. Kurzerhand schob er den Phaeton selbst aus der Remise, spannte Pluto, den Oldenburger Rappen, ein und ließ die Peitsche schnalzen. Dörte jammerte und sank vor dem Portal in sich zusammen, doch dieses eine Mal musste Alwin Augen und Ohren verschließen und fahren wie vom Teufel gejagt.
Lebusa, das Gut der Salchows, umfasste mindestens dreimal so viel Land wie Möhlitz, und Onkel Hauke mochte der einzige Gutsherr der Gegend sein, der seit Kriegsende keinen Hektar hatte verkaufen müssen. Auf dem vereisten Weg zwischen Feldern geriet der Phaeton ins Schlingern, und der Wallach glitt aus, doch im Sturz fing er sich noch ab. Alwins Herz schlug zum Zerspringen. Nicht auszudenken, wenn Pluto sich verletzt hätte, wenn sie auch ihn noch verloren hätten, das letzte Pferd in seines Vaters Stall. Als Alwin ihn auf die Zufahrt zum Gutshaus lenkte, war er in Schweiß gebadet, obwohl der Tag schneidend kalt war.
Rex, der Schäferhundwelpe, der wie ein freundlicher Bär aussah, tollte ihm entgegen und sprang an ihm hoch. Ihm auf dem Fuß folgte Onkel Hauke, der für gewöhnlich beschäftigt war und nicht gestört werden durfte. An diesem Tag jedoch kam er persönlich in die Halle, um Alwin zu empfangen, und mehr

noch – der sonst so unnahbare Mann schloss ihn in die Arme und klopfte ihm den Rücken. »Es ist eine Schande, ich weiß. Dir bleibt nichts übrig, als es wie ein Mann zu tragen, mein Junge. Eines Tages, wenn in diesem Land wieder aufrechte Deutsche die Zügel in den Händen halten, werden die Schlachtreihen neu aufgestellt.«

Alwin brauchte drei Ansätze, um zu begreifen, dass Onkel Hauke ihm nicht helfen würde. Der Baron wusste längst Bescheid. Er hatte sogar Onkel Baldur Geld geliehen, um den Umzug der Familie zu finanzieren. Nach den Klauseln des Schandvertrags durfte Deutschland nur noch ein Friedensheer mit lachhaften hunderttausend Mann unterhalten. Von den zehntausend kaiserlichen Offizieren wurden gerade neunhundert übernommen, und Onkel Baldur gehörte nicht dazu. Möhlitz wurde zwangsversteigert, sein Inventar den Gläubigern ausgehändigt, das Personal entlassen. Alwins Familie nannte kaum mehr als ein Sahnekännchen oder einen Tortenheber ihr Eigen.

Hauke von Salchow hatte davon gewusst und keine Hand gerührt, um das Unrecht aufzuhalten. »Ich habe es auf mich genommen, euch eine standesgemäße Wohnung zu beschaffen«, versicherte er Alwin. »In Charlottenburg. Gute Adresse. Dein Onkel, dieser Tropf, hätte es fertiggebracht, selbst das zu vermasseln.«

Rex, der Schäferhundwelpe, leckte Alwin die Hände.

»Aber das kann doch nicht sein …«, begann er und hob die Arme vor die Brust. Dann fiel ihm Dörte ein, die in Möhlitz wimmernd vor dem Portal kauerte, und die Arme sackten ihm bleischwer herab. Er hätte jedem, der dergleichen behauptete, den Mund verboten, doch in diesem verzweifelten Augenblick gestand er es sich ein: Dörte war nicht wie andere Kinder. Jedes Kind war ab und an traurig, erst recht in derart barbarischen Zeiten, aber Dörtes Traurigkeit war von anderer Art. Sie musste

beschützt werden, denn wenn die Welt sie in die Finger bekam, würde sie sie verschlingen.
»Trag es wie ein Mann«, sagte Hauke noch einmal. »Du bist der Sohn eines deutschen Junkers, das kann keiner dir nehmen.«
Und was nützt es mir?, fuhr es Alwin durch den Kopf, obgleich er wusste, dass er so nicht denken durfte.
»Wer ist denn gekommen?« Eine Tür flog auf, und in der Öffnung erschien ein Junge, der noch nicht vollständig angekleidet war, sondern in Hemdsärmeln dastand und verwegen sein Haar zurückwarf. Robert. Alwins Freund. Aber hatte ein Junge noch Freunde, wenn das Netz, das ihn hätte auffangen sollen, zerriss und er ins Bodenlose stürzte? Jäh war Alwin Onkel Haukes Arm um seine Schultern zuwider. Er schüttelte ihn ab und kam sich vor wie von Feinden umgeben, obwohl außer Robert und Onkel Hauke nur noch ein gleichmütiger Hausdiener in der Halle stand.
»He, Alwin!«, rief Robert. »Was für eine Laus ist denn dir über die Leber gelaufen?«
»Es ist nichts weiter, Robert«, sagte Onkel Hauke. »Geh, mach dich fertig, in diesem Aufzug willst du ja wohl kaum zum Gabelfrühstück mit den Lohses erscheinen.«
Doch Robert blieb stehen. In einer der anderen Türen tauchte der Kopf seiner kichernden Schwester Ariane auf. »Warum ziehst du denn so eine Flappe?«, beharrte Robert, um gleich darauf innezuhalten. »Meine Güte, du heulst ja! Ist jemand gestorben?«
Wer Robert die Lage erklärt hatte, wusste Alwin nicht mehr. Vermutlich war ein Schwall Worte aus ihm herausgesprudelt, und Onkel Hauke hatte sie nach seinem Gutdünken sortiert. In jedem Fall hatte Robert das Wichtigste verstanden.
»Wilfried bringt dich im Automobil zurück«, sagte Onkel Hauke. »In deinem Zustand lenkst du besser kein Pferd mehr. Also, packen wir's. Diese Umzugsleute, die euch nach Berlin

bringen, werden nach Stunden bezahlt, und die nehmen es von den Lebendigen.«

Hauke von Salchow wollte Alwin aus der Tür drängen, und als der sich nicht rührte, kam der Hausdiener zu Hilfe. Der hatte Alwin beim letzten Besuch noch katzbuckelnd den Mantel abgenommen, doch nun stieß er den unerwünschten Gast wie einen Gegenstand vor sich her. Alwin blieb nichts übrig, als zurückzuweichen, ein heulendes Elend, das wie ein Bettler aus dem Haus geworfen wurde. Der Schäferhundwelpe wollte noch einmal an ihm hochspringen, doch sein Herr riss ihn am Halsband zurück.

Einer aber nahm das Unfassbare nicht hin. »Das kannst du doch nicht erlauben!«, fuhr Robert seinen Vater an. »Sterzing ist mein Freund – wenn jüdische Kriegsgewinnler ihn von seinem Land vertreiben wollen, musst du denen doch den Marsch blasen!«

»Nun, nun«, murmelte Onkel Hauke. »So einfach funktioniert die Welt nicht, aber du wirst ja wohl mehr als einen Freund haben.«

Was er noch sagte, bekam Alwin nicht mehr mit, denn der Hausdiener zerrte ihn ins Freie. Nur das, was Robert ihm hinterherrief, hörte er, und es klang ihm bis heute in den Ohren: »Du bist mein Freund, Alwin, und wenn die Alten sich auf den Kopf stellen. Du bist und bleibst immer mein Freund!«

4

Alwin hatte sich nicht vom Chauffeur der von Salchows nach Hause fahren lassen, sondern war in den Phaeton gestiegen. Vor dem Hoftor von Möhlitz hatten Männer ihm Pferd und Wagen abgenommen. Beides war Teil des Vermögens, das ihm nicht länger gehörte. »War wohl feucht in eurer noblen Bude, was?«, hatte einer der Kerle gewitzelt und Alwins rötliches Haar gezaust. Als Alwin die Hand wegstieß, war sein Ton umgeschlagen: »Das lass hübsch bleiben, Herrensöhnchen, oder du lernst mich kennen. Jetzt marsch auf den Laster, sonst kannst du sehen, wo du bleibst.«

Mit einem Mut, den er später kaum fassen konnte, hatte Alwin die Wilhelm-Hauff-Ausgabe des Vaters aus einem der Körbe, die die Männer verluden, gegriffen und an sich gedrückt. Mit der jammernden Dörte, seiner Mutter, die stumm vor sich hin weinte, und Hilde, die im Minutentakt empörte Schnauflaute ausstieß, hatte er sodann zu dem kläglichen Mobiliar, das sie mitnehmen durften, auf den Wagen steigen müssen. Durch einen Riss in der Plane sah er die überfrorenen Wiesen des Havellandes vorübergleiten, während sie wie Vieh nach Berlin verfrachtet wurden.

Robert hatte er seither nicht wiedergesehen. Statt auf die Nauener Eliteanstalt ging er nun auf das staatliche Realgymnasium in der Hardenbergstraße und erhielt ständig Strafen fürs Schwänzen, weil er Dörte nicht allzu spät abholen wollte. Daheim in Nauen war er kein einziges Mal vor der Klasse bestraft worden, und das Gelächter und Gezischel der Mitschüler – *Junker Rostkopf kriegt die Hosen strammgezogen* – taten noch in der Nacht so weh, dass er sich schlaflos im Bett wälzte.

Auch die Mutter litt. Sie war leichenblass, strich durch die drei engen Zimmer und hatte sich ein hartes Schlucken angewöhnt, als kämpfe sie unentwegt gegen Tränen. Hilde, die einzige Angestellte, die ihnen geblieben war, bewohnte die Dienstmädchenkammer und hätte nun waschen, kochen und putzen sollen, was sie mit gerümpfter Nase von sich wies: »Um auf den Knien Böden zu schrubben, ist eine Hilde Tetzlaff nicht geboren. Ich stehe einem herrschaftlichen Haushalt vor, das ist mein Platz in der Welt. Und den gibt ein Mensch, der etwas auf sich hält, nicht auf.«

Also fuhr sie fort, einem herrschaftlichen Haushalt vorzustehen, nur dass es einen solchen Haushalt nicht mehr gab. Die einzige Hausarbeit, die sie ohne Murren verrichtete, war das Bügeln und Stärken ihrer blütenweißen Schürzen. Statt ihrer ging seine Mutter, Karin von Sterzing, geborene Freiin von Elbersfeld, auf die Knie und bemühte sich, Zimmer und Küche sauber zu halten. Es drehte Alwin das Herz um, ihre rauhen Hände zu sehen. Er hatte diese Hände geliebt, wenn sie über die Tasten des Flügels geschwebt waren, doch zur Hausarbeit fehlte ihnen jegliches Talent.

Am meisten von allen litt jedoch Dörte. Eine Hauslehrerin konnten sie nicht länger bezahlen, und so musste die Kleine mit ihren sieben Jahren in die zweite Klasse der öffentlichen Volksschule eingeschult werden. »Vielleicht wird dir das sogar gefallen«, hatte Alwin sich um Heiterkeit bemüht. »Du hast dort viele Mädchen in deinem Alter zum Spielen.«

Dörte aber hatte so wenig Mädchen zum Spielen, wie Alwin in der neuen Schule Freunde fand. Die anderen hüpften durch *Himmel und Hölle,* und sie kauerte allein in einem Winkel des Schulhofs, wenn Alwin sie abholen kam. Die Einzige, die sich um sie bemühte, war das ältere Mädchen mit dem dünnen Zopf, das ihm das Hüpfspiel erklärt hatte. Dafür war Alwin ihr dankbar. Ja, sie wohnte im Wedding, und ja, ihr Vater war Kommunist, und hätten sie noch auf Möhlitz gelebt, wäre sie als Gefährtin für Dörte nie in Frage gekommen. Aber sie lebten nicht mehr auf Möhlitz. Im März, als Offiziere des einstigen Reichsheeres versucht hatten, die Regierung der Verräter zu stürzen, hatte Alwin einen Augenblick lang gehofft, ihr Schicksal könnte sich wenden, doch der Putsch war niedergeschlagen worden, und Männern wie Onkel Baldur, die daran beteiligt waren, drohte die Strafe für Hochverrat. Er musste sich damit abfinden, dass die Dinge blieben, wie sie waren, und für Dörte das Beste daraus machen.

»Hast du Lust, uns nächste Woche besuchen zu kommen?«, hatte er das Mädchen mit dem Zopf gefragt. »Es ist Dörtes Geburtstag, wir geben eine Feier für sie.«
Auf Möhlitz hätten sie Töchter von benachbarten Gütern zu einer Kindergesellschaft mit Schokolade und Geburtstagstorte eingeladen. Bei schönem Wetter hätten die Hausmädchen im Kirschgarten Tische eingedeckt, und bei Regen wäre die Gästeschar im Morgenzimmer bewirtet worden. Hier fehlten ihnen die räumlichen Möglichkeiten, und einen Garten besaßen sie schon gar nicht. *Himmel und Hölle,* durchfuhr es Alwin. Sie konnten *Himmel und Hölle* auf der Straße spielen, es war nicht standesgemäß, aber es würde Dörte Freundinnen bescheren. Jedes Mädchen in Berlin schien dieses Spiel zu lieben.
»Vielen Dank«, sagte das Mädchen und sah unerschrocken zu Alwin auf. »Mich lädt sonst nie jemand aus der Schule ein.«
Ihre Augen hinter den Brillengläsern waren grau und hatten etwas Besonnenes, das nicht zu einem kleinen Mädchen passte.
»In welche Klasse gehst du?«, fragte Alwin.
»In die vierte.«
»Dann bist du neun?«
»Acht«, sagte sie. »Ich hab eine Klasse übersprungen.«
»Warum das denn?«
Flüchtig lachte sie auf. »Der Lehrer der Dritten hat zu dem in der Vierten gesagt: Nehmen Sie mir die besserwisserische Brillenschlange ab, oder ich verliere den Verstand.«
Alwin starrte sie an. Wie konnte sie lachen, wenn der Lehrer sie beleidigte? »Hast du gehört, wie er das gesagt hat?«, fragte er.
Das Mädchen nickte. »Ich höre zu viel, das stört sie an mir. Sie haben im Gang gestanden, und der Lehrer der Vierten hat geantwortet: Zeigen Sie Mitgefühl, Herr Kollege. Die ganze Schlaumeierei macht aus dem hässlichen Mädel ja kein hübsches.«
Das war hart, fand Alwin, doch das Mädchen wirkte völlig gelassen. Dass die Lehrer recht hatten, ließ sich nicht von der

Hand weisen: Hübsch war sie wirklich nicht, und dass sie klug war, würde ihr als Mädchen, zumal als Arbeitertochter, nichts nützen.

»Rieke ist schlauer als die Lehrer, deshalb sagen sie Böses über sie«, meldete sich Dörte zu Wort, die sonst den Mund nur aufbekam, wenn sie mit Alwin allein war. Sie klang stolz, und ihr kleines Gesicht, das er so sehr liebte, schien zu leuchten. Die Bekanntschaft mit dem Mädchen bekam ihr gut, und wenn sie erst Gefährtinnen fand, die gesellschaftlich besser zu ihr passten – war es nicht möglich, dass all das Seltsame an ihr sich verwuchs? Sie hatte als Einjährige den Vater verloren, es war im Grunde nur natürlich, dass sie die Trauer um ihn noch in sich trug.

Alwin hatte sich bei Rieke für die Spielregel bedankt und war mit Dörte gegangen. Daheim hatte er auf die Mutter und Hilde eingeredet, um ihnen begreiflich zu machen, wie wichtig eine Geburtstagsfeier für Dörte war. Hilde hatte geschnauft: Wie konnte man Gäste einladen, wenn kein Mädchen im Haus war, das ihnen servierte, keine Köchin, die buk und Platten zurechtmachte, ja wenn es nicht einmal einen Raum gab, der sich zum Feiern herrichten ließ?

»Es sind nur ein paar Kinder aus Bürgerfamilien«, hatte Alwin sich sagen hören. Seine Schwester verdiente es, in einem seidenen Kleid die Treppe von Möhlitz hinunterzuschreiten, um zu ihrem ersten Kinderball gefahren zu werden, und dass er ihr nichts davon bieten konnte, tat weh. Was aber hatte Dörte davon, wenn er den Schmerz nicht aushielt? *Himmel und Hölle* mit Bürgerstöchtern war besser als der Hohn, den er in der Schule zu ertragen hatte, besser als die endlose Einsamkeit.

Die Mutter schien ihn verstanden zu haben. Sie erklärte sich bereit, eine Geburtstagstorte zu backen: Erdbeertorte, gefüllt mit Vanillepudding. Das war zwar teuer, aber die Mutter wischte sich die Tränen fort und lächelte Alwin an. »Schließlich bist du doch unser kleiner Vati. Wenn du meinst, dass Dörte das bekommen soll, dann bekommt sie es auch.«

Alwin hatte Geld aus der Haushaltskasse genommen, um Preise für das Himmel-und-Hölle-Spiel zu kaufen. Zuckerstangen, Radiergummis und *Stollwerck*-Schokoladetafeln, denen Sammelbilder beigelegt waren. Er hatte gesehen, wie die Mädchen in Dörtes Schule sie tauschten und sich darum rissen. Außerdem kaufte er Tafelkreiden, die sich zum Zeichnen auf dem Pflaster eigneten. Hilde, die tagelang darauf beharrt hatte, sie wolle mit dem Unfug nichts zu schaffen haben, polierte die beiden Kristallkrüge, die ihnen aus Möhlitz geblieben waren, um Kirschsaft zu servieren.

»Was wünschst du dir denn zum Geburtstag, mein Törtchen?«, hatte Alwin seine Schwester gefragt, als er abends an ihrem Bett saß, das jetzt im Schlafzimmer der Mutter stand.

Dörte hatte mit einem zerbissenen Bleistiftstummel in ein Schulheft gekritzelt, blickte aber auf, als er sie ansprach. »Darf ich das wirklich?«, hatte sie gefragt. »Mir wünschen, was ich will?«

Alwin hatte genickt, obwohl für Geschenke kein Geld übrig war.

»Dann wünsch ich mir, dass ich in der Küche schlafen darf«, hatte Dörte gerufen und dabei gestrahlt wie ein gewöhnliches Kind.

»Warum denn das?«

In ihren Augen verblasste das Strahlen. »Ich weiß nicht, Alwin. An manchen Tagen ist es so schwer, mit Leuten zusammen zu sein, da schaffe ich's kaum mit mir selbst. Aber das geht nicht, oder? Mein Bett in der Küche darf ich wohl nicht haben?«

»Nein«, hatte Alwin erwidert. »Du bist ein nettes Mädel aus guter Familie, und nette Mädel aus guten Familien schlafen nicht in Küchen. Überleg dir etwas Besseres. Du hast einen Wunsch frei, es wäre doch schade, den zu vergeuden.«

»Dann wünsch ich mir einen Hund«, sagte Dörte. »Ein ganz kleiner genügt, der passt auch besser in mein Bett. Mit Hunden zusammen zu sein ist nicht so schwer wie mit Leuten.«
»Das ist Unsinn«, fiel Alwin ihr ins Wort. Um keinen Preis durfte sie spüren, wie sehr er selbst sich einen Hund wünschte, einen Bären mit warmem Fell wie Salchows Rex, der ihm voller Vertrauen entgegentollte. »Ein Hund kommt nicht in Frage, und du weißt es. Tiere sind kein Spielzeug und gehören nicht in Wohnungen.« Vor seinem Ton erschrak er und entschuldigte sich. »Du musst mich auch verstehen, Törtchen. Ich sitze hier, weil ich dir eine Freude machen will, und du kommst mir mit lauter dummen Ideen.«
»Ist schon gut.« Dörte legte die Arme um ihn. »Ich weiß ja, Hunde machen Schmutz, und Mutti hat ja schon so viel zu putzen. Ich wünsch mir was anderes, ja? Was ganz Kleines. Nur ein paar Bleistifte und dazu einen Zeichenblock.«
Alwins Blick fiel auf den Stummel, mit dem sie das Heft bekritzelt hatte, und auf ihre mit Graphit beschmierten Finger. »Brauchst du neue Bleistifte für die Schule?«, fragte er. »Ich besorge dir welche. Aber du darfst sie nicht zerbeißen und musst mir versprechen, dass du in deinen Heften sorgfältig schreibst.«
Als Geschenk, so beschloss er, würde er ihr etwas anderes kaufen. Ein Kleid aus rosenfarbener, plissierter Seide, das im Schaufenster eines Schneidersalons hing. Es war für ein älteres Kind gefertigt, aber Hilde oder die Mutter konnten es gewiss ändern. Ganz neu war es nicht, doch im Preis heruntergesetzt, und so bescheiden, wie sie lebten, konnten sie die Summe über die nächsten paar Monate einsparen. Alwin kaufte das Kleid. Wenigstens an ihrem Geburtstag sollte seine Schwester spüren, dass sie eine von Sterzing war.
Die Mutter gab sich mit der Änderung alle Mühe, sie hatte auf dem Lyzeum ein wenig Handarbeiten gelernt, und das Oberteil

schmiegte sich am Ende nicht schlecht um Dörtes schmale Statur. Der Rock blieb zu lang, er fiel ihr bis auf die Füße, aber die Farbe harmonierte mit dem zarten Rot ihres Haars. Alwin fand, dass seine Schwester reizend aussah. Zudem hatte sie sich gefreut. Sie hatte das Kleid aus der Schachtel gehoben und ihm einen Kuss auf die Wange gedrückt. »Danke, Alwin.« Das entschädigte für alles.

Jetzt saß sie in ihrem schönen Kleid auf der Bordsteinkante, während er auf dem Pflaster kniete und die Kästchen für *Himmel und Hölle* zeichnete. Zuvor hatte sie Hilde geholfen, einen Tisch für Kuchen und Kirschsaft auf die Straße zu tragen. Sie hatten acht kleine Kameradinnen aus Dörtes Klasse eingeladen, alles Mädchen aus gutgestellten Bürgerfamilien, eine die Erbin eines Saucen-Fabrikanten, und dazu drei aus der Nachbarschaft. Parvenüs. Aber immerhin achtbare Leute, die gewiss nicht kommunistisch wählten.

Er richtete sich auf und klopfte sich Kreide von den Knien.

»Das hast du schön gemacht, Alwin«, sagte Dörte. »Die Irmgard aus meiner Klasse kann's nicht besser.«

Alwin sah auf die silberne Taschenuhr seines Vaters, die er heute zum ersten Mal trug. Auch des Vaters Anzug trug er zum ersten Mal. Er passte ihm fast, nur seine Arme waren noch immer zu dünn. Fast drei war es, keine zehn Minuten mehr, bis die Gäste kamen. Dörte würde lachen und einen glücklichen Tag verleben. Wenn der Vater noch irgendwo existierte und auf seine Familie heruntersah – würde er heute mit seinem Sohn zufrieden sein?

5

»Rieke!« Solchen Freudenschrei hatte Alwin von Dörte nie gehört. Sie sprang auf und rannte mit fliegenden Zöpfen die Straße hinunter, ihrem ersten Gast entgegen.
»Bin ich zu früh?«
Alwin drehte sich um. Das Mädchen hatte ihren schäbigen Tornister auf dem Rücken, trug eine Bluse, die am Kragen geflickt war, und einen blauen, scharf gebügelten Trägerrock. Ihr Gesicht war gerötet, als hätte sie es geschrubbt. »Ich bedanke mich für die Einladung, Alwin. Und meine Mutter dankt auch.« Sie hielt ihm einen mickrigen Strauß Geranien hin, der aussah, wie aus einer Blumenrabatte stibitzt. Statt ihn anzunehmen, starrte Alwin von neuem auf die Uhr. Punkt drei. Von den Gästen, die hätten auftauchen sollen, war nichts zu sehen. Gut, dass wenigstens die kleine Kommunistin hier war, dass Dörte nicht allein auf dem Trottoir sitzen musste. »Danke«, sagte er und nahm die traurigen Blumen. »Aber du solltest nicht Alwin zu mir sagen. So spricht man einen Gymnasiasten, der schon vierzehn ist, nicht an.«
»Ich verstehe«, sagte das Mädchen und machte einen Knicks. »Vielen Dank, Herr von Sterzing. War es so richtig?«
Alwin nickte verlegen. »Und wie heißt du?«
»Rieke Thomas«, sagte das Mädchen. »Aber Sie müssen nicht Fräulein Thomas zu mir sagen.«
Zu Alwins Glück traten in diesem Augenblick zwei gleich gekleidete Mädchen aus dem Nachbarhaus. Mit einem Satz war er beim Tisch, um Hilde die Blumen in die Hand zu drücken, und lief dann los, um das Zwillingspaar willkommen zu heißen.
»Habt ihr keine Wohnung, dass ihr auf der Straße feiern müsst?«, fragte die eine. Die andere aber entdeckte das Himmel-und-Hölle-Spiel, schnappte sich den nächstbesten Stein und begann in den Kästen herumzuhüpfen.

»Dörte«, rief Alwin, »komm und begrüß deine Gäste!«
Wie ein müder Hund trottete Dörte heran. Sie bekam ein Geschenk, wickelte die Stoffpuppe aus dem Papier und bedankte sich wohlerzogen, ehe sie sie beiseitelegte. Da das Warten unerträglich wurde, bat Alwin alle zum Tisch und drängte Hilde, Kuchen und Saft zu verteilen. Kurz darauf hielt eine nachtblaue Limousine vor dem Haus, der Schlag flog auf und entließ ein Mädchen, dessen Kleid und Haarschleifen zum Auto passten. Die Saucen-Erbin. Eine ältliche Dame, vermutlich ein Kinderfräulein, wie Alwin selbst eines gehabt hatte, streckte den Kopf aus der Tür: »Familie von Sterzing? Sind Sie der Hausdiener? Ich bin beauftragt, Wilhelmine abzuliefern. In zwei Stunden holen wir sie wieder ab.«
Das Auto fuhr an, und sofort begann das Mädchen Wilhelmine zu zetern. »Ich hab gar nicht kommen wollen. Die Irmgard kommt auch nicht. Zu den armen Schluckern geht sie nicht, hat die Irmgard gemeint, aber mein Vater hat gesagt, das ist preußischer Adel, da können wir uns nicht drücken.«
Alwin wünschte sich fort. Er wünschte, er hätte die Zeit auf der Taschenuhr zurückdrehen und die ganze Feier ungeschehen machen können. Noch ein Mädchen namens Gerda traf ein, doch sonst kam niemand mehr. Die Nachbarszwillinge stopften sich Gabeln voll Kuchen in den Mund, um sie in hohem Bogen aufs Pflaster zu spucken. »Igitt. Das soll Puddingtorte sein? Das schmeckt ja ekelhafter als meiner Oma ihre Essigmutter.«
Gerda und Wilhelmine kicherten wie Ariane von Salchow, wenn sie sich über Alwins Haar amüsiert hatte. »Ich glaub, ihr Kleid hat die Dörte auch von der Oma«, sagte Wilhelmine, und die Zwillinge stimmten in das wiehernde Gekicher ein.
Dörte hielt den Kopf gesenkt und starrte auf den Saum des Kleides, der über ihren Schuhspitzen zipfelte.
»Ich finde Dörtes Kleid wunderschön«, schnitt Riekes Stimme in das Gelächter. »Sie sieht darin aus wie Wendy, die Freundin

von Peter Pan, deren Rock weht, wenn sie über den Himmel fliegt.«
Alwin hatte keine Ahnung, wer dieses fliegende Mädchen sein mochte, aber Dörte blickte auf und strahlte die Freundin an.
»Wirklich, Rieke? So gut gefällt es dir? Ich würde es dir ja geben, aber mein Bruder hat es mir geschenkt, deshalb hab ich's lieb.«
»Dir steht es besser«, erwiderte Rieke. »Und ich mache mir ja nichts aus Kleidern.«
Sie lachten beide. Dann rief Rieke die Übrigen zusammen. »He, wollt ihr nicht *Himmel und Hölle* spielen und Schokoladenbilder gewinnen? Topfschlagen wäre auch lustig – wenn Sie einen Topf, einen Schal und einen Löffel hätten, Herr von Sterzing.«
Wenig später hüpfte eine nach der anderen über das Pflaster, es gab Geschrei und Gelächter, und auf einmal schien die ganze Sache doch kein so entsetzliches Fiasko. Dörte stand zwar am Rand, aber sie war eben schüchtern und brauchte ihre Zeit. Er überließ es der patenten Rieke, die Preise zu verteilen, und da Hilde verschwunden war, holte er selbst die Utensilien aus der Wohnung, um die sie ihn gebeten hatte: einen Suppentopf, den sie verkehrtherum aufs Pflaster stellte, einen Schal, mit dem sie Gerda die Augen verband, und einen Löffel, mit dem die Blinde auf den Boden schlagen sollte, bis sie den Topf erwischte. Einer der Preise, ein blauer Radiergummi, wurde darunter verborgen, und als Gerda den Löffel auf den Topf knallte, brachen alle in Jubel aus.
Alwins Erleichterung währte nicht lange. Gerda beschwerte sich, sie wolle eine *Stollwerck*-Tafel, denn ohne die Aussicht auf die *Stollwerck*-Tafel hätte sie gar nicht erst mitgespielt. Sie hatte bereits zwei davon bei *Himmel und Hölle* gewonnen und getönt, sie habe ihr Album »Deutsche Helden« so gut wie voll.
»Das geht nicht«, mischte Alwin sich ein. »Es ist nur noch eine da, und die soll unter den Topf für das Geburtstagskind.«

»O ja!«, rief Rieke. »Komm, Dörte – jetzt bist du an der Reihe!«
Dörte saß inzwischen wieder auf der Bordsteinkante. Rieke lief zu ihr, zog sie in die Höhe und wickelte ihr geradezu liebevoll den Schal um die Augen. Dann half sie ihr auf Hände und Knie und drückte ihr den Löffel in die Hand. Zögernd begann Dörte, über das Pflaster zu kriechen. Sie würde sich das Kleid ruinieren, aber wenn sie Freude hatte, sollte es Alwin egal sein. »Das ist schön«, murmelte sie. »Schwarz mit kleinen Lichtern.«
»Die haut ja gar nicht mit dem Löffel«, meckerte Gerda. »Bis die den Topf findet, sind wir in dieser blöden Straße festgewachsen.«
»Bei der tickt es nicht richtig«, fügte Wilhelmine hinzu. »Die Irmgard hat's auch gesagt, und wenn die Sterzing eine echte Adlige wäre, würde die ja wohl nicht Geburtstag auf der Straße feiern.«
»Ich denk, die haben ihr Geld verloren«, sagte Gerda.
»So viel Geld kann man gar nicht verlieren, du Dummerchen«, wies Wilhelmine sie zurecht. »Und überhaupt, wenn ein echter Adliger sein Geld verliert, findet er einen, der ihm welches leiht.«
Rieke kniete sich zu Dörte aufs Pflaster und schlug für sie mit dem Löffel, aber die anderen hatten längst das Interesse verloren. Als der Topf schließlich gefunden war, schenkte Dörte ihrem Preis keine Aufmerksamkeit, sondern setzte sich wieder auf den Rinnstein, schlang die Arme um den Leib und begann zu wimmern.
Alwin vergaß die Mädchen, die ganze Geburtstagsfeier konnte ihm gestohlen bleiben. »Törtchen!«, rief er und versuchte sie in den Arm zu ziehen, sie aber schien in seiner Umarmung noch mehr zu schrumpfen. »Was ist denn jetzt los? Wieder Bauchschmerzen?«
Immerhin nickte sie. Wegen dieser Bauchschmerzen waren Alwin und die Mutter mit ihr von einem Arzt zum anderen gelaufen, hatten ein Vermögen für fragwürdige Behandlungen hingeblät-

tert, aber niemand hatte Dörte helfen können. »Das Mädel ist eine kleine Simulantin«, hatte der letzte im Reigen der Quacksalber behauptet. »Wenn sie einmal nicht im Mittelpunkt steht, verlegt sie sich aufs Kranksein, darauf dürfen Sie nichts geben.«
Danach hatte Alwin beschlossen, für Ärzte kein Geld mehr zu verschwenden. Dörte hasste es, im Mittelpunkt zu stehen, selbst auf ihrer eigenen Geburtstagsfeier verdrückte sie sich an den Rand. »Darf ich bitte nach oben gehen, Alwin?«, presste sie hervor. »Vielen Dank für mein Fest. Es war sehr schön.«
»Willst du dir denn das Sammelbild nicht ansehen, das du gewonnen hast?«, fragte er.
Dörte schüttelte den Kopf.
»Du wolltest lieber den Radiergummi haben, stimmt's?«
Erschrocken fuhr Alwin herum. Er hatte nicht bemerkt, dass Rieke zu ihnen getreten war.
Dörte rieb sich mit den Fäusten die Augen und nickte.
»Aber warum tauschst du dann nicht mit der Gerda?«, rief Alwin. Das war es, worauf er jedes Mal hoffte, wenn Dörte dieser Schmerz überwältigte, auf irgendeinen albernen Kleinmädchengrund, der sich aus der Welt räumen ließ. »Hör mal, Gerda!«, rief er. »Unser Geburtstagskind würde sich freuen, wenn du ihr Bild für dein Album bekämst. Magst du ihr deinen Radiergummi dafür geben?«
»Den hab ich in den Müll geworfen«, versetzte Gerda. »Solchen Mist für Babys kann ich nicht brauchen.«
Dörte begann wieder zu wimmern, und Alwin spürte, wie er die Geduld verlor. »Herrgott, dann kaufen wir eben morgen einen neuen! Gibt es nichts Schlimmeres auf der Welt als einen albernen Preis in einem Kinderspiel?«
»Albern ist das wirklich«, sagte Gerda. »In der Schule heult die auch wegen jedem Quatsch.«
»Aber das weißt du doch nicht, ob das Quatsch ist«, mischte sich Rieke ein. »Mein Vater hat mir auch erzählt, den Hals ge-

pinselt zu bekommen, ist harmlos, aber in Wirklichkeit war es grauenhaft. Wenn man's noch nicht erlebt hat, weiß man's eben nicht.«

Kurz schien sich die Spannung zu lösen. Bis Wilhelmine sprach: »Was erfindest du denn für Lügen? Du hast doch gar keinen Vater.«

Rieke, die bisher so besonnen und erwachsen aufgetreten war, wurde bleich. »Und ob ich einen hab!«, fuhr sie Wilhelmine an. »Ich kann ihn dir ja zeigen. Er holt mich jeden Tag ab, wenn er von der Zeitung kommt, für die er schreibt.«

»Ja, wie ein Baby«, höhnte Gerda. »Wir anderen können allein gehen, aber die Rieke und die Dörte brauchen einen, der ihnen das Händchen hält.«

»Mein Vater ist in der kommunistischen Partei!« Riekes Stimme klang, als kämpfe sie gegen einen Sturm von Tränen. »Er hat Feinde, Kurt Eisner ist in München auf offener Straße ermordet worden, und er will nicht, dass mir was passiert.«

»Ja, ein Kommunist ist der Kerl, bei dem deine Mutter haust«, rief Wilhelmine triumphierend. »Einer, der Häuser ansteckt. Aber dein Vater ist der deshalb noch lange nicht.«

Alwin sah die Schweißperlen, die sich auf Riekes Oberlippe formten. Sag, dass das nicht wahr ist, beschwor er sie stumm. Er war es seinem Vater schuldig, Dörte zu schützen, doch stattdessen hatte er sie mit diesem Mädchen verkehren lassen, ohne zu prüfen, wer sie war. Eine kleine Kommunistin. Und schlimmer: das Kind einer ledigen Mutter, einer liederlichen Person. Berlin war ein Sündenpfuhl, pflegte Hilde zu sagen, man durfte ein ordentliches Mädchen nicht auf die Straße lassen. Er aber hatte Dörte auf die Straße gelassen, in einen Sumpf, in dem sie zu versinken drohte.

Aber es konnte ja nicht wahr sein! Die beiden boshaften Gören, Wilhelmine und Gerda, zerrissen sich gewiss die Mäuler und erfanden Lügen über jeden. »Deshalb erzählt sie doch überall rum, sie heißt Rieke Thomas«, keifte Gerda. »In Wirklichkeit heißt sie Mundt wie ihre Mutter, und Thomas ist bloß der hinkende Kerl, der mit ihnen in der Schlampenwirtschaft wohnt.«

»Er ist mein Vater«, sagte Rieke. »Er hat gesagt, er hat mich lieb wie sein eigenes Kind, und wenn er meine Mutter heiraten kann, nimmt er mich an Kindes statt an, und das ist so, als wenn er mein richtiger Vater wär.«

Gerda lachte. Wilhelmine machte noch eine gehässige Bemerkung, dann fuhr die blaue Limousine vor, um sie in ihr hübsches, behütetes Zuhause zu holen. Gerda stieg mit ein, und die Zwillinge trollten sich. Bei Alwin bedankte sich niemand.

Rieke hatte sich zu Dörte gesellt, die sich immer noch den Bauch hielt. »Es war schön«, sagte sie.

Dörte schüttelte den Kopf.

»Doch«, beharrte Rieke. »Es war schön, dass ich dich besuchen durfte. Willst du mich vielleicht auch einmal besuchen? Mein Vater hat eine Weltkarte, damit kann man sich ausdenken, dass man in alle Länder auf der Erde reist. Bei uns ist es ein bisschen laut, aber wir finden schon eine Ecke, wo uns niemand stört.«

»Das kommt nicht in Frage«, schnitt ihr Alwin das Wort ab. »An dem, was deine Mutter tut, trägst du keine Schuld, aber du hättest es mir sagen müssen. Meiner Schwester kann ich auf keinen Fall gestatten, in so einem Haus Besuche zu machen, und du kannst auch nicht mehr kommen. So leid es mir tut, es brächte Dörte in Verruf.«

Alwin hatte Protest erwartet, sogar Geschrei oder Tränen. Rieke aber fing sich mit einer Contenance, um die er sie beneidete.

»Ich versteh schon«, sagte sie. »Da ist dann wohl nichts zu machen.«

Dörte hob den Kopf. Ihr kleines Gesicht glänzte nass. »Gehst du jetzt und kommst nicht wieder, Rieke?«

»Ich glaub, ich muss.«

»Aber das darfst du nicht!«, rief Dörte. »Du bist mein Herzmensch. Du und Alwin, ihr seid beide meine Herzmenschen.«
Jäh musste Alwin an Robert denken, der ihm nachgerufen hatte: »Und wenn die Alten sich auf den Kopf stellen, du bist und bleibst immer mein Freund.«
»Was ist denn ein Herzmensch?«, fragte Rieke.
»Mein Herz veranstaltet immer so ein Geklopfe, weil es sich vor Menschen fürchtet«, sagte Dörte. »Aber bei dir und Alwin klopft es leise, und es geht ihm gut.«
Rieke überlegte. Dann ging sie und holte den Tornister, den sie an der Hauswand abgestellt hatte, öffnete die Schnalle und überreichte Dörte ein flaches, in Zeitungspapier gewickeltes Paket.
»Für mich?«
Rieke nickte. »Wenn man zum Geburtstag eingeladen ist, muss man doch ein Geschenk mitbringen.«
Dörte wirkte geradezu andächtig, als sie das Papier abwickelte und einen Blechkasten mit Farbstiften hervorholte. Keine billige Ware, sondern die Großauswahl von *Faber Castell*, die daheim, in Möhlitz, auf Alwins Kinderschreibtisch gestanden hatte. Seine Schwester öffnete den Kasten wie einen Schrein, nahm einen Stift in einem Grünton heraus, betrachtete ihn von allen Seiten und legte ihn zurück, um einen kürzeren, zinnoberroten auszuwählen.
»Sie sind nicht ganz neu«, sagte Rieke. »Meine Tante Paula hat sie mir geschenkt, aber ich kann doch gar nicht zeichnen.«
»Ich auch nicht«, sagte Dörte und streichelte die Farbstifte. »Aber ich würd's gern können.«
Rieke lachte. »Ich nicht.«
»Darf ich sie wirklich behalten? Wird deine Tante nicht traurig sein?«
»Sie hat gesagt, ich soll sie an dich weiterschenken«, antwortete Rieke. »Wenn man etwas nicht brauchen kann, ist es ja ver-

schwendet. Meine Mutter hatte eine Cousine in Frankreich, die hat ihr immer Leberpastete geschickt. Dafür hat sie ihr Geld ausgegeben, und meine Mutter hätte gern französischen Wein gehabt, und das Pastetenzeug hat ihr geschmeckt wie Regenwürmer.«

Alwin wusste, er hätte dem Einhalt gebieten müssen. Frankreich war der Erbfeind, der an der Misere schuld war, Frankreich hatte Deutschland gedemütigt, und keine anständige Deutsche hätte Pastete oder Wein von dort auch nur probiert. Dennoch schwieg er.

»Und was hat deine Mutter gemacht?«, fragte Dörte. »Hat sie es ihrer Cousine gesagt, und schickt die ihr jetzt Wein?«

»Die ist jetzt tot und schickt ihr gar nichts mehr«, sagte Rieke und schloss die Schnalle des Tornisters. »Ich muss gehen, Dörte. Wenn du mir einmal etwas schicken willst, dann hätte ich gern ein Bild.«

Nathalie

September 1923

6

Mort pour la France.

Den Tag, an dem die letzten Kriegstoten von Les Adrets auf dem Kirchhof von Notre-Dame de l'Assomption begraben wurden, vergaß Nathalie nie. Er lag schon fünf Jahre zurück, und von der kindischen Trine, die auf dem Klosett mit ihren Haaren gespielt hatte, war außer den Haaren nichts mehr übrig, aber der Gedanke an den Tag blitzte noch immer ohne Warnung in ihr auf. So wie der Meißel des Steinmetzen die Worte in den roten Porphyr der Grabkreuze geschlagen hatte, schlug die Stimme von Père Raymond sie in Nathalies Erinnerung.

Mort pour la France.

Gestorben für Frankreich. Sie wusste nicht, was das bedeuten sollte. War nicht ein Land dazu da, dass Leute darin lebten? Die Worte blieben dennoch. *Mort pour la France.* Regen fiel, wusch den Porphyrstein blank. Zum Begräbnis hatte sich bald das ganze Dorf versammelt. Die Särge waren über Nacht in der Kirche aufgebahrt und am Morgen die von Menschen gesäumte Hauptstraße hinauf getragen worden. Drei der Särge. Wo der vierte die Nacht vor seiner Beisetzung verbracht hatte, hatte Nathalie nie erfahren. Über dem vierten lag keine Trikolore, er wurde nicht im Leichenzug mitgetragen, und vor der Grube, in die er gesenkt wurde, stand kein Kreuz aus dem Stein des Estérel-Gebirges mit den Worten *Mort pour la France.*

In dem vierten Sarg lag *maman*. Nathalie und ihr Vater, *grand-mère* Rose und Tante Edwige folgten den drei übrigen, die zur

Grabstätte der Cadières de l'Estérel getragen wurden. Über der Steinplatte mit den eingemeißelten Namen etlicher Claudes und ihrer Familien ragte ein Engel auf, der den Delphin der Provence wie ein Baby im Arm hielt. Der jüngste Claude, der gestorben war, ehe er die Familiendynastie weiterführen konnte, bekam jedoch ein eigenes Grabmal, das neben dem mit dem Engel stand – ein Kreuz aus rotem Stein mit der Inschrift: *Mort pour la France.*

Neben diesem war eine zweite, schmalere Grube ausgehoben worden, an der ein kleineres Kreuz sich erhob. Dorthinein senkten die Träger den Sarg von Onkel Stéphane. Dass der nicht drüben an der Mauer, bei den Gräbern der Delages, sondern bewacht vom Engel der Cadières liegen durfte, war eine Ehre, mit der sich der junge Comte Claude über den Tod hinaus bei seinem Burschen Stéphane bedankte, hatte *papa* Nathalie erklärt. Über die drei toten Männer sprach er mit ihr. Über *maman* nicht.

Beim Anblick der Grube hatte Nathalie sich gefragt, ob Onkel Stéphane so viel dünner gewesen war als Claude vom Château, aber sofort fiel ihr ein, dass das Blödsinn war. Onkel Stéphane konnte so dick oder dünn gewesen sein, wie er wollte, denn sein Sarg war leer. In den letzten Kriegstagen, als sein Herr gestorben war, war er bereits seit zwei Jahren tot gewesen, gefallen an der Somme, wo mit ihm zweihunderttausend Franzosen und doppelt so viele britische Verbündete getötet worden waren. Bei einer solchen Menge von Toten wäre es unmöglich gewesen, jeden einzelnen in den Winkel Frankreichs zu schicken, aus dem er stammte.

»Er hat sein Grab dort, wo er für sein Land gestorben ist«, hatte Nathalies Vater *grand-mère* Rose zu beruhigen versucht.

Grand-mère Rose aber regten die Beruhigungsversuche von Nathalies Vater noch mehr auf: »Ach ja, hat er das? Beim Himmel und der gesegneten Jungfrau, die haben ihn doch nicht mal gefunden, in welches Grab hätten sie ihn denn da legen sollen?«

Wenn sie ihn nicht gefunden hatten, woher wussten sie dann, dass er tot war?, hatte sich Nathalie gefragt, doch Pâcome von der Post hatte es ihr erklärt: Jeder Soldat trug eine lederne Marke um den Hals, auf der seine Waffengattung, seine Einheit, seine Nummer und seine Religion vermerkt waren. Wer einen Toten fand, hatte ihm die Marke abzunehmen und dem Kommandanten zu übergeben, damit der Betreffende als »tot« aus der Liste gestrichen und an seine Familie ein graublauer Brief verschickt werden konnte. Der Tote selbst blieb ohne Marke liegen, bis er für niemanden mehr erkennbar war.

»Aber sie haben für jeden ein Grab ausgehoben«, sagte Pâcome. »Und ihm ein Kreuz gezimmert.«

»Und was haben sie draufgeschrieben, wenn sie den Namen nicht wussten?«

»Mort pour la France.«

Père Raymond sprach die Worte wie kleine Schläge mit dem Meißel, und dann spielten drei Männer in zu dünnen Hemden, Westen und schwarzen Hüten auf Galoubet-Pfeifen und Trommeln unendlich schöne, traurige Musik. Onkel Stéphanes Sarg wurde aufgehoben. Er war leer bis auf das, was von ihm zurück nach Les Adrets gelangt war: die Marke mit seiner Religionszugehörigkeit und all dem Zeug. Weil *grand-mère* Rose nicht aufgehört hatte zu zetern, ein Grab ohne Namen sei überhaupt keines, hatte irgendwer vom Château ihr diesen Vorschlag gemacht: Onkel Stéphane würde zusammen mit seinem Capitaine geehrt werden – ein Stéphane mit einem Claude, wie seit Menschengedenken –, und seine Marke würde neben seinem Herrn begraben liegen.

Sobald der zweite Sarg versenkt war, hoben die Träger den dritten auf und trugen ihn fünf Schritte weiter zu einer Grube vor einem noch kleineren Kreuz. Im dritten Sarg lag Onkel

Christophe, Tante Edwiges Mann, mit dem sie nur vier Wochen gelebt hatte, aber vier Jahre verheiratet gewesen war. Onkel Christophe hatte das Glück gehabt, mit Claude zusammen zu sterben, zum Schluss, als es nur noch wenige Tote gab, die sich leichter identifizieren ließen. Und da der Erbsohn des Comte ohnehin in Ehren heimgeleitet wurde, hatte man Onkel Christophe gleich mitgeschickt.
Nathalie hoffte, dass Tante Edwige sich darüber freute. Die Arme geriet noch immer plötzlich ins Schwanken, und einmal, als kein Pâcome zur Stelle war, hatte Nathalie versucht, sie aufzufangen, und sie waren beide zu Boden gestürzt. Sie tat Nathalie entsetzlich leid: Den lustigen Onkel Christophe hatte sie haben wollen, hatte als Braut so hübsch ausgesehen, aber geblieben waren ihr ein muffiges Witwenkleid in Schwarz und *grand-mère* Rose. Die kam Nathalie vor wie der Mehltau, gegen den sich der Wein nicht wehrte. Wenn Michel, der Olivenbauer, ihm nicht die Blätter mit Molke abspritzte, hielt der Wein still, bis er unter dem Mehltau erstickte. Ich will so nicht werden, dachte Nathalie und sah Tante Edwige zu, die wie erstickt am Arm von *grand-mère* Rose hing. Lieber wehre ich mich und renn mir dabei den Kopf ein, als mit *grand-mère* Rose auf dem Friedhof zu stehen, als wäre ich selbst schon begraben.
Die Musiker packten ihre Pfeifen und Trommeln ein, und die Menge begann sich zu zerstreuen. Für die Cadières gab es einen Trauerempfang auf dem Château, sie folgten Monsieur Bruno, der einen Regenschirm über seine Herrschaft aufgespannt hielt. Der Comte ging gebeugt wie Nathalies Vater, aus seinem dünnen Haar troff der Regen, als weine sein ganzes Gesicht. Die Comtesse Odette an seiner Seite hatte nichts Herrisches, Überhebliches mehr, sondern krümmte sich unter dem Wind und hatte die Arme um den Bauch gelegt. Weinen sah Nathalie sie auch jetzt nicht, doch die beiden wirkten wie Zweige von

Seekiefern, die am Lac de l'Avellan ins Wasser hingen und langsam abfaulten.

Die Leute aus dem Dorf, die gekommen waren, um dem Erben ihres Herrn das Geleit zu geben, zogen in Sebastiens Bar, *La Vache qui pleure*, wo der Herr ihnen so viel Wein bezahlen würde, wie sie trinken konnten. *Grand-mère* Rose zerrte Tante Edwige am Arm mit sich. »Du kannst nicht von Edwige erwarten, dass sie sich zu der Hunnin ans Grab stellt, wo deren Leute ihr den Mann abgeschlachtet haben«, zischte sie Nathalies Vater zu.

Der Vater hatte nichts erwidert, sondern nur Nathalies Hand genommen und war mit ihr durch den dichter werdenden Regen zur Friedhofsmauer gegangen. Dort duckten sich die von zerrupftem Kraut überwachsenen Gräber der Delages. Ohne Fahne, ohne Musik und ohne Père Raymond wurde der Sarg der Mutter in die Erde gesenkt. Nathalie stand ganz still, zitterte nur vor Kälte in dem zu knappen Kleidchen, das der Vater ihr um jeden Preis hatte anziehen wollen, und fühlte sich allein und fremd in sich selbst.

Sie hatte ihre Mutter verloren. Sie hatte ihre Onkel verloren. Sie hatte ihren heimlichen Bräutigam verloren, und doch fand sie in sich nur Leere, keine Traurigkeit, nichts, das sie mit anderen Menschen verband. Sie wünschte sich, Salah wäre da gewesen, aber auf den Kirchhof hatte er nicht mitkommen dürfen.

Stumm stellte ihr Vater ein tönernes Trauerschild an das offene Grab. *Pour mon épouse. Pour ma mère.* Für meine Gattin. Für meine Mutter. Kein *Mort pour la France.* Nathalie war bis auf die Haut durchnässt, und ihr Versuch zu weinen war, wie wenn *grand-mère* Rose sagte, dass sie pinkeln sollte, obwohl sie gar nicht musste: Es tat weh, aber nichts kam raus.

Warum nur dachte sie jetzt daran, fünf Jahre später an einem Spätsommertag, an dem die Luft schwer war und flimmerte, an dem sie sich zwischen braunen Grasbüscheln rekelte und zu spüren glaubte, dass ihre pummeligen Kinderbeine sich zu strecken begannen? Warum dachte sie jetzt, wo sie auf die anderen wartete, um das schönste aller Spiele zu spielen, an den Tag, an dem sie an der Hand ihres Vaters durch die leergefegte Straße getrottet war und sich allein gefühlt hatte wie nie zuvor?

Aus Sebastiens Bar war Musik gedrungen, jemand spielte Bodega, den kleinen Dudelsack, und ein anderer schlug die Trommel. Nathalie liebte Musik, und sie liebte Sebastiens Bar. Sooft sie mit einer Kanne geschickt wurde, um *Pastis* zu holen, konnte sie nicht schnell genug laufen. Über der Tür hing der holzgeschnitzte Kopf einer Kuh, der Tränen aus den Augen tropften, und wenn die Tür sich schloss, schien alles Trübsinnige und Langweilige draußen zu bleiben. Nicht immer natürlich. Manchmal saßen nur ein paar alte Männer an den Tischen, tranken ihren Schnaps und spielten mit abgeschabten Karten Piquet. Machte aber jemand Musik, dann verwandelte sich der düstere Raum. Nathalie wollte immer tanzen. Sogar auf dem Friedhof, bei der traurigen Weise, hatte es ihr in den Beinen gezuckt.

Drinnen würde es warm sein. Leute würden lachen, saufen, sich danebenbenehmen, die Trommel würde schlagen, und irgendwer würde über Tische springen. Die Luft wäre dick vom Rauch und würde nach Tabak duften, nach Schweiß und Anis. Drinnen wäre Leben. Nicht *Mort pour la France.*

Ihr Vater zog sie weiter.

»Warum gehen wir nicht zu Sebastien?«, protestierte Nathalie. »Es sind doch alle dort, und ich will auch hin.«

»Geht nicht, *ma minette.*« Der Vater zerrte an ihrem Arm. »Wir können da heute nicht hin.«

»Und warum nicht?« Nathalie riss sich los und blieb stehen. »Wir waren auch auf dem Begräbnis, oder etwa nicht? Du hast deine beiden Brüder verloren und ich meine Onkel, und *maman* …«

Ihr Vater blieb ebenfalls stehen und drehte sich zu ihr um. Sein Rücken wirkte krummer denn je. Den *Glöckner von Notre-Dame* hatte Fabrice ihn genannt. »Wegen *maman* ist es.« Seine Stimme krächzte. »Sie wollen uns dort drin heute nicht haben.«

»*Maman* ist doch genauso tot wie die anderen«, rief Nathalie.

»Ich weiß«, murmelte *papa* und senkte den Blick in eine Pfütze. »Aber *maman* war eine Deutsche, *ma minette.*«

Ich nicht, hatte Nathalie sich geschworen. Auf dem Friedhof hatte sie nicht weinen können, aber vor Sebastiens Bar, deren Tür sie ausschloss, hatten Tränen der Wut ihr den Blick verschleiert. Sie war hinter ihrem Vater hergestampft und hatte bei jedem Schritt wiederholt: *Mort pour la France.* Ich werde nie eine Deutsche sein.

Nach jenem Tag hatte sich ihr Leben verändert. *Grand-mère* Rose hatte nun keinen Sohn mehr in Reserve. »Wenn der Nichtsnutz das Amt meines Seligen sowieso in die Finger bekommt, wozu soll ich mich dann noch plagen?«, hatte sie gesagt und das Körbchen mit den Schlüsseln des Châteaus an Nathalies Vater übergeben, ohne ihn eines Blickes zu würdigen. Das aber war nicht die einschneidendste Veränderung, die das Ende des Krieges mit sich brachte. Nathalie wusste, es hätte der Verlust ihrer Mutter sein sollen, doch in der Mühle lief der Alltag weiter, als hätte die kleine Frau, deren Gesicht in der Erinnerung verblich, nie hier gelebt. Manchmal glaubte Nathalie, sie hätte sich ihre Mutter ausgedacht wie die Figuren in ihrem Spiel, doch über die Figuren wusste sie alles, was sie wollte. Von ihrer Mutter wusste sie nicht einmal, wie sie hierhergekommen war, und dass sie jetzt nicht mehr da war, fiel mit jedem Tag weniger auf.

Es war nicht etwas, das sie besessen hatte, was Nathalie vermisste. Sondern etwas, das sie nun auch nie besitzen konnte.

Umso schmerzhafter fiel auf, was oben auf dem Château geschah. Sie hatte sich immer Veränderung gewünscht, aber keine, bei der sie als Zaungast am Rand stehen musste. Deshalb denke ich heute daran, fiel ihr ein. Weil September ist und der Sommer fast zu Ende, auch wenn er noch so mit seiner letzten Glorie protzt. Ich denke daran, weil mir das Gleiche jedes Jahr bevorsteht und weil ich es heute noch immer so wie damals hasse.

Ein paar Tage nach der Beerdigung war sie wieder zum Château hinaufgegangen, um das bisschen Freizeit, das die verhasste Schule ihr ließ, mit den Söhnen der Cadières zu verbringen. Salah hatte sie gedrängt, sie solle der Familie in Trauer ihren Frieden lassen, aber Nathalie war einfach weitergelaufen. »Blödsinn«, hatte sie ihm über die Schulter zugeworfen, »Didier und Fabrice sind unsere Freunde, also werden sie uns doch wohl sehen wollen.« In Wahrheit hatte sie selbst Angst, das Château könnte ihr jetzt, wo alles anders war, verschlossen bleiben, doch umso dringender musste sie dort nach dem Rechten sehen. Salah brummte zwar sein »*Ya Allah*«, doch wie üblich folgte er ihr. Was sie erwartete, übertraf ihre schlimmste Befürchtung. Hätte die Comtesse ihr den Umgang mit ihren Söhnen verboten, hätten sie sich immer noch heimlich treffen können, doch Odette Cadière verbot nichts. Sie ließ sich gar nicht blicken. Stattdessen standen Didier und Fabrice im Vorhof bei einem Reisewagen und sahen zu, wie Koffer aufgeladen wurden. Der Wagen, der mit den beiden majestätischen Boulonnais-Schimmeln bespannt war, würde es nicht über den Ziegenpfad schaffen. Sie alle nahmen den Pfad, der in die Schulter des Bergs geschlagen war und den man zwischen Felsnasen und schief gewachsenen Kiefern hinauf und hinunter flitzen konnte. Wer fahren wollte, benutzte den Eselskarren, aber dieses pompöse Gespann würde auf die kürzlich gebaute Straße ausweichen müssen, die sich von links nach rechts durch Senken zog. Die Straße war für jedermann zugänglich – kein Geheimpfad für Eingeweihte, die hier zu Hause waren.

»He, Didier, Fabrice!«, rief Nathalie. »Wo wollt ihr in der Riesenkarosse denn hin?«
»Lass doch, Nathalie«, murmelte Salah.
»Halt du dich raus!«, herrschte sie ihn an, weil sie zu spüren begann, dass dies hier nichts Harmloses war, nichts, das vorüberging. Auch dafür hatte *papa* ihr den Berberjungen geschenkt: »Die Welt ist ungerecht, *ma minette*. Dagegen können wir uns nicht wehren, und das einzig Gute daran ist, dass es immer einen gibt, der sich noch weniger wehren kann.«
Salah wehrte sich nicht, und Nathalie schämte sich. Sie wollte sich entschuldigen, doch ehe sie dazu kam, drehte Fabrice, der sich mit einem Diener über das Verschnüren zweier Tennisschläger zankte, sich zu ihr um. »Wir fahren nach Paris«, sagte er und klang so überheblich, wie sie es hasste, aber auch ein wenig, als hätte er gerade mit der Fliegenpatsche eins auf den Hintern bekommen.
Paris.
Wenn der Weg von der Mühle bis zum Château für ein Mädchen von Nathalies Herkunft weit war, dann war Paris unerreichbar wie der Mond. Delphine fuhr oft hin. Ihre Eltern nahmen sie mit, um ihrer Erziehung Schliff zu geben. An Delphine war diese Mühe verschwendet, denn die hatte keine Ahnung, wie viel Glück sie hatte. »Jeder sagt, in Paris schlägt das Herz der Welt, aber ich weiß nicht, was ich daran finden soll«, hatte sie beteuert. »Es ist sehr laut und voller Gaslaternen, und ich glaube, die schalten die Leute dort die ganze Nacht nicht aus.«
Nathalie hätte alles dafür gegeben, die Stadt, in der die ganze Nacht das Licht nicht ausging, zu sehen, aber sie hatte sich damit getröstet, dass auch Didier und Fabrice nicht hinfuhren. Paris war eine Tagesreise entfernt, und das Herz ihrer Welt schlug eben hier, rund um die Mauern des Châteaus mit seinen Scharten statt Fenstern und den Kaskaden von Bougainvillea-Blüten. Es schlug in den wacholderduftenden Wäldern, zwi-

schen den Rebstöcken der Mourvèdre-Traube, in den Gassen des Dorfes und bei den blassgelben Häusern am trägen, flachen Fluss. Sie hatten ihr Weltenspiel, das sie forttrug, wohin immer sie wollten, und Delphine gehörte sowieso nie ganz hierher, sondern kam nur im Sommer.

Jetzt aber würden Didier und Fabrice mit ihrem Reisewagen davonbrausen, der lichtdurchfluteten Nacht von Paris entgegen, und Nathalie und Salah blieben zurück. Ihre Einheit, die Hand, die Didier in die Erde des Weinbergs geritzt hatte, war im Begriff zu zerbrechen. Erst jetzt erfasste Nathalie, dass es Claude nicht mehr gab, dass dieser Weg ihr versperrt war und dass all die Stunden auf dem Klosett umsonst gewesen waren. Sie würde es nicht aufs Château schaffen, geschweige denn nach Paris, sondern auf der Mühle mit dem Plumpsklo kleben bleiben.

»Wir gehen da zur Schule.« Fabrice riss dem Diener die Schläger weg und wickelte ein Seil um die Griffe, ohne den Blick von ihr abzuwenden. »Auf das Lycée Henri IV, die angesehenste Schule von Frankreich. Ein Junge, der dort aufgenommen wird, hat seinen Platz an einer *grande école* so gut wie sicher.«

Grandes écoles hießen die Elitehochschulen des Landes, an denen Premierminister, Feldmarschalle, Nobelpreisträger und Großindustrielle ausgebildet wurden, aber das hatte Nathalie damals nicht gewusst. Sie hätte es auch nicht wissen wollen. Didier und Fabrice waren Söhne aus Les Adrets, sie wurden von Hauslehrern unterrichtet wie ihr Vater und Großvater vor ihnen, hier, in der Provence, wo sie zu Hause waren.

Fabrice gab dem Diener die Tennisschläger zurück. Didier stand mit hängenden Armen herum. »Gute Fahrt«, sagte Salah so leise, dass die beiden Cadières es schwerlich hören konnten.

Nathalie schoss herum, um ihn anzuschreien, doch beim Blick in sein dunkles Gesicht verstummte sie. Das Bild verschwamm,

und ihre Wut ertrank in Tränen. Er streckte ihr die Hand hin, doch im selben Augenblick spürte sie eine Berührung an der Schulter.
Hinter ihr stand Didier. Wie sein Bruder trug er einen gedeckten Anzug mit langen Hosen und fliederblauem Binder. Seine zimtbraunen Locken waren so kurz geschoren, dass es nichts mehr aus dem Gesicht zu blasen gab. Und doch war er noch immer Didier, so liebenswert wie im Matrosenanzug. Nathalie musste an sich halten, um sich ihm nicht an den Hals zu werfen.
»Wir kommen ja wieder«, sagte er matt.
»Aber warum sollt ihr denn überhaupt weg?«
Er zuckte die Schultern. »Der Vater hält es eben für besser. Aber wenn Sommer ist, wenn wir Ferien haben und auch Delphine kommt, sind wir wieder da.«
»Du darfst gar nicht erst weggehen. Mich hier allein lassen, das darfst du nicht.« Noch während Nathalie sich für ihre Bettelstimme schämte, ging ihr auf, was selbst eine Idiotin längst erkannt hätte: Da es Claude nicht mehr gab, war Didier der Erbe. Ihr Didier mit den sanften Augen, den sie so lieb hatte wie sonst keinen.
»Schau, ich habe doch keine Wahl, Natou.« Didier klang noch verzweifelter als sie. »Die Zeiten ändern sich, hat der Vater gesagt. Wir hier hinter unseren Wäldern müssen mithalten können, oder wir gehen unter.«
Nichts davon interessierte Nathalie. Sie wollte, dass er blieb, konnte sich den endlos öden Winter ohne ihn und ihr Spiel nicht vorstellen.
»Didier!« Jeanne-Camille war aus dem Portal getreten. Sie trug einen schwarzen Mantel und das Haar mit so vielen Klammern festgesteckt, dass nicht einmal der Mistral, der sich am Himmel zusammenbraute, es zerzausen würde. »Michel will fahren. Lass die Krabbe stehen und mach, dass du auf den Wagen kommst.«

Krabbe sagte sie. Wie ihre Mutter, deren Rolle sie sich offenbar angeeignet hatte, auch wenn ihr deren Format und die Aura verblühter großer Schönheit fehlten.
»Ich komme!«, rief Didier und wollte loslaufen, doch Nathalie erwischte ihn am Arm.
»Sag ihr, du bleibst bei mir, und sie kann dich mal küssen, wo du schön bist. Sag ihr, dass ich keine Krabbe bin, sondern deine Freundin Nathalie.«
Didier senkte die Lider und strich über Nathalies Haar. »Natürlich bist du unsere Freundin. Aber meine Schwester hat Sorgen genug, ich kann ihr doch nicht noch mehr aufladen.«
»Wer ist dir wichtiger?« Schon spürte Nathalie den tosenden Wind, der die Straßen des Dorfes leer fegen würde. »Sie oder ich?«
»Bitte stell mir nicht solche Fragen«, sagte Didier. »Wir sind Freunde, Jeanne-Camille und ich sind Geschwister. Ihr seid beide wichtig für mich.« Sachte machte er sich los, schenkte ihr noch ein trauriges Lächeln und ging zum Wagen, wo seine Schwester das Gepäck prüfte. Michel, der die Olivenbäume pflegte und zugleich sämtliche Fahrdienste versah, steckte seine Peitsche in die Halterung am Bock.
Nathalie stand lange still und starrte vor sich hin. Eines Tages werde ich dich zwingen, dich zu entscheiden, dachte sie. Und ich werde dafür sorgen, deine Entscheidung so laut hinauszuschreien, dass Jeanne-Camille es hört. Dann drehte sie sich abrupt um und zog Salah mit sich. »Komm.«
Sie waren keine drei Schritte weit gekommen, als jemand sie von hinten packte und herumriss. Fabrice. Obwohl er genauso teuer und sorgsam gekleidet war wie sein Bruder, hatte er etwas Verwildertes an sich. »Ich fahr nicht mit«, sagte er. »Ich will gar nicht in das blöde Paris und auf die blöde Schule. Soll Jeanne-Camille doch selbst gehen. Ich bleibe hier und spiele unser Spiel.« Er gab sich einen Ruck, warf die Arme um sie und

drückte sie an sich. Dann ließ er sie los und holte keuchend Atem.

Sie kamen zu dritt, Jeanne-Camille, Michel und Monsieur Bruno, und zerrten ihn von ihr weg zum Wagen. Fabrice zappelte, trat und fauchte, kassierte von Jeanne-Camille ein paar saftige Ohrfeigen und wehrte sich noch, als sie ihn in den Wagen stopften. Michel, der hart wie ein Brotkanten war, aber seine Herrschaft respektierte wie den lieben Gott, rührte ihn dabei nicht an, sondern schloss nur die Tür. Er ist so peinlich, dachte Nathalie. Immer übertreibt er und benimmt sich, wie es sich für den Sohn eines Comte nicht gehört. Aber zugleich tat es ihr gut, dass er um sie und ihr Weltenspiel kämpfte, dass er nichts verbergen konnte, sondern litt wie sie.

Sie war mit Salah weggegangen, ehe der Wagen anfuhr, und es hatte ihr noch immer leidgetan, dass sie ihn angeschrien hatte, obwohl sie nicht auf ihn, sondern auf das Leben zornig war. »Seinen Diener bittet man so wenig um Entschuldigung wie seinen Hund«, hatte der Vater ihr beigebracht. »Weder der eine noch der andere würde es verstehen.« Aber der Vater stand ihr nicht bei, Salah war kein Hund, und außerdem hatte sich Nathalie zwar noch nie bei einem Hund, aber durchaus bei Chérubin, der fast blonden Katze, entschuldigt. »Tut mir leid«, murmelte sie. »Ich bin ein Ekel, aber besser Ekel als Verräter.«

»Viel besser.«

»Sind wir noch Freunde?«

Salah fasste nach der Hand, die sie ihm hinstreckte, drückte sie, und Seite und Seite trotteten sie zur Mühle zurück.

7

»Der Mensch gewöhnt sich an alles«, behauptete Tante Edwige, die in ihren muffigen Witwenkleidern durchs Haus schlurfte und tat, was *grand-mère* Rose wollte. Sie sah so alt aus, wie sie unmöglich sein konnte und wie Nathalie nie werden wollte. Nein, Nathalie hatte sich nicht an die Neuordnung ihres Lebens gewöhnt, doch sie hatte sie hinnehmen müssen, und dabei war es geblieben. Schon fünf Jahre lang.

Die Jungen vom Château verbrachten den größten Teil des Jahres in Paris und führten ein Leben, an dem Nathalie keinen Anteil hatte. Sie kamen für ein paar Tage über Weihnachten und dann noch einmal um Ostern herum, wenn ihre Schwester Namenstag feierte, aber diese Zeiten waren angefüllt mit familiären Verpflichtungen. Der Aufwand, den es erforderte, ihr Spiel in Fahrt zu bringen, lohnte sich nicht. Manchmal hatten sie sich so heftig danach gesehnt, dass sie es dennoch versucht hatten, und hatten dann aufhören müssen, wenn der Stein gerade ins Rollen kam. Das war schlimmer, als gar nicht zu spielen. Ein Traum, der im Morgenlicht starb, ein Rätsel, zu dem man keine Lösung erfuhr.

Also verzichteten sie. Wenn aber der Sommer kam, wenn der Wagen mit Didier und Fabrice und kurz darauf das Automobil von Delphines Vater sich die Straße heraufkämpften und drei Monate Freiheit vor ihnen lagen, spielten sie in jeder Minute, die sich bot. Wie Säufer, die Absinth in sich hineinschütteten, obwohl die Regierung es verboten hatte, weil man davon erblindete und starb.

Delphine, der zu allem und jedem Bedenken einfielen, hatte ihnen einmal diese Frage gestellt: »Wenn wir wüssten, dass unser Spiel tödlich wäre – würden wir es dann trotzdem noch spielen?«

Die anderen hatten sich angesehen.

»Aber warum soll es denn tödlich sein?«, hatte Didier gerufen.

Vermutlich wusste keiner von ihnen, warum ihr Spiel, das sich so harmlos ausnahm, ihnen dennoch gefährlich vorkam und warum sie sich stillschweigend einig waren, mit niemandem darüber zu sprechen.

»Aber wenn doch?«, fragte Delphine. »Dann könnten wir nicht weiterspielen, oder? Unser Leben dürften wir ja nicht riskieren, auch wenn unser Spiel uns noch so sehr fehlen würde.«

Delphine war die einzige Tochter eines Bankiers aus Marseille, der mit den Cadières bekannt war. »Der stinkt vor Geld aus den Ohren«, behauptete Fabrice, und mit seinem Geldgestank konnte der Herr Bankier sich aus allem, was unbequem oder bedrohlich war, herauskaufen. Aus dem Krieg, aus der maroden Wirtschaft, aus den Sorgen, die sich die Leute machten, weil es mit Deutschland schon wieder zum Streit wegen irgendwelcher Reparationszahlungen kam. Als Erstes kaufte der Geldstinker sein zartes Töchterlein aus allem heraus, weshalb Delphine nicht die kleinste Unannehmlichkeit gewohnt war und sich vor jedem Schatten auf der Mauer fürchtete.

Der ganze Blödsinn war also nur eine von Delphines ewigen Wenn-und-Aber-Grübeleien. Er rührte aber an Nathalies verborgene Angst, eines Tages könnte einer von ihnen aufstehen und verkünden: »Es ist Schluss. Ich spiele nicht mehr mit.«

»Ich würde weiterspielen«, unterbrach Fabrice das belastende Schweigen.

Delphine stieß ein erschrockenes Lachen aus. »Aber doch nicht, wenn du dafür sterben müsstest, oder?«

»Für irgendwas muss man ja sterben«, fuhr Fabrice ihr über den Mund. Er war ein Kindskopf, der vom Leder zog, ohne sich Gedanken zu machen, ein Flegel ohne Manieren, aber in manchen Augenblicken konnte er Gold wert sein.

Didier wandte sich an Salah: »Was ist mit dir?«

»Das ist nicht meine Entscheidung«, sagte Salah, »sondern die von Nathalie.«

Sie war ein bisschen gerührt, schob ihm den Korb mit den Kirschen zu, die sie teilten, und sagte: »Ich würde auch weiterspielen. Und jetzt Schluss mit dem Zeug. Wir haben schließlich nur den Sommer, und der dauert nicht ewig.«

Anfangs fühlte sich allerdings jeder Sommer so an: Ewig und golden breitete er sich vor ihnen aus, so dass man durchaus einen Tag oder zwei mit Geschwätz und Gezänk verschwenden durfte. Etwa in der Mitte aber, wenn erst der Lavendel, die rosa und weißen Mittagsblumen und dann der blaue Salbei in ein Meer von Blüten ausbrachen, nahm er an Fahrt auf, und mit einem Mal schienen die langen Tage wie mit der Sichel umgemäht.

In diesem Jahr waren die Tage noch schneller kürzer geworden, fand Nathalie. Ihr Sommer war auf ein klägliches Häufchen von Tagen zusammengeschmolzen, wie das Eis, das Pâcome in seinem Rucksack zum Château hinaufschleppte. So beflissen er auch in die Pedale trat, das Eis rann ihm den Rücken hinunter, und oben angekommen, war kaum mehr als eine Handvoll übrig. So wie nur noch eine Handvoll Tage übrig waren, ehe sie wieder in der Schule sitzen würde, zwischen Bank und Pult wie in einen Schraubstock gezwängt, mit vergeblich zappelnden Beinen und vergeblich zappelnden Gedanken. Delphine würde mit ihrem nach Geld stinkenden Vater in die Limousine steigen, und Michel würde Didier und Fabrice nach Fréjus an den Bahnhof fahren, auch wenn inzwischen der Karren mit dem einohrigen Esel dafür genügte.

Deshalb dachte sie heute an all das, was fünf Jahre zurücklag – weil es ihr wieder bevorstand und weil es sich noch immer so grauenhaft anfühlte wie damals. Die neue Spielrunde würde die letzte für diesen Sommer sein – wie konnten die anderen an einem solchen Tag zu spät kommen? Salah saß ein paar Schritte von ihr entfernt und tat so, als würde er Lederschnüre zu einem Band flechten. Er machte solche Arbeiten manchmal, doch wer genau hinsah, bemerkte, dass er sein Flechtwerk immer wieder entwirrte und von vorn begann. In Wirklichkeit war Salah genau wie Nathalie mit einer einzigen Tätigkeit beschäftigt: mit Warten.

Da endlich kamen sie! Nathalie hörte ihre Stimmen, ehe ihre Gestalten hinter dem Wandelrosenstrauch, der feuerfarben blühte, auftauchten. Aber sie hörte auch, was sie befürchtet hatte: eine vierte Stimme. Nicht nur ihren geliebten Didier, Delphine, deren Murmeln kaum zu verstehen war, und Fabrice' weit tragendes Organ, sondern das nervtötende Geplapper eines Kleinkindes.

Claudine. Die Heilerin der Kriegswunden.

Der dicke Bauch, den die Comtesse bei Kriegsende vor sich hergetragen hatte, war kein Zeichen eines Alterswanstes gewesen, sondern das einer weiteren Schwangerschaft. Ihr kostbarer Erstgeborener war gestorben, sie und der Comte stürzten in Verzweiflung, als hätten sie sonst kein Kind mehr, und als der Schnee auf den Bergkuppen geschmolzen war, kam ein neues zur Welt. Kein Junge. Aber gerade deshalb das perfekte Gefäß, in das sich die Liebe der Familie nach Claudes Tod ergießen konnte. Und nicht nur die Liebe der Familie, sondern die des gesamten Dorfes, in dem es kein Haus gab, das niemanden zu betrauern hatte. In der *Dépêche du Midi* stand, es wären anderthalb Millionen Männer für Frankreich gestorben, das Land lag verwüstet am Boden, aber da konnte es ja nicht bleiben. Ständige Trauer saugte den Leuten die Kraft aus, da kam etwas zum Freuen wie gerufen. Warum allerdings alle Welt ein kleines Gör, das wie ein Teichfrosch quakte, zum Freuen fand, blieb Nathalie ein Rätsel.

Claudine Cadière de l'Estérel hatte ein Köpfchen wie eine Boule-Kugel, um das sich wie ein Helm schwarzes Haar schmiegte und das alle Welt entzückend fand. »Sie ist ein Segen«, hatte Tante Edwige gehaucht. »Dass der Himmel ihnen diesen Engel geschickt hat, ist ein Zeichen. Unser Land wird sich wieder erheben, und das Leid, das unsere Herrschaft erdulden muss, wird ein Ende haben.«

Sie sah überall solche Zeichen, die arme Tante Edwige. Nathalie aber sah in Claudine vor allem eines: einen Störenfried, der in ihre Welt eindrang und ihr das Einzigartige raubte.

Ihre Freunde schlenderten um den Strauch herum, vorneweg Fabrice und dahinter Delphine, die unter dem Arm Didiers Mappe trug, das einzige Utensil, das für ihr Spiel unentbehrlich war. Didier selbst trug Claudine auf der Hüfte. Der Engel mit dem Boule-Kopf kreischte und klatschte in die Hände, dass Didier Mühe hatte, das Gleichgewicht zu halten. Er lachte und küsste seine Schwester auf den Schopf. Sie war vier Jahre alt und zu groß, um sich überallhin schleppen zu lassen, aber Didier machte sich mit Begeisterung zu ihrem Narren. Er war fast siebzehn, ein so gut wie erwachsener Mann, bei dem das Geturtel mit dem Kleinkind albern wirkte.

»Sei nicht böse, dass wir uns verspätet haben«, sagte er zu Nathalie. »Claudine wollte rasch noch *Riquet mit dem Schopf* zu Ende erzählt bekommen.«

»Kann sie das nicht bald auswendig?«, blaffte Nathalie. Die Kleine war verrückt nach dem Märchen vom Scheusal mit dem Haarbüschel, das im Wald hauste und einer dummen Königstochter ein Heiratsversprechen entlockte, und da jeder nach ihrer Pfeife tanzte, las es ihr ständig irgendwer vor. »Wozu habt ihr sie mitgebracht? Wenn sie hier herumkrakeelt, können wir ja wohl kaum spielen.«

Delphine setzte sich neben sie. »Bernardines Schwester ist krank«, erklärte sie. »Bernardine bringt ihr einen Topf Suppe ins Dorf, dann kommt sie her und holt das kleine Zuckerstück ab.«

»Bernardine kommt auch noch her?«

Der Zauber des Spiels war empfindlich wie dünnes Glas. Er bekam Sprünge, sobald Fremde die Hände danach ausstreckten, und wenn jemand eindrang, zerbrach er ganz.

»Es geht ja nun einmal nicht anders«, sagte Delphine.
»Warum nicht? Setz Claudine in den Milchhof, lass sie mit den Katzen spielen.«
»Das will sie nicht. Dieser wilde ingwerrote Kater hat sie neulich gekratzt.«
»Das hätte ich an seiner Stelle auch getan«, versetzte Nathalie, die den Kater, den Fabrice mit seinem bizarren Humor Chérubin getauft hatte, gern mochte. »Und weil wir nicht kratzen, haben jetzt wir sie am Hals?«
»Aber das macht doch überhaupt nichts aus«, rief Delphine. »Sie ist so süß. Man kann ihr einfach nicht böse sein.«
Nathalie konnte das durchaus, doch das nützte ihr nichts. Delphine wandte sich an Claudine, die Didier auf dem Boden abgesetzt hatte. »Du bist ein braves Mädchen, habe ich recht, *mon sucre*? Du setzt dich still dort drüben an den Wacholderbaum und beschäftigst dich mit deinem Märchenbuch, nicht wahr?«
Claudine sah nicht Delphine, sondern Nathalie an, verzog den Mund zu einem hämischen Grinsen und sagte: »Nein.«
»Aber du hast es uns doch versprochen!« Didier kniete sich zu ihr, gab ihr ein halbes *Casillon*, flach und kross gebacken und garniert mit kandierten Orangenschnitzen, und schlug das Märchenbuch auf. »Schau, Fabrice und ich haben mit unseren Freunden etwas Wichtiges zu besprechen – und für dich gibt es hier doch all die schönen Bilder von Feen und Prinzessinnen, sogar der gestiefelte Kater ist da!«
»Ist mir doch egal.« Claudine würdigte das Buch keines Blickes, sondern hangelte nach der Mappe. Flugs schlug sie sie auf und zerrte mit ihrer starken kleinen Hand ein paar Papiere heraus, einen Zeitungsartikel, einen handgeschriebenen Text.
»Lass deine Finger davon!«, entfuhr es Nathalie, und sie riss ihr die Papiere weg. »Es ist unser Spiel! Kleine Kröten wie dich geht es nichts an.«

Einen Herzschlag lang traf sie Claudines Blick aus dunklen Augen. Es lag nichts Kindliches darin und gewiss nichts Engelhaftes, nur eine unmaskierte Kriegserklärung. Von heute an hatte sie eine Feindin, und dass die erst vier Jahre alt war, spielte keine Rolle. Du und ich, wir haben etwas gemeinsam, dachte Nathalie. Wir nehmen uns, was wir wollen, und wer versucht, es uns abzujagen, hat die Rechnung ohne den Wirt gemacht.
Fabrice war vom gleichen Schlag. Didier hingegen, der seinem Vater nachgeriet, war viel zu nobel und weichherzig. Scheu streichelte er ihre Finger, nahm ihr das Papier ab und schob es wieder in die Mappe, die er hinter seinen Rücken legte, so dass sie nicht länger in Claudines Reichweite war. Augenblicklich stimmte Claudine ein Gebrüll an und jagte um ihren Bruder herum, um die Mappe wieder an sich zu reißen.
Delphine versuchte sie festzuhalten und sang ihr irgendein scheußliches Kinderlied vor, bei dem Nathalie an Claudines Stelle auch geheult hätte. Die Kleine schlug um sich, Delphine bekam ihren Ellenbogen ins Auge und schrie auf. Ungerührt machte Claudine sich daran, ihren Bruder zu attackieren, der ihr die zweite Hälfte des *Casillon* anbot: »Was ist denn in dich gefahren, *mon moineau*, du bist doch sonst nicht so. Schau, du besinnst dich jetzt ein bisschen, und dann überlegen wir uns etwas, das wir alle zusammen unternehmen können. Etwas, das dir Spaß macht.«
»Nein, das werden wir nicht tun!«, rief Nathalie. »Das hier ist *unsere* Zeit, und die nutzen wir zum Spielen, ob es dem kleinen Satan nun passt oder nicht.«
Claudine schoss herum. »Wenn du mich bei deinem Spiel nicht mitspielen lässt, dann mache ich es dir kaputt.« Sie wollte Nathalie anspringen, aber Salah schob sie zurück. Er sah nicht aus, als setze er Kraft ein, er hatte nur mehr als andere Menschen. Verblüfft plumpste Claudine aufs Hinterteil und glotzte aus murmelrunden Augen zu ihm auf.

»He, *frangine-des-fraises,* Erdbeerschwesterchen. Siehst du mich an, oder was?« Fabrice, der an einem Spalier gelehnt hatte, als ginge ihn das Geschehen nichts an, trat bis auf ein paar Schritte heran und wandte sich seiner Schwester zu. Er war fünfzehn, noch immer zu schmal, aber Gesicht und Körper waren kantig geworden wie die ins Holz gekerbten Heiligen am Altar von Notre-Dame de l'Assomption. Nur dass Fabrice nichts Heiliges an sich hatte. Obwohl er kleiner war und ihm das Hemd noch immer wie einem Gassenjungen aus der Hose schlappte, wirkte er älter als Didier.
Claudine drehte sich zu ihm um. Fabrice ließ sich auf alle viere nieder, und die kleine Kröte tat es ihm nach. »Was ist? Willst du still sein und zuhören oder weiter so viel Lärm machen, dass man einen Elefanten, der hier durchtrampelt, nicht bemerken würde?« Claudine drehte den Kopf nach links und nach rechts. »Es kommt ja gar kein Elefant«, sagte sie merklich eingeschüchtert. »Woher willst du das wissen? Vielleicht wäre einer gekommen, wenn du nicht so verdammt laut gebrüllt hättest.« Auf Händen und Knien bewegte Fabrice sich auf sie zu, hielt an und ließ sie nicht aus den Augen. Sie hatte vergessen zu schreien, sah ihn ebenfalls an und fing an, wie ein kleiner Hund auf ihn zuzukrabbeln. Nach drei, vier Bewegungen zögerte sie erneut.
Er setzte sich hin, führte beide Hände zum Mund und begann, die Linke über der Rechten, die er zur Röhre geformt hatte, flattern zu lassen. Das Geräusch, das er erzeugte, klang ein bisschen wie Schellen an einem Tamburin, vermischt mit Pfeifen auf einem Glasrand und Prasseln, wenn man mit der Hand durch einen Sack voll Erbsen fuhr. Ein perlendes, zwitscherndes Werben, das jedes Kind, das in der Provence geboren war, erkannte, so wie es einen Granatapfel erkannt hätte, auch wenn er noch grün in seinem Blätterbett schlief.
Unvermittelt nahm Fabrice die Hände vom Mund. »So singt die Zikade«, sagte er zu Claudine. »Das Männchen. Es macht

diese Musik mit seinen Hinterbeinen, um sich eine Braut anzulocken, aber es ist ein stolzes Tier, und bei solchem Lärm hat es Besseres zu tun, als seinen Gesang zu verplempern.«

Durch Claudines kleinen Leib ging ein Wiegen. Dann überwand sie krabbelnd den letzten Meter und kroch ihrem Bruder auf den Schoß. Sie schlang die Arme um seinen Hals und murmelte an seinem Ohr: »Ich bin mucksmäuschenleise, Fabrice. Versprochen. Ich bin so leise wie ein totes Huhn.«

Fabrice ahmte nicht noch einmal mit Händen und Lippen das Werbelied der Zikaden nach. Stattdessen legte er Claudine die freie Hand auf den Mund. »*Monsieur la cigale* ist jetzt beleidigt, Erdbeerchen. Wenn du willst, dass er wiederkommt, brauchst du verdammt viel Geduld. Ich wette, die hast du nicht.«

»Und ob ich die hab«, schimpfte Claudine.

Fabrice legte ihr wieder die Hand auf den Mund. »Wer weiß. Vielleicht magst du *Monsieur la cigale* ja gar nicht, sondern hättest lieber einen Elefanten.«

»Hätte ich nicht! Der dumme Elefant kann nicht singen. Ich will *la cigale*!«

»Dann halt den Mund.« Er küsste sie.

Tatsächlich brauchte Claudine nicht viel Geduld aufzubringen. Nach einer kleinen Weile, die sie reglos auf ihres Bruders Schoß verbracht hatte, erhob sich unter den Zweigen des Wacholders das glaszarte Singen. Wie stets blieb der Musikant nicht lange allein. Wenn die Sonne schien, wenn Stille herrschte und wenn ein einzelnes Männchen um ein Weibchen warb, fiel allen anderen ein, dass sie sich auch eines wünschten, und der Gesang pflanzte sich den Hang hinunter fort.

Claudine lauschte mit schräggelegtem Kopf. »Jetzt bleib hier sitzen wie dein Riquet mit dem Haarschopf und hör dir das an«, sagte Fabrice und schob sie von seinem Schoß. »Aber fang nicht wieder an zu blöken, denn damit vertreibst du ihn, und es könnte

in diesem Jahr das letzte Mal sein, dass du ihn zu hören bekommst.«
»Warum?«
»Ja, warum wohl? Weil der Sommer zu Ende ist.«
»Und warum singt er im Winter nicht?«
Fabrice stand auf. »Das ist eben sein Motto: *Lou soueu mi fai canta.*«
Das war provenzalisch und bedeutete: Die Sonne macht mich singen. Nathalie hatte es in der Schule lernen müssen, weil Frédéric Mistral, der einzige provenzalische Dichter, dem der Nobelpreis verliehen worden war, es geschrieben hatte. Sie hatte nichts darauf gegeben, all das Gewese um tote Dichter ging ihr auf die Nerven, aber jetzt fand sie die Worte schön. Sie klangen kraftvoll und passten zu der Rolle, die sie heute in ihrem Spiel spielen wollte: Die Sonne macht mich singen.
Fabrice kam zu ihnen herüber. »Also los«, sagte er. »Fangen wir an, solange unser Quälgeist Ruhe gibt.«
»Ach, Fabri, das hat doch keinen Sinn«, sagte Delphine. »Nach ein paar Minuten wird sie sich langweilen und eine neue Beschäftigung brauchen. Wir müssen das mit dem Spiel heute lassen und uns etwas ausdenken, bei dem sie mitmachen kann.«
»Wir könnten zum See gehen«, schlug Didier vor. »Es ist noch warm genug zum Schwimmen, Claudine planscht so gern, und sie liebt die Seerosenblätter.«
»Ach nein, lieber nicht«, sagte Delphine und fasste sich in ihr strähniges Haar. »Mir ist nicht nach Schwimmen. Aber ich setze mich gern an den Rand und schaue euch zu.«
»*Merde à Dieu!*«, platzte Nathalie heraus. »Wir wollten spielen, nicht schwimmen. Nächste Woche seid ihr wieder auf und davon.«
»Aber wenn es doch nun einmal nicht geht, Natou?« Delphines Lächeln wirkte verknöchert wie das von Tante Edwige. »Das

kleine Zuckerstück soll sich mit uns ja schließlich nicht langweilen.«

»Und warum bitte schön nicht?« Wenn es nach Nathalie ging, konnte das kleine Zuckerstück vor Langeweile schwarz werden.

»Warum nicht?« Delphine überlegte. »Nun, weil man bei so einem süßen Schatz eben dafür sorgen muss, dass er es gut hat. Wenn du später Kinder hast, willst du dann nicht auch, dass sie es allzeit gut bei dir haben?«

Nathalie erschrak regelrecht, so fern lag ihr die Vorstellung. Über die Zukunft dachte sie fortwährend nach, aber die Möglichkeit, sie könne ein Kind haben, kam dabei nicht vor.

Fabrice reckte sich, schirmte die Augen vor der Sonne und hielt Ausschau. Binnen kurzem entdeckte er, was er gesucht hatte. »Auf mit dir, liebste Landplage.« Er zog seine Schwester, die noch immer den Zikadenmännchen lauschte, auf die Füße. »Da geht Michel mit dem Olivenrechen. Du kannst ihm beim Pflücken helfen.«

»Ich will aber nicht!«, rief Claudine. »Oliven pflücken mit Michel ist noch langweiliger als früh zu Bett gehen.«

»Aber viel nützlicher«, sagte Fabrice und zog sie mit sich. »Die Oliven müssen von den Bäumen, solange sie grün sind, denn wenn sie erst schwarz werden, haben sie keinen Geschmack mehr.«

»Ist mir doch egal!«, protestierte Claudine. »Seine blöden Oliven kann Michel alleine pflücken, und außerdem hat *maman* gesagt, dass ihr auf mich aufpassen sollt.«

Fabrice grinste auf sie hinunter, es war das gleiche gehässige Grinsen, mit dem Claudine vorhin Nathalie angesehen hatte. »Ist mir doch egal«, sagte er.

8

Die Olivenernte mit dem Rechen aus Zypressenholz war eine mühsame, zeitaufwendige Angelegenheit, weil keine Olive dabei beschädigt werden durfte. Nur aus makellosen Früchten ließ sich das blassgelbe Les-Adrets-Öl pressen, auf das Michel so stolz war. Mit der zeternden Claudine würde er kaum ein Sieb voll aus den Zweigen kämmen können, aber nicht einmal der alte Knurrhahn vermochte dem rätselhaften Charme der letztgeborenen Cadière zu widerstehen. Er nahm sie ins Schlepptau. Claudine zeterte, fügte sich jedoch.
Erleichtert atmete Nathalie auf. Sie hatte sich bereits mit Salah nach Hause trotten sehen, dem endlosen Winter in der Mühle entgegen, ohne die Erinnerung an ein letztes Spiel, um sich in düsteren Tagen daran festzuhalten. »*Cher Monsieur le bon Dieu,* lass diesen Kelch an mir vorübergehen«, pflegte Pâcome zu seufzen, wenn ihm die seltsame, bald knisternde Klarheit des Himmels verriet, dass ein Mistral im Anzug war. Genau so hatte sie sich gefühlt, und ihr Stoßgebet war erhört worden: Alles war gut. Sie lagen bäuchlings im Gras wie die fünf Finger einer Hand, die Köpfe beieinander, die Beine ausgestreckt, und Didier schlug die Mappe auf. Der Kelch war an ihr vorübergegangen.
Sogleich würde Didier ein Stück Papier herausziehen, ein paar einleitende Worte vorlesen und ihnen damit ein Tor in die Welt ihres Spiels aufstoßen. Wenn sie das Tor nicht mochten, wenn es ihnen nicht schillernd, nicht erregend, nicht geheimnisvoll genug erschien, würden sie es verwerfen und ein neues verlangen. Woher das Spiel gekommen war, blieb im Nebel. Nathalie wusste es nicht. In ihrer Erinnerung war es eines Tages einfach da gewesen, und sie hatten angefangen, es so zu nennen: *jeu du mondes*. Spiel der Welten. Am Abend desselben Tages hatte sie ihre Puppe in die Kleidertruhe verbannt. Brauche ich nicht,

hatte sie gedacht, ich bin mein eigenes Lieblingsspielzeug. So war es geblieben.

Didier blätterte in der Mappe. Er war ein Bücherwurm, und es gab kaum etwas, das ihn nicht interessierte. Deshalb fiel ihm die Aufgabe zu, unter all seinen Büchern, Notizen und Zeitschriften nach einem Einstieg zu suchen. Sobald er beim Herumstöbern auf etwas stieß, das ihm geeignet schien, riss er die Seite heraus oder schrieb sie ab und bewahrte die Notiz in der Mappe auf. Aus diesem Schatz wählten sie die Welt, die sie sich zu eigen machen wollten. Den Untergang der *Titanic* zum Beispiel. Die Expedition zur versunkenen Stadt Machu Picchu oder den Skandal um die Spionin Mata Hari. Manchmal entstammte die Welt einem Roman, den Didier gelesen hatte, wie die Räuberpistole von dem Galeerensträfling, der es zum Bürgermeister brachte und ein Bettelmädchen aus den Klauen eines Wüstlings rettete, oder *Lou Pouèmo dóu Rose,* ein Gedicht von Mistral, in dem ein Prinz und eine Fährmannstochter auf einer Barke in der Rhône versanken.

Sie spielten das Erzählte nie einfach nach, sondern suchten sich nur eine Bühne, auf der ihre eigene Geschichte zum Leben erwachte. Danach erdachte jeder von ihnen sich eine Rolle, die er zu spielen wünschte, eine Hauptfigur, die an sämtlichen Fäden zog, oder einen Statisten, ohne den sich eine Welt nicht füllen ließ. Alsdann begann das Spiel von selbst. Erst kam es nur schleppend in Gang, und Nathalie hatte eine ganze Weile den Eindruck, als hinge jeder Fortgang allein an ihr. Auf einen Schlag jedoch war der Zauber da, und die Wirklichkeit um sie versank.

Dabei bewegten sie sich kaum, sprangen höchstens hier und da auf oder trollten sich zur Seite, um insgeheim etwas auszuhandeln. Die meiste Zeit aber blieben sie auf der sonnenwarmen Erde liegen, während in ihren Köpfen Weltreiche entstanden, Paläste einstürzten und Himmel niedergingen. Sie sprachen,

das war alles. Wenn sie sich abends trennten, wiederholte keiner von ihnen ein Wort, das tagsüber gesagt worden war.
Wie lange die Wirkung einer Geschichte anhielt, ließ sich nie im Voraus abschätzen. Aus manchem blassen, halbherzig gewählten Artikel waren schon Epen entstanden, die einen ganzen Sommer lang von einem Höhepunkt zum nächsten preschten; andererseits gab es grandiose Dramen, die vieles versprachen, nach wenigen Tagen aber im Sand verliefen und ersetzt werden mussten.
Nathalies Lieblingsrolle war die der heiligen Genoveva von Paris gewesen, die die Stadt vor Atilla und seinen Hunnen beschützt hatte. Der Legende nach war sie auf einen Pferdewagen gesprungen und hatte die Pariser beschworen: Betet, betet, und der Hunne wird die Stadt verschonen. Mit Beten hatte Nathalie wenig im Sinn, in der Messe in Notre-Dame de l'Assomption hatte sie Mühe, sich wach zu halten. Aber die Rolle der Heroine, die mit ihrer flammenden Rede eine ganze Stadt mitriss, war wie für sie gemacht. Sie hatte sie in dem Sommer nach dem Krieg gespielt, und als diese besondere Spielrunde im Herbst ihr Ende finden musste, hatte sie sich gefühlt wie ausgehöhlt.
So sehr wie diese hatte sie nie wieder eine Runde genossen, aber Gipfel und Triumphe bot jede. Und immer stand am Anfang die Erregung: Nur noch einen Augenblick, dann würde der Vorhang sich auftun und eine Flut neuer Bilder enthüllen.
Didier war noch immer damit beschäftigt, durch die Schriftstücke in der Mappe zu blättern. Unschlüssig zog er eines heraus, überflog ein paar Zeilen und schob es wieder zurück.
»Mach schon.« Fabrice stieß ihm den Ellenbogen in die Seite.
»Ich weiß nicht«, murmelte Didier. »Irgendwie ist das alles nicht das Richtige.«
Nathalie hätte ihm gern eine Hand auf die Schulter gelegt, um ihm die Sicherheit zu geben, die ihm allzu oft fehlte. Aber Delphine lag zwischen ihnen. Die würde ihm nicht helfen.

Delphines Besuch gehörte zum Beginn eines Sommers wie der Duft der Rebblüte. So wie ihr Vater sie aus allem herauskaufen konnte, kaufte er sie auch in alles hinein, was ihm begehrenswert erschien, und Ferien auf einem provenzalischen Adelssitz gehörten zweifellos dazu. Sie hatten sich an sie gewöhnt, und das Spiel war ohne sie nicht komplett. Tatsächlich waren es aber Delphines Beiträge, auf die sich am ehesten verzichten ließ. Sie wählte meist die Rolle einer der Hauptfigur ergebenen Tochter oder Schwester, und früher hatten sie diese Tochter oder Schwester am Ende des Sommers schlicht sterben lassen und weitergespielt.

Sie sprühte nicht eben vor Esprit, die arme Delphine, und wenn jemand Didier ermutigen konnte, dann gewiss nicht sie. Dass sie neben ihm lag, war falsch. Der Platz gehörte Nathalie, und jäh fiel ihr auf, dass sie nicht wusste, wie Delphine dorthin gelangt war.

Didier zog ein weiteres Blatt aus der Mappe, einen Zeitungsartikel mit einem körnigen Porträtfoto. »Das hier vielleicht«, murmelte er. »Henri Landru, der Mörder, der im letzten Jahr gehängt worden ist. Ihr habt sicher in der Zeitung davon gelesen. Solche Fälle bringen sie ja immer ganz groß, um nicht darüber schreiben zu müssen, dass die Menschen in diesem Land nicht wissen, wovon sie morgen ihr Brot kaufen sollen, dass die Regierung sie im Stich lässt, dass etwas getan werden müsste …«

»He, mach halblang«, unterbrach ihn Fabrice. Er stützte den Kopf in eine Hand, und für sein Grinsen hätte er Prügel verdient. »Bin ich hier in deinem Club der Weltverbesserer gelandet, oder sitze ich bei meinen Freunden, die ein Spiel spielen wollen? Dieser Landru klingt, als könnte er mir Spaß machen. Wen hat der denn ermordet? Seinen Lateinlehrer, seine Hexe von Kindermädchen oder seinen Bruder, der ihm ewig und drei Tage Predigten hielt?«

Er war ein Flegel, aber er hatte recht. Nathalie verbiss sich das Lachen.

»Frauen«, antwortete Didier. »Er hat ihnen vorgemacht, er würde sie heiraten, doch stattdessen hat er sie umgebracht.«

»Und warum?«, fragte Fabrice. »Hatten sie Geld?«

»Das bisschen, was sie hatten, hat ihm genügt«, erwiderte Didier. »Es ist dieser Krieg, weißt du? Das viele Töten. Es hat uns abgestumpft, wir haben keinen Respekt mehr vor dem Leben.«

Mit Schwung setzte Fabrice sich auf. »Ich war scharf aufs Spielen. Hätte ich mir einen verdammten Vortrag anhören wollen, wäre ich heute schon zurück in die verdammte Schule gefahren.«

»Tut mir leid.« Zerstreut fuhr Didier über die Zeilen des Artikels. »Landru war Unteroffizier. Vor Gericht hat er behauptet, er habe Frau und Kinder ernähren und sich eben irgendwie Geld beschaffen müssen.«

»Ein Kerl nach meinem Geschmack.« Fabrice klatschte sich auf den schlanken Schenkel. »Ich denke, den Landru spiele ich – erzähl weiter, wir brauchen noch ein paar blutige Einzelheiten.«

»Nein!«, rief Delphine. »Ich weiß, ihr findet solche Sachen aufregend, aber ich habe genug von Morden und all diesen Menschen, die nie etwas Normales fühlen. Was ist daran nach deinem Geschmack? Dass die arme Frau von diesem Monster ihren Kindern sagen muss: Euer Vater ist unter der Guillotine gestorben? Du solltest dich schämen, mit so etwas zu spaßen.«

»Ich schäme mich aber nicht.« In seinen Augen stand ein böses Funkeln. »Wen interessieren denn Leute, die etwas Normales fühlen? Mich interessieren die so sehr wie Käsefüße, und das hier ist unser Spiel, wo uns niemand etwas verbietet. Keine Klosterschule, wo du zur Beichte rennen musst, wenn du dich zwischen den Beinen kratzt.«

»Fabrice!«, rief Didier.

Delphine hielt sich die Ohren zu.

»Was meint ihr?« Wie üblich sprach Salah leise. »Wäre es vielleicht besser, eine andere Geschichte zu finden? Eine einfache, die keine Probleme macht?«
Sie sah in sein dunkles Gesicht und dachte: Er muss sich ja rasieren, lieber Himmel, *papa* soll ihm ein Rasiermesser geben. Etwas sagte ihr, dass es falsch war, die Geschichte vom Frauenmörder aufzugeben, dass sie damit eine Schleuse öffnete, die sich nicht wieder schließen ließe. Sie nickte trotzdem. »Ehe wir noch mehr Zeit verplempern, suchen wir eben etwas anderes.«
Erleichtert begann Didier von neuem, in den Papieren zu blättern. »Das ist ja erstaunlich.« Er faltete eine Zeitungsseite auf. »Wann hat er das denn gesagt? Gleich nach Kriegsende?«
»Dürfen wir gewöhnlichen Sterblichen auch erfahren, wovon du faselst?«, knurrte Fabrice.
»Oh. Entschuldigt. Mir sprang nur eine Notiz ins Auge, die mir nie aufgefallen war. Wie es aussieht, hatte dieser junge Capitaine der Infanterie Lust, sich mit dem Helden von Verdun anzulegen.«
Fabrice stöhnte, und Nathalie konnte ihm keinen Vorwurf machen. Über diesen Helden von Verdun, einen gewissen Philippe Pétain, Maréchal von Frankreich, der in der Schlacht um Verdun den Sieg errungen hatte, musste sie schon in der Schule unentwegt pathostriefende Reden ertragen. Nur noch ein Vierteljahr, schwor sie sich. Schulpflichtig war sie, bis sie vierzehn Jahre alt wurde, danach würde sie keinen Tag länger hingehen, und wenn ihr Vater sich auf den Kopf stellte.
»Ich kann den Namen von dem Kerl nicht mehr hören«, sagte Fabrice. »Wenn man all das Gewäsch glaubt, könnte man meinen, das ganze Land müsste vor dem auf den Knien rutschen. Der Krieg ist seit fünf Jahren vorbei. Ich habe genug vom tapferen französischen Soldaten, dem mutigen *poilu*, den Philippe Pétain durch Zauberhand noch mutiger gemacht hat. Was ist denn mit uns hier, mit uns Provenzalen? Rühmt jemand unseren

Mut, oder sind unsere Toten nichts wert? Mein Bruder war einer von ihnen. Zählt er vielleicht weniger als irgendein Pétain aus der Stadt?«

»Ich weiß, was du meinst«, erwiderte Didier. »Aber hör dir mal an, was dieser Charles de Gaulle zu sagen hat – er ist als Adjutant des 33. Infanterieregiments in Verdun verwundet worden und dann in deutsche Kriegsgefangenschaft geraten.«

»Und warum soll mich das kratzen, was dieser verwundete Adjutant zu sagen hat?«

»Weil es interessant ist, Fabrice. Wenn man Krieg verhindern will, ist es nützlich zu lernen, wie er funktioniert. Dieser Capitaine de Gaulle behauptet, ein moderner Krieg wird überhaupt nicht mehr durch Tapferkeit und Opfermut gewonnen, sondern durch die Feuerkraft neuer Waffen, weshalb es nicht wichtig ist, Männer einzuziehen, sondern in die Rüstung zu investieren. Pétain wirbt für eine stark bemannte, befestigte Grenzlinie, ähnlich dem Festungsring von Verdun, aber nach dem, was de Gaulle glaubt …«

»Jetzt hör schon auf mit deinem de Gaulle«, stöhnte Fabrice. »Ich bin ein Cadière, ich gehe nach Saint-Cyr und werde Offizier wie alle Cadières. Aber kämpfen will ich für mein eigenes Land, und das braucht keine Rüstung, um wieder auf die Füße zu kommen, sondern Geld, um Hotels für reiche Touristen zu bauen.« Er lehnte sich zurück, legte den Kopf so weit in den Nacken, dass er geradewegs in den Himmel sah, und begann zu singen:

»Pèr lis armo e lui trigòssi
Fague flòri quau poudra
Tu, Prouvenço, trobo e canto.«

Fabrice hatte auch früher manchmal während ihres Spiels gesungen, wenn er etwas allzu Großes ausdrücken wollte und drohte, ins Stottern zu geraten. Damals jedoch war seine

Stimme noch nicht gebrochen gewesen, recht hübsch zwar, aber hoch wie die eines Mädchens. Jetzt klang sie wie poliertes Glas.

»Mit Waffen und Tumulten
Mögen andere Länder gedeihen.
Du, Provence, dichte und singe.«

Didier fasste sich als Erster. »Du liest das jetzt oft, nicht wahr? Mistrals Gedichte? Häufiger, als es deinen Lehrern gefallen wird, die dich lieber über La Fontaine und Cicero sehen würden.«

Fabrice wandte sich ihm wieder zu. Im Licht, das durch den Wacholder schnitt, hatte sein Gesicht nichts Jungenhaftes mehr. »Meine Lehrer können mich mal. Ich bin Provenzale, und was ich lese, braucht keiner mir vorzubeten.«

Didier lächelte. »Das tut ja auch keiner. Als dein großer Bruder würde ich dir nur gern einen Rat geben, weil es mir weh tut, dass du dir in der Schule so oft Prügel einhandelst.«

Fabrice' Augen wurden schmal. »Mein großer Bruder war Claude. Du bist nicht viel größer als ich, also versuch nicht, dich so hinzustellen. Solange man ein Dreikäsehoch ist, glaubt man, alle, die ein Stück länger sind, müssten auch klüger sein, aber ich glaub das schon eine Ewigkeit nicht mehr.«

Nathalie packte die Furcht. Die Minuten des Tages zerrannen ihr unter den Fingern. Sie schob Delphine aus dem Weg und riss Didier die Mappe aus der Hand. Den erstbesten Artikel las sie laut vor: »Mistinguett, der Star der Pariser Music Halls, lässt für eine Summe von fünfhunderttausend Francs ihre Beine versichern.«

Fabrice lachte. »Die perfekte Rolle für dich, Natou. Von hübschen Beinen träumst du doch, seit du deine Krautstampfer bei uns auf dem Pissoir von der Schüssel hast baumeln lassen.«

Das war gehässig. Er wusste, wie sehr sie ihre dicken Beine hasste, aber sie wollte keinen weiteren Streit. Sie drehte die Zeitungsseite um und las den nächsten Artikel: »Grabkammer geöffnet. Britischer Archäologe Howard Carter fand nach fünfzehn Jahren Suche die letzte Ruhestätte des tragischen Pharaos Tut… tutank…« Das Wort war unmöglich über die Lippen zu bringen.

»Tutanchamun.« Mit einem Lächeln wandte Didier sich zu ihr um. »Ein Ägypterkönig. Er war nicht älter als ich, als er gestorben ist, und Howard Carter, der sein Grab entdeckt hat, war auch erst siebzehn, als er nach Ägypten kam. Doch er wusste genau, was er mit seinem Leben anfangen wollte.«

»Glückspilz«, brummte Fabrice. »Wenn ich Geld zum Reisen hätte, wüsste ich auch, was ich mit meinem Leben anfange.«

»Wohin willst du denn?«

»Egal. Irgendwohin, wo noch niemand aus diesem verdammten Nest je gewesen ist.«

»Jetzt ist es genug«, schnitt Nathalie ihm das Wort ab. »Diese Tut-Ank-sonst-was-Geschichte nehmen wir. Nicht den toten König, sondern den Briten, der ihn ausgegraben hat.« Für gewöhnlich hätte die Geschichte sie nicht sonderlich gereizt, doch wem die Zeit davonlief, der durfte nicht wählerisch sein. »Erzähl uns mehr, Didier, wieso war der so wild darauf, Tote auszugraben, und wer waren die Leute, die er mitgenommen hat? Hier steht, auf dem Grab soll ein Fluch liegen: Wer es stört, muss sterben.«

»Nicht schon wieder!« Delphine presste sich die Hand auf die Stirn. »Können wir nicht wenigstens eine Stunde lang von anderem reden als vom Tod?«

»Ohne Tod kein Spiel«, versetzte Nathalie. »Aber du musst ja nicht die sein, die stirbt. Dieser Carter könnte eine Schwester haben, die ihn vor dem Fluch bewahren will. Was hältst du davon?«

»Hatte er keine Frau?«, fragte Delphine, und als Didier den Kopf schüttelte, rief sie: »Ist das nicht traurig? Er hat sein ganzes Leben für diese Suche nach Toten hingegeben, und als er endlich aufhörte, gab es keinen Menschen, der auf ihn wartete.«
»Dann spielst seine Frau eben du.« Nathalies letzter Rest Geduld verpuffte. »Didier, spielst du Carter? Und Salah könnte sein ägyptischer Träger sein, der an diesen Fluch glaubt …«
Sie machte noch ein paar weitere Vorschläge, aber niemand griff etwas auf. Sonst warfen sie sich die Ideen wie Bälle zu, doch heute kam nicht einmal etwas von Fabrice. Als Nathalie ihn ansprach, erwiderte er: »Wenn Didier und Delphine wie die Ölgötzen schweigen, fällt mir nichts ein.«
Auch Nathalie kam es vor, als lastete das Schweigen der beiden mit jedem Herzschlag schwerer. »Was ist denn mit euch?«, rief sie. »Hat es euch die Sprache verschlagen?«
»Schau, Natou«, sagte Didier. »Es ist schon recht spät, und wir müssen pünktlich beim Abendessen sein. Vielleicht hat es ja heute nicht mehr viel Sinn, mit einem Spiel zu beginnen.«
Das war alles Claudines Schuld. Sie hatte den Zauber kaputt gemacht, und er wollte sich nicht wieder einstellen. »Aber heute ist schon Mittwoch«, rief sie, »und am Montag reist ihr wieder ab!«
Erneutes Schweigen. Endlich setzte Delphine sich auf, zupfte ihre Bluse zurecht und klopfte sich Staub und Halme vom Rock. »*Mon Dieu,* Nathalie, du durchschaust doch sonst alles viel schneller als ich, und ein kleines Kind bist du auch nicht mehr.«
»Und was soll das heißen?«, fuhr Nathalie sie an.
»Fabrice und ich sind zwei Jahre älter als du, und Didier ist fast siebzehn«, fuhr Delphine fort, ohne auf Nathalies Frage zu achten. »So schön es gewesen sein mag – begreifst du nicht, dass wir für dieses Spiel zu alt geworden sind?«

Delphine

Juli 1925

9

Nathalie Delage konnte etwas, das kein anderes Mädchen aus Delphines Bekanntenkreis gewagt hätte: ihr Haar in der Sonne trocknen lassen, ohne mehr damit zu tun, als es sich ab und an aus dem Gesicht zu streichen.

Nathalies Haar, das nass die Farbe von Wein hatte, begann beim Trocknen wie dunkler Honig zu glänzen. Dabei fiel es nicht in Strähnen herab wie das mausbraune von Delphine, sondern floss in Wellen über ihre Schultern. Sooft Delphine sie betrachtete, fragte sie sich: Wenn Gott, zu dem sie am Sonntag pflichtschuldigst ihr Gebet sprach, Mädchen wie Nathalie Delage machen konnte – warum zum Teufel machte er welche wie Delphine Montbrun?

Wäre sie Gott gewesen, sie hätte nur Nathalies erschaffen und keine einzige Delphine. Nicht nur, weil Nathalies hübscher anzusehen waren, sondern weil man sich mit Delphines zu Tode langweilte. Mit Nathalie hingegen hatte man Spaß und musste lachen, selbst wenn man sich das Gegenteil vorgenommen hatte.

Nathalie war immer da gewesen. Delphine kannte sie schon so lange, wie sie die beiden Söhne der Cadières kannte, Fabrice und Didier. Natürlich waren es ursprünglich drei Söhne gewesen, und dem ältesten, Claude, war sie sogar noch vor den anderen begegnet, doch aus der Bekanntschaft war nie etwas entstanden. Damals, bei ihrem ersten Besuch in Les Adrets, hatten Delphines Eltern sie im Zug begleitet, in der neuen Schmalspurbahn, die jede Ortschaft mit mehr als tausendfünfhundert

Einwohnern mit dem Rest von Frankreich verbinden sollte. Es war der letzte Sommer vor dem Krieg gewesen, und Claude und Michel, der Kutscher, der roch wie in Olivenöl getunkt, standen mit einem Landaulet am Bahnhof in Fréjus, um die Gäste abzuholen.

Claude trug einen weißen Anzug und einen kecken Strohhut, und das war so ungefähr alles, was Delphine von ihm in Erinnerung bleiben würde: ein eleganter junger Mann, der lächelnd am Gleis stand und mit seinem Hut winkte. Es war ein Bild aus einer Zeit, die es nicht mehr gab. Wenn Leute mit Wehmut von den Jahren vor dem Krieg sprachen, die Delphine kaum erlebt hatte, sah sie unweigerlich das Bild von Claude auf dem Bahnhof vor sich.

Den Sommer über hatte sie Claude kaum zu Gesicht bekommen, und warum hätte es anders sein sollen? Er war ein junger Mann, der mit seinen Freunden jagen und in Hotels an der Küste tanzen ging, und sie war ein Kind, das mit Porzellanpuppen spielte. Dass Leute wie er nett zu ihr waren, weil die Bank ihres Vaters deren Vätern Kredite einräumte, hatte sie gelernt, noch ehe sie wusste, was ein Kredit war.

Auch die jüngeren Söhne der Cadières waren gewiss nur aus diesem Grund freundlich zu ihr gewesen. Sie mochten Nathalie von der Mühle, der ihr dunkler, stierhaft gebauter Diener wie ein Schatten überallhin folgte, und Delphine, die Fremde, konnte froh sein, wenn sie geduldet wurde. Anfangs hatte sie das gekränkt, doch nach ein paar Tagen hatte sie es vergessen. Der Sommer in Les Adrets, vor dem sie sich gefürchtet hatte, wurde der schönste Sommer ihres Lebens, dem jedes Jahr ein weiterer schönster Sommer ihres Lebens folgen sollte.

Sie war ein einsames, steinreiches Mädchen gewesen, das hinter den Fenstergittern einer Stadtvilla wohnte und jedem im Weg war. In den Sommern auf dem Château lernte sie, wie es sich anfühlte, dazuzugehören. Sie erlebte, dass Kinder ihren

Namen riefen, wenn sie morgens die Treppe hinunterkam, und es nicht erwarten konnten, mit ihr in den hellen Tag zu laufen. Sie lernte, wie Pinienharz duftete, wie zart Pfirsichsalbei sich anfühlte, wie Zylinderputzer in der Sonne leuchteten und wie Zypressenwälder im Wind des Abends sangen. Sie sah die Hand, die Didier als Zeichen ihres Bundes in die Erde des Weinbergs geritzt hatte, und noch als der Regen die Namen aus den Fingern gelöscht hatte, wusste sie, dass einer davon ihr eigener war.

Als ihre Eltern schließlich kamen, um sie abzuholen, fuhr Claude sie in seinem Landaulet zurück zum Bahnhof, war wiederum nett und winkte mit seinem Hut. Sobald sie in ihrem Abteil saßen, fragte Delphines Vater: »Habe ich das richtig gesehen? Du magst den jungen Comte Cadière recht gern, nicht wahr?«

Delphine war in Gedanken, Sehnsüchten, Träumen versunken und schreckte auf. Sie mochte wen gern? Den jungen Comte?

»Claude Cadière de l'Estérel, du Schafskopf.« Ihre Mutter lachte. »Natürlich magst du ihn gern. Wie solltest du denn auch nicht?«

Die Frage, ob sie Claude gern mochte, hatte ihr Vater ihr noch zweimal gestellt, als schon Krieg war und der junge Comte nur ein paar Tage auf Urlaub nach Les Adrets gekommen war. Delphine wusste noch immer nicht, was sie darauf antworten sollte, aber das war auch nicht nötig, denn ihre Eltern gaben sich die Antwort selbst. Dann war Claude gestorben, und zum Bahnhof brachte sie niemand mehr, denn ihres Vaters Chauffeur fuhr sie im Automobil. Auf dem Vorhof stand Didier und winkte mit einem Hut, der verbeult war, weil er vermutlich darauf gesessen hatte.

»Habe ich das richtig gesehen?«, fragte ihr Vater auf dem Heimweg. »Du magst den jungen Didier recht gern, nicht wahr?«

Wiederum war Delphine aus einer Mischung von Sehnsucht und Erinnerung geschreckt, doch diesmal hatte sie begriffen, was die Frage zu bedeuten hatte: Ihr Vater hatte Geld, aber keinen Titel. Die Cadières hingegen führten einen der ältesten Adelstitel der Provence, aber was Reblaus und Mehltau den Wein bauenden Familien angetan hatten, das hatten Krieg und Misswirtschaft vollendet. Leute wie die Cadières lebten über ihre Verhältnisse, und vor dem Krieg mochten sie damit davongekommen sein, weil sie aus dem Gefüge dieser sterbenden Epoche nicht wegzudenken waren. Aber die Zeiten änderten sich. Um das Anwesen und die Menschen, die darauf lebten, zu erhalten, würde der nächste Comte mehr Geld brauchen, als ihm sein empfindlicher Wein und sein kostspieliges Öl selbst in den besten Jahren einbrachten.

Und die besten Jahre waren selten. In den schlechten gruben die Bauern den Flüssen trotz Verbots das Wasser ab, damit ihnen nicht die komplette Ernte in der Sonne verbrannte. Wer in diesen Tagen auf Landwirtschaft setzte, brauchte Geld, um Betriebe zu modernisieren, und wer keines hatte, musste eine Lösung finden.

Die Lösung bin ich, hatte Delphine erkannt. Mein neureicher Vater will Zugang zur alten Elite, die alte Elite will Geld, damit sie nicht zu Staub zerfällt, und das Mittel für beide bin ich. Vermutlich hätte sie sich gekränkt fühlen müssen, aber sie war erst elf Jahre alt gewesen und hatte gedacht: Wenn ich Didier Cadière heirate, bleibe ich für immer auf dem Château, hinter der Gartenmauer mit der roten Bougainvillea, und muss nie mehr fort.

Sie hatten dieses Spiel gespielt, etliche Sommer lang. Daheim in Marseille aber begannen Delphines Eltern damit, sie auf die Wirklichkeit vorzubereiten. Für den nächsten Besuch in Les Adrets wurden zwei Schrankkoffer voll Garderobe zusammengestellt. Ihre Mutter fand einen neuen Coiffeur, von dem eine ihrer Freundinnen geschwärmt hatte, er werde Delphines dünne Strähnen in die Haarkrone einer griechischen Göttin verwandeln. Der Coiffeur erwies sich natürlich als Reinfall, doch zum Ausgleich bekam Delphine einen Tanzlehrer, der im Ruf stand, er könne sogar eine Kuh das Tanzen lehren.

Delphine war keine Kuh. Sie fand die Tanzstunden mühsam, die Schritte schwierig, aber es gab Schlimmeres, und am Ende brachte sie einen leidlichen Walzer zustande. Wackel- und Schiebetänze wie der Shimmy, den Neger erfunden haben sollten, und der anrüchige Tango, von dem das Küchenmädchen behauptete, er werde nackt getanzt, waren in ihrer Tanzausbildung nicht vorgesehen. Im Juni reiste sie nach Les Adrets, lag mit ihren Freunden wie eh und je im versengten Gras und spielte das Spiel. Im Winter aber fuhr sie mit ihren Eltern für ein Wochenende nach Cannes, wohnte im *Hotel Carlton International* und ging in dessen marmorweißen Saal auf ihren ersten Ball.

Die Cadières saßen mit ihnen am Tisch: der dünne Comte, der den Abend über höchstens den Mund aufmachte, um von seiner kleinen Claudine zu schwärmen. Die Comtesse Odette, die Fabrice *Madame mère* nannte wie die Mutter Napoleons. Jeanne-Camille, die in stoischer Haltung ausharrte, während ihr Tischherr, ein Infanterieoffizier, der im Rheinland stationiert und auf Urlaub hier war, ihr Vorträge über die Entwicklung ausfahrbarer Geschütztürme hielt. Und Didier und Fabrice. Es war das erste Mal, dass sie außerhalb der Sommerferien aufeinandertrafen und dass Nathalie und Salah nicht bei ihnen waren.

»Dem Erbfeind muss mit bedingungsloser Härte begegnet werden«, dozierte Jeanne-Camilles Tischherr. »Dass Reparationslieferungen, zu denen der Vertrag von Versailles ihn verpflichtet, verzögert werden, verdient Antwort in nur einer Sprache – in der von Waffen. Deshalb ist es notwendig, unsere

Grenzen durch eine starke Befestigungslinie zu sichern, und diese Geschütztürme sind dafür unabdingbar. Kosten dürfen bei einer Frage von nationaler Wichtigkeit keine Rolle spielen.«

»*Mon ami*«, unterbrach ihn ein Regimentskamerad, der ihm schräg gegenüber saß, »mit Verlaub, Sie langweilen Ihre Dame.«

Jemand lachte. Jeanne-Camille, um die es ging, sagte nichts.

»Die Sache ist zu ernst für Banalitäten«, ereiferte sich ihr Tischherr. Er hieß Honoré d'Arcy, ein Name, den Delphine hübscher fand als seinen Träger. »Der Erbfeind muss für das, was er diesem Land angetan hat, zur Rechenschaft gezogen werden, wie Clemenceau es gefordert hat. Frankreich liegt am Boden, unsere jungen Leute haben das Gefühl, in der Welt nichts mehr zu gelten.«

Er selbst konnte nicht älter sein als Anfang zwanzig, aber er wurde am Hinterkopf schon kahl. Beim Sprechen spuckte er ein bisschen, was Jeanne-Camille stoisch hinnahm.

»Ich bin jung«, ergriff Fabrice ungefragt das Wort. »Und ich wüsste nicht, warum ich in der Welt nichts gelten sollte.«

»Du bist still, wenn Erwachsene reden«, wies Jeanne-Camille ihn zurecht.

Aber Fabrice war nicht still. »Auch dachte ich, es wäre Deutschland, das am Boden liegt«, bemerkte er und schien sich prächtig zu amüsieren. »Oder irre ich mich, haben in Wahrheit wir den Krieg verloren?«

Seine Mutter rollte mit den Augen und versetzte ihrem älteren Sohn einen Stoß. »Didier, benimm dich. Fordere Delphine zum Tanz auf.«

Didier sprang sofort auf, verbeugte sich vor Delphine, und gehorsam begaben sie sich aufs Parkett. Sonderlich gut tanzten sie beide nicht, aber Didier schien das nichts auszumachen. Sie lachten ein bisschen, waren verlegen und kämpften sich tapfer durch die Takte. Didier war der netteste Junge, den Delphine kannte. Wenn sie ihn heiratete, müsste sie keine Angst mehr haben, alles falsch zu machen, denn Didier würde Geduld mit ihr haben und ihr ihre Fehler nicht übelnehmen.

Fabrice, dem das widerspenstige Haar mit Brillantine an den Kopf gestriegelt worden war, ließ sich nicht zum Tanzen schicken. Stattdessen fuhr er fort, den echauffierten Rheinland-Kämpfer zu provozieren, und riss Zoten über die Garderobe einzelner Damen, die so unflätig wie treffend waren. Endlich verwies seine Mutter ihn des Saales. »Er ist noch ein Kind«, entschuldigte sie sich.

Im folgenden Sommer war Delphine nicht länger wohl dabei, mit den anderen das Spiel zu spielen. Ihr war auch nicht länger wohl dabei, mit ihnen schwimmen zu gehen und sie sehen zu lassen, wie scheußlich ihr Haar zusammenfiel, wenn es nicht onduliert war. Was mit Nathalies Haar nach dem Schwimmen geschah, entdeckte sie in diesem Sommer und hatte fortan Mühe, an etwas anderes zu denken. Bei allem kreisten ihre Gedanken um Nathalies Haar in der Sonne, um Nathalies rundes Hinterteil im zu knappen Kinderkleid und um die Blicke der Jungen, die wie Hundeleinen an ihr befestigt schienen.

Und dann war da das Spiel, das sie plötzlich um keinen Preis mehr spielen wollte. Es war nie ihre Art von Spiel gewesen, aber es hatte sie stolz gemacht, mit den anderen ein Geheimnis zu teilen. Wenn sie beim *marelle,* dem Himmel-und-Hölle-Spiel, in ihrem Pensionat überhaupt hatte mitspielen dürfen, war sie nach zwei Sprüngen unter dem Gelächter der Mitschülerinnen in der Hölle gelandet. Für dieses große, nie da gewesene Spiel war sie jedoch gut genug, während die Mädchen des Pensionats davon nicht einmal etwas wissen durften. Jetzt kam ihr gerade das falsch vor. Wenn man zu niemandem davon sprechen durfte, musste etwas daran verrucht, verboten, vielleicht sogar nicht ganz gesund sein.

In jenem Jahr fiel es ihr auf: Die ständige Beschäftigung mit Morden, Tragödien, Katastrophen, mit erwürgten Gattinnen und geköpften Serienmördern war nicht natürlich. Vielleicht rührte ihr Hang dazu daher, dass sie Kriegskinder waren. Delphine hatte den Comte mit dem Präfekten aus Toulon und dem Unterpräfekten aus Draguignan davon sprechen hören: »Ich frage mich, was aus all diesen Kriegskindern, die wir großziehen, werden soll, ob sie nicht abstumpfen, weil die Lücken, die der Tod ins Herz dieses Landes reißt, ihr Alltag sind. Schon deshalb ist mir meine kleine Claudine so teuer. Sie ist ein Friedenskind, auch wenn der Frieden nach diesem Krieg ein Scherbenhaufen bleibt. Claudine kennt keinen Tod und kein Leid, nur Spornblumen und Schillerfalter.«

Delphine wollte kein Kriegskind sein. Sie wünschte sich ein normales Leben, in dem man über Probleme mit den Dienstboten sprach und Lebensmittel für einen großen Haushalt bestellte. Der Haushalt, von dem sie träumte, umfasste Scharen von Verwandten, die unentwegt zu Besuch kamen, und eine Horde durch Wälder streifender Kinder, kein einsames Einzelkind hinter Fenstergittern.

Sie wollte das seltsame Spiel, das so viel Tod enthielt, nicht mehr spielen. Darüber hinaus kam es ihr auch nicht mehr richtig vor, Körper an Körper im Gras zu liegen und miteinander zu sprechen, als wären sie erwachsene Männer und Frauen.

Einmal hatten sie in jenem Sommer gespielt, Fabrice, der sich um solche Rollen riss, sei der jüdische Landesverräter Dreyfus. Didier hatte zwar darauf bestanden, Dreyfus sei gar kein Verräter gewesen, aber Fabrice war das egal, er wollte einen Verräter spielen, und damit war das Thema erledigt. Delphine wurde dazu bestimmt, seine Ehefrau Lucie zu spielen, die ihm in die Verbannung nicht hatte folgen dürfen. Das ist harmlos genug, hatte sie gedacht. Aber in der Geschichte, die Nathalie und Fabrice inszenierten, floh der ruchlose Verräter, der in seiner Frau nicht mehr als ein Faustpfand sah, übers Meer nach Algerien, wo er sie in einer Wüstenfestung mit einer Berberin betrog. Solche Geschichten mochten akzeptabel gewesen sein, solange sie Kinder waren und sich darunter nichts vorstellen konnten. Jetzt aber wurde Delphine mit Erschrecken klar, dass sie wusste, was ein Mann mit seiner Geliebten tat, oder zumindest mehr davon wusste, als sie wollte.

Die Berberin, für die Fabrice als Dreyfus sein Land verraten hatte, spielte Nathalie. »Berberinnen können alle nicht lesen«, hatte sie eingangs verkündet. »Ihre Väter verbieten es ihnen, damit ihnen nichts Böses begegnet. Ich wünschte, mein Vater wäre auf die Idee gekommen, mir dieses blöde Schulzeug zu verbieten.«

Fabrice lachte. »Und woher willst du wissen, was Berberinnen können und was nicht?«

Nathalie zuckte die Schultern. »Xavier hat das erzählt, Sebastiens Schnapshändler. Der ist ein *pied noir* aus Algier.«

Dass Nathalie, die jünger war als sie selbst, ein Leben führte, in dem sie mit Schnapshändlern Unterhaltungen führte, erschien Delphine wie eine dieser Geschichten, die in der Farbbeilage von *Le Petit Journal* standen.

»Stimmt das?«, wandte Fabrice sich an Salah. »Oder hat Natou sich von dieser *Pastis*-Nase Xavier einen Bären aufbinden lassen?«

»Wieso fragst du denn Salah?«, kam es von Nathalie.

»Weil er ja wohl einer ist«, versetzte Fabrice. »Ein Berber, meine ich. Wenn das Zeug, das du erzählst, wahr ist, wird er ein ganzes Rudel von Schwestern haben, die alle nicht lesen können.«

»Ich weiß es nicht«, sagte Salah mit dieser sehr leisen Stimme, die zu dem Körper eines Boxers unheimlich klang. »Ich habe meine Schwestern zum letzten Mal gesehen, als ich fünf Jahre alt war.«

»Ich wette, du weißt nicht mal, wie viele du hast!«, rief Fabrice.
»Nein, weiß ich nicht«, sagte Salah.
Ein peinliches Schweigen entstand. Nathalie starrte ihren Diener an, als hätte sie nicht gewusst, dass er überhaupt Schwestern hatte. Unvermittelt nahm sie seine Hand. Das war so seltsam zwischen diesen beiden. Nathalie behandelte Salah oft achtlos, doch kurz darauf waren sie so eng miteinander, wie der unnahbare Salah es bei keinem anderen zugelassen hätte. Sie mochte wie ihre Lieblingskatze mit ausgefahrenen Krallen auf ihn losgehen, aber sie würde nie gestatten, dass ein anderer es tat. Delphine verspürte einen Anflug von Eifersucht, für den sie sich schämte: Sie war reich, sie hatte alles, was ein Mensch sich wünschen konnte. Nathalie war arm und Salah noch ärmer.
»Das muss traurig für dich sein«, murmelte endlich Didier. »Ich kann mir nicht vorstellen, von Claudine getrennt zu werden.«
»Von Jeanne-Camille aber schon!«, rief Fabrice, und dann hatten sie alle gelacht und mit dem Spiel von dem Verräter Dreyfus, seiner betrogenen Ehefrau und seiner Berbergeliebten begonnen.
Die Übrigen – zumindest Nathalie und Fabrice – vergaßen beim Spielen grundsätzlich, wer sie waren, und gingen ganz in ihren Rollen auf. Delphine, die das nicht konnte, hatte trotzdem oft Spaß gehabt, aber an jenem Tag tat das Spiel ihr weh. Sie war keine jüdische Ehefrau aus dem Paris der *Belle Époque*. Sie war Delphine Montbrun, die neben Fabrice Cadière im Gras lag, die Luft flimmerte vor Hitze, und das Mädchen, mit dem er sie betrog, war die honighaarige Nathalie Delage. Sie bewegten sich kaum, aber Delphine kam es vor, als würden Nathalie und Fabrice sich umeinander winden wie zwei Schlangen, die im Alten Hafen von Marseille zu Flötentönen tanzten. Delphine in der Rolle der Ehefrau interessierte keinen von beiden.
Als sie an diesem Abend in ihrem Bett im nördlichen Wohnturm des Châteaus lag, von dessen winzigem Fenster man über die

Gipfel hinweg bis aufs Meer sehen konnte, musste sie weinen und schwor sich, dass sie dieses Spiel nicht noch einmal spielen würde.

Dass Didier es auch nicht mehr spielen wollte, hatte sie zu spüren geglaubt. Dennoch war es ihr schwergefallen, es Nathalie zu sagen, es hatte ihre alte Kinderangst geweckt, Zorn zu erregen und ausgeschlossen zu werden. Aus dieser Angst heraus war sie peinlich darauf bedacht gewesen, niemandem zu widersprechen, doch jetzt musste sie den Mund aufmachen. Die Hoffnung, dass Didier es ihr abnehmen würde, zerschlug sich. Vielleicht hatte sie sich getäuscht, vielleicht hing er an dem Spiel wie die anderen und würde sie hassen, weil sie es zerstörte.

Dennoch sprach sie es aus. Holte Luft, schloss die Augen und sagte: »Begreifst du nicht, dass wir für dieses Spiel zu alt geworden sind?« Es lag bereits zwei Jahre zurück, doch der Augenblick hatte sich ihr ins Gedächtnis gebrannt. In dem Schweigen, das folgte, hatte sie gehört, wie ihr Herz schlug. Alles hatte sie erwartet. Dass Nathalie schimpfend auf sie losgehen, ja vielleicht sogar handgreiflich werden würde, dass die anderen ihr beisprangen. Nur das nicht: Nathalies von der Sonne goldene Haut wurde bleich. Sie öffnete den Mund und formte mit zitternden Lippen Worte: »Das ist ja wohl nicht dein Ernst.«

»Doch«, presste Delphine hervor. »Es ist mein Ernst. Mit dem Spiel muss Schluss sein. Wir sind keine Kinder mehr.«

Nathalie starrte blicklos in Delphines Gesicht. Über ihre Wange lief eine Träne. Salah stand auf und legte ihr die Hand auf die Schulter. Einmal mehr fiel Delphine auf, wie viel Kraft er ausstrahlte und wie einschüchternd er auf Fremde wirken musste, Nathalies Beschützer, der einer anderen Welt entstammte. Delphine wusste nichts von ihm, obwohl sie ihn so lange kannte. Sie fühlte sich ihm manchmal verwandt, weil er sich so gefügig betrug wie sie. Aber sie hegte keinen Zweifel daran, dass er die ganze Kraft dieses imposanten Körpers eingesetzt hätte, um

Nathalie zu verteidigen. Einmal, ganz zu Beginn ihrer Freundschaft, hatte er Fabrice die Nase blutig geschlagen, weil der einen Witz über Nathalies Mutter gemacht hatte. Die war Deutsche gewesen, was Delphine nie ganz hatte glauben können. Michel, der Wächter über die Oliven, behauptete, das Furchteinflößendste an den Deutschen sei, dass man ihre Frauen nicht von Männern unterscheiden könne.

Das trifft eher auf mich zu, dachte Delphine. Und als sie Fabrice gefragt hatte, woran man eine Deutsche erkannte, hatte der geantwortet: »Sehr einfach. Daran, dass sie Waden wie Gurken hat und gebaut ist wie ein Kohlwickel – ganz wie unsere Natou.«

Nicht wie eure Natou, sondern wie eure Delphine, hatte Delphine gedacht und nichts mehr zu dem Thema gefragt.

Salah stand noch immer reglos bei Nathalie. So hatte er auch damals gestanden, bis seine Faust ohne Warnung vorgeschnellt war, und das Nächste, was Delphine sah, war das Blut gewesen, das Fabrice übers Gesicht lief. Würde er diesmal auf sie losgehen, weil sie Nathalies Spiel zerstört hatte?

Salah ging nicht auf sie los. »Bitte, Natou«, murmelte Didier. »Sei doch nicht so traurig. Am Montag müssen wir sowieso zurück nach Paris, und wer weiß, was im nächsten Jahr ist …«

»Ich habe es deshalb ausgehalten«, sagte Nathalie. »All die endlosen Winter, während ihr in Paris wart und ich hier vor Langeweile umkam – ich habe es ausgehalten, weil ich wusste: Wenn es Sommer wird, kommt ihr zurück und wir spielen unser Spiel.«

»Aber wir kommen doch auch zurück«, rief Didier. »Wir können schwimmen gehen, ein Picknick veranstalten, wir werden immer zusammen sein. Dass wir nicht mehr spielen, ändert daran nichts.«

Damit war es besiegelt. *Dass wir nicht mehr spielen.* Didiers Lächeln blieb unerwidert in der Luft hängen, und Salah stand noch immer wie ein Standbild hinter Nathalie.

Dann war Fabrice aufgestanden. Er war zu ihr gegangen und hatte Salah beiseitegeschoben. »Ich mache dabei nicht mit«, hatte er gesagt. »Wenn ich wiederkomme, spielen du und ich weiter, und wenn du es gar nicht aushältst, fahre ich nicht nach Paris, sondern bleibe hier bei dir.«
Fabrice hatte eine hohe, ganz reine Stimme. Kurz zuvor hatte er mit dieser klaren Stimme ein Lied gesungen, und obwohl es sich nicht gehörte, dass der Sohn eines Comte auf einer Wiese Gassenlieder sang, hatte Delphine eine Gänsehaut bekommen. Jetzt war seine Stimme rauh. Das Hemd hing ihm aus der Hose und stand vor der Brust offen. Er legte die Arme um Nathalie und zog sie an sich. Er war schmal, und sie war ein kompaktes Kraftbündel, doch in seinen Armen wirkte sie auf einmal schutzbedürftig. Die beiden standen da, als gehörten sie zu keiner Einheit von fünfen mehr, sondern wären nur noch zu zweit, als wäre es ihnen gleichgültig, ob die drei Übrigen gingen oder blieben.
In Delphines Bauch ballte sich ein Knoten. Sie hätte stolz auf sich sein sollen, denn sie hatte dieses eine Mal getan, was sie sich vorgenommen hatte. Hier aber stand sie, sah, wie Nathalies Haar sich über Fabrice' Schulter ergoss, und fragte sich, ob sie nicht Geister gerufen hatte, die zu bändigen sie nicht in der Lage war.

10

Delphine hatte sich die Frage in den zwei folgenden Jahren noch öfter gestellt, obwohl im Grunde alles gekommen war, wie sie es erhofft hatte: Nathalie hatte sich über Nacht den neuen Verhältnissen angepasst. Anderntags waren sie an den Lac de l'Avellan gegangen, Nathalie war von dem abgestorbenen

Stamm einer Kiefer zwischen die Seerosen gesprungen, und das tiefgrüne Wasser hatte die Haut auf ihren Gliedern vergoldet. Sie lachte, riss zotige Witze, schlug sich den Bauch mit Tomatenküchlein, *tapenade* von grünen Oliven und Nougat mit Pistazien und Lavendelhonig voll und stieß Didier, der auf dem Steg vor sich hin träumte, in Hemd und Hosen in den See. Es gab kein Spiel mehr, doch sonst war alles wie zuvor. Sie waren Freunde. Sie genossen ihre Sommer und die Freiheit in den kostbaren Wochen, in denen niemand auf sie achtete. Delphine hatte im Pensionat recht gut reiten gelernt und ritt neben Didier über Waldpfade. Zwischen dicht hängenden Zweigen schnitt sich die Sonne ihren Weg ins Dunkel, und Düfte nach Pinienharz, Minze und Wacholder machten den Atem leicht. Salah ritt auf Michels Esel hinterher, und Fabrice nahm Nathalie vor sich auf seinen algerischen Apfelschimmel und galoppierte ihnen allen davon.

Didier versuchte, Vernunft in ihn hineinzupredigen, denn ihrer beider Gewicht war für das Pferd zu schwer und das Gelände für Galopp zu unwegsam. Fabrice aber lachte, schlang den Arm um Nathalie und ließ das Pferd steigen wie bei einem Reiterstandbild.

»Wie heißt er?«, fragte Delphine.

»Thérèse Raquin. Ich reite nur Stuten.« Fabrice entblößte weiße Zähne, von denen einer schief stand, und sein Lachen klang dreckig. »Jetzt schau nicht so entsetzt drein, Delphine. Es war eben das einzige Buch, bei dem ich in der Schule aufgepasst habe.«

Thérèse Raquin war ein Roman von Zola, die Geschichte einer Ehebrecherin, die ihren Mann mit ihrem Liebhaber ertrankt hatte, und ganz gewiss keine Schullektüre. Ehe Delphine sich gefasst hatte, waren Fabrice und Nathalie von neuem davongesprengt.

»Sie sind noch Kinder«, entschuldigte Didier sich bei ihr, aber anders als seine Mutter lächelte er, als wäre er darauf stolz.

Claudine, die sechs war, hatte ein Pony mit fast bodenlanger Mähne bekommen und bestand darauf, sie zu begleiten. Sie mussten langsam reiten, und Claudine schrie Zeter und Mordio, weil sie nicht von Didier an der Führleine gehalten werden, sondern Fabrice hinterherpreschen wollte, aber Delphine machte das nichts aus. Sie fand Claudine, das Friedenskind, zuckersüß, und wenn sie sich um sie kümmern durfte, fiel ihr ein, wie sehr sie sich als kleines Mädchen eine Schwester gewünscht hatte.

Im August begann die Rückführung der französischen Soldaten aus dem Rheinland. In der Frage der Reparationszahlungen war offenbar eine Lösung gefunden worden, ein Abkommen namens Dawes-Plan, und der Comte sagte zu dem Präfekten aus Toulon und dem Unterpräfekten aus Draguignan, die er zur Wachteljagd eingeladen hatte: »Wir haben uns diese Besetzung nie leisten können, wir hätten das Geld gebraucht, um die Verletzungen des Krieges zu heilen. Nach den Verträgen, die in Locarno verhandelt worden sind, darf unser Land jetzt vielleicht endlich aufatmen.«

»So optimistisch, mein lieber Comte?«, fragte Monsieur Lombard-Larquey, der Präfekt aus Toulon.

Claude Cadière nickte. »Ich dachte nicht, dass ich nach dem Verlust meines Sohnes noch einmal so sprechen würde, aber mir scheint, als ginge diese lange Nacht zu Ende. Mit dem Inkrafttreten der Locarno-Verträge soll die deutsche Republik im nächsten Jahr sogar in den Völkerbund aufgenommen werden.«

»Und an die Einflussmöglichkeiten dieses Völkerbundes glauben Sie?«, fragte Monsieur Defrémicourt, der Unterpräfekt aus Draguignan. »Trotz beispielsweise dieser unappetitlichen Bewegung in Italien, die den Völkerbund nicht zu rühren scheint?«

»Nur ein blutleerer Zyniker würde nicht an sie glauben«, erwiderte Claude Cadière. »Der Bund ist geschaffen worden, um den Ländern der Erde den Frieden zu sichern. Weshalb sollte das nicht gelingen, wenn alle, die es betrifft, es so wünschen? Über die Wege mag man uneins sein, und auch ich würde mit diesem Mussolini nicht meinen Cognac teilen, aber sehen wir doch nach Deutschland: Dort fängt man sich.«

»Ihr Wort in Gottes Ohr«, sagte Defrémicourt.

»Sie werden es nicht glauben, aber ich habe sogar vor, in Deutschland mein Geld zu investieren«, erklärte der Comte. »Nicht, dass ich mich mit diesen Dingen sonderlich gut auskennen würde, aber die kränkelnden Finanzen alter Adelsbetriebe bedürfen zweifellos einer Auffrischung. Vertrauen in eine aufstrebende Wirtschaft scheint mir da keine schlechte Idee.«

»Und die Unsicherheit der politischen Ordnung schreckt Sie nicht?«, fragte der Präfekt.

Der Comte schüttelte den Kopf. »Dieser Krieg hat die Ordnung, die uns vertraut war, zerschlagen. Die Welt ist der Zerstörung müde, sie braucht Vertrauen, um sich neu zu erschaffen.«

Delphine war froh. Über den Völkerbund und die Verträge, die in Locarno zur Sicherung der Grenzen ausgehandelt worden waren, wusste sie nicht gut Bescheid, aber die Worte des Comte klangen, als bräuchte sie nicht länger ein Kriegskind zu sein. Im Winter gab es für sie eine Vielzahl von Bällen in den Hotels entlang der Küste, und sie und Didier lachten darüber, dass sie ständig zusammen zum Tanz geschickt wurden. Didier war noch immer nett zu ihr. Er nahm ihr nie etwas übel. Wenn sie aus dem Takt geriet, sagte er: »Meine Aufgabe wäre es, dich zu führen, aber leider habe ich dazu nicht die Spur von Talent.«

Im Zuge dieser Gesellschaften hatte Delphines Vater Verbindungen geschmiedet, und im Frühjahr reiste er nach Cannes, um dort seinen Coup aus dem Hut zu ziehen und mit dem Bau eines Luxushotels zu beginnen. Um des Hotels willen verzögerte sich in diesem Jahr ihre Abreise nach Les Adrets. Ihr Vater war ständig in Cannes. Zwar gab er durch nichts zu erkennen, dass er Wert auf die Anwesenheit seiner Tochter legte, doch das neue Projekt beanspruchte seine Aufmerksamkeit. Offenbar war darüber in Vergessenheit geraten, dass Delphine ja noch nach Les Adrets geschafft werden musste, und wenn sie zaghaft das Thema anschnitt, wischte er es vom Tisch.

Sie fühlte sich so einsam, wie es ihr aus ihrer frühesten Kindheit in Erinnerung war. In den Jahren danach hatte sie ihre Freunde gehabt, und sie vermisste sie. Vor allem setzte es ihr Stachel ins Herz, dass die Freunde sich nicht bei ihr meldeten. Sie hatten das nie getan. Sich keine Briefe geschrieben, keine Karten geschickt und schon gar nicht telefoniert. In den neuen schneeweißen Hotels an der Küste waren Telefone längst gang und gäbe, doch hinter die Mauern des Châteaus drang der Fortschritt nur mit Verzögerung. Es gab weder ein Grammophon oder gar einen der neuen Radioempfänger noch eine Fernsprechleitung.

Delphine hatte also keinen Grund, sich vom Schweigen ihrer Freunde gekränkt zu fühlen, und dennoch war es so. Die vier würden reiten, schwimmen, Picknickkörbe packen, würden die Köpfe zusammenstecken und sich über den Rest der Welt vor Lachen ausschütten. Dachten sie auch nur einen Atemzug lang an Delphine Montbrun und bemerkten, dass sie fehlte?

Sie fing an, sich einzureden, dass sie überhaupt nicht nach Les Adrets fahren wollte, sondern die glitzernde, Shimmy und Tango tanzende Welt unter den Palmenkronen von Cannes genoss. Die weiße Küstenstadt war das reinste Paradies für ein Kriegskind, das keines mehr sein wollte – aus dem Boden gestampft, um jeden Gedanken an Krieg zu vergessen, um flirtend, tanzend und den Rock bis auf die Schenkel raffend einen neuen Bund unter Völkern zu feiern. Delphine aber konnte sich nicht helfen: Die Glitzerwelt von Cannes machte ihr Angst. Das Tempo, in dem sie sich um sich selbst drehte, war wie Fabrice' Galopp durch den Bergwald. Der Boden war genauso uneben,

und Delphine hatte niemanden hinter sich, der den Arm um sie legte und sie hielt.
Dann, am vergangenen Sonntag, hatte ihr Vater ihr beim Abendessen auf der Terrasse des Carlton mitgeteilt, seine Arbeit befinde sich in einem Stadium, in dem er ein paar Tage entbehrlich sei, und er bringe sie folglich jetzt nach Les Adrets. Delphine wollte sich nicht freuen. Sie freute sich so sehr, dass sie Mühe hatte, nicht jubelnd aufzuspringen, wie Nathalie es getan hätte.
Auf dem Boulevard de la Croisette kaufte sie sich einen runden zartrosa Hut, der in zwei Hände passte. Es war das erste Mal, dass sie sich selbst etwas zum Anziehen kaufte, sie probierte ihn heimlich auf und fand, er ließe ihr frisch in Wellen gelegtes Haar, das darunter hervorsprang, voller, ja geradezu üppig wirken. Auf der Fahrt durch das halb vor Fülle leuchtende, halb vor Hitze versengte Land, das sie noch nie so schön gefunden hatte, nahm sie sich vor, das, was von diesem Sommer übrig war, in vollen Zügen zu genießen.
An Nathalies Haar mit seiner Farbe zwischen Wein und Honig wollte sie dabei nicht denken. Nathalie war nicht reich und privilegiert, sondern die Tochter eines Verwalters, die sich gewiss keinen Hut leisten konnte. Einmal mehr schämte Delphine sich für ihren Neid. Nathalie war ihre Freundin, die einzige, die sie hatte. Statt ihr das hübsche Haar zu missgönnen, beschloss sie, mit ihr nach Fréjus zu fahren und ihr einen Hut zu schenken.
Sie kamen am Nachmittag an. Am Portal stand Didier im zu warmen Anzug neben seiner Mutter, um Delphine willkommen zu heißen. Immerhin war außer den beiden noch Claudine zur Stelle, die aber nicht auf sie zulief, sondern Didier bedrängte: »Darf ich jetzt endlich nach draußen zu Fabrice? Fabrice hat versprochen, er spielt mit mir *Riquet mit dem Schopf*!«
Die Comtesse stöhnte und griff sich ins Haar. Dann bat sie Delphines Vater auf einen Cognac ins Herrenzimmer, wo der

Comte sich ihm in Kürze zugesellen würde. Didier und Delphine waren damit entlassen. Sie nahmen Claudine mit, die schon vorauseilte, und zogen los. Auf dem Weg sahen sie sich an, sahen wieder weg, wussten nicht, wohin mit ihren Blicken. Es war schön, fand Delphine. Schöner als dieser ganze bisherige Sommer.

Sie gingen zu ihrer alten Stelle, dorthin, wo Delphine noch immer die Hand mit ihren Namen in der Erde zu erkennen glaubte. Salah saß auf einem der Feldsteine, die die Umgrenzung des Weinbergs markierten, und flocht Bänder aus Leder. Fabrice und Nathalie lagen im Gras, fast wie damals, zu Zeiten des Spiels. Sie hatten den ingwerroten Kater, vor dem Delphine sich fürchtete, zwischen sich, und bei Fabrice' Füßen rupfte das graugefleckte Pferd Thérèse Raquin Halme. Von Zeit zu Zeit hob Fabrice einen nackten Fuß und streichelte der Stute mit den Zehen die Fessel.

Claudine sprang mitten hinein und warf sich Fabrice an den Hals. Die Katze fauchte, und Fabrice konnte sie gerade noch unterm Bauch packen und in die Höhe heben, ehe ihr Pfotenhieb das Gesicht des kleinen Mädchens traf. Er lachte, hielt mit der einen Hand seine Schwester von sich weg und mit der anderen die Katze, die um sich schlug, über seinen Kopf. Nathalie lachte auch.

»Wir haben keine Zeit für dich«, sagte Nathalie zu Claudine, die ihr die Zunge herausstreckte. Sie trug das Haar nachlässig am Hinterkopf festgesteckt, als schere ihre Schönheit sie keinen Deut.

»Doch, wir haben Zeit«, rief Fabrice, setzte die Katze ab und küsste sie aufs Hinterteil, ehe sie davonflitzte. »Wir sind Tagediebe, tun nichts, als den Fleißigen die Zeit zu stehlen.« Dann schnappte er sich Claudine und rollte sich mit ihr über den Boden, bis sie vor Vergnügen quiekte. Das Pferd schnaubte und stieg. Fabrice sprang auf die Füße und griff nach dem Riemen, zog den edlen Kopf zu sich und schmiegte sein Gesicht an die Nüstern.

»Delphine ist gekommen«, sagte Didier. »Wollt ihr sie nicht willkommen heißen?«

Nathalie und Fabrice kamen zu ihr und küssten sie auf die Wangen. Dennoch wurde Delphine das Gefühl nicht los, sie hätte sie gestört. Sie spielen das Spiel, durchfuhr es sie. Sie spielen es einfach ohne uns weiter. Natürlich war das ihr Recht, und sie hatte keinen Grund, darüber empört zu sein. Sie sah Nathalie an und erschrak, weil in dem vergangenen Jahr alles Kindliche an ihr verschwunden war. Nathalie war fünfzehn, ging nicht mehr zur Schule, und was sie sonst tat, wusste Delphine nicht. Sie würde nie eine große Frau werden, aber sie hatte sich gestreckt, war aus dem Kinderkittel, den sie trug, herausgewachsen. Eher herausgeplatzt, dachte Delphine. Schlank war sie, sogar zierlich, und hatte dennoch von allem zu viel.

»Jetzt erzähl doch«, rief Nathalie. »Du warst in Cannes, schon wieder in der großen Welt? Gibst du dich mit uns Landpomeranzen überhaupt noch ab?«

»Und ob sie das tut.« Fabrice legte den Arm um Delphine und setzte ihr einen Kuss auf die Schläfe. »Die große Welt ist doch langweilig. Das echte Leben tanzt hier. In Les Adrets. Habe ich Recht, *chérie*?« Er neigte seinen scharf modellierten Kopf, um sie noch einmal zu küssen. »Und was für einen feschen Hut du aufhast.« Er hob ihr den rosa Hut vom Kopf, drehte ihn in den Händen und pfiff durch die Zähne. Dann setzte er ihn ihr schräg und verkehrt herum wieder auf.

»Willst du mich auf den Arm nehmen?«

»Aber nicht doch. Sieht schicker aus. Frag die anderen, wenn du mir nicht glaubst – ein bisschen verruchter, mehr Dame von Welt.«

Delphine spürte, wie ihr Hitze in die Wangen schoss. Sie drehte sich von Fabrice weg, obwohl es schön gewesen war, seinen sonnenwarmen Körper zu spüren. Stattdessen begrüßte sie Salah, der hinter Nathalie gewartet hatte. Er war der Einzige, den sie unverändert fand. In ihrer Erinnerung war er immer breit und dunkel und seltsam erwachsen gewesen und hatte abgewartet, bis jemand das Wort an ihn richtete. Jetzt lächelte er. »Es ist schön, dass du gekommen bist. Es wäre sonst kein richtiger Sommer gewesen.«

»Findest du das wirklich?«

»Dummes Schaf«, sagte Nathalie, ehe Salah zu Wort kam. »Wir alle finden es. Und jetzt müssen wir feiern. Heute Abend gehen wir in Sebastiens *Weinende Kuh*, was sagst du dazu?«

»In diese Bar im Dorf? Aber das dürfen wir doch nicht.«

»Ach was, dürfen. Wer soll es denn herausbekommen, Schäfchen? Dein Herr Papa reist bestimmt heute Abend noch ab, und Didiers Eltern haben Besuch, die sind froh, wenn wir ihnen Fabrice vom Leib halten.«

»Und wenn sie doch nach uns suchen?«

Nathalie winkte ab. »Jetzt sei keine Spielverderberin. Sebastien hat versprochen, es kommen ein paar Leute, die Musik machen. Richtige Musik. Aus Paris.«

»Na, na. Nicht übertreiben, Dickbein. Zu richtiger Musik aus Paris kannst du mit deinen Krautstampfern doch sowieso nicht tanzen.«

Mit einem Wutschrei stürzte Nathalie sich auf Fabrice. Der aber duckte sich unter ihrem Hieb und rannte ihr davon. Sie jagte ihm nach, bis er über einen Rechen stolperte und der Länge nach hinschlug. Nathalie ging mit erhobenen Fäusten auf ihn los, doch er rollte sich blitzschnell zur Kugel, packte sie, und ineinander verkeilt kullerten sie den Hang hinunter. Eines der Spaliere rissen sie um, und die harten, noch grünen Pfirsiche prasselten über den Boden.

»Diese zwei.« Didier lächelte. »Zum Stillsitzen sind sie nicht gemacht.«

Sag mir jetzt nicht, dass sie noch Kinder sind, dachte Delphine, aber Didier sagte nichts, sondern sah den beiden zu, die sich zwischen den Rebstöcken balgten.

Später halste Fabrice seine Schwester wieder einmal Michel auf, der in diesem trockensten aller Sommer unermüdlich Flusswasser in Blechkannen zu seinen Olivenbäumen schleppte. Inzwischen beschwerte Claudine sich nicht mehr, sondern ging gern mit dem Alten. Der hatte gewiss nie mit Kindern Umgang gehabt, aber vielleicht mochte Claudine an ihm gerade das: dass er mit ihr nicht wie mit einem Kind umging.

Fabrice brachte sein Pferd zurück zu den Ställen, und als er wiederkam, trug er über der Schulter einen Jutesack, aus dem ein Flaschenhals ragte. Die rote Katze strich ihm um die Beine, und er hatte selbst etwas von einer Katze, fand Delphine. Das Gewandte, Geschmeidige, aber auch das Unberechenbare.

»Und jetzt feiern wir«, sagte er und setzte sich mit gekreuzten Beinen neben Nathalie. Die Katze legte ihm den Kopf in den Schoß, und er kraulte ihr mit gedankenverlorener Zärtlichkeit das Fell am Hals. Mit der freien Hand zog er die Flasche aus dem Sack. Sie war aus dunklem, beschlagenem Glas und trug kein Etikett.

»Was ist das?« Delphine hatte hin und wieder ein Glas Champagner oder Rosé mit ihren Eltern getrunken, aber sonst nie Alkohol. In ihrem Magen begann es zu kribbeln.

»Absinth«, antwortete Fabrice kaltschnäuzig. »Die grüne Fee, die flüssige Sünde, der grausame Siechtod auf Raten.«

»Dein Ernst?« Nathalie versetzte ihm einen Stoß.

»Blödsinn. Wo sollte ich den wohl herbekommen? Das hier ist starker *Pastis* von deinem Xavier, dem Schwarzfuß. In der Not frisst der Teufel Fliegen, habe ich recht?«

»Gib nicht so an. Schenk lieber das Zeug aus.«

Fabrice fischte einen tönernen Becher und einen Lederbeutel aus dem Sack. »Ich gebe an, so viel es mir passt.«

Ohne die Liebkosung der Katze zu unterbrechen, entkorkte er die Flasche mit den Zähnen und goss den Becher randvoll. Die Hälfte leerte er selbst, dann hielt er ihn Nathalie hin, doch als die danach griff, vollführte er eine Drehung zur Seite und reichte ihn stattdessen Delphine. »*À ta santé,* meine Schöne. Auf deine Ankunft nach langem Warten und auf deinen entzückenden Hut.«

Die jungen Männer auf den Eliteschulen des Landes lernten alle, einer Dame zu hofieren und ein bisschen zu flirten. Delphine war eine Alleinerbin, sie bekam mehr als reichlich von dieser Art Aufmerksamkeit ab, aber Fabrice war der Letzte, von dem sie es erwartet hatte. Sie kannte ihn direkt, brutal, ein verwilderter Nachgeborener, der sich in der Rolle des *enfant terrible* sonnte und höfliche Heuchelei verweigerte. Jetzt sah er ihr in die Augen, als meinte er es ernst. In seinem Blick lag ein Lächeln, das sie beinahe schüchtern fand.

Es gefiel ihr gut, dass er sie so ansah. Viel zu gut. Bei anderen Jungen kam es ihr vor, als würde sie taxiert und abgelehnt, fast glaubte sie, das Stöhnen des Bewerbers zu hören: »*Mon Dieu,* die graue Maus ist ja eine Strafe. Aber was tut man nicht alles für Geld.« Dabei war Delphine nicht einmal eine Maus, sondern eher ein Pferd. Ein Ackergaul. Den spannte man ein, wenn man ihn brauchte, aber mit ihm flirten mochten höchstens Pferdebremsen.

Fabrice brauchte sie nicht. Er war für das Château nicht verantwortlich und durfte den Hof machen, wem er wollte. So wie er eigentlich immer hatte machen dürfen, was er wollte, weil er niemandem sonderlich wichtig war. Dass er ausgerechnet ihr seine Aufmerksamkeit schenkte, war kaum zu fassen. Der Galan in schlampigen Hemdsärmeln war viel hübscher, als sie je bemerkt hatte. Nein, nicht hübsch, er war im Grunde sogar hässlich mit den zu scharf geschnittenen Zügen, aber auf eine Weise, von der man sich nur ungern abwenden wollte.

»Soll mir der Arm absterben, *chérie*?« Er hielt ihr noch immer den Becher entgegen und verzog den Mund zu einem Grinsen.

»Ich glaube, ich sollte das nicht trinken«, sagte Delphine und merkte, dass ihre Stimme zitterte.

»Warum denn nicht? Glaubst du, ich würde es dir geben, wenn es dir schaden könnte?«

»Ich weiß wirklich nicht, Fabrice.«

»Dann lass es mich für dich wissen.«

Er beugte sich vor, schloss die Linke zart um ihren Hinterkopf und setzte ihr den Becher an die Lippen. Delphines Atem wurde flach. Die Flüssigkeit, von der ihre Zungenspitze den ersten Tropfen aufnahm, roch so stark nach Anis, dass ihr die Tränen kamen. Auf ihren Armen, wo sie die Blusenärmel zurückgeschoben hatte, stellte das feine Haar sich in der Hitze auf.

»*Merde alors!*« Fabrice schoss herum und ließ den Becher fallen. »Kann man dir Wacholderhexe keine Minute lang den Rücken kehren?«

Der Becher rutschte Delphine von den Lippen und fiel zu Boden, wo die Flüssigkeit versickerte. Fabrice war derweil längst bei Nathalie, die die Gunst des Augenblicks genutzt und sich die Flasche geschnappt hatte. Wie er zuvor hielt sie den Korken zwischen ihren Zähnen, von denen einer, wie bei ihm, leicht schief stand. Mit einem Griff hatte Fabrice ihr die Flasche entwunden, dann zog er ihr verblüffend sanft den Korken aus dem Mund. »Das darfst du nicht noch mal machen.«

»Was bleibt mir denn übrig, soll ich etwa verdursten?«

Fabrice lachte, bückte sich nach dem Becher, aus dem Delphine nicht mehr als einen Tropfen bekommen hatte, und füllte ihn für Nathalie. »Das nächste Mal hübsch bitte bitte sagen.«

»Darauf kannst du warten, bis du schwarz wirst.«

Er lachte wieder. »Ich weiß.« Grob bog er ihr den Kopf zurück und schüttete ihr den Schnaps in den Hals.

Sie schluckte, ohne zu husten. »Idiot.«

Er schüttelte den Kopf. »Meinen *Pastis* zu klauen, darfst du gern versuchen, du musst nur früher aufstehen. Das mit dem Korken lässt du aber hübsch bleiben.« Mit einem Finger hob er ihre Lippe und tippte ihr an die Schneidezähne. »Die brechen sonst ab, *ma sorcière laide*, und dann sähst du noch garstiger aus, als du's sowieso schon tust.«
Postwendend holte sie aus und versetzte ihm eine Ohrfeige, die gewiss lauter klatschte, als sie weh tat. Sie spielen das Spiel, durchfuhr es Delphine, und uns, die wir nicht mehr mitspielen wollten, schieben sie wie damals als Statisten herum. Fabrice ließ sich auf die Ellenbogen zurückfallen, dass sein Hemd vor der Brust aufklaffte, und lachte in den beinahe violetten Himmel.
Didier übernahm es schließlich, den Becher für Delphine zu füllen. »Sei ihm nicht böse. Er ist eben so.«
Sie war ihm nicht böse. Das war nicht das Problem. Er hatte die Beine ausgestreckt und ließ alle sehen, dass seine schlanken Sohlen vor Dreck starrten wie bei einem Zigeuner. Auf seinen Knien rekelte sich die Katze und schnurrte, obwohl Fabrice keine Hand für sie freihatte. Er hielt den Lederbeutel im Schoß und drehte mit langen Fingern Tabak in Papier. Als er fertig war, steckte er die Zigarette an, nahm einen langen Zug und schloss vor Genuss die Augen. Dann gab er sie Didier. »Lass es dir schmecken, Brüderchen. *Caporal* im Maispapier. Etwas, das köstlicher in der Kehle kratzt, gibt es auf dieser Hälfte der Welt nicht zu rauchen.«
Er drehte sich eine zweite Zigarette, füllte den Becher für Didier und trank ihm mit der Flasche zu. Flüchtig wünschte sich Delphine, Didier würde den kleinen Bruder für sein Benehmen zurechtweisen. Dann verwarf sie den Gedanken. Sie hatte selbst Schuld, weil sie auf Fabrice' Spielerei hereingefallen war, und die Nähe zwischen den Brüdern, die sie seltsam schön fand, durfte sie nicht stören.

»Und was ist mit mir?«, fragte Nathalie.
Fabrice, dessen Hand auf der Schulter seines Bruders ruhte, drehte sich nach ihr um. »Was soll mit dir sein?«
»Bekomme ich keine Zigarette?«
»Du?« Fabrice langte in seine Hosentasche und hielt ihr auf der Handfläche eine schwarz-weiße Kugel hin. »Du bekommst ein Bonbon. Wie alle artigen Kinder.«
Sie holte noch einmal aus, doch er fing ihre Hand. Mit zwei Fingern schob er ihr das Bonbon in den Mund und ließ sie danach an seiner Zigarette ziehen. »Jetzt hör schon auf, so ein Ekel zu sein. Die Nacht wird schön, oder nicht?«
»Wenn du daheim bleibst, vielleicht.«
»Und wer tanzt dann mit dir, Natou Dickbein?«
»Erzähl mir nicht, du kannst tanzen.«
»Ich kann rauchen.« Er lehnte sich zurück und blies eine Wolke in die Luft. »Und was ich noch kann, willst du gar nicht wissen, denn dazu bist du noch zu klein und hast nicht genug Mumm.«
»Und ob ich den habe! Du kannst nur nichts, das ist das Problem.«
Delphine hatte einen einzigen Wunsch: Ihrem Geplänkel nicht länger zuzusehen. Das bisschen *Pastis*, das sie getrunken hatte, schien in ihrem Kopf zu rumoren. Plötzlich kam ihr ein Einfall, und sie wandte sich an Didier. »Was ist denn mit Salah? Warum gibt dein Bruder ihm nichts von seinem Schnaps?«
Nathalie horchte auf. »Genau«, sagte sie und nahm Fabrice die Flasche und den Becher weg. »Salah muss auch mit uns trinken. Sonst ist es kein Feiern unter Freunden.«
Was Didier murmelte, hörte nur Delphine: »Warum tust du das? Warum lasst ihr ihn nicht in Ruhe? Sein Leben ist nicht so leicht wie unseres.«
Delphine war so perplex, dass ihr keine Antwort einfiel. Hatte sie es nicht gut gemeint, hatte ihr Salah, der ewig am Rand stand, nicht nur leidgetan?

Nathalie trug den gefüllten Becher zu Salah, der auf den Boden zwischen seinen Beinen starrte. »Auf unsere Freundschaft. Willst du eine *Caporal* im Maispapier dazu?«
Salah nickte, rührte aber den Becher nicht an. Nathalie ging zurück zu Fabrice, rupfte ihm die Zigarette aus dem Mund und reichte sie dem Algerier. Der nahm sie und zog daran, dass die Spitze aufglühte. »Danke, Nathalie.«
»Und jetzt trinken.«
»Das kann ich nicht«, sagte Salah.
»Und wenn ich es dir befehle?«, fragte sie.
Salah blickte zu ihr auf und zögerte. »Auch dann nicht«, sagte er.
»Aber du musst mir gehorchen!«, rief sie. »Ist der dir wichtiger als deine Freunde? Dein blöder Gott? Dieser Erhabene, der dir verbietet, Spaß zu haben, und von dem du nicht einmal weißt, ob es ihn überhaupt gibt?«
»Jetzt ist es genug.« Didier stand ebenfalls auf und stellte sich zwischen sie. »Salah gehört dir nicht, und das solltest du wissen, auch wenn du so stolz darauf bist, in der Schule nichts gelernt zu haben. Die Sklaverei ist abgeschafft, und die Bewohner Algeriens sind Franzosen wie wir. Wenn auch nach dem unsäglichen *Code de l'indigénant* nur als Untertanen, nicht als Staatsbürger.«
»Das ist alles Bahnhof für mich, was du da redest«, rief Nathalie. »Bahnhof, Bahnhof, Bahnhof, der Bahnhof in Fréjus oder der in Toulon, denn hier in unserem Ziegenkaff haben wir ja keinen.«
»Ich weiß, ich langweile euch«, sagte Didier. »Aber manches muss man einmal aussprechen, findet ihr nicht, dass man sich sonst schuldig macht? Dafür, dass dein Vater dir eingeredet hat, er habe dir einen lebendigen Menschen geschenkt, hätte er zurechtgewiesen werden müssen. Und du auch, Nathalie. Salah ist unser Freund, wie kannst du ihm verbieten, die Gebote seiner Religion zu befolgen?«

Langsam begriff Delphine, was sie angerichtet hatte. Salah sah nicht nur anders aus und trug einen anders klingenden Namen. Das Spiel, in dem sie hatten darstellen können, was sie wollten, hatte die Realität ausgeblendet, aber Salah war wahrhaftig ein Fremder. Er war kein Christ.

»Bist du verrückt?«, schrie Nathalie. »Ich verbiete Salah nichts, und ich behandle ihn nicht wie einen Sklaven, das ist doch alles nur Spiel! Wenn es ihm bei mir nicht passt, soll er gehen, von mir aus zurück in sein Algerien, zu den Frauen, die nicht lesen können. Na geh schon, Salah. Bildest du dir etwa ein, ich weine dir hinterher?«

Salah sah sie an, ohne zu antworten.

»Du weinst mir doch auch nicht hinterher!«, rief Nathalie. »Dein Allah, der nie etwas für dich getan hat, ist dir wichtiger als ich.«

»Ja«, sagte Salah. »Aber ich weine dir trotzdem hinterher.«

»Ach was.«

»Was soll eigentlich dieses Theater?« Fabrice küsste die Katze, stand ebenfalls auf und schob die Hände in die Hosentaschen. »Es ging um ein Glas *Pastis*, nicht um Leben und Tod. Na gib schon her, Salah. Wenn's weiter nichts ist, die Last nehme ich dir ab.«

Salah ließ sich das Glas aus der Hand nehmen, und Fabrice trank es leer. »Auf unsere Freundschaft, auf das Glück, dass man nicht jeden kleinen Spaß todernst nehmen muss. Geht's dir jetzt besser, *copain*?«

Salah nickte, aber Didier holte Atem und ergriff noch einmal das Wort: »Ich finde, damit ist es nicht getan«, sagte er. »Nathalie muss sich bei Salah entschuldigen. Es geht nicht nur sie beide an, es betrifft unsere Welt, für die wir Verantwortung tragen. Wie kommt es denn überhaupt, dass ein Land in Afrika ein Teil von Frankreich ist, habt ihr euch das schon einmal überlegt …?«

»Quatsch«, beschied ihn Fabrice. »Mit Verlaub, Brüderchen, wenn einem Mädchen in der Hitze der Schnaps zu Kopf steigt, geht's nicht immer gleich um den Weltuntergang. Jetzt gebt euch einen Kuss, und dann sehen wir zu, dass wir uns mächtig herausputzen. Delphine hat sich so hübsch gemacht, sie soll sich schließlich nicht schämen, wenn sie mit uns ausgeht.«

Nathalie sah Salah an, machte aber keine Anstalten, ihn zu umarmen. »Willst du, dass ich mich entschuldige?«, fragte sie.

»Nein«, sagte Salah.

»Sind wir noch Freunde?«

Salah sah sie an und nahm ihre Hand.

Sie rückte näher zu ihm und sagte so leise, dass Delphine Mühe hatte, sie zu verstehen: »Tut mir leid. Aber wenn ich in Gefahr wäre – würdest du dann *Pastis* trinken, um mich zu retten?«

Sie spielte ihr Spiel. Schon den ganzen Tag spielte sie nur ihr Spiel, und jetzt, wo der Himmel sich in Blutfarben rötete, kannte sie kein Halten mehr.

»Ich weiß es nicht«, sagte Salah. »Und ich bete, dass wir nie in eine Lage kommen, in der ich es wissen muss.«

11

Die Bar *La Vache qui pleure* stand dort, wo die Hauptstraße des Dorfes sich zu einem länglichen Platz mit einem Brunnen ausweitete. Der Brunnen war achteckig mit einem breiten Pedestal, und um ihn tobte, wie es schien, das Leben von Les Adrets. Beständig umrundeten ihn Radfahrer, Straßenkehrer, Eselskarren, Kinder in Horden, Alte mit Kiepen, Polizisten, Soldaten und Straßenköter. Auf seinem Pedestal saßen Liebespaare und solche, die es werden wollten, junge Mädchen in bunten, billigen Kleidern und junge Kerle, die sich die hübschesten unter ihnen aussuchten. Männer in Zimmermannskluft spielten Boule auf dem Holperpflaster. Eine Zigeunerin breitete erbetteltes Essen vor sich aus und strafte den Polizisten, der auf sie niederschimpfte, mit Nichtachtung.

In eine Bar wie diese hatte Delphine noch nie einen Fuß gesetzt. Sie befand sich neben dem Quaderturm der Kirche, ein zweistöckiges Steinhaus, von dem der gelbe Putz bröckelte, die Fensterläden verblasst. Vor dem Fenster des Obergeschosses öffnete sich ein Balkon mit geschmiedetem Gitter, der so schmal war, dass jemand mit großen Füßen nicht darauf hätte stehen können. Die Tür war angelehnt. Ins Aroma der Sommernacht aus Lavendel, Thymian, Eselsdung und einem Hauch Motorenöl mischten sich kräftige Noten von Knoblauch und Anis. Auf die Straße drangen Licht und Stimmengewirr, Wolken von Tabakrauch und ein paar Takte Musik.

Ein Walzer, aber keiner, der etwas mit denen gemeinsam hatte, die Delphine mit Didier in Luxushotels an der Küste tanzte. Eigentlich hatte sie nicht mitgehen wollen. Zu groß schien die Gefahr, erwischt zu werden, und außerdem fühlte sie sich seit dem Nachmittag unter den Freunden nicht mehr wohl. Sooft sie Fabrice ansah, glaubte sie, wieder zu spüren, wie der Becher ihr von den Lippen rutschte, und Salahs Blick mied sie lieber ganz. Dennoch hatte sie letztendlich nicht widerstehen können, nicht die anderen in das Abenteuer ziehen lassen und allein zurückbleiben wollen.

»Worauf wartet ihr denn?« Nathalie tanzte von einem Bein aufs andere. »Wenn ihr hier Wurzeln schlagen wollt, tut's ohne mich.«

Etwas Seltsames geschah mit Fabrice. Er, der sonst mit Nathalie um jedes letzte Wort focht, war schweigsam und schien auf etwas zu lauschen, das die Übrigen nicht hörten.

Didier blieb vor der Tür der Bar stehen und druckste herum. »Es ist mir nicht angenehm, das zu sagen, Natou. Ich habe kein Geld.«

»Du hast kein Geld?«, rief Nathalie. »Aber du bist eines Tages der Herr in diesem Dorf, wie kannst du denn kein Geld haben? Und wie, bitte schön, bekommen wir ohne dein Geld etwas zu trinken?«

»Mein Vater zahlt uns nichts aus«, sagte Didier. »Und jetzt, mit den schlechten Ernten und wo die Kosten der Ruhrbesetzung zu verkraften sind, ist es ja auch vernünftiger, das Geld zusammenzuhalten …«

»Du armes Tröpfchen.« Nathalie fischte ein paar Sous aus ihrer Rocktasche. »Da bist du der reichste Erbe der Gegend und hast weniger im Säckel als ich. He, Fabrice, sagst du auch was dazu, oder hat dir endlich mal einer den Mund zugeklebt?« Sie verpasste ihm einen Tritt ans Schienbein, der ihn aus seiner Trance riss.

»Was kann ich dafür, dass ich der Sohn von einem Geizhals bin?«, fragte er, noch immer abwesend. »Wären wir jetzt in Cannes oder Nizza, könnten wir anschreiben lassen, aber Sebastien, das Kriechtier, wird sich's mit unserem Alten nicht verderben wollen.«

»Und was machen wir nun?«

»Ein bisschen Geld hab ich schon.« Fabrice zuckte die Achseln und begann, in den Taschen seiner hellen Leinenhosen zu kramen. Die Hosen waren gut geschnitten und saßen perfekt. Hätte er das Sakko nicht achtlos über einer Schulter und rote Hosenträger ohne Weste getragen, hätte er einen mehr als passablen Eindruck gemacht. Er förderte eine Handvoll zerknitterter Scheine zutage und steckte sie schnell wieder weg, als Nathalies Hand sich darum schließen wollte. »Für ein paar Gläser wird's reichen. Verdünnten Wein für die Mädchen, Tee für Salah, *Pastis* für mich und Didier.«

»Wo hast du so viel Geld her?«, wollte sein Bruder wissen.

Fabrice zuckte die Schultern. »Beim Spielen gewonnen.«

»Und was spielst du?«

»Alles, was du mir vorschlägst. Piquet, Belote, Baccarat – in der Schule habe ich jeden über den Tisch gezogen. Ich wünschte, die verdammten Türsteher würden mich in Cannes ins Casino lassen, aber zur Not setze ich auch mit Michel zwei Schnecken auf ein Abtropfbrett und wette darum, welche zuerst unten ankommt.«

»Du bist nicht zu fassen, Fabrice!«

»Zumindest hat er Geld«, versetzte Nathalie. Sie schlüpfte durch den Türspalt in die Bar. Die Übrigen folgten. Drinnen stand der Rauch so dicht, dass Delphine die Augen tränten. Die Rückseite des Raums nahm ein Tresen ein, hinter dem ein Mann mit einer von Warzen übersäten Nase auf einem Hocker kauerte und eine Frau in gepunkteter Bluse Gläser polierte. Davor waren ein paar Holztische aufgestellt, an denen die Leute in Gruppen saßen, Gläser leerten und lärmten. Einer der Tische diente als Podium für die Musikanten. Links saß ein Akkordeonspieler, rechts ein Mann, der eine kleine Sackpfeife im Arm hielt. Zwischen ihnen stand ein Mädchen, das sich mit einer Federboa Luft zufächelte und sich dabei in den Hüften wiegte, obwohl die Musik eine Pause machte.

Nein, kein Mädchen, dachte Delphine beim Näherkommen. Eine Frau, und nicht mal eine ganz junge, auch wenn ihr Gesicht auf den ersten Blick einen süßen, bald kindlichen Schmelz aufwies.

So wie Nathalies Gesicht.

Auf den zweiten Blick zeigten sich selbst im schummerigen Licht tiefe Falten, rot entzündete Nasenflügel, und als sie den Mund öffnete, um den Inhalt eines Glases in einem Zug zu kippen, sah Delphine, dass ihre Zähne nicht nur schadhaft, sondern beinahe schwarz waren. Das jadegrüne, mit Pailletten besetzte Kleid hing kurz und lose um den Körper, der schon seine Festigkeit verlor. Sie war kein bisschen hübsch. Aber sie hatte etwas an sich, etwas Sündhaftes, völlig Schamloses in einem

Kindergesicht, das magnetisch und überwältigend war und Delphine von neuem an Nathalie erinnerte.
Nathalie.
Die war Fabrice hinterhergesprungen und hatte »Warte, ich komme mit!« gerufen, so laut, dass Köpfe sich nach ihr drehten. Jetzt hatten die beiden sich am Tresen einen Platz erkämpft und begannen, für jedermann sichtbar zu zanken. Fabrice sagte etwas zu der Frau, die Gläser polierte, und Nathalie krallte ihm ihre Hände ins Haar, wie um Büschel auszureißen. Er pflückte sie von sich ab wie eine Zecke, fasste sie um die Taille und setzte sie zwischen Pfützen auf den Tresen. Applaus und Gelächter brandeten auf. Nathalie haute ihm aufs Ohr, rutschte vom Tresen, und Fabrice fing sie auf. Neue Salven von Gelächter folgten.
Delphine zwang sich, wegzusehen. Neben ihr stand Didier und schenkte ihr sein hilfloses, vertrautes Lächeln. Er sah gut aus in seinem grauen Sommeranzug und dem Hemd in zartem Roséton, wenngleich hoffnungslos fehl am Platz. Wir beide passen zusammen, erkannte sie, und wir gehören nicht in diese Welt, in der Nathalie und Fabrice sich wie Fische im Wasser bewegen. Schon war ihr Blick von neuem zum Tresen geglitten. Die beiden trieben ihr Spiel jetzt mit dem Mann auf dem Hocker, dem Nathalie eine der dunklen Flaschen abschwatzte. Fabrice stapelte Gläser auf ein Tablett, und mit Salah, der sich knapp hinter Nathalie hielt, bahnten sie sich ihren Weg zu Didier und Delphine.
Delphine fasste sich ein Herz und hakte sich bei Didier ein. Er lächelte ihr zu, wie um sich zu bedanken.
»He, ihr Ärmsten, seid ihr schon verdurstet? Hätte Fabrice sich nicht wieder einmal wie eine Rotznase betragen, hättet ihr längst was zu trinken bekommen.«
Salah half ihr, die Gläser auszuteilen. Delphine erwartete die übliche Retourkutsche von Fabrice, aber der achtete gar nicht

mehr auf Nathalie, sondern hatte sich dem Akkordeonisten zugewandt, der seinem Instrument eine Folge gedämpfter Töne entlockte.
»Auf uns!«, rief Nathalie. »Auf die fünf vom Château, die nichts trennen kann, die heute Nacht wie die Löcher trinken und dieses verschlafene Kaff aus den Angeln heben werden.«
Delphine erhielt ein Glas und beschloss: Ich will heute Nacht auch wie ein Loch trinken. Ich will einmal das Leben spüren, so wie Nathalie es spürt. Didier und sie würden irgendwann heiraten, es war nur gut, wenn sie lernten, was alle anderen offenbar spielend beherrschten: ein Paar zu sein. Einander so aufregend zu finden, dass sie weder Augen noch Hände voneinander lassen konnten.
Sie stürzte den Schnaps hinunter und erlitt einen Hustenanfall. Didier klopfte ihr den Rücken. Als sie wieder aufblicken konnte, sah er sie besorgt an. Nicht so, als würde er etwas an ihr aufregend finden, aber so, als würde er sich ernsthaft um sie sorgen.
Fabrice stand noch bei dem Akkordeonisten, als dieser samt seinem Gefährten mit der Sackpfeife zu spielen anhob. Vor dem Tisch, bei der Frau mit den schadhaften Zähnen, stand eine weitere Frau, die ein Tamburin schlug. Sie trug ein gerade geschnittenes Kleid mit einer weißen Krawatte, darüber ein Herrenjackett, und auf ihrem Kopf saß ein Hut wie der von Delphine. Ihr Haar war zu einer Glocke geschnitten, nicht viel länger, als Männer es sich schneiden ließen. Der Hut wirkte völlig anders dadurch, nicht niedlich, sondern provozierend, und er kam Delphine auf ihrem eigenen Kopf auf einmal lächerlich vor. Die Frau auf dem Tisch fing an zu singen. Ihr schmachtiger Körper blies sich regelrecht auf, um die Töne herauszustoßen, ein Lied, im Walzertakt, erfüllt von Zorn, ja Abscheu und dieser seltsamen bitteren Traurigkeit. Die Sackpfeife, ein kleines Ding aus Leder, fiel ein wie der Mistral, der durch die Straßen brauste,

und das Akkordeon wiegte sich, als wären ihm Leben und Sterben egal.

Nie hatte Delphine Musik gehört, die ihren Zuhörern so sehr an den Nerven zerrte. Sie hatte etwas Anstößiges, war kein Hintergrund, vor dem man belanglos plauderte, sondern Akteur, der alles verschlang. Paare drängten in den engen Freiraum zwischen den Tischen, stießen andere aus dem Weg und begannen zu tanzen. Burschen mit Schiebermützen pressten Mädchen in dünnen Kleidern so dicht an sich, dass sie zu einer Silhouette verschmolzen. Das war kein Tanz. Es war etwas anderes, das keinen Namen hatte oder keinen haben durfte. Es wurde keine Schrittfolge eingehalten, man bewegte sich kaum von der Stelle, zuckte nur eng umschlungen mit Hüften, Schenkeln, Hinterbacken.

Fabrice, der wie gebannt auf das Akkordeon gestarrt hatte, ließ sein Sakko fallen und packte Nathalie am Arm. »Mach schon. Deswegen bist du doch hergekommen.«

»Aber nicht mit dir!«, protestierte sie. »Das ist ein Tanz für Erwachsene, nicht für grüne Jungs.«

Er zog sie mit sich und fiel ohne Übergang in den Tanz. Sie haben ihn bei der Geburt verwechselt, war Delphines erster Gedanke. Er konnte kein Sohn von Comte Claude sein, der sich freundlich am Rand hielt, und schon gar kein Sohn von der kühlen, beherrschten Comtesse. Er war ein Schlangenmensch, der auf einem Jahrmarkt zeigte, dass in seinem biegsamen Körper keine Knochen, sondern nur Sehnen steckten. Ein Kater war er, der sich anschlich, um zu töten, ein schöner Mörder, dessen Gift ins Blut ging, wie er ihn hundertmal gespielt hatte. Du hast zu viele Jahre bei diesem Spiel verbracht, schalt sich Delphine, und du hast zu viel von diesem *Pastis* getrunken, du bist ja nicht mehr gescheit! Die Musik wurde weicher, aber nicht weniger bedrohlich. Fabrice wiegte sich und hielt Nathalie an sich gedrückt, seine Hände auf der schmalsten Stelle ihres Rückens, aber die langen Finger schon auf dem Ansatz der Hinterbacken, deren Rundung sie kaum merklich streichelten. Wie alt war Nathalie? Erst fünfzehn, rechnete Delphine aus, aber sie war eine Frau, und in der ganzen verrauchten Kaschemme gab es keinen Mann, der nicht dort hinstarrte, wo Fabrice seine Hände hatte. Als er den Kopf senkte, um das Gesicht an Nathalies Hals zu schmiegen, mischte sich sein Haar mit ihrem.

Didier stand beim Tisch. »Ich will noch etwas zu trinken«, verlangte Delphine so forsch wie sonst Nathalie.

»Bist du dir sicher?« Didiers Lächeln schien zu wackeln.

Es war Salah, der ihr einschenkte. Delphine stürzte das Glas noch einmal in einem Zug hinunter, und diesmal war der Husten schnell vorbei. Die Sängerin begann ohne Pause ein neues Lied, und die Tänzer feuerten sie johlend an. Fabrice und Nathalie johlten nicht. Sie waren aus Wachs und ineinander verschmolzen.

Delphine stellte das Glas ab und schloss die Hand um Didiers Arm. »Ich will mit dir tanzen.«

»Bist du dir sicher?«, fragte er schon wieder.

Sie gab keine Antwort, sondern drängte sich stolpernd mit ihm zu den anderen Paaren. In den Ballsälen, in denen die Elite des Midi zusammentraf, hatten sie sich leidlich geschlagen, aber hier, unter Namenlosen, blamierten sie sich. Keiner von ihnen fand in den Schritt, und Delphines Körper, den sie sich geschmeidig wünschte, wurde steif, weil ihr Hintern auf Didiers Hände wartete. Die Hände kamen nicht. Delphine rempelte rückwärts in ein im Kuss versunkenes Paar. Leute lachten. Der Mann, in den sie hineingetrampelt war, klopfte ihr auf die Schulter wie einem Gaul.

»Es tut mir leid«, sagte Didier, führte sie zurück und trieb einen Stuhl für sie auf. Delphine spürte die Tränen, die ihr übers Gesicht strömten. Wir sind dazu nicht gemacht, dachte sie. Dieses andere Leben, das sich keine Grenze setzen ließ, blieb ihnen verwehrt. Aber sie hatten immerhin einander, und war das nicht zumindest ein bisschen besser, als mutterseelenallein zu sein?

Die Tränen hörten nicht auf zu strömen. Delphine nahm ein drittes Glas *Pastis* und trank es, ohne zu husten. Die Musik vollführte noch ein paar Schlenker, die Sängerin sang, was ihre Lungen hergaben, dann verstummte sie. Fabrice und Nathalie kehrten an den Tisch zurück.

»Hat jemand einen Tropfen für eine Verdurstende?«, rief sie.

Salah reichte ihr ein Glas. Die Sängerin ließ sich in einen Stuhl gleiten. »Du verdurstest so schnell nicht. Du bist zäh, *mon trésor*. Aber du möchtest das Leben am liebsten durch Mund und Nase und alle sonstigen Öffnungen zugleich aufsaugen, *n'est-ce pas*?«

Was Nathalie antwortete, hörte Delphine nicht, denn die Frau mit dem Tamburin, in deren bleichem Gesicht blutrot geschminkte Lippen wie eine Wunde leuchteten, zupfte Fabrice am Hosenträger: »Und wer bist du, mein Feiner? Sollten wir deinen Namen vielleicht kennen in Paris?«

»Wieso solltet ihr?« Fabrice' Stimme war scharf wie eine Messerspitze. »Ich habe nicht singen gelernt. Ich kann kein Akkordeon spielen. Mein Vater hat adelige Lenden, also kommt für seinen Spross so etwas nicht in Frage. Ein Cembalo hätte ich haben dürfen, aber nur, wenn ich mir Zöpfchen geflochten hätte.«

Er zog sich Strähnen vom Kopf weg, und die zwei Frauen lachten. »*Mon petit Dieu*, hast du sonst noch Probleme?«, prustete die Sängerin. »Wenn nicht, erzähle ich dir nämlich, wie's in der Welt von uns nichtadeligen Sprösslingen zugeht. Ja, ich hab ein Akkordeon bekommen, meine *maman* hat mir eins in die Händchen gedrückt, als ich vier war und noch nicht auf den Tisch spucken konnte. Also hat sie mich samt Akkordeon draufgesetzt, und dann hat sie das Weite gesucht, das schöne Fräulein *maman*. Nur das Hütchen hat sie dagelassen, in das die Kerle ihr Geld werfen sollten, wenn sie mit dem Töchterchen ein bisschen Spaß haben wollten. Du verstehst?« Sie langte Fabrice unters Kinn. »Vielleicht dann doch lieber Cembalo und Zöpfchen, was?«

»Hör schon auf, Fréhel.« Die Frau mit dem Tamburin stieß die Hand der Sängerin beiseite. »Sing lieber noch eins. Deine *Blaue Java*.« Sie verneigte sich vor Nathalie und zog den Hut. »Meine Gnädigste. Für den einen Tanz hätte ich mir Ihr knuspriges Bürschlein gern ausgeborgt.«

Fabrice ließ sich nicht lumpen. Wenn sie sich über ihn lustig gemacht hatte, so verging ihr das Lachen. Er umfasste ihre Hinterbacken, zog ihren Körper an seinen und tanzte. In seinen Armen wirkte die freche, wie ein Dandy aufgetakelte Pariserin plötzlich weiblich und wehrlos. Die Sängerin schmetterte ihr Lied, eine dunkle Verführerin, die nach Liebe schrie:

»Das ist die blaue Java,
Die schönste von allen.
Die zauberhafte,
Die wir Auge in Auge tanzen.«

»Was ist eine Java?«, fragte Delphine.

»Hör doch zu«, sagte Nathalie, den Blick auf das Paar geheftet. »Java ist dieser göttliche Walzer, den ganz Paris tanzt. Oh, ich wünschte, ich käme auch nach Paris und müsste nicht in diesem elenden Loch aus Staub und Hitze versauern!«

»In meinem Musette-Walzer
Schwingt eine Melodie voller Süße,
Die uns den Kopf verdreht
Und die uns das Herz bricht.«

Die Tamburin-Frau schlang die Arme um Fabrice' Hals und küsste ihn auf den Mund. »Wenn ich hier bleiben muss, ersticke ich«, rief Nathalie. »Ihr geht alle auf eure feinen Schulen und auf Bälle und zum Militär, aber bei mir geschieht ewig und drei Tage nichts!«
Die Sängerin saß auf dem Tischrand, ließ die Beine baumeln und sang, als hörte sie um sich kein Wort:

»Das ist die blaue Java.
Mein Liebling, in meiner Umarmung
Will ich dich fester halten,
Um den Abdruck und die Wärme deines Körpers
Länger zu bewahren.
So viele Schwüre leisten wir
Und wissen doch,
Dass wir die Schwüre voller Liebe
Nicht allzu lange halten.«

Das Akkordeon schluchzte. Die Sackpfeife, von der Delphine inzwischen aufgeschnappt hatte, dass sie *cabrette*, kleine Ziege, hieß, gab einen klagenden Seufzer von sich, und dann war es vorbei. Ohne Atem zu holen, ließ sich die Sängerin eine Zigarette geben, an der sie wie eine Verdurstende zog. »Das tut weh, was?«, fragte sie Nathalie.
»Was tut weh?«
»Zuschauen, wie dein Liebster sich stehlen lässt. Von einer alten Frau.«
Die Frau, die Fabrice noch einmal küsste, ehe sie eng umschlungen mit ihm zum Tresen ging und eine weitere Flasche *Pastis* kaufte, war gewiss nicht alt zu nennen, doch womöglich doppelt so alt wie Nathalie.
»Der ist nicht mein Liebster«, sagte Nathalie und klang dabei wie Claudine, wenn die behauptete, keine *Macarons* zu mögen.

»Tatsächlich nicht?« Die Sängerin legte den Kopf schräg. »Nun, auch wenn er's wäre, müsstest du dich nicht sorgen. Einer wie der ist nicht zur Treue geboren, und Aimée ist eine Elster, die ihren Schnabel nicht bei sich behalten kann. Aber ihr ist's nicht ernst, und du bist sie bald los. Wir reisen morgen weiter, tingeln durch die Hotels an der Riviera, wo sich der Zirkus wenigstens lohnt. In diesem wunderlichen Nest sind wir nur gestrandet, weil die Achse von dem verteufelten Automobil uns fast den Hals gekostet hätte. Und wenn der Sommer vorbei ist, geht's zurück nach Paris. Ich bin ein Star in Paris. Weißt du das?«

»Ach, wirklich?«

»Wenn es dir ernst ist mit Paris, melde dich, vielleicht kann ich etwas für dich tun. Frag nach Fréhel. Den Namen kennt jeder.«

»Fréhel«, wiederholte Nathalie. »Und was für ein Name soll das sein?«

Die Sängerin gab einen Laut von sich. »Pass du mal auf, dass sie dich nicht Les Adrets nennen, wenn du ein Star werden willst. Auf den Namen Marguerite bin ich getauft, falls irgendwer mich hat taufen lassen. Und Fréhel, das ist in der Bretagne, wo meine Leute herkommen. In der verfluchten Bretagne bin ich nie gewesen, und meine Leute kennen mich nicht, aber zu irgendwas muss der Mensch ja gehören. Also bin ich Fréhel. Frag nach mir in den Folies Bergère, da trete ich auf. Ja, in den berühmten Folies Bergère, genau wie Josephine Baker, die Teufelin Mistinguett und der ach so schöne, ach so treulose Maurice Chevalier.«

Die Namen waren sogar Delphine bekannt. Mistinguett war die mit den versicherten Beinen, und Maurice Chevaliers Postkarten tauschten die Mädchen im Pensionat unter ihren Pulten.

»Ich habe das nämlich durchmachen müssen, und das wünsche ich meiner ärgsten Feindin nicht.« Die Sängerin Fréhel war offenbar versessen aufs Reden. Vielleicht hörte ihr sonst, wenn sie nicht sang, niemand zu. »Meinen süßen Jungen, meinen

Maurice, hat mir kein junges Ding gestohlen, sondern eine alte Vettel mit Haaren im Gesicht. Ich war erst achtzehn, und die verfluchte Mistinguett war sechsunddreißig. Ich hab nicht mehr leben wollen, will's bis heute nicht, hab mir alles Gift, das ich erwischen konnte, in die Kehle gewürgt. Aber Aimée, die nichts von Liebe versteht, hat mich ins Spital geschleppt und mir den Magen auspumpen lassen.«

Sie trank noch mehr Schnaps, und Aimée kam ohne Fabrice zurück. »Geh doch schlafen, Fréhel«, sagte sie. »Und Sie legen besser nicht jedes Wort, das sie Ihnen erzählt, auf die Goldwaage.«

»Lügt sie?«, fragte Nathalie. »Denkt sie sich Märchen aus, in denen Maurice Chevalier ihr Geliebter war?«

»Nein«, entgegnete die Frau, die Aimée hieß. »Er war ihr Geliebter. Er hat ihr das Herz gebrochen, wenn noch etwas daran zu brechen war. Aber wo Fréhel in diesem Jahr sein wird oder wen sie im nächsten noch kennt, das weiß man nicht so genau. Falls Sie sich also wirklich nach Paris verirren, melden Sie sich lieber bei mir. Aimée Gaincourt. Ich schreibe Ihnen meine Adresse auf. Wenn Sie aber meinen Rat wollen: Bleiben Sie hier.«

»Warum sollte ich?«

»Weil Sie hier eine kleine Königin sind, von der jeder träumt, mein Schnäuzchen. Paris aber ist eine große Königin, und die Träume von Menschen will sie für sich allein.«

Delphine war plötzlich sicher, kein weiteres Wort mehr zu ertragen. Ihr wurde übel, all der Schnaps, der jetzt nach bitterer Lakritze schmeckte, bahnte sich den Weg zurück in ihren Hals. »Ich muss mir die Beine vertreten«, rief sie, schob sich blindlings durchs Gedränge und lief hinaus auf den Platz mit dem Brunnen.

Die Nacht war aus schwarzem Glas, übersät von winzigen Sprüngen. Am Brunnen vergnügten sich junge Leute, lachten und bespritzten sich mit Wasser. Junge Leute wie ich, dachte

Delphine, aber ich werde nie eine von ihnen sein. Dann übergab sie sich auf die Pflastersteine. Ihr Magen beruhigte sich, und ihr Kopf wurde klarer. Nein, sie würde nie so wie diese jungen Leute sein, die sich in der Sommernacht das Leben zur Brust nahmen. Aber sie hatte Didier, daran musste sie sich festhalten: Sie würde auf dem Château leben und nicht allein sein, sondern mit Didier zusammen.
Didier, den sie nicht liebte. Die paar Jahre, die ein Mädchen jung war – würden die an ihr vorüberbrausen, ohne eine Spur zu hinterlassen, eine Erinnerung an eine Nacht im Rausch? Würde ihr nie ein Name einfallen, wenn eine verblühte, versoffene Schöne von dem Abdruck eines Körpers am eigenen sang?
Sie hielt inne. Sie wusste ja den Namen.
Fabrice.
Sie war verliebt in Fabrice, der verliebt in Nathalie war, in die kleine Königin von Les Adrets.
Sie hatten immer zusammengehört, schon zu den Zeiten des Spiels, als sich jede erschaffene Welt wie eine Folge von Kulissen um sie beide gedreht hatte. Ob sie sich balgten wie Welpen oder tanzten wie Sünder, sie waren nicht zu trennen. Heiraten konnten sie nicht. Nicht einmal Fabrice, das *enfant terrible*, würde die Erlaubnis zur Eheschließung mit einer Verwalterstochter erhalten, wie er ja auch nicht Akkordeon in einer Bar spielen durfte. Doch genauso wenig würde sich das Band, das ihn an Nathalie fesselte, zerschneiden lassen. Wer Fabrice wollte, würde sich damit abfinden müssen, ihn zu teilen.
Ich würde ihn teilen, dachte Delphine. Aber er würde mich nicht einmal als flüchtige Abwechslung nehmen, denn dafür gibt es Pariserinnen, die hundertmal mehr von der Liebe verstehen. Welcher Mann, der bei Sinnen war, nahm einen braven Ackergaul, wenn er eine Thérèse Raquin bekommen konnte?
Didier. Ihr Didier, zu dem sie so sehr gehörte wie Nathalie zu Fabrice. Delphine sog die Luft, die in der Nacht kaum abkühlte

und nichts von ihrer verstörenden Süße verlor, mit aller Kraft in die Lungen. Sie war wieder bei sich. Ihren kurzen Schwächeanfall hatte niemand beachtet, und das Erbrochene trocknete auf dem Pflaster. Von der Lust auf Abenteuer war sie kuriert. Sie würde Didier bitten, sie nach Hause zu bringen. Das Lied, das leise in ihrem Hinterkopf hallte – *Das ist die blaue Java, die zauberhafte, die wir Auge in Auge tanzen* –, schüttelte sie ab, zog sich den Hut, der ihr nicht stand, vom Kopf und ging zurück in die Bar.

Der Sackpfeifenspieler war eingeschlafen, der Akkordeonist spielte leise weiter, und zwischen ihnen saß Fréhel mit hängendem Kopf und sang wie im Schlaf. Die letzten Tänzer wirkten wie Gespenster. Aimée war nirgendwo zu sehen, und von ihren Freunden konnte Delphine nur Salah entdecken, der die Stellung bei der leeren Flasche hielt und vor Müdigkeit schwankte.

»Wo sind denn die anderen?«

In Salahs dunklen Augen lag ein Ausdruck, den sie nicht zu deuten wusste. »Fühlst du dich besser?«, fragte er, ihre Frage ignorierend. »Wenn du willst, bringe ich dich zurück aufs Château.«

Delphine schüttelte den Kopf, obwohl sie sich genau das wünschte: zurückgehen, in dem kühlen Zimmer im Wohnturm liegen und diese Nacht vergessen. »Ich gehe die anderen suchen«, sagte sie. »Wir machen uns besser alle auf den Weg.«

»Lass uns warten«, schlug Salah vor. Aus einer zerkratzten Karaffe bot er ihr Wasser an.

Delphines Magen rebellierte beim Gedanken an jegliche Flüssigkeit. »Warum warten?«, fragte sie. »Es ist spät, ich bin todmüde, und bestimmt sind die anderen es auch.«

Er hob die Hand, wie um sie zurückzuhalten, sagte aber nichts. Delphine machte sich auf den Weg. Vorsichtig schlängelte sie sich zwischen Paaren hindurch und hielt nach den Freunden Ausschau, doch die blieben verschwunden. Hinter dem Tresen, wo der Mann mit der Warzennase eingeschlafen war, entdeckte sie eine angelehnte Tür. War Didier ebenfalls schlecht geworden, war er statt nach vorn auf die Straße nach hinten in den Hof gegangen? Delphine stahl sich an der Frau in der gepunkteten Bluse vorbei und schob die Tür ein Stück weit auf.

Der Hof war schmal und lag in völligem Dunkel, dennoch spürte Delphine, dass sie dort draußen nicht allein war. Während ihre Augen sich an die Finsternis gewöhnten und begannen, Umrisse auszumachen, vernahm sie in der Windstille Laute, die zwischen Schmatzen und Stöhnen wechselten. Beim Zaun erkannte sie einen Schuppen und davor ein Paar, das sich küsste, als bräuchte man nicht nur den Mund, sondern den ganzen Körper dazu.

Nathalie und Fabrice.

»Ich hab dich so lieb«, hauchte Nathalie. »Ich hatte dich immer lieb, schon als wir Kinder waren, als Claude noch lebte.«

Fabrice stöhnte in ihren Armen. Es klang nach Sterben, fand Delphine, obwohl sie nicht wissen konnte, wie Sterben klang.

»Ich liebe dich auch, Natou. O mein Gott, ich liebe dich so sehr, ich kann nicht ohne dich leben.«

Didier. Nicht Fabrice.

Am Ende des Hofes, ineinander verschlungen, standen Nathalie und Didier.

Salah

August 1928

12

Zu Beginn des Frühjahrs, solange in schweren Schüben noch Regen fiel, wuchs das Gras. Als sie kleine Kinder gewesen und durch dieses dichte Gras gelaufen waren, hatte es ihnen bei jedem Schritt die Hüften gestreichelt, knisternd und seidig, und dieses Streicheln hatte Salah nie vergessen.

Sobald es Mai wurde, begann die Sonne das Gras zu verbrennen. Es wurde niedergetreten von Kindern, Boten, Erntehelfern, Lieferanten und Ziegen, und Ende August, so wie jetzt, war es nur mehr ein unansehnliches Gekräusel unter Salahs Sohlen. Wenn es im nächsten Jahr von neuem emporspross, war es nicht mehr so hoch. Es streichelte ihm die Oberschenkel und im Jahr darauf die Knie, es verlor sein wisperndes, duftendes Geheimnis, und als es auch die Knie nicht mehr erreichte, war Salah alt genug, um zu begreifen, dass nicht das Gras schrumpfte, sondern er selbst wuchs.

Er. Salah. So wie alle anderen. Allah, der Allerhabene, hatte ihn nicht dazu bestimmt, ein Zwerg ohne Macht zu bleiben. Auf diese Weise lernte Salah, dass Allah, der Allerhabene, niemanden vergaß, selbst wenn er noch so klein war und im hohen Gras verschwand.

»Und was hast du davon?«, hatte Nathalie ihn gefragt, als sie beide noch nicht allzu lange aus dem hohen Gras herausgewachsen waren. »Macht dein Allah vielleicht, dass du reich bist, dass du dir kaufen kannst, was du willst, und wegkommst von Les Adrets? Ich würde auch einen Allah haben wollen, der macht, was ich mir wünsche, aber deiner – wozu ist der gut?«

Salah hätte sie gern gefragt, was sie sich wünschte, und versprochen, es ihr zu erfüllen, weil sie so herzzerreißend traurig aussah. Aber um Wünsche zu erfüllen, hätte er Macht haben müssen. Nicht gerade wie Allah, der Allerhabene, aber doch wie der Comte oder wenigstens wie seine Söhne, oder allerwenigstens wie sein Verwalter, Nathalies Vater Alphonse Delage.

Der hatte so gut wie gar keine Macht.

Aber Salah el-Haquari hatte weniger als gar keine.

Er hatte Nathalie nicht gefragt. Sie aber hatte es ihm trotzdem erzählt und dabei mit den Händen gefuchtelt: »Wenn dein Allah machen könnte, dass meine Mutter keine Deutsche wäre und dass Fabrice die Zähne aus dem Mund fallen, sobald er mich das nächste Mal wegen diesem Eisenbahnwagen in Compiègne verspottet, dann würde ich vielleicht auch an den glauben.«

Sie war ein so ungewöhnliches Mädchen. So sehr sie selbst war sie, ob sie es wollte oder nicht. Eine, die weniger sie selbst gewesen wäre, hätte sich pflichtbewusst gewünscht, ihre Mutter wäre nicht tot, aber Nathalie war wie ein Schlauch mit einem Loch: Man drehte den Hahn auf, und alles schoss heraus. Sie war immer so. Ob sie wie eine Prinzessin auf ihn herabschimpfte oder gleich darauf alles, was sie bei sich trug, der Bettlerin vor Sebastiens Bar schenkte. Ob sie sich vor Lebensfreude den Berg hinunterkollern ließ oder vor Zorn über diesen Eisenbahnwagen schrie.

Salah hätte Fabrice gern noch einmal auf die Nase geschlagen, wenn er mit dem Friedensvertrag anfing, der den Deutschen in Compiègne aufgezwungen worden war. Aber solche Schläge entsprachen nicht länger ihrem Alter, und sie erfüllten Nathalies Wunsch nicht, selbst wenn sie Fabrice eine Weile lang mundtot gemacht hätten. Also hielt Salah sich zurück.

Das kam ihn härter an, als die anderen ahnten. »Ich bin sicher, dein Name bedeutet Sanftmut«, hatte Delphine einmal zu ihm gesagt. Salahs Name bedeutete Gerechtigkeit, doch er beließ es dabei. Von den Kriegen, die in ihm tobten, brauchte niemand zu wissen.

Das mit Allah, dem Allerhabenen, hätte er Nathalie nicht erklären können. Einer wie Salah musste stark sein, musste viele Jahre lang seine Stärke in nichts als Geduld beweisen, und wenn die Stärke zerrann wie Sand, war niemand da, der half, sie festzuhalten. Es machte stärker, an einen zu glauben, der keinen vergaß, sondern es gut meinte. Und an Allah, den Allerhabenen, zu glauben, machte besonders stark, weil der nicht enttäuschen konnte: Er meinte es gut, was immer er tat, und wenn er gar nichts tat, meinte er es immer noch gut.

Salah war in Mers-el-Kébir zur Welt gekommen, in einer recht kleinen Stadt mit einem recht großen Hafen, in der es mehr Arbeit gab als in den Bergen, aber noch mehr Menschen. Die Berge, das waren die Hänge des Kleinen Atlas, aus dem seine Familie stammte, röter und zerklüfteter als das Estérel-Gebirge. Tamurt Idurar, Land der Höhen – das war der Name, den sie ihm gaben. Sie waren Kabylen, sesshafte Berber, nannten sich Imazighen, freie Menschen, und hatten in dem Gebirge am Wüstenrand in Hütten aus Tonziegeln gelebt. Salahs Familie hatte auf dem Land um ihre Hütten Oliven und Feigen angebaut, sie hatten am Hang eine Töpferscheibe und einen Ofen gehabt, um Ton zu brennen, und überdies Arbeiten aus Leder gefertigt.

Über das Leben im Tamurt Idurar wusste Salah so gut wie nichts, denn seine Leute hatten ihr karges Stück Land vor seiner Geburt verloren. Es war beschlagnahmt und an französische Siedler vergeben worden, um die Imazighen für einen Aufstand zu bestrafen, den sie gegen die Kolonialregierung angezettelt hatten. Salahs Leute wussten nichts von Aufstand, sie

hackten auf trockenen Boden ein, schleppten Wasser und mahlten Mehl zwischen Steinen, sie hatten für mehr keine Zeit. Nach der Beschlagnahme hätten sie als Tagelöhner auf ihrem Land dienen können, doch was das Land einbrachte, hatte sie schon zuvor kaum ernährt. Also hatten sie ihre vielen Kinder und ihre wenigen Besitztümer gepackt und waren in den Hafen von Mers-el-Kébir gezogen, um dort nach Arbeit zu suchen.
Kabylische Familien waren groß, und der Menschenstrom, der sich in die Buchten der Küste ergoss, schwoll an wie ein Schmelzbach im Frühling. Im Tamurt Idurar waren die Winter schneereich und die ersten Frühlingstage jäh sehr heiß, deshalb war jede Schmelze gewaltig. Daran erinnerte sich Salah, an das nächtliche Rauschen, das er später nie wieder hörte. Es gab Arbeit in Mers-el-Kébir, aber bei weitem nicht genug für den Schmelzbach von Menschen, die welche suchten.
In den Bergen hatten sie ihre Hütten gehabt, Dächer über ihren Köpfen, auch wenn sie darunter gehungert hatten. In Mers-el-Kébir sahen die Hütten aus wie Kisten aus Blech und waren in Waben unterteilt. Eine kabylische Familie in solche Wabe zu stopfen war, als fädele man ein Kamel in ein Nadelöhr wie im vierzigsten Vers der Sure Al-A'raf. Doch selbst in der Wabe durfte die Familie nur bleiben, solange ihre Männer Arbeit hatten und Geld für die Miete aufbrachten. Sie hatten keinen Ofen und keine Töpferscheibe, doch sie fertigten aus Lederabfällen noch immer Kordeln und Gürtel und verkauften sie im Hafen. Nur ließ sich selten genügend Material auftreiben, und die Preise waren die Mühe kaum wert. Wer seine Arbeit verlor, musste stehlen und betteln oder zusehen, wie seine Kinder hungerten. Nicht unter Dächern, sondern draußen auf der Straße, wo Reisende kopfschüttelnd Blicke auf sie warfen.
Nicht weit von Mers-el-Kébir lag die Hafenstadt Oran, und noch ein Stück weiter lag Algier, die Hauptstadt der Kolonie. Wer konnte, machte sich auf, um dort sein Glück zu suchen, aber die

meisten kehrten ohne Glück zurück. Auch in den Städten gab es zu wenig Arbeit, zu wenig Platz und zu viele Imazighen, die niemand wollte. Auch in den Städten brachen Krankheiten aus, und in der Frühe wurden aus den Blechwaben Leichen geschleift. Dann jedoch verdichteten sich die Gerüchte, in Frankreich würden Arbeiter für Waffenfabriken gesucht, und wer dort Geld verdiente, könnte den größten Teil davon nach Hause schicken. Ein Algerier, der nach Frankreich wollte, brauchte allerdings eine Reiseerlaubnis, es sei denn, er war Jude und damit im Besitz der Staatsbürgerschaft.

Von alledem hatte Salah nichts gewusst. Er war ein Kind von vier Jahren gewesen und erinnerte sich an wenig, nur daran, wie es war, in der glutheißen Nacht vor Hunger wach zu liegen und um sich das Jammern zu hören. Was er noch gehört hatte, in einer Nacht, in der ihm von der Hitze die Haut in juckenden Pusteln aufbrach, wollte er vergessen. In all den Jahren, vor allem solange sie das Spiel zwischen Traum und Wirklichkeit gespielt hatten, war er manchmal selbst überzeugt gewesen, er müsse sich die Fieberträume jener Nachtstunden eingebildet haben.

Stattdessen erinnerte er sich an das Gerede über Onkel Nassim, seines Vaters Bruder, der es geschafft hatte. Als einziges Mitglied der Familie hatte er die Reiseerlaubnis ergattert und war fortgegangen, übers Meer nach Marseille. Dort hatte er im Nu Arbeit gefunden. In einer Fabrik half er, Torpedorohre für Boote zu bauen, die unter Wasser fahren konnten, und mit dem Geld, das er verdiente, holte er seine Söhne und einen seiner Neffen nach.

Die Männer in Salahs Familie redeten von nichts anderem mehr: Wer sich die Erlaubnis verschaffte und dem Onkel folgte, konnte Geld nach Hause schicken und endlich wieder wie ein Mann für seine Kinder sorgen. Am Morgen nach den durchdebattierten Nächten zogen sie auf die Hafenbehörde, um ihre

Anträge zu stellen, doch die meisten wurden nicht einmal bearbeitet. Die Regierung in Frankreich, die eben noch einen Krieg geplant hatte, richtete sich jetzt auf Frieden ein, und die Waffenfabriken konnten die Scharen von Imazighen nicht mehr brauchen.

Eine neue Idee breitete sich aus: Die Männer durften nicht nach Frankreich reisen, um Geld für ihre Kinder zu verdienen. Aber die Kinder hinderte keiner. Kinder nahmen den Franzosen keine Arbeit weg und machten niemandem Angst. Salahs Familie beschloss, von den zu vielen Kindern, denen sie im schlimmsten Fall nicht einmal einen Sarg zimmern konnten, eine Reihe dem Onkel nach Marseille zu schicken, wo sie keinen Sarg brauchen würden, sondern sich ein Leben aufbauen konnten. Kein Hunger mehr, keine Blechwaben, vielleicht bald Arbeit und Geld, um Geschwister nachzuholen. Auf den französischen Schiffen vor Mers-el-Kébir gab es Leute, die gegen Bezahlung Kinder an Bord schafften. Wem es möglich war, der verkaufte sein letztes Hemd für solche Schiffspassagen und schickte seine Kinder ins gelobte Land.

Wenn ein Kabyle Kinder sagte und Kinder zählte, dann meinte er Söhne. Das bedeutete nicht, dass ein kabylischer Vater seine Töchter nicht liebte und ihre Namen nicht in sein Gebet einschloss, aber wenn es darum ging, zu retten, was er retten konnte, musste er ohne Zucken im Herzen seine Auswahl treffen.

Salah gehörte zu den Letzten, die ausgewählt wurden. Als er nach Marseille gelangte, platzten Onkel Nassims zwei Zimmer in einem einstigen Bootsschuppen bereits aus allen Nähten. Der Onkel sorgte trotzdem für ihn. Er gab ihm zu essen und lehrte ihn beten. Salahs Familie war nie sonderlich fromm gewesen, aber Onkel Nassim erklärte ihm: »Wenn man den Kindern sonst nichts zu geben hat, gibt man ihnen Gottvertrauen. Wer in der Fremde wohnt, wo ihn kein Adhan zum Gebet ruft, muss den Adhan in sich tragen. Jetzt, wo die Familie in alle Winde verstreut ist, dürfen wir unseren Glauben nicht loslassen, weil er uns anders macht. Solange wir anders sind, hält uns etwas zusammen.«

Der Onkel redete nicht nur, sondern tat sein Bestes. Seine Mittel aber waren schnell erschöpft, und ehe weitere Schiffe voller Kinder kamen, musste er sich für die, die er bei sich hatte, eine Lösung überlegen. »Diese Kabylen verkaufen ihre Kinder wie Dreck«, hatte ein Hafenaufseher in Salahs Hörweite zu seinem Gehilfen gesagt. Das war Unsinn. Dreck kaufte kein Mensch und Kabylenkinder erst recht keiner. Dass Onkel Nassim die ganze Schar ansonsten eher verscherbelt hätte, als sie in leere Teller stieren zu lassen, war etwas, das der Hafenaufseher gewiss nicht verstanden hätte.

Die Rettung kam in Gestalt eines Werbers, der Erntearbeiter für ein Weingut im Estérel-Gebirge suchte. Salah war zu klein. Der Werber, der Alphonse Delage hieß und einen buckligen Rücken mit sich herumtrug, hatte es auf Jungen im Alter seiner Cousins abgesehen, aber am Ende nahm er ihn trotzdem mit: »Ich habe eine kleine Tochter, die in drei Tagen Geburtstag hat, und ich habe ihr bis heute kein Geschenk gekauft. Das Geschenk bist du, was sagst du dazu? Wenn du immer auf mein Kätzchen aufpasst, wirst du dich über nichts zu beklagen haben.«

Salah hatte sich über nichts zu beklagen. Er kam nach Les Adrets. Während seine Cousins nach der Ernte wiederum auf der Straße standen, bekam er eine eigene Kammer mit einem Bett, in dem er alleine schlafen durfte. Er bekam selbst während des Krieges köstliche Suppen mit Knoblauch, reichlich Brot, auch wenn Alphonse Delages Mutter schimpfte, Gemüse, oft Fisch und sogar Süßigkeiten. Er durfte durch hohes Gras laufen, das ihm die Hüften streichelte. Altes Leder bekam er reichlich, Alphonse Delage fand es amüsant, dass er darauf scharf war,

und brachte ihm ständig irgendwelche Reste mit. Und er bekam Nathalie. Wenn sie mit ihren Freunden spielte, wollte sie, dass er sie begleitete, und er wich auf Jahre nicht von ihrer Seite.
Wer ihnen zusah, mochte annehmen, sie behandle ihn übel. Aber dasselbe hätte man von einer Katze sagen können. Einmal kratzte sie ihn oder fauchte ihn an, dann wieder legte sie sich zu ihm, wenn das Echo seiner Vergangenheit durch seine Träume brüllte, stellte keine Fragen, war einfach da. Wer ihnen zusah, sah ihnen ja nur am Tag und nie in diesen Nächten zu.
Solange sie im Dorf zur Schule ging, wurde auch er dort hingeschickt. Er genoss es weit mehr als sie, auch wenn die anderen Schüler ihn gern davongejagt hätten. Einmal bewarfen sie ihn mit Steinen, und am schlimmsten war die Furcht, Nathalie könne getroffen werden. Statt mit ihm davonzurennen, drehte sie sich um und spie den Jungen Beschimpfungen in die Gesichter.
»Zieht Leine, ihr dreckigen Idioten. Hat euch auch jemand mit Steinen beschmissen, habt ihr deshalb nur Matsch im Kopf?«
Salah kam um vor Angst. Es war der Mann von der Post, der dazwischenging: »Seine Leute haben im Krieg für unser Land gekämpft wie eure Leute«, ermahnte er Salahs Peiniger. »Sie haben genauso ihre grauen Briefe bekommen wie wir und hatten ihre Toten zu begraben, also behandelt ihn wie einen von uns. Wenn man nur beim Sterben dazugehören darf, was wäre das Sterben dann wert?«
Trotz der Pöbeleien hatte Salah gern in seiner Bank gesessen, Leder geflochten und dabei Dinge gelernt, von denen er hoffte, dass er sie später würde brauchen können. Aber als Nathalie vierzehn war und nicht länger hingehen wollte, war auch für ihn die Schulzeit zu Ende gewesen. Nathalies Vater war außer sich, er hatte gehofft, seine Tochter in der Schule halten zu können. »Wo soll ich denn hin mit ihr, Junge, was habe ich einer wie ihr denn zu bieten? Meine Nathalie ist für die Enge, die

einem in diesem Ort den Atem abpresst, nicht gemacht. Wenn sie nicht mehr zur Schule geht, wird sie sich zu Tode langweilen und etwas tun, was sie später bereut. Glaub mir, ich weiß, wovon ich spreche. Sie ist meine Tochter. Ich war einmal keinen Deut anders als sie.«

Alphonse Delage, der das Haus mit seiner Mutter teilte, die ihn verachtete, mit seiner Schwägerin, die wie ein Gespenst umherhuschte, und mit seiner Tochter, für die er den Helden spielte, ohne ihr je ein wahres Wort zu sagen, hatte sich angewöhnt, über sein gesamtes Leben mit Salah zu sprechen.

»Unter diesem Dach sind selbst die Schwalben weiblich, kein männliches Geschöpf als du und ich. Wir müssen zusammenhalten. Würdest du nicht diesem verdrehten Glauben anhängen, würde ich einen mit dir trinken.«

Weil an Salahs Glauben nichts zu drehen war, trank er allein und erzählte dabei, was er selbst getan hatte, als er jung gewesen war: »Ich wollte um keinen Preis in dieser Einöde versauern, nicht bei Mauleseln und kackenden Hühnern mein Talent verschleudern. Etwas sehen von der Welt wollte ich, es da draußen zu was bringen. Also bin ich gegangen. In der Bar am Dorfplatz gastierte eine Gruppe von Sängern und Tänzern aus der Auvergne, *Le lapin téméraire*, das tollkühne Kaninchen, die suchten einen, der ihnen die Kulissen schob. Also bin ich mit ihnen gezogen. Wird sich schon Gelegenheit finden, denen zu zeigen, was ich kann, hab ich gedacht. Aber es fand sich keine. Ich bin mit ihnen durch ganz Frankreich und dann bis nach Deutschland gereist, wir haben eine Revue auf die Beine gestellt, die sich sehen lassen konnte, aber mich haben sie immer nur die Kulissen schieben lassen.«

Er seufzte, vergaß, dass Salah nicht trank, und schob ihm die Kanne zu. »Das ist übel, weißt du das, Junge? Wenn ein Mann nicht zeigen darf, was er kann, wenn er nie die Möglichkeit bekommt, sich zu bewähren. Ich weiß, ich bin kein schöner Bursche, doch das bedeutet ja nicht, dass ich nicht singen oder eine komische Nummer hinlegen kann. Wir hatten einen Kerl in der Truppe, Constant, der kochte auch nur mit Wasser, aber in unserm kleinen Teich war er der große Fisch. Sobald er auf die Bühne kam, schmolzen die Mädchen, und hinterher wartete grundsätzlich die hübscheste vor seiner Garderobentür. Das war hinter der Grenze, in Baden-Baden, nicht anders. Es ist schön da, in Baden-Baden, sehr vornehm, elegant, gar nicht so, wie man sich Deutschland vorstellt. Mir hat es gefallen. Wir traten in einem Grandhotel auf, und ich habe gedacht, etwas von dem Glanz, den der Constant um sich verbreitet, wird auch auf mich abfallen. Aber da ist nichts abgefallen. Ich war ja weiter nichts als der Kulissenschieber.«

Salah wusste nicht recht, was ein Kulissenschieber zu tun hatte. Er wusste auch nicht, was er hätte sagen sollen, also wartete er ab, bis Alphonse Delage weitersprach. Es dauerte nicht lange. Der Verwalter brannte aufs Reden.

»Constant sind sie nachgelaufen, aber für mich hatte keine auch nur einen müden Blick. Doch. Eine schon. Helene. Ich hatte mir ausgemalt, wie ich eine mit Geld kennenlernen würde, die mir Türen hätte öffnen können, aber Helene war ein Zimmermädchen und hatte weniger als ich. Wir waren zwei Übriggebliebene, auf die das Leben keinen Pfifferling gab. Wer hätte gedacht, dass der Himmel ausgerechnet uns, die wir's nie zu was Besonderem gebracht haben, einen Engel schicken würde wie unsere Nathalie?«

Wann immer er von Nathalie sprach, verklärte sich seine Stimme. »Du passt mir auf sie auf, Junge, das schuldest du mir. So ein Goldstern wie *ma minette* darf sich doch sein Leben nicht ruinieren. Didier vom Château soll sie kriegen, dann hat sie, was ihr gebührt. Fließend Warmwasser. Einen Schrank voller Kleider. Musik und Tanz und Reisen in die großen Hotels, das soll er ihr alles bieten. Der ist doch verrückt nach meiner Nathalie, der junge Comte, hab ich recht? Ich wünschte, er könnte sich jetzt schon mit ihr vor den Altar stellen und müsste nicht erst noch ewig in dem vermaledeiten Saint-Cyr bleiben.«

In Saint-Cyr würde Didier nicht mehr ewig bleiben müssen, aber er hatte hinterher noch zwei Jahre Dienst abzuleisten. Konnte er währenddessen heiraten? In der Hitze des sterbenden Sommers gab es Tage, an denen Salah sich nicht weniger als ihr Vater wünschte, die Sache mit Nathalies Eheschließung möge schnellstens unter Dach und Fach kommen. Sie langweilte sich, daran bestand kein Zweifel. Sie hatte sich immer gelangweilt, wenn sie nicht ihr Spiel gespielt hatte, und seit die Zeit des Spielens vorbei war, brannte sie darauf, dass die Wirklichkeit ihr das gleiche Drama, die gleichen Abgründe und Leidenschaften bot. Aber die Wirklichkeit war das Leben von Les Adrets, es sickerte vor sich hin, und Nathalie hasste es von Tag zu Tag mit mehr Inbrunst.

»Warum schickt eigentlich niemand die Erbsenprinzessin zum Arbeiten?«, wetterte ihre Großmutter, aber im Grunde wusste auch sie, dass es für Nathalie keine passende Arbeit gab. Zuweilen half sie im Château, wenn dort Personal fehlte, doch niemand im Mühlenhaus wollte, dass die Verwalterstochter als Dienstmädchen ging. Sie half auch in Sebastiens Bar, nur waren die Delages damit noch weniger glücklich. Letzten Endes blieb sie zu Hause, murrte, wenn sie das Hühnerhaus ausfegen sollte, und stand sich selbst im Weg. Sie hatte Talent zum Leben, daran ließ sich nicht rütteln, aber leider war Leben kein Beruf.

Eine Zeitlang hatte sie noch den Sommern entgegengefiebert, doch inzwischen war es auch damit vorbei. Didier und Fabrice begannen ihre Offiziersausbildung in Saint-Cyr und kamen nur noch auf ein paar Urlaubstage nach Hause. In diesem Sommer waren sie kein einziges Mal da gewesen, so verzweifelt Nathalie darauf gewartet hatte. Auch Delphine kam jetzt seltener. Auf dem Château blieb nur die kleine Claudine, die Nathalie jedoch mied wie der Christenteufel das geweihte Wasser. Salah spürte die Ruhelosigkeit, die von ihr Besitz ergriff, die Spannung, die irgendwann bersten musste, und er konnte verstehen, warum ihr Vater sich eine baldige Hochzeit wünschte.

Dass sie Didier heiraten wollte, hatte Nathalie ihm oft genug versichert. Sie gehörten unterschiedlichen Klassen an, aber die Zeiten änderten sich, und immerhin waren beide Franzosen. Wenn es zudem einen Mann gab, dem Salah zutraute, sich über solche Hürden hinwegzusetzen, so war es Didier. Er war der Sohn eines Comte, aber er las heimlich Zeitungen, die an der konservativen Regierung der *Alliance démocratique* Kritik übten. Einmal hatte Salah sogar die *Humanité* der Kommunisten bei ihm gesehen, und Didier hatte sie so hastig im Hosenbund verschwinden lassen, wie Salah es mit seiner *El Ouma* getan hätte. In Saint-Cyr, wo die Sitten martialisch und rückständig waren, fühlte er sich fehl am Platz und hoffte auf einen Wechsel zur Marine, die als fortschrittlicher galt. Er war ein freier Geist, voller Begeisterung für die Werte der verstaubten Revolution – *liberté, égalité, fraternité* –, und wenn er im Herbst volljährig wurde, wäre er sein eigener Herr.

Dennoch bliebe er der Comte Cadière, und sein Leben war mit Les Adrets verbunden. Wie würde sich Nathalie in dieses Leben fügen? Würden ihr Bäder in Gold und schwarzem Marmor genügen, um Langeweile in Kauf zu nehmen?

Die Zeiten änderten sich nicht nur für Männer. In den Pariser Zeitungen, die man jetzt auch am Kiosk von Les Adrets kaufen konnte, waren Frauen abgebildet, die sich wie Männer kleideten und aus langen Zigarettenspitzen rauchten. *Ganz Paris ist eine Fête, auf der niemand das Licht ausknipst*, stand unter einem der Bilder, und ein anderes, das ein langbeiniges Mädchen an einem Cafétisch zeigte, trug die Unterschrift: *Paris ist eine Frau.*

Nathalie war keine zwölf Jahre alt gewesen, als sie Salahs Ledermesser gestohlen und das Wort *Paris* in ihren Bettpfosten geritzt hatte. Sie war keine Comtesse Odette, die morgens, noch vor dem Griff zum Zahnpulver, ihren Rücken straffte und Haltung annahm. Würde sie ihre wilden Träume begraben, ehe sie ausprobiert hatte, wie deren Erfüllung schmeckte, und würde der bedächtige Didier ihrer Gier nach Leben gewachsen sein?

»Hörst du mir zu, Junge?«, unterbrach ihr Vater, der an diesen langen Sommerabenden unentwegt mit ihm sitzen und über dasselbe Thema reden wollte, seine Grübelei. »Weißt du, was mich an dir krank macht, du komischer Kauz? Dass man bei dir nicht weiß, was du denkst. Als ich dich aufgelesen habe, den halbverhungerten Zwerg, der du warst, habe ich mir überlegt: Ja, Gott, allzu viel wird der kleine Schmutzfink überhaupt nicht denken. Aber wenn man solchen Berber tüchtig füttert, kriegt er ein Kreuz wie ein Preisringer, und dann kann er mir meine Nathalie hüten. Sag bloß, es ist nicht genauso gekommen? Nur mit dem Denken lag ich falsch, hab ich recht? Du denkst dir auch deinen Teil, hinter dieser dicken braunen Haut auf deiner Stirn.«

Er bohrte Salah den Zeigefinger in die Erhebung über der Nasenwurzel. Salah schluckte und schaffte es, nichts zu sagen. Es fiel ihm nicht leicht, aber er hatte jahrelange Übung darin.

»Also schön«, sagte Alphonse Delage, holte unter dem Tisch ein Päckchen hervor und schob es Salah hin. Lederflicken. Er arbeitete an einer Buchhülle, die der Vikar der Dorfkirche für ein Gebetbuch haben wollte, und konnte jeden Fetzen gebrauchen. »Mit dem, was du denkst, willst du nicht rausrücken, aber es ist dir hier in meinem Haus ja wohl nicht schlecht ergangen.«

»Nein«, sagte Salah und steckte die Flicken ein.

»Du wirst dir also kaum denken, dass du so schnell wie möglich von hier wegwillst, sobald du volljährig wirst.«

»Nein«, sagte Salah noch einmal.

»Nebenbei, ich weiß überhaupt nicht, ob ihr Algerier auch mit einundzwanzig volljährig werdet und was ihr damit für Rechte erlangt. Ob du also das Recht hättest, mir davonzulaufen, nachdem ich all die Jahre für dich gesorgt habe, könnte ich dir nicht sagen.«

Salah konnte es auch nicht. Er fertigte Gegenstände aus Leder, verkaufte sie und sparte die paar Sou in einer Biskuitdose, aber was er tun wollte, wenn die Dose voll war, wusste er nicht. Einmal hatte er gedacht: Ich bin wie der Küchentisch, an den die Familie sich zum Essen setzt. Wenn man den nach draußen in die Freiheit stellen würde, wüsste er auch nicht, was er damit anfangen sollte.

»Es ist ja nicht so, dass ich dich nicht verstehe«, sagte Delage.

Ist das nicht so?, fragte sich Salah. Versteht einer den Tisch, an dem er seit Jahren isst? Dann aber sagte Delage etwas, das ihn überrumpelte: »Ich weiß, du willst nach Hause.«

Salah war mehr als überrumpelt: Er erschrak.

Alphonse Delage fuhr bereits fort: »Jeder Mensch will das irgendwann, egal, was bei ihm zu Hause los ist. Ich habe es auch gewollt, als ich mit Helene in Baden-Baden war, obwohl ich wusste: Daheim wird meine Mutter uns das Leben zur Hölle machen. Sobald ein Kind unterwegs war, habe ich gedacht: Ein Kind von mir muss in Frankreich geboren werden und nirgendwo sonst. Also hab ich Helene hierhergebracht, und wie hat meine Mutter es mir gedankt? Die ist schwanger von dir?, hat sie gefragt. Nun, wenn man einen Rammler auf eine Zippe setzt, ist auf Dauer ja nichts anderes zu erwarten. Mehr hatte sie nicht dazu zu sagen, dass ich ihr das wundervollste Enkelkind der Welt geschenkt habe.«

Mit einem Seufzen langte er nach Salahs Arm. »Jetzt hör mir zu: Ich lasse dich gehen, ob du volljährig bist oder nicht, und ich gebe dir auch das Geld, das die Reise dich kostet, und noch was obendrauf, damit du da drüben was in der Tasche hast. Na, was denkst du? Ist das ein Angebot?«

Salah wusste nicht, was er denken sollte. Er hatte oft zugesehen, wie die Katzen im Milchhof sich streicheln und füttern ließen, wie ein paar von ihnen sich anbiederten und in glückseliges Schnurren ausbrachen, und jedes Mal hatte er sich vorgenommen: So will ich nie sein. Ich werde keinem von ihnen die Füße lecken, weil er mir über den Kopf streichelt und mir eine Wohltat erweist.

Chérubin, der rote Streuner, den Fabrice einst aufgelesen hatte, war anders. Er betrug sich wie ein gefangener König, der wusste: Ihr könnt mir gar keine Wohltat erweisen, denn das alles hier gehört von Rechts wegen mir. So wollte Salah sein. Der rote Streuner, der sich nie eine Blöße gab, war sein Vorbild – mehr noch als Messali Hadj, der auf dem Kongress für bedrohte Völker in Berlin erklärt hatte: »Wir verlangen keine Almosen. Wir wollen, was uns gehört.«

Einen Augenblick lang wünschte sich Salah, Alphonse Delage eine solche Antwort zu geben, doch im nächsten übermannte ihn die Freude. Wenn der Verwalter ihm die Überfahrt bezahlte, wenn er das Geld in der Blechdose nicht dafür aufwenden musste, dann würde er nicht mit leeren Händen kommen. Er würde seine Familie – das, was davon übrig war – finden, er würde das Geld benutzen, um irgendetwas, das noch nicht abgestorben war, zu heilen.

Gleich darauf kam er zu sich. Er konnte nichts heilen, schon gar nicht mit französischem Geld. Nicht das, was in jener glutheißen Nacht geschehen war, nicht die Jahre der Trennung, nicht die hundert Jahre davor. Kein Dieb gab als Geschenk zurück, was er gestohlen hatte – der Bestohlene musste es ihm entreißen. Aber um darüber nachzudenken, musste Salah erst einmal zurück nach Mers-el-Kébir, an das er sich kaum noch erinnerte.

Er brauchte das Geld von Alphonse Delage. Mit dem Geld hatte er eine Chance, den diffusen Traum von seiner Heimkehr wahr zu machen. Für den *Stern von Nordafrika* konnte er kämpfen, wenn er seinen eigenen Kampf gewonnen hatte, wenn er zum ersten Mal nicht nur Gras an seinen Gliedern, sondern Boden unter seinen Füßen spürte.

»Du sagst ja nichts«, stellte Delage fest. »Manchmal ist das so, wenn man sich freut, was? Ist schon gut, Junge. Statt schöner Dankesworte gib mir dein Versprechen: Meine Nathalie – lass sie nicht im Stich. Bleib bei ihr und pass auf sie auf, bis die Sache mit Didier vom Château in trockenen Tüchern ist. Allzu lange kann das doch nicht dauern, selbst wenn der Bursche noch seinen Dienst ableisten muss. Sobald *ma minette* unter der Haube ist, kannst du gehen, wohin du willst. Was sagst du? Sind wir im Geschäft?«

Salah sah Nathalie vor sich. Was ihr Vater von ihm verlangte, hatte er sein Leben lang versucht: Er hatte, so gut er es vermochte, auf sie aufgepasst. Alphonse Delage brauchte ihn nicht zu kaufen, er hatte es vor vierzehn Jahren schon getan. Erstaunlicherweise ließ dieser Vertrag sich nicht lösen, obgleich Salah ihn nie unterzeichnet hatte und er aus Not geschlossen worden war.

Wenn er an Nathalie dachte, glaubte er, das Gras rauschen zu hören, und erinnerte sich an seine erste Nacht in der Mühle, als sie ihn gefragt hatte, ob er nicht schlafen könne. Ihm war zum Weinen gewesen, dann zum Schreien, doch letzten Endes hatte sie ihn zum Lachen gebracht, weil sie so sehr war, wie sie war. Er hätte sie nicht allein lassen können, und wenn er es sich noch so sehr wünschte. Nach Mers-el-Kébir konnte er erst zurück, wenn er sicher war, dass sie seinen Schutz nicht länger benötigte.

»Ja«, sagte er zu Delage, »wir sind im Geschäft.«

13

Am nächsten Tag schickte der Comte seinen Verwalter auf die Unterpräfektur nach Darduignan, wo er über Nacht würde bleiben müssen. Nathalie war entschlossen, die Gunst der Stunde zu nutzen. »Sebastien hat angefragt, ob ich ihm heute Abend aushelfen kann.«

Das war gelogen. Der Sommer war wieder viel zu trocken gewesen, die Bauern sparten, wo sie konnten, und in Sebastiens Kasse herrschte Ebbe. Er hatte Leonie, seine Schwägerin, am Hals und konnte sich keine zweite Kellnerin leisten, so gut Nathalie fürs Geschäft auch war.

Sie log, ohne mit der Wimper zu zucken. Es war ihr längst in Fleisch und Blut übergegangen, ihre andere Facette von Wahrheit, wie früher in ihrem Spiel. Salah machte es nichts aus, er wäre nur an diesem Abend gern zu Hause geblieben. Pâcome von der Post war mit einem Auslandsbrief für Delage da gewesen, und wenn er kam, brachte er Salah immer seine ausgelesene Zeitung mit.

Von Büchern, wie Didier sie liebte, hielt Salah sich fern, aber die Zeitung las er gern. Sie lehrte ihn, dass man alles, was geschah, auch völlig anders betrachten konnte, als es sich ihm darstellte. Jetzt beispielsweise hatte der französische Außenminister Briand mit seinem amerikanischen Amtskollegen Kellogg einen Vertrag ausgearbeitet, der von elf Nationen unterschrieben worden war. Darin ging es um die Ächtung des Krieges, um das Versprechen dieser Länder, zu denen Deutschland, Großbritannien und allen voran die USA und Frankreich zählten, Krieg nie wieder zum Mittel ihrer Politik zu machen.

Nie wieder, dachte Salah. Bedeutete das, dass Kriege, die derzeit von diesen Ländern geführt wurden, beendet werden mussten, oder galt es lediglich für künftige Kriege von dem Zeitpunkt an, zu dem der Vertrag in Kraft treten würde? Und stand in dem

Vertragstext, was dem Pakt zufolge als Krieg galt und folglich geächtet wurde? Wovon hing das ab? Von der Art der Kriegsführung oder von den beteiligten Ländern? Über all diese Fragen dachte Salah nach und hätte gern in der Zeitung darüber gelesen, aber Nathalie gab keine Ruhe. Ihre Lüge war nicht nötig. Wenn sie darauf bestand, hätte Salah bis ans Ende der Welt mit ihr gehen müssen.

Auf dem Weg ins Dorf hüpfte und tänzelte sie. Nach ein paar Schritten sagte sie: »Wenn ich blind wäre, würde ich den Weg nach Les Adrets trotzdem finden. Der Geruch ist unverkennbar: Lavendel und Hühnerkacke.«

Salah musste nur selten lachen, aber bei Nathalie genügten manchmal ein einziger Satz, ein Paar fuchtelnde Hände und aufgerissene Augen.

»Was meinst du, Salah, wonach riecht der Rest der Welt? Wonach riecht Paris, nach der Parfümwolke, in der die Comtesse herumrauscht? Das denn doch nicht, oder? Bestimmt stammt ihr blödes Parfüm aus der Vorkriegsmode. Es riecht so ungefährlich – verstehst du? Die Comtesse mag ja eine Comtesse sein, aber sie ist nun einmal nur von hier und außerdem eine alte Frau.«

Eines Tages wirst du das auch sein, dachte Salah. Eine alte Frau, nur von hier und mit einem Parfüm, das aus ungefährlichen Vorkriegsmoden stammt. Wirst du dich damit begnügen? Zu seiner Verwunderung dachte Salah an Liebe. Nathalie liebte Didier – musste ihr das nicht den Duft von Paris und alles andere, was sie als seine Frau nicht kennenlernen würde, ersetzen?

Sie war schon vorausgesprungen. »Ich bin so glücklich, Salah!«, rief sie. »Ich weiß selbst nicht, warum, aber ich habe ein Gefühl, als würde heute Abend etwas passieren, das wundervoll ist.«

Ein Motorrad knatterte an ihnen vorüber, ein brandneues Modell mit knallgelb glänzendem Lack und Beiwagen. Hingerissen johlte Nathalie auf, aber gleich darauf rutschte ihr das Strahlen vom Gesicht. »Stoffel«, blaffte sie dem Fahrer hinterher, der einen wehenden Schal und eine lederne Schutzkappe trug. »Saust hier vorbei und dreht sich nicht mal nach einem Mädchen um.« Sie war es gewohnt, dass die wenigen Männer im Dorf, die ein Motorrad – allesamt Vorkriegsmodelle – besaßen, vor ihr auf die Bremse traten und sie mit allerlei Versprechungen zu einer Fahrt zu überreden suchten. »Vielleicht hatte er es eilig«, sagte Salah.

»Blödsinn. Wir sind in Les Adrets, kein Mensch und kein Huhn hat es hier eilig.« Sie atmete tief durch die Nase ein. »Aber der Duft ist göttlich, findest du nicht? Weißt du, was ich mir denke? In Paris brausen die Dinger in Rudeln durch die Straßen und hüllen alles mit ihren Auspuffwolken ein.«

Sie vergaß das Motorrad und tänzelte weiter. Dort, wo der flache Fluss entlang der Straße ins Dorf mündete, stand das Haus von *Maire* Castagnary, dem Bürgermeister. Der weißgestrichene Zaun um seinen Garten war der einzige im Ort, von dem die Farbe nicht blätterte, weil *Monsieur le Maire* alle drei Monate Dorfjungen bezahlte, damit sie ihm den Zaun frisch strichen. Ehe sie ihre Pinsel schwingen durften, mussten sie die Ranken seiner zartrosa Rosen hochbinden, damit keine einen Spritzer Farbe abbekam.

Der Duft der gerade aufgeplatzten Rosenknospen war betäubend süß. Salah blieb stehen. Er kam oft an diesem Zaun vorbei, wenn er zu Besorgungen ins Dorf geschickt wurde, doch zu dieser Jahreszeit, wenn die Rosen zum letzten Mal in Blüte standen, hätte er den Wegabschnitt gern gemieden.

»*Sacrément*, vergiss das Parfüm von der blöden Comtesse«, rief Nathalie und vergrub ihr Gesicht in Blattwerk, Blüten und Dornen. »Das hier ist tausendmal himmlischer, es macht Nebel im Kopf. Riecht so Opium, Salah?«

»Davon weiß ich nichts.«

Sie hob ihr liebliches, zerkratztes Gesicht aus den Ranken. »Was ist denn schon wieder mit dir? Sag bloß, du magst keine Rosen.«
»Nein«, sagte Salah, »ich mag keine.« Er ging trotzdem hin und half ihr, die in den Dornen verfangenen Haarsträhnen zu befreien.
»Warum denn nicht? Rosen mag jeder.«
»Ich eben nicht.«
»Du kannst so komisch sein, Salah. Jetzt sei nett und bring mir die Haare in Ordnung.«
Salah fuhr glättend über ihr Haar, und als er fertig war, zog sie seinen Kopf zu sich und strich ihm durch seines. »Deine Haare sind wie aufgerollter Draht«, sagte sie und summte im Weitergehen ein Lied, wobei sie nicht alle Töne traf. »Erinnerst du dich? *La Java bleue.* Wie lange ist das jetzt her, drei Jahre? Damals waren wir wenigstens den Sommer über noch alle zusammen.«
Sie erreichten den Dorfplatz, um den die Bar zur *Weinenden Kuh*, die Kirche, das Tabakgeschäft und das einzige Hotel, das einmal ein Postamt gewesen war, sich aneinanderreihten. Nathalie zerrte ihn zum Brunnen, wo wie üblich ein paar Fahrräder lehnten, ein paar Paare sich fanden und ein paar Köter um Bissen bettelten. »Jetzt setz dich mal hin«, sagte sie und drückte ihn auf das Pedestal nieder. »Sei nicht so steif, wir sind schließlich hergekommen, um Spaß zu haben. An Fréhel und Aimée musst du dich doch erinnern. Sie hatten diesen *Cabrette*-Bläser und den Akkordeonisten aus der Auvergne dabei. Aimée stammt aus der Auvergne, aus einem Kaff wie diesem, und sie hat's trotzdem zu was gebracht.«
»Zu was denn?«, fragte Salah und lehnte den Rücken an den feuchten, kühlenden Stein.
Nathalie ließ sich neben ihm nieder. »Aimée tritt mit Fréhel auf, und Fréhel ist in Paris ein Star«, sagte sie. »Ihre Lieder

erscheinen auf Grammophonplatten. Xavier hat Sebá eine aus Marseille mitgebracht, er hat mir versprochen, sie heute abzuspielen. Wenn jetzt Filme kommen, in denen es Ton gibt, wird Fréhel sogar in einem auftreten. Oh, Salah, sag mir – würdest du nicht auch so entsetzlich gern einen Film mit Ton sehen?«

»Ich habe ja noch nicht mal einen ohne Ton gesehen«, erwiderte Salah.

»Ich auch nicht.« Nathalie ließ den Kopf hängen, und Wogen von Haar fielen ihr vors Gesicht. »Aber wenn es hier ein Kino gäbe, würde ich in jede Vorstellung gehen. Ich glaube, es muss sein wie damals, als wir unser Spiel gespielt haben: Du denkst dir etwas aus, hast es wie einen Scherenschnitt im Kopf, und auf einmal siehst du vor dir, wie es lebt und spricht. Ach Salah, ich wünschte, wir hätten mit dem Spiel nie aufgehört. Dann würde ich jetzt mit dir spielen, dass Fréhel und Aimée heute in der Bar auftauchen.«

»Und dann?«

»Wer weiß. Das ist ja das Schöne an diesem *und dann*. Dass etwas geschehen könnte und wir noch nicht wissen, was. Verstehst du, was ich meine? Dieser Abend riecht und schmeckt nach so vielem. Bestimmt wünscht er sich, er wäre ein Abend in Paris.«

»Ja«, sagte Salah. »Ich glaube, ich verstehe, was du meinst.« Auch wenn ich das nicht so berauschend finde wie du, sondern eher beängstigend, dachte er.

Sie lehnte sich an ihn. Wie ein kleines Mädchen, das fror, nur dass sie in der Hitze nassgeschwitzt und kein kleines Mädchen war. Heute trug sie ein grünes Kleid, das ihr bis auf die Waden fiel und vorn durchgeknöpft war. Wie in Gedanken begann sie an den Knöpfen, die den Rock zusammenhielten, zu spielen. Es war ihr zur zweiten Natur geworden. Sie tat es, wenn sie kein Geld für ihren Wein hatte, wenn sie ein bisschen Streit provo-

zieren wollte, wenn sie nicht wusste, was sie sonst tun sollte. Dann fiel ihr wieder ein, dass es Salah war, neben dem sie saß, und sie hörte damit auf. »Ich hab mich so gefreut«, sagte sie. »Aber bestimmt passiert gar nichts heute Abend. Aimée und Fréhel wissen überhaupt nicht mehr, dass ein Dorf, das Les Adrets heißt, existiert, und in der Bar gibt es niemanden, der mit mir tanzt. Tanzt du mit mir, Salah?«
»Nein.«
Drei junge Kerle, die aus einem der Nachbardörfer stammen mussten, bauten sich vor ihnen auf, so dass ihr Schatten auf sie fiel. »He, *bougnoul*«, sagte der größte, der eine Art Uniform mit blauem Hemd trug, und trat Salah vors Schienbein. »Mach, dass du auf dein Kamel kommst und Leine ziehst, fass die Kleine mit deinen dreckigen Fingern ja nicht noch mal an.«
Salah erlebte dergleichen nicht zum ersten Mal. »Ist schon gut«, sagte er und blieb sitzen, weil die meisten von denen nach einer Weile die Lust verloren und weiterzogen. Nathalie aber sprang auf, stemmte die Hände in die Hüften und stellte sich zwischen ihn und die Männer. »Haben sie euch das Hirn aus der Nase gezogen?«, fuhr sie sie an. »Oder waren's die vertrockneten Rosinen in euren Köpfen nicht wert? Auf jeden Fall macht ihr euch jetzt dünne und lasst meinen Freund in Frieden, oder ihr handelt euch Ärger ein.«
Sie war sehr schön und vollkommen furchtlos, wie sie sich da vor den drei Kerlen reckte. Auf dem Platz gab es keinen Mann, der nicht alles stehen und liegen ließ, um ihr zu Hilfe zu eilen. Die Kerle murmelten noch ein paar Beleidigungen, dann verdrückten sie sich. »Was für ekelhafte Idioten«, stieß Nathalie hervor.
»Leg dich mit denen besser nicht an.« Jerôme vom Tabakgeschäft trat an Nathalies Seite. »Die sind vom *Faisceau*, weißt du, was das ist?«
»Ich will's gar nicht wissen«, sagte Nathalie.

»Schläger und Dummköpfe, die dem wirren Zeug anhängen, das dieser Mussolini in Italien verbreitet. Was immer da drüben im Schwange ist, schwappt über kurz oder lang zu uns rüber. Halt dich von denen fern, die schrecken nicht davor zurück, sich an Mädchen zu vergreifen. Sogar an so hübschen Mädchen wie dir.«

Um einen Algerier einzuschüchtern, der bei einem weißen Mädchen saß, brauchte ein französischer Mann kein Faschist zu sein, aber das behielt Salah für sich. Ihn beachtete ohnehin keiner. Nathalie debattierte, plänkelte, flirtete mit den Männern, die um sie eine Traube bildeten. Sebastien kam aus der Tür der Bar getrottet, blickte sich um und machte eine anzügliche Geste. »Ach, sieh an, die kleine Delage hockt hier draußen. Dann brauche ich mich ja nicht zu wundern, dass bei mir drin keiner trinkt.«

Nathalie schwang herum, dass der grüne Rock flog. »Was bleibt mir denn übrig, Sebá? So viel, wie du für ein Viertel Wein verlangst, kann ein armes Mädchen nicht zusammenkratzen.«

»Ach, hör auf.« Er schwang sein Geschirrtuch nach ihr und rieb sich die aufgekratzte Nase. »Komm rein und bring den Haufen Zikaden mit, dann wird sich das mit dem Wein schon finden.«

»Und auch das mit der Musik? Spielst du für mich die Platte von Fréhel?«

»Ich werd deinem Vater stecken, dass er eine Erpresserin großgezogen hat«, sagte Sebastien, und dann zogen sie alle in die verrauchte Bar, wo der Wirt das Grammophon bediente, das er einem Handelsreisenden abgeschwatzt hatte. Das Lied, das die Sängerin mit der hitzigen, aufgerauhten Stimme sang, war nicht das, was Nathalie liebte, sondern ein anderes, das *Si tu n'étais pas là* hieß, *Wenn du nicht da wärst*. Männer wetteiferten miteinander, um Nathalie Getränke auszugeben, und bestürmten sie, mit ihnen zu tanzen. Nathalie drehte sich alleine zwischen ihnen, schlang die Arme um sich, wirkte, als wäre sie in Gedanken nicht mehr hier.

Wenn du nicht da wärst,
Wie könnte ich leben?
Manchmal befällt mich
Diese furchtbare Angst,
Und schon eine Nacht ohne dich
Macht mich krank.

»Du bist viel hübscher als die, Nathalie«, sagte Bernard von der Polizeiwache. »So hübsch wie du ist keine, und ich wette, du könntest auch hübscher singen.«
Nathalie summte:

All die Pläne,
Die ich ohne Unterlass schmiede,
Die schönen Nächte, wenn Träume
Meine Hoffnung nähren,
Die stillen, süßen Qualen,
So weit von der Welt entfernt.

Die Tür schwang auf. So heftig stieß sonst keiner sie auf, der allabendlich hierher zum Trinken kam.
»Natou.«
Sie drehte sich um. In der Tür stand Fabrice mit zerzaustem Haar, um den Hals noch den Schal und unter dem Arm die lederne Schutzkappe. In der freien Hand hielt er zwei Blumen, die Stiele mit Draht umwickelt, eine weiße und eine rote.
Nathalie fiel sichtlich nichts zu sagen ein, nichts Spitzes, Schlagfertiges, wie sie es sonst vom Stapel ließ. Ihm fiel vielleicht auch nichts ein. Er trug seine blauen Uniformhosen. Die Jacke, die er über die Schulter geworfen hatte, ließ er fallen, wo er stand. Dann ging er zu ihr. »Welche willst du?«, fragte er.

Sie sah die Blumen kurz an und wählte ohne Umstände die rote. Sie waren nicht echt, sondern aus Seide, Kamelien, die zu dieser Jahreszeit nicht blühten.
»Schade.« Fabrice lachte, warf die weiße weg und steckte ihr die rote ins Haar.
»Warum?«
Er lachte wieder.
»Was machst du denn hier?«, fragte sie.
»Mit dir tanzen«, sagte er und schloss die Arme um sie.
Die Bewegung, mit der sich ihre Körper aneinanderschmiegten, hatte etwas von Scherben, die noch mit zersplittertem Rand ineinanderpassten. Dieser seltsame Tanz war wie für sie gemacht. All dieses Gliederschütteln, Zittern und Zucken, bei dem sie sich keinen Zoll weit trennten, war Ausdruck von etwas, das sie beide empfanden und mit sonst niemandem teilten. Vielleicht hätte Salah nicht länger zusehen sollen. Er sah Menschen, die sich selbst genug waren, nicht gern zu. Für Nathalie aber war er verantwortlich. Er musste ein Auge auf sie haben, wenn Grund zur Sorge bestand, und zur Stelle sein, sobald Gefahr drohte.
Tatsächlich fühlte er sich wie ein Tier, dem sich das Fell im Nacken sträubte. Er machte sich um Nathalie nicht nur Sorgen, er hatte aus heiterem Himmel Angst. Nathalie und Fabrice taten nichts als tanzen. Er neigte den Kopf und flüsterte ihr etwas ins Ohr, und sie reckte sich und flüsterte etwas zurück. Das Ganze ging nahtlos, harmonisch, ohne dass Teile ihrer Körper sich voneinander lösten.
Worin dabei Gefahr lag, hätte man niemandem erklären können. Er aber, Salah, hatte etwas gesehen, das ihm längst hätte klar sein müssen: Fabrice und Nathalie spielten noch immer das Spiel, inmitten aller Leute und so, als wären sie allein auf der Wiese am Weinberg. Auch wenn es ihnen nicht bewusst war, waren sie unter der Glasglocke des Spiels gefangen. Fabrice war von neuem der verbannte Dreyfus und Nathalie seine Geliebte,

die einen Landesverräter aus ihm machte. Sie hatten nie damit aufgehört, weil sie sich ihr Leben ohne das Spiel nicht vorstellen konnten:

In deinen Armen
Ergibt sich mein Herz vor Seligkeit.
Wenn du nicht da wärst,
Wie könnte ich leben?

Was an dem Spiel, das auch er genossen hatte, so gefährlich war, begriff Salah erst jetzt: Es lullte die Spieler ein, es gaukelte ihnen vor, die Wirklichkeit sei letztlich keinen Aufwand wert. Das Leben wurde zum Spiel, und solange man spielte, brauchte man nichts ganz ernst zu nehmen und vor nichts auf der Hut zu sein, denn jeden falschen Schritt konnte man im Handumdrehen rückgängig machen und bekam eine neue Chance.

Nathalie und Fabrice tanzten, bis Sebastien aufhörte, seine Schallplatten abzuspielen, und die Männer, die Nathalie um einen Tanz baten, schickten sie weg. Allzu aufdringlich bat ohnehin niemand. Fabrice war ein Sohn des Comte, und wenn er sich mit einer Dorfschönen amüsieren wollte, machte niemand ihm das Recht darauf streitig. Als die Musik mit einem Ratschen der Abspielnadel verklang, standen die beiden da wie miteinander verwachsen. Fabrice reckte sich und sah sich nach einem Platz für sie um. Da es keinen Tisch gab, den sie für sich allein gehabt hätten, setzten sie sich auf eine Branntweinkiste in der Ecke.

Natürlich winkten sie Salah, er solle sich ihnen anschließen, wie sie es immer getan hatten, natürlich schlug Fabrice ihm zur Begrüßung auf den Rücken und fragte ihn, wie es ihm ergangen sei, doch in Wahrheit hatten sie nur Augen, Ohren und Hände füreinander. Salah tat, was er gewohnt war: Er setzte sich in einigem Abstand auf einen Stuhl.

Als Leonie ihnen eine Flasche und Gläser brachte, steckte Fabrice ihr zwei Geldscheine zu, behielt die Gläser, gab ihr aber die Flasche zurück. »Lass es gut sein, ja? Ich hab heute Nacht meine eigene, und du drückst eins deiner schönen Augen zu, *n'est-ce pas?*«

Er stand auf und holte seinen Rucksack. Die Flüssigkeit in der Glasflasche, die er herauszog, schillerte grünlich. »*Voilà.* Die grüne Fee. Die echte. Für dich.«

»Wo hast du die her?«

Er zuckte die Schultern und füllte ein Glas, sie legten die Köpfe aneinander und tranken abwechselnd vom Rand.

»Jetzt erzähl«, sagte Nathalie. »Der Sommer ist so gut wie vorbei, ich habe gewartet, bis ich fast schwarz wurde, und ihr seid nicht gekommen – weshalb tauchst du nun plötzlich wie aus dem Hut gezaubert auf?«

»Mädchen«, sagte er, »ach, Mädchen«, hob den Kopf und klang wie einer, der für sie um die halbe Welt gereist war. »Musst du mich das fragen? Ist es nicht Antwort genug, dass ich dich sehen, dich in den Armen halten, dir eine Flasche echten Absinth und eine Kamelie bringen wollte?«

»Ach ja«, wischte sie über sein hübsch gespieltes Drama hinweg, »diese Blumen. Warum hast du gesagt, es ist schade, als ich die rote genommen habe, und warum durfte ich überhaupt nur eine haben, und die andere hat jetzt irgendwer kaputt getreten?«

Fabrice grinste, hatte schon wieder die Rolle gewechselt: »Weil du immer nur eine brauchst. Die, die an der Reihe ist. Kennst du Marie Duplessis nicht?«

»Warum soll ich die kennen?«, blaffte Nathalie. »Wer ist die, dein Liebchen?«

»Mein armes Dickbein! Du hast wirklich nicht mehr als das langweilige Zeug gelesen, das sie euch in der Schule gegeben haben, was?«

»Ich habe überhaupt nichts gelesen! Und du? Warum gibst du so an? Didier war immer ein fleißiger Student, aber du bist genauso faul wie ich.«
»Noch viel fauler«, gestand Fabrice freimütig ein. »Aber Geschichten über Kurtisanen muss ich doch lesen, wie soll ein unschuldiges Bübchen vom Land sonst lernen, wie schmutzig die Welt ist? Und Marie Duplessis, *La Dame aux camélias*, die Dumas in seinem Roman Marguerite Gautier getauft hat, war die größte Kurtisane aller Zeiten. Eine Göttin, mein Dickbein, eine mit Fesseln, die ich mit zwei Fingern hätte umspannen können.«
Nathalies Hände, die mit den Knöpfen des grünen Rocks gespielt hatten, hielten still. »Was ist eine Kurtisane?«
Fabrice hob ihr Haar, verbarg sein Gesicht darunter und küsste sie aufs Ohr. »Eine Hure, *chérie*. Eine sündhaft schöne und sündhaft teure. Dieser Marie Duplessis lag jeder Geldsack von Paris zu Füßen. Ein Theater platzte aus allen Nähten, sobald bekannt wurde, dass sie am Abend im Parkett sitzen würde. Ohne Kamelie kam sie nie. Trug sie die weiße im Haar, bedeutete das freie Fahrt, und die Meute umhechelte sie mit wedelnden Schwänzen. Trug sie dagegen die rote, so wie du, hieß das: Finger weg. Sie hatte ihre Tage, die Schwanzwedler zogen enttäuscht von dannen und beglückten daheim ihre dickbeinigen Angetrauten.«
Sogar Salah erschrak. Kein Mann, der eine Frau respektierte, sprach zu ihr über die Tage, an denen sie Blut verlor, von dem, was Fabrice noch gesagt hatte, ganz zu schweigen. Nathalie riss sich die Kamelie aus den Haaren und holte aus, um ihm eine Ohrfeige zu verpassen. Sie tat das seit Jahren, und er lachte darüber, es war Teil ihres Rituals. Jetzt aber hielt sie inne und ließ die Hand sinken. »Musst du so sein?«, fragte sie. »So ekelhaft?«
»Aber ja doch«, erwiderte er zärtlich und strich ihr das dichte Haar hinters Ohr. »Wie soll ich denn sonst mit dir fertig werden?«
»Vielleicht indem du dich ordentlich benimmst«, gab sie zurück. »Du bist auf deinem Motorrad an mir vorbeigerast und

hast dich nicht einmal umgedreht. Behandelt man so etwa neuerdings seine Freunde?«

»Und zählt für dich etwa neuerdings, was *man* tut oder lässt?«

»Und ob das für mich zählt!«, rief Nathalie zornig. »Es zählt für jeden. Du bist kein Rüpel in kurzen Hosen mehr, und ordinäre Manieren sind kein Zeichen von Chic.«

»Und die gefallen dir, die Zeichen von Chic?« Flüchtig glaubte Salah, Fabrice habe sich nur in eine neue Rolle fallen lassen, dann aber sah er, wie verstört er war. Er war wie sie, begriff Salah. Ganz und gar er selbst, ob er es wollte oder nicht. Sogar der Wechsel der Rollen geschah, ohne dass einer von ihnen sich bewusst dafür entschied. Sie waren beide Lügner und Spieler, aber vielleicht waren sie trotzdem die ehrlichsten Menschen, die Salah kannte.

»Natürlich gefallen mir die«, sagte Nathalie. »Ein Mann, der höflich und charmant ist wie dein Bruder Didier, gefällt jeder Frau, umso mehr, wenn er auch noch gut aussieht und sich zu kleiden versteht.«

Fabrice löste sich so langsam von ihr, als bereite es ihm Schmerzen, stützte den Kopf in die Hände und grub die Finger ins Haar. »Ich weiß«, sagte er. »Ich habe mir nur eingebildet, bei dir wär's was anderes. Willst du, dass ich gehe?«

Nathalie sah auf seinen gekrümmten Rücken und überlegte. »Ich will mit deinem Motorrad fahren«, sagte sie dann und begann wieder, mit den Knöpfen des Rocks zu spielen. »Nicht in dem blöden Beiwagen, in dem Michel seine Ölfässer ausfahren könnte, sondern hintendrauf. Da, wo's raucht.«

Er warf ihr über die Schulter einen Blick zu. »Aber das gehört sich doch nicht, Mademoiselle Delage. Sie müssten Ihre bemerkenswerten Beine um meinen ordinären – ich wage das Wort kaum auszusprechen – Hintern schlingen.«

»Ich hasse dich.«

»Das weiß ich.«

»Kommt Didier auch noch?«

»Und wenn? Willst du dann immer noch auf meinem Motorrad fahren, oder ist dir eine Landpartie in seinem Zweispänner lieber? Ach, ich vergaß: Didier, der herzensgute, ist neuerdings zu Fuß unterwegs, denn wenn das Proletariat nicht fahren kann, will er solche Privilegien für sich auch nicht.«
»Du bist wirklich ein Ekel«, sagte Nathalie. »Wenn meine *grand-mère* Rose dich mal einen Tag lang hüten müsste, wüsste sie, was ich für ein nettes Mädchen bin. Ja, ich will mit deinem Motorrad fahren, aber das heißt nicht, dass ich dich mag. Lass dir das gesagt sein. So wie du benimmt sich kein Freund.«
Fabrice stand auf. Er war noch immer kein stattlicher Mann, und Salah, der aussah, wie Alphonse Delage sich einen Berber vorstellte, spürte im Kreuz, wie der andere sich reckte. Wie ein Hahn, der sich aufplustert, dachte er, und zum ersten Mal tat der jüngste Sohn des Comte Cadière ihm leid. »Und wenn ich gar nicht dein Freund sein will?«, fragte er, was tapferer war, als Salah es ihm zugetraut hätte.
Nathalie reagierte nicht ganz so tapfer. Aber ein Feigling war sie auch nicht. »Ich weiß nicht, was das heißen soll, Fabrice«, behauptete sie. »Und was ich dazu sagen soll, erst recht nicht.«
»Nichts«, erwiderte er. »Setz dich da drüben zu Salah und sag nichts.« Er schob sie von der Kiste, sprang hinauf und sang das Lied, das sie so liebte:

»Das ist die blaue Java.
Die schönste von allen.
Die zauberhafte,
Die wir Auge in Auge tanzen.«

Das ist schön, dachte Salah verwundert. Schön war, dass ein Mensch so singen konnte, ob er nun ein französischer Comte war, eine Dame mit Kamelien im Haar oder ein kabylischer Hungerleider. Dass ein Mensch, der zu sehr er selbst war, um sein Herz zu verbergen, und zu stolz, um es auf der Zunge zu tragen, es in die Musik legen konnte: Ton für Ton Sehnsucht, Ton für Ton Liebe zu einem anderen Menschen.

»Mein Liebling, in meiner Umarmung
Will ich dich fester halten,
Um den Abdruck und die Wärme deines Körpers
Länger zu bewahren.«

Als das Lied zu Ende war, rang er nach Atem, und Salah schämte sich, weil er ihm zugehört hatte, obwohl jeder in der Kneipe das Gleiche getan hatte. Scheu begannen die Leute zu klatschen. Einer wie Fabrice schien immer etwas zurückzuhalten, aber in seinem Singen hatte er sich ganz gegeben. Dafür gebührte einem Mann Applaus, selbst Fabrice Cadière de l'Estérel.

»Fabrice«, murmelte Nathalie. »*Merde à Dieu*, Fabrice, du singst ja schöner als Fréhel.«

»Ich bin Provenzale«, sagte Fabrice stolz. »In meinem Land singt *Monsieur la cigale* den ganzen Sommer lang für seine Braut.«

»Fabri …«

Er drehte sich zu ihr um.

Ein wenig verunglückt verneigte sie sich. »Tausend Dank, *Monsieur la cigale*. Das Zikadenfräulein ist gerührt und fühlt sich ein bisschen nach Weinen, aber was soll daraus denn werden?«

»Muss ich das wissen?«, fragte er. »Wie du gesagt hast, der Sommer ist fast vorbei, uns bleiben nur ein paar Tage. Ich will mit dir Motorrad fahren, nach Cannes, wo wir ein Vermögen gewinnen und verprassen können und wo du lernst, wie man Charleston tanzt. Ich will Absinth und Champagner mit dir trinken, *Caporal* im Maispapier rauchen, dir deine Zotteln schneiden lassen, bis man die Ohrläppchen sieht, und dir ein

Kleid kaufen, bei dem du nicht erst an den Knöpfen fummeln musst, um deine dicken Hunnenknie zu zeigen. Nachts aufs Meer hinausschwimmen will ich. Wenn sonst keiner mehr da ist und die Welt sich anfühlt wie in unserem Spiel: ein Ball in unseren Händen. Ist das nicht genug? Ich kann mir noch mehr ausdenken. So viel du willst.«

Nathalie dachte nach. »Doch«, sagte sie mit belegter Stimme. »Doch, es ist genug. Didier kommt nicht, richtig?«

Fabrice schüttelte den Kopf. »Ich bin so sehr ein Ass in diesem Soldatenspiel, wie ich in der Schule eine Niete war. Außerdem haben die meisten der Ausbilder bei mir Spielschulden, also war es ein Leichtes, Urlaub zu bekommen. Der arme Didier dagegen verehrt diesen de Gaulle, der dem Direktor ein Dorn im Auge ist. Er hat Unterschriften dafür gesammelt, dass sein Held weiter in Saint-Cyr unterrichten darf, folglich hat der Direktor ihm die Reise zur Verlobung seiner Schwester gestrichen.«

»Jeanne-Camille verlobt sich?«

Fabrice verzog den Mund. »Auf jede Kloschüssel passt ein Hintern, oder nicht? Ich bin meinem Schwager dankbar für seine Bereitschaft, künftig der Trottel zu sein, den sie herunterputzen kann. Aber seine Vorträge über diese Befestigungslinie tue ich mir deshalb noch lange nicht an. Wir sind allzu verschieden, der ehrenwerte Honoré und ich. Er sieht überall Erbfeinde. Ich sehe überall Glühwürmchen, Sterne und schöne Frauen.«

Salah zwang sich, nach Worten zu suchen. Er musste etwas sagen, musste sich dem, was hier ins Rollen kam, entgegenstemmen, ehe es sich nicht mehr aufhalten ließ. Wie aber sollte er es anfangen? War er vermessen, bildete er sich ein, er sei Allah, der Allerhabene?

Ein kleiner Tumult entstand, eine Tür schlug, und vom Hof her stolperte eine Dame in den Raum, herausgeputzt wie zum sonntäglichen Kirchgang. Sie hielt den Kopf gesenkt, zog die Hutkrempe tief ins Gesicht und bemühte sich, ungesehen zu entkommen. Als ihr klarwurde, wie lächerlich ihr Vorhaben war, blieb sie stehen und wandte ängstlich ihr Gesicht Fabrice und Nathalie zu. »Bitte verraten Sie mich nicht, Monsieur le Comte«, flüsterte sie. »Und Nathalie – bitte sag nichts deinem Vater und deiner *grand-mère*.«

Nathalie blinzelte, als traute sie ihren Augen nicht. Fabrice hingegen erfasste im Handumdrehen die Lage und verzog das Gesicht zu einem Lächeln. »Ich fürchte, wir sind auf Ihre Verschwiegenheit weit eher angewiesen als Sie auf unsere, Madame.«

Verwirrt schüttelte sie den Kopf. Dann verstand sie. Nathalie hatte nicht recht: Fabrice war unmanierlich, aber nicht uncharmant, sein Lächeln sprang über wie ein Echo in den Felsen. Die Frau, die im Halbdunkel beim Tresen stand, fing es dankbar auf. Sie war Edwige Delage, Nathalies angeheiratete Tante, die in den letzten Kriegstagen ihren Mann verloren hatte. Seither bestand, zumindest in den Augen ihrer Schwiegermutter, ihre Daseinsberechtigung darin, Christophe Delages Witwe zu sein. Sie ging nie aus. Sie trug nie etwas anderes als schwarze Wollkleider mit Schürzen. Der letzte Ort, wo man nach ihr gesucht hätte, war Sebastiens Bar. Hier aber stand sie und trug über dem Kleid eine prächtige, in Grün und Rot bestickte Stola.

»Ich bitte, sich nicht im Geringsten zu sorgen, Monsieur le Comte. Ich werde schweigen wie ein Grab. Das ist das eine, mit dem ich mich auskenne – Gräber. Um ein Haar bin ich selbst eins geworden. Ich bin alt, ich weiß. Aber ist man nicht irgendwie selbst als alte Frau zu jung, um schon ein Grab zu sein?«

Fabrice neigte den Kopf und küsste ihr die Hand. »Sie machen es richtig. Warum sollen wir uns einsargen lassen? Das ganze Land ist voll von gottverdammten Gräbern.«

Aus den Schatten hinter der Hoftür tauchte ein Mann auf. »*Monsieur le bon Dieu* – ich bitte vielmals um Verzeihung.« Pâcome, der Postbote. Er schlich sich neben Edwige Delage und legte den Arm um sie.

»Wir sagen der blöden *grand-mère* Rose kein Wort!«, rief Nathalie. »Wenn die im Leben nur am Zetern Spaß hat, kann sie Tante Edwige ja nicht vorschreiben, genauso blöd zu sein.«

»Wie Sie hören, haben wir uns schon geeinigt.« Fabrice schenkte dem Mann sein Lächeln und legte den Arm um Nathalie. »Wir werden alle wie ein Friedhof schweigen, oder nicht?«

»O ja bitte, Monsieur le Comte«, flehte Nathalies Tante. »Meine Schwiegermutter – Sie könnte nicht verstehen, dass ein Mensch, wenn er sich auch an alles gewöhnt, von Zeit zu Zeit ein wenig Freude braucht.«

»Wie soll sie auch?«, gab Fabrice zurück. »Sie weiß ja nicht, was das ist. Meine *Madame mère* wäre allerdings auch nicht begeistert, wenn sie wüsste, dass Nathalie und ich in aller Freundschaft einen Ausflug an die Küste planen.«

»Um meine Schwiegermutter kümmere ich mich«, rief Edwige. »Ich werde ihr sagen, Nathalie wird ein paar Tage auf dem Schloss gebraucht. Sie fragt nie nach. Solange wir sie in dem Glauben lassen, dass wir vor ihr kuschen, sind wir ihr alle egal.«

»Ich bedanke mich«, sagte Fabrice. »Da es sich bei *Madame mère* ebenso verhält, wüsste ich nicht, warum wir uns nicht amüsieren sollten.«

Er zog sein Etui aus der Hosentasche und bot allen eine Zigarette an. Dann ging er zum Tresen, um eine Flasche Wein zu kaufen, weil nicht einmal er es wagte, der braven Edwige Absinth einzuflößen. Versonnen sah sie ihm nach. »Der jüngste Comte ist ein schöner Mann geworden, oder? Ganz anders als sein Vater, eher wie das Meermädchen, aber er hat funkelnde Augen, und diesem dunklen Feuer verfällt man, ohne es zu merken.«

»Wer ist das Meermädchen?«, fragte Nathalie. »Doch nicht etwa die Comtesse Steifhals-Odette?«

»Ach«, sagte ihre Tante, »so war sie ja nicht immer, die schwarze Odette Saint-Céran. Sie und ich stammen aus demselben

Ort, ich kenne die Lieder, die junge Männer auf sie gedichtet haben, und ihre traurige Geschichte dazu. Dass sie mit ihrem gebrochenen Herzen ihren Kindern keine Liebe mehr geben konnte – welch ein Jammer.« Flüchtig lehnte sie den Kopf an die Schulter ihres Pâcome, und er nahm ihr den verrutschten Hut ab und setzte ihn liebevoll wieder zurecht.

Fabrice kam zurück, ehe Nathalie noch eine Frage stellen konnte. Gläser wurden herumgereicht, und einer trank auf des anderen Gesundheit. Nathalies Gesicht war gerötet, und in ihren Augen stand ein Glanz, der Salahs Angst steigerte. Sebastien legte noch eine Platte auf, und die Aufmerksamkeit der Paare löste sich voneinander. Fabrice zog Nathalie an sich, aber er wiegte sich nur Hüfte an Hüfte mit ihr, ohne richtig zu tanzen.

»Also, was ist?«, fragte er. »Fährst du nun mit mir, wie ein modernes Mädchen es täte, oder vergräbst du dich hier wie deine arme Tante Edwige?«

»Du bist nicht volljährig«, sagte Nathalie. »In Cannes wird uns kein Mensch in ein Hotel lassen.«

»Ich kann gut lügen«, erwiderte er. »Das Geld, das ich den Würdenträgern von Saint-Cyr im Baccarat abgenommen habe, kann noch besser lügen, und wenn die ganze Lügerei nichts nützt, bleiben wir am Strand und tun die ganze Nacht kein Auge zu.«

»Und warum willst du ausgerechnet mich mitnehmen? Du magst mich doch gar nicht. Meine Beine sind dir zu dick.«

»Das macht mir nichts aus.« Er lachte, hob ihr Haar, küsste sie aufs Ohr. »Ich wette, Marie Duplessis mit ihren schlanken Fesseln hatte nicht halb so zarte Ohrläppchen wie du.«

Sie schlug ihn weg, jedoch erstaunlich sacht. »Nur damit du's weißt: Auch wenn ich mit dir fahre, habe ich jeden Tag die rote Kamelie im Haar, die dir klarmacht: Finger weg.«

Fabrice lachte noch immer. »Ist mir doch egal. Ich kaufe dir ein rotes Kopftuch, das brauchst du gar nicht mehr abzunehmen.«

Er umschlang sie fester, und sie ließ sich gegen ihn sinken, war müde und glücklich und hatte es sichtlich aufgegeben, sich über irgendetwas Gedanken zu machen.

Salah fasste sich ein Herz. »Das geht so nicht«, sagte er. Eben noch waren ihm alle möglichen Gedanken durch den Kopf geschossen: Wenn er sie gehen ließ und wenn sie sich hingab, dieser Gier nach Freiheit die Zügel schießen ließ – würde Fabrice nicht das Ehrenhafte tun und sie heiraten? Hätte er als der überzählige Sohn es damit nicht einfacher als Didier, und würde Alphonse Delage sich mit dieser Lösung nicht zufriedengeben? Nathalie würde nicht Herrin von Les Adrets werden, aber welche Rolle spielte das? Sie würde auf dem Château leben, sie würde alles bekommen, was ihr Vater sich für sie wünschte, und zudem hatte sie keine Wahl. Fabrice war der Mann, den sie wollte, was immer sie sich vorgaukelte. Würde ihr Vater das nicht einsehen und halten, was er Salah versprochen hatte?

Nie und nimmer, widersprach er sich selbst. Nathalies Vater würde ihm vorwerfen, dass er auf seinen Goldstern nicht aufgepasst hatte. Und er hätte recht damit.

»Das geht so nicht«, sagte er noch einmal. »Ich kann Nathalie nicht erlauben, mit dir zu fahren, auch wenn ihre Tante sie deckt.«

»Bist du verrückt?«, rief Nathalie. »Soll ich hier versauern, bis ich grau werde, soll ich nie etwas erleben?«

»Es geht nun einmal nicht«, erwiderte Salah. »Und jetzt bringe ich dich besser nach Hause.«

»Du hast mir gar nichts zu verbieten! Ich bin es ja wohl, die dir befiehlt, nicht umgekehrt!«

Salah war daran gewöhnt, dass sie im Zorn so mit ihm sprach, doch diesmal versetzte es ihm einen Stich. »Dein Vater befiehlt mir«, sagte er. »Nicht du. Er hat mir befohlen, dich nicht aus den Augen zu lassen, und ich habe mich daran zu halten.«

Ungläubig starrte sie ihn an. »Mein Vater quatscht doch ewig nur von seinem Goldstern, seinen verlorenen Träumen und dem Zeug«, rief sie. »Ob ich da bin oder nicht, fällt ihm gar nicht auf.« Sie wollte vorspringen, aber Fabrice hielt sie zurück und schlang wieder den Arm um sie. »Kein Grund zur Aufregung«, sagte er friedfertig zu Salah. »Mein Motorrad hat diesen Beiwagen schließlich nicht, um Kohl darin spazieren zu fahren.«

»Was soll das heißen?«

Fabrice seufzte. »Wenn du Natou nicht aus den Augen lassen darfst, musst du eben mit uns kommen, *copain*.«

»Und wo sitzt Nathalie?«

»Die schlingt die Beine um meinen Hintern.« Ohne die Uniformjacke aufzulesen, die er irgendwo hingeworfen hatte, legte Fabrice den freien Arm um Salah und führte beide hinaus in die Nacht.

Interlude – Zwischenspiel

Alle Wege führen nach Paris

Alwin

Oktober 1929

14

Alwin hatte seine Schwester von der Schule abholen wollen, auch wenn ihn das an seinem Arbeitsplatz in Schwierigkeiten brachte. Dörte aber hatte nicht aufgehört zu betteln, sie wolle mit ihren Kameradinnen gehen, und Alwin, der heilfroh war, dass sie überhaupt so etwas wie Kameradinnen gefunden hatte, hatte schließlich nachgegeben.

»Also gut, von mir aus. Und wo wollen wir uns treffen?«

»Im *Kolkraben*!«, jubelte Dörte. »Bitte bitte, lieber Alwin, im *Kolkraben*, nur dieses eine Mal.«

Sie hatte in der Schule einen Preis gewonnen, und er hatte ihr versprochen, sie zur Feier des Tages zu Kuchen und Kakao in ein Café einzuladen. Seine Schwester aber hatte ihn bestürmt, sie wolle in kein Café, sondern in eine der Kneipen am Savignyplatz, in der irgendwelche Künstler verkehrten und die Schulkameradinnen mit den Eltern besuchten. Alwin fand nicht, dass ein junges Mädchen von knapp sechzehn in eine Kneipe gehörte, aber er hatte Dörte noch nie etwas abschlagen können, wenn sie glücklich war. So anhaltend glücklich wie in diesem schwierigen Jahr war sie in seiner Erinnerung kaum je gewesen. Die Fürstin-Bismarck-Schule war eine ausgezeichnete Lehranstalt für höhere Töchter. Dafür, dass Dörte sich dort ausgezeichnet hatte, verdiente sie den ersehnten Besuch in dem Lokal, und wenn die Eltern der anderen Schülerinnen auch dort verkehrten, konnte es so arg nicht sein.

Außerdem war der Savignyplatz nicht mit dem Wedding zu vergleichen, wo die Kommunisten das als »Blutmai« bezeichnete Gemetzel angezettelt hatten. Eine unerlaubte Demonstration hatten sie veranstaltet, Polizisten angegriffen und die halbe Stadt in einen Kriegsschauplatz verwandelt. Es hatte Tote und Verletzte gegeben, und Preußens Innenminister forderte mit Fug und Recht, die Kommunistische Partei müsse endlich verboten werden. Drei Tage lang hatten auf den Straßen Schlachten getobt, so dass ein Mensch mit Anstand sich nicht länger vor die Tür wagte.

Alwin allerdings hatte den Gang vor die Tür nicht vermeiden können. Sein Arbeitgeber hatte seine Büroräume im Wedding, und obwohl Alwin für gewöhnlich im Ladengeschäft in der Leibnizstraße tätig war, hatte er ihn am Morgen nach den Kämpfen in der Zentrale aufsuchen müssen. Sein Weg hatte ihn durch die Kösliner Straße geführt, die Hochburg der Aufrührer. Mit Barrikaden und Geschützständen war sie in eine regelrechte Festung verwandelt worden. Zwischen den Trümmern eines Bretterverhaus hatte er einen deutschen Polizisten in seinem Blut liegen sehen.

Sanitäter waren bereits mit einer Bahre zur Stelle und breiteten ein Laken über den leblosen Körper. Alwin sah nur noch den Kragen der Uniform und den Kopf mit dem roten Haar. Ob der Mann wirklich tot war, wusste er nicht, und vielleicht war auch sein Haar gar nicht rot, sondern braun und nur verschmiert von Blut. Sein Hirn aber gaukelte ihm eine Sekunde lang vor, es sei sein Vater, der dort leblos auf dem Pflaster lag. Das Gesicht hatte die Züge des lächelnden Mannes auf der Fotografie angenommen, die bei seiner Mutter auf dem Nachttisch stand. Das Gesicht des Vaters zu Lebzeiten konnte er sich trotz aller Anstrengung nicht mehr ins Gedächtnis rufen, es blieb ein heller, verschwommener Fleck. Seit dem Morgen des Blutmai aber verfolgte das Bild des Toten aus der Kösliner Straße ihn durch Tag und Traum.

In Wahrheit war sein Vater nie Polizist gewesen, sondern Offizier der Kavallerie, und Alwin hatte in seine Fußstapfen treten wollen, wie es die Söhne der von Sterzings von jeher taten. Die Qual der letzten Schuljahre hatte er nur dafür auf sich genommen. Ja, die Armee seines Landes, die sich jetzt Reichswehr nannte, war auf ein lächerliches Rumpfheer reduziert worden, doch eine Anzahl von Offizieren brauchte selbst das. Alwin war sicher gewesen, in diesem Kreis einen Platz zu finden und endlich die Chance zu erhalten, sich einen Teil des verlorenen Lebens zurückzuerobern.

Die Demütigungen, mit denen seine Mitschüler ihn bedachten, waren kaum zu ertragen gewesen. Nicht selten hatte er sich gewünscht, zu tun, was Dörte tat: die Traurigkeit Bauchweh nennen, sich an den Straßenrand kauern und wimmern. Vielleicht hätte er trotz aller Entschlossenheit schlappgemacht, wäre er nicht ein halbes Jahr vor dem Abitur mit ein paar Jungen in Kontakt gekommen, die der Quickborn-Bewegung angehörten.

Jenen Jungen lag gewiss nichts an seiner Freundschaft, aber zumindest wählten sie ihn nicht als Opfer aus. Sie verteilten Faltblätter, in denen sie ihn zu Unternehmungen einluden: zu einem Liederabend, einer Wanderung ins Brandenburgische, einer Debatte über gesellschaftliche Fragen. Alwins Familie gehörte preußisch-protestantischem Adel an, und sein Vater hätte Kontakt zu einer katholischen Jugendbewegung niemals gutgeheißen. Er ging trotzdem hin. Allzu groß war der Wunsch, einmal an einem Sonntag etwas vorzuhaben, und die Jungen vom Quickborn gefielen ihm: ihre Gemeinschaft, ihr Ziel, ein selbstbestimmtes Leben zu führen, ohne sich der Versuchung von Alkohol, Nikotin und Schlimmerem hinzugeben, wie es so viele aus ihrer verratenen Generation taten. Trotz schlechtem Gewissen meldete er sich zu einer Wochenendfahrt in den Spessart an, wo der Quickborn eine mittelalterliche Burg als Herberge für junge Leute unterhielt.

Alwin hatte sich nicht selten gefragt, was aus einer Jugend werden sollte, die man sich selbst überließ wie Welpen von Straßenkötern. Beim Quickborn hingegen kümmerte Jugend sich um Jugend: Ältere Jungen nahmen sich der jüngeren an, leiteten sie, ohne sie zu bevormunden, trieben mit ihnen Sport, erkundeten die Natur und führten Gespräche über Gott und die Welt.

Vielleicht war es das schönste Wochenende gewesen, das Alwin seit dem Verlust von Möhlitz verlebt hatte. Zwei Tage lang fühlte er sich einem Kreis von Menschen zugehörig, obwohl er wusste, dass er sich daraus wieder lösen musste. Dass dem so war, lag vor allem an dem Mann, der seine Gruppe leitete: Franz Stock war nur vier Jahre älter als er und wirkte blass und unscheinbar, doch in seinem Auftreten kam er Alwin gefestigter vor als jeder ältere Mann. Er sprach leise und dachte oft lange über eine Antwort nach. Obwohl die Jugend mit allen Verlockungen noch vor ihm lag, war er entschlossen, sein Leben der Kirche zu weihen und Priester zu werden.

Einen Teil seines Studiums wollte er am *Institut Catholique de Paris* absolvieren, wo nach dem Krieg kein deutscher Student mehr eingeschrieben worden war. »Wenn das neue vereinte Europa ein Herz hätte, schlüge es in Paris«, sagte er. »Sobald ich meinen Finger an den Puls dieser Stadt lege, fühle ich mich in Einklang mit meiner Welt und Zeit.«

Natürlich hätte ein Mann, der so dachte, nicht Alwins Freund werden können. All das Gerede von einem vereinten Europa, von Versöhnung mit einem Feind, der Deutschland in die Knie gezwungen hatte, war ihm zuwider, aber Franz Stocks Wärme war es nicht. In einer durchwachten Nacht erzählte er Franz von den Sorgen, die er nie einem Menschen hatte anvertrauen können. Von dem Verlust seiner Würde, von dem qualvollen Leben, das er seither zu bestehen hatte, und sogar von seiner Angst um Dörte.

Franz Stock hob nicht spöttisch die Brauen, rümpfte nicht die Nase, sondern fragte nach und verstand. Als sie auf dem Bahnhof Abschied nahmen, sagte er: »Unter dem, was du zu tragen hast, würde manch anderer zerbrechen, Alwin. Wenn du Hilfe brauchst, lass es mich bitte wissen. Der Quickborn ist gegründet worden, damit wir im Lebenskampf nicht allein dastehen.«

»Ich gehöre doch gar nicht zu eurem Quickborn«, sagte Alwin.

Franz lächelte und umarmte ihn. »Für mich tust du es.«

Alwin hatte nicht vorgehabt, Franz' Hilfe in Anspruch zu nehmen. Das eine Mal, als er sich Hilfe erhofft hatte, war er bitter enttäuscht worden, und seither schlug er sich allein durch. Das Abitur bestand er mit Noten, die seine Peiniger vor Neid schäumen ließen, und noch am selben Tag reichte er seine Bewerbung bei der Reichswehr ein. Nicht für die Kavallerie, sosehr es schmerzte. Den Unterhalt für ein Pferd hätte er nicht aufbringen können, zumal die Rente, die seiner Mutter ausbezahlt wurde, seit der Inflation kaum noch den täglichen Bedarf deckte. Die Infanterie würde es sein müssen. Er hoffte, als Fahnenjunker aufgenommen und nach einem Jahr zur Offiziersausbildung an die Kriegsschule in der Dresdener Albertstadt kommandiert zu werden. Gewiss hätte der Vater seine Zwänge verstanden und wäre stolz auf ihn gewesen.

Die Ablehnung traf ihn wie ein Hieb in den Magen. Was konnte denn gegen ihn sprechen? Er war ein deutscher Abiturient bester Abstammung, legte ein glänzendes, hart erarbeitetes Zeugnis vor und erfreute sich perfekter Gesundheit. Zwar hatte er keine Eliteschule besucht, aber zählte nicht mehr, dass sein Vater ein Held war, dass er sein Leben für Deutschland geopfert hatte? Wie konnte irgendein republikanischer Bürokrat dem Sohn eines solchen Mannes seinen Platz im deutschen Heer verweigern?

Er hatte nicht anders gekonnt, als um Hilfe zu bitten: Wie sehr es ihn verletzte, dass Onkel Baldur in all den Jahren die Mutter nie unterstützt hatte, hatte er sich nicht eingestehen wollen, und es kostete Überwindung, sich dennoch an ihn zu wenden. Der Onkel aber war seine einzige Chance. Obwohl er nach den Versailles-Verträgen zu den Scharen entlassener Offiziere gehört hatte, würde er Verbindungen zum Heer nutzen können, um gegen die schändliche Behandlung seines Neffen Protest einzulegen.

Doch alle Versuche, Baldur von Sterzing zu erreichen, schlugen fehl. Unter der alten Adresse war er nicht mehr gemeldet, und eine neue war nicht ausfindig zu machen. Wäre es nicht so absurd gewesen, dies dem vaterlandstreuen Onkel zu unterstellen, hätte Alwin zu dem Schluss kommen müssen, er habe sich ins Ausland abgesetzt. War ihm nach dem gescheiterten Putschversuch nichts anderes übriggeblieben? Es war das letzte Mal gewesen, dass Alwin von ihm gehört hatte, er war gekommen, um irgendetwas abzuholen, und hatte erregt und gehetzt gewirkt.

In seiner Ratlosigkeit ging Alwin hinüber in die Gastwirtschaft, wo den Gästen ein Telefonapparat zur Verfügung stand, und wählte die Nummer, die Franz Stock ihm gegeben hatte. Vielleicht war der Mensch schlicht so gemacht: Wer nie mit einem anderen sprechen konnte, wer alles, was ihn belastete, in sich verschließen musste, platzte irgendwann wie ein gestauter Wasserschlauch.

Die Verbindung kam sofort zustande, Franz war zu Hause, und obwohl seine Abreise nach Paris bevorstand, wimmelte er

Alwin nicht ab. »Ich weiß, du kannst mir nicht helfen«, sagte Alwin, nachdem die ganze Geschichte ohne Punkt und Komma aus ihm herausgebrochen war. »Du wirst Theologe, mit dem Heer hast du nichts zu schaffen. Danke, dass du mich trotzdem angehört hast.«

»Der Quickborn hat Verbindungen«, erwiderte Franz Stock. »Ich bin recht sicher, dass es im Älterenbund jemanden mit Kontakt zur Reichswehr gibt. Bitte ruf mich übermorgen wieder an, Alwin. Ich will alles möglich machen, was ich kann.«

Es war dieser Satz, der Alwin Vertrauen einflößte. Als er Franz jedoch wie vereinbart anrief, erwartete ihn ein neuer, noch größerer Schrecken. Der andere hatte sein Versprechen gehalten und herausgefunden, was zu Alwins Ablehnung geführt hatte.

»Ich weiß, wie bitter das für dich ist, und ich wollte, ich müsste es dir nicht sagen, Alwin: Dein Onkel ist nicht in Ehren aus der Armee entlassen worden.«

»Wegen des Putschversuchs?«, rief Alwin.

»Ich fürchte, du wirst den wahren Grund noch schlimmer finden«, antwortete Franz bedrückt.

Onkel Baldur hatte Geld veruntreut. Nicht nur in seiner Stellung als Hauptmann, sondern auch als Treuhänder für Möhlitz. Der Vetter seines Vaters, sein eigener Taufpate, hatte ihn um sein Erbe gebracht. Zum Zeitpunkt des Putsches war er aus dem Gefängnis entlassen worden und hatte sich davongemacht.

»Aber er hätte doch nie unehrenhaft gehandelt, hätte der Schandvertrag ihn nicht dazu gezwungen!«, rief Alwin.

»Ich weiß es nicht, Alwin«, sagte Franz. »Kann man zu einer unehrenhaften Handlung gezwungen werden? Vielleicht sollten wir uns glücklich schätzen, dass wir das nicht beurteilen können. Ich bin sicher, dein Onkel hat seine Taten aus einer Not heraus begangen, nicht um dir zu schaden.«

»Aus einer Not heraus!«, äffte Alwin ihn nach. »Die Not ist die völlige Zerschlagung von Reich und Heer, die wir deinen Franzosen zu verdanken haben. Ich begreife nicht, wie du als Deutscher in dieses Land gehen und dort studieren kannst, als wäre zwischen uns und denen alles eitel Sonnenschein.«

»Ich wünsche mir, dass junge Leute es eines Tages so empfinden«, sagte Franz. »Als eitel Sonnenschein, nicht zwischen uns und denen, sondern in einer einigen Welt, die offensteht.«

»Hast du kein Nationalgefühl? Keinen Stolz auf dein Vaterland?«

»Ich habe ja mein Land nicht gemacht«, entgegnete Franz mit einem kleinen Lachen. »Natürlich liebe ich meine Heimat, ich bin der Franz aus dem Sauerland, aber das geht den jungen Leuten in Frankreich und überall in Europa ja nicht anders. Sitzen wir nicht im selben Boot, Alwin? Der Krieg hat unseren Eltern den Boden unter den Füßen weggerissen, und wir mussten über Nacht erwachsen werden. Sollten wir nicht zusammen dafür kämpfen, dass Jugend jung sein darf?«

»Du redest jetzt schon wie ein Prediger«, versetzte Alwin wütend.

Franz lachte. »Das sagt mein Vater auch immer.« Dann wurde er ernst. »Das alles hilft dir ja jetzt nicht weiter, du Armer. Leider sieht es so aus, als wären dir die Türen zur Reichswehr zumindest im Augenblick versperrt. Gibt es etwas anderes, das du gern anfangen würdest, ein Studium vielleicht?«

Alwin hatte nie darüber nachgedacht, für ihn hatte es immer nur das eine Ziel gegeben. Er hatte Vati enttäuscht, und wenn er hundertmal nicht selbst schuld daran war. Ohne Frage musste er ein Studium beginnen, um nicht noch tiefer zu sinken, aber wovon sollte er das bezahlen? Wie sollte er die Mutter unterhalten und wie für Dörte sorgen, bei der Kosten für private ärztliche Behandlung anfielen und der Wechsel auf die höhere Schule bevorstand?

Franz verschob seine Abreise und half ihm auch in dieser Frage: »Ich wüsste jemanden in Berlin, der studentische Hilfskräfte einstellt und sie angemessen bezahlt. Es ist schöne, saubere Arbeit, Alwin, du wärst Verkäufer in einem wahren Palast von Spielwarengeschäft. Vorausgesetzt natürlich, es macht dir nichts aus, bei einem katholischen Unternehmer angestellt zu sein.«

Es hatte Alwin etwas ausgemacht: die Aussicht, sich als Verkäufer zu verdingen – noch dazu für etwas so Belangloses wie Kinderspielzeug –, mehr als der katholische Arbeitgeber. Aber er hatte keine Wahl gehabt, und inzwischen musste er sich eingestehen, dass er die Arbeit bei *Spielwaren Künzel* nicht ungern tat. Adalbert Künzel war ein angenehmer Mann, der seine Mitarbeiter mit Respekt behandelte und in der Tat großzügig bezahlte. Zudem lag etwas unerwartet Schönes darin, die kleinen Kunden zu erleben, die sich über ihre Einkäufe freuten und stolz ihre Tüten mit dem Emblem von Künzel trugen, wenn sie an der Hand von Mutter oder Vater das Geschäft verließen.

Mit seinem Studium an der Friedrich-Wilhelms-Universität hatte er weniger Glück. Er hatte sich für die historische Fakultät entschieden, weil er hoffte, sich auf dem Umweg über die Militärgeschichte womöglich doch noch seinen Platz erkämpfen zu können. Aber Geschichte wurde nun einmal von Siegern geschrieben, und die Sieger waren die, die Deutschland in dem Eisenbahnwagen von Compiègne gedemütigt hatten. Ganz zu schweigen von den Revolutionären, die der kämpfenden Truppe in den Rücken gefallen waren und jetzt in Deutschland den Ton angaben. Die Vorlesungen von Internationalisten, die er über sich ergehen lassen musste, wurden ihm zur Tortur. Er wollte studieren, um seinem Land von Nutzen zu sein, aber wie konnte er das, wenn seine Ausbildung Vaterlandsverrätern überlassen wurde?

Jetzt und hier wollte er daran jedoch nicht denken. Es war ein herrlicher Tag für Ende Oktober, kühl zwar, der Himmel aber blau und klar. Das Leben in diesem letzten Jahr war beileibe nicht nur bitter und schwierig gewesen, sondern hatte auch Grund zur Freude geboten. Sie hatten endlich ein gesichertes Auskommen, und auch wenn sie bescheiden lebten, durfte Alwin sich als Mann fühlen, der für seine Familie sorgte. Und die Mutter weinte weniger. Die Republik war die letzte Form von Staat, die er sich wünschte, aber so schlecht wie erwartet hatte sie sich nicht geschlagen. Wenn Deutschland aufhören würde, als ewiger Verlierer auf Knien zu rutschen, wenn es sich darauf besann, dass ein Staat ohne schlagkräftiges Heer wie ein Mann ohne Herz in der Brust war, gab es womöglich Wege, sich zu arrangieren.

Der schönste Grund aber würde jeden Moment auf die Kneipe zusteuern, in der Alwin einen Fensterplatz ergattert hatte. Das Lokal mit seiner von Zigarettenrauch verqualmten Dunkelheit, den fast schon obszönen Grafiken und Fotografien an den Wänden und dem lauten, schlechtgekleideten Publikum war zwar weiß Gott nicht nach seinem Geschmack, doch wenn es Dörte gefiel, wollte auch er es heute wunderbar finden.

Dörte ging zur Schule, sie hatte Freundinnen gefunden, und die seltsame Krankheit, der kein Mediziner beikam, war seit Monaten nicht mehr aufgetreten. Womöglich war es gar keine Krankheit gewesen, sondern nur eine Folge von dem, was sie durchgemacht hatten. Wenn es so war, wenn sein Törtchen gesund wurde, wollte Alwin es gern mit vaterlandslosen Professoren, arroganten Kommilitonen und was immer sonst noch an Steinen in seinen Weg geworfen wurde, aufnehmen.

Da kam sie. Blauer Rock, weiße Bluse, der schöne Wintermantel, den er ihr hatte kaufen können, offen und die dichten Locken im Nacken zusammengebunden. Ein hübsches Mädchen aus gutem Hause, das zwischen zwei anderen ging und einmal den Kopf in den Nacken warf, um zu lachen. Alwin lief zur Tür, zog sie auf und rief hinaus in die goldene Oktobersonne: »Törtchen!«

Dann besann er sich. Der kindische Kosename war nur für ihrer beider Ohren bestimmt. »Da bist du ja, Dörte. Dann wollen wir doch mal sehen, was sie uns hier an Kuchen anzubieten haben. Deine Freundinnen sind natürlich auch eingeladen.«
Eins der Mädchen, das auf seinem schwarzen Haar eine Art Franzosenmütze trug, küsste die anderen auf die Wangen und lief winkend davon. Das dritte Mädchen blieb stehen. »Ich gehe besser auch. Der Nachmittag gehört dir und deinem Bruder, da möchte ich nicht stören.«
»Du störst doch nicht«, rief die neue, die glückliche, die gesunde Dörte und warf die Arme um die Freundin. »Wir bestehen darauf, dass du mit uns eine Weiße trinkst, stimmt's, Alwin? Luise muss zur Klarinettenstunde, aber meine Lieblingsrieke bleibt bei uns, und ich habe meine zwei Herzmenschen endlich einmal beisammen.«
Das Mädchen sah ihn mit großen Augen durch ihre Brillengläser an. Alwin hatte sie länger nicht gesehen, aber er hatte sie schon erkannt, ehe Dörte ihren Namen nannte. Rieke Mundt. Oder Rieke Thomas, wie sie sich neuerdings ja wohl nennen durfte, da der hinkende Kommunist ihre Mutter geheiratet und Rieke an Kindes statt angenommen hatte. So unglaublich es klang: Der Mann war sogar in den Reichstag eingezogen. Die ganze Sippe hatte zuvor bei irgendeiner Tante von Rieke gehaust, doch nach seinem Wahlsieg war der Kommunist mit ihr und ihrer Mutter in eine eigene Wohnung gezogen, ausgerechnet in die Kösliner Straße, die Alwin noch immer in Alpträumen heimsuchte.
Vor Enttäuschung ballte er die Fäuste. Er wollte nicht, dass sie hier war, wollte nicht, dass sie Dörtes Freundin war, aber er hatte nicht das Recht, daran zu rütteln. Mit der Kommunistentochter Rieke verhielt es sich wie mit dem Franzosenfreund Franz Stock: Beide gehörten den falschen Lagern an, aber Dörte und Alwin hatten ihnen mehr zu verdanken als ihren eigenen Leuten.

In den schlimmen Jahren, in denen Dörtes Krankheit in immer kürzeren Abständen aufgetreten war, hatte Rieke zu ihr gehalten. Dörte hatte kaum zur Schule gehen können, sondern sich teilnahmslos im Bett gekrümmt. Alwin hatte nicht gewusst, wie er das Geld für die Arztkosten aufbringen, wie er für ihre Pflege sorgen, wie er ihrer aller Leben bewältigen sollte, und seine einzige Hilfe war Rieke gewesen. Hätte er die Freundschaft zwischen den Mädchen verboten, dann hätte er völlig allein dagestanden, und dazu fehlte ihm in seiner elenden Lage die Kraft.
Seine Mutter war zu schwach, sich um Dörte zu kümmern. Ein Arzt hatte das zarte Mädchen aufgrund der Bauchschmerzen einer Untersuchung an den Eierstöcken unterzogen, ein anderer hatte wegen des Drucks auf der Brust vermutet, sie litte an einer Krebsgeschwulst. Diesem Taumel von einem Schrecken in den nächsten war die Mutter nicht gewachsen. Rieke aber besuchte Dörte unermüdlich, brachte ihr Schulaufgaben und schwatzte mit ihr, als hätte sie sich nicht mehr als eine Grippe eingefangen und käme bald wieder nach draußen, um *Himmel und Hölle* zu spielen.
Sie bot an, einer ihrer Onkel könne bei Dörte wachen, während sie beide zur Schule mussten. Alwin wollte keine kommunistischen Onkel am Krankenbett seiner Schwester, aber er konnte unmöglich seine Klassenarbeit versäumen, also ließ er sich darauf ein. Der Onkel, der Joachim Liebermann hieß und überhaupt nicht mit Rieke verwandt war, war ein blinder Kriegsversehrter mit grausam entstelltem Gesicht. Alwin verließ die Wohnung mit bleischwerem Gewissen, weil er Dörte einem solchen Betreuer anvertraute. Als er jedoch nach der Schule heimkam, saß Dörte zum ersten Mal seit Wochen aufrecht im Bett und spielte mit dem Blinden Schach. Der hatte ein glockenhelles Lachen, in das Dörte einstimmte.
Seither schickte Rieke diesen Liebermann, wann immer Dörte Betreuung benötigte. Dörte liebte den Mann. Er und sein klei-

ner Bruder, den er oft mitbrachte, waren die einzigen Menschen, die sie in ihren schwarzen Zeiten um sich ertrug. Der kleine Bruder hieß Ruben, was in Alwins Ohren alles andere als vertrauenerweckend klang, aber er konnte nicht leugnen, dass der Kleine ein zauberhaftes Kind war. An einem Flügel schleppte er eine Steiff-Eule mit sich herum, wie Alwin sie in Künzels Geschäft verkaufte. Wenn er Dörte todtraurig im Bett liegen sah, legte er ihr das Tier und einen roten Apfel auf die Decke und sagte: »Eule und ich haben dir Obst mitgebracht. Eigentlich erlaub ich Eule das nicht, nett zu anderen zu sein, aber dich darf er liebhaben.«

Dörte lächelte und sagte später: »Ich hab Ruben und Eule lieb.«

Dafür brachte Alwin dem Jungen aus dem Geschäft ein Geschenk mit, ein blaulackiertes Modellauto der Firma Märklin, wie jeder Junge es sich wünschte. Ruben bedankte sich wohlerzogen – und gab es ihm zurück. »Das ist riesig nett von Ihnen, Herr von Sterzing, aber Eule kann Autos nicht leiden.«

Es war, als würde Dörte an den Besuchen der beiden gesund, und sobald es ihr besserging, half Rieke ihr, sich ins Leben zurückzutasten. Sie lud sie zu Feiern ein, die ihre zusammengewürfelte Familie unentwegt veranstaltete. Sie radelte mit ihr zum Baden an den Wannsee, wo sie Joachim, Ruben und etliche weitere Onkel und Tanten trafen. Wenn sie abends mit sonnenverbrannten Wangen heimkamen, übte Rieke mit ihr den versäumten Schulstoff. Dieses Mädchen, das so unbehütet wie Unkraut aufwuchs, galt in der Schule als halbes Genie. Als ihre Volksschulzeit endete, bot man ihr einen Stipendiumsplatz an der Fürstin-Bismarck-Schule an, die vor dem Krieg ihresgleichen nicht einmal durch den Dienstboteneingang eingelassen hätte.

Im Jahr darauf stand für Dörte der Wechsel an, und einmal mehr wusste Alwin nicht ein noch aus. Rieke setzte sich jedoch dafür ein, dass seine Schwester ebenfalls an der Schule auf-

genommen wurde, und zwar als Stipendiumsschülerin wie sie selbst.
Sie lernte Latein. Damit Dörte es auch lernen konnte, kam wiederum der blinde Onkel Joachim ins Spiel, der auf seine heitere Art mit ihr paukte. Wozu lernten Mädchen Latein, wo hatten blinde Kommunisten es gelernt, und überhaupt, wie konnte ein Blinder mit einem Gesicht wie dieser Liebermann so fröhlich sein? Es waren absonderliche Blüten, die diese Republik trieb, doch im Grunde zählte nur eines: Dörte ging es besser. In letzter Zeit hatte Alwin gehofft, dass sie diese Leute nicht länger brauchen und die Freundschaft mit Rieke sich verlieren würde, doch wie es aussah, war das nicht der Fall.
Dörte ist treu, stellte er mit einem Anflug von Scham fest: Sie hielt zu der Freundin, die ihr geholfen hatte, und er konnte sich daran ein Beispiel nehmen. Treue war eine der vornehmsten Eigenschaften des deutschen Menschen, und dass er selbst treulos im Stich gelassen worden war, bedeutete nicht, dass er andere genauso schäbig behandeln durfte.
»Ich störe Sie und Dörte nicht lange«, sagte Rieke, die noch immer ihren unkleidsamen Zopf trug, doch auch noch immer mit dem ruhigen Stolz sprach, der sie schon als kleines Mädchen ausgezeichnet hatte. »Dort hinten sitzt meine Tante Paula, der sage ich rasch guten Tag, dann mache ich mich auf den Heimweg.«
»Das kommt überhaupt nicht in Frage«, erwiderte Alwin. »Du bist unser Gast, Rieke. Wie Dörte gesagt hat – wir bestehen darauf.«
Auf das Gesicht des Mädchens legte sich ein ungläubiges Strahlen, und Alwin bemerkte, dass sie trotz Zopf und Brille etwas Hübsches an sich hatte, etwas Apartes, wie man das heutzutage wohl nannte. »Ist das Ihr Ernst, Herr von Sterzing?«
»Aber sicher«, bekräftigte er. »Und bitte – sag Alwin zu mir. Wir kennen uns jetzt doch schon eine ganze Weile.«

»Danke, Alwin.« Rieke errötete, und mit Verwunderung registrierte Alwin die Hitze, die ihm selbst auf den Wangen brannte.

15

Tante Paula, die, nach allem, was er wusste, den Mittelpunkt dieser ominösen Menage bildete, war eine kleine, energetisch wirkende Frau, die mit einem ungewöhnlich gutaussehenden, in Weiß gekleideten Mann an einem mit Papieren übersäten Ecktisch saß. Ihr Gespräch verlief hitzig. Immer wieder wirbelte die Frau die Papiere auf und brachte die Gläser ins Schwanken, weil sie mit beiden Händen wild gestikulierte.
Zuweilen fragte sich Alwin, ob es überhaupt noch Frauen gab, die ihre Aufgabe darin sahen, Mann und Kindern ein Heim zu schaffen. Er fand die modernen Frauen fordernd und aggressiv, eher männlich als weiblich: Sie trugen Sakkos mit ausgepolsterten Schultern, banden sich kecke Fliegen um die Hemdkrägen und ließen sich die Haare zu Bubiköpfen schneiden. Man musste schon froh sein, wenn sie sich nicht auch noch in Hosen zwängten!
Auch Riekes Tante trug einen dieser jungenhaften Haarschnitte, und mit dem gutaussehenden Mann stritt sie, als würde sie ihm jeden Augenblick an die Gurgel gehen. Frauen wie sie machten Alwin Angst. Wäre er katholisch gewesen, hätte er womöglich wie Franz Stock den Weg eines Priesters eingeschlagen. Der Beruf kam ihm vor wie ein geschützter Hort, in dem ein Mann sich den Forderungen einer moralisch defekten Welt und ihrer allzu selbstbewussten Frauen nicht zu stellen brauchte.
Rieke ist anders, durchfuhr es ihn, während er den Mädchen zusah, die an den Tisch der Tante stürmten und sie umarmten.

Ja, auch sie hatte bereits als Zwölfjährige erklärt, sie wolle Medizin studieren, aber das war wie vieles andere eine Folge des verlorenen Krieges. Allzu viele Frauen hatten, wie seine Mutter, ihre Männer verloren, und nur wenige erhielten die Versorgung, die ihnen als Kriegerwitwen zustand. Sie waren gezwungen, für sich selbst aufzukommen, und es war ihnen nicht vorzuwerfen, dass sie ihre Töchter das Gleiche lehrten.
Rieke hatte bei aller Forschheit etwas Schutzbedürftiges, etwas beinahe Zartes an sich. Die Erinnerung daran, wie sie vorhin errötet war, stieg in ihm auf. Gerade verabschiedete sie sich von ihrer Tante, nahm Dörte bei der Hand und lief mit ihr im Slalom um die Kneipentische zu ihm zurück.
Alwin musste sich räuspern. »Alles in Ordnung bei deiner Familie?«, erkundigte er sich. »Deine Tante scheint mit ihrem Begleiter Streit zu haben, ich hoffe, es ist nichts Ernstes.«
»Bei Paula und Clemens?« Rieke schüttelte den Kopf, dass der Zopf flog. »Sie machen sich nur Sorgen wegen der amerikanischen Banken.«
Alwin fragte nicht nach. In der Welt, die er noch immer als die Seine verteidigte, sprach man mit Frauen nicht über Politik und noch weniger über Geld.
»Außerdem streiten sie immer«, fuhr Rieke fort. »Es ist ihre Art, miteinander zu reden.«
»Das tut mir leid für deine Tante.«
»Mir nicht«, erwiderte Rieke. »Zumindest nimmt er sie ernst. Er ist Clemens Kamphausen, der Pressebeauftragte der SPD, er könnte auch einer von diesen großkotzigen Politikern sein, die ihren Frauen nicht zuhören.«
»Deine Tante ist mit dem Pressebeauftragten der SPD verheiratet?« Kommunisten, Sozialisten, für Alwin machte das alles wenig Unterschied, aber wie ein Radikaler sah der Mann nicht aus. Zudem war die SPD Regierungspartei und erwies sich als nicht völlig verbohrt.

»Verheiratet sind sie nicht«, sagte Rieke. »Aber Paula ist trotzdem seine Frau. Sie ist die Schwester meines Vaters, und sie kennen Clemens schon, seit sie Kinder waren.«

»Die Schwester deines richtigen Vaters?«, fragte Alwin.

»Manfred ist mein richtiger Vater.« Riekes Gesicht verschloss sich. »Den anderen habe ich gar nicht gekannt. Er hat meine Mutter geschlagen, und dann hat er jahrelang verhindert, dass sie sich von ihm scheiden lassen kann. Ist das gerecht? Dass eine Frau mit einem Mann verheiratet bleiben muss, der sie schlägt? Ich kann Tante Paula verstehen, dass sie gar nicht erst heiraten will.«

Offensichtlich hatte er sich getäuscht: Rieke war nicht anders, sie war ein Kind ihrer Zeit, und die Zeit war krank. Anders war nur Dörte, die mit einem stillen Lächeln zuhörte und die er zu schützen hatte.

»Ich denke, wir bestellen dann lieber«, wechselte er das Thema. »Was darf es für die Damen denn sein? Heißer Kakao mit Sahne? Tee mit Kandis?«

»Aber nicht doch!«, rief Dörte. »Im *Kolkraben* muss man Berliner Weiße mit Schuss trinken. Mit Himbeergeschmack!«

»Ich finde nicht, dass junge Mädchen Alkohol trinken sollten«, tat Alwin sein Missfallen kund. »Auch nicht im *Kolkraben*. Du kannst eine Himbeerbrause bekommen, wenn du magst.«

»In der Weißen ist doch kaum Alkohol«, sagte Rieke.

»Alkohol ist Gift, selbst in kleinsten Mengen«, belehrte Alwin sie. »Wenn du wirklich Medizin studieren willst, solltest du das wissen und nicht nachplappern, was verantwortungslose Leute dir vorsagen.«

»Damit meinst du schon wieder Manfred, richtig?«, versetzte Rieke. Sie nahm die Brille ab. In ihren Augen, die gerötet waren, weil sie zu viel über Büchern hockte, stand ein Funkeln. »In deinen Augen ist Manfred das Böse schlechthin, verleitet mich zum Trinken und zu liederlichem Lebenswandel. Dabei trinkt er kaum je etwas anderes als Milch, lernt mit mir und heftet Bilder von griechischen Tempeln an die Küchentür, weil wir uns Reisen nicht leisten können.«

»Ich habe doch gegen diesen Manfred gar nichts gesagt«, protestierte Alwin. »Ich wollte dir lediglich klarmachen, dass Alkohol zu den Genussgiften gehört, die bereits in kleinen Dosen verhindern, dass du ein selbstbestimmtes Leben führst.«

»Vielen Dank, Herr Lehrer.« Riekes Lachen klang nicht nach einer Siebzehnjährigen. »Sind es nicht eher die Politiker, die das tun? Bis vor zwanzig Jahren hätte ich als Mädchen in Preußen nicht einmal Medizin studieren dürfen.«

»Und glaubst du nicht, dass das vernünftige Gründe hat?«, fragte Alwin. »Dass es dem Wunsch entspringt, Mädchen zu schützen, nicht, ihnen zu schaden?«

»Ich glaube, dass es auch vernünftige Gründe geben kann, Alkohol zu trinken«, gab sie zurück. »Und dass Mädchen bestens in der Lage sind, sich selbst zu schützen.«

»Bitte streitet euch nicht«, fiel Dörte ein. »Wir wollten doch feiern und es schön haben. Himbeerbrause ist schon in Ordnung, nicht wahr, Rieke?«

»Ja, du hast recht«, stimmte Rieke zu. »Wir wollten feiern, dass Dörte Sterzing die beste Künstlerin der ganzen Schule ist und den Preis der Rektorin dafür erhalten hat.«

»Ach nein«, wehrte Dörte ab. »Lieber, dass wir zusammen sind und dass es uns so gutgeht.«

»Dörte *von* Sterzing«, verbesserte Alwin leise. »Und was ist das eigentlich für ein Preis, den du gewonnen hast?«

»Ein Bildband«, antwortete Dörte und senkte den Blick. »Über Expressionismus, die schönen Bilder, die ich so gerne mag: August Macke, Franz Marc, Ludwig Kirchner – alle zusammen in einem Buch. Dazu noch eine Einladung zur Ausstellung von Eva Löbel in der Galerie Renke-Levin, und das alles für eine kleine Skizze, die ich gezeichnet habe und die gar nichts Besonderes ist.«

»Sie ist etwas sehr Besonderes!«, protestierte Rieke. »Ein Bild von einer Taube, ganz allein in einer eisengrauen, leblosen Stadt – wie in dem Film *Metropolis*. Nur die Taube ist noch am Leben, und nur die Taube hat Dörte in Farbe gezeichnet.«
Dörte lachte verlegen. »Etwas anderes als Tiere kann ich gar nicht zeichnen. Alwin hatte seine liebe Not mit mir, weil ich ihm verletzte Vögel, halbtote Mäuse und sogar Schnecken in die Wohnung geschleppt habe.«
»Egal, was du zeichnest«, beharrte Rieke, »Rektorin Klingbeil war selbst auf der Akademie der Künste, und sie hat gesagt, du hast echtes Talent.«
Im ersten Augenblick war Alwin enttäuscht gewesen. Gleich darauf aber fiel ihm ein, dass Zeichnen für ein junges Mädchen wie Dörte eine angemessenere Beschäftigung war als Arithmetik und Latein. Dörte würde schließlich nicht studieren, sondern heiraten und einen Haushalt führen. Aber wen heiraten? Männer, die ihrem Stand entsprachen, würden vor dem, was sich in ihrer Familie zugetragen hatte, zurückschrecken, und dass seine Schwester sich unter ihrem Wert hergab, kam nicht in Frage.
Alwin winkte dem trägen Kellner, der am Tresen lehnte und sich für die Arbeit, für die er bezahlt wurde, nicht zu interessieren schien. »Dreimal Himbeerbrause«, bestellte er unwirsch. »Und dann sagen Sie mir doch bitte, welche Auswahl an Kuchen Sie haben.«
»Auswahl an Kuchen gibt's bei uns zwischen gar nichts und überhaupt nichts.« Der Kellner gähnte mit aufgerissenem Schlund. »Vielleicht hamse für Ihr Kaffeekränzchen ja den falschen Treffpunkt erwischt, Männeken?«
Ehe Alwin eine Antwort einfiel, schwang die Tür auf, und ein junges Paar trat in den Mief der Schankstube. Der Mann trug Uniform, mit dem Emblem der Kavallerieschule Hannover auf dem Offiziersmantel, und seine Begleiterin ein smaragdgrünes Ensemble unter einem Cape mit Pelzkragen. Ihr kastanienfar-

benes Haar war zu einer Glocke geschnitten, nicht ganz schulterlang, aber Welten entfernt von dem scheußlichen Bubikopf. Alwin brauchte ein paar Minuten, um den anderen einzuordnen. Der hingegen erkannte ihn auf den ersten Blick: »Ja, ist das denn die Möglichkeit? Alwin von Sterzing? Kerle, Kerle, ich glaub, ich bin besoffen, bevor ich überhaupt in ein Glas geschaut hab!«
Robert von Salchow. Und die elegante Dame in seiner Begleitung war seine Schwester Ariane, die Spottdrossel, deren scharfe Zunge Alwin schon auf Möhlitz gefürchtet hatte.
Robert wandte sich ihr zu: »Was sagst du dazu, Ari? Wie oft hab ich mir vorgenommen, endlich herauszufinden, was aus meinem Freund Alwin geworden ist, und wo läuft er mir über den Weg? Im *Kolkraben*!« Krachend schlug er Alwin auf die Schulter. »Das hätte ich mir ja denken können. Unser Alwin ist schließlich ein echter Berliner geworden, nicht so ein verschlafenes Landei wie wir zwei.«
Mein Freund Alwin, hallte es in Alwins Kopf. War das möglich? Hatte Robert, der den ihm vorgezeichneten Weg zur Kavallerie gegangen war und alle Freunde der Welt hätte haben können, ihn nicht vergessen?
»Ritter Rostkopf!«, kreischte Ariane, aber es klang kein bisschen boshaft, sondern ehrlich erfreut. »Wie ist es dir denn ergangen, altes Haus? Wohnst du wirklich ständig in Berlin? Liebe Güte, ich werde ja grün vor Neid.«
Alwin fühlte sich schwindelig, umnebelt von Arianes Parfüm und unfähig, mehr als Gestammel herauszubringen.
»Und diese Schönheit? Ein echter Rotschopf und dazu solche Sternenaugen? Ihr wollt mir doch wohl nicht erzählen, dass sich darin die kleine Dörte verbirgt?« Robert verneigte sich und küsste Dörte formvollendet die Hand. »Kannst du dich überhaupt an mich erinnern? Ich war der sommersprossige Bengel, der mit dir Hoppe-hoppe-Reiter spielen wollte, aber du bist schreiend in den Holunder geflüchtet.«

»Ist es sehr unhöflich von mir, wenn ich mich nicht erinnere?«, fragte Dörte. »Es tut mir leid, ich würde ja gern, aber …« Sie stotterte noch schlimmer als Alwin.
Robert lachte. »Unhöflich ist es nicht – aber höchst bedauerlich. Ich werde mich eben anstrengen müssen, damit ich dir fortan im Gedächtnis bleibe. Und am besten fange ich damit an, indem ich mich um die Getränke kümmere. Unser Wiedersehen muss schließlich gefeiert werden.«
»Das ist übrigens meine Freundin Rieke Thomas«, murmelte Dörte schüchtern.
»Sehr angenehm«, behauptete Robert wenig interessiert. »Robert von Salchow, und hier haben wir meine Schwester Ariane.«
»Für mich ist es auch angenehm, Freunde von Dörte kennenzulernen«, erwiderte Rieke und stotterte kein bisschen. »Wir sind hier, weil wir den Preis feiern wollen, den Dörte für ihre Zeichnung zum Thema Großstadt gewonnen hat.«
»Ich verstehe«, sagte Robert. »Davon musst du mir unbedingt erzählen, Dörte. Jetzt aber fordert erst einmal der Durst sein Recht. Matze! Zwei Flaschen vom Schäumenden für mich und meine Freunde.«
In den schlaffen Leib des Kellners kam Leben. »Oppmann's wie üblich?«
»Den steck dir an den Hut«, antwortete Robert. »Ich weiß, die ganze Stadt grummelt, es braue sich was zusammen, und der kluge Mann hält seine Piepen fest, aber der kluge Mann kann mich mal. Man findet nicht jeden Tag einen verlorenen Freund wieder. Für uns muss es heute die Witwe Klicko sein.«
»Die Witwe Klicko?«, fragte Rieke.
»Kennen Sie nicht?« Robert hob die Brauen und rezitierte: »*Wie lieb und luftig perlt die Blase der Witwe Klicko in dem Glase.* Veuve Clicquot. Champagner. Wenn ich mit Hinz und Kunz herkomme, tut's auch eine Spende für die deutsche Schaumweinsteuer, aber für meine Freunde ist mir nur das Beste gut genug.«

»Ich trinke keinen Alkohol«, sagte Alwin und kam sich lächerlich vor.

»Du trinkst *was* nicht?« Ariane prustete. »Ja, wovon ernährst du dich denn?«

Robert zog ein goldenes Etui aus der Brusttasche und bot allen Zigaretten an. »Und ob du Alkohol trinkst. Du gehörst ja wohl keinem dieser komischen Vereine von trüben Tassen an, die ohne ihren Lindenblütentee Durchfall kriegen.«

»Franz Stock ist keine trübe Tasse«, sagte Alwin. Das zumindest war er Franz schuldig, der ihm geholfen hatte wie kein Zweiter.

»Franz Stock – wer ist das? Kamerad von dir, der Franzl aus dem Bayrischen?« Robert stieß ein Lachen aus, als hätte er einen grandiosen Witz gerissen. »Und der Rest eurer Truppe bekommt das mit, dass ihr zwei wie die Konfirmandinnen Wasser schlürft, und verspottet euch nicht bis aufs Blut? Apropos, bei welcher Einheit bist du überhaupt gelandet? Ich hab meine Spürhunde landauf, landab nach dir fahnden lassen, aber nirgendwo gab's eine Spur.«

Alwin gab keine Antwort. Dass Robert nach ihm gesucht hatte, war zu schön, um wahr zu sein, und doch würde er nicht mehr als fünf Worte brauchen, um alles zu zerstören.

»Nun mach nicht so ein Geheimnis draus. Nimm dir lieber endlich was zu rauchen.« Als Alwin keine Anstalten machte, nach der Zigarette zu greifen, steckte Robert sie ihm in die Brusttasche. Gleich darauf schob der Kellner einen Servierwagen mit Gläsern und Eiskübeln an den Tisch und verschaffte Alwin eine Gnadenfrist.

Mit einem Ploppen löste sich der Korken aus der ersten der tropfnassen Flaschen. Der Kellner legte mit einem Mal Schwung an den Tag und füllte die hohen Gläser, bis sie überliefen.

»Was kostet das?«, fragte Rieke.

»Die Witwe Klicko?« Erstaunt drehte Robert sich um. »Das lassen Sie meine Sorge sein, kleines Fräulein. Wenn Sie's aber

unbedingt wissen wollen – mit einem Hunderter sind Sie dabei.«
»Ich mag das nicht trinken«, sagte Rieke. »Von dem Geld lebt die Familie eines Arbeiters oft einen ganzen Monat lang.«
»Ach du liebe Güte.« Robert zog eines der Gläser, das er ihr hatte überlassen wollen, zurück und leerte es selbst zur Hälfte. »Arbeiter saufen neuerdings den ganzen Monat lang Champagner? Also in diesem Land wundert mich gar nichts mehr.«
Ariane warf den Kopf zurück, wie um sich vor Lachen auszuschütten.
»Ich mag das nicht trinken«, wiederholte Rieke tapfer. Alwin mochte sie plötzlich unglaublich gern und wünschte, er hätte den Mut gehabt, ihr beizuspringen.
»Wer nicht will, der hat schon. Ich werde mich hüten, jemandem meinen popligen Champagner aufzudrängen.« Lässig zuckte Robert die Achseln und wandte sich Dörte zu, die die Hand nach dem Getränk ausstreckte. Alwin wollte dazwischengehen, verbieten, dass seine Schwester mit ihren noch nicht sechzehn Jahren ein volles Glas dieses verwirrenden Giftes zu trinken bekam, doch ehe er eingreifen konnte, traf ihn ihr Blick. Bitte stell mich nicht bloß, bettelten ihre grauen, immer verhangenen Augen, nicht jetzt, nicht vor ihm, und Alwin biss sich auf die Lippen, weil er sie nie zuvor so gut verstanden hatte.
Es war seine Pflicht, sie zu behüten, sie vor sämtlichen Fallstricken zu bewahren, aber zum Teufel, er war *nicht* ihr kleiner Vati! Er war ihr Bruder, genauso jung und verloren in der Welt, und er hatte sie lieb. Wenn sie hier, in dieser vor Lärm vibrierenden Kneipe, dabei war, sich zu verlieben, und wenn der Auserwählte auch noch der perfekte Mann für sie war, würde er der Letzte sein, der ihr diese Chance verdarb.
Sie hatte sie verdient. Wer, wenn nicht sie? Alles Glück der Welt, mein Törtchen, wünschte er ihr in Gedanken. Vergiss den

schäbigen Preis, den du für irgendeine Kritzelei gewonnen hast – den größten Preis gewinnst du gerade jetzt.
Robert stieß mit ihr an und sah ihr tief in die Augen. »Auf unser Wiedersehen. Diesmal entkommt ihr mir nicht wieder, ihr zwei Sterzings, darauf könnt ihr Gift nehmen.«
Mit einer Drehung reichte er Alwin ein Glas. »Und du sei auch kein Schrat. Weißt du, wie krumm und dumm ich mich nach dir gesucht habe, weißt du, wie blödsinnig glücklich ich bin?«
»Ich auch«, sagte Alwin, der vor Glück noch immer stotterte. Robert war es ernst gewesen, als er ihm an jenem Morgen nachgerufen hatte, er würde immer sein Freund bleiben. Und für die Ablehnung des Alkohols hatte er eine Lösung gefunden, die Robert nicht kränken und ihn selbst nicht der Lächerlichkeit preisgeben würde. »Für mich keinen Champagner«, sagte er. »Sei mir nicht böse, Robert, aber Französisches trinke ich nicht.«
»Ich glaube, ich höre nicht richtig!«, rief Robert. »Da denke ich, ich bin unter waschechte Berliner geraten, und dann erzählst du mir solch einen Quark?«
»Für mich bleibt der Franzose nun einmal der Erbfeind, der mein Land ins Unglück gerissen hat«, erwiderte Alwin.
Kurz zögerte Robert. Dann grinste er und klopfte Alwin den Arm. »Sportsfreund, dein Patriotismus in allen Ehren, aber ist das nicht reichlich unmodern? Warst du schon mal in Frankreich? In Paris?«
»Nein. Und ich will auch nicht hin. Bei den Franzosen biedere ich mich nicht an.«
»Um die Franzosen geht's doch gar nicht, du Dummerjan.« Robert lachte noch immer. »Aber was ist mit den Französinnen? Sind die auch deine Erbfeinde? All die süßen, kleinen Pariserinnen mit ihren Strumpfnähten, so lang und schnurgerade wie ihr famoser Turm? Glaub mir, mein Lieber, wenn dir erst mal eine von denen einen Kuss verpasst hat, überlegst du dir das noch mal mit dem Anbiedern. Und zwar gründlich.«

Alwin wusste nichts zu sagen. Er fühlte sich wie ein dummer Junge, bloßgestellt.

»Zufällig fahre ich nächste Woche zwei Tage nach Paris. Warum kommst du nicht mit, siehst dir die Erbfeindinnen mal aus der Nähe an? Ich würde mich freuen, altes Haus. Wir hätten ein bisschen Zeit, könnten in aller Ruhe unsere Freundschaft auffrischen.«

Die Verlockung war überwältigend. Erinnerungen an das Wochenende beim Quickborn erwachten, aber dieses würde die Tage auf der Burg übertreffen. Er würde nicht nur zu einer Gruppe gehören, sondern zu einem Menschen. Er hätte einen Freund.

Warum aber musste es ausgerechnet Paris sein, was zog alle Leute, die er kannte, selbst Robert, einen deutschen Offiziersanwärter, ausgerechnet dorthin?

»Jetzt sei kein Frosch«, setzte Robert nach. »Paris ist der Nabel, um den die Welt von heute kreist. Willst du etwa vergreisen, bevor du überhaupt jung gewesen bist?«

Ich könnte mitfahren, überlegte Alwin. Ich könnte beweisen, dass die Verführungskünste dieser Hure von Stadt bei mir nicht verfangen, und ansonsten zwei Tage lang unsere Freundschaft genießen. Dann besann er sich. Seine Arbeit bei Spielwaren Künzel finanzierte ihnen den Lebensunterhalt, aber Reisen in die Hauptstadt der Verschwendung, noch dazu in dem Stil, den Robert gewohnt war, waren für ihn unerschwinglich.

»Ich wünschte, ich könnte auch reisen«, mischte sich Rieke ein. »Wie soll man sein eigenes Land kennenlernen, wenn man nie ein anderes gesehen hat? Ich habe Verwandte in Frankreich, eine Cousine meiner Mutter hat dorthin geheiratet, sie ist tot, aber ihr Mann lebt noch, und ihre Tochter ist ungefähr so alt wie ich. Ich habe dem Mann geschrieben, aber leider hat er nie geantwortet.«

Robert verzog einen Mundwinkel. »Da hörst du's«, sagte er zu Alwin. »Deine kleine Freundin aus der Klasse der Arbeiter würde sich so eine Chance nicht entgehen lassen. Was hält dich ab? Ist dir unsere wiedergefundene Freundschaft keine zwei Tage wert?«

»Doch, natürlich«, rief Alwin hastig, »es ist nur …«

»Hast du Sorge, dass du keinen Urlaub bekommst? Kerl, wozu hast du denn Robert von Salchow zum Freund? Jetzt sag mir doch erst mal, bei welchem Haufen du gelandet bist. Ein Wort wird sich da schon einlegen lassen, das ist nicht die Welt.«

Jetzt war es so weit. Es ließ sich nicht länger aufschieben, und hinterher würde es keine Freundschaftsreise mit Robert mehr geben. Alwin schloss die Augen. »Ich bin nicht beim Militär«, sagte er. »Ich studiere Geschichte an der Friedrich-Wilhelms-Universität.«

»Du? Ein von Sterzing in einer Studierstube? Und du bist sicher, dass du da die richtige Entscheidung getroffen hast?«

»Ich habe überhaupt keine Entscheidung getroffen«, brach es aus Alwin heraus. »Die Kavallerie hätte ich mir nicht leisten können, und an der Infanterieschule haben sie mich abgelehnt. Hätte ich eine Wahl gehabt, hätte ich dieses Studium nie angefangen, es ist mir von vorn bis hinten verhasst.«

»Das kann ich mir vorstellen.« Robert klopfte ihm den Arm. »In diesem Staat wird es unsereinem nicht leicht gemacht, was?«

»Nein«, murmelte Alwin. »Es wird uns so schwer gemacht, dass ich oft nicht weiß, wie ich durchhalten soll.«

»Aber sag mal, du Rindvieh, wieso hast du mir denn nichts davon gesagt?«, fragte Robert liebevoll. »Ja, die Reichswehr ist ein Haufen von Trantüten, aber wo ein Wille ist, ist auch ein Weg, und den hätte ich für dich gefunden. Ich bin nicht wie mein Vater, der euch damals in der Tinte hat sitzen lassen, und im Übrigen gibt es ja nicht nur die Reichswehr. Die Zeiten ändern sich. Da wächst etwas Neues, Großes, und es kommt

nur darauf an, auf der richtigen Seite zu stehen, wenn's so weit ist.«
Alwin hätte eine Pause gebraucht, um seine Gedanken zu ordnen, doch die gab es nicht. Die Tür wurde aufgerissen, eine Horde Leute trampelte in das Lokal und stürmte auf den Tisch von Riekes Tante zu. Im Pulk erkannte Alwin den Blinden und einen riesigen, groben Kerl, der ihn manchmal begleitet hatte.
»Ick gloob, du musst in den Reichstag, Clemens«, grölte der Riese dem Pressebeauftragten entgegen. »Die Wände wackeln. In Amerika is das janze Kartenhaus aus diesen Aktien zusammengekracht.«
»Jetzt geht's rund«, zischte Robert zu Ariane hinüber. »Ich nehme Wetten entgegen, wer von den Clowns, die uns regieren, am Ende den Kopf unterm Arm trägt.«
Riekes Tante sprang auf. »Das ist doch Schwarzseherei, Kutte. Ich erzähle Clemens seit Stunden, dass diese Angstmache für uns keine Bedeutung hat und wieder nur den rechten Rand stärkt.«
»Mir musste nich fragen, Kleene«, erwiderte der Riese. »Aber die Zeitungsschreier heulen was vom Untergang des Abendlandes.«
Der Pressesprecher stand ebenfalls auf. »Die Amerikaner werden uns die Kredite abziehen«, sagte er in erloschenem Ton. »Was die Leute sich aufgebaut haben, die kleinen Leute, die sich gerade erst aus dem Sumpf ziehen, geht den Bach runter. Uns fehlt jetzt schon das Geld, um die Arbeitslosen zu versorgen, und wie viele wir im nächsten Jahr haben, möchte ich nicht wissen.«
»Jetzt mal hoch mit dem Kopp«, schnauzte der Riese ihn freundlich an. »Wenn die Amis ihren Karren vor die Wand fahren, haben ja wohl wir daran keene Schuld.«
»Ach nein?«, fragte der Pressesprecher zurück. »Das Vertrackte an Schuld ist doch aber, dass einer sie haben *muss*, und du darfst dreimal raten, wer sie am Ende bekommt.«

Nathalie

Juli 1931

16

Sobald Nathalie das Geknatter des Motorrads hörte, sprang sie auf, schnappte sich ihr rotes Kopftuch und lief so, wie sie war – barfuß, mit ungekämmtem Haar –, aus dem Haus. Die Sonne traf ihr Gesicht und ließ helle Flecken vor ihren Füßen tanzen. Die Zeit des endlosen Wartens, der Langeweile und der Einsamkeit war vorbei.

»*Monsieur la cigale!*«, rief sie den Gartenweg hinunter und winkte mit ihrem roten Tuch. Er hob eine Hand vom Lenker und winkte zurück. Die Maschine brachte er so zum Stehen, wie er auch sein Pferd, die schöne Thérèse Raquin, zügelte: abrupt und in einer Wolke von Staub. Dazu lachte er und lachte und lachte.

Nathalie riss ihm Kappe und Motorradbrille herunter und ließ einen Hagel von Küssen auf sein Gesicht prasseln, auf die Furchen, die die Brille gegraben hatte, und auf die lachenden, leuchtenden Augen. Zu verstecken brauchten sie sich nicht. Jeder kannte sie als zwei Kindheitsfreunde, die, ineinander verkeilt, den Hang hinuntergetollt waren. Dass sie jetzt erwachsen waren, ein Mann und ein Mädchen, fiel niemandem auf. Nicht in Les Adrets.

Fabrice zupfte an dem Kopftuch zwischen ihren Fingern. »Auch in diesem Jahr Rot, Natou? Keine Chance für mich?«

»Du sollst mir nicht solche Fragen stellen«, schimpfte Nathalie. »Das ist unanständig.«

»Dann ist es dir doch gerade recht.« Fabrice lachte und fasste nach ihrem sonnenbraunen Schenkel, auf dem die Fransen ihres blauen Kleides tanzten. Es war ihr Lieblingskleid oder besser: das einzige ihrer Kleider, das sie mochte. Er hatte es ihr in ihrem ersten Sommer in Cannes geschenkt, schwarzblau schimmernd wie die Nächte über der Küste und erstanden in einem der Läden an der Croisette, der Uferpromenade, vor deren Schaufenstern Nathalie sich die Augen aus dem Kopf gestarrt hatte.

Alles auf dem Boulevard am Meer war brandneu, die Hotels, die himmelhohen Palmen, Boutiquen, Cafés, aus denen Gäste in leuchtenden Kleidern und Strohhüten perlten. Es war eigens hier hingestellt worden, um den Menschen der neuen Zeit Vergnügen zu bereiten, schönen und reichen Menschen, die sich weder von Sorgen noch von Skrupeln daran hindern ließen, ihr Leben zu genießen. Die Armen hatten keinen Urlaub, um der Last ihrer Wirklichkeit auf ein paar Wochen zu entfliehen, und die Alten kamen nur im Winter her. Die Sommersaison an der Côte d'Azur war eine Erfindung der zwanziger Jahre. Ihrer Jahre. Sogar der Name war neu. Früher hatte der Küstenstreifen im Schutz der roten Felsen schlicht französische Riviera geheißen.

Nathalie hatte sich in den Wirbel auf der Promenade fallen lassen und erlebt, dass sie darin schwimmen konnte, dass ihr Körper federleicht wurde. Nur ihre Kleider waren schwer, sie hingen ihr schäbig und abgetragen am Leib. Das blaue Kleid, das an dünnen Trägern im Schaufenster hing, wurde zu einem Stern, nach dem sie um jeden Preis greifen musste.

»Möchtest du das haben?«, hatte Fabrice gefragt.

»Es ist ganz nett«, erwiderte sie. »Aber selbst wenn ich scharf darauf wäre, würde ich nicht erlauben, dass du es mir kaufst.«

In Wirklichkeit schlug ihr Herz beim Anblick des Kleides wie der Hammer des Steinmetzen, der beim Brunnen vor Sebastiens Bar einen Gedenkstein für die Helden des Krieges errichtete. So laufen die Frauen von Paris herum, dachte sie. Sobald eine

Frau sich so ein Kleid anzieht, bekommt sie auf magische Weise gertenschlanke Beine. Und Nahtstrümpfe tragen die, selbst im Sommer, hauchzart und nie auch nur einen Millimeter verrutscht.

»Wenn das so ist, warum gehen wir dann nicht weiter?«, hatte Fabrice gefragt und schon an ihrem Arm gezogen. »Ich hätte es schlau gefunden, dir ein Kleid zu besorgen, mit dem sie dich in eine Charleston-Bar lassen, aber wenn du von einem wie mir nichts geschenkt haben möchtest …«

»Nun ja«, hatte Nathalie herumgedruckst und nicht gewusst, wie sie Haltung bewahren und dennoch das Kleid ergattern sollte. Dann aber war ihr das Spiel eingefallen, und mit einer Handbewegung hatte sie die alte Rolle beiseitegefegt und war in eine neue geschlüpft. »Nackt werde ich ja wohl heute Abend kaum ausgehen können«, hatte sie hoheitsvoll gesagt und ihm die Hand zum Kuss dargeboten, so dass er sich tief darüberbeugen musste. »Armand, lassen Sie das Kleid an meine Adresse schicken. Es mag seine Makel haben, aber unter dem Strich ist es besser als nichts.«

»Sie sagen es. Unter dem Strich.« Er hatte sie an sich gezogen, hart und zart zugleich, so dass es in ihr kribbelte. »Betrachten Sie es als erledigt, *ma belle Dame aux camélias*. Aber ohne einen Sou Bezahlung kommen Sie Ihrem liebeskranken Diener nicht davon.«

Er hatte ihr das Kleid gekauft und ein Paar Schuhe mit Absatz und Riemchen, Strümpfe, weiße Handschuhe bis zu den Ellenbogen und, als sie sich aufs Jammern verlegte, zur Krönung eine Zigarettenspitze. Seinen Lohn hatte er auch bekommen, erst einen Kuss, dann einen zweiten, und nach dem dritten hatten sie aufgehört zu zählen. Fabrice hatte wundervolle Lippen. Die Lippen der meisten jungen Männer waren wie Pfirsiche, sie sahen knackig aus, erwiesen sich aber als matschig, sobald man hineinbiss. Die von Fabrice hingegen waren glatt und fest, um

dieser Lippen willen lohnte es sich, seine Frechheiten in Kauf zu nehmen.
Salah störte sie nicht. Wenn sie ehrlich war, vergaß Nathalie, dass er überhaupt mitgefahren war. Von der ersten Reise an hatte er sich damit begnügt, in einem gemieteten Zimmer am Stadtrand zu bleiben, um nur zur Stelle zu sein, falls sie ihn brauchte. Ein einziges Mal – im letzten Jahr, als sie länger geblieben waren – hatte Nathalie ihn besuchen wollen, weil ihr Gewissen sie plagte. In manchen Nächten brauchte er es, dass sie sich neben ihn legte, und zudem fürchtete sie, ihm sei das Geld ausgegangen. Der Vermieter hatte ihn jedoch seit Tagen nicht gesehen, und er tauchte erst wieder auf, als sie abreisen mussten. Offenbar wusste er sich also in Cannes die Zeit zu vertreiben, und sie brauchten sich um ihn keine Sorgen zu machen.
Die Zeit gehörte ihnen. Ihnen allein.
In jenem ersten Sommer waren ihnen nur eine Handvoll Tage geblieben. Fabrice war nicht volljährig gewesen, und in das weiße, gerade erbaute Hotel mit seinen hundert Balkonen zum Meer hin hatte ihn der Empfangschef mit einem Mädchen ohne Ausweis nicht einziehen lassen. Der Name Cadière sprach jedoch seine eigene Sprache. Der Comte, der sich winters mit irgendwelchen wichtigen Leuten zum Billard traf, unterhielt im exquisiten *Hôtel Martinez* ein Konto, und dass Fabrice darauf anschreiben ließ, eröffnete Möglichkeiten. Am Ende überreichte der sittenstrenge Mann ihnen die Schlüssel zu einem Pavillon. Er stand allein in einer handtuchschmalen, von Felsen umschlossenen Bucht und war für Segler gedacht, die vor Morgengrauen in See stechen wollten.
Der Pavillon war ebenfalls weiß, so wie alles, was sich darin befand – das Bad mit fließendem Wasser, die seidenen Betttücher, der Marmor auf dem Klosett. Und der Sand des Strandes, den sie zwischen den Zehen hereintrugen, wenn sie, vor Mü-

digkeit taumelnd, nach Hause kamen, in den Herzen die Endlosigkeit und das Funkeln des Nachthimmels, den Salzduft des Meeres und etwas, das schmeckte wie Liebe, nur leichter und ohne Sorge. Nathalie hatte nie wohliger geschlafen als in diesen Nächten in Fabrice' Armen.

Morgens rannten sie ins Meer, das noch gischtete, noch wie ein von der Nacht zerknülltes Laken war, ehe Cannes erwachte. Fabrice brachte ihr das Schwimmen bei, balancierte sie auf seinen Armen in den streichelnden, kitzelnden Wellen und wusch ihr anschließend das Salz aus dem Haar, wobei er es wieder und wieder mit allen zehn Fingern kämmte. Hinterher wurden sie zu einem orientalischen Prinzenpaar, das dem unerbittlichen Protokoll entflohen war, oder zu einem Gangsterpärchen, gejagt von der IKPK, und spazierten in eines der Cafés im Palmenschatten der Croisette zum Frühstück. Dann wieder ließ Fabrice sie bis weit in den Tag hinein schlafen und hatte, wenn sie aus tiefen Träumen erwachte, schon von irgendwoher einen Kellner bestellt, der eine Etagère voll mürber Gebäckstücke auf einem Wagen in ihr Schlafzimmer rollte.

Abends gingen sie Champagner trinken, Hummer essen und tanzen, tanzen, tanzen. Fabrice behauptete, was die Amerikaner konnten, könnten die Provenzalen schon lange, und die Java brauche sich hinter dem Charleston nicht zu verstecken, aber Nathalie fand: Wenn die Java ein kleiner Schritt vom Pfad der Tugend war, dann war der Charleston die pralle Sünde. Die konnte eine Frau allein begehen, sie brauchte keines Mannes Begleitung dazu. Fabrice tanzte ebenfalls allein, als hätte er keinen anderen Lebenszweck und außerdem Kniegelenke aus Gummi. Nathalie nahm sich allabendlich vor, sich auch einmal für andere Tänzer zu entscheiden, doch auf dem Höhepunkt der Nacht landete sie wieder bei Fabrice. Sein Körper an ihrem war so hart, dass man kaum zu glauben vermochte, wie er ihn biegen und drehen konnte. Und wenn Nathalie ihm am Morgen beim Rasieren zusah und dabei *Heute Abend Charleston!* dachte, wurde ihr übel vor Glück.

In der Welt ging eine Wirtschaftskrise um, ein Gespenst, von dem jeder sprach, das aber – wie bei Gespenstern üblich – kein Mensch tatsächlich gesehen hatte. Vom gefährdeten Goldstandard war die Rede, von einbrechenden Exportmärkten und in die Höhe schnellenden Arbeitslosenzahlen, doch wer glaubte schon, dass das tatsächlich etwas zu bedeuten hatte? Das sonnenbesoffene Cannes tanzte. Reiche Leute, die darauf brannten, ihre Kleider und ihren Schmuck auszuführen, würde es immer geben, und wenn man nicht fragte, was der Champagner, den man bestellte, kostete, scherte einen auch keine Bankenkrise. Fabrice und Nathalie ließen anschreiben. Das Geld, das sie ausgaben, war auch ein Gespenst, und die Spielmünzen, die sie in den Casinos gewannen und wieder verloren, machten die Illusion perfekt.

Für die Wirklichkeit war unter den Palmen der Croisette kein Zimmer frei. Ihr Sommer von Cannes war das größte Spiel ihres Lebens.

Tief in der Nacht kehrten sie über den von Sternen und Gaslaternen erleuchteten Boulevard in ihren Pavillon zurück. Alle paar Schritte blieben sie stehen, so groß war ihre Gier nach Küssen. Die Küsse schmeckten nach Champagner, Hummer und Zigarettenrauch, und als Nathalie ihre schlanken Schatten in der Umarmung sah, verliebte sie sich wie als Kind in sich selbst. Es war noch immer das schönste Gefühl der Welt.

Am ersten Abend hatte er ihr das rote, seidene Kopftuch gekauft, das sie sich von klein auf gewünscht hatte. Das war ihr Rest von Sicherheit: Wenn er sie unter den weißen Laken in den Armen hielt, wenn sie seine glatte Haut an ihrer glatten Haut spürte und darunter jeden vor Anspannung zitternden Muskel, dann tastete sie nach dem Tuch auf dem Nachttisch und wand es sich hastig um den Kopf. Rot hieß: Finger weg.

Fabrice stöhnte, als litte er Schmerzen, und rollte sich von ihr weg. Er drehte ihr den Rücken zu, der noch etwas Jungenhaftes hatte, und der Schmerz durchfuhr auch sie.
»Bitte, Fabrice. Komm wieder her.«
»Bist du von Sinnen? Ich darf dich nicht haben, aber halten soll ich dich? Willst du mich umbringen?«
»Ja«, sagte sie, grub ihm die Nägel in die sehnigen Schultern und versuchte, ihn wieder zu sich zu zerren. »Ich bin ein hilfloses Mädchen, zum ersten Mal in der Fremde, und wenn du mich nicht festhältst, erwürgt mich die Angst.«
Das war vielleicht das mieseste Spiel, das sie sich je geleistet hatte, und Fabrice gab ein Schnaufen von sich. »Die Rolle steht dir nicht, Dickbein. Wer soll dir die abnehmen?«
Und doch war es nicht gelogen. In all ihren Rollen spielte sie Facetten ihrer selbst, und dies war die eine, die sie vor den anderen verbarg. Sogar vor Salah. Sie hatte keinen Grund, Angst zu haben, und doch überfiel sie sie ohne Warnung in der Schwärze der Nacht. Die Angst vor einem Hohlraum, in den sie stürzte, ohne zu ahnen, ob er einen Boden hatte, Angst, das Leben zu verlieren, ehe sie es überhaupt gespürt hatte.
Es war süß, Fabrice zu quälen, es war sogar süß, sich selbst zu quälen, aber der Grund für ihr miserables Spiel war das nicht. Zu ihrem Erstaunen begriff sie, dass er sie verstand. Er drehte sich um und schloss sie wieder in die Arme. Sie hielten sich fest, und sosehr ihre Körper aufbegehrten, weil ihnen vorenthalten wurde, wonach sie verlangten, schliefen sie in diesen Nächten tief und ruhig.
Als der Rausch vorüber war und sie stumm vor Traurigkeit zurück nach Les Adrets brausten, fühlte Nathalie sich beraubt.
Als hätte das Leben, das ihr Fabrice ausgeliehen hatte, kein Recht, ihn sich zurückzunehmen – und dabei wollte sie ihn doch gar nicht geschenkt!
Der zweite Sommer war noch köstlicher und der dritte erst recht. Sie hatten mehr Zeit. Sie wagten mehr, wollten mehr und wuss-

ten, wie sie es sich verschaffen konnten. Zwar mussten sie sich zwischendurch tageweise bei ihren Familien blicken lassen, doch sobald dies erledigt war, machten sie sich von neuem davon. Nathalies Vater beklagte sich, weil er seinen Goldstern so selten zu sehen bekam, aber *grand-mère* Rose scheuchte ihn gleich wieder an irgendeine Arbeit, und als Nathalie ihm versicherte, sie arbeite gern auf dem Château, ließ er sie gehen. »Du bist ja mein kluges Mädchen, das sich seine Zukunft nicht verbauen wird«, sagte er. »Und du hast deinen Kabylen, der auf dich Acht gibt.«

»Natürlich tut er das, hat er doch immer getan«, rief Nathalie, lief davon und traf sich bei der krummen Zypresse mit Fabrice. Von nun an durften sie sich in eine Suite einmieten, mit einem Betthimmel und einer Marmorbrüstung vor dem Balkon, mit halbierten Grapefruits und Maraschino-Kirschen unter Silberhauben und mit all dem Trubel eines Luxushotels, für den sie beide wie geschaffen waren. Als sie die verschwiegenen Momente des Pavillons dennoch vermissten, das Gefühl, wie nie zuvor geborgen zu sein, stiegen sie wieder auf das gelbe Motorrad und jagten die Küste hinunter. Über Nizza fuhren sie nach Monte Carlo, schliefen in neuen Hotels und in manchen Nächten an Stränden, wo sie sich enger umarmen mussten, um nicht zu frieren, sich nicht zu fürchten und im unendlichen All nicht verlorenzugehen.

Fabrice war so rastlos, so freiheitsdurstig wie Nathalie. Er wollte reisen, die Welt sehen, sich in Gefahr begeben. Sooft er davon sprach, grub Nathalie ihm die Hände ins Haar und rief: »Falls du wirklich fährst, tust du's nicht ohne mich, hörst du? Du lässt mich nicht allein in diesem Nadelöhr Les Adrets zurück!«

»Ist es dir da zu eng, mein Kamel? Wieso kommst du dann im Herbst nicht mit mir nach Paris?«

Nathalie fragte sich das selbst. Allein das Wort Paris klang nach Rausch wie Absinth und *La Java bleue*. Fabrice' Familie unterhielt ein Stadthaus in einem Viertel namens Passy, nahe dem Place de Trocadéro, von dem er ihr Bilder gezeigt hatte. »Niemand benutzt es«, erzählte er ihr. »Meine Familie macht sich nichts aus Paris, es ist ihnen zu groß, zu laut, zu modern, aber ich fahre hin, wann immer ich meinen Zinnsoldaten entwischen kann.«

Er hatte Saint-Cyr mit guten Noten, wenn auch mit Abzügen für schlechtes Betragen, bestanden und leistete irgendwo im Norden seinen Militärdienst ab. Wenn man jedoch seinen Worten Glauben schenkte, war er nur damit beschäftigt, sich vor diesem Dienst zu drücken. Er küsste sie. »Wir zwei hätten die ganze Pracht für uns allein und genug Personal, um uns den Hintern wischen zu lassen.«

Sie lachte und versetzte ihm fast zart eine Ohrfeige. »Du bist …«

»Ich weiß. Also, was ist jetzt – fährst du mit mir nach Paris?«

Nathalie schüttelte tapfer den Kopf und glaubte, das Knacken zu hören, als ihr Herz brach. Sie wollte doch mit ihm nach Paris! Was aber würde geschehen, wenn es publik wurde, wenn es an ihr hängenblieb? Paris war nicht Les Adrets – es war die Welt, auf die es ankam. Ein paar gestohlene Tage in der Seifenblase der Côte d'Azur waren nichts als ein Spiel, und Nathalie trug ihr rotes Kopftuch, damit kein Ernst daraus wurde, aber das Stadthaus in Paris war ein anderes Kaliber. Die Familie würde davon erfahren. Didier würde davon erfahren. Würde er ihr Glauben schenken, wenn sie beteuerte, sie habe die ganze Zeit ihr rotes Kopftuch getragen? Konnte sie einem so unverdorbenen Mann wie Didier die Sache mit dem Kopftuch überhaupt begreiflich machen?

Und hinter alldem verbarg sich eine weitere Frage: Würde sie, wenn Paris sie von den Füßen fegte, an das rote Kopftuch überhaupt noch denken?

Nein, es blieb dabei – sie durfte nicht fahren. Nicht nach Paris und eigentlich auch nicht noch einmal nach Cannes. Als das

Jahr 1931 anbrach, nahm sie sich vor, es Fabrice zu sagen, es ihm sogar zu schreiben, ehe er im Sommer nach Hause kam: *Ich fahre nicht mehr mit Dir nach Cannes.* Sie war bald volljährig. Es war an der Zeit, ernst zu machen, nicht länger in den Tag hinein zu träumen, während die Angst, das Leben zu versäumen, wuchs.

Aber mit dem Schreiben hatten sie es beide nicht, weder sie noch Fabrice. Und als das Gerede über die Wirtschaftskrise, die angeblich auf Frankreich übergriff, immer düsterer und lähmender wurde, war es wiederum allein der Gedanke an den Sommer, der Nathalie durchhalten ließ.

Immerhin war sie zu einem entschlossen: Diese Fahrt mit Fabrice würde ihre letzte sein, und sie würde sie kurz halten, um zurück zu sein, ehe Didier eintraf. Didiers Dienstzeit war zu Ende, er würde in der letzten Augustwoche kommen, um zu bleiben. Als rechte Hand seines Vaters würde er sich auf sein Leben als Gutsherr vorbereiten, wie er es immer gewollt hatte. Er war unendlich froh darüber.

Anders als Fabrice und Nathalie war Didier ein begnadeter Briefeschreiber, und in den seitenlangen Episteln, die er Nathalie schickte, wechselten sich Beteuerungen seiner Liebe mit Klagen über sein Heimweh und sein Leiden unter dem Militärdienst ab. Die Erleichterung, die er sich von seinem Eintritt in die Atlantikschwadron der Marine erhofft hatte, war nicht eingetreten. Gefühlvoll, wie er war, hatte er sich auf ein Schiff namens *Provence* beworben, war aber auf eines, das *Bretagne* hieß, geraten und fror dort, als sei der Name Programm. Inzwischen lag die *Bretagne* bereits vor Toulon, wo sie modernisiert werden sollte, und Didier war an Land versetzt, doch er fror noch immer. »Warm wird mir nur, wenn ich an Dich schreibe«, schrieb er an Nathalie.

Claudine, die Teufelin, die alle Welt für ein Englein hielt, hatte mehr als einmal versucht, seine Briefe abzufangen. Sie hatte

Nathalie sogar eine Fehlinformation über den Tag von Didiers Ankunft zuspielen wollen, aber Pâcome war unbestechlich, wenn es um seine Arbeit ging. Nicht einmal für Tante Edwige, seine heimliche Liebe, hätte er sich dazu verleiten lassen, einen Brief einem anderen als dem Empfänger in die Hand zu geben. Dank Pâcomes Verlässlichkeit wusste Nathalie über den großen Tag Bescheid und hatte entschieden, eine Woche vorher nach Hause zu kommen. Das ließ ihr genug Zeit, die Sommer mit Fabrice wie ihre Kindheit hinter sich zu lassen und sich auf den Empfang ihres Liebsten vorzubereiten. Sie wollte es Salah erzählen, damit er ihr half, falls sie schwach wurde. Vor drei Tagen hatte sie davon angefangen, weil ihr klar war, dass Fabrice jeden Augenblick eintreffen konnte, um sie abzuholen.
»Ich werde da sein, wenn er eintrifft«, hatte sie zu Salah gesagt.
»Fabrice?«, hatte Salah gefragt. »Wenn der eintrifft, bist du doch immer da. Du sitzt von früh bis spät bei der Tür, und deine Ohren sind längst so spitz wie die von dieser Katze.«
Er meinte Chérubin, der manchmal vom Château hinunter in die Mühle kam und auf Nathalies Schoß sprang, um sich trösten zu lassen, weil Fabrice nicht bei ihm war. »Natürlich nicht«, rief Nathalie und hörte selbst, dass ihr Lachen gekünstelt klang. »Von Didier rede ich, von wem sonst? Er ist so froh, dass er jetzt hierbleiben kann, dass er sich nicht noch einmal nach Fréjus karren lassen muss, um im Morgengrauen abzureisen.« Sie nestelte Didiers letzten Brief unter dem Bauch der Katze hervor und zog die Hand vor dem Tatzenhieb gerade noch rechtzeitig weg.
»Und du?«, fragte Salah. »Bist du auch froh, für immer hierzubleiben und nie vom Bahnhof in Fréjus abzureisen?«
Auf manche Fragen musste man Antwort geben, ohne nachzudenken. »Und ob ich froh bin. Didier und ich, wir vermissen uns so sehr.« Sie streichelte die Briefseiten, ohne die Falten, die

das Gewicht der Katze verursacht hatte, glätten zu können. Chérubin wurde ziemlich fett. Sie stopfte ihn mit zu vielen Leckerbissen voll, um Fabrice' Abwesenheit zu nutzen und ihm die Katze abspenstig zu machen.

Ohne Erfolg. Chérubin, der alterslos war und noch immer wie ein König Hof hielt, ließ sich zwar mästen, doch sobald Fabrice auftauchte, schlug er sich wieder auf seine Seite und hatte Nathalie vergessen. Er ist wie ich, dachte sie. Das Katzenvieh und ich, wir mögen nicht treu sein, aber an unserer Liebe gibt es kein Rütteln, die gilt immer demselben.

Und natürlich bin ich treu!, widersprach sie sich selbst. Ich habe ja mein rotes Kopftuch, an dem kommt keiner vorbei, nur mein Didier. An dem Tag, an dem sie ihn wiederhatte, an dem sie ihn endlich *wirklich* hatte, würde sie das rote Kopftuch wegwerfen und sich ein weißes kaufen, auch wenn ihr argloser Liebster nie erfahren würde, was es damit auf sich hatte.

Aus der Obstschale griff sie sich eine Handvoll schwarzer Kirschen und warf sie Salah an den Kopf. »Sagst du nichts, Monsieur Maulfaul? Glaubst du mir etwa nicht, dass Didier und ich uns vermissen? Dann hörst du dir besser das hier mal an!«

Noch einmal strich sie glättend über den Briefbogen, ehe sie begann, den erstbesten Abschnitt vorzulesen. Bei Didier konnte sie blind wählen, jede einzelne Zeile klang schön, wie von einem Dichter geschrieben, und enthielt Schwüre seiner Liebe:

»Meine Liebste, meine schöne Jeanne d'Arc,
meine Marianne, meine Geneviève.
Heute Abend während der strategischen Unterweisung konnte ich mich wie so oft nicht konzentrieren. Ich weiß, ich sollte mir derlei nicht durchgehen lassen. Meiner Familie will ich um keinen Preis Schande machen, aber es scheint mir so entsetzlich falsch, mich damit zu beschäftigen, wo Geschütztürme, die ein Vermögen kosten, die

größte Reichweite hätten und am wirkungsvollsten zum Töten von Menschen eingesetzt werden würden, wenn wir stattdessen mit unseren Nachbarn Freundschaft schließen könnten. Warum tauschen wir uns nicht darüber aus, wie unser Land am besten zu bewässern ist und wie wir die Bauern, die es bearbeiten, in ihrer schweren Arbeit stützen können?«

Nathalie ließ das Blatt sinken. »Nein, das ist nicht das Richtige. Warte, ich suche etwas anderes.« Ausgerechnet die eine Stelle hatte sie erwischt, in der es nicht um sie ging. Raschelnd blätterte sie durch die engbeschriebenen Bögen.
»Bitte«, unterbrach Salah, »wenn ich mir schon anhören muss, was Didier für dich allein geschrieben hat, dann lies wenigstens dort, wo du abgebrochen hast, weiter.«
»Aber warum denn?«, entfuhr es Nathalie, dann zuckte sie die Achseln und tat, was er verlangte. Salah hatte eben manchmal seltsame Anwandlungen, und in den nächsten paar Zeilen würde Didier ohnehin auf seine Liebe zu ihr zu sprechen kommen:

»Die Wirtschaftskrise macht das alles noch sinnloser. In Deutschland sind sechs Millionen Menschen ohne Arbeit und fallen mit ihren Familien dem Elend anheim, und jetzt, wo Großbritannien sich vom Goldstandard abgewandt hat, droht unserem Frankreich, meinem geliebten Les Adrets das Gleiche. Menschen, für die wir Söhne aus den ersten Familien des Landes Verantwortung tragen, werden zusehen müssen, wie ihre Kinder an Hunger, an Schwäche und Armutsseuchen sterben. Und statt sie zu retten, debattieren wir darüber, wie wir noch mehr von ihnen töten, ob sie nun diesseits oder jenseits der Grenze ihr Dasein fristen.«

Nathalie stöhnte. »Mein armer kleiner Didier. Er muss nach Hause, sonst wird er krank von all der Traurigkeit. Warum tut er sich das nur an, warum beschäftigt er sich in einem fort mit diesen düsteren Gedanken? Sterbende Kinder, Armutskrankheiten – wenn ich das nur lese, wird mir kalt, und es kriecht in meine Träume!« Sie hatte die Arme um den Leib geschlungen, obwohl draußen der Sommer das Gras verbrannte. »Kannst du mir erklären, aus welchem Grund er das macht?«

»Nein«, sagte Salah, »dieselbe Frage habe ich mir auch gestellt: Weshalb vergällt ein Mann, der mit alldem nichts zu schaffen hat, sich mit solchen Gedanken den Tag?«

»Er muss nach Hause«, murmelte Nathalie noch einmal und wünschte sich, Didier vor sich zu haben, ihn sanft in die Arme zu schließen und unter der hauchfeinen Locke auf die Stirn zu küssen. »Das Alleinsein hält er nicht aus, er ist zu empfindsam dafür. Er braucht uns bei sich.«

»Uns?«, fragte Salah.

»Ja, uns«, versetzte Nathalie unwirsch. »Seine Freunde. Wen sonst?« Dann hielt sie inne. Delphine kam nicht mehr oft, Salah war immer in erster Linie für sie selbst da gewesen, und an Fabrice, der morgen oder übermorgen kommen würde, dachte sie lieber nicht. »Nun ja«, sagte sie und berührte kurz seine Hand, wie um sich für ihre Schroffheit zu entschuldigen. »Vor allem wohl mich.« Ein bisschen wartete sie, fühlte sich ungewohnt verlegen, und als Salah nichts sagte, las sie einfach weiter Didiers Brief:

»Ach meine liebste, süßeste Natou, ich will Dich mit meinen dunklen Grübeleien nicht quälen, aber weißt Du, wie schwer das ist? Nach draußen sehen zu müssen, weil das Fenster leicht offen steht, zu hören, wie das Meer rauscht, und im Hals einen Klumpen zu spüren, weil es nicht unser Meer vor unserer roten Steilküste ist? Ich weiß nicht, wie

ich all diese Monate ohne Dich aushalten, wie ich damit zurechtkommen soll, Dich nur so wenige Tage, nein Augenblicke lang zu sehen. Ich dürfte Dir das nicht schreiben, Dein Leben nicht damit belasten, doch wann immer ich mit ganzer Härte spüre, dass ich getrennt von Euch bin – von Dir, von Les Adrets, von den Freunden und meinem Spätzchen Claudine –, erstickt mir alle Vernunft. Es tut so weh, dass ich Euch nichts Gutes tue, sondern Euch sogar schade und dass ich im Ernstfall nicht Manns genug wäre, Euch vor Schlimmem zu bewahren.«

Nathalie holte Atem und bereute, was sie getan hatte. Salah hatte recht. Didier hatte den Brief für sie bestimmt, und sie war eine Verräterin, weil sie sein Innerstes, das er ihr anvertraute, preisgab. Aber Salah war schließlich kein Fremder. Sie senkte den Kopf und schaute ihn von unten herauf an. »Ich habe mich wie eine blöde Ziege benommen, ja? Aber ich liebe Didier nun einmal, und bis ich ihn endlich hier habe, mache ich mir Sorgen um ihn.«

»Und dann?«, fragte Salah. »Wenn du ihn endlich hier hast, machst du dir keine mehr? Auch nicht um dich selbst?«

»Warum sollte ich?« Salahs Tonfall zerrte an ihren Nerven. »Wenn er bei mir ist, treibe ich ihm die Trübsal schon aus. Und ich selbst habe ja kein Talent dazu. Zum Trübsalblasen, meine ich.«

»Nein«, sagte Salah, »dazu hast du keines. Du bist dir also sicher? Es ist Didier, mit dem du dein Leben verbringen willst, hier in Les Adrets, bei Comte und Comtesse und bei Jeanne-Camille und ihrem Mann?«

»Bei Didier«, antwortete Nathalie, die die Aussicht auf Jeanne-Camille als Schwägerin schaudern machte. »Das habe ich immer gewollt. Schon im Krieg, als Claude noch gelebt hat, obwohl meine Beine damals von der Kloschüssel kaum bis zum Boden reichten.«

Salah hob den Kopf. »Musst du denn dann noch einmal mit Fabrice nach Cannes, Nathalie? Willst du nicht lieber hierbleiben, wo doch Didier in knapp vier Wochen zu Hause ist?«
Es war die Frage, die sie gefürchtet hatte, als könnte Salah ihr die Fahrt verbieten, wenn sie darauf keine Antwort wüsste. »Einmal noch«, warf sie rasch hin. »Fabrice liegt so viel daran, und wir sind doch Freunde. Ich kann es ihm nicht abschlagen.«
Salah schwieg, auch wenn er sie ansah, als hätte er noch eine Frage übrig. Nathalie sprang so ungestüm auf, dass die Katze ihr vom Schoß flitzte, und schlang ihm die Arme um den Hals. »Du musst dir keine Sorgen machen, Salah. Hast du etwa Angst, ich lasse dich in der Mühle bei *grand-mère* Rose' Gemecker zurück? Du kommst mit mir aufs Château. Didier weiß, uns beide gibt's nur zusammen, wenn er mich will, muss er dich dazu nehmen.«
Er hielt lange in ihrer Umarmung still, ehe er sich löste. »Das ist nett von dir. Aber ich möchte nicht. Wenn zwischen dir und Didier die Dinge geregelt sind, will ich fort, Nathalie.«
»Aber wohin denn?« Dass Salah irgendwohin ging, wo sie nicht war, war undenkbar. Er hatte doch gar keinen Ort, an den er gehen konnte, und er hatte immer zu ihrem Leben gehört. Salah konnte ebenso wenig verschwinden wie die rote Felswand, die sie als Erstes sah, wenn sie morgens die Läden vor ihrem Fenster öffnete.
Aber die Felswand würde ja verschwunden sein: Auf dem Château würde sie aus einem anderen Fenster blicken.
Würde auch andere Diener haben.
Aber andere Freunde?
Auf einmal hatte sie sich auf Didiers Rückkehr nicht mehr freuen können. Nur noch darauf, dass Fabrice kommen und sie von all der Traurigkeit wegholen würde. Er soll jetzt sofort kommen, hatte sie gedacht, seine unflätigen Witze reißen und sein dreckiges Lachen lachen, damit ich nicht mehr darüber

nachdenken muss, dass es unser Leben zu fünft nicht mehr gibt.
Sie hatte noch drei Tage warten müssen, aber jetzt war er da. Schob seine Hand unter die Fransen ihres blauen Kleides, ließ schamlose Sprüche los und lachte ihr in die Augen. »Wo warst du denn eben in Gedanken, mein Dickbein? Schon in Cannes, unterm Himmelbett? Mit rotem Kopftuch oder ohne?«
»Jetzt hör auf.«
»Soll ich wirklich?«
»Nein. Können wir gleich fahren, Fabrice? Ich will hier weg, es war in letzter Zeit noch viel grässlicher als sonst.«
»Aber sicher. Wenn du dein Negligé gepackt und dir den unvermeidlichen Salah unter den Arm geklemmt hast, braucht uns an dem grässlichen Ort nichts mehr zu halten.«
»Meine Tasche habe ich gepackt«, erwiderte Nathalie. »Aber wo Salah ist, weiß ich nicht.« Ihr fiel auf, dass sie es eigentlich immer gewusst hatte: Salah war da, wo sie war. »Müssen wir ihn denn mitnehmen?«, platzte sie heraus.
Fabrice zuckte die Schultern. »Das ist deine Entscheidung, nicht meine, Prinzessin. Ich habe keinen Ruf, um den ich fürchten müsste, und wenn ich einen hätte, würde ich zusehen, dass ich ihn auf dem schnellsten Wege loswerde.«
Ich nicht, dachte Nathalie. Wenn sie ihren Ruf verlor, war auch Didier verloren, aber was sollte schon geschehen? Salah würde sie decken wie in all den Jahren, in denen er mitgefahren war, er würde ihrem Vater die übliche Geschichte erzählen. Sie wollte weg. Nicht nur von Les Adrets, sondern von jedem, der dazugehorte.
»Ich hole meine Tasche«, sagte sie. »Lass den Motor schon an.«
»Darf ich nicht einmal meine kleine Schwester oder wenigstens meine Katze begrüßen?«
»Nein«, warf ihm Nathalie hin und rannte ins Haus.

17

So rasch, wie Nathalie es sich gewünscht hatte, hatten sie Les Adrets dann doch nicht hinter sich lassen können. Dort, wo sich in der Senke die Straße ins Dorf auftat, kamen ihnen Claudine und Michel entgegen.
Er führte den einohrigen Esel, der keine Last auf dem Rücken trug – er hatte also jemanden im Dorf, gewiss Sebastien, mit ein paar Gallonen Öl beliefert. Michel war ein kleiner Mann. Claudine, die neben ihm ging, war mit ihren knapp dreizehn Jahren bereits größer als er. Sie trug ihr schwarzes Haar noch immer wie eine Kappe geschnitten. Sobald sie das Motorrad ihres Bruders erkannte, winkte sie.
»Halt nicht an«, rief Nathalie. Das Mädchen, das alle liebten, das vergötterte Friedenskind, war ihre Feindin seit dem Tag, an dem sie bei ihrem Spiel nicht hatte mitspielen dürfen und es deshalb zerstört hatte. Sie würde ihr auch die Reise – ihre letzte Reise – zerstören, wenn sie die Gelegenheit dazu erhielt.
Fabrice aber war schon auf die Bremse getreten. »*Frangine-des-fraises!*«, rief er strahlend. »Erdbeerschwesterchen!«
Sie lief zu ihm, zerrte ihn regelrecht vom Motorrad und fiel ihm um den Hals. »Sag bloß nicht: Du wirst ja immer hübscher«, forderte sie. »Ich kann keine zehn Schritte durch dieses Dorf gehen, ohne dass ich das von allen Seiten zu hören bekomme.«
»Aber nicht doch. Du wirst so schnell hässlicher, dass ich dabei zusehen kann.«
Claudine lachte. »Das muss an dir liegen. Mit dir ist es wie bei *Riquet mit dem Schopf*, nur umgekehrt: Er wollte, dass die Schönheit der Prinzessin auf ihn abfärbt, aber bei dir färbt die Hässlichkeit auf die Prinzessin ab.«
»Leider bist du keine Prinzessin. Nur ein Erdbeerchen.«
»Und du nur ein Zikadenmännchen.«

Mein Zikadenmännchen, dachte Nathalie. Singt er für dich vielleicht in der Nacht? Nein? Da hast du's. Aber für mich singt er. Heimlich. Für mich, für mich, für mich.

Fabrice' Lachen mischte sich in das von Claudine.

Nathalie stieß ihm ihr Knie in den Rücken. »Fahr zu, oder soll ich hier in der Sonne schmelzen?«

»Oh«, rief Claudine, noch immer nur an Fabrice gerichtet. »Wohin fährst du denn? Ist im Beiwagen Platz, nimmst du mich mit?«

Wenn du sie mitnimmst, bist du mich los, zischte Nathalie ihm tonlos in den Nacken. Du bekommst mich nie wieder auf deine verdammte Wundermaschine und meine Beine, die dir sowieso zu dick sind, nie wieder um deinen gottverdammten Hintern.

»Im Beiwagen ist Platz«, säuselte Fabrice und küsste Claudine auf die Wangen. »Aber nicht für dich, mein Lieblingsquälgeist, und du wirst jetzt die beste Erdbeerschwester der Welt sein und deinen Mund halten, ja? Und Sie, Michel? Könnten Sie wohl in der Mühle Bescheid geben? Jemand vom Château muss wieder einmal in einer dringenden Sache nach Cannes, es gibt Zusammenkünfte mit wichtigen Leuten, und Nathalie wird als Assistenz gebraucht.«

»Ist das die Wahrheit, Monsieur le Comte?«, fragte Michel und hielt seinem Esel das Ohr zu.

Fabrice setzte sein Unschuldsgesicht auf, mit dem er wirkte wie der Schuft, der er war. »Aber selbstredend. Was denken Sie denn?«

Was Michel sich dachte, war offensichtlich. Da er aber bis auf die Knochen loyal war und keinen Sohn seiner Herrschaft der Lüge zieh, versprach er, die Botschaft auszurichten. Aus ebendem Grund hatte er die Frage ja gestellt.

»Ich will nicht, dass du wegfährst!«, quäkte Claudine. »Und den Mund halte ich überhaupt nicht, sondern sage alles *papa*.«

»O weh«, machte Fabrice. »Und wenn ich wiederkomme, willst du, dass *papa* mir aufs gemeinste den Hintern verhaut?«
»Du bist groß und kriegst nichts mehr auf den Hintern«, versetzte Claudine kaltschnäuzig. »Außerdem war's immer Bernardine, die dir den versohlt hat, nie *papa*, und mit dem Fliegenwedel hat's ja wohl nicht richtig weh getan.«
»Vielleicht nicht.« Fabrice wurde ernst. »Aber wenn ich dir sage, mir passiert etwas, das richtig weh tut – kannst du mir das dann glauben und schweigen, weil du mich lieb hast und mir nichts Böses willst?«
»Dir nicht«, erwiderte Claudine, noch immer trotzig. »Aber der da schon.«
»Du tust es ja für mich, nicht für sie«, sagte Fabrice. »Und ich bringe dir aus Cannes etwas mit. Keine *Casillons*. Etwas Richtiges. Versprochen.«
»Ich hasse *Casillons*. So ein Zeug verschenkt Didier.«
»Ich weiß.« Fabrice lachte, schwang sich wieder zwischen Nathalies Schenkel und ließ unter Getöse den Motor an.

Nathalie brauchte eine Weile, um sich von dem Schrecken zu erholen. Als sie endlich auf der neu durchs Land gebauten Straße unterwegs waren, als ihr der Fahrtwind um den Kopf rauschte, wie um alles Belastende wegzufegen, schrie sie Fabrice ins Ohr: »Ich will nicht nach Cannes. Ich will nirgendwohin, wo wir schon einmal waren, und nirgendwohin, wo uns jemand kennt.«
Er wandte in der Fahrt den Kopf. »Dein Wunsch ist mir Befehl, meine Wüstenrose Taruh Ze.«
Sie fuhren um Cannes herum und durch Antibes hindurch bis in einen Ort namens Juan-les-Pins, der zum Vergnügen betuchter Touristen aus dem Boden gestampft worden war. Das Hotel *Le Provençal* war noch größer und weißer als die, die sie bisher bewohnt hatten. Wie eine riesige Bienenwabe lag es vor der Küste,

und sie bekamen ein Zimmer im obersten Stockwerk, wie vom Rest des Gebäudes abgeschnitten. Es waren kaum Franzosen dort abgestiegen, nur steinreiche Amerikaner, die alle miteinander befreundet oder zerstritten schienen und von denen es in den Klatschspalten hieß, sie gäben unentwegt rauschende Partys und beschmissen einander mit venezianischen Gläsern. Daneben noch ein paar Briten, die in ihrem *train bleu* gekommen waren und ihre Hemden bis an den Adamsapfel zuknöpften.

Sonst waren sie nach der Ankunft immer sofort losgezogen, um zu erkunden, was es in den Geschäften Neues gab, wo eine Bar oder ein Café eröffnet hatte und wo die angesagten Tanzorchester spielten. Heute bestellte Fabrice einen Korb exotischer Früchte und eine Flasche Champagner aufs Zimmer, zog die Vorhänge zu, so dass die Abendsonne das Zwielicht rötete, und legte sich zu Nathalie aufs Bett. Seinem Etui entnahm er zwei Zigaretten, steckte sie an und schob ihr eine zwischen die Lippen. »Und jetzt erzähl. Wer hat meinem Dickbein etwas Böses getan?«

Ausgerechnet Fabrice, dessen Welt allein um ihn selbst kreiste, hatte gespürt, dass etwas sie quälte. Eine Hälfte von ihr war ihm dankbar, die andere empörte sich: »Musst du mich immer so nennen? Macht es dir Spaß, andere zu kränken?«

»Du bist doch nicht andere«, erwiderte er. »Du bist Natou.«

»Und Natou ist ein Brocken Holz, der keine Gefühle hat?« Ihr Blick glitt an ihrem Körper hinab. Waren ihre Beine denn wirklich so dick, kannte er in seinem verfluchten Paris nur Frauen, die makellos schlanke hatten?

Er wollte den Arm um sie legen, aber sie schlug ihn weg, dass ihm die Zigarette aus der Hand fiel. Als er sie wieder zu fassen bekam, hatte die Glut ein Loch in die seidene Bettdecke gebrannt. »*Merde alors*«, sagte er. »Das wird mein verarmter *Monsieur père* dann wohl auch noch bezahlen müssen.«

»Wieso ist dein Vater verarmt?«

Er zuckte die Achseln. »Keine Ahnung. Unten am Empfang haben sie gesagt, sie könnten mir nur auf drei Tage Kredit einräumen, weil irgendwelche Rechnungen nicht bezahlt worden sind. Heutzutage ist doch jeder verarmt, oder nicht? Wer nicht verarmt ist, kann kein edler Mensch sein, sondern macht sein Geld mit krummen Dingern. So wie die Ratte Montbrun, der seine Bank, dieses sinkende Schiff, verlassen und das Kapital in ein Hotel gesteckt hat.«

»Wer ist das?«, hatte Nathalie gefragt, ehe es ihr einfiel: Montbrun war Delphines Vater. An Delphine hatte sie seit einer kleinen Ewigkeit nicht mehr gedacht.

»Ich weiß schon«, schnitt sie Fabrice das Wort ab. »Aber ich will nicht in drei Tagen hier weg, ich brauche von Les Adrets eine Pause, oder ich werde verrückt. Wenn du dir dieses Hotel nicht leisten kannst, weshalb gehen wir dann nicht in ein kleineres, das weniger kostet?« Eines, in dem ich nicht darüber nachdenken muss, was dieser Blödsinn übers Verarmen für Folgen hat, fügte sie im Stillen hinzu.

Er setzte sich auf und musterte sie. Die Sonne war schnell gesunken, das Zimmer lag im Dämmerlicht, und nur die Glut der Zigarette erhellte Fabrice' Gesicht, das sonnenverbrannt war wie stets zu dieser Jahreszeit. Die Farbe seiner schräggestellten Augen, die Mischung aus Braun und Grün, glaubte sie dagegen zum ersten Mal zu sehen. Er hatte etwas von einem Kater an sich, nur war an ihm kein Gramm Fett. »Ich kann mir überhaupt kein Hotel leisten«, sagte er, ohne mit der Wimper zu zucken. »Also kann ich genauso gut das teuerste nehmen, wenigstens stehe ich dann vor meinem Mädchen nicht wie ein Hungerleider da.«

»Ich bin nicht dein Mädchen.«

»Was dann?«

»Ich bin – ach verdammt, was weiß ich.« An Fabrice war nichts Anrührendes, war es nie gewesen, aber etwas machte sie heute weich. Vielleicht der Rest des roten Abendlichts. »Lass uns morgen umziehen. Mir macht ein kleineres Hotel nichts aus.«

»Gefällt dir dieses hier nicht?«

»Doch, sicher. Aber …«

»Na siehst du. Dann lass mich morgen das Geld dafür beschaffen, und hör auf, dir deswegen Sorgen zu machen. Erzähl mir lieber von denen, die du schon mit dir herumträgst.«

»Ich weiß selbst nicht«, entfuhr es ihr. »Auf einmal kommt es mir so schwer vor, dass wir jetzt erwachsen sind.«

Er nahm ihr die Zigarette aus der Hand, drückte sie im Aschenbecher aus und zog Nathalie an sich. Sein weißes Hemd stand offen, die Haut über seinem Herzen war warm. »Du bist doch nicht erwachsen«, raunte er mit seinem zärtlichen Lachen dicht an ihrem Ohr. »So dicke Krautstampfer haben nur kleine Kinder, die sich klammheimlich auf dem Klosett einschließen.«

»Du bist ein solches Ekel. Muss denn jedes Mädchen Beine wie Weinstöcke haben?«

»Aber nicht doch. Davor bewahre mich Gott.« Er nahm ihr Gesicht in seine Hände und küsste es. Dann streifte er ihr einen Träger des blauen Kleides herunter und küsste sie auf die Schulter, legte ihr seine Küsse wie eine Perlenschnur um den Hals. »Wer will schon Wein am Stock, wenn er ihn in Flaschen haben kann? Deine Beine sind ganz und gar reizend, mein Dickbein, nicht das Geringste daran auszusetzen.« Er schloss die Hände um ihre Fesseln und strich erst ihre Waden, dann ihre Schenkel hinauf. Das Kribbeln in Nathalies Körper wurde so heftig, dass sie sich krümmte.

»Mein Dickbein bleibst du trotzdem, weil ich nicht weiß, wie ich dich sonst nennen soll. Meine Schönste, meine Süßeste, meine Allerentzückendste? So nennen dich doch schon die anderen, oder etwa nicht?«

Wider Willen musste sie lachen. Als er sich niederlegte und sie mit sich zog, ließ sie sich fallen. Sie wollte in seinen Armen sein, hatte sich noch nie so sehr danach gesehnt. Er bedeckte ihre Schultern mit Küssen, hakte die Ösen des Kleides auf und streifte es ihr bis auf die Taille hinab. Sie trug nichts darunter, weil man von ihren vergilbten Miedern und Unterröcken die Träger hätte sehen können. »*Mère de Dieu*«, stammelte er, hielt ihre Brüste behutsam in den Händen und klang wie einer, der tatsächlich an Gott glaubte.

Sie wusste, dies war der Augenblick, in dem sie ihm Einhalt gebieten musste, nein, vielmehr war der Augenblick schon verstrichen, und sie musste sich beeilen, ehe etwas geschah, das sich nicht umkehren ließ. Nur noch eine Sekunde, dachte sie und sah hinunter auf seinen Nacken, in dem das Haar sich kräuselte. Er neigte den Kopf und berührte ihre Brüste mit den Lippen. Wie eine Woge schwappte das schönste Gefühl der Welt über sie hinweg: Mit jeder seiner Zärtlichkeiten auf ihrer bloßen, empfindlichen Haut verliebte sie sich tiefer und wilder in sich selbst. Nur noch eine Sekunde und noch eine, nur noch ein Kuss, dann noch zwei, einen winzigen, der nicht zählte, und dann noch einen allerletzten.

Sie hätte ihn von sich schieben müssen, doch ihr gelang nichts als ein bisschen Rudern mit den Armen und Zappeln mit den Beinen. Er hingegen schien sogar jetzt zu spüren, wie sie mit sich kämpfte, als ertaste er mit seinem Körper ihren Puls. »Dein rotes Kopftuch liegt auf dem Nachttisch«, sagte er rauh. »Wenn du es haben willst, gebe ich es dir. Wenn nicht, bin ich heute eine Nacht lang der glücklichste Mann von Frankreich.«

»Ach, Fabrice.« Sie musste die Arme um ihn schlingen und ihn so fest halten, dass es ihnen beiden weh tat, sie musste ihn noch einmal küssen, auf den Hals, musste ihn beißen, damit eine Spur blieb, ehe sie ihn loslassen konnte. »Ach, Fabrice, versteh mich doch. Das geht nun einmal nicht.«

Abrupt befreite er sich, angelte nach dem Kopftuch und hielt es ihr hin. Sie nahm es mit zitternden Fingern. Als sie ihn

streicheln wollte, zog er seine Hand zurück. »Sagst du mir wenigstens, warum?«
»Kannst du dir das nicht denken?« Noch immer zitternd, knotete sie sich das Tuch um und hasste sich, weil ihr zum Heulen war.
»Nein, kann ich nicht«, sagte er. »Du hast kein Gelübde geleistet, hast nicht vor, zu den Nonnen zu gehen, oder? Deine heilige Geneviève war höchst unheilig, und ich wette, gerade deshalb wäre der Hunne persönlich vor ihr zum Beten in die Knie gegangen.«
»Aber du weißt doch …«, begann Nathalie und brach ab.
»Ich weiß gar nichts«, sagte Fabrice. »Wenn du mich fragst, bist du ein modernes Mädchen, das keinen Grund hat, aus ihrer Jungfräulichkeit eine Reliquie zu machen. Du weißt, dass Kinder nicht aus Kohlköpfen kriechen und dass Männer nicht Mädchen bezirzen, weil sie sich mit ihnen über die Kriegstauglichkeit von Bunkerlinien unterhalten wollen. Warum also? Findest du mich abstoßend? Legst du dich deshalb in mein Bett und stürzt dich auf mich wie eine Kannibalin, die seit Wochen mit Insekten gefüttert worden ist?«
»Das ist Blödsinn, Fabrice.«
»Finde ich auch. Was dann also?«
»Ich … du … wir lieben uns eben nicht.«
»Ja, und weiter? Wo steht geschrieben, dass wir das müssen?« Er hob die Brauen, und sie sah, wie schön geschwungen sie waren. »Wir haben 1931. Dass ausgerechnet du mit dem Gewäsch von Liebe anfängst, hätte ich nicht gedacht.«
Didiers Briefe fielen ihr ein, seine Beteuerungen, mit denen er ihr sein Innerstes geöffnet hatte. Er war anders. Für ihn war sie kein Spielzeug, mit dem er sich ein bisschen Zeit vertrieb, sondern das Kostbarste, was er besaß. »Für mich ist es kein Gewäsch«, rief sie wütend. »Ich finde, wenn ein Mann ein Mädchen liebt und das Mädchen liebt ihn, dann sollten sie sich treu

sein. Auch 1931 und auch wenn sie wissen, wie man Kinder macht.«

»Aha. Und von welchem Mann und welcher holden Maid sprichst du? Von dem wackeren Postzusteller Pâcome und seiner Taube Edwige? Oder von Michel, der Oden auf seinen tausendjährigen Olivenbaum dichtet?«

»Von mir und deinem Bruder Didier!«, fiel sie ihm ins Wort. Sie hatte seinen ewigen Spott, mit dem er alles ins Lächerliche zog, schon gehasst, als sie noch Kinder waren. Vor allem Compiègne. Den Eisenbahnwagen. Seine Gehässigkeiten darüber, dass sie eine Deutsche sei, eine *boche*, eine Hunnin, nur weil ihre Mutter eine gewesen war und mit ihr Deutsch gesprochen hatte.

Didier hätte das Thema nie auch nur erwähnt, weil er wusste, er täte ihr damit weh. Er hätte überhaupt nie etwas Kränkendes zu einem Menschen gesagt, er war manchmal so vorsichtig, dass er lieber gar nichts sagte, um nur niemanden zu verletzen. Ach Didier, ihr Didier, warum war er denn jetzt nicht bei ihr? Er würde es ja bald sein, aber das beruhigte sie nicht. Ihr Herz pochte hart, und am Gelenk, wo der Puls schlug, vibrierte die Haut.

Fabrice war ein Stück von ihr abgerückt. »Du und Didier?«, fragte er, ohne dass Nathalie den Ausdruck in seiner Stimme hätte deuten können. »Ich habe das richtig gehört – du und mein Bruder Didier?«

»Warum tust du jetzt so? Das hast du doch gewusst.«

»Was habe ich gewusst?«

»Dass Didier und ich uns lieben. Ich habe ja wohl nie einen Hehl daraus gemacht, sondern es dir immer wieder gesagt.«

»Man sagt so einiges, wenn der Tag lang ist«, entgegnete Fabrice. »Ich dachte, es gehört zu dem Spiel, das du mit mir treibst, und was meinen Bruder Didier betrifft – wie und wieso sollte irgendwer den nicht lieben? Der ist doch so sehr zum Lieben, dass ein böser Mensch ihn geradezu dafür hassen könnte.«

»Das mit Didier ist mein Ernst, damit spiele ich nicht«, beschied sie ihn. »Und deinen Bruder liebt jeder, weil er ein wunderbarer Mensch ist. Du und ich brauchen niemanden, aber Didier braucht mich, er kann ohne mich nicht leben. Und ich nicht ohne ihn.«

Fabrice öffnete den Mund zu einer Erwiderung, doch Nathalie brachte ihn mit ihrem Blick zum Schweigen. »Nein. Sag nichts, spar dir dieses eine Mal den dummen Witz, den du schon auf der Zunge hast. Man schindet übrigens keinen Eindruck, indem man alles, was schön ist, in den Dreck zieht, weißt du?«

Er senkte den Kopf, bis sie nur noch sein schwarzbraunes Haar und nicht mehr sein Gesicht sah, und schwieg. Dann stand er auf und knöpfte sich das Hemd wie ein Engländer bis zur Kehle hoch zu. »Nein. Wohl nicht«, sagte er und sah sich nach seinem Sakko um, das er wie üblich mitten im Zimmer hatte fallen lassen.

»Fabrice, was machst du?«

»Was soll ich machen? Da meine Gesellschaft hier offenbar nicht benötigt wird, versuche ich mich anderweitig nützlich zu machen und das nötige Kleingeld aufzutreiben. Dir eine angenehme Nacht. Wenn dir nach irgendetwas der Sinn steht, ruf den Service an und lass es aufs Zimmer schreiben.«

»Sei nicht albern«, rief sie. »Du beträgst dich wie ein dummer Junge, der schmollt.«

»Das macht ja nichts. Als weisen Alten hast du doch meinen Bruder.« Er trat vor den Spiegel über der Frisierkommode, ging leicht in die Knie und kämmte sich mit den Fingern das Haar.

Draußen war die Sonne untergegangen, und die Lichter erwachten wie Glühwürmchen zum Leben, sandten goldene Sprenkel durch den Vorhang. Die Nacht begann ihr Lied der Verführung, und eine plötzliche Furcht ergriff von Nathalie Besitz. »Fabri! Zikadenmann! Jetzt komm zur Vernunft und sei wieder mein Freund. Willst du ausgehen? Dann warte, bis ich mich umgezogen habe, du hast dieses Kleid ja völlig ruiniert.

Und dein Hemd könnte auch ein Bügeleisen vertragen, obwohl es hier vielleicht nicht so sehr darauf ankommt wie auf der Croisette.«

Sie hatte wie ein Wasserfall geredet, und er gab ihr noch immer keine Antwort. Inzwischen stand er an der Tür, hatte die Hand auf die Klinke gesenkt. Unfähig, still liegen zu bleiben, sprang sie aus dem Bett, hastete in dem großen Zimmer umher, hob dieses und jenes auf und ließ es wieder fallen. »Ich hab nichts anzuziehen, es ist alles so grässlich altmodisch. Mein weißes Kleid mit den Rauten – meinst du, das ginge?«

»Warte bis morgen«, sagte er. »Ich bringe dir Geld, und ehe wir abfahren, kaufst du ein, was dir gefällt.«

»Fabrice, jetzt hör doch damit auf!« Sie lief zu ihm und hatte ihn schon umarmt, ehe ihr einfiel, dass ihr das Kleid noch immer auf der Taille hing und sie ihre nackten Brüste an ihn presste. Schlecht war das nicht, überlegte sie, vielleicht brachte es ihn wieder zu sich. »Macht dir das denn so viel aus mit meinem altmodischen Kleid? So viel, dass du nicht einmal mit mir ausgehen magst, auch nicht hier, wo kein Mensch uns kennt?«

Auf dem Haar spürte sie die Berührung seiner Lippen, dann wandte er sich ab. »Es hat mir nie etwas ausgemacht«, sagte er. »Von mir aus hättest du nackt und mit der Klosettbrille um den Hals über die Croisette tanzen können. Ich hätte mich vor Lachen ausgeschüttet und wäre vor Stolz auf dich geplatzt.«

»Dann lass uns Champagner trinken. Viel Champagner und ein bisschen *Pastis*, wenn wir welchen bekommen, damit ich den Mut aufbringe. Ich hoffe, die Amerikaner werfen keine Gläser nach mir.«

»Bestimmt nicht, *chérie*.« Er küsste noch einmal ihr Haar. »Sie werden dich lieben. Vermutlich brauchst du morgen mein Geld gar nicht mehr.«

Sie stieß ihn von sich, spürte ihre Nacktheit und kam sich entsetzlich lächerlich vor. »Was bin ich für dich? Eine Hure?«

Er lachte. »Aber nicht doch, *chérie*. Du bist für mich so eine Art Schwägerin. Alles ganz harmlos unter uns Verwandten. Gute Nacht.«

18

An die Nacht, die sie allein unter der Dachschräge des Hotels verbrachte, wollte Nathalie nie wieder denken. Sie trank den Champagner aus, bestellte über das Telefon eine zweite Flasche und schaltete sämtliche Lampen im Zimmer ein – alles, damit nicht das Dunkel hereinkroch. Sie begann Fabrice zu verfluchen, schwor, ihn zu ruinieren und den gesamten Champagnervorrat des Hotels leer zu saufen. Als der *garçon* kam, war sie nicht angezogen, wollte ins Badezimmer flüchten, brach dann aber in Gelächter aus und sang die paar Zeilen aus *La Java bleue*, die ihr einfielen:

»So viele Schwüre leisten wir
Und wissen doch,
Dass wir die Schwüre voller Liebe
Nicht allzu lange halten.«

Dazu tanzte sie dem Jungen, der nicht älter als sechzehn sein mochte, vor der Nase herum. In ihrer Erinnerung hatte er bleich wie ein Leintuch und starr wie ein Garderobenständer an der Tür ausgeharrt, bis sie ihn mit einem Klaps wegschickte. Nathalie trank den Champagner aus der Flasche. Sie sang jedes unanständige Lied, das sie je in der *Weinenden Kuh* aufgeschnappt hatte. Sie bekleckerte sich die Brüste, durchnässte, was von ihrem blauen Kleid übrig war. Die weinende Kuh, das war sie. Zu kurz geraten, zu plump und rundlich für den Zeitgeschmack, der der Pariser Vornehmheit einer Mistinguett zu Füßen lag und einer Arletty huldigte, dem neuen Filmstar mit dem winzig kleinen Hintern. Im letzten Sommer in Cannes war Fabrice mit ihr im Kino gewesen, *La Douceur d'aimer,* die Süße des Liebens, einmal zu drei Vorstellungen in einer Nacht, weil Nathalie nicht genug bekommen konnte. Sie war verrückt nach der Leinwand, die ihr vorkam wie ein riesiger Spiegel für das, was in ihrem Kopf getobt, getanzt und gewirbelt hatte, als sie das Spiel gespielt hatten.

Fabrice aber hatte sich gewiss in jener Nacht schon in Arlettys dünnen Hintern, ihren hohen Wuchs und ihre zierlichen Beine verliebt. Nathalie war ihm zu dick. Zu derb. Eine Bäuerin, eine Kuh, die flennte. Die Champagnerflasche war leer, aber die Zunge lag ihr wie geschmolzen im Mund, und sie war zu weiteren Bestellungen nicht fähig. Sie nahm den Flaschenhals und schüttelte sich die Tropfen in die Kehle. Im letzten Sommer waren sie in einem der großen Hotels auf Fréhel und Aimée gestoßen – Fréhel, die wie Arletty in Tonfilmen spielte und in einer Stunde einen ganzen Korb voll Geld verprasste, und Aimée, die bis aufs Gerippe abgemagert war. Offensichtlich war sie aber selbst so noch hübsch genug für Fabrice, an dessen Hals sie hing.

Das war seine Natur, daran ließ sich nicht rütteln. Auf die Großen, Zaunlattendürren stand er, an denen die eleganten Roben hingen wie auf Kleiderständern. Nathalies Kleid klebte klatschnass an ihren fleischigen Schenkeln und war drei Jahre alt. »Halt den bloß fest, deinen rohen Edelstein«, hatte Aimée ihr lallend vor Erschöpfung ins Ohr getuschelt. »Und wenn er dir doch entwischt, wenn er dir das Herz bricht und du um jeden Preis nach Paris musst, weißt du ja, wo du mich findest.«

Er war ihr entwischt, und er brach ihr das Herz. Aber so einfach fuhr man nicht nach Paris, schon gar nicht nach zwei Flaschen Champagner, die im Blut weiter schäumten. Dass ihr die Kraft ausging, erschien Nathalie zunächst als Erleichterung. Nur schlafen, nicht mehr denken. Dann aber kamen die Träume. Hätte es Pillen gegeben, um die zu vergessen, sie hätte sie geschluckt.

Warum ein Mädchen, das gierig lebte, lachte, tanzte und das schönste Gefühl der Welt kannte, von solchen Träumen heimgesucht wurde, blieb Nathalie ein Rätsel. Ihr Leben war so hell, weshalb also träumte sie von Finsternis? Es lag lang und glänzend vor ihr ausgebreitet, warum träumte sie von der Gruft an seinem Ende? Und sie hatte Didier – wie konnte das Mädchen, das von Didier geliebt wurde, von vollkommener Einsamkeit träumen?

Es gab keine Sprache in ihrem Traum, nur ein dumpfes, unaufhörliches Hallen und einmal, wie von einem Echo zurückgeschleudert, die vier Worte:

Mort pour la France.

Als sie erwachte, war nichts von dem Grauen verflogen. Licht brach blendend durch den Vorhang, aber Fabrice war nicht bei ihr, und nirgendwo in diesem Labyrinth von Gebäude konnte es einen Menschen geben, der ihre Sprache verstand. Das auf die Hüften gestreifte Kleid war zerrissen, die Betttücher klebten verschwitzt auf der Haut. Alle Pulse rasten, an ihre Schläfen hämmerten Meißel, und ihre Zunge lag im Mund wie ein verendetes Tier. In anderen Nächten, in denen sie aus quälenden Träumen geschreckt war, hatte Fabrice sie in die Arme genommen und ihr den Schweiß abgewischt, sie in ein Laken gewickelt, das vor kühler Sauberkeit knisterte. Er hatte ihr zu trinken gegeben, einmal den Saft einer Orangenhälfte direkt auf ihre Zunge geträufelt. »Ich kenne das auch«, hatte er in ihr Ohr geflüstert, und wenn sie weiterweinte und sich an ihm festkrallte, hatte er leise gesungen:

»Das ist die blaue Java.
Mein Liebling, in meiner Umarmung
Will ich dich fester halten,
Um den Abdruck und die Wärme deines Körpers
Länger zu bewahren.«

Jetzt war er fort und würde nicht wiederkommen. Auf einmal schien nichts so unerträglich wie dies. Sie würde ihn nicht wiederfinden, er würde sie nicht mehr mit seinen dummen Witzen dazu bringen, sich das Lachen zu verbeißen, er würde sich nie wieder über sie beugen, wenn der Nachthimmel über ihr zusammenstürzte, sie würde nie wieder hören, wie er sang.

Sie kam sich vor, als hätte sie eine Zikade zertreten, und zu allem Überfluss brachte der Durst sie um. Der Hunger ebenfalls. Den Empfang anrufen konnte sie nicht. Zum einen wusste sie nicht, ob noch Geld da war, um auch nur das Bett, in dem sie lag, zu bezahlen, oder ob jeden Augenblick jemand kam, um sie in ihrem kläglichen Zustand auf die Straße zu setzen. Zum anderen trieb die Erinnerung an ihren Auftritt in der Nacht ihr das Blut in die Wangen. Sie konnte unmöglich riskieren, dem bleichen Jungen noch einmal unter die Augen zu treten.

Gegen Mittag klopfte es, und gleich darauf fuhr ein Kellner einen Wagen mit einer leichten *blanquette,* dünn geschnittenem Weißbrot und ein wenig Obst herein. Dazu einen Kühler mit Sodawasser und einer Flasche Rosé. Zu Nathalie sagte er kein Wort, und sie schämte sich zu sehr, um ihn anzusprechen.

Das Essen schlang sie in sich hinein, das Wasser trank sie aus der Flasche, und vor lauter Verzweiflung nahm sie sich ein Glas von dem Wein, obwohl ihr davon noch übler wurde. Von dem zweiten erst recht. Dann ertrug sie es nicht länger. Sie wusch sich, ohne ihrem verwüsteten Gesicht im Spiegel zu begegnen, zog sich irgendetwas über und floh vor der Totenstille des Zimmers auf die Straße. Dort herrschte das übliche Treiben von

Menschen, die keinen Grund zur Sorge hatten. Und wenn doch, verschoben sie ihn auf das Ende des Sommers, wo sowieso alles Regen, Dunkel und Weltschmerz war, und stürzten sich bis dahin ins Getümmel.

Nathalie hatte zu ihnen gehört und hatte jede Sekunde genossen. Jetzt taumelte sie durch die Menge und wünschte sich, unsichtbar zu sein. Männer sprachen sie an. Vielleicht glaubten sie, in ihrem erbärmlichen Zustand sei sie billig zu haben. Sie gab niemandem Antwort und knotete sich das rote Tuch so fest um den Kopf, dass der Stoff ihr am Kinn ins Fleisch schnitt.

Anders als in Cannes war hier die Promenade nicht lang. Wo sie endete, beschrieb die Küstenlinie einen Knick und führte bergauf, wurde felsig, nicht mehr geeignet zum Sonnenbaden. Die heiteren Urlaubsgenießer verloren sich nach und nach, und über dem Meer begann die Sonne bereits wieder zu sinken. Nathalie hätte sich darum bemühen müssen, nach Hause zu kommen, sie konnte es keine weitere Nacht in dem Hotel aushalten, doch das bisschen Kraft, das ihr geblieben war, schwand mit jedem Schritt.

»Natou.«

Als sie aufblickte, stand er schon so dicht vor ihr, dass sein Duft ihr in die Nase stieg. *Caporal* im Maispapier. Pinie, Harz und Minze – alles, was herb war an ihrem Land. Er rührte sie nicht an, nur seine atemlose Stimme umhüllte sie. »Natou. Natou. Ist es dir so übel ergangen wie mir?«

Nathalie nickte. Er sah elend aus. Übernächtigt. Das scharf geschnittene Gesicht gedunsen. Während sie ihn betrachtete, kamen ihr die Tränen, und sie konnte nichts tun, um sie aufzuhalten. Endlich umarmte er sie, hielt sie beim Weinen so fest, dass es ihre Körper schüttelte. Vielleicht weinte auch er.

Als sie sich halbwegs beruhigt hatten, schob er die Hände in die Hosentaschen, und als er sie wieder hervorzog, hatte er nicht mehr als ein paar Münzen vorzuweisen. »Ich war spielen«, sagte er kleinlaut. »Wenn man gewinnt, muss man aufhören, aber ich habe immer weitergemacht. Das, was übrig war, habe ich ins *Le Provençal* gebracht. Für mehr als zwei Nächte reicht es nicht.«

»Das macht mir nichts aus«, sagte sie. »Ich will da nicht mehr bleiben.«

Sie gingen Hand in Hand, so eng, dass Hüften, Rippen, Schultern sich rieben, und holten ihr Gepäck aus dem Hotel. Fabrice fand jemanden, der den Beiwagen vom Motorrad haben wollte und ihnen dafür ein Dachzimmer in einem gelben Haus oberhalb der Promenade überließ. »Den haben wir sowieso nur nutzlos herumgeschleppt«, sagte er und beschmierte sich mit Öl, während er ihn abmontierte.

In einer verstaubten *épicerie* kauften sie Wein, Brot, Käse und geräucherte Wurst und an einem Kiosk zwanzig Zigaretten. Mehr brauchten sie nicht. »Mach kein Licht an«, sagte Nathalie. Als sie im Dunkeln Seite an Seite auf dem Rücken lagen, strich Erleichterung in Wellen durch ihren Körper. Sie waren der Wirklichkeit, die viel zu schwer für sie war, noch einmal entronnen.

»Kannst du für mich singen? Nur ein bisschen?«

»Das bezweifle ich. Mein Hals fühlt sich an, als hätte ich Sandpapier verschluckt.«

»Kannst du's versuchen? Ganz leise?«

Er legte den Arm um sie, wiegte sie, sang *La Java bleue.* Seine Stimme war wund und voll müder Zärtlichkeit. Was er durchgemacht hatte und was sie durchgemacht hatte, brauchten sie einander nicht zu erklären, und kein anderer würde begreifen, dass ihnen überhaupt etwas zugestoßen war.

»In meinem Musette-Walzer
Schwingt eine Melodie voller Süße,
Die uns den Kopf verdreht
Und die uns das Herz bricht.«

Sie beugte sich über ihn, zog ihm das Hemd aus, schmiegte sich in seinen Arm. In ihnen war immer dieses Wilde gewesen, diese Gier, der Erlebnishunger und die Lust auf Gefahr. Jetzt war Gewissheit in ihnen, und die schien vollkommen ruhig: Ich wollte die sein, die alle wollen, und die, die keinen will. Aber ich will dich.

»Ist es das, was dir von mir fehlt?«, fragte er. »Dieses Liebesgewäsch? Wenn es das ist, sag es. Dann gebe ich es dir.«

»Mir fehlt gar nichts, Fabrice. Es ist gut, wie es ist. Mach dir keine Gedanken.«

»Weißt du, wie ich mir vorkomme? Wie dieser komische Heilige, der die Brücke gebaut haben soll, die Pont d'Avignon, von der wir als Kinder das Lied gesungen haben: *Auf der Brücke von Avignon, da wird getanzt und getanzt …*«

»Was für ein Heiliger? Und warum hat der die gebaut?« Sie hatten beide in der Schule nicht aufgepasst, aber sie gierten nach Geschichten.

»Ich weiß nicht«, sagte Fabrice. »Weil die Sonne verschwunden war und irgendwelche Engel ihm gesagt haben: Wenn er die Brücke baut, erwacht wieder ein Tag. Als ich klein war, habe ich mir ausgedacht, ich wäre nach ihm benannt worden, wäre ein Kerl mit einem guten provenzalischen Namen, nicht irgendein Fabrice, um dessen Namen sich kein Schwein Gedanken gemacht hat.«

Nathalie hieß Nathalie, weil das »an Weihnachten geboren« bedeutete, hatte der Vater ihr erzählt: »Ich habe nie ein Geschenk zu Weihnachten bekommen, deine *grand-mère* Rose fand, ich hätte keines verdient, aber jetzt habe ich dich. Meine Nathalie.«

Sie küsste Fabrice auf die Schulter. »Macht dir das wirklich etwas aus?«

»Findest du es kindisch?«

»Und ob.« Sie gab ihm noch einen Kuss. »Aber das macht nichts. Jetzt erzähl mir von diesem Brücken bauenden Heiligen, nach dem du gern benannt worden wärst.«

Er grinste unsicher und küsste sie fast verstohlen auf den Mund. »Ein großer Held ist der nicht. Nur ein Hänfling, ein Schafhirt, und niemand hat ihm was zugetraut. Aber er sich selbst schon. Er hat sich hingestellt und einen Stein hochgehoben. Hier, hat er gesagt, das ist der Anfang der Brücke, und auf einmal hat das ganze Volk ihm geholfen, und die Dunkelheit verzog sich.«

Sie mochte ihn deshalb so sehr: weil er sich mit ihr Geschichten zurechtspann und weil er sie zum Lachen brachte. »Ja, ein Hänfling und ein komischer Heiliger bist du. Aber dass niemand dir etwas zutraut, liegt daran, dass du nichts tust, sondern in den Tag hineinlebst und den lieben Gott einen guten Mann sein lässt.«

So wie ich, dachte sie mit leisem Schrecken. Aber ich werde das ja ändern. Nur nicht heute Nacht.

»*Monsieur le bon Dieu?*« Im Dunkeln sah sie das Lächeln, das in seinen Augen stand, und fand es traurig und schön. »Ich habe eben den Stein noch nicht gefunden, mit dem ich anfangen muss. Akkordeon spielen, das hätte ich gerne gelernt, statt nur vor mich hin zu pfeifen. Oder die Welt bereisen und solche Sachen entdecken, die seit ewigen Zeiten kein Mensch gesehen hat.«

Wieder musste sie leise lachen. »Genau das ist es. Du redest nur herum und weißt nicht einmal, wohin du reisen und was für Sachen du entdecken willst. Dir ist nichts ernst.«

»Doch«, sagte er. »Das hier schon.«

Er wandte sich ihr zu. Von irgendwoher hatte er ihr rotes Tuch geholt und schwenkte es vor ihren Augen. Als sie den Kopf schüttelte, warf er es aus dem Bett. Er nahm sie in die Arme und begann sie zu küssen. Sie küsste ihn wieder, berauschte sich daran, dass ihre Körper jung und biegsam und unendlich stark waren. Es gab jetzt kein Zurück mehr, und das war richtig so.

In ihrem Spiel war es auch so gewesen: Man konnte nichts auslassen, auch wenn es die Dinge schwieriger machte, sondern musste jeden Zug, den es verlangte, bis zum Ende spielen.
»Ich kann dir das geben, wenn es der Stein ist, den du brauchst«, sagte er, ehe nichts mehr sie trennte. »Ich liebe dich, Natou. Ich würde für dich mein Land verraten, und was mehr ist: Ich würde sogar beten.«
Die ganze Welt musste still sein. Vor Staunen erstarrt. Er hatte ihr gegeben, was sie sich von ihm gewünscht hatte, und sie hatte es nicht einmal gewusst. Dass es morgen nicht mehr wahr sein würde, machte nichts aus. In dieser Nacht war es schön, und sie fühlte sich glücklich und reich.
Dann kam er in sie, und da war nichts mehr, das er ihr noch zu geben brauchte, weil er ihr alles gab.

Drei Tage und Nächte, die ineinanderflossen, blieben sie in dem kleinen Zimmer. Manchmal verließ es Fabrice, um für das wenige, das sie einkaufen mussten, Geld zu beschaffen. Wenn er zurückkam, liebten sie sich. Nathalie machte eine Entdeckung: Vielleicht besaß jeder Mensch für etwas ein Talent, überlegte sie sich, der eine für etwas Großes wie Brücken bauen oder Kriege führen, der andere für etwas ganz Unauffälliges wie Oliven züchten oder Post zustellen. Fabrice konnte singen, Salah konnte aus Leder Zöpfe flechten, Didier konnte wie ein Dichter Briefe schreiben, und sie war Nathalie, die lieben konnte. Ich bin ein Naturtalent in der Liebe, stellte sie fest und war sicher, dass es nicht das Schlechteste war, gerade darin ein Talent zu sein.
Fabrice verstand sich darauf, ihr Talent zu wecken. Er stellte seinen Fuß zu ihrem, lehnte seinen Schenkel an ihren und lachte: »Sieh mal an, mein Dickbein. Bei uns ist es wie bei *Riquet mit dem Schopf*: Dass mein Bein so schlank ist, hat auf deines abgefärbt.«

»Und mein Charme auf dich. Vielleicht musst du doch nicht dein Leben lang ein stoffeliger Rüpel bleiben.«

»Dem Himmel sei Dank für eine Frau, die zugibt, dass sie sich irren könnte.«

Sie mussten immerzu lachen. Beim Lachen küssten sie sich, und wenn sie sich küssten, wollten sie sich auf der Stelle lieben.

Am Morgen des vierten Tages, als Fabrice sich auf den Weg in den Ort gemacht hatte, weil ihnen die Zigaretten ausgegangen waren, klopfte es an der Zimmertür. Nathalie, die glaubte, es müsse der Hauswirt sein, machte auf. Draußen stand Salah.

»*Merde à Dieu!*«, platzte sie heraus. »Wo zum Teufel kommst du denn her?«

»Zum Teufel aus Les Adrets«, antwortete er. »Woher sonst? Dass ich aus einem verteufelten Ort namens Mers-el-Kébir in dieses Land verschifft worden bin, wolltest du wohl kaum wissen.«

»Ich will das alles nicht wissen! Nur wie du herausgefunden hast, wo wir sind. Hat dieses Biest Claudine …?« Aber Claudine wusste es ja selbst nicht, und wenn doch, hätte sie es nicht ausgerechnet Salah, Nathalies Vertrautem, erzählt.

Salah schüttelte den Kopf. »Ich habe euch gesucht. An jeder Tür, in jedem Laden und auf jedem Karren, der mich mitgenommen hat, habe ich nach euch gefragt. Und jetzt bin ich hier.«

»Aber warum denn nur? Bist du wütend, weil wir ohne dich gefahren sind?«

»Das tut nichts zur Sache«, sagte Salah. »Didier ist da. Ich dachte, du müsstest das erfahren, weil du dann vielleicht nach Hause kommen willst. Er hat einen Brief geschrieben, um dich wissen zu lassen, dass er früher abreist, aber der muss verlorengegangen sein.«

Didier

August 1931

19

Zu hassen, wie sein Bruder Fabrice es fortwährend zu tun vorgab, fiel Didier schwer. Wenn er überhaupt etwas hasste, dann war es der Krieg, der ihm seinen Bruder Claude genommen und ihn in eine Verantwortung gezwungen hatte, der er sich nicht gewachsen fühlte. Zu lieben fiel ihm dagegen leicht, er tat es unentwegt, aber der Liebe gerecht zu werden stand auf einem anderen Blatt. Am meisten liebte er sein schönes Land, die Provence, das Dorf Les Adrets mit dem Château, den Weinbergen und Gehöften, und ein schönes Mädchen, das in dem schönen Land seine Königin war.

Sooft er von ihnen getrennt war, von dem Land wie von dem Mädchen, dachte er an sie. Er sehnte sich nach ihnen und schrieb Briefe, in denen er ihnen seine schönsten Worte schenkte. Wenn er dagegen vor ihnen stand, war es nicht mehr so einfach. Reiste man von Norden mit dem Zug an, so erlebte man, wie allmählich die Felder gelber, die Gassen enger, die Wälder schwärzer und die Himmel höher wurden, und wusste, man kam in die Provence. Das war Glück. Erfüllte Sehnsucht. Aber anders, als wenn er Elend und Traurigkeit beschrieb, zersplitterten Didier daran die Worte.

Sein Bruder Fabrice hatte es leichter. Zum einen war er kein Grübler, und zum anderen konnte er singen. Einmal hatte er gesungen, während sie vom Bahnhof in Fréjus die Bergstraße hinauf zum Château gefahren waren, und als er fertig war, hatte der knochenharte Michel sich umgedreht und gesagt:

»Können Sie das bitte lassen, Monsieur le Comte? Das drückt mir das Herz aus wie in der Olivenpresse.«
Didier dagegen war etwas, das es nicht hätte geben dürfen: ein Künstler ohne Kunst, ohne einen Ansatz von Begabung. Und nun obendrein ein Offizier, dem der Gedanke an Krieg verhasst war.
Es war nicht so, dass er dem Leben beim Militär überhaupt nichts abgewinnen konnte. Er bewunderte die Tapferkeit der Männer und ihre Kameraderie, die fast etwas Zärtliches hatte. Für den noch jungen Colonel de Gaulle, den er in Saint-Cyr gehört hatte, empfand er glühende Verehrung. De Gaulle war ein Konservativer wie sein Vater, aber er hatte Feuer und Rückgrat, er ließ sich nicht unterkriegen und wich von seiner Haltung nicht ab. In Saint-Cyr hatten sie ihn gefeuert, weil er den Mund nicht hielt und gegen veraltete Methoden der Kriegsführung zu Felde zog. Den Tod von Tausenden französischer Soldaten lastete er ihren roten, weithin sichtbaren Uniformhosen an.
Die Schar der alten Haudegen fand de Gaulle und seine Sicht auf ihren Krieg arrogant. Statt aber einzulenken und ihnen eine Brücke zu bauen, hatte de Gaulle auf seinen Ansichten beharrt. Letzten Endes hatten sie ihn zu Einzelvorträgen an die Schule zurückholen müssen, weil sowohl Auszubildende als auch Ausbilder nicht aufhörten, nach ihm zu verlangen.
Bei Pétain war es genauso abgelaufen: Saint-Cyr hatte de Gaulle in den Beraterstab des Helden von Verdun verwiesen, weil man allgemein annahm, dort könne der Hitzkopf nicht viel Schaden anrichten. Binnen weniger Wochen lagen die beiden sich jedoch heillos in den Haaren. De Gaulle erschien völlig furchtlos – und Pétain hütete sich, ihn zu entlassen, weil ein solcher Mann selbst seinen Gegnern Respekt abnötigte.
Didier wäre gern so gewesen, er hätte gern in dieses Leben gepasst. Das Schiff *Bretagne*, auf dem er Dienst tat, kam ihm vor

wie Les Adrets: Seine Besatzung war ein zusammengewürfelter Haufen, und es brauchte Männer, die Führung und Verantwortung übernahmen. Didier hätte gern die Verantwortung getragen, aber er war der Falsche. Nach Führung sehnte er sich selbst, und vor der Aussicht auf Krieg und Tod schreckte er zurück.

Jeder war nett zu ihm, weil er der Sohn des Comte Cadière war und zudem ein Mensch, an dem niemand sich rieb. Dennoch hätte ein Blinder bemerkt, dass seine Befehlshaber ihn nicht ungern gehen ließen. Sie gaben ihm sogar noch vier Wochen Urlaub, damit er seine Heimreise vorziehen konnte. Alle nahmen freundlich Abschied und wünschten ihm für seine Zukunft das Beste, aber niemand behauptete, er wäre ein guter Offizier gewesen. Während er von Toulon die kurze Bahnstrecke nach Fréjus fuhr und dann in sein geliebtes Les Adrets weiterreiste, beschlich ihn einmal mehr die Angst, er könne auch kein guter Gutsherr sein.

Nicht der Gutsherr, den Les Adrets verdiente.

Er würde lernen müssen, sich mehr abzuverlangen und zu tun, was nötig war. Hinter Michel, auf dem Karren mit dem einohrigen Esel, auf dem er schon als Kind gefahren worden war, blickte er den Felsen hinauf und sah über sich das Château aufragen, die Mauern, die seit den Tagen des heiligen Bénézet hier standen. Anwesen wie dieses gaben Menschen Halt in einer ins Schlingern geratenen Welt. Wer wie er an solchem Ort aufgewachsen war, hatte eine Verpflichtung, vor der er sich nicht drücken durfte.

Didier stieg ab und hob sein Gepäck vom Wagen, ehe Michel, der alt wurde, zupackte. Er war entschlossen, sein Bestes zu geben. Liebe, aus der nur Worte, keine Taten folgten, hatte keinen Wert.

Vor dem Portal standen seine Mutter und Jeanne-Camille. Didier bemühte sich, seine Enttäuschung zu verbergen. War es nicht unfair, dass er gehofft hatte, sein Vater würde ihn einmal vor dem Haus empfangen, wie er es getan hatte, sooft Claude auf Urlaub gekommen war? Claude war sein erstgeborener Sohn gewesen, sein Stolz und Erbe. Didier war nur die zweite Garnitur, und dazu keine ganz taugliche. Was erwartete er also? Er verstand, was in seinem Vater vorging. Nach Claudes Tod hatte er mit der Gewohnheit gebrochen, sich an Weihnachten samt Frau und Kindern fotografieren zu lassen und das Bild Verwandten zu schicken. Zu Didiers Mutter hatte er gesagt: »Ich kann nicht weiterleben, wie ich mit Claude gelebt habe, als ließe die Lücke sich schließen. Für den Schmerz bin ich nicht stark genug, und ich wünschte, ich hätte gewusst, wie stark du sein musstest.«

Die Lücke schloss sich für keinen von ihnen. Fabrice hatte seinen großen Bruder vergöttert. Claude war der Einzige gewesen, von dem der wilde Jüngste sich etwas sagen ließ. Didier selbst fühlte sich, als ginge er seit Claudes Tod in zu großen Stiefeln umher. Seine Mutter hatte nach wenigen Tagen zu ihrer Haltung zurückgefunden, und sein Vater kam seiner Pflicht nach, doch erschienen sie beide wie Festgäste, die schon an der Tür standen und auf die Gelegenheit warteten, unbemerkt zu entschlüpfen. Was Jeanne-Camille empfand, wusste Didier nicht, denn er hatte es von jeher unmöglich gefunden, Jeanne-Camilles Gefühle zu erraten.

Dass sie sich aus Claude etwas machte, hatte sie nie bekundet, doch das hieß nicht, dass sie nicht um ihn trauerte. Claude war ihr im Alter am nächsten gewesen, womöglich hatte es zwischen ihnen ein Band gegeben, das keinen der Übrigen einschloss.

Die Lücke ließ sich nicht schließen. In jeder Familie des Landes gab es solche Lücken, und manchmal fragte sich Didier, ob ein derart löchriges Netz nicht eines Tages reißen musste. »Du bist der König der Schwarzseher«, hatte Nathalie geschimpft, und

Claudine war in Gelächter ausgebrochen. »Du hörst dich an wie ein Großvater. Schlecht ist das nicht, wo wir doch keinen haben.«

Nathalie und Claudine.

Mehr noch als auf den Vater hatte er auf eine der beiden gehofft. Wusste Claudine, wie sehr jeder auf dem Château sie liebte? Nicht einmal sie hatte die Lücke schließen können, aber weil sie – dem Himmel sei Dank – als Mädchen zur Welt gekommen war, hatte das auch niemand von ihr erwartet. Sie war wundervoll, ein Bündel Leben, das den Tod verdrängte. Jeder von ihnen saß allein in einem Turm aus Trauer gefangen, doch in ihrer Liebe zu Claudine fanden sie sich manchmal wie eine gewöhnliche Familie vereint.

Didier liebte Claudine über alle Maßen und hätte sich unbändig gefreut, nur einmal zu erleben, wie die Kleine ihm entgegenlief. Aber Claudine war längst keine Kleine mehr, sondern schon fast ein junges Mädchen, sie war beliebt und hatte Besseres zu tun. Nur wenn Fabrice kam, wurde sie wieder zum Kind, vielleicht weil Fabrice selbst ein solcher Kindskopf sein konnte und die beiden die Jüngsten der Familie waren.

Und Nathalie? Dass sie nicht kam, war nur vernünftig, denn vor aller Augen hätte er sie ja kaum in die Arme schließen können. Sie trafen sich heimlich, stahlen sich Augenblicke von unwirklicher Seligkeit. Vor allem aber lebte ihre Liebe in Briefen, die Didier die Kraft verliehen hatten, die Zeit auf der *Bretagne* durchzustehen. Auch wenn Nathalie nie mehr als zwei gekritzelte Zeilen als Antwort schrieb. Er musste lächeln. Schreiben war ihre Sache nicht. Sie war noch immer die schöne Berbertochter, die sie damals um jeden Preis hatte spielen wollen, die Wüstenrose, die betörte und tanzte, statt stillzusitzen und lesen zu lernen.

Über die Blüten, die Nathalies Fantasie trieb, würde er nie aufhören, sich zu wundern. Die ganze wild erdachte Geschichte war natürlich hanebüchener Unsinn, denn das Leben der Berber in Algeriens Wüste war alles andere als rosig, aber es war ja nur ein Spiel gewesen. *Weltenspiel.* Die Pappschachteln voller Papiere, die er in jenen Jahren unter seinem Bett gehortet hatte, hatte er eines Tages ans Erntefeuer getragen und hineingeworfen. Michel, der das Feuer schürte, hatte er erzählt, es seien Materialien aus der Schule gewesen, die er nicht mehr brauchte.

»Das ist die Wahrheit, Michel.«

»Das geht mich nichts an, Monsieur le Comte.«

Von zwei Mappen hatte er sich jedoch nicht trennen können: Sie gehörten zu dem Sommer, in dem Nathalie die Berberin gespielt hatte, und zu dem, als sie Geneviève, die Schutzpatronin von Paris, gewesen war. Ins Futter seines Seesacks genäht, hatte er die Mappen überall bei sich getragen, und wenn die Sehnsucht zu groß wurde, holte er sie hervor und blätterte darin. Dann sah er Nathalie in ihren Glanzrollen vor sich: als Verführerin, die einen Mann zum Landesverräter machte, und als Kämpferin, die auf einen Pferdewagen sprang und mit geblähter Brust den Parisern predigte: »Betet, betet! Wir sind so verdammt gut darin, wir beten den verdammten Hunnen aus unserer Stadt!«

Nathalie. Ach, Nathalie. Das Leben war gut zu ihm, und er hatte keinen Grund, sich alt und grau zu grübeln. Er war nach Hause gekommen, die Sonne buk den Boden zu Stein, der Lavendel verprasste sein Blau, und er musste nicht wieder fort. Sobald er Jeanne-Camille und seine Mutter begrüßt hatte, würde er Nathalie suchen gehen und in ihren Armen eine kleine Weile lang der Mann sein, der er gern gewesen wäre.

Didier schulterte sein Gepäck und machte sich auf den Weg zum Portal. Wie so oft musste er den Kopf in den Wolken gehabt haben und bemerkte erst jetzt die meerblaue, mit vier Sitzreihen ausgestattete Limousine, die hinter dem Renault seines Vaters stand. Also war Delphine gekommen. Außer

César Montbrun kannte er niemanden, der sich ein derart auffälliges Auto kaufen würde und es obendrein bezahlen konnte. Von den grausamsten Folgen der Wirtschaftskrise blieb die Provence, die von der Landwirtschaft lebte, verschont, doch auch hier schnallte jeder seinen Gürtel enger. Jeder außer Delphines Vater.

Didier lächelte. Delphine war schon lange nicht mehr hier gewesen, und es würde schön sein, noch einmal zu fünft etwas zu unternehmen. Es gab ein Band zwischen ihnen, das immer da war, ohne dass jemand es aussprechen musste.

»Wie nett, dass ihr auf mich gewartet habt«, begrüßte er seine Mutter und küsste sie auf die Wangen – schon als Kind hatte er sich gefragt, wie sie es schaffte, dass sie so kühl und trocken blieben. »Die Mühe hättet ihr euch doch nicht machen müssen.«

»Guten Morgen«, erwiderte seine Mutter knapp. »Hattest du eine reibungslose Reise?«

Was auf den paar Reisekilometern von Toulon nicht reibungslos hätte ablaufen können, war die Frage, aber seine Mutter bemühte sich vermutlich ebenso wie er um höfliche Konversation. »Das Schönste an der Reise ist die Ankunft«, sagte Didier. »Du siehst gut aus wie immer, und das Château tut es auch.«

»Das haben alte Gemäuer so an sich«, versetzte seine Mutter.

»Aber *maman*, du weißt, dass ich es so nicht gemeint habe.«

»Und du weißt, dass ich mir nichts daraus mache. Halten wir uns nicht auf. Juliette hat dir Canapés gerichtet, und sobald du dich frisch genug fühlst, will dein Vater dich sprechen.«

»*Papa?*«

»Wer sonst? Es eilt ihm.«

Sie trat zurück und gab Didier damit an ihre Tochter weiter.

»Willkommen zu Hause«, sagte Jeanne-Camille. Sie wirkte verändert. Insgeheim hatte er Fabrice, der ihren Schwager Honoré einen Stockfisch nannte, recht gegeben, doch die Ehe mit ihm schien seiner Schwester zu bekommen. Ihr Haar fiel weicher, ihre Wangen schimmerten rosig, und in ihren Augen stand Glanz.

»Jeanne-Camille, wie hübsch du aussiehst«, bemerkte er aufrichtig und küsste sie.

»Das ist in meinem Zustand nicht verwunderlich«, erwiderte Jeanne-Camille und strich sich mit beiden Händen über den Bauch.

Diese Geste hatte Didier noch nie bei einer Frau gesehen, und seine beherrschte Schwester war die Letzte, von der er es erwartet hätte. »Ich werde Onkel? Aber das ist ja wundervoll!«

Sie nickte, errötete und sah glücklich aus.

Werde ich ein guter Onkel sein?, durchfuhr es Didier. Dann aber schalt er sich: Hör endlich auf zu unken und freu dich. Er mochte Kinder, so linkisch er sich auch mit ihnen anstellte, und es würde schön sein, wieder ein kleines Geschöpf im Haus zu haben, dem er Märchen vorlesen konnte wie früher Claudine. Eine neue Generation von Cadières war auf dem Weg, vielleicht ein neuer Claude für das Château. Wenn sie sich alle bemühten, mochte er in einer geheilten Welt aufwachsen und Kriege, die Lücken in Familien rissen, niemals kennenlernen.

20

Sein Vater erwartete ihn in seinem Arbeitszimmer im südlichen Wohnturm, von dem man die Reihen der Rebstöcke und die silbrigen Kronen von Michels Olivenbäumen überblickte. Bei der Arbeit erhob er sich gelegentlich und gönnte sich einen Blick auf sein Land. Das Zimmer war nicht groß, aber es enthielt die Stücke, die Didier im Haus am liebsten mochte: den Louis-Quinze-Schreibtisch mit den zierlichen Weinlaub-Schnitzereien, die blaugemusterten Vasen, die der Einrichtung eine orientalische Note verliehen, und die Sammlung von Piranesi-Stichen, die allesamt Ansichten labyrinthisch verwobener, unter der Erde befindlicher Gefängnisse zeigten. Sooft Didier in diesem Raum stand, überkam ihn das Gefühl, dass hier die Geheimnisse des Fremden, der sein Vater war, verborgen lagen.

Der Vater saß in dem Zimmer nicht nur über seinen Papieren, sondern bat auch Herren, die er mochte, zum Gespräch herauf, etwa seine Cousins, die häufig zu Besuch kamen, oder Monsieur Lombard-Larquey, den Präfekten aus Toulon, und Monsieur Defrémicourt, den Unterpräfekten aus Draguignan. Didier fühlte sich geehrt, dass der Vater ihn ebenfalls in sein Zimmer gebeten hatte. Eines Tages könnte es sein Zimmer werden. Oder er könnte sich ein eigenes Zimmer einrichten, wo sein Sohn ihn irgendwann besuchen käme.

Der Gedanke an einen Sohn war so schön wie befremdlich. Es war, als machte man den dritten Schritt vor dem ersten. Plötzlich dachte er: Wenn ich einen Sohn habe, hätte ich gern, dass wir uns kennenlernen, ehe unsere gemeinsame Zeit fast vorüber ist.

Sein Vater bewahrte in einer Kristallkaraffe einen Cognac auf, der noch von seinem Vater stammte, einen *Courvoisier Succession,* von dem er nur selten einem Gast etwas anbot. Heute schenkte er je einen Fingerbreit in zwei Schwenker und reichte einen Didier. »So war es auch, als mein Vater mich einst aus ähnlichem Anlass zu sich bestellte«, sagte er, sah aber dabei aus dem Fenster, nicht in Didiers Gesicht. »Nur war ich mit meinem Vater nicht allein. Mein künftiger Schwiegervater, Hervé Saint-Céran, war ebenfalls anwesend, und die Nachricht, mit der die beiden mir aufwarteten, machte mich glücklich. Ich hätte mir auch diesen heutigen Anlass erfreulicher gewünscht.«

Didier begriff. Sicher war eine solche offizielle Einführung zwischen Vätern und erstgeborenen Söhnen der Cadières üblich. »Du hättest dir gewünscht, du würdest diesen Tag mit Claude erleben«, sagte er. »Es tut mir leid, *papa.*« So leid, dass er sich wünschte, er hätte die Macht, sich gegen Claude einzutauschen und dem Vater seinen Lieblingssohn zurückzugeben.

»Claude?« Sein Vater wandte sich um und sah aus, als käme er von weit her. »Ja, ich verstehe, was dich darauf bringt. Damals, als Claude geboren wurde, habe ich mich auf einem Gipfel gefühlt, den ich mir heute nur mehr schwer vorstellen kann. Ich war jung. Ich kam mir stark, ja unbesiegbar vor: Ich hatte meine Pflicht getan, hatte die schönste Tochter der Gegend geheiratet und diesem herrlichen Besitz einen Erben geschenkt. Es würde alles gutgehen, dachte ich. Ich würde dafür sorgen, dass es gutging. Im Rückblick nennen sie unsere Zeit, die Jahre der Weltausstellungen, des Aufschwungs und des Friedens, die *Belle Époque,* und ich glaube, das trifft es nicht schlecht. Es war eine Zeit, in der wir alles für möglich und uns für geradezu allmächtig hielten.«

Didier suchte vergeblich nach etwas, das er hätte sagen können. Stattdessen trank er von dem weichen Cognac und behielt die Flüssigkeit im Mund.

»Wie dem auch sei«, nahm sein Vater den Faden wieder auf. »Wir waren nicht allmächtig, ich am wenigsten, und es ist nicht alles gutgegangen. Selbst mit reichlich Geld und ererbtem Cognac kann man sich die Liebe eines Menschen nicht kaufen, und das Geld haben wir auch nicht zusammengehalten. Vor allem aber haben wir euch dieses Monstrum von einem Krieg aufgehalst, an dessen Folgen ihr euch noch auf Jahre hinaus die Zähne ausbeißen werdet.« Er stieß ein schnaubendes Lachen aus. »Wir hatten es leicht. Ihr hattet es schwer. Macht es besser als wir.«

»Aber an dem Krieg hast doch du keine Schuld«, rief Didier, der von dem Übrigen nichts begriff.

»Das ist eben die Frage«, erwiderte sein Vater. »Wenn man etwas kommen sieht und die Augen schließt, hat man dann

Schuld oder hat man das Recht dazu, weil das eigene kleine Leben schon die Kräfte übersteigt?«

Wieder suchte Didier nach Worten. »Du wirst Großvater«, sagte er endlich. »Das ist doch ein Grund zur Freude. Und der Krieg ist vorbei. Im Augenblick gibt natürlich die wirtschaftliche Lage Anlass zur Sorge, aber sobald die Dinge sich stabilisieren ...«

»*Wenn* sie sich stabilisieren«, erwiderte sein Vater. »Aber ich will dir deinen Optimismus nicht rauben. Du wirst ihn brauchen, und bis vor kurzem habe ich die Dinge ähnlich hoffnungsvoll betrachtet. Die Krise allerdings, das Verschwinden von Geld, das es nie gab, ist nur das Platzen der Seifenblase, in der wir gelebt haben.«

Er ging zu dem mit Elfenbein verzierten Kasten, in dem er seine Zigarren aufbewahrte, klappte aber den Deckel nur auf und gleich wieder zu. Ebenso wie Didier war er kein Mann, der viel rauchte. »Und jetzt haben wir die größte Not bei denen, die in unsere Blase gar nicht mit hineindurften«, sagte er. »Einen ganzen Planeten voller Menschen, die aufschreien, weil sie vergessen worden sind. Das spielt Fanatikern in die Hände. Leuten wie diesem unappetitlichen Mussolini, und in Spanien braut sich wohl auch etwas zusammen, obwohl die ihren Diktator gerade erst losgeworden sind.«

»Und in Deutschland«, wagte Didier sich vor.

»An Deutschland möchte ich lieber nicht denken«, erwiderte sein Vater. »Ich schlafe dann noch schlechter. Ich fühle mich schuldig, weil wir die bemerkenswerten Köpfe, die dort unermüdlich gegen die Extreme gekämpft haben, mit unserem Pochen auf Rache ausgeblutet haben. Ohne uns zumindest in Erinnerung zu rufen, dass wir im Ernstfall zwischen Deutschland, Spanien und Italien in der Zange sitzen. Hoffen wir, dass du recht behältst und die Wellen sich wieder legen. Im Augenblick jedoch schwappen sie an Frankreichs Strände, und wer weiß, was in ihrem Schlepptau folgt.«

»Vielleicht ist ja gerade das heilsam!«, rief Didier. »Im Grunde ist es doch gar nicht möglich, dass die Verhältnisse sich stabilisieren, solange sie nicht gerechter sind. Solange Familien ins Elend fallen, während andere prassen, solange Männer wie mein Freund Salah ihr Leben praktisch als Sklaven fristen, so lange kann jeder Windstoß ein errichtetes Gebäude wieder umwerfen.«

Erschrocken verstummte er. Seine Worte klangen wie abgelesen aus der *Humanité*. Wie konnte er so mit seinem Vater sprechen, der Kommunisten im eigenen Land vermutlich nicht weniger verabscheute als Faschisten in den Nachbarstaaten? Didier war kein Kommunist. Er hatte nur diesen Drang, zu begreifen, warum die Welt so war, wie sie war. Warum der eine Mann als Verräter verurteilt werden konnte, während der andere einen Orden erhielt. Warum der eine mit seiner Familie in einem Keller hausen musste, während der andere für einen Urlaub eine Zimmerflucht in Cannes mietete. Warum der eine seine Schwestern seit bald zwanzig Jahren nicht gesehen hatte, während der andere mit den seinen im Paradies lebte und ihre Kinder aufwachsen sah.

Er redete mit niemandem darüber. Höchstens manchmal, wenn sie Zeit fanden und etwas Starkes zu trinken hatten, mit Fabrice.

»Das sind eure Fragen, nicht mehr unsere«, sagte sein Vater. »Die hinterlassen wir euch als Erbe, und jeder muss selbst entscheiden, was er sich an Gewicht aufladen kann. Für mich war das hier Last genug, und ich habe sie nicht gut getragen.«

Für mich ist es mehr als genug, durchfuhr es Didier: Für mich ist es zu viel.

»Du hast Schwestern«, fuhr sein Vater fort. »Dein Schwager ist ein ehrenwerter Geselle, aber mehr auch nicht. Dazu kommt deine Mutter, der ich es schuldig bin, dass sie nicht noch mehr zu leiden hat. Für sie alle wirst du zu sorgen haben, und der kleine Tunichtgut wird dir dabei wohl kaum eine Hilfe sein.«

»Fabrice?«

Sein Vater verzog den Mund. »Ich hätte sie in Frieden lassen sollen, die arme Odette. Der Versuch eines Mannes, einer Frau, die ihn nicht will, doch noch Glück zu schenken, endet allzu oft in Scham und mit einem Springteufel von Kind, das niemand braucht.«

Ich brauche Fabrice, begehrte es in Didier auf. Obwohl er nicht einmal wusste, wo der kleine Bruder sich aufhielt, hätte er ihm am liebsten die Ohren zugehalten, damit er nicht hörte, wie sein Vater über ihn sprach.

»Es ist jetzt an der Zeit, es dich wissen zu lassen«, teilte ihm der Vater mit, als hätte er das eben Gesagte schon vergessen. »Sosehr ich dir für deinen Idealismus das Beste wünsche und so wenig zynisch ich das meine – selbst wenn die Lage Europas sich in deinem Sinne entwickelt, wird dir das hier, an dem Platz, an den du gestellt bist, nicht viel nützen. Um den Besitz zu erhalten, brauchst du Geld. Dabei geht es nicht ums Prassen, sondern darum, dass deine Schwester im Winter ihre Kinderstube heizen kann und deine Olivenbauern mit ihrer Arbeit die Familie ernähren können. Im besten Fall auch um Neuerungen. Bewässerung. Transport. Der ewige Kampf gegen Reblaus und Mehltau. Die Mittel dafür waren immer knapper, als es uns beim Silberpolieren und beim Auffüllen der Cognac-Vorräte möglich schien. Jetzt aber sind sie nicht mehr nur knapp: Das Geld ist weg. Ich wollte fortschrittlich sein und habe in Deutschland investiert …«

»Weg«, hörte Didier sich murmeln. Er klang wie ein Idiot, doch seine Gedanken überschlugen sich. Wenn das Geld, das Les Adrets brauchte, weg war, musste er neues beschaffen. Was sein Vater damit gemacht hatte, spielte keine Rolle, nur, wie es wieder hereinkam, zählte. Es ging um Michel bei seinen Oliven, Pâcome von der Post, Monsieur Bruno, Nathalies Familie in der Mühle.

»Es kommt noch ärger«, sagte sein Vater. »Ich kann dir nicht einmal Zeit lassen, mit der einen Hiobsbotschaft fertig zu werden, sondern muss dir das ganze Bündel auf den Rücken laden. Mein Cousin Baptiste, den es in den Norden verschlagen hat, nach Châteaulin, wo sie gerade dieses erstaunliche halbe Kind zum jüngsten Unterpräfekten Frankreichs ernannt haben, hatte seinen Besuch angekündigt. Ich sehe Cousin Baptiste viel zu selten. Er hat Medizin studiert. Nicht standesgemäß. Aber couragiert. Da er endlich einmal hier war, habe ich die Gelegenheit ergriffen und ihn gefragt, warum mir keine zarte, selbsterlegte Wachtel und kein halb süßer, halb scharfer *Banon*-Käse mehr schmeckt, sondern sich beim Schlucken anfühlt, als zerreiße es mir die Brust.«
Didier konnte sein Herz schlagen hören. Er wollte den Mann, der beim Fenster stand und auf seinen Wein hinaussah, an sich reißen und anschreien: Nein! Doch nicht jetzt, wo ich zu Hause bin, wo wir Zeit hätten, wo du endlich mit mir sprichst! Ich kenne dich kaum, und was kennst du von mir?
»Anders als ich ist Cousin Baptiste keiner, der lange fackelt«, sagte sein Vater. »Ein Mann der Tat, ist das nicht unbezahlbar? Mir ging das immer ab. Aber um die lange Geschichte kurz zu machen: Baptiste bestand darauf, dass ich mich nicht in Toulon, geschweige denn in Fréjus, sondern ins Hospital in Marseille einweisen lasse. Da fand sich dann, was mir lieber verborgen geblieben wäre: In meiner Speiseröhre wächst etwas, was dort nicht hingehört, und da es sich nicht entfernen lässt, wird es mir eher früher als später den Garaus machen. Nein, Didier, sieh mich nicht so an. Ich war dir nie der Vater, den ein Sohn hätte haben sollen, und du musst mir jetzt nicht der Sohn sein, der zu diesem Vater gehört hätte.«
Didier wollte protestieren, doch sein Vater schüttelte den Kopf. »Wenn es dir zu viel wird, musst du es mir sagen. Obwohl ich dir in dem Fall auch nicht wirklich helfen könnte.«
Didier schüttelte den Kopf.

»Das wird nicht leicht«, warnte der Vater. »Ich wollte meinen Kindern ersparen, wozu ihre Mutter gezwungen wurde und woran sie zerbrochen ist. Aber ich habe wohl nicht aufgepasst, zu viel Billard gespielt und mich mit zu vielen Frauen getröstet, die ich nicht geliebt habe. Also stehe ich jetzt hier und muss von dir verlangen, was von deiner Mutter verlangt wurde. Und als wäre das nicht genug, hätte ich gern, dass es, anders als bei ihr, nicht zu einer Tragödie führt.«

21

Die Enthüllung seines Vaters lähmte Didiers Gedanken. Um zu begreifen, was das alles für ihn bedeutete, hätte er mit jemandem darüber sprechen müssen, doch es war niemand da. Nur Delphine. Fabrice fehlte, und Salah fehlte, doch vor allem fehlte *sie*. Nathalie.

Nein, sie war keine, die Briefe schrieb. Bisher hatte sie jedoch jedes Mal, wenn er nach Hause kam, etwas zu seinem Empfang hinterlassen, ein paar Liebesworte, einen gezeichneten Kussmund, eine zärtlich-kindliche Kleinigkeit. Sie gab dem Mädchen Schnaps aus Sebastiens Bar, damit es ihr sein Ankleidezimmer aufschloss, und steckte die Nachricht an den Spiegel, verstreute die Mitbringsel im Raum. Diesmal fand er nichts. Keine vertrocknete Mittagsblume, keinen holprigen Reim, keine auf dem Nachttisch zerkrümelten Lavendelblüten. Es war, als wäre sie aus seinem Leben verschwunden. Oder schlimmer: als hätte sie ihn aus ihrem ausradiert. Alle Versuche, sich einzureden, dass es ihm das Unvermeidliche erleichterte, schlugen fehl, denn es erleichterte nichts.

Nur Delphine war da. Er ging ihr aus dem Weg, soweit es möglich war. Wo es nicht möglich war, machte sie es ihm leicht, indem sie sich betrug, als wäre dies ein gewöhnlicher Sommer. Reiten, schwimmen, geeiste Limonade trinken. Belangloses schwatzen. Wenn einem nichts mehr einfiel, verlegen lächeln. Delphines Vater polterte auf dem Gelände herum, als wollte er es kaufen, zog sich Michels schweigende Verachtung zu und vertrieb die Katzen aus dem Milchhof. Delphine aber war ohne Zweifel das netteste Mädchen, das einem Mann über den Weg laufen konnte. Fatal war, dass das die Sache nicht besser, sondern härter machte.

In den ersten zwei Nächten war er sicher, er könne das, was von ihm verlangt wurde, nicht zu Ende bringen. Er beschwor das Bild vom Château, das er bei seiner Ankunft gesehen hatte, und seinen Entschluss, zu tun, was nötig war, beschwor das Gesicht seines Vaters und dachte noch immer: Ich kann das nicht. Morgen früh wird Nathalie kommen, und es gibt nichts anderes mehr.

Aber Nathalie kam nicht.

Stattdessen wollte Claudine mit ihm reiten. »Ich weiß, auf wen du wartest«, sagte sie nach einem Galopp, in dem er seinen nicht mehr jungen Wallach zu hart herangenommen hatte. »Und ich kann dir auch sagen, wo sie ist.«

»Keine Intrigenspinnerei«, warnte er sie. »Das ist unter deiner Würde, *mon moineau*.« Dass Claudine vor Eifersucht auf Nathalie platzte, war nichts Neues, und das Gleiche galt umgekehrt. Was die eine über die andere sagte, gehörte stets mit einer Prise Salz gegessen.

»Ist keine Spinnerei«, tat Claudine beleidigt. Sie ritt Thérèse Raquin, die unablässig buckelte und keilte, und hatte alle Hände voll zu tun. »Aber lass gut sein. Wenn du nichts hören willst, werde ich den Teufel tun und dich mit dem, was ich weiß, belästigen.«

Eine Weile ritten sie schweigend. Claudine pfiff, und Didier war zumute, als säße er auf einem Haufen Ameisen. »Sag mal«,

begann er endlich, »hat Fabrice dir nicht verboten, dieses Pferd zu reiten?«
»Schon möglich.« Claudine zuckte die Achseln, wurde in die Höhe geschleudert und krallte sich in der Mähne der Stute fest. »Aber Fabrice ist nicht da. Was er nicht weiß, macht ihn nicht heiß, richtig? So wie dich nicht heiß macht, was du nicht wissen willst.«
»Was will ich denn nicht wissen?«
»Pssst!« Mit einer spöttischen Geste legte sie sich den Zeigefinger an die Lippen. »Keine Intrigenspinnerei.«
Sie ritten das ganze Melonenfeld entlang und dann noch ein gutes Stück in den Wald hinein, bis Didier die Geduld verlor.
»*Mon Dieu*, jetzt sag es mir schon.«
»Was denn, lieber Didier?«
»Wo sie ist.« Der Harzduft der Pinien legte sich schwer auf seine Brust. »Nathalie.«
»Aber das willst du doch nicht wissen.«
»Claudine!«, stieß er so heftig hervor, dass die Stute stieg und das Weiße in ihren Augen zeigte.
Claudine brauchte eine Weile, um sie wieder zur Räson zu bringen. »Sie ist mit Fabrice auf der neuen Straße an der Küste unterwegs. Dorthin, wo die großen Hotels sind, wo ihr im Winter auf Saison fahrt. Zum Tanzen. Ohne mich.«
»Warte noch ein bisschen«, sagte Didier gepresst. »In zwei Jahren kommst du mit uns, und dann wirst du sehen, dass es damit gar nichts Aufregendes auf sich hat.«
»Nathalie findet es schon aufregend. Wenigstens mit Fabrice. Sie wollte nicht, dass einer von uns mitkommt, nicht einmal Salah. Fabrice hat Michel angelogen, und Nathalies Kleid war kein bisschen anständig. Ich hätte ihren Strumpfhalter sehen können, aber sie hatte gar keinen an.«
Didier versuchte den Knoten, der sich in seiner Kehle ballte, zu schlucken. »Du bist gehässig«, sagte er zu Claudine. »Ich will jetzt nichts mehr hören.«

»Das würde ich an deiner Stelle auch nicht wollen«, erwiderte Claudine.

Es war sinnlos, auch nur darüber nachzudenken. Sein Vater starb. Les Adrets würde untergehen, das Kind seiner Schwester würde nicht mehr auf dem Land seiner Ahnen aufwachsen, wenn er nicht tat, was getan werden musste. Welche Rolle konnte es da spielen, dass Nathalie mit Fabrice eine verbotene Reise an die Küste machte? Die beiden taten doch ständig Verbotenes, und sie klebten auch ständig aneinander, sosehr sie sich in den Haaren lagen. Es hatte nichts zu bedeuten. Nathalie war Doucette, die süßeste Katze auf dem Milchhof, die alle Kater wollten und die keinen nahm. Fabrice dagegen war Chérubin, der Rote, der bei Nacht auf die Pirsch ging. Er musste an die hundert Katzenwürfe im Ort gezeugt haben, doch an Doucette kam er nicht heran.

Gewiss wollte er das auch gar nicht. Für Fabrice war Nathalie so etwas wie eine weitere Schwester, und für Nathalie mochte er der Bruder zum Rangeln sein, den sie nie gehabt hatte.

Es lohnte sich nicht, darüber nachzudenken.

Didier dachte drei Tage lang über nichts anderes nach.

Dann kam Salah. Jedes Mal, wenn man ihn unverhofft sah, schien er noch größer zu sein, und auf dem Abreiteplatz wirkte er fremder denn je. Didier, der sich innerlich wie wundgerieben fühlte, führte nach einem Ausritt seinen Wallach trocken.

»Ich habe Nathalie zurückgebracht«, sagte Salah. »Als sie gehört hat, dass du angekommen bist, wollte sie nach Hause.«

Didiers Brust schien sich zu weiten, während sein Herz sich zusammenkrampfte. »Und wo ist sie jetzt?«

»In der Mühle.«

»Und Fabrice?«

Salah zögerte. »Noch dort«, sagte er schließlich. »Der Ort heißt Juan-les-Pins, aber mehr weiß ich nicht, du musst mich also nicht fragen.«

Gerade als Salah den Namen des Ortes ausgesprochen hatte, tauchte zwischen zwei Stallgebäuden Claudine auf, ohne Pferd, dafür mit Korb und Olivenrechen, den sie hob, um fröhlich zu winken. Dieses eine Mal ließ Didier sie links liegen.

»Sag mir die Wahrheit, Salah.« Das war nicht fair. Er hatte nicht das Recht, den Algerier derart in die Enge zu treiben, ja er hatte nicht einmal ein Recht auf das, was er Wahrheit nannte.

»Ich kann dir nur sagen, was sie mir gesagt hat«, erwiderte Salah. »Das ganze Jahr lang und das Jahr davor und alle Jahre.«

»Was war das?«

»Dass du der bist, den sie liebt. In Wirklichkeit. Nicht im Spiel. Den Rest frag sie selbst, denn ich weiß deine Antwort nicht.«

Er musste zu ihr. Was immer danach geschah – er musste sie bei sich haben. Wenn sie ihn hielt, wenn er sich an ihr festhalten konnte, würde er eine Lösung finden.

Nathalie stand hinter der Mühle im Gras und hängte Wäsche auf. Um ihre Füße strich der undurchschaubare Chérubin durchs Gras, und sie reckte sich mit jedem Wäschestück nach der Leine. Sie war nicht groß, Delphine musste gut und gern einen Kopf größer sein. Das Kleid, das sie trug, wirkte wie üblich, als sei sie herausgewachsen, und wenn sie sich reckte, gab es ihre muskulösen Waden und die Sehnen der Fesseln frei. Didier kannte Mädchenbeine. Er war als Oberschüler in Paris gewesen, er ging in Cannes und Nizza auf Bälle, und man schrieb das Jahr 1931. Er sah die Dienstmädchen, wie sie sich beim Wäschehängen reckten, und Nathalie kannte er schon sein Leben lang. Dennoch überfiel ihn jedes Mal, wenn er ihr zusah, das rauschhafte Gefühl, etwas Wundervolles und Verbotenes zu tun wie die Helden der Literatur. Um ihren Hals lag das rote Kopftuch, das ein wenig zu grell in der Farbe war, aber zu ihr eben passte. Er musste sich durch ein Geräusch bemerkbar gemacht haben. Die Katze flitzte davon, und Nathalie fuhr herum. »Didier! Mein liebster kleiner Didier.«

Sie rannte los und warf sich in seine Arme. Erst als er ihr Gesicht nicht mehr sehen konnte, weil sie es an seine Brust presste, fiel ihm auf, dass es verweint gewesen war.
»Mein Mädchen«, murmelte er. »Mein schönstes, süßestes Mädchen. Ich erschrecke mich jedes Mal, wenn ich dich wiedersehe, weil du noch schöner geworden bist.«
»Ach, mein Didier. Du bist der netteste Mann auf der Welt.«
»Und du das netteste Mädchen.«
»Das ist gelogen.«
Nathalie lachte, aber Didier fühlte sich ertappt. »Du weißt nicht, wie ich dich vermisst habe«, sagte er. »Ich war so traurig, als ich ankam und du mich hier nicht erwartet hast.« Er konnte nicht glauben, dass er sich das sagen hörte. Es war das Falsche, es richtete noch mehr Schaden an. Aber es war zugleich das Einzige, was er sagen wollte. Das Einzige, was richtig klang.
Sie hob ihm ihr Gesicht entgegen und umfing seines, strich ihm zart die Tränen von den Wangen und hörte nicht auf damit. »Es tut mir so leid, mein Liebling. Wir hatten diese fixe Idee, wir haben nicht nachgedacht, wir wollten einfach noch einmal ausreißen.« Auch aus ihren Augen strömten unaufhörlich Tränen. »Nur noch ein Mal. Wie zum Abschied. Und dann nie mehr.«
»War es wirklich nur das? Eine von euren fixen Ideen?« Die Erleichterung, die er empfand, war trügerisch, und doch war es, als würden ihm Bleigewichte von der Brust fallen.
Nathalie hielt das Gesicht gesenkt und streichelte weiter seine Wangen.
»Ich habe nicht gewusst, wie sehr ich dich brauche.« Didier hörte sich stöhnen und wünschte, er hätte, statt zu sprechen, einen Brief schreiben können. »Liebst du mich noch, Nathalie? Oder ist das vorbei – so wie alles?«
»Ich habe dich immer geliebt«, sagte sie, ohne aufzublicken. »Schon als ich in der Halle bei euch auf dem Klosett saß. Ich habe mich dort eingeschlossen, weil ich mich für dich schön

machen wollte, eine Dame wollte ich werden, auch wenn ich damals noch dachte, ich tue es für Claude.«

So traurig das alles auch war – und es war das Traurigste, was ihm seit Claudes Tod widerfahren war –, musste Didier lächeln.

»Ich glaube, das ist das eine, was du nie sein wirst. Eine Dame.«

»Warum nicht? Ich wollte so gern eine Dame für dich sein.«

»Du bist eben du.«

Er sah, wie sie schluckte, wie ihre Schultern unter dem Kleid dabei zuckten. »Und du willst mich trotzdem heiraten? Obwohl du findest, dass ich keine Dame sein kann, sondern immer nur ich?«

Die Tränen drohten ihn wie die Frühlingsflut zu überrollen, sie machten ihm das Sprechen unmöglich. Es wäre so einfach gewesen. Sich gehenlassen, kein Wort sagen, weil ihm die Stimme ertrank. Aber ein Mann von Ehre durfte so etwas nicht tun. Nicht der Herr von Les Adrets. Was er sich erlaubt hatte, ging bereits viel zu weit. Durch den Schleier von Tränen glaubte er, wieder Claudine zu sehen, die am flachen Fluss Blaubeeren pflückte, aber vielleicht sah er inzwischen schon Gespenster.

»Was ist mit dir los, mein Didier? Warum sagst du nichts?«

»Dich heiraten kann ich doch nicht«, brachte er heraus und schluchzte wie ein Kind. »Ich muss Delphine heiraten, Natou. Mein Vater hat all sein Geld verloren, und wenn ich das, was Delphine als Mitgift erhält, nicht bekomme, verlieren wir Les Adrets.«

Jeux interdits – Verbotene Spiele

Berlin.
Und Paris, Paris, Paris.

Dörte

Januar 1933

22

An das Gefühl, anders zu sein als die anderen, hatte Dörte sich gewöhnt. Das Anderssein war ihre erste Erinnerung. Sie hatte in einem viel zu großen Zimmer gestanden, in dem sich Gruppen von Menschen drängten, die bunte Kleider und Hüte trugen und aus hohen Gläsern bunte Getränke tranken. Dörte hatte sofort erkannt, dass sie anders war. Sie hatte an sich herabgeblickt, hatte festgestellt, dass an ihr nichts bunt, sondern alles grau war, und war nicht überrascht gewesen. Nur traurig. Gleich darauf hatten die Schmerzen begonnen. Ein Druck auf der Brust und ein Wühlen im Bauch, wobei sie sich irgendwann nicht mehr sicher war: Vielleicht saß der Schmerz im Bauch, vielleicht im Bein, vielleicht anderswo. Oder nirgends. Einer in der langen Reihe von Ärzten, die ihr Bruder Alwin mit ihr aufgesucht hatte, hatte zu ihm gesagt: »Der tut gar nichts weh. Die simuliert doch nur.«
An all das, die Traurigkeit, den Schmerz und das Grau, hatte sie sich gewöhnt. Nachdem Rieke ihr die Farbstifte geschenkt

hatte, hatte sie angefangen, sich die Welt andersherum zu zeichnen: ein einzelnes Wesen – Taube, Hund oder Katze – in Farbe und den Rest in Grau. Das half manchmal. Nicht wenn der Schmerz sich schon festgebissen hatte, aber in den guten Zeiten, wenn es darum ging, das Schlechte, das unweigerlich wiederkam, noch ein wenig aufzuhalten. In den letzten Jahren hatte sie viele gute Zeiten gehabt und fand es nicht schwer, sich an die paar schlechten dazwischen zu gewöhnen.

Nur an eines konnte sie sich nicht gewöhnen: dass sie ihren Herzmenschen zur Last fiel, weil sie anders als die anderen war. Vor allem ihrem Bruder. Alwin ängstigte sich sogar in den guten Zeiten um sie und hätte sie am liebsten in Watte gepackt, um wie eine Glucke über sie zu wachen. Er war die geborene Glucke, er musste eines Tages viele Kinder haben, über die er seine Flügel breiten konnte. Einmal hatte Dörte eine glückliche Henne mit seinem Gesicht gezeichnet und drum herum lauter Eier mit fröhlichen Alwingesichtern, die unter seinen Flügeln tanzten. Alwin hatte sich höflich bedankt, er bedankte sich immer höflich, wenn sie ihm etwas schenkte, aber er hatte sichtlich nicht verstanden, was sie ihm mit der Zeichnung sagen wollte.

So glücklich wie die gezeichnete Glucke sah er selten aus. Dörte wusste, was er dachte: Er hielt sie für unfähig, ihr Leben selbst zu meistern. Und sie wollte ihm doch so gern beweisen, dass sie dazu in der Lage war!

Sie wollte ihm die Last erleichtern, die er schon so lange trug. Bei allem, was er tat, hatte er für sie und ihre Mutter mitdenken müssen, hatte gekämpft, um Geld aufzutreiben, und nie tun können, was er wollte. Jetzt, wo er wieder ritt wie als Junge auf dem Gut, wo er mit Roberts Hilfe beim Militär untergekommen war, wie er es sich erträumt hatte, sollte er frei sein, um endlich einmal an sich zu denken.

Dörte hatte ihn als Spielzeugverkäufer wundervoll gefunden, aber er hatte sich dort fehl am Platz gefühlt, und ein Wunder war

das nicht. Dörte musste fast lachen. Ihr Bruder Alwin hasste doch Spielen! Schon *Mensch ärgere dich nicht!* war eine Qual für ihn gewesen, und trotz all seiner Klugheit war es ihm nie gelungen, die Regeln von *Himmel und Hölle* zu durchschauen.
Bei Spielwaren Künzel war er nur geblieben, weil er keine Wahl gehabt hatte. Die Wirtschaftskrise war wie eine Nebelwand, die das Bunte der Stadt in Grau tauchte. Unzählige Männer hatten ihre Arbeit verloren, und wer seine noch hatte, hielt sie krampfhaft fest. Auch Alwins Chef Adalbert Künzel war von der Krise betroffen, denn wo Kinder hungerten und mit zerlöcherten Schuhen gingen, wurde Spielzeug zum Luxusartikel, den sich nur noch die leisten konnten, die laut Rieke immer auf die Füße fielen.
Herr Künzel, der seine Mitarbeiter großzügig entlohnt hatte, war dazu nicht länger in der Lage. »Sie würde ich trotzdem gern behalten«, hatte er zu Alwin gesagt. »Unsere kleinen Kunden mögen die Wärme, die Sie ihnen entgegenbringen, weil sie spüren, dass sie echt ist. Zudem weiß ich ja, dass Sie eine Familie zu versorgen haben.«
Alwin hatte bleiben dürfen, sein Gehalt war nur leicht gekürzt worden, und sie waren damit ausgekommen. Jetzt aber gehörte Spielwaren Künzel für ihn der Vergangenheit an. Robert hatte sich für ihn eingesetzt und ihm schließlich ermöglicht, sich seinen Traum zu erfüllen.
Liebster Robert!
Für das Glück, das er ihrem Bruder geschenkt hatte, konnte Dörte ihm nie genug danken. Sie würde es ihm nachher, wenn er in den *Kolkraben* kam, noch einmal sagen, auch wenn Robert abwinkte und behauptete, unter Freunden sei doch so etwas nicht der Rede wert. »Ich wünschte, ich hätte früher erfahren, wie übel man Alwin mitgespielt hat«, hatte er gesagt. »Glaub mir, Mädel, ich hätte längst etwas für ihn getan. Und für dich, versteht sich.«

Natürlich bekam Alwin in der Ausbildung, die er in München absolvierte, noch kaum Geld ausbezahlt. Überdies waren ja Reiter eine kuriose Sache in einer Welt, in der inzwischen bald jeder mit dem Auto fuhr, und wozu eine Armee nötig war, wo es doch gar keinen Krieg gab, leuchtete Dörte nicht ein. Sie hütete sich jedoch, mit Alwin darüber zu sprechen. »Wie kannst du so reden?«, hätte er darauf erwidert. »Du bist die Tochter eines Kavallerieoffiziers.«

Robert war anders. Er lachte, wenn sie solche Gedanken äußerte, und nahm sie in den Arm. »Ach, Dörtekind. Es gib doch nichts Niedlicheres als ein Mädel, das von Tuten und Blasen keine Ahnung hat.«

»Bin ich nicht zu dumm für dich?«, hatte sie ihn gefragt, weil es sie verblüffte, dass Menschen wie Robert und Rieke, die die Zusammenhänge der Welt durchblickten, sich mit ihr abgaben.

»I wo«, hatte Robert erwidert. »Du bist genau richtig, ich kann diese neunmalklugen Weiber nicht leiden. Und um dein Bruderherz musst du dir keine Sorgen machen, um den kümmere ich mich.«

Das war die beste Beruhigung, die es gab. Alwin, der sich immer um andere gekümmert hatte, hatte endlich jemanden, der sich um ihn kümmerte. Sorgen machte Dörte sich nur ums Geld. Sie hatte Alwin am Schreibtisch gesehen, wie er unentwegt Zahlen addierte, sie wusste, wie sehr ihn die Angst, nicht länger für sie aufkommen zu können, belastete. Wenn aber das, was Rieke für sie aufgetan hatte, von Erfolg gekrönt war, würde sie ihm seine Last ein wenig erleichtern können.

Liebste Rieke!

Sie konnte es nicht erwarten, ihre Freundin zu sehen. Hier im *Kolkraben* trafen sie sich oft, es war ihr liebstes Lokal. Luise, die Lehrerstochter, mit der sie sich in der Schule angefreundet hatten, fand es zu voll, zu laut und zu verraucht, aber Rieke und Dörte mochten gerade das – dass man bei einer Weißen allein sein konnte, ohne allein zu sein. Für Weiße war es allerdings zu kalt. Dörte hatte bereits zwei Tassen Tee mit kleinem Schuss bestellt, ihren Lieblingskellner Matze aber gebeten, sie erst zu bringen, wenn Rieke aus dem scheußlichen Schneematschwetter kam, damit sie sich an dem Getränk die Hände wärmen konnte.

Die Hände und das Herz. Rieke war in diesem Winter mit jedem Tag besorgter geworden, obwohl sie die ersehnte Zulassung zum Medizinstudium erhalten hatte. Manchmal kam es Dörte vor, als sauge sie die Freundin aus: Je besser es ihr ging, je leichter sie sich fühlte, desto mehr schien ein Gewicht Rieke niederzudrücken. Spontan blickte Dörte an sich hinunter und sah die hellblauen und cremeweißen Streifen ihres Kleides. Kein Grau mehr. Sie wusste, die Krankheit würde irgendwann wiederkommen, aber in diesem Augenblick, wo sie in ihrem Lieblingslokal zwischen Fotografien aus der Berliner Kunstwelt saß und erst auf ihre Freundin, dann auf den Mann, den sie liebhatte, wartete, fühlte sie sich, als wäre es trotz allem möglich – nicht anders zu sein als die anderen.

»Dörte! Hast du lange gewartet? Ich musste noch rasch etwas für meinen Vater beim Reichstag abgeben, und die Straßenbahn war voll bis zum Rand.«

Rieke zerrte sich die Mütze vom Kopf und rieb ihre Brille trocken. Sie hatte sich kaum gesetzt, als Matze mit seinem Tablett auftauchte und die dampfenden Tassen vor ihnen abstellte. Wie Dörte erwartet hatte, schloss Rieke sofort die Hände darum. Sie hätte Handschuhe tragen müssen. Manfred, ihr Vater, war als Reichstagsabgeordneter nicht schlechtgestellt, aber er und Rieke, die ein Herz und eine Seele waren, sparten an allen Ecken, um sich noch mehr Bücher kaufen zu können. Dörte nahm sich vor, ihr bei nächster Gelegenheit ein Paar dicke Fäustlinge zu schenken.

»Du Ärmste«, sagte sie. »Du bist ja ganz durch den Wind.«

Rieke lächelte, aber Dörte, die wusste, wie schwer ein Lächeln fallen konnte, sah, dass sie sich anstrengen musste. »Es hat sich gelohnt.« Ihre Lippen zitterten. »Meinst du, Tee mit Rum taugt zum Anstoßen? Du hast es geschafft. Der Auftrag gehört dir.«

»Das ist nicht dein Ernst!« Sosehr sie sich gewünscht hatte, dass Riekes kühner Plan Erfolg haben würde, so wenig konnte sie jetzt glauben, dass es tatsächlich geklappt hatte. Sie hatte einen Auftrag! Sie würde Geld verdienen wie eine richtige Zeichnerin!

Bei dem Auftrag ging es um eine französische Märchensammlung aus dem siebzehnten Jahrhundert, die neu ins Deutsche übersetzt werden sollte. Rieke lernte Sprachen mit rastlosem Eifer, weil sie vom Reisen träumte, und ihr Französischlehrer war mit der Übersetzung beauftragt worden.

Er hatte Rieke eines der Märchen zum Übersetzen gegeben, und sie hatte Dörte davon erzählt: *Riquet mit dem Schopf*. Die Geschichte eines Gnoms, der im Wald unter der Erde lebte und mit abstoßender Hässlichkeit verflucht, jedoch mit grenzenloser Klugheit gesegnet war. Diese Klugheit würde auf das Mädchen übergehen, das er eines Tages lieben würde und das bereit wäre, ihn zu lieben, doch seine Hässlichkeit hielt Menschen von ihm fern. Bis eine schöne Königstochter durch den Wald ritt, krank vor Kummer, weil ihre kluge Schwester ihr den Rang abgelaufen hatte.

»Sie war zu dumm, um Königin zu werden«, hatte Rieke erzählt. »Sind diese Franzosen nicht klasse? Sie erfinden eine Geschichte, in der eine kluge Frau einer hübschen vorgezogen wird – so was kann wirklich nur im Märchen passieren.«

»Und der hässliche Gnom? Hilft er ihr?«

»Das würde er gern. Aber er ist so hässlich, dass das dumme Ding vor Schreck ans Ende der Welt flüchten möchte.«

So wie ich, dachte Dörte. Wenn die Krankheit da ist, jage ich den Leuten einen solchen Schrecken ein, dass sie ans Ende der Welt

flüchten möchten. Sie lassen mir gar keine Zeit, zu erklären, dass sie auf die Krankheit nichts zu geben brauchen. Aber Rieke ist nicht so, und schon gar nicht Joachim, der behauptet, seit er blind sei, sehe er nur noch Schönes. Alwin würde nie vor mir flüchten, selbst wenn er es manchmal gern täte, und Robert kennt keinen Grund dazu. Er wird ihn auch nie kennenlernen, dachte sie, ehe sie Rieke fragte: »Ist der arme Riquet also allein geblieben?«
Rieke hatte die Augen verdreht. »Wäre schön, wenn sie ihn genommen hätte, wie er war, was? Aber er hat ihr gesteckt, dass nicht nur seine Klugheit auf sie abfärbt, sondern auch ihre Schönheit auf ihn, und damit war die Sache geritzt.«
Das gefiel Dörte. So würde es auch bei ihr sein: Weil sie all diese wundervollen Menschen hatte, würde deren Kraft auf sie abfärben und die Krankheit in Schach halten. Während Rieke erzählte, hatte sich in ihrem Kopf ein Bild geformt: der einsame Gnom, der grau vor Staub aus dem Waldboden tauchte, und vor ihm die Königstochter auf einem Schimmel, das Kleid in allen Farben leuchtend.
»Das ist genial«, hatte Rieke gerufen, als Dörte ihr die Skizze gezeigt hatte, »das muss der Verlag zu sehen bekommen – ich wette, die engagieren dich, damit du das gesamte Buch illustrierst.«
Dörte war weniger überzeugt gewesen, aber mit jeder Skizze, die der Verlag anforderte, wuchs ein Quentchen Hoffnung. Sie brannte regelrecht darauf, all diesen gestiefelten Katern und Däumlingen, Feen und Gnomen mit ihren Zeichenstiften Gesichter zu verleihen. Und noch mehr brannte sie darauf, Alwin zu beweisen: Du musst dir nicht mehr solche Sorgen machen. Deine kleine Schwester kann selbst etwas auf die Beine stellen, sie ist nicht mehr krank, sondern kommt mit dem Leben zurecht.
Und genau das würde nun möglich sein. Was Rieke ihr mit kältesteifen Fingern über den Tisch schob, war ein Vertrag.

»Geschlossen zwischen dem Friedrich-Süßapfel-Verlag und der Zeichnerin Dörte Sterzing«, stand am Kopf. *Die Zeichnerin Dörte Sterzing.* Das war sie. Alwin hätte über das fehlende »von« die Stirn gerunzelt, und Dörte hätte um ein Haar darüber gekichert. »Rieke, das ist so schön, dass ich es nicht glauben kann. Und bedanken kann ich mich auch nicht. Jedenfalls nie genug.«

»Quatsch«, sagte Rieke. »Den Vertrag hast du dir selbst zu verdanken. Du bist gut, das sage ich dir seit Jahren.«

»Wenn du es mir nicht seit Jahren sagen würdest, hätte ich mich nie getraut, mich zu bewerben. Es fühlt sich so merkwürdig an, Geld für etwas zu bekommen, das man sowieso am liebsten tut.«

Riekes Lachen klang unfroh. »Findest du nicht, so sollte es für alle Menschen sein? Wir verbringen den größten Teil unseres Lebens mit Arbeit – haben wir da nicht ein Recht darauf, sie wenigstens gern zu tun? Ja, ich weiß, zurzeit ist einer schon dankbar, wenn er überhaupt Arbeit hat, und sowieso schlagen wir uns mit ganz anderen Sorgen herum und wissen nicht mehr, wo uns der Kopf steht, aber trotzdem …«

»Mit was für Sorgen schlägst du dich herum, Riekchen?«, unterbrach Dörte. »Dass du nicht mehr weißt, wo dir der Kopf steht, habe ich schon gemerkt, als du hereingekommen bist.«

»Nein, lass.« Abwehrend hob Rieke die Hände. »Heute ist dein Tag, den verderbe ich dir nicht. Wir wollten doch feiern.«

»Feiern, wenn du Sorgen hast, geht nicht.« Dörte nahm Riekes eiskalte Hände und drückte sie in ihren warmen. »Bei uns beiden ist das wie bei Riquet mit dem Schopf. Was immer die eine hat, färbt auf die andere ab. Nur deine Klugheit nicht, aber was soll's.«

Rieke erwiderte den Druck. »Du bist klüger als die meisten Leute, die in diesem Land herumlaufen, und deine Schönheit färbt auf mich noch viel weniger ab. Aber recht hast du trotzdem.«

»Ich finde dich schön«, sagte Dörte und betrachtete Riekes klares, ernstes Gesicht mit der hohen Stirn. »Und wenn man meinen Bruder Alwin fragen würde …«

»Nein, das vergiss bitte.« Rieke befreite ihre Hände aus Dörtes, griff nach dem Tee und trank. »Das mit deinem Bruder und mir ist wie eins dieser zu schweren, untermotorisierten Luftschiffe: Die Idee ist gut, aber wir kommen nicht vom Boden hoch.«

»Aber das müsst ihr!«, rief Dörte. »Ihr seid meine Herzmenschen, und ich weiß, wie sehr Alwin dich mag. Und du magst ihn doch auch, oder nicht?«

Riekes Einatmen klang wie ein Stöhnen. »Ja, ich mag ihn auch«, sagte sie. »Er ist einer der anständigsten Menschen, die ich kenne, und das will etwas heißen, ich bin nämlich unter lauter anständigen Menschen aufgewachsen. Dass wir zwei ein so schwerfälliges Luftschiff waren, hat mich nicht gestört. Es hat zu uns gepasst, und vielleicht hätte uns Hugo Eckener ja Unterricht gegeben, wo er nun doch nicht Reichspräsident geworden ist.«

Hugo Eckener war ein Luftschiffexperte, der sich solcher Beliebtheit erfreute, dass er im vergangenen Jahr gedrängt worden war, als Präsident zu kandidieren. Im letzten Augenblick war er jedoch zugunsten des alten Hindenburg, den Rieke nicht mochte, zurückgetreten. Riekes Vergleiche stammten meistens aus der Politik. Ihre gesamte Familie war in politischen Angelegenheiten aktiv und fortwährend darüber zerstritten. Dörte, die nichts davon verstand, konnte sich nicht vorstellen, diese Dinge so wichtig zu nehmen, aber sie wusste, dass Rieke recht hatte: Sie war unter anständigen Menschen aufgewachsen. All diese Leute – ihr Vater Manfred, ihre Tante Paula, ihre Freunde Joachim und Kutte – kämpften für Arbeiterrechte, Meinungsfreiheit und was immer sonst im Argen lag, weil ihr Anstand ihnen nichts anderes erlaubte.

»Ich hätte ganz gern so langsam weitergemacht«, murmelte Rieke über dem Dampf aus ihrer Teetasse. »Für uns zwei Feiglinge war das genau richtig, und wenn wir nie Fliegen gelernt hätten, wären wir eben über den Boden gerobbt. Darum geht es nicht.«

»Worum dann?«

»Dein Bruder umgibt sich mit den falschen Leuten«, antwortete Rieke. »Eine Zeitlang habe ich gedacht, das wird er schon selbst merken, er ist ja ein feiner Kerl, und feine Kerle geben sich auf Dauer nicht mit Verbrechern ab. Ich habe sogar geglaubt, ich kann ihm dabei helfen, aber das geht nicht mehr. Wer jetzt nicht für uns ist, ist gegen uns.« Sie fror noch immer. Ihre Finger waren rot, und ihre Lippen zitterten, doch auf ihre Stirn trat Schweiß.

»Nein«, sagte Dörte, »bitte nicht. Ich weiß, dieses Durcheinander mit den ständigen Regierungswechseln ist euch wichtig, dein Vater und deine Tante Paula liegen sich deswegen in den Haaren, und oft denke ich, es sollte mir auch wichtig sein. Aber du kannst doch nicht Alwin, der dich liebhat, deswegen in die Wüste schicken.«

»Ist das nicht eine komische Redensart?«, fragte Rieke. »In die Wüste schicken. Obwohl keiner von uns je in einer Wüste gewesen ist. In Algerien gibt es Wüste. Würdest du nicht auch gern wissen, wie ein Mensch lebt, wenn er nicht in den Seitenstraßen von Berlins Innenstadt, sondern in der Wüste Algeriens zur Welt gekommen ist? Mich hält das manchmal nächtelang wach. Aber darüber haben wir ja nicht gesprochen.«

»Nein«, sagte Dörte. »Sondern über Alwin und dich. Worüber ihr euch streitet, weiß ich nicht, aber dass Alwin sich nicht mit Verbrechern abgibt, weiß ich. Wo bitte soll denn mein tugendhafter Bruder, über den wir uns lustig gemacht haben, weil er unseren harmlosen *Kolkraben* für eine verrufene Spelunke hält, diesen Verbrechern überhaupt begegnet sein? Und selbst wenn ihm einer über den Weg gelaufen wäre, würde er ihm eher eine Moralpredigt halten, als sich auf etwas mit ihm einzulassen.«

»Vorausgesetzt, er erkennt ihn«, entgegnete Rieke dumpf.
»Alwin ist doch kein Idiot.«
»Wenn man ein Idiot sein muss, um diese Art von Verbrechern zu verkennen, leben wir inzwischen in einem Land voller Idioten. Leider fürchte ich, dass wir genau das tun.«
Dörte lehnte sich im Stuhl zurück. Sie verspürte tief im Innern einen kleinen, harten Schmerz, der sich nicht richtig verorten ließ und der kein gutes Zeichen war. »Sagst du mir jetzt bitte, was los ist? Für Ratespiele ist es dir ja wohl zu ernst.«
Rieke starrte in ihre Tasse, schwenkte den kleinen Rest Tee darin im Kreis. »Bei uns in der Parteizentrale herrscht Panik. Die Genossen sind überzeugt, dass dieser diktatorische Tattergreis Hindenburg Adolf Hitler zum Reichskanzler beruft.«
»Das ist doch Unsinn«, rief Dörte, obwohl sie sich dessen kaum sicher sein konnte. »Hitler, den Robert den Schreihals nennt, kommt mir immer vor wie ein hässliches Kind, das nie jemand mitspielen lässt. Nicht *Riquet mit dem Schopf*, sondern Riquet mit dem Schnurrbart. So einer kann doch kein Staatsmann werden.«
Rieke blickte auf, und in ihren Augen flackerte Angst. »Ebendeshalb wird das hässliche Kind sie jetzt alle zwingen, ihn mitspielen zu lassen.«
»Ich weiß, dir ist Hindenburg ein Dorn im Auge«, sagte Dörte. »Aber er bleibt doch unser Reichspräsident, und die Leute lieben ihn für das, was er im Krieg geleistet hat. Glaubst du wirklich, ein Mann, der ja wohl nicht umsonst als Held gefeiert wird, würde sich von einem wie dem Hitler zu etwas zwingen lassen?«
»Genau das ist das Problem«, gab Rieke zurück. »Hindenburg ist ein Held aus dem verheerenden Krieg, der sonst nur Krüppel, Waisen und Bettler hinterlassen hat. Der ist sein eigenes Denkmal, von dem erwarten die, die sonst nichts zu erwarten haben, dass er den Karren aus dem Dreck zieht, auch wenn er

längst jenseits von Gut und Böse ist. Was meinst du, weshalb die Wirtschaftsbonzen sich mit dem Alten abgeben? Weil er ein Kriegsheld ist, dem die Leute vertrauen. Deshalb bestürmen sie ihn, Hitler zu ernennen, und wie alle preußischen Junker ist er von vorn bis hinten erpressbar. Ohne Finanzspritzen hätte er das marode Gut, an das er sich klammert, schon hundert Mal verloren und vergeigt.«

»Mein Vater war auch ein preußischer Junker«, sagte Dörte. »Er hat sein Gut verloren, aber ich glaube nicht, dass er es vergeigt hat. Er ist als Offizier für sein Land gestorben, und er war wohl nicht gut darauf vorbereitet.« Robert würde auch Junker und Offizier sein. Es war ein Glück, dass kein Krieg mehr herrschte, dass keine junge Frau mehr dastehen würde wie ihre Mutter – um ihre Liebe gebracht, allein in einer fremd gewordenen Welt.

»Entschuldige«, murmelte Rieke. »Ich hab deinen Vater nicht beleidigen wollen, und ich würde auch niemandem erlauben, Manfred zu beleidigen. Mir ging es um Robert von Salchow. Der ist mehr als erpressbar – er ist selbst ein Erpresser. Als ich vorhin von Verbrechern sprach, die Alwin beeinflussen, habe ich ihn gemeint.«

»Robert ist kein Verbrecher!«, rief Dörte. »Du kannst einen Menschen nicht aburteilen, nur weil er eine andere politische Meinung vertritt. Robert ist unser Freund. Alwin und ich, wir haben keine große, von Freunden umringte Familie, aber wir lieben Robert genauso, wie du Joachim und Kutte liebst. Wenn du ihn angreifst, muss ich ihn verteidigen. So wie ich dich verteidigen müsste – ich bin ein Angsthase, aber ich müsste es tun.«

»Und da bist du dir sicher? Auch wenn dein Robert dich vor die Entscheidung stellt – entweder er oder ich?«

»Nicht Robert tut das, sondern du«, stellte Dörte klar. Gewiss, Robert ließ ab und an eine abschätzige Bemerkung fallen, doch er hätte ihr nie den Kontakt mit Rieke untersagt. »Du hast Alwin vor die Entscheidung gestellt, nicht wahr? Aber Alwin ist treu. Er wollte seinen Freund nicht verraten, und deshalb hast du dich von ihm getrennt.«

Rieke sah sie an. »Glaubst du wirklich, dass es so war?«

»Ach, Rieke, ich weiß nicht, was ich glauben soll. Du bist es doch, die mir erzählt, sie könnte mit Alwin nicht mehr zusammen sein, weil er mit Robert verkehrt. Wenn du mich fragst, dann ist die ganze Politik es nicht wert, dass zwei, die sich liebhaben, sich darüber entzweien.«

Rieke ließ sie kaum aussprechen. »Weißt du eigentlich, was Politik ist, du schlafendes Dornröschen? Das, was im schlimmsten Fall darüber entscheidet, ob du lebst oder stirbst.«

Der Schmerz in Dörtes Innern wurde schärfer. Sie hielt sich den Bauch, obwohl der Schmerz dort nicht saß, und sagte nichts.

»Es war umgekehrt«, sagte stattdessen Rieke. »Alwin hat sich von mir getrennt. Oder besser: Er fing an, mir aus dem Weg zu gehen. Roberts Stimme dahinter habe ich förmlich gehört: Was willst du mit der Kommunistentochter? Hübsch ist die nicht, und von Blaustrümpfen kriegt man Zahnschmerzen. Irgendwann musste selbst Alwin begreifen, dass es Zeit war, mich auszutauschen.«

»So ist Alwin nicht«, fuhr Dörte auf. »Vielleicht hat er einfach zu wenig Zeit, jetzt, wo er endlich beim Heer ist, wie er es sich immer gewünscht hat …«

»Alwin ist nicht beim Heer«, sagte Rieke. »Er ist bei der berittenen SS-Abteilung von diesem Ober-Nazi Fegelein. Die mag eine paramilitärische Organisation sein, eine Schutzstaffel, wie die Nazis sie bezeichnen, aber eine staatliche Heereseinheit ist sie nicht. Eine Schlägertruppe, die vor Mord nicht zurückschreckt, das kommt eher hin.«

Dörte wollte Rieke verbieten, sich solche Dinge zusammenzufantasieren, aber der Schmerz in ihrem Innern nahm ihr für kurze Zeit den Atem. Früher war der Schmerz immer Traurigkeit gewesen, die zu groß für sie war, aber heute war er Angst. »Robert kommt gleich hierher«, sagte sie mühsam, als die Schärfe des Schmerzes ein wenig nachließ. »Er ist überraschend ein paar Tage nach Berlin bestellt worden, wir wollten die Zeit nutzen, und ich dachte nicht, dass du etwas dagegen haben würdest.«

»Und ob ich etwas dagegen habe! Ich stelle dich vor keine Entscheidung, aber ich werde mich nicht mit diesem Menschen an einen Tisch setzen.«

»Das ist mir jetzt klar«, erwiderte Dörte traurig. »Aber du könntest ihm wenigstens Gelegenheit geben, sich zu verteidigen. Ist das keins von den Menschenrechten, die dir so wichtig sind? Dass ein Mensch sich verteidigen darf, ehe er verurteilt wird?«

»Nazis verurteilen ganze Völker, ohne auf ihre Verteidigung etwas zu geben«, sagte Rieke. »Sie sind gefährlich, Dörte. Mit jemandem, der mir *Rotfront verrecke* hinterherschreit, setze ich mich nicht an einen Tisch und trinke Tee.«

»Das würde ich auch nicht tun«, sagte Dörte. » Aber mir scheint, du hast dich in diese Angst vor den Nazis so hineingesteigert, dass du überall welche siehst. Robert ist keiner. Er schmiert weder Hetzparolen an Häuser, noch brüllt er sie Leuten hinterher, er prügelt sich nicht und zerschlägt keine Stühle in Lokalen. Er ist ein moderner junger Mann, der genau wie du begeistert von Paris ist und Alwin ständig drängt, ein bisschen weltoffener zu werden und andere Länder kennenzulernen. Ob Hans Fegelein einer ist, weiß ich nicht. Ich bin ihm und seinem Sohn Hermann nur einmal mit Robert zusammen begegnet, da fand ich ihn äußerst höflich, und das ganze Gespräch drehte sich um nichts als Pferde. Das ist nun einmal Alwins Leidenschaft, und bei Robert sieht es nicht anders aus. Die zwei haben selbst beim Baden die Füße in Reitstiefeln, und über Politik reden sie mit den Fegeleins doch gar nicht.«

»Wenn du dabei bist, bestimmt nicht.«

»Nein. Alwin findet, ich bin nicht stabil genug, um mich damit zu belasten. Du weißt, wie gern er mich in Watte packt.«

»Du packst dich selbst in Watte«, versetzte Rieke. »Du verschließt die Augen, weil du verliebt bist und glücklich sein willst. Und weißt du was? Ich verstehe das sogar, auch wenn ich wünschte, du hättest dir einen netten Kerl wie meinen Cousin Frieder ausgesucht und nicht ausgerechnet Robert von Salchow, der mit dir und deinem Bruder spielt wie mit Schachfiguren.«

»Er hat uns geholfen!«, rief Dörte. Köpfe drehten sich, und ihr stiegen die Tränen in die Augen. Wenn das Geheule erst einmal losging, konnte es Stunden dauern, ehe es aufhörte. »Weißt du, wie es Alwin verletzt hat, dass aus dem Kreis unseres Vaters niemand für ihn da war? Als er sich bei der Reichswehr bewarb, haben die Herren sich abgewendet, als hätten sie unseren Namen nie gehört. Alwin will das alles vor mir verborgen halten, aber selbst eine Transuse wie ich bekommt ab und an etwas mit. Du ahnst nicht, was es ihm bedeutet, dass Robert nach all den Jahren einfach dastand und sagte: Du bist mein Freund, natürlich helfe ich dir.«

»Doch, ich glaube, das weiß ich.« Rieke klang nicht länger kämpferisch, sondern müde. »Es ist wie mit Hindenburg: Wenn wir am Boden liegen, sehnen wir uns nach dem strahlenden Helden, der uns versichert, er werde die schwankende Welt wieder in die Angeln hängen. Auf das gleiche Pferd setzt Hitler ja auch.«

»Bitte fang nicht wieder damit an!«

»Nein«, sagte Rieke und schwenkte die leere Tasse. »Ich wünschte nur, ich wäre nicht so abgebrannt, sondern konnte Matze bitten, uns noch zwei von diesen Seelentröstern zu beschaffen. Mit ein bisschen mehr Schuss als Tee.«

»Du wirst Ärztin!«

»Na und? Alkohol desinfiziert, und genau das könnte dieses ganze Land gebrauchen.«

»Ich dachte, du wolltest nicht wieder davon anfangen?«

Rieke schüttelte den Kopf. »Du hast recht. Die Feier für deinen Vertrag habe ich dir schon verdorben, und noch nicht einmal jetzt höre ich auf, dir in den Teller zu spucken. Meine Mutter schlägt über Manfred und mich auch ständig die Hände zusammen und schimpft: Müsst ihr zwei immer Haare finden, könnt ihr nie einfach nur Suppe essen und euch des Lebens freuen?«

Riekes Mutter Klara war eine bewundernswerte Frau, die sich trotz ihres harten Lebens ihre Fröhlichkeit bewahrt hatte. Statt Rieke und Manfred gute Nacht zu wünschen, sagte sie ihnen jeden Abend vor dem Schlafengehen: »Ich war heute glücklich. Ich hatte ja euch.«

»Und dabei verstehe ich dich wirklich«, fuhr Rieke fort. »Vielleicht hätte ich auch gern mit deinem Bruder das Leben genossen, ohne an allem herumzunörgeln. Ich habe nur kein Talent dazu. Wenn Alwin mir etwas von der edlen Rolle der Hausfrau erzählt hat, musste ich ihm erzählen, wie Freiheit schmeckt.«

»Das weiß er ja gar nicht«, murmelte Dörte.

»Was?«

»Wie Freiheit schmeckt.«

»Du auch nicht.«

Dörte versuchte, gegen die Tränen anzulachen. »Und wie schmeckt sie?«

»Wie ein bisschen mehr Rum im Tee, als der vernünftige Hausarzt empfiehlt«, sagte Rieke. »Aber trotz all meiner Angeberei bin ich ja selbst keine Expertin. Ich dachte, ich hätte das alles noch vor mir – probieren, kosten, lernen, dem Leben zu vertrauen.«

Dörte überlegte noch, ob sie Rieke fragen sollte, warum sie in der Vergangenheit sprach, da tauchte Matze bei ihrem Tisch auf. Dass der Lärm um sie anschwoll, dass Gruppen in Bewegung gerieten, bemerkte sie erst jetzt, denn das war in diesem Lokal an der Tagesordnung. »Ihr zwei macht besser, dass ihr nach Hause kommt«, sagte Matze. »Da draußen ist mächtig die Kacke am Dampfen. Wenn wir die Meute hier raus haben, machen wir für heute die Schotten dicht.«

»Was ist denn los?«, fragte Dörte.

Rieke fragte nichts.

Krachend sprang die Tür auf. In einem Schwall feuchter Kälte trampelte der Riese Kutte herein und sah sich suchend um. Links und rechts von ihm gingen Joachim und sein Bruder Ruben, die aussahen, als hätte er sie sich unter den Arm geklemmt. Kutte, der im Strandbad Wannsee Kaffee und gekühlte Getränke verkaufte, gehörte zum Freundeskreis von Riekes Familie. Um den blinden Joachim und um Ruben, der erst fünfzehn war, kümmerte er sich auf geradezu mütterliche Weise. Sobald er Rieke und Dörte entdeckte, stürmte er auf sie zu und zog die zwei anderen mit sich.

»Los, hoch mit dir und ab nach Hause«, blaffte er Rieke an. »Deine Mutter hat mir losjeschickt, um dir einzusammeln, bevor's unjemütlich wird, aber ick hab erst mal nach dem da« – er wies mit dem Kinn auf Ruben – »die halbe Stadt absuchen müssen.«

Dörte, die den großen Mann nur mit einem ironischen Spruch auf den Lippen kannte, erschrak. An seiner Schläfe pochte eine Ader wie ein Knotenstrick. »Du kannst jern mitkommen«, sagte er zu ihr. »Aber beeilen musste dir. Ick leg keinen gesteigerten Wert drauf, mit den zweien« – wiederum mit dem Kinn wies er auf Ruben und Joachim – »den braunen Säcken in die Arme zu loofen.«

Rieke war aufgesprungen. »Dann ist es wirklich passiert?«

Kutte nickte. »Und wir machen jetzt besser, det wir dir nach Hause kriejen. Deine Mutter wird sowieso schon doof vor Angst, weil se nich' weiß, wo dein Vater steckt.«

»Jetzt mach doch nicht so ein Fass auf«, maulte Ruben. »Das wird ja wohl alles nicht so heiß gegessen wie gekocht, und an die Laternenpfosten werden die uns auch nicht gleich hängen.«

»Sei dir da nicht zu sicher«, entgegnete Rieke und knöpfte sich mit zitternden Fingern den Mantel zu.

»Wovon redet ihr nur?« Endlich gelang es Dörte, sich Gehör zu verschaffen. »Ich habe keine Ahnung, was überhaupt passiert ist!«

»Das, was ich dir gesagt habe.« Mit versteinertem Gesicht sah Rieke sie an. Dann fuhr sie herum und packte Kutte bei den enormen Schultern. »Aber warum denn, warum denn nur? Wir hatten es doch geschafft, wir hatten das Ruder herumgerissen. Wenn die Wirtschaft nicht schlappgemacht hätte, hätten wir der Welt nicht gezeigt, dass unsere Art zu leben möglich ist?«

»Mir darfste nich' fragen, Kleene.« Der Riese ließ die Arme hängen. »Icke fand's schön, wie wir's hatten. Icke fand's verflucht und jottverdammt schön.«

Rieke strich seine Arme hinunter, ehe sie sich an Dörte wandte. »Weißt du jetzt, was passiert ist?«, fragte sie. »Wie Freiheit schmeckt, werden wir so schnell nicht mehr lernen. Dein Kriegsheld Hindenburg hat den Faschisten Hitler zum Reichskanzler ernannt.«

Alwin

April 1935

23

Alwin zog seinen Schlüssel aus der Tasche und schob ihn so behutsam wie möglich ins Schloss. Wie sich zeigte, nicht behutsam genug für Hilde, die hinter der Tür gewartet haben musste.

»Gnädiger Herr!«, rief sie, als gehörte der enge Flur, der sich hinter dem Windfang auftat, zu einem herrschaftlichen Gutshaus.

In Wahrheit war es noch immer nichts weiter als der Flur einer Mietwohnung im weniger begehrten Teil von Charlottenburg. Dennoch ertappte Alwin sich bei einer Spur von Stolz. Er konnte seiner Familie Möhlitz nicht wiedergeben, aber er hatte erreicht, dass sie vom Souterrain in die Beletage ziehen konnten, aus der Enge von Stube-Küche-Schlafraum in fünf Zimmer mit eigenem Bad. Das erste Jahr war schwierig gewesen und das zweite kaum leichter, aber er hatte es durchgefochten.

Die Reiterstaffel der SS, die in der Nähe von München auf dem Gut von Hans Fegelein ausgebildet wurde, war nicht das Heer, das er sich erträumt hatte. Er hatte sich etwas Edles, Erhabenes vorgestellt, etwas von den Tagen in der Schorfheide, den Ritten mit Vati, der Gewissheit: Auf dem Platz, an den ich gestellt bin, bin ich richtig, dort werden noch meine Söhne richtig sein. Bei der Reiter-SS hingegen war er wieder einmal falsch gewesen. Nicht selten hatte er sich gewünscht, alles hinzuwerfen und den nächsten Zug nach Hause zu nehmen, zu den Menschen, die zu ihm gehörten, und zu der harmlosen Tätigkeit bei Spielwaren Künzel.

Aber Spielwaren Künzel gab es nicht mehr.
Und davon abgesehen – wie konnte er ein deutscher Offizier sein wollen und vor der ersten Hürde schlappmachen? Er hatte sich durchgebissen, auch wenn die Zähne schmerzten, und dafür erntete er jetzt den verdienten Lohn. Im März war das Gesetz zum Aufbau der Wehrmacht in Kraft getreten, die Truppenstärke wurde auf 550.000 Mann erhöht, und fortan galt allgemeine Wehrpflicht. Das Gespenst von Versailles hatte seinen Schrecken verloren.
Bereits vor einem Jahr, bei Beschluss des Gesetzes, hatte Alwin an die Kavallerieschule in Hannover wechseln dürfen. Er hatte für seine Familie eine bessere Wohnung mieten, der Hilde mehr Lohn zahlen und seiner Mutter eine hübsche Summe zum Wirtschaften geben können. Das Gewissen quälte ihn, weil er zu selten nach Berlin kam und die drei weltfremden Frauen sich selbst überließ, aber zumindest ermöglichte er ihnen ein angemessenes Leben.
Das war Gold wert. Und als wäre Gold nicht genug gewesen, war Robert mit einem Transporter aufgekreuzt und hatte ihm aus Lebusa ein Pferd gebracht. Ilsebill. Einen Trakehner Schimmel. Sosehr Alwin der Name missfiel, so sehr gefiel ihm die Stute. Robert, der mehr als ein Freund war, hatte sie für ihn ausgewählt, als wäre er auf jenen Ritten in der Schorfheide dabei gewesen.
Alwin hatte allen Grund, zufrieden zu sein, und überdies hatte er jetzt eine Woche Zeit, sich um die Familie zu kümmern. Vor allem um Dörte, die ihm seit Weihnachten keine Zeile geschrieben hatte. Der Anlass, zu dem er nach Berlin bestellt worden war, war in aller Munde, und Hilde, die bunte Klatschblätter las, sah ihm unterwürfig entgegen. Früher hatte er oft eine Spur Verachtung in ihrem Blick wahrgenommen, als wäre er – der letzte von Sterzing – schuld daran, dass sie Möhlitz verloren hatten. Jetzt jedoch überschlug sie sich vor Respekt.

»Die Herrschaften warten in der Stube, Herr Baron. Ihre Frau Mutter freut sich ja so, sie ist ganz außer sich.«
Die Mutter freute sich, aber Dörte lief ihm nicht entgegen? Das musste nichts zu bedeuten haben. Immerhin hatte Hilde ja gesagt, die Herrschaften, also alle beide, würden in der Stube warten. Allzu schlecht konnte es Dörte also nicht gehen. Im Gegenteil. Der Rückfall in die Krankheit, ausgerechnet als die Dinge sich zum Besseren wendeten, würde bald überwunden sein. Während der letzten Jahre der Republik, inmitten von Aufruhr und Wirtschaftskrise, war Dörte gesund gewesen wie ein gewöhnliches Mädchen. Sie würde es jetzt, wo alles in geregelte Bahnen kam, erst recht sein, es war nur eine Frage der Zeit.
Alwin trat in die Stube. Von seinen adeligen Kameraden hätte er keinen hierher einladen können, aber die Einrichtung war gediegen, alle Möbel waren auf Kredit, der ihm als Offiziersanwärter anstandslos eingeräumt worden war, neu angeschafft worden. Seine Mutter und Dörte saßen wie aufgereiht auf dem grünbezogenen Sofa. Sie hatten das gute Service aufgedeckt, die paar Stücke mit Zwiebelmuster, die noch aus Möhlitz stammten, und die silbernen Leuchter. »Alwin«, rief die Mutter. »Mein lieber Junge.«
»Törtchen«, rief Alwin.
Dörte rief nichts. Sie war bleich, das Haar glanzlos, die Hände im Schoß ineinandergekrallt.
»Ich habe gebacken.« Halb stolz, halb verlegen wies die Mutter auf das aus der Form geratene Gebilde auf der Tortenplatte. »Erdbeertorte. Mit Pudding gefüllt.«
»Die Mühe hättest du dir doch nicht machen müssen.«
»Aber ich wollte es gern. Du solltest zum Kaffee daheim etwas Feines haben, auch wenn ich weiß, bei der Hochzeit bekommst du ganz anderes serviert. Schließlich war ich ja selbst oft genug zu Empfängen im *Adlon* geladen, als unser Vati noch lebte …«

»Der Empfang findet nicht im *Adlon* statt«, berichtigte Alwin. »Feierlichkeiten von solcher Bedeutung begeht man heutzutage im *Kaiserhof.*« Und Offiziersanwärter wie er waren einzig wegen des Spaliers vor dem Dom eingeladen und bekamen vermutlich nicht mehr als ein Glas Sekt, das er nicht trinken würde.

»Ach«, sagte seine Mutter. »Ist denn das *Adlon* nicht schöner? Ich fand es immer herrlich dort, diese luftige Halle, der Aufgang, das hatte echten Stil. Der Kaiser ist sogar regelmäßig aus seinem Schloss geflohen, weil das *Adlon* behaglicher war.«

Alwin verkniff sich ein Stöhnen. Seine Mutter lebte zunehmend in einer Welt, die es nicht mehr gab, und die Frage, wie sie sich im modernen Leben zurechtfand, bereitete ihm Sorge. Vor allem, was Dörte betraf. Gern hätte er Robert gebeten, sich mehr um sie zu kümmern, aber Robert, der im Bamberger Reiterregiment Dienst tat und frisch zum Leutnant befördert worden war, hatte noch weniger Zeit zur Verfügung als er. Dörte würde Geduld aufbringen müssen. Wenn er erst einmal an die wiedereröffnete Kriegsakademie Unter den Linden bestellt wurde, um in den Generalsstab aufzusteigen, würden sie sich öfter sehen, und anschließend stünde das Thema Heirat im Raum.

Ich werde erst froh sein, wenn ich sie auf Lebusa in Sicherheit weiß, erkannte Alwin. Fern von der Stadt mit ihren Gefahren und Anfechtungen, auch wenn das neue Berlin mit dem Sündenpfuhl der Republiksjahre nicht mehr viel gemeinsam hatte. Dörte war einfach zu zart, zu empfindsam, sie war kein Mensch, der dem Leben in einer Metropole gewachsen war. Wenigstens kam Robert ebenfalls zu der Hochzeit nach Berlin. Wenn er es rechtzeitig schaffte, wollte er sich heute Abend noch blicken lassen. Gut möglich, dass er sogar mit Dörte gemeinsam auf den Empfang gehen würde, auch wenn die Verlobung noch nicht offiziell bekanntgegeben worden war.

Alwin betrachtete seine Schwester, die auf ihre Hände im Schoß starrte. Nein, musste er sich eingestehen, das war keine gute Idee. Selbst wenn Robert ihr gewiss eine dem Anlass angemessene Ballrobe geschickt hätte, wäre dieses Häufchen Elend nicht in der Lage, sich unter die Führungselite des neuen Staates zu mischen. »Törtchen«, sagte er noch einmal. »Willst denn du deinen Bruder gar nicht zu Hause begrüßen?«

»Doch«, murmelte Dörte. »Natürlich. Entschuldige, Alwin.«

»Da gibt's doch nichts zu entschuldigen – Mensch, ich freu mich so, dich zu sehen. Freust du dich nicht auch?«

»Doch«, sagte sie wieder. »Natürlich. Entschuldige.«

Alwin stöhnte. Jahrelang hatte er sie so erleben müssen und nur gehofft, dass sie nicht noch zu wimmern begann. Wenn er nichts darauf gab, wenn er tat, als sei alles in Ordnung, würde es nicht vielleicht von allein vergehen? Mehr als einer der Ärzte, die er konsultiert hatte, hatte ihm geraten: »Schenken Sie dem Spuk nicht zu viel Aufmerksamkeit, denn genau die will sie von Ihnen haben.«

Er hatte den Rat nie in die Tat umgesetzt, hatte sich nicht vorstellen können, dass seine Schwester ihre Qual simulierte, denn schließlich hatte sie allen Grund gehabt, sich krank zu fühlen. Jetzt aber hatte sie keinen mehr. Warum es also nicht ausprobieren?

»Na, dann wollen wir das Prachtstück doch mal anschneiden«, sagte er mit einer Munterkeit, die nach einem ganzen Topf Kunsthonig klang. »Mutti soll sich schließlich nicht umsonst die Mühe gemacht haben. Dörte, schenkst du uns Kaffee ein? Kalt schmeckt er ja nicht, auch wenn er angeblich schön macht.«

»Alwin«, unterbrach seine Mutter in verändertem Tonfall. »Wir waren bei dem neuen Arzt, wie du gesagt hast, bei dem Vater von deinem Kameraden. Der hat gesagt, er weiß, was das für eine Krankheit ist, die Dörte hat.« Mit Schrecken sah Alwin, wie ihre blassblauen Augen sich verschleierten. »Er hat gesagt, hier zu Hause können wir ihr nicht helfen. Wir sollen sie in eine Anstalt geben, hat er gesagt, anders wird es ihr nicht bessergehen.«

»Unsinn!«, rief Alwin, nahm das Messer und hieb es in die Torte, dass Pudding und Erdbeerviertel nach allen Seiten herausquollen. »Bei so etwas höre ich gar nicht erst hin. Unsere Dörte gehört einfach zu den Menschen, die schwache Nerven haben und sich schonen müssen. Sie wird sich überanstrengt haben.«

»Überanstrengt?«, fragte die Mutter. »Womit denn?«

»Was weiß ich.« Er griff nach dem zarten, blaugemusterten Teller seiner Mutter und klatschte das schief geschnittene Stück Torte darauf. »Bei der vielen Zeichnerei vielleicht.«

»Ich hab damit aufgehört«, sagte Dörte. »Mit dem Zeichnen. Das hat ja nun nichts mehr genutzt.«

Alwin horchte auf. War nicht das Zeichnen ihr Trost gewesen, das, was sie nach jedem Krankheitsanfall wieder zu sich gebracht hatte? Aber vielleicht brauchte sie das nicht mehr, jetzt, wo sie ein sicheres Leben und nicht zuletzt Robert hatte. »Du zeichnest doch recht hübsch«, sagte er lahm. »Bist du sicher, dass es dir keinen Spaß mehr machen würde?«

»Schon zwei Jahre«, sagte Dörte und schlang die Arme um den Leib. »Schon zwei Jahre macht es mir keinen Spaß mehr.«

Zwei Jahre. Das war die Antwort, die er befürchtet hatte. Vor zwei Jahren hatte Dörte sich eingebildet, sie müsse unbedingt Bilder für dieses Märchenbuch zeichnen. Der Name von Sterzing auf einem Buchumschlag – als hätte seine Schwester es nötig, Geld zu verdienen! Alwin hatte es ihr nicht untersagt. Die Sache mit dem Buch war geplatzt, weil es überhaupt nie erschienen war. Es passte nicht in den Geist der neuen Zeit – wozu sollten deutsche Kinder französische Märchen lesen, wenn ihnen die reichen Sammlungen der Brüder Grimm zur Verfügung standen, ganz zu schweigen von Wilhelm Hauff?

Alwin, der sich sonst für erfundene Geschichten keine Zeit nahm, liebte die Werke des Dichters, der mit so viel Inbrunst erzählte und so sinnlos jung gestorben war, bis heute. Vor zwei Jahren hatte er Dörte, um sie zu trösten, seinen größten Schatz gezeigt: Vatis Buch, das er damals aus dem Korb gerettet hatte, Hauffs *Märchen-Almanach für Söhne und Töchter gebildeter Stände* mit seinen prächtigen Illustrationen – den Zwerg mit seiner langen Nase, den Juden Abner mit dem verschlagenen Blick, den als Dandy verkleideten Affen. Dörte aber hatte nichts sehen wollen, hatte gewimmert und behauptet, die Bilder machten ihr Angst.
Alwin hatte sich schuldig gefühlt, obwohl er nichts dafür konnte, dass der jüdische Verleger Süßapfel seinen maroden Verlag hatte verkaufen müssen. Genauso wenig konnte er dafür, dass der neue Besitzer für Dörtes laienhafte Skizzen keine Verwendung hatte. Natürlich verstand er, dass enttäuschte Hoffnung schmerzte, er hatte es oft genug am eigenen Leib erfahren. Warum aber setzte Dörte alle Hoffnung in diese lächerliche Arbeit, die ihr ohnehin nur Pfennige eingebracht hätte? Sie durfte doch auf viel Schöneres hoffen, auf ein Leben an Roberts Seite, als Herrin von Lebusa und Mutter einer Familie, wie ihre eigene vor Vatis Tod gewesen war: ein Hort der Geborgenheit, in dem Kinder behütet aufwuchsen.
Es ist gar nicht das Zeichnen, ging es ihm durch den Kopf. Es ist *sie.* Dörte war mit dem gleichen Hang zu bedingungsloser Treue geschlagen wie er selbst. Sie bildete sich ein, weil sie ihre Kinderfreundin verloren hatte, dürfe sie sich keine neuen Freunde suchen. Keine Freunde, die zu ihr passten.
»Du solltest mehr ausgehen«, sagte er zusammenhanglos und dachte: Sie muss sich pflegen, ich muss dafür sorgen, dass sie zu einem guten Friseur kommt, und brauche jemanden, der mit ihr Kleider kaufen geht. Ariane wäre dafür die Richtige gewesen, sie kleidete sich mit tadellosem Geschmack, doch den Mut, sie darum zu bitten, hätte Alwin nicht aufgebracht.

Robert machte keinen Hehl daraus, dass er ihn und seine Schwester gern als Paar gesehen hätte. Obwohl Alwin kein Gut mehr besaß und kein Mann war, nach dem Mädchen die Köpfe drehten, war er ihm für die strahlende Ariane gut genug. Alwin ärgerte sich über sich selbst, weil er vor dem nächsten Schritt zurückschreckte. Er brauchte mehr Selbstbewusstsein, das ihm sein Offizierspatent hoffentlich einbringen würde. Vielleicht brauchte auch Dörte mehr Selbstbewusstsein. In diesen schäbigen Kleidern konnte kein Mensch etwas auf sich halten, selbst wenn er kerngesund war.

»Ich glaube, es ist an der Zeit, dir etwas Taschengeld zuzustecken«, sagte er und versuchte zu lächeln. »So ein Mädchen von heute hat doch Wünsche. Vielleicht gibt es ja eine Bekannte, mit der du gern mal zu einem Bummel losziehen würdest? Übrigens kommt Robert auch zu der Hochzeit und bleibt ein paar Tage in der Stadt. Ich sollte es dir nicht verraten, er wollte dich überraschen, aber ich weiß doch, dass ihr Mädchen euch für so etwas in Schale werfen wollt.«

»Ach nein«, wehrte Dörte ab. »Das muss nicht sein. Wenn er nur ein paar Tage Zeit hat, muss er sich ja nicht die Mühe machen, hier vorbeizuschauen.«

»Alwin«, sagte seine Mutter, schob ihrer Tochter einen Kuchenteller hin und begann ihr das Tortenstück wie einem Kleinkind mit der Gabel zu zerpflücken. »Alwin, wir müssen über das, was dieser Arzt gesagt hat, reden.«

Ehe Alwin auffahren und den Arzt einen Scharlatan schimpfen konnte, ging die Tür auf, und Hilde steckte den Kopf ins Zimmer. »Wünschen die Herrschaften noch Kaffee? Oder soll ich zum Konditor gehen und Gebäckteilchen holen?«

Die Torte der Mutter war zweifellos ungenießbar, aber niemand schien Hunger zu verspüren, und auch der Kaffee war längst kalt. Hilde, die Vornehmtuerin, gab sich ohnehin nur dienstbeflissen, weil sie vor Neugier platzte. »Danke, uns fehlt nichts«,

wies Alwin sie zurecht. »Falls wir Sie brauchen, werden wir Sie rufen, Hilde.«
Die Hausdame bekam einen roten Kopf und zog sich zurück.
»Es tut mir leid um deinen Kuchen«, sagte Alwin zur Mutter. »Aber von diesem Gerede über angebliche Krankheiten ist mir der Appetit vergangen.«
»Ach was«, erwiderte die Mutter, »dass ich eine lausige Bäckerin bin, weiß ich selbst. Ich habe es ja nie gelernt. Ich habe gar nichts gelernt, nur etwas französische Konversation, Gesellschaftstanz und genug Klavierspiel, um mich bei zwei, drei netten Liedern zu begleiten. Was fange ich damit nun an? Ein Geschöpf wie ich hat keinen Platz mehr in der Welt, und um mein Kind vor Schaden zu bewahren, fehlt mir die Kraft.«
Wiederum wurde die Tür geöffnet, und Hildes Gesicht erschien im Spalt. »Ich habe Ihnen doch gesagt, wir rufen Sie, wenn wir Sie brauchen«, herrschte Alwin sie an.
»Sehr wohl, gnädiger Herr«, versetzte Hilde. »Aber es ist jemand an der Tür.«
Robert. Dem Himmel sei Dank. Warum hatte er nicht geläutet? Auf keinen Fall durfte er Dörte in ihrem jetzigen Zustand zu Gesicht bekommen. Alwin sprang auf. »Einen Augenblick«, warf er Mutter und Schwester hin. »Ich kümmere mich.«
Hinter Hilde durchquerte er den Flur, an dessen Ende die Tür offen stand. Die Lampe im Treppenhaus brannte nicht, die Gestalt, die dort wartete, blieb im Zwielicht verborgen. »Sie können gehen, Hilde. Ich habe Herrn von Salchow erwartet.«
Hilde drehte sich im Gehen um. »Es ist aber nicht Herr von Salchow. Ich war ganz überrumpelt, als ich sie da stehen sah, und wusste nicht, ob ich sie wegschicken sollte.«
Eine Hand zerrte Alwin am Ärmel und zwang ihn, innezuhalten. Seine Mutter war ihm gefolgt. »Alwin, so leid es mir tut, wir müssen über diese Sache mit Dörte reden. Ich habe Angst, wenn du wieder weg bist, wächst mir das alles über den Kopf.«

»Was ist denn mit Dörte?« Das war die Gestalt vor der Tür. Nicht Robert. Rieke.
»Der Arzt meint, das, was sie hat, ist zirkuläres Irresein«, stieß Alwins Mutter hervor. »Eine Erbkrankheit, sagt er. Die muss in einer Anstalt behandelt werden, und ich soll darauf achten, dass Dörte damit kein Kind bekommt.«

24

»Ich bin gekommen, weil ich deine Hilfe brauche.«
Wenn er ehrlich war, hatte er sich vor zwei Jahren nichts mehr gewünscht, als dass sie das zu ihm sagte. Dass sie sich in seine Arme warf und ihm zutraute, ihre zerbrochene Welt wieder zusammenzusetzen, oder noch besser: ihr eine neue zu schenken. Aber Rieke Thomas bat niemanden um Hilfe, schon gar nicht einen Mann. Sie konnte alles allein. Wenn Alwin es sich recht überlegte, war ihre Liebe oder das, was er in ein paar schüchternglücklichen Augenblicken dafür gehalten hatte, eben daran gescheitert.
Sie hatte ihn nicht gebraucht.
Sooft er ihr angeboten hatte, etwas für sie zu erledigen, ihr das Leben leichter zu machen, hatte sie gekontert: »Das kann ich schon selbst. Ich bin kein Wickelkind.«
Er war sich vorgekommen wie geohrfeigt und hatte nur ein einziges Mal gewagt, zu erwidern: »Ist es so verwerflich, wenn ich dem Mädchen, das ich gern mag, etwas Gutes tun möchte?«
Immerhin hatte er einen Kuss dafür bekommen, einen flüchtigen, zwischen Ohr und Wange, und hatte sich doch wie nach einer weiteren Ohrfeige gefühlt. »Ich will, dass wir frei sind, Alwin. Dass wir zusammen sind, weil wir uns mögen, nicht weil wir ohne den anderen nicht leben können.«

Auch an jenem furchtbaren Morgen nach Hitlers Ernennung zum Reichskanzler war sie nicht zu ihm gekommen, weil sie Schutz bei ihm suchte, sondern um ihm Schuld zuzusprechen. Ihren Blick, die funkelnden Augen, in dem geröteten, schweißnassen Gesicht würde er bis an sein Lebensende nicht vergessen. »Manfred ist tot. Deine feinen Freunde haben ihn ermordet. Totgetrampelt.«

Einen Moment lang zerriss das Mitleid ihm das Herz. Er sah sich selbst an dem Morgen, an dem seine Mutter ihm gesagt hatte, er müsse der »kleine Vati« sein, denn sein eigener Vater mit seinem Pferd und seinen Hauff-Märchen sei nicht mehr da. Auf ihrem Gesicht erkannte er seine eigene Verlorenheit. Er wollte sie in die Arme nehmen und ihr ins Ohr flüstern: Ich verstehe dich. Wenn sie dir einreden, alles wird wieder gut, glaub ihnen nicht, denn es wird nie wieder gut. Deine Welt ist kaputt so wie meine, aber du bist nicht allein. Du musst keine kleine Mutti sein. Du hast mich.

Rieke aber wollte keinen Trost von ihm. Sie wollte ihn anschreien: »Ist das die neue Ordnung, die deine Nazi-Kameraden uns versprechen? Menschen, die auf der Straße totgetrampelt werden, Kinder, die nicht wissen, wo sie die Leichen ihrer Väter finden können, um sie zu begraben? Und dir gefällt das? Dafür gibst du dich her, dabei machst du mit?«

Das war ungerecht. Bei dem Fackelzug, den SA und Hitlerjugend zu Hitlers Ernennung durch Berlins Mitte organisiert hatten, war er nicht mitgelaufen. Er fühlte sich bei diesen Massenaufläufen unwohl, hasste das Gebrüll, die Parolen, und Rieke wusste das. Wenn sie ihn überhaupt kannte, musste sie auch wissen, dass er in die Partei nur eingetreten war, weil er andernfalls bei der Reiterstaffel nicht aufgenommen worden wäre. »Eine Formsache«, hatte Robert versichert. »Nicht anders als bei mir. Du glaubst doch wohl nicht, dass ich zu den Kretins gehöre, die dem Schreihals Hitler nachlaufen. Mir geht's um große Ideen, große Gedanken. Wenn ich dafür unter irgendeinen Wisch meinen Kringel setzen muss – mein Gott, ich habe schon Schlimmeres überlebt.«

Alwin hatte auch Schlimmeres überlebt, dennoch war ihm die Unterschrift schwergefallen. »Politik ist ein schmutziges Geschäft«, hatte sein Vater gesagt, und als er seine Füllfeder zugeschraubt hatte, waren seine Finger ihm beschmutzt vorgekommen.

Und dann hatte Rieke vor ihm gestanden. »Ist es das, was deine Partei will? Menschen, die anders denken, zu Tode trampeln? Familien den Vater umbringen, als wäre der Krieg, auf den sie gieren, längst da?«

»Mein Gott, Rieke.« Er war zu ihr gelaufen und hatte sie, sosehr sie sich wehrte, umarmt. Nicht nur ihre Lippen, ihr ganzer Körper zitterte. »Seid ihr alle in Ordnung? Deine Mutter? Was ist mit dem Mann von deiner Tante, diesem SPD-Mann? Kann der für eure Sicherheit sorgen?«

»Soll das ein Witz sein?« Sie hatte die Brille abgenommen und sah ihn doch immer noch an wie durch Glas. »Clemens war Manfreds Freund – hat er für seine Sicherheit etwa gesorgt? Er kann froh sein, wenn er selbst noch irgendwo sicher ist, und meine Mutter ist ein Wrack. Sie hatte ein schweres, freudloses Leben, bis ihr Manfred begegnet ist, der sie von Herzen liebhatte. Nichts Besonderes. Nur zwanzig Jahre Glück, die jetzt zerschlagen sind, und die Weigerung der Behörden, uns wissen zu lassen, wo wir Manfreds Leichnam finden.«

Sie hatte seine Trostversuche abgewehrt, und als sie den Kampf gegen die Tränen verlor, war sie ohne ein weiteres Wort aus dem Haus gestürmt. Alwin war sich nie sicher gewesen, ob ihr unbeholfenes Liebeswerben überhaupt eine Zukunft hatte. Riekes Besserwisserei hatte oft an seinen Nerven gezerrt, und alles, was ihm am Herzen lag, schien ihr zuwider zu sein. An diesem Tag jedoch, als sie ihm selbst im Zorn vollkommen hilflos vorkam, hatte er sie geliebt. Da es nichts anderes gab, das sie ihn für sich tun ließ, hatte er alle Hebel in Bewegung gesetzt, um herauszufinden, was mit Manfred Thomas geschehen war, und um dafür zu sorgen, dass der Leichnam seiner Familie übergeben wurde.

Wie es aussah, war der Mann an seinem Tod selbst schuld. Er hatte sich protestierend in die erregten Menschenmassen gedrängt, ohne an sein lahmes Bein zu denken, und war schlicht überrannt worden. Das machte den Verlust für Rieke und ihre Mutter nicht weniger schmerzhaft, aber zu behaupten, Hitlers Partei hätte ihn umgebracht, entbehrte jeder Grundlage. Das Gleiche hätte bei einer der Demonstrationen geschehen können, mit denen Manfred Thomas' eigene Partei regelmäßig den Lustgarten in ein Schlachtfeld verwandelt hatte. Es war ein bedauernswerter Unglücksfall, aber kein Beweis dafür, dass das neue Regime plante, seine Gegner aus dem Weg zu räumen.

Alwin versuchte, mit Rieke zu reden, ihr aufzuzeigen, dass sie ihm unrecht tat. »Der Fackellauf war eine spontane Veranstaltung, die Partei hatte damit überhaupt nichts zu tun. Und selbst wenn sie die Sache geplant hätte – sie ist nicht meine Partei.«

»Du bist Mitglied geworden. Damit heißt du gut, was sie tut«, erwiderte Rieke kalt. Seine Hilfsangebote lehnte sie ab, selbst das bisschen Geld, das er sich vom Mund hätte absparen müssen. »Glaubst du, ich nehme das Blutgeld, das du dir von Manfreds Mördern geben lässt? Lieber verhungere ich.«

Sie verhungerte nicht. Irgendwie schlug sie sich mit ihrer Mutter durch und setzte ihr Studium fort. Den Kontakt mit Alwin brach sie ab. Schon vor jener fatalen Nacht waren ihre Treffen immer seltener geworden, zum einen weil Alwin kaum noch Zeit hatte, zum anderen weil er sich ihrer ständigen Kritik nicht gewachsen fühlte. Jetzt wollte sie ihn nicht mehr sehen, traf sich auch nicht länger mit Dörte, die völlig zusammenbrach. Rieke aber bestand darauf, sie könne mit niemandem

befreundet sein, der zugleich Manfreds Mörder zu seinen Freunden zählte.
Damit meinte sie Robert, der zur Zeit des Unglücks am anderen Ende der Stadt gewesen war. Gerecht war das nicht. Aber vielleicht war es allzu schwierig, gerecht zu sein, wenn alles in einem vor Schmerzen schrie. Ohnehin mochte es das Beste sein, wenn die beiden Familien, die nie zueinander gepasst hatten, künftig getrennte Wege gingen.
Wenig später steckten Kommunisten den Reichstag in Brand, und kommunistische Abgeordnete, die das Land nicht zur Ruhe kommen ließen, wurden festgenommen. Eines Abends, als Alwin auf Urlaub in Berlin war, stand Adalbert Künzel vor seinem Haus auf der Straße. Alwin hatte seinen früheren Arbeitgeber kaum wiedererkannt. Er hatte den Geschäftsmann nie anders als im gepflegten Dreiteiler samt Fliege, Einstecktuch und Uhrkette erlebt. An jenem Abend aber war sein Hemd zerrissen, die Haare zerrauft, ein Auge schwarz verschwollen. Angeblich hatten ihm SA-Männer das Schaufenster mit der Parole *Deutsche, kauft nicht beim Juden* beschmiert, woraufhin eine Horde Hitlerjungen in sein Geschäft eingedrungen war und alles kurz und klein geschlagen hatte.
Alwin hatte nicht gewusst, dass Künzel Jude war – Franz hatte damals eigens betont, er sei katholischen Glaubens. Seine Version der Geschichte war eine andere: Bereits durch die Wirtschaftskrise hatten Künzels Geschäfte gelitten, und inzwischen mochte ihm der Konkurs drohen. Sein Atem stank nach Alkohol. Vermutlich hatte er sich in seiner Not verbrecherischen Kredithaien, die es unter Juden zuhauf geben sollte, eine größere Summe geliehen und war bestraft worden, weil er den Kredit nicht zurückzahlen konnte. Dennoch gab Alwin ihm nicht nur das Geld, das er bei sich hatte, sondern begleitete ihn in die Leibnizstraße und half ihm, in den Trümmern notdürftig Ordnung zu schaffen.

Künzel hatte ihm geholfen, und Alwin war kein Mann, der so etwas vergaß.
In der Gaststätte, wo sie früher häufig gemeinsam zu Mittag gegessen hatten, kaufte er ihm einen Teller Kartoffelsuppe. »Kein Bier und keinen Schnaps mehr«, warnte er ihn. »Sie bringen sich in Teufels Küche, und Ihre Probleme lösen Sie damit nicht.«
Künzel hatte den Eindruck gemacht, als würde er sich Alwins Rat zu Herzen nehmen. Kurz darauf hatte er den Laden trotzdem aufgegeben und sich allem Anschein nach ins Ausland abgesetzt. Alwin hatte sich nicht weiter um ihn kümmern können, denn die Sorge um Dörte drohte ihm über den Kopf zu wachsen. »Du wirst in der ganzen Stadt ja wohl nicht nur Rieke kennen«, hatte er versucht, sie aufzumuntern. »Warum triffst du dich nicht mal mit einer anderen Freundin, mit dieser netten Lehrerstochter, die Klarinette spielt, zum Beispiel?«
»Luise Engel?«, war es dumpf von Dörte gekommen. »Die ist doch gar nicht mehr da.«
»Nicht mehr da? Was soll das heißen?«
»Ihr Vater ist aus dem Schuldienst entlassen worden«, sagte Dörte. »Er ist mit seiner Familie nach Argentinien gegangen, er fand, sie wären in Deutschland nicht mehr sicher.«
»Warum das denn nicht?«
»Ich weiß es nicht.« Dörte hatte zu stöhnen begonnen. »Die Engels sind Juden, und Luise hat gesagt: Juden, die in Deutschland bleiben, sind wie Feldmäuse, die still in ihrer Furche hocken, wenn die Pflugschar kommt, um sie niederzumähen.«
»Dramatischer Quark. Sieht diese Luise vielleicht zu viele Tonfilme?«
Dörte wimmerte, hielt sich den Leib und gab wieder einmal keine Antwort mehr.
Alwin hatte sich wie von einer Lawine überrollt gefühlt. Wie schon öfter überfiel ihn der Wunsch, Franz Stock anzurufen.

Der Quickborner war inzwischen ordinierter Priester, er war mehrmals umgezogen, hatte es aber nie versäumt, Alwin auf einer Postkarte seine jeweils gültige Adresse mitzuteilen, versehen mit Zeilen wie: »Melde Dich, wenn Dir danach ist, lieber Alwin. Gruß, Dein Franz.«

Dieses Mal gab Alwin der Versuchung nach. Wie gewohnt war Franz sofort erreichbar und ließ sich keine Verwunderung darüber anmerken, dass Alwin ihn nach all der Zeit anrief. Er hörte ihm zu. Vielleicht musste das einer, der die Beichte abnahm, einfach können: so zuhören, dass der andere wie von selbst ins Reden fiel.

Als Alwin atemlos zum Ende kam, ließ Franz noch mehrere Sekunden verstreichen, ehe er reagierte:

»Ich glaube, mir geht es nicht viel anders als dir, Alwin. Politik mag ich auch nicht anfassen, und wenn jemand mir sagt, um auf meinem Weg voranzukommen, muss ich dieses oder jenes unterschreiben, tue ich es am liebsten, ohne hinzusehen.«

»Du glaubst also nicht, dass dich das zu einem Monstrum macht?«

Franz lachte das warme Lachen, das Alwin aus der Nacht auf Burg Rothenfels im Gedächtnis war. »Ich bin ein frischgebackener Priester, Alwin. Wozu sollte irgendwer im Europa von 1933 noch einen Priester brauchen, wenn nicht, um sich erzählen zu lassen, dass wir immer Gottes liebste Idee bleiben und nichts, aber auch gar nichts uns zu einem Monstrum macht.«

»Und darauf können wir uns einfach verlassen?«

»Wenn du das könntest, würdest du mich nicht danach fragen, Alwin«, erwiderte Franz. »Ich denke: Um es verrosten zu lassen, hat Gott mir kein Gewissen gegeben. Was dein Problem mit Politik betrifft, bin ich mir nicht sicher. Es mag durchaus Situationen geben, in denen wir uns die Finger schmutzig machen, indem wir sie in den Schoß legen. Oder sogar indem wir nichts anderes tun, als sie zu falten.«

»Und was für Situationen sind das?«
»Das eben musst du nicht mich fragen, sondern dein Gewissen.«
»Und wenn mir das keine Antwort gibt?«
»Vielleicht stellst du ihm dann die falsche Frage«, sagte Franz. »Sag mal, Alwin, hättest du nicht Lust, mich zu besuchen? Ich mache mir ein bisschen Hoffnung, die Berufung zu erhalten, wenn Kardinal Schulte einen Geistlichen für die deutsche Gemeinde in Paris bestellt. Würdest du kommen? Ich würde mich freuen, dich wiederzusehen und dich mit Paris bekannt zu machen – so wie deine anderen Freunde dir die Frau, die sie lieben, vorstellen.«
Alwin wollte nicht nach Paris, und die Einladung vergaß er, weil so vieles dringender war. Letzten Endes vergaß er deshalb auch Rieke, obwohl sie sich nur langsam aus seinem Gedächtnis drängen ließ. Vielleicht weil er allzu treu war. Vielleicht weil er nicht viele Menschen gekannt hatte, die so treu gewesen waren wie sie.
Und jetzt stand sie vor ihm. Blass, dünn, wie üblich schäbig, aber sauber gekleidet, die Haare streng aus dem Gesicht geflochten. »Ich bin gekommen, weil ich deine Hilfe brauche.«
Alwin zögerte kurz, dann packte er sie beim Arm, ohne ihr den Mantel abzunehmen. »Gehen wir in mein Zimmer.« Im Gehen drehte er sich zu Hilde um, der vor Neugier beinahe der Geifer tropfte. »Machen Sie Feierabend. Wir kommen allein zurecht.«
Gern hätte er Rieke in ein Arbeitszimmer geführt, wie sein Vater es besessen hatte. Stattdessen musste seine Schlafstube herhalten, in der es nicht genug Sitzgelegenheiten gab. Vom einzigen Stuhl pflückte er hastig seine abgelegten Kleider, ehe er ihn Rieke hinschob. Er selbst setzte sich auf den Bettrand und hatte Mühe, sie anzusehen.
»Danke, ich bleibe lieber stehen«, sagte sie. »Ich halte dich auch nicht lange auf.«

»Schön, dich zu sehen«, rang er sich ab. »Ist bei dir denn in letzter Zeit alles gutgegangen?«
»Nein«, versetzte sie ohne Bemühen um Höflichkeit. »Bei mir ist nichts gutgegangen. Wie sollte es auch?«
»Ich habe gedacht …«
Sie schüttelte den Kopf, und er schwieg. »Ich habe überlebt«, sagte sie. »Ich habe mich hier, so gut ich konnte, durchgeschlagen, weil meiner Mutter keine Flucht in ein fremdes Land zuzumuten war. Meinen Studienplatz haben sie mir im letzten Herbst ohne Angabe von Gründen entzogen, und ich fürchte, ich bin nicht einmal traurig darüber.«
»Aber du wolltest doch unbedingt Ärztin werden!«, rief Alwin.
»Um Leben zu retten«, erwiderte Rieke. »Nicht um es zu sortieren wie Aschenputtel – die Guten ins Töpfchen, die Schlechten ins Kröpfchen.«
»Ich habe keine Ahnung, was du meinst.«
»Vergiss es«, sagte Rieke. »Meine Mutter ist immer dünner geworden. Wir hatten kaum Geld, und so mies, wie ich koche, dachte ich, es wäre kein Wunder, dass ich nichts in sie hineinbekomme, doch Anfang März ist sie zusammengebrochen. In der Klinik haben sie festgestellt, dass ihr Magen und ihre Leber voller Tumore waren. Sie hat nur noch fünf Tage gelebt. Jetzt habe ich nichts mehr, das mich hier hält.«
»Du hast …«, begann Alwin, brach aber ab.
»Ich bin zweimal verhaftet und verhört worden«, sagte Rieke. »Sie sind hinter Clemens her, der untergetaucht ist, und verfolgen jeden, der ihn kannte. Ich bezweifle, ob ich nach dem dritten Mal noch die Kraft hätte, anderswo neu anzufangen. Ich will nach Frankreich. Diesem Mann der Cousine meiner Mutter, von dem ich dir mal erzählt habe, habe ich deswegen fünf Briefe geschrieben.«
»Und er hat dir endlich geantwortet?«, fragte Alwin. Am liebsten hätte er die Bettdecke genommen und sie sich bis über den

Kopf gezogen. Die völlige Einsamkeit, die Rieke ausstrahlte, schien wie Kälte in seinen Körper zu kriechen.
Rieke schüttelte den Kopf. »Er nicht. Aber eine Schwägerin von ihm. Edwige Delage. Schöner Name, oder? Klingt, als könnte man daraus ein neues Leben machen.«
Das Träumerische klang bei Rieke falsch, und es war auch gleich wieder verschwunden. »Diese Edwige hat mir jedenfalls eine ehrpusselige Epistel geschrieben, wie leid es ihr tue, dass ihr Schwager mir nie Antwort schicke. Für gewöhnlich hätte sie gar nichts davon erfahren, aber sie sei mit einem aufmerksamen Herrn von der Post bekannt, und da ihr Schwager zur Unterpräfektur nach Dragu-so-und-so unterwegs war, habe der verantwortungsvolle Postfreund meinen letzten Brief stattdessen ihr übergeben. Bemerkenswert, oder? Ich wüsste gern, wie das Leben aussieht bei Leuten, die Zeit haben, einer Wildfremden Briefe über ihre Bekanntschaften mit Postbeamten zu schreiben.«
»Kam diese Frau noch irgendwann zum Punkt?«, fragte Alwin.
»Erst nachdem sie beteuert hatte, ihr Bekannter habe sie aus reinem Pflichtbewusstsein darauf aufmerksam gemacht, dass dies bereits der fünfte Brief der jungen Dame aus Deutschland sei …«
»Woher wusste er denn, dass du jung bist?«
Über Riekes Gesicht flog ein verunglücktes Grinsen. »Vermutlich hat er sich aus reinem Pflichtbewusstsein vom Inhalt überzeugt. Außerdem schwört Edwige Delage, der Brief sei beschädigt gewesen, sonst hätte sie nie und nimmer ein Wort davon gelesen. Mir soll es recht sein. Ich muss hier weg, und das so schnell wie möglich. Wenn mir Edwige Delage und ihr Postfreund dabei helfen, werde ich es ihnen bestimmt nicht ankreiden, dass sie aus Langeweile anderer Leute Briefe lesen.«
»Sie helfen dir also?«
Rieke zuckte die Schultern. »Ich bin ein Paket, das einer an den anderen weiterreicht, aber irgendwo wird es ja wohl bleiben

müssen. Edwige Delage schreibt, ihre Schwiegermutter habe einen Hass auf die Deutschen, weshalb ich leider unter ihrem Dach nicht unterkommen könnte. Aber ich solle es bei einer gewissen Nathalie versuchen, meiner Großcousine. Die sei nach Paris gegangen, und in Paris sehe man die Frage, ob einer nun Deutscher, Franzose oder sonst was sei, ja wohl nicht so eng.«

Dieses Paris verfolgt mich, dachte Alwin. Die Verführerstadt an der Seine kam ihm vor wie eine riesige Krake, die ihn mit Fangarmen an sich ziehen wollte. Robert ließ ihm ebenfalls keine Ruhe, und an Weihnachten hatte sogar Dörte vor sich hin geschwärmt, es müsse ein Traum sein, Paris zu sehen, irgendwelche Bilder, die im Louvre hingen, und eine Kirche mit steinernen Tierfiguren. Natürlich würde er sie nie dorthin lassen. Selbst Robert gab zu, es sei die gefährlichste Stadt der Welt, auch wenn sie das in seinen Augen noch reizvoller machte.

»Es fühlt sich so unwirklich an«, murmelte Rieke. »Plötzlich eine Großcousine zu haben, die Nathalie Delage heißt und in Paris, in einer Rue Caulaincourt, lebt. Wo ich mir doch gerade erst klargemacht habe, dass ich keine Familie mehr habe.«

»Aber du musst doch noch Familie haben!«, widersprach Alwin, den ihre Einsamkeit erschütterte. »Mehr als diese Französin, meine ich. Ihr wart doch so viele – deine Tante mit dem SPD-Mann, dein blinder Onkel, sein kleiner Bruder –, mir kam es immer vor, als hättet ihr überall Verwandte oder wenigstens Leute, die ihr so genannt habt. Du kannst doch nicht auf einmal allein in der Welt stehen, es muss sich doch einer von all denen um dich kümmern!«

»Familien wie unsere sind in der ordentlichen Welt, die deine Partei schaffen will, nicht mehr erwünscht«, sagte Rieke. »Sie werden ausgefegt. Meine Tante Paula ist in London. Wir sind nicht in Frieden auseinandergegangen, meine Mutter hat ihr die Schuld an Manfreds Tod gegeben, ansonsten hätte ich ihr

vielleicht geschrieben. Und Joachims Leute sind Juden. Sie sollten selbst machen, dass sie wegkommen, aber für einen Blinden ist es nicht einfach, und seine Eltern sagen, alte Bäume entwurzelt man nicht.«
Das also war es. Alwin erinnerte sich, dass der Name des kleinen Bruders ihm seltsam vorgekommen war. »Warum müsst ihr eigentlich fortwährend den Teufel an die Wand malen?«, fragte er. »Es ist nicht alles schlecht, was die Regierung tut, auch wenn ihr es so hindrehen wollt. Die Leute haben Arbeit, Familien bekommen Hilfe, man muss sich als Deutscher nicht mehr wie der Fußabtreter von ganz Europa fühlen. Und was die Judengesetze betrifft, dabei geht es doch nur um ein paar Bonzen, die sich auf Kosten des deutschen Volkes bereichert haben. Dieser Joachim ist im Krieg verwundet worden, so einem Mann tut doch niemand ein Leid.«
»Weißt du was?«, fragte Rieke. »Du bist der einzige Mensch, dem ich abnehme, dass er sich das selber glaubt. Ich wünsche dir, dass jemand dir Halt gibt, wenn du aus allen Wolken fällst, und ich hoffe, der Aufprall bringt dich nicht um. Jetzt habe ich lange genug um den Brei geredet: Ich habe die Adresse von meiner Großcousine, ich bin entschlossen, mich ihr aufs Auge zu drücken, und fahre nach Paris, sobald ich das Geld für die Reise habe. Wirst du es mir geben? Dass ich es dir zurückzahle, kann ich nicht versprechen, aber ich werde mein Bestes versuchen.«
»Natürlich«, sagte Alwin. Erleichterung überfiel ihn, weil sie nichts als Geld von ihm wollte, und er schämte sich dafür. »Ich bin nur für drei Tage in der Stadt, um der Hochzeit von Hermann Göring mit Emmy Sonnemann beizuwohnen. Aber wenn du mir sagst, wie viel du benötigst, sorge ich dafür, dass die Summe dir ausgezahlt wird.«
»Danke«, sagte Rieke und senkte den Kopf. »Nur das Geld für die Fahrkarte und vielleicht etwas für die ersten Tage. Danach komme ich schon zurecht. Ich bin ja eine, die sich durchbeißt.«

Alwin nickte. »Ich wünsche dir alles Gute, Rieke. Und wenn du noch etwas brauchst …«
Rieke schüttelte den Kopf. »Nur eines noch.«
»Ja. Natürlich.«
»Pass auf Dörte auf«, sagte sie. »Wenn sie in diesem Land nicht mehr sicher ist – du weißt, wo ich zu finden bin.«

Salah

August 1936

25

Der Vater von Henri ist ein Held«, sagte der kleine Junge an Salahs Hand, als sie unter dem Laubdach der Platanen die Rue Caulaincourt hinaufspazierten. »Er ist im Krieg verwundet worden. *Blessés pour la France*. Deshalb heißt Henri auch so: Henri-François.«

»Und was hat dieser klangvolle Name mit der Verwundung von Henris heldenhaftem Vater zu tun?«, fragte Salah. Henri war der Sohn von Gilles Cuchet, dem Schlachter, bei dem sie an Tagen, an denen sie Geld zu verprassen hatten, ihr Fleisch kauften. Gilles säbelte mit nacktem, schweißnass glänzendem Oberkörper Fleischstücke von aufgehängten Tierkörpern, um sie dann auf einen Bogen Einwickelpapier auf die Theke zu klatschen. Sein Sohn Henri war eine Art kleiner Napoleon in der Horde der Vier- und Fünfjährigen, die durch die Straßen rund um die Place de Clichy tobten.

»Henris Vater hat gesagt: Henri-François ist ein guter französischer Heldenname«, antwortete der Kleine, der mit seinen kurzen Beinchen tapfer Schritt hielt. Als er das erste Mal hier hinaufgegangen war, hatte Salah gedacht: *Ya Allah*, Allerhabener, wie kann eine Straße, die deine Geschöpfe durch eine Stadt gebaut haben, nur so lang sein, und nach allen Seiten entspinnt sich noch ein Netz von anderen Straßen? War man in der Mitte der Rue Caulaincourt angekommen, hätte man das gesamte Dorf Les Adrets bereits durchquert. Salah hatte es der kühle Schatten der Straße auf den ersten Blick angetan. *Ya Allah*,

Allerhabener, wie können wir im höchsten Sommer durch eine so lange, ansteigende Straße gehen, ohne dass uns die Kleider vor Schweiß triefen?

Kein Wunder, dass Paris die Hauptstadt der Eleganz war. Selbst an den wenigen Tagen, an denen es heiß genug war, um das Gras an den Seine-Ufern auszubleichen, genügte der Schatten der Häuser und Bäume, um die Kleidung trocken zu halten.

»Ist mein Vater auch ein Held?«, fragte der Kleine und zog an Salahs Hand. »Ist er auch für Frankreich verwundet worden, und hab ich auch einen guten französischen Heldennamen?«

Salah überlegte. Um sich Zeit zu verschaffen, zog er den Jungen erst einmal in Bertrands *boulangerie* und ließ ihn sich ein gefülltes *Croissant* zum Frühstück aussuchen, während er selbst im Stehen einen Kaffee hinunterstürzte. Er wusste, er hätte für solchen Luxus keinen ihrer abgezählten Sous ausgeben sollen, sondern dem Kleinen zu Hause ein Frühstück bereiten und sich an seinen Tee halten. Aber sie beide liebten diese gelegentliche Verschwendung und das verschwörerische Schweigen darüber, weil das Leben einen süßen, wenn auch flüchtigen Zauber verschenkte, wenn man es nicht allzu genau nahm.

Einen Bertrand gab es in dieser Feinbäckerei nur dem Namen nach. Herrin über Gebäckteilchen, Ausschank und Registrierkasse war eine spitznasige Madame, die gewiss keine Vorliebe für dunkelhäutige Algerier hegte, aber Salah in Kauf nahm, weil sie Benet liebte. Mit einer Zange wie zum Zähneziehen fischte sie zwei Zitronen-*Macarons* aus der Auslage, ließ sie in eine Papiertüte gleiten und reichte sie dem Jungen hinunter, wobei sie sich den nach vorn geschnürten Busen auf der Theke flach drückte.

»Ein Geschenk«, sagte sie. »Aber nur für dich – lass dir nichts wegessen.«

Vergib mir, Allerhabener, dachte Salah pflichtschuldig. Er wusste, er hätte den Blick von den misshandelten Brüsten abwenden sollen, aber auch im fünften Jahr wirkte das schillernde Menschen-Kaleidoskop von Paris noch immer wie ein Magnet auf ihn. Einen Menschentyp, den es in Paris nicht gab, den gab es überhaupt nirgends, und selbst wenn man sich wie Salah bald fünf Jahre lang täglich in den Strudel stürzte, hörte man längst nicht auf, überrascht zu sein.

Wer sein ganzes Leben an einem Ort verbrachte, bekam vielleicht nicht mit, dass Orte Lieder besaßen, aber in Salah war das dunkle Lied von Mers-el-Kébir noch nachgeklungen, als er zum zornigen Protestgesang von Marseille von Bord gegangen war, um schließlich bei der sommersüßen Liebesweise von Les Adrets anzukommen. Das Lied von Paris war das Lied der Welt, in dem keine Note – auch kein Misston – fehlte. Es verklang weder bei Nacht noch in der klirrenden Kälte, die hier die Winter prägte, auch wenn es manchmal flüsterte und in den Sommermonaten zarter wurde, weil es zum Lebensrhythmus der Pariser gehörte, Anfang Juli aus ihrer Stadt zu flüchten.

Frauen und Kinder verbrachten die Ferien auf feudalen Landsitzen oder in preiswerten Pensionszimmern, und die Männer, die das Geld dafür verdienten, schlossen sich ihnen an den Wochenenden an, bis sie alle Anfang September ins Getümmel zurückkehrten. Demzufolge wirkte selbst die quirlige Rue Caulaincourt im August geradezu menschenleer, und das Lied der Stadt ließ unter dem Geschnatter seine Melodie erkennen. In diesem Jahr war es womöglich noch leiser, denn die Regierung des neu gewählten *Front populaire*, dem Zusammenschluss der Linksparteien, hatte zwei bezahlte Ferienwochen für sämtliche Arbeiter eingeführt.

In Spanien tobte ein Bürgerkrieg gegen Francos Faschisten, aus Deutschland strömten Emigranten, die in Hitlers Reich um ihr Leben fürchteten, und Mussolinis Italien hatte Äthiopien überrannt. In Frankreich hingegen hatten Wirtschaftskrise und Straßenschlachten Pause: Die Nation machte geschlossen Urlaub.

Salah nahm dennoch im Sommer mehr ein als sonst, denn wenn die Pariser gingen, kamen die Touristen, denen der Geldbeutel locker saß, weil die Stadt, die nie ihr Licht ausknipste, sie besoffen machte.
Touristen hatten zwar für dunkelhäutige Hünen obskurer Herkunft nicht mehr übrig als Pariser, aber dem Jungen verfielen sie genauso wie die Madame in der *boulangerie*. Er war sichtlich das Kind zweier ausnehmend hübscher Eltern, die einander nicht ähnlich sahen: eine ganz eigene Mischung von Zügen, die man unentwegt anschauen wollte. Einmal hatte eine Amerikanerin Salah angesprochen, die Französisch mit übertriebenem Akzent sprach: »Erzähl mir nicht, du wärst mit dem kleinen Engel verwandt. Hast du ihn seinen Eltern etwa geraubt?«
Salah, der ganz in Weiß gekleidet gewesen war, hatte eine Verbeugung vollführt. »Muss ich bedauern, Madame. Bin ich Lakai von kleines Engel, und hat mich seine *maman* geraubt von meine Eltern, nicht andersherum.«
Wie erwartet hatte die Frau sich empört davongemacht, ohne das ausgewählte Etui zu kaufen, und der Kleine hatte ihn gefragt: »Wieso hast du ihr denn was von deinen Eltern erzählt? Du hast doch gar keine.«
»Hätte ich ihr lieber etwas von meinem Kamel erzählen sollen?«, hatte Salah zurückgefragt.
»Du hast auch kein Kamel.«
»Dann bleibt sich das gleich«, hatte Salah befunden, und damit war das Thema für Benet erledigt. Inzwischen hatte er *Croissant* und Makronen verschlungen und drängte zurück auf die Straße, weil er durchs Schaufenster gesehen hatte, dass dort etwas vor sich ging. Wo die Caulaincourt mit der einmündenden Avenue Junot einen begrünten Platz mit Kiosk und Morris-Säule bildete, parkten in einer Reihe drei Lastwagen mit der Aufschrift Pathé-Natan. Sie hatten Rampen ausgefahren, über die Männer in weinroten Arbeitshosen sperrige Gerätschaften ins

Freie rollten. Die Hälfte des Platzes war bereits mit mannshohen Barrieren abgesperrt, vor denen Schaulustige Trauben bildeten. Der Kleine lief Salah so flink davon, dass er Mühe hatte, hinterherzukommen.

Vor der Barriere, zu der er sich hindurchgeschlängelt hatte, fing Salah ihn ein. Zwei Frauen, die er dazu auseinanderschieben musste, brachen in Gezeter aus, und die linke schwang drohend ihr Einkaufsnetz. Salah, der wenig Lust verspürte, zwei Pfund Zwiebeln und eine Flasche Rotwein an den Kopf zu bekommen, duckte sich und packte Benet bei den Schultern: »Komm weg hier.«

»Ich will aber nicht! Ich will wissen, was die da machen!« Hingerissen wies er auf eine Art Baldachin, den die Arbeiter in den Overalls errichteten. Noch ehe er fertig war, hatte bereits eine Dame in durchsichtiger Robe darunter Platz genommen, deren Kopfputz einem Präsentkorb glich.

»Sie drehen einen Film«, sagte Salah und wies auf die Kamera, die in Position gefahren wurde. Bernard Natan, der die marode Produktionsfirma Pathé zu großen Teilen aufgekauft hatte, war der führende Mann in Frankreichs Filmindustrie, ein halber Gott oder zumindest einer, der Götter auf die Leinwand brachte. Salah kannte sich aus. Nathalie erbettelte sich von Idelle die unverkauften Exemplare sämtlicher Zeitschriften, wenn sie auch nur den kleinsten Satz über die Filmwelt enthielten.

»Einen Film? So wie die, die *maman* sich im Kino ansieht?«

Salah nickte.

»Ich will ihn mir auch ansehen!«

»Wenn du älter bist«, sagte Salah und zog ihn weiter. »So ein Film ist ja nichts anderes als eine nachgespielte Geschichte, weißt du? Das kannst du genauso gut selbst mit deinen Freunden tun.«

Das Stichwort war das falsche gewesen. Es brachte seinen Begleiter zu dem Thema zurück, bei dem er sich vorhin hatte unterbrechen lassen. »Henri spielt am liebsten Geschichten vom Krieg«, berichtete er. »Ich bin auch gut im Kriegspielen, aber Henri darf immer der Held sein, weil sein Vater einer ist, und ich muss das Pferd sein, weil die anderen sagen, dass ich keinen Vater hab.«

»Pferde können auch Helden sein«, gab Salah zu bedenken. »Ich kannte eines, das konnte jeden Möchtegernhelden von seinem Rücken schmeißen.« Sie mussten um den inzwischen vollständig abgesperrten Platz einen Umweg nehmen, um wieder auf die Caulaincourt zu gelangen und das *Bistrot Provençal* zu passieren. Dem *Bistrot,* vor dessen Fenstern sich ein weiß eingedecktes Tischchen ans andere drängte, sandte Salah einen beklommenen Blick. Der Gedanke an die Filmleute so dicht bei Nathalies Arbeitsplatz behagte ihm nicht.

»Ich kenne überhaupt kein Pferd«, beklagte sich der Junge. »Lieber soll Henri mir endlich glauben, dass mein Vater auch ein Kriegsheld ist. Er ist doch einer, nicht wahr, Salah?«

Salah überquerte mit ihm die Straße und begann, die hundert Stufen hinaufzusteigen. Wenn man dabei den Kopf in den Nacken legte, sah man die Kirche: sehr klares Weiß gegen alles, was der Himmel an Farbe aufzubieten hatte. Im Grunde war Sacré-Cœur sogar hässlich, eine bombastische Sahnetorte, der Stadt auf ihren Präsentierteller geklatscht, und der leuchtende Kalkstein aus Château-Landon, von dem ihr Erbauer gehofft hatte, er werde in Ehren ergrauen, blieb weiß wie ein Brautkleid. Aber sie war Sacré-Cœur – und wurde ähnlich angehimmelt wie der Turm, den Gustave Eiffel gebaut hatte. Touristen, die zu der Kirche aufschauten, blieben stehen und riefen »Ah!« und »Oh!«, als hätten sie jetzt erst begriffen, dass sie in der Stadt angekommen waren, von der die ganze Welt träumte.

Salah hingegen suchte fieberhaft nach einer Antwort. »Der Vater von Henri ist ja schon ganz schön alt«, probierte er es schließlich. »Deine Eltern sind jünger, sie waren im Krieg noch Kinder.«

»Und Kinder können keine Helden sein?«

Die Frage traf, als hätte der Junge ihm seine kleine Faust in den Bauch geboxt. Salah gab keine Antwort, weder ihm noch sich.

»Deine Mutter hatte zwei Onkel, die Helden waren«, sagte er. »Ihre Namen stehen auf dem Gedenkstein in ihrem Dorf. *Mort pour la France.* Meinst du nicht, das ist Heldentum genug?«

Der Junge musste die Beinchen mächtig strecken, um die Stufen zu nehmen. »Können wir die mal besuchen? Oder können die uns besuchen, damit ich sie Henri zeigen kann?«

»Sie sind tot«, sagte Salah. »Deshalb stehen ihre Namen ja auf Steinen. Ein Held zu sein und zu überleben, das ist nicht so leicht.«

Vor Enttäuschung rang der Junge nach Luft. Anfangs, als Salah die ersten Male mit ihm hier hinaufgestiegen war, weil ja jemand auf ihn aufpassen musste, war er in Versuchung geraten, ihn auf die Arme zu nehmen und nach oben zu tragen. Dann aber hatte er sich gedacht, dass es nichts nützte, ihm vorzugaukeln, das Leben sei einfach, mache nicht müde und tue nicht weh. Er würde nicht zu den Menschen gehören, die von Untergebenen über Steiniges und Steiles hinweggetragen wurden, sondern zu denen, die sich mit eigener Kraft hochrackern mussten. Und wenn einer dazu geboren war, dann Benet. Er beklagte sich nie, sondern schnaufte nur manchmal, woraufhin Salah das Tempo unmerklich verlangsamte. Er war ein zäher kleiner Bursche. Nur diese Sache mit seinem Vater setzte ihm zu.

Was nicht verwunderte. Dass andere Kinder Väter hatten, selbst wenn sie nicht mit ihnen lebten, hatte er mitbekommen, sobald er diesen Kindern begegnet war. Glücklicherweise wimmelte es im Montmartre von Frauen, die zu dem greinenden Geschöpf an ihrem Rockzipfel weder Trauschein noch Ehering vorzuweisen hatten, aber wer ihre Väter waren, wussten die Kinder alle. Zumindest waren sie überzeugt, es zu wissen. Bei Benet hingegen fehlte die Hälfte. Er hatte angefangen, die Männer in seinem Leben zu bestürmen. Ihren Hauswirt Elie, ihren Nachbarn Gaston und Salah. »Bist du mein Vater? Kannst du es Henri und Baptiste und Jacques erzählen, weil die gemein sind und es mir nicht glauben?«

Natürlich glaubten sie es nicht. Nicht bei Elie, der eher als Großvater durchgegangen wäre und den jeder als kinderlos kannte, nicht bei dem zerstreuten Gaston und noch weniger bei Salah. Auf die Lüge waren er und Nathalie selbst gekommen, damals, als sie ein Kind im Korb, aber nicht mehr als ein verdrecktes Pensionszimmer gehabt hatten, um es nach Hause zu bringen. Die Vermieter, bei denen sie sich bewarben, schlugen die Türe zu, sobald sie sie zu Gesicht bekamen: eine Frau ohne Geld, ein Kind ohne Vater, einen Mann mit der falschen Hautfarbe. Irgendwann hatte Nathalie, diese trotzige, beinharte Mademoiselle Kopf-durch-die-Wand, sich die Tränen aus den Augen gewischt, weil sie die Demütigungen nicht länger ertrug. »Warum tust du denn nichts?«, hatte sie Salah angeschrien. »Fiele dir ein Zacken aus der Krone, wenn du lügen würdest und uns damit hilfst?«

»Den Zacken wäre es mir wert«, hatte Salah erwidert. »Ich kann den Kleinen als meinen ausgeben, wenn du das willst, ich kann behaupten, du wärst meine ordentlich angetraute Ehefrau, aber glaubst du wirklich, das würde dir zu mehr Ansehen verhelfen? Du wärst keine Schlampe mit einem vaterlosen Kind mehr, sondern eine Schlampe, die sich mit einem dreckigen Algerier eingelassen hat. Und du meinst, damit stündest du vor irgendwem besser da?«

Sie hatte ausgeholt, um ihn zu ohrfeigen, wie sie es bei Fabrice getan hätte. Nur hatte Fabrice solche Dinge gesagt, um sie zu provozieren, und sich diebisch amüsiert, wenn sie darauf

angesprungen war. Salah hingegen sagte, was nicht verschwiegen werden konnte. Nathalie ließ die Hand sinken.
»Helfen kann ich dir vermutlich am besten, wenn ich bleibe, was ich immer war«, hatte Salah gesagt. »Dein kabylischer Lakai. Wer sich seinen eigenen Kabylen hält, kann immer noch eine Schlampe sein. Aber eine aus gutem Stall.«
»Du bist ein solcher Idiot, Salah.« Sie hatte die letzten Tränen weggeschnieft und war ihm um den Hals gefallen. »Danke, dass du noch da bist.«
»Wo sollte ich denn sonst sein?«
Sie zuckte die Schultern. »Wir sind noch Freunde, oder?«
Er tastete nach ihrer Hand und drückte sie.
Er hatte ihr nie gesagt, dass er damals selbst keine Wahl gehabt hatte. Sie war aus Juan-les-Pins gekommen, so wie sich eine Katze, die jemand hatte ersäufen wollen, mit letzter Kraft aus dem Fluss schleppte. Dort, wo sie liegen geblieben war, hatte er sich zu ihr gekniet. Das Ausmaß des Betrugs, der an ihr begangen worden war, hatte sie niedergestreckt. Sie hatte keine Ahnung, wohin sie gehen sollte, wusste nur, dass sie keinem von ihnen je wieder unter die Augen treten wollte.
»Warum gehst du nicht nach Paris?«, hatte Salah vorgeschlagen. »Du erzählst mir doch seit Jahren, da willst du hin.«
»Ohne Geld?«
»Das gebe ich dir.« Zudem versprach er ihr, seine eigenen Pläne aufzugeben und sie nicht allein zu lassen.
Sein Edelmut machte sie sprachlos. In Wahrheit wäre er mit seinem bisschen Ersparten kaum bis Mers-el-Kébir gekommen. Das Geld, das ihm fehlte, um sich seine Familie zurückzukaufen, würde Alphonse Delage ihm nun auch nicht geben, denn er hatte seinen Teil der Vereinbarung nicht erfüllt. Er hatte nicht auf Nathalie aufgepasst.
Von alledem sagte er ihr nichts. Sie war ihm dankbar, und er genoss es mehr, als er sich eingestehen mochte. Die

Wohnungssuche hatte er fortan allein übernommen: ein Diener, der für seine Herrschaft die Klinken putzte. Am Fuß des Montmartre, in der Rue Caulaincourt, war er fündig geworden. Keine elegante Adresse. Zwischen Gemüsehändlern, die morgens ihre Kisten vor die Türen räumten, trollten sich müde Huren nach harten Nächten. Wie sich jedoch zeigte, war die Gegend um die Place de Clichy und die Place Pigalle mit ihren Bars und Revuetheatern, auf deren Bühnen Josephine Baker tanzte, mit ihren Cabarets und dem Kino genau das Wasser, in dem Nathalie zum Fisch wurde und sich auf ihre Fähigkeit zu schwimmen besann.

Sie hatte gehofft, Fréhel und Aimée würden ihr unter die Arme greifen, sie könnte mit Hilfe der beiden in der Glamourwelt des Paris, das sie sich zurechtgeträumt hatte, Fuß fassen. Als diese Hoffnung sich als Windei entpuppte, schien sie sich aufzugeben, doch in der Rue Caulaincourt gewann sie binnen weniger Wochen ihre Kräfte zurück. Vor dem *Bistrot Provençal* war sie stehen geblieben und hatte zu Salah gesagt: »Ein Hotel mit diesem Namen hat mir das Genick gebrochen. Wollen mal sehen, ob ich mir von denen da nicht ein bisschen Entschädigung holen kann.«

Sie war hineinspaziert und hatte den Inhaber – einen Korsen namens Ludi-Cesari – angeblafft: »Was zum Teufel soll an dieser Kaschemme provenzalisch sein? Wenn Sie Provence wollen, stellen Sie mich ein. Ich bin Lavendel und Fischgestank auf Beinen.«

Ludi-Cesari hatte nicht lange gefackelt, sondern seine Chance beim Schopf ergriffen. Nathalie war gut fürs Geschäft, das war sie schon in Les Adrets, in der *Weinenden Kuh*, gewesen, aber jetzt akzeptierte sie keine Grenzen mehr als die, die sie selbst setzte. »Ich hab ein Kind zu versorgen«, sagte sie zu Salah. »Also muss ich für das Kind ja wohl Geld verdienen und kann nicht herumheulen, wenn ich das Röckchen lüpfen muss.«

Viel zahlen konnte der Korse nicht, aber mit dem, was die Gäste fürs Lüpfen des Röckchens zuschossen, den paar Sous für die Lederarbeiten, die Salah auf dem Montmartre verkaufte, und dem Beitrag der Untermieterin kamen sie zurecht. Sie hatten ein Dach über dem Kopf, eine Tür, die sie abends hinter sich zuziehen konnten, und dahinter zwei Zimmer, die Benet als sein Zuhause, das Herz seiner Welt kennenlernte.

Dass sie ausgerechnet bei Elie Kraśnik Unterschlupf fanden, hatte Salah verblüfft. Was der Mann anbot, klang zu gut, um wahr zu sein: zwei Zimmer, Kammer, Küchenbenutzung und ein Bad auf der Stiege zu einem Preis, zu dem sie im Passy keinen Treppenabsatz hätten mieten können. Der Besitzer hatte aus zwei Wohnungen in einem der hohen, zerbrechlich schmalen Pariser Häuser eine einzige gemacht, von der er einen Teil zur Miete anbot. Sobald sein Gesicht in der Tür erschienen war, hatte Salah kehrtmachen wollen. Der Mann trug eine Kippah und war auf dem Weg in die Synagoge. »Sie kommen wegen der Wohnung?«, fragte er. »Darum würde sich meine Verlobte kümmern, die ehrenwerte Mademoiselle Ernoul, die gleich hier sein sollte. Mich allerdings müssten Sie bitte entschuldigen.«

»Ich bin algerischer Muslim«, sagte Salah, als stünden ihm seine Herkunft und die Religion, die sich daraus ergab, nicht ins Gesicht geschrieben. Obwohl das genügte, um jede Hoffnung auf einen Mietvertrag zu vernichten, fügte er hinzu: »Meine Herrschaft ist Katholikin.«

»Wären Sie das beruflich?«, fragte Elie Kraśnik. »Nein? Dann würde ich meinen, es ginge mich nichts an. Schließlich soll ich Ihr Hauswirt werden, nicht Ihr Imam, als der ich eine höchst klägliche Figur abgeben dürfte. Nach dem Beruflichen würde Sie dann Mademoiselle Ernoul fragen, mir wäre solche Befragung peinlich, ich habe dafür kein Händchen.«

Bedächtig sah er an Salah hinauf und hinunter. »Sie wären doch nicht etwa in Sorge wegen dem hier?«, fragte er und tippte sich an die Kippah. »Nur keine Bange, ich bin in etwa so fromm wie meine Hauspantoffeln. Zur Torah-Prozession am Sabbat gehe ich, weil Paulette, meine Nichte, findet, es wäre das, was ein jüdischer Mann am Sabbat tun müsste – und weil Paulette die kleine Göttin meines Universums ist. Soweit es mich betrifft, könnten Sie den Mond anbeten, es würde deswegen noch lange kein Manna regnen. Wenn Sie bitte die Miete pünktlich zahlen würden, damit wir die Wohnung halten können, und zum Rauchen auf den Balkon gingen, dann wären wir uns rasch einig. Wobei sich das mit dem Rauchverbot zur Not auch verhandeln ließe. Idelle – das ist Mademoiselle Ernoul – hält sich nämlich selbst nicht daran.«

Ehe Salah sich eine Antwort abringen konnte, jagte etwas Schwarzes in Katzengröße durch den Gang, schoss zwischen Elie Kraśniks Beinen hindurch und baute sich bedrohlich kläffend vor ihm auf. Das Geschöpf war eindeutig keine Katze. Den Ohren nach hätte es ein Maultier sein können, nach dem Körperbau ein Ferkel, und das wie platt gedrückte Gesicht passte zu überhaupt keinem Tier, das Salah kannte oder kennen wollte. Nur dem Lärm nach war es ein Hund. Salah fand Hunde furchteinflößend. Dieser war winzig, aber die geschürzten Lefzen entblößten nadelspitze Zähne, und das kleine Monstrum stürzte sich in der Absicht auf ihn, sich in sein Bein zu verbeißen.

Im letzten Augenblick bückte sich Elie Kraśnik und hielt es am Halsband fest. »Na, na, Choupinette. Der Herr dürfte wohl kaum künftig seinen Beitrag zu deiner *Boudin noir* leisten, wenn du ihn derart in Schrecken versetzt.« Zu Salah sagte er: »Choupinette müssen Sie bitte entschuldigen. Sie wäre gern eine Tigerin.«

»Und was ist sie?«

»Eine französische Bulldogge. Und eine Torwächterin vor dem Herrn. Würde sie zubeißen, könnte sie bei weitem mehr Schaden anrichten, als man ihr zutrauen würde.«

»Wir haben ein Kind«, entfuhr es Salah. »Ich meine, meine Herrschaft hat eines. Sie ist – ich meine, der Vater des Kindes ist …«

Elie Kraśnik hob seinen hässlichen Hund auf den Arm und küsste ihn auf die flache Nase. »Choupinette mag Kinder«, sagte er mit eigentümlicher Wehmut. »Sie hätte gern selbst welche. Wenn überhaupt, würde sie nur Männer angreifen, Frauen und Kinder nie im Leben.«

Salah fand das wenig beruhigend, doch zum Ausgleich stellte Elie Kraśnik keine Frage nach dem Vater. Er entschuldigte sich, zog seines Weges und übergab den zappelnden Hund unterwegs der Dame, die geräuschvoll die Treppe herauftrampelte. Idelle Ernoul. Eine jener Frauen, die um Schönheit gebetet und Breite bekommen haben mochten, breite Wangen, Schultern, Taille und Hüften; die um Charme gebetet und gar nichts bekommen haben mochten, nicht einmal ein reizendes Lächeln oder eine liebenswürdige Art von Humor. Salah mochte sie trotzdem. Sie betrieb einen Zeitungskiosk in einem grünen Achteck auf der Place de Clichy, der bis obenhin mit Presseerzeugnissen vollgestopft war, vor allem mit solchen, die sich schlecht verkauften. Es gab nichts, das sie nicht hatte. Auch nichts Verbotenes. *El Ouma* versteckte sie für Salah unter dem Ladentisch, und mehr noch: Sie wusste, dass die Organisation, die die Zeitschrift auf versteckten Druckerpressen zusammenstoppelte, *Stern von Nordafrika* hieß.

Das am prominentesten ausgestellte Blatt ihrer Auslage war *Perdu et trouvé*, ein Sammelsurium von Betrachtungen, Weisheiten und Kuriositäten zum Leben der Leute vom Montmartre, das ihr Gefährte herausgab, dessen einziger Mitarbeiter er war und das kein Mensch las. Elie Kraśnik gehörte zu den Menschen, die an den Sinn ihrer Berufung glaubten und dafür sämtliche Opfer in Kauf nahmen. Er wäre in der jüdischen Armenfürsorge gelandet, hätte das Schicksal ihn nicht mit zwei kinderlosen Tanten gesegnet. Die Tanten – Schwestern seiner Mutter – hatten es durch Heirat zu zwei benachbarten Wohnungen in der Rue Caulaincourt gebracht, sie starben innerhalb eines Monats, und nach einem weiteren Monat konnte Elie als einziger Erbe über den Besitz verfügen.

Die resolute Idelle hatte die Sache in die Hand genommen. Aus zwei Wohnungen machte sie drei und vermietete zwei, damit Elie ein Einkommen hatte. »Der Mann ist die Weltfremdheit in Person«, hatte sie zu Salah gesagt. »Zum Glück verlässt er sich im Geschäftlichen auf mich, und ich setze Sie auf die Straße, wenn ich am Ersten Elies Geld nicht auf dem Tisch habe. Ansonsten sind Sie mir keine Rechenschaft schuldig. Solange an diese Tür nicht die Polizei klopft, soll mir egal sein, was Sie treiben.«

Drei Tage später waren sie eingezogen, Nathalie mit Benet in das Zimmer mit dem Fenster zum Hof und Salah in die Dienstbotenkammer, während ihnen das Mittelzimmer als gemeinsamer Raum blieb. Fast wie die Stube einer gewöhnlichen französischen Familie. Die Miete war lächerlich niedrig für Paris, wenn auch nicht immer leicht aufzubringen, schon gar nicht im Winter, wenn die Touristen verschwanden und sich im *Provençal* nur Hungerleider und Immigranten aus Deutschland und dem Osten Europas drängten. Die lechzten zwar nicht weniger nach Zärtlichkeit, hatten aber kein Geld, um dafür zu bezahlen.

Schön war es dennoch. In der zweiten vermieteten Parzelle wohnte Gaston Mercier, ein erfolgloser Anthropologe, der ebenfalls kaum je Geld hatte, und wenn keiner von ihnen welches hatte, schütteten sie auf dem Küchentisch zusammen, was sie fanden, und teilten es sich. Manchmal nichts, manchmal eine verbeulte Dose Sardinen, eine Tüte verklebter Bonbons und eine Scheibe von der Blutwurst, die der Hund fraß. Dazu brachte Nathalie aus dem *Bistrot* Wein mit, ab und an auch Pernod oder billigen Cognac, und Idelle braute für Salah Tee.

Sie hatten sich in dieser Wohnung verschanzt, als vor zwei Jahren, im Februar, die faschistische *Action française* die Betrugsaffäre des jüdisch-ukrainischen Bankiers Stavisky zum Anlass nahm, Pariser Straßen in ein Schlachtfeld zu verwandeln. Gerüchten nach wurden jüdischen Geschäften die Scheiben eingeworfen, und Passanten, die sich als jüdisch zu erkennen gaben, wurden vor aller Augen blutig geprügelt. Die Regierung des Linksliberalen Daladier trat zurück. Paris schien ohne Schutz.

Elie Kraśnik verteilte seine eiserne Reserve aus Süßwein und Rindfleischkonserven und bedankte sich etliche Male, weil keiner ihn verließ. Als die Lage sich allmählich beruhigte, nachdem zwei Regierungen darüber gestürzt waren, lief Salah für Elie, der sich noch immer nicht aus dem Haus wagte, ins Marais, das die Juden *Pletzl* nannten, um sich zu versichern, dass der Familie seiner Halbschwester nichts geschehen war. Diese Halbschwester, Tochter der strenggläubigen zweiten Frau seines Vaters, ihr Mann und ihr Kind waren die einzige Verwandtschaft, die noch mit Elie verkehrte. Paulette, seine dreizehnjährige Nichte, nannte er seine kleine Göttin oder kleines Licht seines Lebens, während Idelle von beidem die große Version war.

Die Halbschwester wohnte unweit der einschüchternden Agudas-Hakehilot-Synagoge an der Rue des Rosiers, in einem Hinterhaus über dem koscheren Fleischer. Sie jagte Salah mit dem Besenstiel die Treppe hinunter. Elie schloss daraus, dass die Familie sich bester Gesundheit erfreute, bestellte auf Pump ein Festessen aus dem Restaurant im Parterre und lud den ganzen Haushalt dazu ein.

»Sie dürfen ihr nicht böse sein«, bat er Salah. »Sie würde auch mich gern mit dem Besen verscheuchen, aber Paulette bestürmt sie beständig, sie müsse meine sündige Seele für die Gemeinschaft der Juden retten.«

»Ich bin ihr nicht böse.«

»Wir sollten uns nicht so töricht benehmen, nicht wahr? Man gäbe gern meinem Volk die Schuld an allem, und man gäbe gern Ihrem Volk die Schuld allem – täten wir nicht gut daran, sie uns nicht obendrein gegenseitig zu geben?«

»Ich gebe sie Ihnen nicht«, sagte Salah und wunderte sich, weil er so etwas zu einem Juden sagen konnte, dessen Familie zwar aus dem südlichen Polen eingewandert war, der jedoch vollwertiger französischer Staatsbürger war.

Juden konnten die Staatsbürgerschaft ohne Wenn und Aber erhalten, selbst wenn sie Algerier waren, während sie Muslimen verwehrt blieb. Auf einmal fragte sich Salah jedoch, was Elie Kraśnik damit zu tun hatte. Er mochte ihn. Er mochte sie alle, und er fühlte sich, soweit es ihm möglich war, in ihrer Mitte sicher. Vor allem machte es ihn froh, dass Benet in ihrer Mitte sicher war. Kopflos, wie sie aufgebrochen waren, war es ihnen dennoch gelungen, für das Kind ein Heim zu schaffen.

Seit die Untermieterin da war, hatten sie zwar zusammenrücken müssen, aber der Druck der Geldsorgen war leichter geworden. Noch immer klagte Nathalie, das Leben, nach dem sie sich sehnte, glitte an ihr vorüber, aber sie konnte sich hin und wieder eine Kinokarte leisten, und das *Croissant* für Benet löste nur noch kurz Gewissensbisse aus. Außerdem mochte Salah die Untermieterin gern. War Elie Kraśnik der erste Mensch gewesen, der ihn gesiezt hatte, so ging Ricí noch einen Schritt weiter. »Ich kann Sie ja wohl schlecht Salah nennen«, hatte Sie in Ihrem Französisch, das sich bei jedem Schritt den Hals brach, zu ihm gesagt. »Wenn Sie mich nicht wissen lassen, wie Sie mit dem Familiennamen heißen, kann ich Sie überhaupt nicht ansprechen.«

Er war Herr el-Haquari für sie geblieben, bis sie in einer wilden Winternacht Brüder- und Schwesternschaft tranken: Nathalie, Gaston und Ricí mit dem Rest aus einer im *Provençal* erbeuteten Cognacflasche, Elie und Idelle mit ihrem klebrigen

Süßwein und er selbst mit Tee, den Ricí ihm aus ihrer selbst zusammengestellten Mischung brühte. »Deinen Namen kann ich nicht aussprechen«, hatte Salah verlegen bekundet.
Sie sah nett aus, wenn sie lachte. Ihr Gesicht, das immer gerötet schien, lief noch röter an. »Das macht nichts. Namen sind Schall und Rauch. Nenn mich Ricí, wie es alle tun.«
Jäh wünschte sich Salah, Ricí wäre hier gewesen und hätte dem Jungen erklären können, dass Namen Schall und Rauch waren. Dass es ein Glück war, nach keinem toten Helden benannt zu sein, sondern er selbst sein zu dürfen, ein kleiner Bengel vom Montmartre, mit einem Brösel vom *Croissant* auf der Wange. Hätte Salah sich je erlaubt, von einer Tochter zu träumen, hätte er ihr jeden Namen gegeben, nur nicht Taruh Ze.
Benet aber klammerte sich an seinen Wunsch: Wer einen bedeutenden Namen hatte, konnte keiner sein, den der Esel im Galopp verloren hatte. »Diese zwei Onkel von *maman*«, wagte er sich noch einmal vor, »die haben doch sicher gesagt, ich soll einen guten französischen Heldennamen bekommen, nicht wahr?«
Sie hatten die Plattform am Ende der Stufen erreicht. Von hier führte eine Hangstraße den Rest des Weges hinauf zur Kirche. Um sie herum tummelten sich Gott und die Welt. Gott mochte schweigen, aber die Welt machte Lärm, der zu ihnen herüberdrang. Sommerlärm. Vermutlich wusste niemand auf dem Montmartre, was eine Zikade war, weil niemand ihr Lied hätte hören können. Salah ging in die Hocke, denn andernfalls hätte Benet auch ihn nicht gehört. »Du hast keinen guten französischen Heldennamen«, sagte er. »Aber einen provenzalischen Heldennamen. Den besten von allen, denke ich.«
Nathalie sprach nie mit ihm darüber, erzählte ihm kein Wort von Les Adrets, von den roten Bergen, vom verbrannten Gras beim Weinberg, nicht einmal von der Katze Chérubin. »Was hätte er davon? Ich will nicht, dass ihm das anhängt so wie

mir – ich bin die ewige Provinzlerin, die in Paris keinen Hund hinterm Ofen hervorlockt. Wer mit dem Hintern auf dem Plumpsklo geklebt hat, der kriegt nie ein Privé mit schwarzen Marmorfliesen. Benet ist ein kleiner Pariser aus der Rue Caulaincourt, ohne Klotz am Bein.«

Sie würde Salah seine Eigenmächtigkeit übelnehmen. Benet aber war sein kleiner Gefährte. Er konnte ihm keinen Vater verschaffen, doch er konnte immerhin versuchen, ihm auf eine vernünftige Frage eine vernünftige Antwort zu geben. »Und wer war der?« Benet fragte ganz leise. »Der Held mit meinem Namen? Der, nach dem Henri benannt ist, war König von Frankreich. War meiner auch ein König? Von diesem Land, das du gesagt hast?«

»Nein«, sagte Salah. »Der heilige Bénézet, nach dem du benannt bist, war kein König.«

»Was dann? Ein Sieger?«

»Ein Brückenbauer.«

Die Enttäuschung, die sich auf dem kleinen Gesicht abzeichnete, schnitt Salah ins Herz. »Brücken sind wichtig«, fügte er hinzu. »Wenn es keine Brücken gäbe, müssten wir am Flussufer stehen bleiben, und alles, was dahinter liegt, bliebe uns versperrt.«

»Bei uns am Fluss?«, fragte Benet.

»Zum Beispiel«, erwiderte Salah. »Du könntest nie mehr hinüber auf die Île de la Cité gehen, um dir Notre-Dame anzuschauen.« Benet liebte Kirchen. Je größer, desto besser. Deshalb hatte Salah im Frühling mit ihm einen Ausflug zu der berühmten Kathedrale gemacht, wenn er auch nicht gewagt hatte, hineinzugehen.

»Notre-Dame kann ich mir auch vom Ufer aus ansehen«, versetzte Benet. »Brücken brauche ich keine, ich will, dass dieser Bénézet ein Kirchenbauer ist.«

Salah überlegte. »Bénézet hat seine Brücke gebaut, als in ganz Frankreich Nacht war«, sagte er. »Nicht nur für ein paar

Stunden, sondern monatelang. Keine Sonne. Und niemand wusste, ob sie jemals wiederkommt. Kannst du dir das vorstellen?«

»Nein«, antwortete Benet.

»Ich auch nicht«, sagte Salah, der es sich nie wieder vorstellen wollte. »Es hat den Leuten solche Angst gemacht, dass sie wie gelähmt herumstanden und nichts mehr zustande brachten. Bénézet war der Einzige, der sich noch rührte. Er hätte sicher auch eine Kirche gebaut, er wollte einfach tun, was nötig war, um die Sonne zurückzuholen. Und als ein Engel ihm gesagt hat, dazu müsse er über den Fluss Rhône eine Brücke bauen, hat er sich eben darangemacht. Er war aber nur ein sehr kleiner Bursche, nicht größer als du, schätze ich. All die Leute, die voller Angst herumstanden, haben ihm nicht helfen wollen, weil sie nicht glaubten, einer wie er könnte etwas schaffen.«

»Henri glaubt auch nicht, dass ich was schaffe«, sagte Benet. »Und bei einem, der so klein ist, würde ich das auch nicht glauben.«

»Klein sein oder jung sein ist nicht immer ein Hindernis«, erklärte Salah. »In der neuen Regierung zum Beispiel gibt es Männer, die verspottet worden sind, weil sie jung sind. Einen von ihnen haben die Zeitungen ein Kind genannt, als er zum jüngsten Unterpräfekten von Frankreich wurde. Jetzt sitzt er im Luftfahrtministerium und sorgt dafür, dass Flugzeuge nach Spanien gelangen. In Spanien ist auch ein großes Dunkel, gegen das dieser kleine Mann, der Jean Moulin heißt, mit seinen Flugzeugen kämpft.«

Salah verbot es sich, Franzosen zu verehren, seine Idole waren Männer wie Messali Hadj, der seinen *Stern von Nordafrika* führte, Männer wie Abd-el-Krim, der im Rif-Gebirge in Marokko eine kabylische Republik verteidigt hatte, bis er mit Giftgas vernichtet worden war. Der junge Mann im Dienst des

Luftfahrtministers nötigte ihm dennoch Respekt ab. Er war einer jener Männer, die nicht den geringsten Grund hatten, Kopf und Kragen zu riskieren, damit die Kämpfer gegen Francos Falangisten Flugzeuge bekamen. Wenn ich als Franzose geboren worden wäre, fragte sich Salah, als Sohn christlich-mittelständischer Eltern – hätte mich das Schicksal der Verratenen der Erde geschert?

»Der gefällt mir besser«, riss ihn Benet aus seinen Gedanken. »Warum kann ich nicht nach dem heißen, der da mit den Flugzeugen kämpft?«

»Von dem habe ich dir ja nur erzählt, weil der heilige Bénézet das Gleiche getan hat«, sagte Salah.

»Mit Flugzeugen gekämpft?«

»Nein. Etwas angefangen, das niemand ihm zugetraut hat. Die Leute haben geglaubt, er wäre zu nichts in der Lage, aber er hat einfach einen Stein in die Höhe gestemmt und ihnen erklärt: Hier, das ist der erste, mit dem fängt meine Brücke an. Er hat sich nicht beirren lassen, damit hat er sie überzeugt. Erst hob einer einen Stein auf, dann der Nächste, und im Handumdrehen war die Brücke fertig. Als der letzte Stein gesetzt war, verflog das Dunkel, und es erwachte wieder ein Tag.«

Benet sah ihn an. Er hatte sehr dunkle Augen zu goldener Haut und hellem Haar.

»Mit der Geschichte hast du dir ganz viel Mühe gegeben, stimmt's?«, fragte er.

Überrumpelt nickte Salah.

»Das hat aber nichts genützt«, stellte Benet fest. »Deine Geschichten sind nie so schön wie die von *maman*, nicht mal so wie die von Gaston, weil du mir ja bloß was beibringen willst. Und den Brückenbauer finde ich trotzdem doof. Ich will nicht nach einem heißen, der kaum einen Stein hochkriegt und den keiner kennt!«

Salah zuckte die Schultern. »Tut mir leid.«

»Macht nichts.« Benet wischte sich über das Gesicht und verschmierte Nässe und *Croissant*-Krümel. »Du hast es ja nett gemeint.«

Allah dem Allerhabenen sei Dank für dich, dachte Salah. »Wir müssen weiter, sonst verkaufen wir heute nicht ein Stück.« Er nahm Benets Hand, und sie stapften den Hangweg hinauf bis vor die Kirche, wo es vor Menschen wimmelte. Wer nicht den machtvollen, fremd anmutenden Kuppelbau anhimmelte, der tat es mit der Stadt, die sich zu seinen Füßen erstreckte. Und wer, von beidem überwältigt, an einer der Buden reichlich Wein trank, war danach spendabel und ging an großen Kinderaugen nicht achtlos vorüber.

Salah und Benet liefen hinüber zur Rue des Saules, vor das Kabarett *Au Lapin Agile*, das Salah aufgefallen war, weil es ihn an Nathalies Vater erinnert hatte. Offenbar hielt sich das flinke Kaninchen erfolgreicher als das tollkühne, denn das Haus mit den grünen Fensterläden sah aus, als hätte es hundert Jahre auf dem Buckel. Das Künstlervolk, das hier seine Lieder und Verse vortrug, war zwar nicht reich, aber noch weniger geizig. Salah und Benet entfalteten ihre Decke, legten die ledernen Kordeln, Gurte und Geldbeutel darauf aus und setzten sich im Schneidersitz dahinter.

Es gab Tage, da mussten sie ohne einen Sou wieder abziehen, konnten auf dem Heimweg in den Geschäften an der Caulaincourt nichts einkaufen und hatten zum Abendessen nur das, was Nathalie oder Ricí an ihren Arbeitsstellen abstaubten. Das Ende der Welt war das nicht. Sie hatten schon Bonbons und Elsässer Brezeln zu Abend gegessen, die Idelle aus dem Kiosk mitbrachte, und waren nicht daran gestorben. Nur ein wenig niederschmetternd war es: die lange Arbeitszeit, und dann mit leeren Händen nach Hause gehen.

Heute aber dauerte es keine zwei Stunden, bis sie ihr gesamtes Sortiment verkauft hatten, und obendrein bekam Benet von ei-

nem englischen Paar einen Franc geschenkt. Er wünschte sich ein Mittagessen und hatte auch eines verdient. In ihrem Haushalt konnten sie alle nicht kochen. Was sie zusammenstoppelten, war grausig, selbst wenn genug Geld im Haus war. Hier oben, wo sich ein Restaurant ans andere reihte, war ein Mittagstisch für kleines Geld zu haben. Einen Vater konnte Salah Benet nicht bieten, wohl aber ein *haricot de mouton* in einer Kaschemme voller Fotografien von Jean Despeaux, dem Mittelgewichtsboxer, der gerade in Berlin olympisches Gold gewonnen hatte.
Heute hätte Benet gewiss furchtbar gern Jean geheißen – Jean Moulin, Jean Despeaux, ganz egal, nur nicht Bénézet. Aber er war ein genügsamer kleiner Kerl, erfreute sich an seinem Eintopf und brachte das Thema nicht noch einmal auf. Sie bekamen ohne Aufpreis Wasser, Brot und einen zweiten Löffel und genossen den Luxus, ehe sie sich Hand in Hand wieder auf den Weg nach unten machten. Unterwegs kauften sie Zwiebeln, Käse, Tomaten und zwei Stangen Weißbrot, und dann fiel Salah ein, dass sie spät dran waren und dass Nathalie vielleicht schon zu Hause war.
Schön wäre das. Gewiss hätte sie Wein mitgebracht, den der Korse ihr kaum je verweigerte, wenn sie ihm treuherzig ihre Flasche hinhielt. Über Wein würden sich die anderen freuen, und Salah nahm sich vor, sich mit dem Abendessen Mühe zu geben. Wenn nachher Ricí heimkam, die als Verkaufshilfe in Les Halles arbeitete, würden sie auf dem Balkon sitzen, wo das Rauchen erlaubt war, und so glücklich sein, wie Menschen, deren Leben schon einmal zerbrochen war, nur sein konnten.
Erstaunlich glücklich, fand Salah, der im Stillen auf Genugtuung gehofft hatte, aber nie auf Glück.
Vielleicht stimmte es ja, woran Ricí mit solcher Leidenschaft glaubte: Der *Front populaire*, die Allianz der Linksparteien gegen den Wahn von rechts, war das, was Deutschland gebraucht hätte und was Frankreich vor den Faschisten bewahren würde.

»Auch wenn aus deiner Sicht Frankreich längst ein faschistisches Land ist«, hatte sie zu Salah gesagt. »Aber seit Léon Blum regiert, weht ein anderer Wind. Immerhin hat er vorgeschlagen, algerische Kriegsveteranen rechtlich Franzosen gleichzustellen. Und Blum ist ein alter Mann. Die Männer, die er um sich schart – Jean Zay, Pierre Mendès-France, Jean Moulin –, sind jung und kampfbereit. Die denken Meilen weiter, Salah, mit denen ist alles möglich.«

Alles war nicht möglich. Wer beraubt worden war, wartete nicht, bis der Dieb ein Bröckchen des Diebesguts zurückgab. Dafür, dass Ricí darüber nachdachte, weiß und christlich und europäisch, wie sie war, hätte Salah sie dennoch umarmen wollen.

Und vielleicht stimmte auch das, was sie über Benet gesagt hatte: »Er kennt seinen Vater nicht? Meine Güte, Salah, er hat seine Mutter, er hat dich, er hat Elie, Idelle, seinen Märchenonkel Gaston und diesen himmlischen Köter. Mich auch, wenn ich mich dazudrängeln darf. Meinst du nicht, damit hat er tausendmal mehr, als ein Kind in Spanien, in Libyen, in deinem Algerien oder im Haus eines deutschen Juden sich derzeit auch nur wünschen kann?«

So war sie immer. Proper und rechtschaffen, ein bisschen wie Didier, nur mutiger und nie bequem. Sie musste recht haben. Benet ging es gut. Und Nathalie auch. Wenn Sommer war, wenn sie zu rauchen hatten und Idelle ihnen erlaubte, das Radio einzuschalten, ging es ihr so gut, dass Salah sie wiedererkannte. Nathalie. Die kleine Königin von Les Adrets. Gleich darauf aber fiel ihm wieder ein, was sie gesagt hatte, als sie anfing, im *Provençal* zu arbeiten: »Für wen soll ich mich denn aufsparen und die heilige Geneviève spielen? Dass mein Popo keine unberührte Reliquie ist, sieht ein Blinder, sobald er das quäkende Bündel Leben zu Gesicht kriegt. Mich kratzt es einen Scheiß. Sollen mich die Kerle küssen, wo ich schön bin, solange sie anständig Kohle hinblättern.«

In der zotigen Kneipensprache, hinter der sie sich so gerne versteckte, sagte sie damit: Ich werde mich nicht noch einmal verlieben. Sie würde nicht noch einmal eine Nacht lang bei ihm sitzen, ihre Verzweiflung in den schwarzen Himmel hinaufschreien und schwören: »Ich würde alles geben, Salah, auf all das Zeug pfeifen, von dem ich dachte, ich müsste es unbedingt haben, wenn ich die verdammte Zeit nur eine Woche zurückdrehen könnte.«

Sie hatten nur noch ein paar Schritte zu gehen, vorbei am *Provençal,* dann kam der Platz in Sicht, der als Filmdrehort abgesperrt worden war. Die Dreharbeiten waren offenbar noch im Gange. Zwei Kameras wurden vor der Frau im dünnen Kostüm in Stellung gebracht, und mehrere Scheinwerfer rollten hinterdrein. Die Frau hatte den Kopfputz abgenommen, und ihr dunkles Haar wehte hinter ihr her, obwohl Windstille herrschte. Zu ihrer Rechten stand ein Heuwagen, vor den ein geschecktes Pferd gespannt war.

»Pariser!«, rief die Frau. »Ich bin Geneviève, Tochter des Severus. Hört mich an!« Mit einem Satz, der Salah verunglückt schien, sprang sie auf den Wagen, richtete sich auf und warf sich in die Brust. »Es gibt einen Weg, unsere Stadt zu befreien, wenn wir es wollen, doch das Wichtigste ist, dass wir daran glauben!«

Im nächsten Atemzug klirrte etwas, und eine rauchige Stimme fluchte: »*Bon sang de bonsoir,* sind Sie nicht bei Trost?«

Salah fuhr herum und entdeckte Nathalie, die auf die Absperrung geklettert war. Auf ihrem Gesicht lag ein Leuchten, und die lasche Rede, die die Schauspielerin auf dem Heuwagen begonnen hatte, hätte sie hundertmal herzzerreißender hervorschmettern können. Die Zuschauer, die vorhin offenbar vertrieben worden waren, tauchten aus allen möglichen Winkeln wieder auf. Jemand applaudierte, ein anderer lachte, junge Männer stießen anfeuernde Pfiffe aus. »Rüber mit dir, Süße!«

»Wenn der Natan dich nicht nimmt, bewirb dich bei mir!«
»*Maman!*«, rief Benet und wollte loslaufen. Im letzten Augenblick bekam Salah ihn am Ärmel zu fassen.
»Schnitt!«, brüllte ein Mann, der hinter dem Heuwagen gesessen hatte und aufgesprungen war. »Was soll das, Pierre? Die ganze Szene ist für den Müll – warum hältst du mir diese Bagage nicht vom Leib?«
Salah war sicher, den Mann schon gesehen zu haben, vermutlich auf einem der Zeitungsfotos, die Nathalie ausschnitt und an sämtliche Wände pinnte. Zeit, darüber nachzudenken, hatte er nicht, weil die Barriere, auf der Nathalie stand, ins Wanken geriet. Der Mann, der geflucht hatte und Pierre gerufen worden war, fiel ins Rennen. Die Barriere kippte. Nathalie verlor das Gleichgewicht und stürzte vornüber, der Mann sprang hinzu und fing sie im letzten Moment. Unter ihrem Gewicht krachte er rücklings aufs Pflaster, und Nathalie landete unversehrt auf seinem Bauch.
Die Filmleute ließen alles stehen und liegen und scharten sich um die Gestürzten. Wo die Barriere umgefallen war, drängten sich Schaulustige auf das Gelände. Nur Benet blieb gelassen.
»Ich glaube, *maman* macht da jetzt mit«, sagte er.
»Wo?«
»Beim Film.«

Nathalie

Mai 1937

26

Das eine sage ich dir.« Nathalie ließ sich aufs Bett fallen, strampelte sich die Schuhe von den Füßen und rieb sich die schmerzenden Waden. »Von dieser Matratze stehe ich heute nicht noch einmal auf, und wenn der Teufel, Gottvater und Premierminister Blum persönlich an die Tür hämmern.«

»Ich glaub, die haben schon was anderes vor«, sagte Ricí, die so abgekämpft aussah, wie Nathalie sich fühlte. »Geht das in Ordnung mit Salah, dass er Benet sein Abendessen gibt?«

»Geht in Ordnung«, bestätigte Nathalie und riss sich das weiße Kopftuch herunter. »Ich hab ihm erzählt, ich bin kurz davor, in Ohnmacht zu fallen, und das war höchstens zwei Fingerbreit übertrieben. Die beiden hatten sowieso zusammen Grütze gekocht, und Idelle hat ihnen irgendein Album mit Kirchenbildern mitgebracht, also war ich entlassen.«

»Na dann.« Ricí verzog den Mund. »Ich nehme an, auf einen vertrockneten *Croque Monsieur* bist du nicht scharf?«

»Bleib mir vom Hals. Gibt's nichts für die Seele?«

»Gibt alles«, sagte Ricí und stellte ein Tablett in die Mitte des Doppelbetts, das viel zu groß für Nathalie und Benet war. Zwischen einer Schachtel Pralinen und einer Schale kandierter Früchte standen die zwei Kristallgläser, die Elie ihnen lieh, wenn Idelle nicht hinsah. Kaum hatte Ricí den blassen Wein eingeschenkt, schien er die Farbe zu ändern und bekam einen goldenen Schimmer.

Nathalie grinste, schob sich eine Praline in den Mund und hob ihr Glas. »Nobel geht die Welt zugrunde.«

»Umso besser. Dann brauchen wir uns morgen nicht mit dem Kater zu plagen.«

»Kater? Doch wohl nicht von den paar Tropfen.« Sie ließ ihr Glas gegen das von Ricí klirren, trank und legte sich wieder zurück. »Dafür, dass wir uns nicht ausstehen können, verstehen wir uns gar nicht so schlecht, oder?«

Ricí fletschte die Zähne, wie sie es erst in den zwei Jahren in Paris gelernt hatte. »Solange du nicht anfängst zu singen.«

»Hab dich nicht so. Ich kann ganz hübsch singen, wenn ich mir Mühe gebe.«

»Gib dir lieber keine.«

Nathalie atmete auf. Der Tag war grässlich gewesen, und der morgige würde nicht besser werden. Sie war mit der Crew von Pathé-Natan unterwegs, um Szenen der am Morgen eröffneten Weltausstellung für die Wochenschau zu filmen. Hätte sie Leute befragen, sich vor der Kamera präsentieren dürfen, hätte sie zweifellos Spaß daran gehabt. Letztes Jahr im August, als sie dem Aufnahmeleiter Pierre Théroux in die Arme gestürzt war, hatte sie von solchen Chancen geträumt. Da sie jedoch nach einer einzigen kümmerlichen Sprechrolle nur mehr als bessere Kabelträgerin fungierte, blieben ihr nichts als Erschöpfung und schmerzhaft geschwollene Beine.

Für heute aber hatte sie es überstanden, und der Rest des Abends gehörte ihr. Dafür, dass Salah sich um Benet kümmerte, war sie dankbar. Sie würde sich mit Ricí ein bisschen gehenlassen, trinken, rauchen, dummes Zeug schwatzen und ihren Jungen zu sich holen, wenn sie sich schlafen legte. Benet kam nie zu vernünftigen Zeiten ins Bett. Es war schwierig, ein Kind vernünftig aufzuziehen, fand Nathalie, wenn man keine Zeit gehabt hatte, selbst vernünftig zu werden. Sie hätte mehr Zeit für Benet haben müssen, mehr Geld, ein respektableres Leben.

Wenn sie des Nachts aber spürte, wie sein kleiner Körper sich an ihren schmiegte, wenn sie ihm eine ihrer tausend Geschichten ins Ohr flüsterte und das Gefühl hatte, in einer Kapsel mit ihm geborgen zu sein, dachte sie: Es ist, wie es ist. Wir machen das Beste daraus.
Auch aus dem Wein, der gar nicht so schlecht schmeckte. Er war frisch und kühl und herb, nicht wie der Essig, den sie sonst bekamen. »Ist der von Yves?«, fragte sie. »*Merde à Dieu*, der hat sich ja richtig ins Zeug gelegt für unsere Gäste aus der großen weiten Welt.«
Yves war Ricís Chef, ein gerissener Fischhändler, der in Les Halles seine Bücklinge und dazu ein tödliches Gift von Wein verkaufte. Eine Goldgrube. Durch die Hallen, die manche »den Bauch von Paris« nannten, schwappte bei Tag und Nacht das Leben, und Kunden, die sich noch einen Rest Weltschmerz wegtrinken wollten, derweil ihr Gaumen längst taub war, gab es zuhauf. Für die Weltausstellung hatte Yves der Größenwahn gepackt: Er hatte eine Bude im Vergnügungspark hinter dem *Trocadéro* gemietet und servierte neben Fisch einen grässlichen *Croque Monsieur*, für dessen Zubereitung Ricí zuständig war.
Ricí schüttelte den Kopf und schenkte Nathalie noch einmal nach. »Yves, der Geizkragen, wüsste nicht mal, was das ist. *Piquepoul* aus Lirac. So was kriegst du so schnell nicht wieder, und ich hab noch eine Flasche davon.«
»Hast du in der Lotterie gewonnen?«
»Dann hätte ich mich heute bestimmt nicht in diese nach Bratfett stinkende Bude gestellt. Der Wein ist ein Geschenk von Gaston. Die Pralinen und das Obst auch. Er kann nicht mit uns feiern, weil er noch einmal in eine Besprechung muss, aber er sagt, wir sollen heute mit ihm glücklich sein. Er hat die Stellung bekommen.«
»Welche Stellung?« Gaston war ihr Nachbar, der zerstreute Professor, dessen Zimmer bis zur Decke mit Papierstapeln voll-

gestopft war. Soweit Nathalie wusste, suchte er schon sein ganzes Leben vergeblich nach einer Stellung und verdiente sich sein kümmerliches Einkommen, indem er den Kindern reicher Leute Nachhilfe gab. Was ihm nach der Miete übrig blieb, warf er für noch mehr Papierkram aus dem Fenster, und hätten die Übrigen ihn nicht durchgefüttert, wäre er in seinem Blätterwald verhungert, vermutlich ohne es zu merken.

»Musée de l'Homme«, sagte Ricí. »Das Museum des Menschen, das zur Ausstellung im neuen Palais de Chaillot eröffnet worden ist. Er hat sich bei Paul Rivet beworben, und der hat ihn eingestellt.«

»Und wer ist der?«

»Weißt du eigentlich *irgendwas*?«, fragte Ricí.

»Brauch ich nicht«, erwiderte Nathalie. »Ich hab ja eine Großcousine, die alles weiß. Also, was ist das jetzt für ein Museumswärter, der Verwendung für unseren Gaston hat? Was stellt der aus? Papiermüll?«

»Die Geschichte der Menschheit«, erwiderte Ricí. »Paul Rivet ist Anthropologe wie Gaston. Er hat vor drei Jahren, nach den Februarkrawallen, das Wachkomitee intellektueller Antifaschisten gegründet.«

»Sag mal, wie machst du das eigentlich, dieses ganze krause Zeug zu wissen, von dem wir gewöhnlichen Sterblichen uns nicht einmal die Namen merken könnten?«, fragte Nathalie. »Du arbeitest doch nicht weniger als ich.«

»Ich bin Mitglied des Komitees, daher kenne ich Paul und habe Gaston an ihn vermittelt«, antwortete Ricí. »Das Komitee ist kein krauses Zeug. Ich kann euch allen nur wünschen, dass ihr euch seinen Namen niemals merken müsst. Weißt du wenigstens, was Hitler vor vier Wochen im Baskenland gemacht hat? Er hat die Region aus der Luft bombardiert und eine komplette Stadt mit fünftausend Einwohnern ausradiert. Die Regierung in Deutschland leugnet jede Beteiligung, aber ein spanischer

Maler, Pablo Picasso, malt ein Bild davon und wird es hierher zur Ausstellung bringen, um es der Welt zu zeigen.«
»Ricí«, sagte Nathalie und setzte sich auf. »Ich weiß nicht einmal, wo das Baskenland ist, ich kenne keine spanischen Maler, und ich hatte einen scheußlichen Tag. Ich habe Lust auf ein bisschen Geschnatter, nicht auf deinen Hitler und das, was er wieder alles angestellt hat. Bin ich deshalb ein Unmensch? Haben wir, solange dein Hitler irgendwo herumwütet, kein Recht, an einem Abend im Mai müde und albern und halbwegs vergnügt zu sein?«
»Doch«, sagte Ricí. »Natürlich habt ihr dazu jedes Recht. Genau wie Léon Blums Regierung das Recht hat, die republikanischen Kämpfer in Spanien nicht länger zu unterstützen, weil man sich in die Händel anderer Völker ja nicht einmischt. Nur erstreckt sich das Baskenland über die Grenze, die wir mit Spanien teilen, und wenn du mich fragst, hat Hitler diese Stadt vor allem beschossen, weil er seine brandneuen Bomber einmal ausprobieren wollte.«
»Ach Ricí, du Schwarzseherin.« Nathalie füllte ein Glas auf und drückte es ihr in die Hand. »Trink noch ein bisschen und mal an meine armen Wände nicht so viele Teufel. Das Leben ist manchmal auch schön, weißt du? Und zu uns kommt der Hitler nicht rein, nicht mal, wenn er's versucht – dazu bauen wir uns doch diese Linie mit den Bunkern, Geschütztürmen und was weiß ich noch allem. Der Schwager von meinem …«
Nathalie brach ab, aber Ricí war eine Blitzmerkerin. »Der Schwager von wem?«
»Von niemandem«, antwortete Nathalie. »Ich kannte mal einen, der pausenlos Vorträge über diese Befestigungslinie hielt, und dir hab ich nur sagen wollen: Du wirst grau wie Salahs Grütze, wenn du dir ständig Sorgen machst. Hier bei uns bist du sicher. Zu uns kommt kein Hitler.«
Ricí trank ihren Wein und verzog den Mund. »Danke.«

»Das wollt ich nicht hören. Lieber wäre mir: ›Hast ja recht, alte Natou. Hier ist Frankreich, hier kriegt der Hitler mit seinem Gebrüll und seinem Kohl kein Bein auf den Boden.‹ Friedenspfeife?« Sie fischte fünf nur leicht zerbröselte *Gitanes* aus der Rocktasche, die sie aus Ludi-Cesaris Vorrat hatte mitgehen lassen.

Ricí lächelte endlich. »Deiner Bestechung lässt sich schwer widerstehen. Gehen wir rüber auf den Balkon?«

»Ach was.« Nathalie steckte sich eine Zigarette an und hielt Ricí die übrigen hin. »Rauchen ist die eine Todsünde, die Idelle durchgehen lässt, und ich sterbe, wenn ich heute noch einen Fuß vor den andern setzen muss.«

»Tust du mir nur noch einen Gefallen?«, fragte Ricí und zündete sich ebenfalls eine Zigarette an.

»Auf den Händen laufen? Heute nicht mehr.«

»Diese Stadt im Baskenland, die Hitler mit seinen Bomben zerstört hat – sie hieß Guernica«, sagte Ricí. »Kannst du dir das bitte merken?«

»Wenn deine Seligkeit dran hängt. Und was hast du davon?«

Ricí zuckte die Schultern. »Sie war eine heilige baskische Stadt, und jetzt gibt es sie nicht mehr. Ich denke mir: Wenn es Paris gewesen wäre, würden wir auch wollen, dass der Rest der Welt sich zumindest ihren Namen merkt.«

»Jetzt habe ich aber genug!«, rief Nathalie und sprang trotz ihrer schmerzenden Beine aus dem Bett. »Kein Mensch würde es wagen, Bomben auf Paris zu werfen, kein Hitler und kein Sonst-wer. Um deine heilige baskische Stadt tut es mir leid, aber Paris ist die heilige Stadt der ganzen Welt. Glaubst du, irgendein Land würde es dem verdammten Hitler erlauben, Paris etwas anzutun? Sie würden alle kommen und ihn überrennen.«

Auf einmal konnte sie nicht anders, als das Fenster aufzureißen, wie um sich zu versichern, dass Paris noch da war. Dabei war das Fenster winzig und führte nur in den Hof, ein dunkles

Viereck, das von Müllkästen und einem Kastanienbaum ausgefüllt war und vom Lichterglanz der Stadt nichts ahnen ließ. Dennoch atmete sie auf, sobald sie die Nachtluft spürte. Fand den Duft unverwechselbar, obwohl es Hinterhöfe, die nach Müll und Kastanienkerzen rochen, gewiss ohne Zahl gab. Sie blies den Rauch in die blaue Schwärze und hörte von der Straße her ein Echo des Lärms, den Puls ihrer Stadt. Er beruhigte sich nie. Nur in aller Frühe, wenn die Lichter noch brannten, obwohl schon der Tag graute, schloss Paris ein paar Herzschläge lang die Augen. Das war aller Schlaf, den sie sich gönnte, und Nathalie hätte gern die Hand ausgestreckt, um den schweren Kopf zu stützen, ehe die Nimmermüde sich von neuem kopfüber in den Strudel des eigenen Blutstroms stürzte.

Als sie hergekommen war, hatte sie gar nichts gehabt und geglaubt, sie könnte auch nichts mehr wollen, aber da war Paris gewesen, wie wenn man keinen Hunger verspürt und einem eine reife Pflaume in den Schoß plumpst. Ihr war das Wasser im Mund zusammengelaufen, und das tat es noch heute. Zu Ricí sagte sie: »Wenn es Paris nicht mehr gäbe, bräuchtest du niemanden zu drängen, sich seinen Namen zu merken, weil kein Mensch auf der Welt ihn je vergessen würde. Ohne Paris könnten wir die, die wir sind, nicht einfach weiter sein, als hätten wir Paris nie gehabt.«

Nathalie spürte die Kälte wie ein Kriechtier, das sich ihren Rücken hinunterschlich. Sie hatte so viel verloren und war zum Verlieren nicht gemacht. Die Vorstellung, noch einmal zu verlieren und in die Leere zurückzufallen, macht ihr das Atmen schwer.

»Na komm.« Ricí trat zu ihr und berührte ihre Schulter. Als Nathalie herumfuhr, sah sie, dass es der anderen nicht besserging. »Du hast recht, meine Schwarzmalerei ist noch schlimmer als dein Gesang. Schließlich ist die Weltausstellung dem Frieden gewidmet, und dass sie problemlos eröffnet worden ist,

ist ein gutes Zeichen. Die Pavillons von Deutschland und der Sowjetunion liegen sich sogar direkt gegenüber. Was meinst du, rauchen wir noch eine von deinen geklauten Zigaretten, machen die zweite Flasche auf und trinken auf unseren Gaston als Museumskurator?«

Nathalie nickte. Sie gingen zum Bett zurück und ließen sich wieder darauf fallen, entkorkten den Wein und wünschten sich flüchtig, sie hätten etwas Stärkeres, das schneller wirkte.

»Kannst du die Tür aufmachen?«, fragte Nathalie.

»Warum das?«

»Ich würde gern mit einer von diesen Pralinen den Hund zu mir locken«, sagte sie.

»Choupinette? Die frisst nur Blutwurst.«

»Und bestechlich ist sie auch nicht. Aber man soll ja nichts unversucht lassen.« Sie hatte geglaubt, sie könnte nur Katzen mögen. Aber an dem Möchtegernhund war eine ziemlich ordentliche Katze verlorengegangen, eine, die sich von Engelsgesichtern nicht täuschen ließ, sondern die Krallen ausfuhr und sich bei aller Verfressenheit den Stolz bewahrte. Zwar war an Schönheit oder gar Eleganz bei der kurzatmigen Bulldogge nicht zu denken, doch das Grunzen, das sie von sich gab, wenn Nathalie ihr den Bauch kraulte, hatte etwas vom Katzenschnurren: die beruhigende Gewissheit, dass man etwas richtig machte.

Ricí stand auf, aber ehe sie die Tür öffnen konnte, wurde sie von außen aufgerissen. Es gab außer dem Hund nur zwei Mitglieder der Hausgemeinschaft, die nicht anklopften, wenn sie die Zimmer der anderen betraten: Benet und Idelle. Benet wäre schön gewesen, dachte Nathalie. Rundliche Glieder, warmer Atem, Haar mit dem Duft nach Milch und Himbeerdrops und dem Morgen, an dem er geboren worden war. Aber es war Idelle.

»Da ist Besuch für dich. Sagt, ihr wärt verabredet.«

»Du liebe Zeit, Pierre«, rief Nathalie, packte die Bettdecke und zog sie sich bis an den Hals. »Den habe ich völlig vergessen.«

»Hab's gemerkt«, versetzte Idelle. »Ich bin übrigens nicht deine *concièrge.*« Zwischen ihren Beinen hindurch flitzte der Hund ins Zimmer, landete mit einem Plumps auf dem Bett und schnappte Nathalie die Praline, mit der sie ihn hatte bestechen wollen, aus der Hand.

Nathalie schlang die Arme um den kompakten, in glattes Fell gehüllten Körper. Das zumindest hätte man mit dem beinahe blonden Kater niemals versuchen dürfen, wenn man mit heiler Haut hätte davonkommen wollen.

»Kannst du bitte ein Schatz sein?«, bettelte sie Idelle an, wohl wissend, dass sie auf verlorenem Posten kämpfte. »Würdest du ihm ausrichten, es täte mir schrecklich leid, aber ich könnte unmöglich kommen? Sag ihm, ich hätte mich bei der Arbeit übernommen, vermutlich die Schulter ausgekugelt und den Knöchel verstaucht.«

»Ich werde mich auf keinen Fall dazu hergeben, für dich zu lügen.« Idelle nahm Haltung an, groß, breit, türfüllend, es fehlten nur die Hände in den Hüften.

»Es ist die pure Wahrheit«, beteuerte Nathalie ohne Hoffnung. »Mir tut alles weh, Idelle. Ich kann unmöglich ausgehen.«

»Das hättest du dir früher überlegen müssen. Wozu habt ihr jungen Frauen all die Freiheiten, die wir uns mühsam erkämpfen mussten? Wenn du den Menschen herbestellst, hast du auch dafür geradezustehen, oder glaubst du etwa, ich gehe an deiner Stelle mit ihm aus?«

Armer Pierre, dachte Nathalie. Einen Abend mit Idelle und ihren Vorträgen über die von ihr erkämpfte Freiheit der Frau hatte er trotz allem, was er in den Sand setzte, nicht verdient.

Ricí rutschte vom Bett. »Mach dir keine Umstände, Idelle. Ich gebe Monsieur Théroux rasch Bescheid.«

Idelles Blick blieb an der Weinflasche hängen. »Wenn das umkippt und in die Matratze sickert, gibt es Schimmel«, brummte sie, ehe sie Ricí an sich vorbeischlüpfen ließ und die Türe hinter sich zuzog. Nathalie drückte Choupinette an sich und verbarg den Kopf unter der Decke. Der Hund beackerte ihr Gesicht mit Zunge und Pfoten, aber sie blieb still liegen, bis Ricí zurückkam und ihr die Decke gnadenlos wegzerrte. »Er war außer sich.« Nathalie duckte sich, grub das Gesicht ins kurze Fell des Hundes. »Das habe ich befürchtet.«

»Nicht vor Wut. Vor Enttäuschung.«

»Viel schlimmer. Wütend wird er nie.«

»Nat, er hat einen Tisch im *Fermette Marbeuf* bestellt, er steht mit einer Limousine vor der Tür, und der ganze Aufstand nur, weil ihr euch vor neun Monaten begegnet seid. Bist du sicher, dass du dich nicht doch in irgendeinen Fetzen werfen und mitgehen willst?«

Vor Schreck ließ Nathalie den Hund laufen. »Du hast ihn nicht weggeschickt?«

»Ich habe gesagt, ich sehe nach, ob es dir bessergeht.«

»Dann sag ihm, es geht mir schlechter, es geht mir zum Sterben, halt, warte – sag ihm, es geht mir so elend, dass ich morgen nicht zur Arbeit kommen kann.«

»Ist das dein Ernst? Und Restaurant und Limousine lässt du sausen?«

Nathalie nickte so heftig, dass ihr der Nacken weh tat.

Ricí zog ab und kehrte wenig später ein zweites Mal zurück. »Das haut mich jetzt um«, sagte sie, während sie sich ihr Glas vollschenkte und sich auf den Bettrand setzte.

»Was?« Nathalie nahm ihr die Flasche aus der Hand und goss sich ebenfalls das Glas voll.

»Dass du diesen Pierre Théroux mit seinem Tisch im Nobelrestaurant sitzenlässt. Ich dachte, du stehst auf ihn. Oder mehr noch: Ich dachte, du bist in ihn verliebt.«

»Ich? In Pierre? Wie kommst du denn darauf?«

»Wie soll ich denn nicht darauf kommen?«, fragte Ricí zurück. »Seit dem letzten Sommer geht er hier ein und aus, dafür taucht kaum noch jemand auf, der dich aus deiner Kneipe kennt. Er besorgt dir Arbeit, und was die Bezahlung angeht, schwimmen wir seither geradezu in Geld und guten Gaben. Apropos gute Gaben – ich soll dir das hier von ihm geben. Und jetzt erzählst du mir immer noch, du wärst nicht in ihn verliebt?«

Ricí schob ihr ein schmales, in Seidenpapier gewickeltes Päckchen hin. Bestürzt streifte Nathalie die Verpackung ab, und zum Vorschein kam ein Armreif aus dunklem, gehämmertem Gold. Nathalie hatte nie zuvor ein Schmuckstück geschenkt bekommen. Gier packte sie, trieb sie, den Reif über ihre Hand zu schieben. Er saß auf ihrem Gelenk wie eigens dafür gemacht.

»Hübsch«, sagte Ricí.

Nathalie starrte auf das glänzende Metall, das ihren Arm schlanker, ihre Hand zarter und eleganter wirken ließ. Warum sollte sie es nicht behalten? Die Männer im *Provençal* machten ihr regelmäßig Geschenke – Wein, Schokolade, ein Paar feiner Strümpfe, einen Flakon Parfüm, den sie weiterverkauft hatte, weil der Geruch sie an Tante Edwiges Mottenkugeln erinnerte.

»Ich bin in keinen von ihnen verliebt«, murmelte sie und war nicht sicher, ob sie sich vor Ricí rechtfertigte oder vor sich selbst. »Ich bin ein bisschen nett zu ihnen, und ihnen macht es Spaß, mir etwas zu schenken. Was ist dabei? Ich bin die, die alle wollen, hat mein Vater immer herumgeprotzt. Das war Blödsinn. Aber immerhin bin ich noch die, die keinen will.«

»Keinen?«

Nathalie versuchte vergeblich, Ricís Blick auszuweichen. »Verdammt«, sagte sie. »Ich bin dir keine Rechenschaft schuldig.«

»Nein«, sagte Ricí, ohne sich abzuwenden. »Bist du nicht.«

»Pierre ist ein netter Kerl. Und ja, als er mich damals von dieser Absperrung gepflückt hat, habe ich gedacht: Jetzt bin mal ich an der Reihe und habe Glück. Als ich herkam, hätte ich an ein Kabarett gehen sollen, *Folies Bergère, Moulin Rouge,* eines von den großen. Ich kannte diese Frau, die mit Fréhel aufgetreten ist, Aimée Gaincourt, hast du das gewusst? Sie hat gesagt, wenn ich es nach Paris schaffe, soll ich mich bei ihr melden, und sie hilft mir hier auf die Sprünge. Aber als ich dann da war und vor ihrer Tür stand, war sie tot.«

»Wie das?«

»Ihre *concièrge* hat gesagt, sie ist bei lebendigem Leib verhungert, ihr Magen war verrottet wie der Fisch von deinem Yves. Von mir wollte niemand etwas wissen, und an Fréhel war kein Drankommen. Ich habe geglaubt, ich werde verrückt, wie kann ein einzelner Mensch so viel Pech haben? Verstehst du jetzt, dass ich dachte, die Begegnung mit einem Aufnahmeleiter von Pathé-Natan würde das ein bisschen ausgleichen?«

»Du hättest ja auch ein Quentchen Mitleid haben können«, schlug Ricí vor. »Mit deiner Freundin, die offenbar an einem Magenkarzinom gestorben ist.«

»Meine Freundin war sie nicht«, blaffte Nathalie. »Wie du ja wohl wissen solltest, bin ich ein eingebildetes Biest, das zur Freundin nicht taugt und nur auf seinen Vorteil bedacht ist. Und so habe ich eben auch bei Pierre nur daran gedacht, dass er mir bei seinem Regisseur den Weg ebnen und eine Rolle verschaffen könnte.«

»Das hat der arme Kerl doch gemacht. Du bist in diesem grausigen Film über Attilas Angriff auf Frankreich aufgetreten, du hattest einen ganzen Satz zu sagen, und wir haben Freikarten bekommen, um uns das Gesülze anzusehen. Danach hast du noch in bestimmt fünf anderen Filmen ohne einen Satz gespielt, und verdient hast du ungefähr das Dreifache von uns allen zusammen.«

»Eine Hauptrolle«, sagte Nathalie. »Das war es, was ich von Pierre wollte. Die Geneviève hätte ich besser spielen können als Suzanne Fontanges, mit der der Film ein Reinfall geworden ist. Ich habe Pierre bestürmt, er soll seinem verdammten Regisseur sagen, einen solchen Film kann man nicht auf abgezirkelten

Plätzen drehen, der muss Leben haben, die Leute denken lassen, er würde heute spielen, hier mitten unter uns. Aber Louis Péricard, der Idiot, sieht ja schon rot, wenn er nur meinen Namen hört, weil ich ihm damals in eine Szene geplumpst bin, die sowieso von vorn bis hinten verpatzt war. Angeblich hat Pierre ihm meine Vorschläge ausgerichtet, und er hat erwidert: ›Ich soll Leute denken lassen? Wer in Teufels Namen geht denn ins Kino, um zu denken?‹«

»Louis Péricard ist eben kein Marcel Carné«, bemerkte Ricí.

»Du sagst es.« Nathalie stöhnte. »Ist dir, die überall Faschisten wittert, nicht aufgefallen, dass dieser Péricard einen prächtigen kleinen Herrn Hitler abgibt? Was nicht ordentlich sortiert ist, ist ihm zuwider – Pariserinnen, die über Absperrgitter purzeln, Kabelträger, die Kinder und Hunde mitbringen, Statisten, die einen Namenstag feiern. Dass seine Filme tot sind, weil er dem Leben die Tür vor der Nase zuknallt, will er nicht hören. Er will ja nicht einmal mit Alexandre Trauner arbeiten, weil der Jude ist. Bernard Natan war ihm recht, solange er seinen Mist finanziert hat, der ist erst Jude für ihn, seit er pleite ist, aber Trauner fasst er nicht mit der Kneifzange an. Dabei hat einer, der sich heute seine Kulissen nicht von Trauner bauen lässt, schon verloren, bevor er anfängt.«

Sie musste Atem holen, und Ricí nutzte die Pause: »Aber das lastest du doch wohl nicht dem armen Pierre an, oder? Ich meine, ausgerechnet du, die mir predigt, ich nehme das alles zu wichtig, wirst mir ja nicht erzählen, du könntest dich nicht in ihn verlieben, weil sein Regisseur ein faschistischer Idiot ist.«

»Nein«, sagte Nathalie, »es liegt an mir.«

»Du spielst mit ihm«, sagte Ricí. »Du spielst mit allen.«

»Ist das verboten?«

»Was fragst du mich? Selbst wenn es verboten wäre, würdest du dich ja nicht davon abbringen lassen. Ich frage mich nur: Hat eine Spielerin wie du nie Angst, dass sie verlieren könnte?«

Nicht, wenn sie längst verloren hat, durchfuhr es Nathalie. Sie warf den Kopf in den Nacken und sandte Ricí einen blitzenden Blick. »Warum werde ich hier eigentlich ausgehorcht wie Mata Hari? Sprechen wir doch mal über dich – in wen bist du verliebt? In den dicken Yves ja wohl nicht. Etwa in diesen Museums-Jacques mit dem Anti-Hitler-Komitee, dem du Gaston vermittelt hast?«

»Museums-*Paul*«, korrigierte Ricí.

Nathalie tastete nach den Zigaretten. Während sie weiter Ricí ins Gesicht sah, fiel ihr auf, dass sie so gut wie nichts über sie wusste. Sie hatte eines Abends einfach mit ihrem Seesack vor der Tür gestanden. Idelle hatte pikiert darauf hingewiesen, dass es fast Mitternacht war, aber da sie in Frauen mit Seesäcken Kampfschwestern witterte, ließ sie es dabei bewenden. »Sind Sie Nathalie Delage? Ich bin Rieke Thomas. Ihre Großcousine aus Berlin.«

Ihr Französisch war wie eine dünne Schutzhülle, in die die Spitzen und Kanten der Muttersprache Löcher rissen. Nathalie wurde kalt. Sie hatte diese bemühte Sprache mit der anderen darunter schon einmal gehört und hörte sie manchmal noch heute. »Ich habe keine Großcousine aus Berlin! Ich bin Französin, ich habe überhaupt keine deutschen Verwandten.«

Wieder einmal war es Salah gewesen, der sich als Herr der Lage erwiesen hatte: »Jetzt lass die arme Frau doch erst mal in die Wohnung, Nathalie. Alles Weitere lässt sich ja klären, und du wirst nicht wollen, dass sie dir im Treppenhaus zusammenklappt.«

Tatsächlich war Ricí so abgekämpft gewesen, dass sie sich samt Gepäck kaum noch bis ins Zimmer hatte schleppen können. Salah stellte ihr Käse hin, nach dem sie gierig griff, obwohl sie ihn vor Erschöpfung kaum herunterbrachte. Sie hatte Deutschland verlassen müssen, war Tag und Nacht gereist und hatte dann drei Tage lang die Stadt nach Nathalie abgesucht. Geld

hatte sie keines mehr. »Aber auf der Tasche werde ich euch nicht liegen, gleich morgen suche ich mir Arbeit.«
»Als was denn?«
»Ich habe Medizin studiert«, antwortete Rieke. »War ein Ass in Anatomie, vielleicht kann ich mich damit beim Metzger bewerben.«
Wider Willen hatte Nathalie lachen müssen. Zimperlich war diese hereingeschneite Verwandte jedenfalls nicht. Trotzdem wollte Nathalie sie in ihrem Zuhause nicht haben. Sie war froh, dass Idelle wieder zu Elie ins Bett gegangen war und Gaston sich in seinem Papierlager verschanzt hatte, dass keiner von ihnen mitbekam, wie eine Deutsche behauptete, mit ihr verwandt zu sein. Sie hatte das hinter sich gelassen, Compiègne, den Eisenbahnwagen, dicke Beine, mit denen deutsche Frauen Kraut stampften. Rieke Thomas' Beine waren streichholzdünn, und sie hatte etwas an sich. Etwas Unverblümtes, das sie an sich selbst erinnerte. Zudem setzte man in einer verregneten Nacht keine Verwandte ohne Geld auf die Straße. Schon gar nicht, wenn man sonst keine mehr hatte.
»Nur für ein paar Tage«, bat Rieke, die darum kämpfte, die Augen offen zu halten.
»Also schön«, sagte Nathalie und half Salah, das Sofa herzurichten, auf dem Rieke bis heute schlief. »Aber du sagst niemandem, dass du aus Deutschland kommst, verstanden? Meinetwegen bis du eine Cousine aus dem Elsass, der es auf dem Land zu langweilig geworden ist.«
»Aber mein Französisch …«
»Was die im Elsass schwatzen, ist auch kein Französisch«, winkte Nathalie ab. »Und viel reden musst du ja nicht.«
Ricí hatte sich daran gehalten. Statt beim Metzger war sie beim Fischhändler gelandet, und ihren Beitrag zur Miete hatte sie von der ersten Woche an gezahlt. Ihr Französisch behielt den harten Akzent, bei dem Nathalie bis heute ihre Mutter zu

hören glaubte, aber ansonsten sprach sie bald besser als sie alle. Sie packte im Haushalt an. Sie mochte Benet. Ihr Humor war abgebrüht, und sie war hart im Nehmen, fügte sich ein, als hätte sie in einem solchen Schmelztopf von Haushalt von klein auf gelebt. Binnen kurzem war sie nicht mehr wegzudenken. Weder finanziell noch bei der Betreuung von Benet, und schon gar nicht abends beim Wein.

Ich kann sie nicht ausstehen, dachte Nathalie, ich kann überhaupt keine Frauen ausstehen, höchstens Delphine Montbrun, aber das ist lange her und war ein Fehler vor dem Herrn. Deutsche Frauen kann ich erst recht nicht ausstehen. Aber ich will nicht, dass sie geht.

Ricí ging nicht.

Wer keine Familie hatte, machte sich eine. Rue Caulaincourt 45 war ein verborgener Hafen für Ausgestoßene, Heimatvertriebene, ein Sammelbecken für Schiffe, die, vom Anker gerissen, durch die Welt schlingerten. Selbst der Hund war ein Findeltier. Und jetzt, wo sie sich so sehr aneinander gewöhnt hatten, dass sie sich beieinander zu Hause fühlten, saßen sie sich gegenüber und stellten fest, dass sie Fremde waren. Nathalie wusste, dass Ricís Eltern gestorben waren, aber wen sie sonst in Deutschland zurückgelassen hatte, wusste sie nicht.

»Nein«, sagte Ricí. »Ich bin in niemanden verliebt. Weder in Yves noch in Paul Rivet, und, ehe du fragst: auch nicht in Gaston.«

»Der ist doch alt genug, um dein Vater zu sein«, entfuhr es Nathalie.

»Dann wäre er mit zehn Jahren Vater geworden«, erwiderte Ricí. »Er ist unglaublich klug, die Theorien, die er zu den Ursprüngen der nordafrikanischen Völker entwickelt, sind interessant, und er ist ein sehr netter Mann. Aber in ihn verliebt bin ich nicht. Er und Paul wollen mir helfen, damit ich im Herbst vielleicht mein Studium fortsetzen kann. Ich glaube, ich könnte eine ganz passable Ärztin abgeben, während ich zum Verlieben wohl kaum tauge.«

Nathalie bewunderte sie heimlich für das Fehlen jeglicher Eitelkeit. Ricí trug wahllos Kleider auf, die irgendwer ihr überließ, flocht ihr Haar zum Zopf und benutzte nie auch nur einen Lippenstift. Wer flüchtig hinsah und von diesen Dingen nichts verstand, hätte sie als hässlich oder reizlos bezeichnet, aber sie war keines von beiden. Wenn sie die Brille abnahm, überraschte das fast gewaltsame Blau ihrer Augen, und ihr Lächeln blieb im Gedächtnis.

»Nein«, sagte Nathalie, »ich meine keineswegs, dass du zum Verlieben nicht taugst. Wie alt bist du? Fünfundzwanzig? Du willst mir ja wohl nicht erzählen, dass es für dich noch nie einen Mann gegeben hat.«

Ricí zögerte. »Gib mir die letzte von den Zigaretten«, sagte sie dann. »Oder teil sie mit mir, und dann erzählen wir uns gegenseitig, ob es für uns einen Mann gegeben hat, einverstanden? Auch wenn du enttäuscht sein wirst, weil ich so gut wie nichts zu erzählen habe. Im Gegensatz zu dir. Du bist noch einmal zwei Jahre älter und hast immerhin das entzückendste Kind vom Montmartre vorzuweisen. Und da du selbst eine unausstehliche Zimtzicke bist, muss folglich der Vater hinreißend gewesen sein.«

Nathalie starrte auf die halbzerbröselte Zigarette in ihrer Hand. Ihr Mund war trocken. Sie stand auf. »Ich gehe eine von Idelle schnorren.«

»Der hast du doch erzählt, du bist dermaßen zerschunden, dass du keinen Fuß vor den andern setzen kannst.«

»Was soll's. Sie glaubt sowieso, dass ich lüge, sobald ich den Mund aufmache.«

»Tust du ja auch.«

»Und was ist mit dir? Kommt aus deinem Mund nur die reine Wahrheit, oder ist es gelogen, dass du mir nichts zu erzählen hast?«

Ricí seufzte. »Fast nichts. Oder jedenfalls nichts, das für dich von Interesse wäre. Ja, es gab jemanden, und ja, ich glaube, ich habe ihn geliebt, aber mehr als ein paar Küsse fanden nicht statt. Du hättest es nicht mal erwähnt. Es wäre eine von deinen Spielereien gewesen, im Sommer angefangen und im Herbst vergessen.«

»War das in Deutschland?«, fragte Nathalie.

Ricí nickte. »In Berlin.«

»Und was ist jetzt? Schreibst du ihm? Seht ihr euch wieder?«

»Nein. Das heißt, geschrieben habe ich ihm schon, aber nicht, weil ich ihn wiedersehen will, sondern weil ich mir Sorgen um seine Schwester mache. Dörte. Sie war meine Freundin, und sie ist nicht gesund, zumindest nicht in den Augen der kernigen Nazi-Gesundheitspolitiker. Nicht gesund zu sein ist in Hitlers Deutschland gefährlich. Ich hätte sie gern hier.«

»Ricí«, sagte Nathalie. »Tu mir einen Gefallen und lenk dieses eine Mal nicht auf deinen ewigen Hitler ab. Wieso willst du den Kerl, in den du verliebt warst, nicht wiedersehen?«

»Wolltest du nicht Zigaretten schnorren?«

»Nicht, ehe du meine Frage beantwortet hast.«

»Das kann ich nicht«, sagte Ricí. »Nicht ohne auf meinen ewigen Hitler abzulenken.«

»Warum nicht?«

»Weil er zu Hitlers Leuten gehört«, antwortete Ricí und nahm die Brille ab. »Alles in mir schreit, dass er anders ist, dass er nur jemanden gebraucht hätte, der ihm den Rücken stärkt, ihm beibringt, dass er ein feiner Kerl ist und diese Schweine nicht nötig hat. Aber ich war dafür nicht die Richtige. Nach dem Tod meines Vaters hatte ich die Kraft nicht mehr, und ich war ihm wohl auch nicht wichtig genug. Er ist ein Nazi geblieben.«

»Und warum geht davon die Welt unter, dass er ein Nazi ist? Wenn er ein netter Kerl ist und wenn dieser Nazi-Unsinn für ihn nicht so lebensentscheidend ist wie für dich?«

»Sehr einfach«, sagte Ricí. »Weil es nette Nazis nicht gibt.«
Fasziniert sah Nathalie ihr zu. »Weinst du wirklich?«, fragte sie.
»Tue ich«, antwortet Ricí und wischte sich über die Augen. »Und du hol jetzt endlich die verdammten Zigaretten, damit ich mich rächen und dich zum Heulen bringen kann.«
Nathalie wandte sich widerstrebend ab und öffnete die Tür. »Aber das, was wir hier reden, haben wir morgen früh wieder vergessen, einverstanden? Ja, du hast richtig geraten, Benets Vater war der entzückendste Mann auf der Welt, und ja, ich habe ihn geliebt. Schon seit ich ein kleines Kind war. Immer.«
»Und dieser Wundermann hat dich vor lauter Entzücken mit seinem Sohn einfach sitzenlassen?«
»Er weiß nicht, dass er einen Sohn hat«, sagte Nathalie. »Und er wird es auch nicht erfahren. Er war ganz anders als ich – verletzlich, empfindlich, zu gut für die Welt. Er wollte es allen recht machen, und die Entscheidung hätte ihn zerrissen.«
»Also hast du sie ihm abgenommen?«
»Ich wollte sie ihm nicht aufzwingen«, sagte Nathalie. »Aber zum Heulen bringst du mich damit nicht mehr. Darüber, dass ich ihn verloren habe, habe ich Tage und Nächte durchgeheult wie ein Baby. Meine Augen sind ausgetrocknet wie Salahs Wüste. Da tropft im Leben nichts mehr.«

27

Das bisschen Sonne, das in das winzige Fenster fand, brannte in den Augen, dass man unmöglich länger schlafen konnte. Die Nacht war lang und hart gewesen, und Nathalie hatte vergessen, die Läden zu schließen. Der Kopf tat ihr weh, und am ganzen Körper verspürte sie die Mischung aus Frösteln und Schwitzen, die mit der Nachwirkung von zu viel Alkohol einherging. Der

Wein war gut gewesen. Aber der scheußliche Veilchenlikör aus Idelles Medizinschrank hatte ihnen den Rest gegeben, und das Unangenehmste war die vernebelte Erinnerung. Hatte sie geweint? Hatte sie Namen genannt, die sie aus ihrem Gedächtnis hatte auslöschen wollen, Geständnisse gemacht, nach denen sie Rицí nicht unter die Augen treten mochte?
Als aber die Schwaden sich lichteten, fand sie, sie hätte schon Schlimmeres erlebt. Ricí hatte vermutlich mehr ausgeschwatzt als sie, und besonders viel Erinnerung würden sie beide an die letzten Stunden der Nacht nicht haben. Mit ihrem Brummschädel den ganzen Tag Kabelkästen durch die Stadt zu rollen würde kein Vergnügen werden, aber überstehen ließ sich auch das. Zudem war das Schönste am Katzenjammer, dass morgen um dieselbe Zeit keine Spur mehr davon übrig sein würde.
Dann sah sie Benet im Schlafanzug auf dem Bett sitzen und in einer Zeitschrift blättern, und ihr fiel ein, dass Ricí sie für heute krankgemeldet hatte. Gleich darauf besann sie sich, dass Salah wie jeden Morgen an die Tür geklopft hatte, um Benet zu holen, dass der sich unter der Decke noch einmal an sie gekuschelt und gebettelt hatte, er wolle mit seiner *maman* in der dunklen, warmen Höhle bleiben, und dass sie es schlaftrunken erlaubt hatte. Salah hatte sich auf den Weg gemacht, und Nathalie und Benet hatten sich den Luxus eines gestohlenen Morgens geschenkt. Es mochte ihr schwerfallen, ihn großzuziehen. Wenn sie ihn aber nicht großzog, sondern einfach mit ihm zusammen war, als wären sie beide Kinder, die sich aneinander festhielten, fiel es ihr nicht schwer, sondern war nichts als schön.
Jetzt allerdings schien ihr Sohn bereits seit geraumer Zeit darauf zu warten, dass sie sich um sein Frühstück kümmerte. Mit ihm herumzutollen und eine Burg aus Kissen zu errichten half diesmal wenig, und außerdem protestierte ihr schmerzender Kopf. »Pass auf, Froschbein.« So respektabel wie möglich baute sie sich

vor ihm auf. »Was hältst du davon, wenn wir uns unseren schönen Tag noch schöner machen und ich rüber zu Bertrand laufe, um uns eine Riesentüte *Croissant*s zu holen?«

»Eine Riesentüte?«

»Klar. So riesig wie die Kuppel von Sacré-Cœur, wenn du willst.«

»Die große?«

Nathalie nickte. »Natürlich die große.«

»Quatsch«, sagte Benet. »So viele *Croissants* hat Bertrand doch gar nicht. Um diese Uhrzeit sind sowieso höchstens noch fünf oder sechs Stück übrig.«

»Dann lass ich uns eben noch was anderes einpacken.« Nathalie stieg aus dem Bett und sammelte ihre Kleider samt dem weißen Kopftuch vom Boden auf.

»*Macarons*«, orderte Benet hoheitsvoll. »Die gelben, die nach Zitrone schmecken. Und *Madeleines*.«

Sie würde das gestern eingenommene Geld verplempern, und es störte sie nicht. Die Liaison mit Pierre hatte ihr kein glitzerndes Leben als Filmstar beschert, ihre Träume zerrannen zwischen ihren Fingern, und in schwarzen Nächten wusste sie nicht einmal mehr, wie sie ausgesehen hatten. An Tagen wie diesem ließ sich das jedoch verdrängen. Sie verdiente genug, um ihrem Jungen eine Freude zu machen. Der sah mit großen Augen zu ihr auf. »Pass auf, dass keiner dich klaut, *maman*.«

»Warum sollte denn einer mich klauen?«

»Weil du schöner bist als die *mamans* von Henri und den anderen«, sagte Benet. »Gehst du jetzt und holst die *Croissants*?«

Nathalie ging nicht. Sie tanzte. Das Wetter war herrlich, die Kastanien formten ihr schattiges Dach, durch das die Maisonne Muster aufs Trottoir malte, und die Luft war eine Wohltat für ihren Kopf. Die boshafte Vettel bei Bertrand bediente sie zähneknirschend, doch auch das bereitete ihr Vergnügen. Sie ließ sich einpacken, was die Auslage hergab. Als sie mit der prallen Papiertüte heimging, sah sie den Mann vor ihrer Haustür stehen.

Auf der Stelle erkannte sie, dass er hier nicht hergehörte, nicht in die Rue Caulaincourt, obwohl sich so viel buntgemischtes Volk hier herumtrieb. Er sah aus wie einer, der nirgendwo hingehörte, sich überall verirrte und nicht wagte, nach dem Weg zu fragen. Derzeit schien er die Tür zu studieren, als stünde etwas darauf, das ihm weiterhelfen konnte. Nathalie setzte ihren Weg fort, und er drehte sich nach ihr um. Statt der Tür starrte er jetzt sie an und hörte nicht mehr damit auf.

Von Männern angestarrt zu werden war nichts Neues für sie. Für gewöhnlich quittierte sie Stielaugen, die an ihren Lippen und ihrem Dekolleté hingen, mit einer frechen Bemerkung oder verbat sie sich, je nachdem, wie gut ihr der Bursche gefiel. Bei dem hier schien alles anders. Nathalie ging weiter. Als sie ihn fast erreicht hatte, vollführte er jäh einen heftigen, stolpernden Schritt nach vorn und griff nach der Tüte in ihren Armen. Die zerriss, und *Croissants* und Kleingebäck ergossen sich auf das Straßenpflaster.

»Oh, mein Gott, das wollte ich nicht! Es tut mir entsetzlich leid.«

Jedes Wort wie ein Schlag. Dass sie die Worte verstand, dass sie Sinn ergaben, wollte ihr kaum in den Kopf.

Der Mann schlug sich die Hand vor den Mund und ließ sie dort liegen. »Entschuldigen Sie«, murmelte er darunter hervor. »Ich meine – excusez-moi s'il vous plaît. Je suis … je suis très …«

Sein Französisch oder das, was er dafür hielt, war derart grauenhaft, dass Nathalie lachen musste. Das Gestammel verstummte, und er sah aus wie ein erschrockenes Reh im Pinienwald um Les Adrets. Dort auf der Straße, auf der sonnenbeschienenen Rue Caulaincourt mit dem verstreuten Gebäck von Bertrands *boulangerie*, verspürte Nathalie zum ersten Mal den Wunsch, ihn in die Arme zu nehmen.

Er bückte sich, um die Gebäckteile aufzuheben, verdrehte dabei den Hals und sah weiter Nathalie an. Ungeschickt stopfte er eine Handvoll *Madeleines* in die zerrissene Tüte, die davon jedoch nur weiter aufriss. »Das hat ja keinen Sinn«, sagte er und gab auf. »Je veux … ich meine, ich würde, je voudrais, ich würde Ihnen das gerne ersetzen, mais je ne sais pas … oh, mein Gott, wie bringen es nur Menschen fertig, diese unmögliche Sprache zu sprechen!«

»Ist nicht schlimm«, hörte Nathalie sich sagen. »Nur ein bisschen Kuchen. Mach dir keine Sorgen.« Es war das erste Mal in bald zwanzig Jahren, dass sie sich Deutsch sprechen hörte. Die Worte fühlten sich an wie Steine, die ihr jemand in den Mund gelegt hatte.

»Sie sprechen Deutsch?« Seine Augen wurden noch größer.

Statt zu erschrecken, musste Nathalie lachen. »Es sieht so aus, aber sicher bin ich mir nicht.« Nach ein paar weiteren Worten fiel es ihr leichter. »Ich habe eine … eine Mieterin aus dem Alsace, die Deutsch spricht. Und was ist mit dir? Kann ich dir helfen?«

»Kann ich *Ihnen* helfen«, verbesserte der Mann. »In Deutschland darf man fremde Männer auf der Straße nicht einfach duzen.«

»Wir sind aber hier nicht in Deutschland.« Sie lachte noch immer. In Frankreich durfte man auch keine fremden Männer auf der Straße duzen, und die Frauen, die es trotzdem taten, gerade hier, rund um die Place Pigalle, hatten ihre Gründe dafür. Nathalies Grund bestand darin, dass sie die förmliche Anrede nie gelernt hatte. Deutsch war ihre Muttersprache, aber außer mit ihrer Mutter hatte sie es nie mit einem Menschen gesprochen. Außer ihrer Mutter und Ricí hatte sie auch nie einen Deutschen gesehen. Keinen deutschen Mann. Sie hatte sie sich vorgestellt wie Hitler in der Wochenschau: schnarrend und abstoßend, mit Gesichtern, von denen man bei Nacht nicht träumen wollte. Der Mann, der vor ihr stand, war nichts davon, und gegen einen Traum von ihm gab es nichts einzuwenden. Unwillkürlich tastete Nathalie nach ihrem Kopftuch. Von klein auf war sie überzeugt gewesen, dass ihr Vater recht und sie das hübscheste Haar auf der Welt hatte, aber ihr Vater hatte sich geirrt. Das hübscheste Haar auf der Welt hatte der deutsche Mann, der vor ihrer Haustür stand und ihre Tüte mit dem Gebäck zerrissen hatte.

So hübsch, dass sie schon wieder lachen musste. Aus der Haarfülle hätte man mindestens drei gewöhnlichen Männern die Köpfe schmücken können, und um es kurz zu halten, ging er sicher wöchentlich zum Friseur. Nathalie hätte es anfassen wollen, Kraft und Dichte zwischen den Fingern spüren. Zu der Farbe fiel ihr überhaupt nichts ein, kein Vergleich und nichts. Ihres war dunkelgolden, manchmal mit einem Schimmer von Kupfer, aber seines war von der Wurzel bis zur Spitze rot.

Dass er ihr Deutsch verbesserte, wo sie ihm angeboten hatte, ihm aus der Patsche zu helfen, war mehr als dreist. Sie hätte ihn als arroganten Fatzke abtun und stehenlassen können, aber sie wollte nicht. Er passte zu diesem Tag, kam ein bisschen vernebelt in Gang, überraschte dann aber mit purer Sonne. Zudem war sie sicher, dass er kein bisschen dreist und arrogant war, sondern der ungeschickteste Mann, der herumlief.

»Bitte entschuldigen Sie«, stammelte er. »Ich wollte Sie nicht zurechtweisen, es ist mir einfach so herausgerutscht.«

»Ist schon gut«, sagte Nathalie. »Aber dich siezen kann ich nicht. Das wäre für mich, wie du es vorhin gesagt hast: Oh, mein Gott, wie bringen es nur Menschen fertig, diese unmögliche Sprache zu sprechen!«

Er lachte nicht. Nicht einmal aus Höflichkeit. »Nein bitte«, sagte er. »Machen Sie sich keine Mühe.«

»Kann ich dir denn nun helfen? Du hast doch nach etwas gesucht, oder nicht?«

Verwirrt blickte er von ihr zur Tür und dann wieder zu ihr. »Ja, natürlich«, sagte er. »Ich bin erst seit gestern hier. Die Hausnummer Rue Caulaincourt 45 suche ich. Ist das hier?«

»Wird wohl hier sein. Du hast doch die ganze Zeit auf die Nummer gestarrt – sag nicht, Nummern in Deutschland sehen anders aus als unsere!«

Er lachte noch immer nicht. Vielleicht lachte er nie. Sie hielt ihm die Hand hin. »Sag du zu mir, dann verstehe ich dich besser. Außerdem ist es nicht fair, wenn ich du sage und du sagst Sie. Ich bin Nathalie, ich wohne in der Rue Caulaincourt 45.«

Er brauchte eine Ewigkeit, um ihre Hand zu nehmen. »Nathalie.«

»Du heißt auch Nathalie?«

»Nein. Natürlich nicht.« Er straffte den Rücken und tippte sich an die Schläfe. »Leutnant Alwin von Sterzing.«

Sie hätte ihn seines Weges schicken müssen. Sie spielte dieses Spiel lange genug, um zu wissen, wann eine Runde begann. Nichts daran war verboten, solange beide die Spielregeln kannten, aber dieser Mann hatte vermutlich schon als Kind beim *Marelle*-Spielen ratlos dabeigestanden und nichts kapiert. Sie hätte ihn ziehen lassen müssen. Aber sie wollte nicht.

»Und bei welchem davon nennen dich deine Freunde?«, fragte sie. »Leutnant?«

»Nein. Das nicht. Es ist mein Dienstgrad.« Das Gesicht lief rötlich an. Kaum hörbar murmelte er: »Ich heiße Alwin.«

Nathalie reckte sich auf die Zehenspitzen und berührte seine roten Wangen mit den Lippen. »Willkommen in Paris, Alwin.«

Er war ein großer Mann mit breiten Schultern, aber seine Wangen hatten etwas Kindliches. Er sah hungrig aus, fand sie. Fast verhungert. Fürs Essen war sie nicht zuständig, aber sie hätte ihn an einen Kneipentisch setzen und ihm ein ordentliches Getränk besorgen wollen, damit er nicht länger wirkte, als hätte man ihn ausgesetzt.

Er berührte seine Wange. »Sie sind sehr nett.«

Nathalie schob sich das Kopftuch in den Nacken und lächelte. »*Du* bist sehr nett. Wir hatten uns doch geeinigt.«

Fassungslos starrte er auf ihr Haar.

»Wie kann ich dir denn nun helfen?«

Er erschrak, dann zog er hastig ein Notizbuch aus seiner Brusttasche. Dass er eine Art Uniform trug – ziemlich prächtig mit Litzen, Besätzen und goldenen Knöpfen –, fiel ihr erst jetzt auf. Vermutlich war er einer der Soldaten, die vor dem deutschen Pavillon strammstanden. Als Bewachung, hatte Nathalie gedacht, aber ihr Gegenüber hätte weit besser zur Dekoration getaugt. Er hatte etwas von dem herausgeputzten Soldaten auf dem Schokoladenbildchen, das Nathalie als Kind um jeden Preis hatte haben wollen. Ähnlich wie Claude. »Ich suche eine Rieke Thomas«, sagte er, ohne das Notizbuch aufzuschlagen. »Kennen Sie sie, wissen Sie – ich meine, weißt du, ob sie hier wohnt?«

Ricí.

Aus dem Notizbuch fiel ein Briefbogen und segelte zu Boden. Nathalie erkannte Ricís schmale Schrift sofort. Alwin von Sterzing bückte sich. Sein Rücken wäre einen zweiten Blick wert gewesen, hätte er sich nicht so schnell wieder aufgerichtet. Im nächsten Moment schwang die Tür auf, und Gaston kam heraus, unter dem Arm einen Stapel Bücher, mit einem Gürtel zusammengeschnürt.

»*Bonjour, bonjour*«, rief er fröhlich und zog mit der freien Hand seinen Hut. »Dem Himmel sei Dank, dass du kommst, Nathalie. Du und das späte Frühstück, ihr werdet oben mit Ungeduld erwartet.«

Benet!

Was für eine Mutter war sie? Über dem Geplänkel mit einem wildfremden Deutschen hatte sie ihr Kind vergessen, das an diesem Tag noch nichts zu essen bekommen hatte. Sie musste es gutmachen, sich auf der Stelle um Benet kümmern, aber das tat sie nicht. In Windeseile sammelte sie drei, vier der am wenigsten lädierten Gebäckstücke vom Boden auf, stopfte sie in die zerrissene Tüte und hielt das schmuddelige Paket Gaston entgegen. »Kannst du bitte ein Schatz sein, der größte Schatz, der in ganz Paris herumläuft? Mir ist etwas furchtbar Wichtiges dazwischengekommen, etwas Lebensentscheidendes! Gehst du für rasch noch einmal nach oben, gibst Benet sein Frühstück und sagst ihm, er soll auch ein Schatz sein und sich eins von seinen Büchern anschauen, bis ich wiederkomme? Sag ihm, *maman* ist eine unmögliche Kanaille, aber ihr tut's leid, und sie macht's wieder gut. Und bei dir mach ich's auch wieder gut. Ich bin dir etwas schuldig – etwas richtig Schickes, Gaston.«

»Aber ich muss doch ins Museum. Es ist mein erster Tag.«

»Im Museum sagst du, du kommst zu spät, weil du einer jungen Mutter aus einer Notlage helfen musstest. Es heißt doch ›Museum des Menschen‹ – da können sie dir dafür gar nicht böse sein.«

Gaston hob die Hände, und erleichtert erkannte sie, dass sie gewonnen hatte. »Wenn es dir so wichtig ist, Nathalie.«

Sie warf ihm die Arme um den Hals und gab ihm einen Kuss, der auf den Mundwinkel verrutschte. »Du bist der Beste, Gaston. Der Allerbeste.« Er nahm die Tüte und verschwand im Haus.

»Wer war das?«, fragte der Deutsche, der sichtlich kein Wort verstanden hatte.

»Mein Onkel«, beteuerte Nathalie. Das war der leichteste Teil: eine Rolle spielen. Es ging wie von selbst. »Er ist ein furchtbar bedeutsamer Forscher und arbeitet in dem neuen Museum, aber leider ist er hoffnungslos zerstreut. Ich kümmere mich um ihn, weil er sonst vergessen würde, dass ein Mensch essen, trinken und ab und zu auch schlafen muss. Für ihn waren die *Croissants*.«

»Lieber Himmel! Jetzt fühle ich mich noch schlechter. Du musst mich ihm eine neue Tüte kaufen lassen.«

»Blödsinn«, sagte Nathalie. »Er merkt sowieso nicht, was er isst, und du wolltest mir doch nur helfen. Bevor du weiter nach dieser Rieke Thomas suchst, feiern wir jetzt deine Ankunft – das ist so Brauch in Paris.«

»Ist es das wirklich?«

Sie lachte, nahm seine Hand und zog ihn mit sich fort. »Nur bei besonders netten Leuten, bei denen Paris sich einschmeicheln will, damit sie immer wiederkommen.« Im Gehen spürte sie, wie der Widerstand, um den er rang, erlahmte. Der kleine Triumph verlieh ihr Schwung. Es war Frühling, Paris sah aus wie frisch hingestellt, und die blühenden Kastanien dufteten. Nach ein paar Metern drehte sie sich um, packte ihn bei den Händen und lief rückwärts weiter. Wo eine Querstraße sich auftat, kam Sacré-Cœur in Sicht. Er warf den Kopf in den Nacken und blieb stehen. »Oh, mein Gott! Das ist sie, nicht wahr? Das ist diese weiße Kirche zum Heiligen Herzen, aber dass sie so schön ist, hat mir niemand gesagt.«

Nathalie blieb bei ihm stehen, berührt, wie wenn jemand ihr ein Kompliment über Benet machte. »Das ist sie eigentlich auch gar nicht«, sagte sie. »Die oberschlauen Touristen schimpfen oft, sie wäre nichts als ein grässlich pompöser Mischmasch und würde keinen Vergleich mit der ach so wunderbaren Notre-Dame aushalten. Aber für mich ist es so, wie du sagst. Sie ist schön, weil sie unsere Kirche ist, die Kirche der Leute vom Montmartre. Wenn wir von irgendwoher kommen, und sie taucht plötzlich über den Dächern auf, dann wissen wir, wir sind zu Hause.«

Der Deutsche starrte schweigend die weiße Kirche an und hielt Nathalies Hand fest.

»Willst du gern nach oben? Paris guten Tag sagen?«

»Mit dir?«

Sie nickte.

»Ich glaube, ja. Obwohl ich Protestant bin und diesen bombastischen katholischen Kirchen nichts abgewinnen kann.«

»Ich kann überhaupt keiner Kirche etwas abgewinnen«, sagte Nathalie und zog ihn mit sich die Stufen hinauf. »Aber wenn ich eine Kirche brauchen würde, nähme ich Sacré-Cœur, weil ich da nicht zu einem Gott beten muss, den Père Raymond mir aufgeschwatzt hat.«

»Wer ist Père Raymond?«

»Mein Onkel«, antwortete Nathalie automatisch.

»Du hast einen Onkel, der katholischer Priester ist?«

Nathalie nickte beflissen. »Ist das schlimm?«

Der Deutsche zögerte. »Nein, natürlich nicht«, sagte er dann. »Ich habe nur einen – einen entfernten Bekannten, der hier in Paris Priester der deutschen Gemeinde ist. Ich habe gedacht, vielleicht könnte dein Onkel ihn kennen.«

»Ganz bestimmt nicht«, rief Nathalie hastig und nahm zwei Stufen mit einem Satz. »Mein Onkel wohnt gar nicht in Paris, er ist in irgendeine verschlafene Gemeinde im Süden versetzt worden. Außerdem ist er ein Eigenbrötler, der nichts und niemanden kennt.«

»Entschuldige«, sagte der Deutsche. »Das war dumm von mir. Schließlich muss es unzählige Priester in Frankreich geben.«

»Und wenn man einen Onkel hat, der Schlachter ist, kommt man ja auch nicht auf die Idee, er müsste den Schlachter im Nachbarhaus kennen.«

»Ich habe keinen Onkel, der Schlachter ist«, sagte der Deutsche. Dann überlegte er. »Aber auch keinen, der Priester ist. Überhaupt keinen. Es muss schön sein, eine so große Familie zu haben.«

Nathalie zuckte die Achseln und blickte zur Seite. »Ja, schon. Manchmal.« Als Kind hatte sie sich das gewünscht. All die Onkel, Tanten und Cousins, die auf dem Château ständig an- und abreisten. Das Gefühl, zu wissen, zu wem man gehörte und wie viel man wert war.

Sie erreichten die Plattform. Die Seitenfront der Kirche kam mit der Wucht der großen Kuppel in Sicht, und der Deutsche ging mit jedem Schritt langsamer, einerlei, wie ungestüm

Nathalie ihn vorwärts zog. So lange, bis sie selbst ihren Schritt verlangsamte und einen flüchtigen Moment lang das Gefühl hatte, das weiße Sacré-Cœur mit seinen Augen zu sehen.

»Wenn du in der Kirche nicht zu dem Gott betest, den dein Onkel dir aufschwatzen wollte«, sagte er, »zu welchem betest du dann?«

»Das zeige ich dir«, rief Nathalie und rannte wieder los, zerrte ihn quer über den Platz, bis nach vorn an die Brüstung. »Zu meiner Göttin«, sagte sie und wies auf die Stadt, die sich über den Horizont hinaus erstreckte. »Zu Paris.«

Sie standen schweigend und dicht beieinander, ihre Schulter an seinem Arm, ihre Hüfte an seinem Schenkel, wie die unzähligen anderen Paare, die sich diesen Augenblick nahmen, um ihn für immer zu behalten: Wir und Paris. Als würde ein Abbild der Stadt sich in die Kupferplatte ihres Lebens gravieren und dort bleiben, selbst wenn die Konturen verblassten und nur noch zu erahnen waren.

Etwas fiel ihr ein, das sie vergessen hatte. Sie war noch jung. Oder zumindest nicht so alt, wie sie sich nach einem Tag voller Pflichten fühlte. Ihr Herz kam ihr vor wie ein Klumpen, den sie steinhart gebacken hatte wie den sommerlichen Boden des Weinbergs, damit Erinnerungen und verpatzte Träume daran abprallten. Jetzt aber spürte sie, dass darin noch etwas war, das aufweichte wie die Erde des Weinbergs, wenn im Herbst die Regenfälle kamen. Neben sich spürte sie den festen, kompakten Körper des Mannes Alwin und die Atemzüge, mit denen sich sein Brustkorb dehnte. Sie sahen nicht einander an, sondern sie blickten beide in dieselbe Richtung.

»Nathalie«, sagte er. »Warum nennst du sie so – deine Göttin?«

»Nur aus Spaß. Salah hat mir mal ein Bild aus einem von Gastons Büchern gezeigt, eine Hindu-Göttin mit lauter Armen, und ich habe gedacht: Das ist mein Paris. Wann immer ich es wage, diese Stadt für kurze Zeit zu vergessen, streckt sie einen ihrer Arme aus und greift nach mir.«

»Wer ist Salah?«
»Mein Onkel.«
»Ein komischer Name. Du hast wirklich viele Onkel.«
»Mein Vater hat sieben Brüder und meine Mutter fünf«, sagte Nathalie. Seit den Tagen des Spiels flossen solche Details ihr mühelos aus dem Mund. Hätte sie darüber nachdenken müssen, hätten sie sich vielleicht wie Lügen angefühlt. So aber schienen sie wie Teile einer anderen Wahrheit, eines anderen Lebens, das nur durch Zufall nicht ihr eigenes war.
Sie holte Atem und nahm seinen Namen in den Mund wie eine kandierte Frucht. »Alwin. Gib mir ein paar Tage Zeit, und ich zeige dir Paris. Dann weißt du, warum ich es meine Göttin nenne. Paris ist wie wir Kriegskinder. Niemand hat der Stadt beigebracht, wie man lebt, sie hat sich ihren Weg selbst suchen müssen, und jetzt lässt sie sich von niemandem dreinreden. Sie ist weder behütet noch ungefährlich. Aber sie ist frei.«
»Wie wir Kriegskinder«, murmelte er, ohne den Kopf zu wenden.
Nathalie legte ihren Arm um seine Taille und führte ihn mit sachtem Druck von der Brüstung weg. Sein Blick blieb auf die Stadt geheftet, bis sie aus seinem Sichtfeld verschwand.

28

Sie ging mit Alwin ins *Provençal*, weil sie wusste, mit ein bisschen Schmeichelei würde der Korse sie anschreiben lassen. Die Zeche würde sie später abarbeiten. Seit Pierre ihr Statistenrollen bei Pathé-Natan beschaffte, half sie hier nur noch ab und zu aus, und der Korse war froh über jede Stunde, für die er sie gewinnen konnte. Seine Gäste liebten sie. Selbst die, die Mühe hatten, das Geld für eine warme Mahlzeit aufzubringen, ver-

tranken ihre Hosenknöpfe an seinem Tresen, sooft Nathalie mit ihrem weißen Kopftuch ins *Bistrot* kam.
Wenn Pierre sie bat, mit ihm auszugehen, wählte sie eines der teuren, angesagten Lokale und ließ sich verwöhnen. Bestellte zum Champagner mehr Kaviar, als Pierre sich leisten konnte, weil Luxus ihr half, zu vergessen, dass ihre ganze Zukunft in der Vergangenheit lag. Vor Pierre hatte es andere Männer gegeben, und neben ihm gab es jetzt wieder andere. Nur solche, die sie gern mochte, die sie hübsch fand, die ihr ein bisschen Spaß bereiteten. Hatte einer außerdem genug Geld, um ihr gelegentlich den Luxus des Vergessens zu schenken, bekam er dafür ihre Zeit, ihr Lachen, ihren Hintern im knappsten Rock. Pierre hatte noch mehr bekommen. Sie hatte ihn lieber gemocht als die anderen, hatte ihn hübscher gefunden und sich mehr von ihm erhofft. Eine Tür, die sich auftat, eine Chance, von den Sternen, nach denen sie sich von klein auf gestreckt hatte, doch noch einen zu erreichen.
Die Hoffnung war zerplatzt. Pierre würde keinen Filmstar aus ihr machen. Der arme Kerl war nicht einmal imstande, aus sich selbst mehr zu machen als den Aufnahmeleiter von Louis Péricard, der kein Marcel Carné war und sogar eine Geschichte wie die von Geneviève in den Sand setzte. An Pierres Seite bekam sie ein paar glitzernde Funken ab, ein bisschen Kaviar, der ihr nicht einmal schmeckte, sonst nichts. Was sie sich von dem Mann erhoffte, mit dem sie heute hier war, wusste sie nicht. Gar nichts, dachte sie. Dass er da war, steif am Tisch saß und furchtsame Blicke in die Runde sandte, genügte. Ein vergessenes Gefühl durchströmte sie. Festhalten ließ es sich nicht. Wenn die Zukunft in der Vergangenheit lag und die Vergangenheit zu scharfkantig war, um sie auch nur zu streifen, blieb allein der Augenblick.
Nathalie sprang auf und hauchte Alwin einen Kinderkuss auf die Schläfe. »Was möchtest du trinken? Du bist eingeladen.«

»Aber nein, das kann ich auf keinen Fall annehmen.« Er tastete in den Taschen seiner Uniformjacke.

»Und ob du kannst.« Nathalie lachte. Die fremde Sprache zu sprechen, was sich bisher angefühlt hatte, als würde sie sich den Mund daran verbrennen, machte ihr nichts mehr aus. Auch wenn sämtliche Gäste sich dabei nach ihr den Hals verdrehten. »Du musst sogar. Schließlich bin ja nicht ich es, die dich einlädt, sondern Paris, und meine Göttin nähme es furchtbar übel, wenn du ihr Angebot ausschlagen würdest. Sie lädt nämlich nicht jeden ein.«

»Und warum dann ausgerechnet mich?«

Sie lachte wieder, wirbelte herum und fühlte sich leicht wie seit Jahren nicht mehr. »Das bleibt ihr Geheimnis, *mon chou rouge*. Du musst wohl etwas an dir haben, mit dem du ihren exquisiten Geschmack triffst.«

»Mon Schuh *was*?«

Es waren nicht die ersten französischen Worte, die sie in ihr Geplauder einstreute. Im Deutschen fehlten ihr allzu viele, auch wenn es lustig war, um die fehlenden herumzuformulieren und mit Händen und Grimassen das Gesagte zu verdeutlichen. Jetzt aber wirkte er so verstört, dass sie nicht anders konnte, als ihm die Arme um den Hals zu schlingen. »*Rien, mon petit*. Nur ein Kosewort, mach dir nicht so viele Gedanken. Ich suche selbst für dich etwas zu trinken aus, einverstanden? Du schaust drein, als würdest du frieren, dabei schwitzt sich in dieser Kaschemme sonst jeder die Seele aus dem Leib.«

Sie gab ihn frei und lief quer durch den Raum zur Theke, tänzelte im Slalom um Stammgäste, die versuchten, sie aufzuhalten.

Der Korse schlurfte hinter dem Tresen hervor, ehe sie ihn erreichte. »Sieh mal einer an. Ich hatte die Hoffnung schon aufgegeben, dass die heilige Geneviève vom Montmartre sich in meiner schäbigen Klitsche noch einmal blicken lässt.«

Er nannte sie so, seit sie in sein *Bistrot* gestürmt war, um ihre Rolle in dem Film zu feiern. Die Stammgäste hatten sie gedrängt, auf einen der Tische zu steigen und ihren Part für sie zu spielen, und statt der öden acht Wörter, die sie als Magd zu sprechen hatte, hatte Nathalie eine improvisierte Rede als Geneviève zum Besten gegeben. Die Leute waren vor Begeisterung außer sich geraten, der Wein war in Strömen geflossen, und der Korse hatte sich eine goldene Nase verdient. »Ja, lang ist's her«, brummte er. »Und Treue kennen die wohl nicht, diese Heiligen von heute.«

»Ich hatte zu tun.« Nathalie versuchte, rasch darüber hinwegzugehen. »Kannst du bitte ein Schatz sein, Lisandru …«

»Kann ich nicht«, fiel der Korse ihr ins Wort. »Wenn ich dein Schatz wäre, hättest du dich ja wohl eher hier blicken lassen.«

»Ich mach's gut. Ich versprech's dir. Wenn du willst, kann ich in der nächsten Woche eine ganze Nacht lang servieren …« Salah würde Benet für sie hüten, er sagte nie nein, wenn sie ihn bat, und sie würde sich etwas einfallen lassen, um sich zu bedanken.

»Und was willst du dafür?«

»Calvados«, sagte Nathalie. »Eine Flasche. Und zwanzig *Caporal* – die guten im Maispapier. Später vielleicht auch Wein, Suppe, Käse, Musik, ich weiß es noch nicht, aber ich arbeite alles bei dir ab.«

»Hast du den Verstand verloren? Wer ist denn der Schönling, den du da angeschleppt hast? Ein Faschist? An mir soll's nicht liegen – solange einer trinkt, ist mir egal, was er quatscht, aber die meisten meiner Gäste sind vor denen geflüchtet. Solch eine Uniform wird hier nicht gern gesehen. Und jetzt mit diesen Schweinereien in Spanien, aus denen unsere Regierung sich fein raushält, schon gar nicht.«

»Er ist nett«, sagte Nathalie und hörte Ricís Stimme als Echo: »*Weil es nette Nazis nicht gibt.*«

»So so«, machte der Korse. »Und weil er nett ist, zahlst du für ihn? Und schmachtest ihn an, als ob ihm das Mondlicht aus dem Zinken scheint?«
»Tu mir einen Gefallen, hör auf mit der Fragerei.« Natürlich hatte er recht. Ihre Männer zahlten für sie, nicht umgekehrt. Alwin aber wollte sie auf keinen Fall Gelegenheit geben, nach einem raschen Glas die Flucht zu ergreifen, zu seinen Leuten zurückzukehren oder sich gar auf seine Suche nach Ricí zu besinnen. Er sollte hier mit ihr sitzen, Stunde um Stunde, ohne auf die Uhr zu sehen. Nathalie, die Ungeduldige, die nach zehn Minuten mit demselben Mann begann, sich zu langweilen, wünschte sich Zeit. Sie lehnte das Gesicht an den Arm des Korsen. »Bitte gib mir jetzt die Flasche, und nächste Woche …«
»Diese Woche«, unterbrach er sie. »Morgen.«
»Morgen kann ich nicht, Lisandru!« Sie wollte die nächsten Tage mit Alwin verbringen, wollte frei sein, um ihn zu genießen, solange er da war. Was danach geschah, interessierte sie nicht. »Bitte hilf mir«, bettelte sie. »Ich verspreche, ich bin nächste Woche die reizendste Serviererin, die je ein Gastwirt im Montmartre hatte.«
»Hexe«, zischte der Korse. »Dann aber zwei Nächte.«
»Halsabschneider«, zischte Nathalie zurück. »Rück die Flasche und die Zigaretten raus und stell uns einen Teller Sardinen dazu. Und mach das Grammophon an. Nichts Lautes. Eher etwas …«
»Na, was nun?«
»Etwas Zärtliches«, sagte Nathalie, schob sich an ihm vorbei hinter den Tresen und bediente sich selbst. Mit einem vollen Tablett kehrte sie zu Alwin zurück.
Der saß noch immer verloren am Tisch und hatte die Hände aufgestützt, als wollte er jeden Augenblick aufspringen und aus dem Raum flüchten. Stammgäste waren stehend oder sogar auf ihren Stühlen sitzend näher herangerückt und begafften ihn mitleidlos. Er tat Nathalie so sehr leid, dass sie lachen musste.

Sie stellte das Tablett ab und reihte all die Köstlichkeiten vor ihm auf, als wäre er ein Nabob in einem Luxushotel und sie seine *belle de jour*: die stark duftenden Sardinen, die die Schwester des Korsen auf der Pfanne flach klopfte und briet, bis sie wie Holzstückchen zusammenschmurgelten. Den Korb mit frischem Brot, die besten Zigaretten, die zu bekommen waren, und die Flasche mit normannischem Branntwein, der schmeckte wie flüssige Wärme.

»Ich trinke nicht«, sagte Alwin.

»Was soll das heißen, du trinkst nicht?« Nathalie füllte die Gläser randvoll, schob ihm eines hin und trank ihm zu. »Paris heißt dich willkommen. Mögest du dich jeden Tag fühlen wie ein König und später, wenn du längst wieder zu Hause bist, manchmal denken: Damals, im Mai, war ich König in der schönsten Stadt der Welt.«

Verdattert nahm er das Glas, starrte in die bernsteinfarbene, nach gebeiztem Holz und Äpfeln duftende Flüssigkeit und dann wieder Nathalie ins Gesicht, die für sie beide Zigaretten ansteckte. »Nein, wirklich – ich trinke keinen Alkohol. Und ich rauche auch nicht. In meinen Augen ist es falsch, sich sein Leben von Genussgiften diktieren zu lassen, statt selbst über es zu bestimmen.«

Nathalie musste ernsthaft überlegen, was das Gerede bedeuten sollte. »Calvados ist ja kein Alkohol«, sagte sie dann, schloss ihre Hand um seine und führte das Glas an seine Lippen. »Ist Apfelsaft. Nur Genuss, ohne Gift, und über unser Leben bestimmen ganz andere. Keine kleinen Leute wie du und ich und auch kein kleines Gläschen, das dir eine Pariser Freundin kredenzt, weil sie's gut mit dir meint.«

Ehe er sich besann, hatte er schon getrunken. Nathalie stellte das Glas ab, schob ihm die Zigarette in den Mund und blies ihm ihre Rauchwolke ins Gesicht. Er nahm einen Zug und musste husten. »Um Gottes willen! Was für ein Kraut ist das?«

Sie lächelte ihn an und klopfte ihm den Rücken. »Eines für Leute mit Bärenkräften, die ihren Mann stehen müssen. Für solche wie dich und mich. Glaub mir, du gewöhnst dich daran.«
Der Korse legte eine Platte auf, einen der schwungvollen Schlager von Maurice Chevalier, die Nathalie auf die Nerven gingen. Dabei warf er ihr einen Blick von der Seite zu. Sie schüttelte den Kopf. Er hob die Nadel so abrupt, dass die Platte einen Kratzer davontragen würde, und legte eine andere auf, *Ta voix*, einen Tango, den Nitta-Jo, einer der vielen rasch verblühten Stars, vor ein paar Jahren in einem Aschenputtel-Film gesungen hatte. Nathalie hatte das Stück selbst oft aufgelegt, wenn der Korse wollte, dass sie mit den Gästen tanzte. Es war dunkel und sinnlich, und Männer mochten das: sich als Prinzen fühlen, die das kleine Aschenputtel in ihren Armen in eine bessere Welt wiegen. Nur eine Nacht lang, versteht sich, dann wurde Aschenputtel zurück in ihre Küche geschickt, wo sie ihrem Jungen zum Nachtessen Erbsen palte, während ihr vor Müdigkeit die Augen brannten.
Mehrere Stammgäste standen auf und kamen zu ihr herüber wie Ziegen, die am Abend vor ihre Futterraufe trotteten.
»Einen Tanz, Nathalie?«
»Ich denke ja wohl, beim Tango ist sie mit mir besser bedient.«
»Wenn zwei sich streiten, freut sich der Dritte. Tanzen wir, süßestes Mädchen vom Montmartre!«
Nathalie tat, als müsste sie lachen, und scheuchte die Männer wie einen Schwarm Tauben fort. »Heute nicht. Ich habe Gesellschaft, zieht Leine.« Jäh wünschte sie sich, sie hätte ein rotes Tuch über ihrem Haar tragen können, und die Kerle, die sie im Grunde gern mochte, hätten das Zeichen verstanden und wären ihrer Wege gezogen. So kostete es teure, verlorene Sekunden, bis sie sich trollten, und vermutlich würden sie wiederkommen.
»Woher kennst du die alle?«, fragte Alwin. »Sogar den Wirt.«

»Mein Onkel«, versicherte Nathalie. Richtig gelogen war das nicht. In gewisser Weise waren die Leute vom Montmartre alle wie eine Familie für Leute, die sonst keine hatten. Sie schlug die Augen weit auf und sah in seine, die ihr nicht ganz grau, sondern auch ein wenig blau vorkamen. Regenhimmel, nicht völlig verhangen, Briefe, in denen stand, dass jemand gestorben war. Traurig und schön. Ein Blick, der nicht glitzern konnte, aber durch Wolken leuchten. Er wich dem ihren nicht aus, sondern hielt ihn fest und trank inzwischen Calvados ohne ihr Zutun. Nur die arme Zigarette hatte sich im Aschenbecher zu Tode gequalmt.

»Und dein Onkel hat nichts dagegen, dass du in seiner Gastwirtschaft mit fremden Männern sitzt?«, fragte er.

»So ein Wort kann ich nicht einmal aussprechen!«, rief Nathalie. »Das hier ist ein *Bistrot*. Nichts Unanständiges. Hierher kommen arbeitende Männer in ihrer Mittagspause, weil ihnen Lisandru ein warmes Essen für nicht mehr als zwanzig Franc auftischt. Es gibt ein bisschen Tanz, manchmal ein paar Küsse, die das Leben leichter machen, aber nichts, wofür man sich zu schämen hätte.«

Erschrocken hob er die Hände. »Das habe ich doch auch nicht sagen wollen!«

»Hast du nicht? Eine Gast… Gast…«

»Gastwirtschaft.«

»Genau – das ist also kein *lupanar*?«

»Kein *was*?«

Nathalie blies Rauch aus, neigte sich zu ihm und flüsterte in sein Ohr: »Ein Haus, wo Liebe verkauft wird … du verstehst …«

Wieder schoss ihm die Röte ins Gesicht, strömte über die Ohren bis hinauf an den Ansatz des roten Haars. Nathalie packte seinen Kopf und küsste ihn in die Ohrmuschel.

»Wie kommst du denn darauf?« Er rückte von ihr ab und rieb sich das Ohr. »Wenn ich glauben würde, dein Onkel würde ein solches Etablissement betreiben, würde ich mich bestimmt nicht hier hersetzen. Und ich würde auch bestimmt nicht …«

»Was würdest du bestimmt nicht? Mit einer wie mir verkehren?«

Ihre Blicke trafen wieder aufeinander. Er räusperte sich. »Es scheint mir eben merkwürdig, dass ein junges Mädchen allein in ein Lokal voller Männer geht. In Berlin war das während der Systemzeit auch üblich, aber die Zeiten ändern sich.«

»Junges Mädchen?« Nathalie hörte, wie bitter ihr Lachen klang, und auf einmal packte sie der Zorn auf diesen hübschen, ahnungslosen Schokoladensoldaten. »Ich bin eine Frau von siebenundzwanzig, und ich bin allein in Kneipen voller Männer gegangen, seit ich auf meinen Füßen stehen kann.«

»Und findest du, das hat dir gutgetan? In Berlin wimmelte es früher auch von Frauen, die ihre Kinder mit in solche Lokale schleppten …«

»Ja, es hat mir gutgetan«, fauchte sie ihn an. »Es hat mir gutgetan, frei zu sein, nicht wie ein Pudel an der Leine zu laufen. Im Übrigen sind wir keine reichen Leute. Ich helfe meinem Onkel aus, wenn Not am Mann ist, ich tanze mit den Gästen, damit sie mehr Geld für Wein ausgeben. Bin ich deshalb eine Hure? Kein Umgang mehr für einen ordentlichen deutschen Mann wie dich?«

»Um Gottes willen. Das habe ich doch nicht gemeint.«

»Wirklich nicht?« Sie beugte sich vor, bis sein Atem ihre Lippen traf.

Er öffnete den Mund. »Nathalie …«

Abrupt sprang sie auf und lief zum Grammophon, wühlte sich mit beiden Händen durch den Stapel Schallplatten, von denen der Korse die fünf oder sechs, die zuoberst lagen, wieder und wieder spielte. Was sie suchte, wusste sie nicht, bis es ihr in die Hände fiel. Sie schüttelte die Platte aus der Umhüllung, legte sie auf den Teller des Grammophons und setzte hart den Arm mit der Nadel auf. Wie viele Jahre waren vergangen, seit sie das

Lied zuletzt gehört hatte? Salah hatte ihr erzählt, dass Fréhel es in einem Film gesungen hatte, der im Januar in ihrem Kino gelaufen war. Nathalie versäumte nie einen Film in ihrem Kino, und dieser hier – *Pépé le Moko* – war mit Plakaten im gesamten Viertel angekündigt worden. Sie war trotzdem nicht hingegangen, sondern hatte nur Salah, der sich aus Filmen nichts machte, gefragt, woher er davon wusste.

Ein Berber habe für den Film die Musik geschrieben, hatte Salah achselzuckend erwidert. Verkehrte Salah mit Berbern? Wo und wann lernte er die kennen? Zu ihnen in die Wohnung kamen jedenfalls keine, und im nächsten Atemzug dachte Nathalie schon nicht mehr darüber nach.

Das Lied begann. Der Name des Films hatte auf der Platte gestanden, und Fréhel mit ihrem süßen Gesicht unter dem blumengeschmückten Hut war darauf abgebildet. Aber das Lied war nicht *La Java bleue*, das sie in einem Anfall von Trotz mit dem deutschen Mann hatte tanzen wollen. Es war ein anderes. Fremd und distanziert, als hätte Nathalie sie nie gekannt, sang Fréhel von Parisern, kleinen Leuten aus dem Montmartre, die von einem Amerika der Kinoleinwände träumten, die fortgingen, an ihren Träumen scheiterten und im Elend endeten:

»Und unter den Emigranten
mit den gebrochenen Herzen
Denken sie an unser Paris und bereuen.«

Und dann hob sie an und war wieder Fréhel, mit dieser Stimme, die jeden wach riss, obwohl sie nicht laut war. Sie sang, als ginge mitten im Raum die Sonne auf, und es war wieder Sommer, der Sommer von Les Adrets, der die Erde steinhart buk, Nathalie war wieder in Sebastiens Bar, in der *Weinenden Kuh*, und sie war wieder jung, nur dass sie es nicht mehr war und nicht mehr sein würde:

»Wo ist denn meine Mühle am weißen Platz?
Mein Tabakskiosk und mein kleines Bistrot,
Als jeder Tag für mich ein Sonntag war?
Wo sind meine Freunde, meine Gefährten,
Die Musette, die wir tanzten,
Die Java, die das Akkordeon spielte?
Wo sind die Mahlzeiten,
Für die wir nie einen Sou bezahlten,
Wo ist all das denn jetzt?«

Sie wusste nicht, ob sie noch hätte weinen können, aber Fréhels Stimme tat es für sie. Das Lied schüttelte ihren Körper durch, bis sie sich am Tisch mit dem Grammophon festhalten musste.
»Jetzt ist es genug«, rief einer der Stammgäste, der sich Antoine nennen ließ, in knirschendem Französisch. »Spiel ein anderes Lied, *trop belle Nathalie*, und tanz mit uns. Keiner von uns ist hergekommen, um sich sein Elend um die Ohren schleudern zu lassen, und noch weniger, um zuzusehen, wie dieser Nazi-Fatzke sich Liebkind bei unseren Frauen macht.«
Er schwang herum und tat einen Schritt auf Alwin zu: »Das hier ist Paris, Monsieur Heil-Hitler. Vielleicht die letzte Stadt in Europa, in der wir noch freie Luft atmen können, ohne dass Faschisten sie uns verpesten.«
Nathalie war keine, die vor solchen Attacken flüchtete. Sie war mit Kerlen, die in Kneipen einen über den Durst tranken, aufgewachsen, sie wusste, dass die wenigsten so heiß aßen, wie sie kochten, und dass sich mit ein bisschen Spott und kaltem Wasser das meiste wieder geraderücken ließ. Heute aber fühlte sie sich dem nicht gewachsen. Fréhels Lied hallte ihr noch durch den Kopf, und sie wich zurück. Als sie sich umdrehte, stand sie Alwin gegenüber, der aufgestanden war. »Lassen Sie die Dame in Ruhe«, sagte er auf Deutsch und legte schützend die Arme um Nathalie.

Er war so groß, fast wie Salah, in seinen Schultern steckte so viel Kraft. Sie konnte sich fallenlassen. Was die Männer sich an die Köpfe warfen, ging sie nichts mehr an. Irgendwann mischte der Korse sich ein und glättete die Wogen, so gut es ging.

»Wir sollten hier nicht bleiben«, sagte Alwin zu Nathalie.

»Doch«, sagte sie und schmiegte sich an ihn. »Ich will mit dir tanzen. *La Java bleue*. Die schönste aller Javas. Deswegen bin ich eigentlich zum Grammophon gegangen, ich habe nur die falsche Platte erwischt.«

Sie rief dem Korsen etwas zu. Der legte andere Musik auf, irgendein weich schmelzendes Walzerlied, und Nathalie begann mit Alwin zu tanzen. Ihre Füße bewegten sich wie von selbst, während Alwin ihr Gewicht in den Armen hielt. Die Emigranten und die übrigen Gäste schlurften unter Murren zurück an ihre Tische und widmeten sich wieder ihren Getränken.

»Ich kann eigentlich gar nicht tanzen«, murmelte Alwin.

»Ich auch nicht«, sagte Nathalie.

»Du? Aber du tanzt doch bei jedem Schritt, den du tust.«

»Bei mir ist es so wie bei Fréhel, die eigentlich gar nicht singen kann.«

»Wer ist Fréhel? Dein Onkel?«

Nathalie lachte. »Die Frau, die auf der Platte gesungen hat. Bei uns in Paris ein großer Star, ich habe sie früher gekannt.«

»Dieses Lied …«

»Ja«, sagte Nathalie, »ich weiß. Dieses Lied.«

Es hallte noch immer in ihrem Kopf. Sie hatte das Gefühl, sich in Alwins Armen zu verkriechen, und ob er tanzen konnte, war ihr egal.

Er wiegte sie. »Ich sollte gehen«, murmelte er. »Jemand wartet auf mich. Schon seit Stunden.«

»Eine Frau?« Doch nicht etwa Ricí?

Alwin schüttelte den Kopf. »Mein Freund, mit dem ich diese Reise mache. Er hatte in unserem Pavillon auf der Weltausstellung zu tun, und ich wollte die Zeit nutzen, um Rieke Thomas zu besuchen.«

Unter ihren Händen, die flach auf seinem Rücken lagen, spürte Nathalie, wie seine Muskeln sich verkrampften. Er musste fort, aber er wollte sie nicht loslassen. Ihr erging es nicht anders. Sie hätte ihn wegschicken müssen, aber ihre Finger hielten wie Saugnäpfe an ihm fest.

Dass er Ricís Bekannter aus Berlin war, hatte sie schon begriffen, als er vor ihrem Haus nach ihr gefragt hatte. Er war der einzige Mann, den Ricí geliebt hatte, und damit der einzige in ganz Paris, den Nathalie sich nicht nehmen durfte. Auch wenn sie gelernt hatte, auf jegliche Moral zu pfeifen, auch wenn sie Ricí nicht gebeten hatte, in ihr Leben zu schneien, und ihr nicht verpflichtet war. Auch wenn Ricí deutlich gemacht hatte, dass sie ihn nicht mehr wollte, weil es keine netten Nazis gab.

Etwas in ihr wusste, dass sie ihn trotzdem nicht haben durfte, dass er die Spielkarte war, die man zurückgeben musste, wenn sie einem versehentlich ausgeteilt worden war. Aber sie gab ihn nicht zurück.

Während Fréhels Lied weiter in ihr hallte und sie die festen Muskeln an seinem Rücken streichelte, fiel ihr ein, warum sie es nicht konnte: Er erinnerte sie an Didier. Seine Arglosigkeit. Seine ein wenig steife, linkische Höflichkeit, die nicht recht von dieser Welt schien. Sie hätte diesem Mann keine Bosheit zugetraut, nicht die kleinste Lüge, keinen gehässigen Gedanken. Wie bei Didier war sie sicher, sie brauchte nicht auf der Hut zu sein, denn es käme ihm niemals in den Sinn, ihr ein Leid zuzufügen.

Aber Didier war zart gewesen und hatte Schutz gebraucht. Dieser Mann hatte ein Kreuz wie Salah und hielt sie, als sei er zum Beschützer geboren. Sie wollte ihn bei sich haben, die paar Tage, die es dauerte, auskosten. Für Ricí war das nichts. Ricí war eine für die Ewigkeit, und er würde ja über kurz oder lang zurück nach Deutschland fahren. Dort konnte Ricí nicht mehr hin. »Nicht, wenn mir mein Leben lieb ist«, hatte sie gesagt. Sie tanzten weiter. Streichelten sich gegenseitig den Rücken. Seine Rechte wurde kühner, kroch unter ihr Haar und wagte sich zu ihrem Hals hinauf. Als sie zum Tisch zurückkehrten, ließ er sie dort liegen, strich immer wieder mit einem Finger die Halssehne hinauf und hinunter.

Nathalie schenkte ihnen Calvados nach und steckte neue Zigaretten an.

»Was wir hier machen, ist falsch.«

»Ich weiß. Das ist ja das Schöne daran.«

»Wenn dich dein Vater sehen würde …«

»Er sieht mich nicht. Und ich bin siebenundzwanzig.«

»Meine Schwester ist nicht viel jünger als du. Ich würde ihr so etwas nicht erlauben.«

Nathalie küsste ihn in den Mundwinkel. »Bestimmt ist sie heilfroh, dass sie ihren Wachsoldaten mal eine Weile los ist, deine Schwester, die so ähnlich wie Torte heißt.«

»Dörte.« Verwundert setzte er sich auf. »Woher weißt du denn das?«

»Von Ricí.«

»Und wer soll das sein? Erzähl mir nicht, noch ein Onkel von dir – bei deinen Onkeln komme ich nicht mehr mit.«

Nathalie verwünschte sich, weil ihr der Name herausgerutscht war, aber jetzt konnte sie nicht mehr zurück. »Ricí ist meine Großcousine«, sagte sie. »Diese Rieke Thomas, die du suchst.«

»Du kennst sie also?«

»Wenn sie meine Verwandte ist und bei mir wohnt, werde ich sie ja wohl kennen«, versetzte Nathalie. »Und was willst du von ihr? Falls du glaubst, du könntest eure Romanze wiederaufnehmen …« Sie brach ab. Was wollte sie ihm erzählen? Dass Ricí einen anderen hatte, dass sie verlobt, demnächst verheiratet war?

Sie biss sich auf die Lippen wie als Kind.
Nun rede schon, versuchte sie sich anzutreiben, seit wann hast du denn Skrupel? Sind über dich nicht ebensolche Lügen erzählt worden, und ist daran nicht dein ganzes Leben zerplatzt? Vielleicht konnte sie es deshalb nicht. Ihre Lippen blieben verschlossen und schmerzten.
»Um Gottes willen, nein«, murmelte Alwin. »Ich wollte sie gar nicht um meinetwillen sehen, sondern weil meine Schwester mich darum gebeten hat. Rieke war ihre Freundin, und Dörte … Dörte ist treu. Kein Mädchen, das seine Freunde vergisst und leicht neue findet.«
Nathalies Lippen öffneten sich. »Und was ist mit dir?«, fragte sie. »Bist du ein Junge, der leicht neue Freunde findet?«
Seine nicht ganz grauen Augen waren weit. Er schwieg, ohne zu rauchen, ehe er schließlich den Kopf schüttelte.
Sie strich ihm über die Wange, die glatt war wie Kinderhaut. »Du hast heute zwei gefunden. Paris und mich.«
Er schloss aufatmend und mit einem kleinen Seufzer die Augen, wie auch Didier es getan hatte, wenn er ihre Liebkosungen genoss. »Ich kann nicht glauben, dass du mich meinst«, hatte Didier geflüstert. »Du, die alle wollen – du willst von sämtlichen Jungen mich, an dem gar nichts Besonderes ist?«
Sie hatte gelacht und ihn geküsst, wie sie heute Alwin küsste, und die Zärtlichkeit, die sie damals durchströmt hatte, mischte sich mit der von heute. »Du bist Didier vom Château. Was könnte denn noch besonderer sein?«
Sobald sich in all den Jahren ein Gedanke an Didier geregt hatte, hatte sie ihn weggedrückt, hatte getrunken, geraucht, war hinaus auf die Straße gelaufen, um sich von Paris den Kopf verdrehen zu lassen, war gerannt, bis sie außer Atem und von dem Gedanken nichts mehr übrig war. Jetzt ließ sie ihn zu und hielt es aus, dass er sie schmerzte. Sie küsste Alwins Lider. Er war nicht Didier, er sah anders aus, kam ausgerechnet aus Deutsch-

land, und nette Nazis gab es nicht. Aber er lächelte mit der gleichen ungläubigen Seligkeit, wenn sie ihn küsste.
»Ich fühle mich schlecht«, sagte er. »Ich habe Dörte versprochen, Rieke zu besuchen. Es bedeutet ihr so viel, und sie ist …«
»Sie ist nicht gesund, nicht wahr?«
Er zuckte zusammen. »Hat Rieke dir das erzählt?«
Nathalie zuckte die Schultern. »Sie hat mal etwas in der Art erwähnt.«
»Gesund ist sie schon«, widersprach Alwin heftig. »Ein gesundes deutsches Mädel, höchstens ein wenig … empfindsam. Sie hatte es in der Kindheit nicht leicht, es waren schlimme Jahre für Deutschland, und jetzt vermisst sie ihren Verlobten. Er ist Offizier so wie ich und hat für sie nicht viel Zeit. Wenn die beiden erst einmal verheiratet sind, werden diese Probleme schon vergehen, nur diese Sache mit Rieke liegt ihr auf der Seele. Ich hatte fest versprochen, sie aufzusuchen und ihr etwas von Dörte zu geben.«
»Du kannst es mir geben«, schlug Nathalie vor. »Und natürlich kannst du sie auch besuchen, nur nicht heute – heute Abend arbeitet sie.« Das war eine kleine Lüge, die niemand ihr übelnehmen konnte. »Ich arrangiere etwas für dich. Du reist nicht morgen gleich wieder ab, nicht wahr, du hast für Paris und mich noch ein bisschen Zeit?«
»Nur bis übermorgen«, sagte er so unglücklich, als ginge die Welt unter. »Ich hatte ja erst gar nicht mitkommen wollen, habe mich nur Dörtes wegen überreden lassen, und nun …«
»Nun bist du gekommen«, tröstete Nathalie und küsste ihn. Bis übermorgen konnte viel geschehen, bis übermorgen, das war wie alle Zeit der Welt.
Dann schwang die Tür auf. »Na, da wird doch der Hund in der Pfanne verrückt!«, rief ein Mann auf Deutsch. »Wir sind diese gottverdammte Straße zehnmal hinauf und hinunter getrabt wie der Krähwinkler Landsturm und haben jeden Meter Rinnstein nach dir abgesucht.«

Die Stimme hielt inne, und Nathalie drehte sich um. Drei Männer waren ins Lokal gekommen, die wie Alwin Uniformen trugen. Der, der ganz vorn stand und gesprochen hatte, war hochgewachsen, strohblond und das, was man ein Bild von einem Mann nannte. Nathalie machte sich aus solchen Bildern wenig, weil darin kein Pinselstrich verrutschen konnte und nichts aus dem Rahmen fiel.

»Oh, là, là!« Das blonde Mannsbild spitzte die Lippen zu einem Pfiff. »Kerle, Kerle, sehen meine trüben Äuglein richtig? Hab ich's dir nicht gesagt, Sportsfreund? Wenn so eine Erbfeindin vom Leder zieht, hat lieb Vaterland Pause. Dafür lässt selbst der standhafte Zinnsoldat Alwin von Sterzing seine Freunde im Regen stehen.«

29

Die anderen erwarteten Nathalie wie zu einem Tribunal. Gleich hinter der Tür stand Idelle, die sie nie hatte leiden können und die daraus keinen Hehl machte. Die Bulldogge hielt sie an der kurzen Leine wie einen scharfen Wachhund, aber Choupinette war der Hund des sanften Elie. Sie ließ sich nicht aufhetzen, nicht manipulieren, sondern kläffte nur den an, der ihr nicht passte.

So wie Chérubin, dachte Nathalie und versprach dem Hund stumm einen Achtelmeter *Boudin noir*, nächsten Mittwoch, wenn Gilles frisch schlachtete.

Der, der sich hinter Idelle aufbaute, erschreckte sie mehr: Salah. Dass Idelle sie mit Verachtung strafte, war sie gewohnt, aber Salah war immer da gewesen, um sie in Schutz zu nehmen. Selbst wenn sie ihn schofelig behandelt hatte, wofür sie sich hinterher entschuldigte, hatte er sich auf ihre Seite gestellt.

Jetzt sah er sie an wie ein Fremder. War ihr je aufgefallen, wie dunkel sein Gesicht war und wie einschüchternd sein Körperbau? Wie hatte sie auf die Idee kommen können, Alwin wäre ungefähr so groß wie er?

Ihm gegenüber stand Ricí, dahinter Gaston, der sich wie schuldbewusst an die Wand drückte, und ein bebrillter Mann mit abstehenden Ohren, den Nathalie nicht kannte. Elie fehlte. Es war Freitag, da lud seine Nichte ihn, wann immer sie die Erlaubnis bekam, zum Sabbatessen ein. Und noch einer fehlte. Nathalies Herz begann wie mit einer Spitzhacke gegen ihre Rippen zu schlagen. Nirgendwo, an niemandes Hand, stand Benet.

»Hast du dir das überlegt?«, schoss Salah auf sie los. »Hast du daran, dass dein kleiner Sohn stundenlang auf eurem Bett hockt und auf dich wartet, einen einzigen Gedanken verschwendet? Ich hätte ihn mitgenommen wie jeden Morgen, ich hätte ihm unterwegs ein Frühstück gekauft, nichts Großartiges, aber etwas, das den Magen füllt. Ich hätte ihm auch sonst nicht viel bieten können, nur tagein, tagaus denselben Platz bei Sacré-Cœur und einen Haufen Touristen, die meinen Lederplunder kaufen. Aber ich hätte ihn nicht allein gelassen. Er hätte jemanden gehabt, mit dem er reden kann oder Hand in Hand still sein, wenn ihm danach ist! Aber du hast ja gesagt, er kann bei dir bleiben. Ein einziges Mal hat er sich gewünscht, einen Morgen mit seiner Mutter zu verbringen, und du hast gesagt, es ist dir recht!«

Niemand sprach ein Wort. Dass Salah Nathalie anschrie, hatte keiner von ihnen je erlebt. Ein Hügel, der zum Vulkan wurde. Als bräche der Montmartre aus und sprengte Sacré-Cœur in die Luft. Salah holte Atem, blähte den Brustkorb auf. »Weißt du, wie ein Junge von fünf Jahren sich fühlt, wenn seine Mutter ihm sagt, sie kommt gleich zurück und bringt ihm Kuchen mit? Weißt du, wie stocksteif er sich hält, wie er kaum zu atmen wagt, um ihren Schritt nicht zu verpassen, wie er beim kleinsten Geräusch aufspringt, um ihr entgegenzulaufen – vergeblich?«

Scham fühlte sich an, als hätte man ein ekelhaftes Tier verschluckt. Um das Tier aus der Kehle zu bekommen, schrie sie zurück: »Woher willst du denn das wissen? Du bist doch kein Junge von fünf Jahren!«

»Nein«, sagte Salah, ließ jetzt den Kopf und die angespannten Schultern hängen. »Ich bin keiner. Aber manches weiß man vielleicht, weil man ein Mensch ist, Nathalie.« Gleich darauf blickte er wieder auf. »Und wenn er die Einsamkeit nicht mehr ausgehalten hätte? Wenn er aus dem Fenster geklettert wäre, um dich zu suchen?«

»Nein!«, hörte Nathalie sich schreien. »Nein, nein, nein!« Wie war das möglich? Wie konnte man sein Kind so sehr lieben, dass man ohne es sterben wollte, und ihm dennoch eine derart miserable Mutter sein, als seine Mutter so gänzlich versagen? Sie hatte ihn doch behüten wollen, ihn gegen Gott und die Welt verteidigen, wie ihre Eltern sie hätten verteidigen sollen, von dem fernhalten, wofür ein Kinderkopf zu klein war. »Ich habe Gaston Bescheid gesagt«, krächzte sie. »Gaston wollte doch …«

»Gaston musste zur Arbeit«, schnitt ihr Salah das Wort ab. »Du hast ihm gesagt, du bist gleich zurück, also ist er gegangen.«

»Es tut mir entsetzlich leid«, rief Gaston. »Ich dachte wirklich, ich hätte verstanden, es ginge nur um ein paar Minuten. Sonst wäre ich bei dem Kleinen geblieben, das müsst ihr mir glauben. Das Museum wäre heute ohnehin bestens ohne mich ausgekommen, habe ich nicht recht, Professeur van Bontjes?«

Der bebrillte Professor mit den abstehenden Ohren sah aus wie ein Nussknacker. Er gab etwas zur Antwort, das vermutlich Französisch sein sollte, dessen Sinn sich Nathalie jedoch nicht erschloss. Ohnehin ertrug sie keine weitere Silbe über Museen, Mutterliebe und offene Fenster, sondern presste sich die Hände auf die Ohren und schrie: »Wo ist Benet? Wo ist mein Sohn?«

Sie hatte ihn nicht haben wollen. Als sie begreifen musste, dass er in ihr wuchs, hätte sie alles getan, um ihn ungeschehen zu machen. Und als er in der schwarzen ersten Nacht seines Lebens, im Wöchnerinnensaal des Hôpital Cochin, nackt und klebrig auf ihrem Bauch lag, wünschte sie sich einen einzigen Atemzug lang, sie hätte sie beide ungeschehen machen können, ihn und sich selbst. Mit Benet war alles anders geworden. Das Leben, das sie gekannt hatte, war ihr verschlossen, und das Leben, das sie sich erträumt hatte, würde sich ihr nie auftun. Mit Benet gab es nichts mehr, das leicht war, nichts, das man beim Erwachen beschließen und im nächsten Augenblick einfach tun konnte, es gab Nächte voller Sorge ums Geld und Tage, an denen vor Erschöpfung jeder Schritt zur Qual wurde.

Aber vor allem gab es Benet. Ein kleines Bübchen in kurzen Hosen, dessen Haar nach Milch und Drops und frühem Morgen roch.

Der Gedanke, etwas ungeschehen zu machen, wurde davor absurd. Um mit einem Mann glücklich zu sein, mussten unendlich viele Mosaikteile sich ineinanderfügen, die kurz darauf wieder auseinanderbrachen. Um mit einem Kind glücklich zu sein, brauchte man nicht einmal glücklich zu sein und war es doch. Selbst wenn man Erbrochenes vom Boden wischte, vor Kopfschmerzen rasend wurde und an Glück nicht dachte.

Sie wollte nichts ungeschehen machen.

Sie wollte Benet.

Als die Hände ihr herabfielen, hörte sie Ricí: »Es ist jetzt genug, Salah. Mehr als genug.«

»Darüber kann man geteilter Meinung sein«, bemerkte Idelle und zerrte den Hund zu sich, der sich hechelnd zu befreien suchte. »Recht hat er in jedem Fall.«

»Ach, hat er das?«, fuhr Ricí auf. Vielleicht war ihre ganze Welt verrückt geworden, überlegte Nathalie: Salah schrie sie an, und Ricí schrie Idelle an, und am Ende würde noch Gaston diesen komischen Bebrillten anschreien, oder Elie würde kommen und sie alle aus seiner Wohnung werfen. »Woher wollen wir denn das wissen?«, blaffte Ricí weiter. »Hast du ein kleines Kind, für das du bei Tag und Nacht die Verantwortung trägst? Habe ich eines? Oder du, Salah? Ja, wir alle helfen mit, wir sind schließlich nette Leute, aber wenn wir uns in unserem Zeitungskiosk vor der Welt verkriechen wollen oder uns über Nacht im Lesesaal der Universität einschließen lassen oder denselben Film dreimal hintereinander sehen, obwohl wir behaupten, uns aus Filmen nichts zu machen, brauchen wir niemanden zu fragen, ob wir das dürfen. Wir können einfach gehen. Wir sind frei.«

Scham, das Tier in Nathalies Kehle, breitete sich aus. Weshalb sprang von ihnen allen ausgerechnet Ricí für sie in die Bresche? Sie drehte sich nach ihr um. »Benet ist bei Henri«, sagte sie. »Der liegt mit dem Dreitagefieber im Bett, und Gilles hat Salah gefragt, ob er nicht Benet herüberschicken will, damit er ihm Gesellschaft leistet. Benet saß hier auf dem Bett, hat sich das Heulen verkniffen und steif und fest behauptet, du kämst gleich wieder und brächtest ihm mindestens einen *Croquembouche* mit.«

»*Merde à Dieu.*« Vor Erleichterung verspürte Nathalie eine Schwäche in den Knien. »Was will er denn mit dem Krachkuchen?«

»Er findet, so ein Ding sieht wie ein Kirchturm aus«, sagte Ricí. »Du lässt dir also besser etwas für ihn einfallen. Und für uns gleich mit, um uns für den Schrecken zu entschädigen, und damit ist die Sache erledigt, oder nicht, Salah?«

Schwerfällig drehte Salah sich zu Nathalie um. »Was Ricí gesagt hat, ist richtig«, sagte er. »Du bist eine gute Mutter für Benet, er ist ein glücklicher Junge, und dafür, dass einmal etwas mit dir durchgegangen ist, hätte ich dir nicht einen solchen Schock versetzen dürfen.«

»Quatsch.« Nathalie schüttelte den Kopf. »Ich habe Mist gebaut, und du hast Dampf abgelassen, was offenbar seit langem fällig war. Davon sterb ich nicht. Sind wir noch Freunde?«

Salah nickte und streckte kurz die Hand aus, weil er zu weit weg war, um nach ihrer zu greifen. Idelle ließ Choupinette los, die an Nathalie hochsprang. Nathalie hob sie auf die Arme und ließ sich das Gesicht lecken, eine Idee, auf die Chérubin nie gekommen wäre. »Ich bin eine Landplage, und ich lasse mir für euch einfallen, was ihr wollt«, sagte sie. »Von mir aus zwei *Croquembouches*, auch wenn die Vettel bei Bertrand mir aufs Dach steigen wird.«

»Bleib mir vom Leib mit dem Zeug«, sagte Ricí. »Kannst du stattdessen etwas zu trinken auftreiben, wenn du Benet abholst? Gaston hat einen Gast mitgebracht, und Professeur van Bontjes wird wohl kaum auf den Museumsempfang verzichtet haben, um bei uns auf dem Trockenen zu sitzen.«

»Oh, bitte keine Umstände meinetwegen!« Der Nussknacker lachte albern und hob die Hände, die ebenso wie die Ohren riesig waren. »Der Kollege Mercier hat mich reizenderweise eingeladen, mir sein Bildmaterial aus Marokko anzusehen, und ich bin immer froh, wenn man mich des Abends nicht allein sein lässt. Gepflegte Gesellschaft geht mir über jedes gepflegte Getränk.«

Sein Französisch, obwohl von gestelzter Korrektheit, erinnerte Nathalie an Alwins Gestammel und an Ricí. »Woher kommen denn auf einmal all diese Deutschen?«, entfuhr es ihr, ehe sie bemerkte, wie unhöflich sie war.

Der Besucher wandte sich ihr zu. Seine Augen verschwammen hinter den Brillengläsern, die sogar noch dicker waren als die von Ricí. Er war bestürzend hässlich, aber die komische Grimasse, die er zog, hatte etwas Entwaffnendes. »O nein, Madame, da sei Gott vor – ein Deutscher bin ich nicht und habe in absehbarer Zeit auch wahrlich nicht vor, zu einem zu werden. Zwar gehörte der von mir verehrte Meister Scheler diesem illustren Volk an, aber ich fürchte, selbst er wäre den Herren, die heuer das Land der Dichter und Denker regieren, nicht mehr genehm.«

»Falls es dir entgangen sein sollte – wir haben eine Weltausstellung in der Stadt«, sagte Rickí zu Nathalie, während der traurige Clown seine großen Hände wie Spinnweben spreizte. »Professeur van Bontjes ist auf Einladung des Musée de l'Homme zu einem Gastvortrag hier. Er ist philosophischer Anthropologe an der Universität Leiden.«

»*Merde à Dieu.*« Einmal mehr entfuhren Nathalie Worte, ehe sie sich Zeit zum Denken nehmen konnte.

»Dem habe ich leider nichts entgegenzusetzen«, erwiderte der Nussknacker. »Mein noch junges Fach gilt im Allgemeinen als nicht sonderlich unterhaltsam. Was in meinen Augen schade ist. Aber das Gleiche empfindet wohl auch der Mann der äthiopischen Mursi, der nicht begreifen kann, dass uns die Schönheit der Tellerlippen seiner Frau abgeht. Ich könnte vielleicht einen Witz erzählen. Meinen Sie, das wäre unterhaltsam?«

»Warum nicht?«, sagte Gaston. »Ein wenig Auflockerung könnten wir sicher gebrauchen, und Sie sind doch so begabt im Erzählen von Witzen, verehrter Kollege.«

»Oh, ich bedanke mich.« Der Nussknacker machte eine kleine Verneigung. »Also, probieren wir's: Hitler, Mussolini und Franco besuchen die Weltausstellung. Vor ihre Füße wird eine Bombe geworfen. Wer überlebt?«

»Das ist doch wohl nicht Ihr Ernst!«, rief Idelle. »Die erklärten Feinde der Internationalität wagen es, sich auf einer Ausstellung blicken zu lassen, die ausdrücklich dem Frieden der Völker gewidmet ist?«

»O nein, Madame, nicht doch!«, versicherte der Niederländer. »Sie sind nicht hier, keineswegs. Mussolini ist den Franzosen spinnefeind, seit sie seine Annexion Äthiopiens mit ihren Sanktionen abgestraft haben; Franco hat alle Hände voll mit politischen Morden zu tun; und Hitler war noch nie in Paris, obwohl er angeblich davon träumt. Es war nur ein Witz. Ein dummer, wie mir jetzt scheint.«

Die Übrigen tauschten ratlose Blicke. »Hitler, Franco, Mussolini«, murmelte Gaston. »Eine Bombe fällt – wer überlebt?«

»Europa«, gab der Niederländer selbst die Antwort.

Niemand lachte.

»Ein dummer Witz, ich sagte es ja«, entschuldigte sich der Niederländer. »Ich wünschte, ich hätte uns nicht damit die Laune verdorben.«

»Die war auch ohne Ihren Bombenwitz nicht eben bombig«, sprang Nathalie ein. »Und das ist meine Schuld, nicht Ihre. Ich hole jetzt meinen Jungen ab und bringe etwas zu trinken mit. Etwas Ordentliches. Das schulde ich allen.« Sie würde eben noch einmal bei dem Korsen betteln, ihm eine weitere Nacht als Serviererin versprechen müssen, notfalls sogar einen zweiten Auftritt als Geneviève. Das war nicht das Problem – sie hatte eines, das viel drängender war, und wenn sie daran dachte, regte sich von neuem das Tier in ihrer Kehle.

»Gute Idee«, bekundete Ricí trocken. »Beeil dich. Meine Zunge ist längst Sandpapier.«

»Eine Bitte hätte ich noch«, begann Nathalie. »Könnte einer von euch ein Schatz sein und heute Abend noch einmal Benet für mich hüten? Nur heute, wirklich. Ich habe dem Korsen versprechen müssen …«

Sie geriet ins Stocken und verstummte. Sie, die für gewöhnlich ohne Wimpernzucken flunkerte, brachte die Lüge nicht über die Lippen. Was sollte sie den anderen morgen erzählen? Und nächste Woche, wenn sie wirklich ihre Schulden bei dem Korsen abarbeiten musste? Sie wollte mit Alwin zusammen sein, hatte ihn mühsam überredet, sich mit ihr im *Café du Dôme* zu treffen, einem der Künstlerlokale in Montparnasse, wo es *Andouille* in Scheiben für Arme, *Foie gras* in Tiegeln für Reiche

und den Rausch der Pariser Nacht für alle gab. Heute Abend wollte sie ihm zeigen, warum von Paris selbst sein Hitler träumte, aber wie durfte sie die anderen dafür einspannen, nach dem, was gerade geschehen war?
»Nein«, sagte Salah. »Ich kann heute kein Schatz sein. Ich habe keine Zeit, ich hätte mich längst auf den Weg machen sollen.«
Wohin musste Salah sich auf den Weg machen? Nathalie sah ihn sich an, sein abgewandtes Profil, und die Fremdheit blieb.
»Gehst du wieder ins Kino?«, fragte Ricí, obwohl Salah nie ins Kino ging.
»Es ist die letzte Vorstellung«, antwortete Salah leise. »Der Film wird abgesetzt, ich will ihn noch einmal sehen.«
Idelle schüttelte nur den Kopf. Sie mochte Benet. An manchen Regentagen saßen die beiden stundenlang in ihrer vollgestopften Zeitungsbude und suchten aus sämtlichen Zeitschriften die Bilder von Kirchen heraus. Aber Idelle hätte sich eher den Finger abgebissen, als Nathalie aus der Klemme zu helfen. Vermutlich glaubte sie, die sittenlose Circe bringe Verderben über ihren geliebten Elie und die Übrigen, wie auch *grand-mère* Rose es geglaubt hatte.
»Ich würde ja gerne einspringen«, stammelte Gaston. »Aber wo doch Professeur van Bontjes sich eigens die Abendveranstaltungen entgehen lässt, weil ich versprochen habe, ihm einiges Material zu zeigen …«
»Oh, nur kein Aufhebens um mich«, rief der niederländische Professor beflissen, und in Nathalie flackerte Hoffnung auf. Gleich darauf erlosch sie wieder. Sie konnte unmöglich dem wildfremden Ausländer und Gaston, der endlich eine Stellung hatte, ihr Kind aufs Auge drücken. Und wenn sie sich hundertmal sagte, dass an ihrem Ruf als schlechter Mensch nichts mehr zu verderben war – manches ging zu weit.
»Unsinn, Gaston«, sagte Ricí. »Benet bleibt bei mir, das ist doch selbstverständlich. Ich habe ein *Cassoulet* zusammengerührt,

das sich mit ein bisschen guten Willen essen lässt, und wenn ich mich nachher über meine Anatomiebücher hänge, kann er mir ein paar Zeichnungen machen.«

Nathalie starrte sie an. »Das kann ich nicht annehmen«, stammelte sie.

»Natürlich kannst du«, erwiderte Rici gelassen. »Solange du uns was zu trinken bringst, ehe wir verdurstet sind.«

»Rici«, hob Nathalie an, dann hielt sie inne und setzte den Hund zu Boden. »Kannst du kurz mit mir vor die Tür kommen? Danach gehe ich gleich und bringe mindestens drei Flaschen mit.«

In dem kühlen, dunklen Treppenhaus sprach Rici, ehe Nathalie zu Wort kam. »Mach dir nicht in die Hosen«, sagte sie. »Sofern du überhaupt welche anhast, versteht sich. Ich weiß, dass du nicht zum Arbeiten ins *Provençal* gehst. Wir wissen es alle, es ist nicht das erste Mal, und bisher ist noch niemand davon gestorben.«

Hitze schoss Nathalie in die Wangen. »Es macht dir wirklich nichts aus?«, brachte sie lahm heraus.

Rici nahm die Brille ab, ohne den Blick von ihr zu wenden. »Was soll mir denn etwas ausmachen, Nathalie?«

»Dass ich … dass ich dich Benet hüten lasse, während ich mir mit einem Mann einen netten Abend mache.«

»Auch das ist nicht das erste Mal, oder? Und mich kratzt es nicht, auch wenn der arme Pierre Théroux mir leidtut. Ich bleibe sowieso zu Hause, beim Lernen stört mich Benet nicht, und nachher, wenn er schläft, setze ich mich vielleicht noch ein bisschen zu Gaston und seinem Gast. Dieser Völkerkundler aus Leiden hat neben Philosophie und Soziologie auch noch Medizin studiert. Er ist ein interessanter Mann – er forscht zu Berberstämmen, die im Frühmittelalter unter dem Druck der Islamisierung zum Judentum konvertiert sind.«

»Unglaublich, mit was für abstrusem Zeug Leute ihre Zeit verplempern«, bemerkte Nathalie und ließ sich mit dem Hintern auf den gebohnerten Boden plumpsen.

»Also, jetzt mal los, besorg uns endlich diese drei Flaschen. Umso schneller bist du dann da, wo du mit deinen Kinderbeinen sein willst.«
Nathalie, deren Rock hochgerutscht war, starrte auf ihre Waden. »Wieso sagst du, ich habe Kinderbeine? Findest du meine Beine zu dick?«
Ricí warf ihr einen verwirrten Blick zu, dann lachte sie auf. »Keine Bange, mir wird aus kundigem Mund versichert, du hättest die schönsten Beine von Paris. Ich habe Kinderbeine gesagt, weil du die ganze Zeit damit zappelst.«
Nathalie sah noch immer auf ihre Beine. Ihr fiel auf, wie schlampig sie sich heute Morgen, als sie nur zu Bertrand hatte gehen wollen, angezogen hatte. Jetzt hätte sie sich gern zurechtgemacht, wäre in ihre besten Nylons gestiegen, deren Naht die Waden schlanker machte, aber dafür war es zu spät. Sie stemmte sich hoch, kämmte sich mit zehn Fingern durch ihre Haarflut und fühlte sich jäh erschöpft.
»Er muss dir wichtig sein«, sagte Ricí.
»Wer?«
»Der Mann, um dessentwillen du dir auf einmal Sorgen um die Attraktivität deiner Beine machst.«
Nathalies Finger hielten im Haarekämmen inne. »Ricí.«
»Was gibt es denn noch?«
»Warte.«
Sie wusste nicht, welcher Teufel sie ritt. Wie kopflos rannte sie zurück in die Wohnung, ins Schlafzimmer, und zog unter dem Bett eine Kiste hervor. Nach einigem Kramen fand sie, was sie aus unerfindlichen Gründen gesucht hatte. Ein rotes Kopftuch. Ein bisschen zerknittert, aber das war das Schöne an Seide: Die Farbe leuchtete wie neu. Mit einem Tritt beförderte sie die Kiste zurück unters Bett, knotete sich das Tuch um und stürmte wieder hinaus.
Auf dem Treppenabsatz wartete Ricí. »Die Farbe steht dir« war alles, was sie sagte.

»Ricí, ich muss dir was erzählen.«
»Wenn du musst, dann musst du.«
Sie war Nathalie, die nicht auf den Mund gefallen war. Wie konnte die Suche nach Worten so schwer sein? Jeder Satz, den sie zu bilden versuchte, geriet zur Abstrusität: Der Mann, mit dem ich mich treffe – ich bin nicht in ihn verliebt, ich finde nur, er ist so nett wie der netteste Mann, den ich kannte. Du bist auch nicht mehr in ihn verliebt, denn nette Nazis gibt es ja nicht. Trotzdem weiß ich, ich sollte mich nicht mit ihm treffen, obwohl ich nicht weiß, warum ich das weiß, und das alles ist viel zu albern, um es auszusprechen, es sei denn für den niederländischen Clown, der Abstrusitäten erforscht und dabei sinnlose Witze erzählt.
Als ihr Hirn sich anfühlte, als hätte sie einen Knoten hineingemacht, gab sie die Worte auf, griff sich in den Ausschnitt der Bluse und zog den gefalteten Bogen Papier heraus, den sie vorhin, mit Instinkt für die Wirkung, dorthin geschoben hatte.
Und was ist, wenn Ricí ihr Angebot zurückzieht?, blitzte es ihr durch den Kopf. Wenn sie mich nicht gehen lässt, sondern den Rotkohlkopf, von dem ich gerade erst entdeckt habe, wie süß er ist, selbst treffen will?
Es half nichts. Sie hielt Ricí das Blatt hin. Die nahm es, ohne es anzusehen. »Von Dörte?«
Nathalie fuhr zusammen.
»Ich habe euch die Caulaincourt heraufkommen sehen«, sagte Ricí. »Dich und Alwin. Frag mich nicht, warum ich an deinem Fenster gestanden und hinausgeglotzt habe. Das war ja gar nicht mein Recht.«
»Doch«, murmelte Nathalie. »Hör mal, Ricí, es ist nicht so, wie du denkst …«
»Ich denke gar nichts«, sagte Ricí. »Oder doch. Aber das ist nicht wichtig.« Sie faltete das Blatt auf und enthüllte eine Buntstiftzeichnung, ein bisschen verwischt, als hätte der Zeich-

ner nicht gewagt, mit dem Stift kräftig aufzudrücken. Auf der einen Hälfte erkannte Nathalie eine Skizze des Eiffelturms, des Arc de Triomphe und sogar eine von Sacré-Cœur, umgeben von ein paar Häusern, alles in Farben, die nicht recht leuchten wollten, aber gemeint war ohne Zweifel Paris. Auf der anderen Hälfte des Blatts war ebenfalls eine Stadt zu sehen, noch bleicher und ohne ein Gebäude, das herausragte. Lediglich in der Mitte war eine Art *Bistrot* mit Stühlen und Tischen größer und mit mehr Sorgfalt ausgestaltet. Auf dem Dach hockte eine Taube, bei der überhaupt keine Farben, sondern nur Bleistift verwendet worden war.

Der Blick der grauen Taube war über beide Städte hinweg auf die Spitze des Eiffelturms gerichtet. Dort saß eine zweite Taube, die den Kopf abwandte. In Form und Größe glich sie der ersten, doch ihr Gefieder war leuchtend bunt.

»Ach Gott, meine Dörte«, murmelte Ricí leise und auf Deutsch. »Du zeichnest ja wieder wie ein Kind, du hast all deinen Biss verloren. Ist es bei dir wie bei *Riquet mit dem Schopf*, färbt all das Dumpfe, Erdrückende auf dich ab?« Endlich setzte sie sich. Glitt an der Wand bis auf den Boden und streichelte dabei das Bild.

»Woher kennst du die?«, fragte Nathalie.

»Was?«

»Diese idiotische Geschichte von dem hässlichen Kerl mit dem Schopf.«

Erstaunt blickte Ricí zu ihr auf. Ihr Gesicht schien feucht. »Alwin fand sie auch idiotisch«, sagte sie.

»Wenn du nicht willst, geh ich nicht zu ihm«, bot Nathalie an. Ob sie es so meinte, wusste sie nicht. Nur dass sie es sagen musste.

»Doch«, sagte Ricí, »ist schon gut. Ich war ja kein Gegner für Robert von Salchow und seine Nazi-Kumpane. Du dagegen könntest es mit ihnen aufnehmen. Auch ohne Nahtstrümpfe. Tust du mir einen Gefallen, altes Biest?«

Nathalie nickte.
»Sag ihm, er muss Dörte herschicken. Ihr eine Fahrkarte lösen und sie in ein Zugabteil setzen, und am Gare du Nord hole ich sie ab. Sie kann nicht in Deutschland bleiben.«
»Warum nicht? Sie wohnt doch da. Soweit ich weiß, wohnen Millionen von Leute da und scheinen so unzufrieden nicht zu sein.«
»Frag mich nicht«, sagte Rici. »Es gibt sehr viele Gerüchte, es gibt Zeitungen von Emigranten und Quellen, die man besser nicht nennt. Glaub nicht, ich wüsste nicht, dass die Gestapo auch hier agiert, dass man zusammengeschlagen oder bei Nacht über die Grenze zurückgeschleppt werden kann, wenn man nicht vorsichtig ist. Dennoch gibt es derzeit in Europa vermutlich keine andere Stadt, in der wir so frei und sicher leben können wie hier. Zumindest solange der *Front populaire* standhält und wir unsere eigenen faschistischen Würmer nicht wieder aus den Löchern kriechen lassen. Deshalb will ich, dass Dörte herkommt. Dass sie sich hier in Sicherheit bringt.«
»Rici«, unterbrach Nathalie, »das mit deiner baskischen Stadt, die Nazis zerschossen haben, ist schlimm. Aber meinst du nicht, dass du es mit deiner Angst allmählich übertreibst? Diese Dörte ist ganz gesund, sagt ihr Bruder. Ein bisschen überempfindlich, aber das sind solche Püppchen, die von großen Brüdern verhätschelt werden, doch immer. Jedenfalls malt sie dir niedliche Bildchen mit Vöglein, und demnächst heiratet sie einen Kerl, der besser aussieht als alles, was der arme Péricard für seinen Film bekommen kann. Allzu schlecht kann es ihr bei deinen Nazis also nicht gehen.«
»Dörte heiratet Robert von Salchow?«, fragte Rici. »Und dessen bist du dir sicher? Salchow ist ein Strippenzieher, der es nicht erträgt, wenn jemand nicht nach seiner Pfeife tanzt. Aber als seine Frau wäre Dörte wenigstens geschützt, und wenn er sie heiratet, muss er ja irgendetwas an sich haben, das nicht durch und durch schweinisch ist. «

»Na siehst du. Dem Himmel sei Dank für eine Frau, die zugibt, dass sie sich irren könnte.«

»Du klingst wie ein Mann.«

Nathalie war selbst erschrocken. Hastig beugte sie sich herab und gab Ricí einen Kuss auf den Kopf. »Ich geh jetzt Benet abholen, ja, *mon ange*?«

»Du brauchst nicht dein schlechtes Gewissen wegzuschmeicheln, *ma garçe*. Solange du dich überzeugst, dass mit Dörtes Heirat wirklich alles gutgeht, und mir versprichst, dass du sie andernfalls herschleifst, könnt ihr zwei turteln, bis der siebte Himmel wackelt. Mich kratzt es nicht.«

»Wirklich nicht?«

»Nein.«

Nathalie gab ihr noch einen Kuss und sprang die Stufen hinunter. Auf halber Treppe rief Ricí ihr nach: »Eines noch!«

»Ja, was denn?«

»Hilf ihm«, sagte Ricí. »Spiel mit ihm nicht dein Spiel. Wenn du Ernst machst, färben vielleicht deine enorme Lebenslust, deine Eigenliebe und dein Freiheitsdrang auf ihn ab wie bei *Riquet mit dem Schopf*, und du holst ihn von diesem Wahnsinn weg.«

Alwin

Juli 1937

30

Der Sommer des Jahres 1937 war der erste in Alwins Leben, der einen Namen hatte.
Zwei Namen.
Paris und Nathalie.
Alwin hatte sich vorgenommen, sich für sich selbst nichts mehr zu wünschen. Solange Dörte nichts Schlimmes geschah, solange er seine Stellung halten konnte, die Augen verschließen und ohne Fragen Befehle befolgen, solange er ab und an Zeit fand, auf Ilsebill durch lichte brandenburgische Wälder zu reiten, wollte er zufrieden sein. Nichts herausfordern. Daran glauben, dass das Schicksal sich nicht noch einmal gegen ihn kehren würde, wenn er nur bescheiden blieb. Wer nichts wollte, dem konnte nichts verwehrt werden. Aber so einfach war es nicht.
Er blieb nicht bescheiden. Er wollte diesen Sommer. Und er erlebte einen Mann, als den er sich nicht kannte: einen, der sich nicht wie ein kleiner Junge die Tränen verkniff und davonschlich, wenn ihm erklärt wurde, dass das, was er wollte, nicht für ihn bestimmt war. Sondern der mit aller Kraft daran festhielt. Der dafür kämpfte. Koste es, was es wolle. Er wollte diesen Sommer. Paris und Nathalie.
Sie trug ein rotes Kopftuch, das er anfangs zu frivol und auffällig gefunden hatte, das er aber bald zu lieben lernte, weil er sie daran von weit her in jeder Menschenmenge erkannte. Ehe er sie in die Arme schließen durfte, bestand sie darauf, dass er es ihr abstreifte, und es wurde zu ihrem Ritual. So verheißungsvoll,

dass er Erregung verspürte, sobald er das Rot des Kopftuchs entdeckte.

Wie sie in der ersten Nacht, nach dem *Café du Dôme*, in seinem Hotelbett gelandet waren, wusste er nicht mehr. Sie hatten an einem Tisch voller halbbetrunkener Künstler gesessen, die Nathalie durch einen Onkel beim Film kannte, der Raum war erfüllt von Rauch und Lärm, viel wilder als in Dörtes *Kolkraben*, der längst geschlossen worden war. Einer der Männer, ein eleganter Dunkelhaariger, der Romanin genannt wurde, zeichnete Karikaturen irgendwelcher Politiker auf Papierservietten, worüber die Übrigen in brüllendes Gelächter ausbrachen. Alwin verstand kaum ein Wort, bekam aber mit, dass Nathalie jenen Romanin bedrängte, ihnen eine der Zeichnungen zu schenken. Lächelnd und flirtend verlangte dieser eine Gegengabe, und Nathalie sprang auf den Tisch und gab eine Art Sprechgesang zum Besten, von dem Alwin nicht mehr als ein paar Brocken über Attila, dessen Heer vor Paris zum Stillstand kam, verstand. Das eben noch tosende Lokal war still wie ein Mann, und als Nathalie sich mit einem Lachen verneigte, brach donnernder Applaus los.

An dem Gesang lag es nicht. Es lag an nichts, das sich beschreiben und erklären ließ. Nur an Nathalie.

Romanin beugte sich über eine weitere Serviette und zeichnete in schnellen Strichen. Als er fertig war, übergab er das Bild, das die tanzende, ihren Rock aufwirbelnde Nathalie zeigte, an Alwin und sagte in steifem Englisch: »Geneviève sagt, Sie haben eine Schwester, die zeichnet. Dies ist für sie bestimmt. Vielleicht dürfen wir sie ja auch einmal im *Café du Dôme* willkommen heißen?«

»Wer ist Geneviève?«

Der andere lächelte. »Nathalie. Wie Sie gehört haben, spielt sie manches Mal die Geneviève für uns – wenn eine es schafft, einen Attila von Paris fortzubeten, dann sie. Wir haben hier Spaß daran, uns neu zu erfinden und uns prächtige Fantasienamen zuzulegen. So wie man mich Romanin nennt.« Er signierte das Bild mit diesem Namen. »Getauft bin ich auf den schlichten Namen Jean, und nun überlege ich, wie wir wohl Sie nennen könnten.«

Kluge Haselnussaugen musterten ihn. »Was hielten Sie von Romeo? Sie haben so etwas Leidenschaftliches, Sie haben die Julia Capulet erobert, bei der wir anderen abgeblitzt sind, und es wäre doch nett, zwei Namen zu haben, die zum Verwechseln ähnlich klingen. Wir könnten damit spielen.«

Alwin, der im Englischen nur wenig versierter war als im Französischen, suchte nach einer Antwort. Mit Spottnamen war er reichlich belegt worden, aber nie mit einem, der schmeichelte – statt als trübe Tasse belächelt zu werden, wurde er als Nathalies Eroberer bewundert, und dafür, dass dieser Mann es nett fand, mit ihm einen ähnlichen Namen zu teilen, hätte er sich gern bedankt. Verlegen begann er zu stottern, schien auf einmal kein englisches Wort mehr zu kennen. Da aber ließ sich Nathalie vom Tisch herab geradewegs auf seinen Schoß gleiten, legte ihm die Arme um den Hals und küsste ihn auf den Mund.

Applaus wallte auf.

»Und, *mon chou rouge*? Gefällt es dir?«

»Ja«, hatte er ehrlich geantwortet. Er fand den Mann Jean-Romanin angenehm, sein Geschenk für Dörte rührte ihn, und der weinselige Zirkus, vor dem er in Berlin geflohen wäre, machte ihm nichts aus, solange Nathalie in seinen Armen lag. Ein Mädchen, das einem Mann in der Öffentlichkeit derart schamlos seine Zuneigung zeigte, hätte er in Berlin mit einem wenig schmeichelhaften Begriff bezeichnet, doch für Nathalie galten andere Regeln. Sie teilten noch ein Glas mit den anderen, ein bisschen Gelächter und Geturtel, dann standen sie, ohne sich abzusprechen, auf und nahmen ein Taxi in Alwins Hotel.

Es wurde die schönste Nacht seines Lebens, die erste, in der er bis in sein Innerstes, das zu wund war, um es zu berühren, gespürt hatte: Ich bin nicht allein. Weder in der Nacht mit Franz auf Burg Rothenfels noch in den Nächten mit Robert und den Kameraden, und schon gar nicht in den wenigen, in denen er sich unbeholfen am Verkehr mit einer Frau versucht hatte, war ihm etwas Vergleichbares geschehen. Nathalie hatte ihn in die Arme geschlossen, und unter allem Begehren war in ihm eine Erinnerung erwacht, die zu schön war, um sie je wieder loszulassen. Das Gefühl, geborgen zu sein. Zu Hause. Geliebt.
Nathalie hielt ihn. In ihren Armen brauchte er für niemanden da zu sein, sich um niemanden zu sorgen und auf niemanden Rücksicht zu nehmen. Nur auf sich. Er war so sehr er selbst, dass er sich nicht wiedererkannte, und sie hielt ihn noch immer fest. Wenn er ihr zu sagen versuchte, dass er nicht glauben konnte, was sie ihm schenkte, lachte sie und küsste ihn. Irgendwann sagte er nichts mehr, sondern glaubte es. Sie wollte ihn, wie er sie wollte. In ihren Armen entdeckte er einen neuen Alwin. Den, der er hätte sein sollen. Kein heimatloses Kind. Kein verspotteter Schuljunge. Kein kleiner Vati. Ein Mann.
Er war süchtig nach ihr. Außerdem war er süchtig danach, so viel wie möglich von Paris zu sehen, und um seine Sehnsucht zu stillen, rannte Nathalie mit ihm kreuz und quer durch die Stadt. Sie stiegen auf die Glockentürme von Notre-Dame und sahen hinunter auf das glitzernde Band der Seine, das Paris in zwei Hälften teilte. Sie erklommen die steile Wendeltreppe zur Aussichtsplattform des Arc de Triomphe und blickten auf den Strudel des Kreisverkehrs und die majestätische Breite der Champs-Élysées. Sie kletterten des Abends bis in den zweiten Stock von Gustave Eiffels Stahlgiganten und sahen die Sonne in Feuertönen über der Weite der Stadt zerfließen. Sie fuhren im Fahrstuhl bis unter die Glaskuppel im obersten Stock des Kaufhauses *Galeries Lafayette* und liefen Hand in Hand im-

mer wieder auf den Montmartre, auf die Plattform vor Sacré-Cœur.
Zu ihren Füßen lag die Stadt. Dehnte und streckte sich in der Sonne wie Nathalie, wenn sie sich beim Erwachen rekelte. Alwin hatte nie zuvor gesehen, wie eine Frau erwachte. Er fand es überwältigend, und das sagte er ihr. »Du bist wie Paris. Ihr habt beide dieses Unbekümmerte – weil euch selbst frühmorgens, im Halbschlaf, schon bewusst ist, dass ihr unglaublich schön seid.«
»Wie süß du bist«, sinnierte sie und strich mit dem Finger über seine Lippen.
»Männer sind nicht süß, Nathalie.«
»Dann muss der Mann nicht so etwas Süßes zu mir sagen.« Sie lachte. »Ich glaube, bei dir stimmt das mit dem Land der Dichter und Denker – komisch, ich dachte immer, Deutsche sind Leute, die Kohl essen, dicke Beine haben und die ganze Welt kaputt schlagen wollen, weshalb man sie in die Knie zwingen muss.«
»Hör damit auf. Ich kann niemandem erlauben, dass er so über mein Land spricht – nicht einmal dir.«
»Alle Welt spricht doch so«, rief sie erstaunt. »Wenn man etwas nicht kennt, plappert man eben nach, was man vom Postboten, beim Schlachter und am Kneipentresen hört. Aber jetzt kenne ich ja dich, *mon chou rouge*, und weiß, dass die Deutschen in Wirklichkeit bezaubernde Rotkohlköpfe sind und den ganzen Tag Süßholz raspeln.«
»Wie kannst du denn sagen, du hast vor mir keine Deutschen gekannt? Deine eigene Mutter war eine.«
Abrupt hielten ihre Hände, die seine Brust gestreichelt hatten, inne, und sie drehte sich von ihm weg. »Ich hab meine Mutter nicht gekannt.«
»Wie alt warst du, als sie gestorben ist?«
»Acht.«

»So wie ich, als mein Vater starb. Aber dann musst du sie doch gekannt haben.«
Nathalie starrte an die in Fliedertönen tapezierte Wand. »Sie hat nie Französisch mit mir gesprochen. Und ich wollte nie Deutsch sprechen. Deutsch war die Sprache der Feinde, die den Krieg gemacht hatten, die daran schuld waren, dass Onkel Stéphane ums Leben kam, dass in allen Häusern die Männer starben. Ich wollte nicht daran schuld sein, aber meine Großmutter hat gesagt: meine Mutter und ich, wir sind's. Weil wir Deutsche sind, dicke Beine haben und sprechen wie die Hunnen. Meine Mutter hat mich nie in Schutz genommen. *Ich* würde mein Kind in Schutz nehmen. Wenn jemand meinem Kind erzählt, du kleines Ding kannst zwar nicht über den Tisch gucken, aber du bist daran schuld, dass die halbe Welt in Flammen steht, würde ich aufstehen und zu der Person sagen: Ist dir das Hirn verkocht, dass du meinem Kind so einen Mist erzählst?«
Alwin lachte nicht. Er dachte an seine Mutter, die ihn auch nicht in Schutz genommen hatte, sondern sich in seine jungen Arme geflüchtet hatte: *Du musst jetzt unser kleiner Vati sein.*
»Ich hab ihr nie Antwort gegeben, wenn sie Deutsch geredet hat, und irgendwann hat sie dann gar nichts mehr zu mir gesagt. Sie hat überhaupt nie viel gesagt. Sich nie gewehrt. Ich wusste nur, ich wollte nicht so werden wie sie. Heute denke ich manchmal: Vielleicht bin ich ja doch so geworden wie sie, denn ich weiß ja gar nicht, wie sie war!
Ricí hat mir erzählt, sie hat immer Gänseleberpastete an ihre Cousine, Ricís Mutter, in Berlin geschickt, auch im Krieg, sie hat dafür die unglaublichsten Mühen auf sich genommen. Mir war vor Eifersucht ganz übel, als ich das gehört habe. Ich dachte: Ricí, die meine Mutter nie gesehen hat, weiß von ihrem Leben mehr als ich.«
»Siehst du ihr ähnlich?«

Nathalie zuckte die Schultern. »Mein Vater hat gesagt, ich sehe niemandem ähnlich. Für ihn war ich Nathalie die Unvergleichliche.«

Es war das erste Mal, dass sie statt einer Unmenge Onkel ihre Eltern erwähnte, und aus der Vergangenheitsform schloss Alwin, dass auch ihr Vater nicht mehr lebte. Er wagte nicht, danach zu fragen.

»Wie meine Mutter ausgesehen hat, weiß ich nicht mehr«, erzählte Nathalie weiter. »Ich fürchte, ich hab sie nicht oft angesehen.«

Und wie ist das bei mir?, fragte er sich. Er dachte an Vati zu Pferd in Schorfheide, an Vati in der Bibliothek von Möhlitz und an Vati in der Uniform des Kaisers im Hof. Er sah eine Männergestalt, die sich zwischen Schemen bewegte, aber kein Gesicht. Die Fotografie auf dem Nachttisch seiner Mutter sah er vor sich, halb vom Trauerflor bedeckt, die blutverschmierten Züge des Polizisten aus dem Wedding und den Grabstein auf dem Kirchhof von Sankt Annen. An die Stimme, die ihn »Kamerad« genannt hatte, erinnerte er sich nicht mehr, nur noch an die der Mutter: »Wo der Vati nun nicht mehr da ist, musst doch du unser kleiner Vati sein.«

»Ich habe meinen Vater auch nicht gekannt«, brach es aus ihm heraus, und der Verlust erschien ihm nicht zu ertragen. Dass er weinte, bemerkte er erst, als Nathalies Hand die Nässe auf seiner Wange verstrich.

»Ich bin sonst nicht so«, beteuerte er, gegen das Schluchzen ankämpfend. »Ich spreche mit niemandem darüber. Nie.«

»Ich auch nicht«, sagte sie, und ihre kecke Stimme klang verloren. »Ich weiß nicht einmal, was ich darüber sprechen soll. Schon damals hab ich das nicht gewusst. Als sie gestorben ist.«

Sie war das schönste Mädchen aus der schönsten Stadt, sie war selbstsicher, weltgewandt, und wenn er mit ihr durch die Straßen ging, folgten ihnen neiderfüllte Blicke.

Sogar Robert hatte ihm auf die Schulter geklopft und gefragt: »Sag mal, Sportsfreund, weißt du eigentlich, was für ein Glückspilz du bist?«

Ja, Alwin wusste es, und sooft er Nathalie nach ein paar Stunden Trennung wiedersah, konnte er nicht fassen, dass sie wirklich die Seine war. In Momenten wie diesem aber, wenn aus der forschen Pariserin auf einmal ein verstörtes, hilfloses Mädchen wurde, gehörte sie ganz ihm. Er liebte diese Momente. Sie währten nie lange, aber jeder von ihnen grub sich tief in sein Herz.

Gleich darauf fasste sie sich und sprang aus dem Bett. Draußen vor dem Fenster ging die Sonne auf, sandte ein Strahlenbündel durch den roten Vorhang und ließ beides schimmern: die Haut auf ihrem wie in Gold gegossenen Körper, der vollkommen war, und das Haar, das ihr in unzähligen Wellen bis auf die Brüste fiel. Alwin verstand nichts von Kunst, aber bei ihrem Anblick begriff er, warum Männer Bildnisse von Frauen erschaffen und für die Ewigkeit bewahren wollten. »Weißt du, was wir machen, um dieses dumme Gerede von Toten zu verscheuchen?«, rief sie. »Du hast gesagt, ich sehe beim Aufwachen aus wie Paris, aber weißt du denn, ob das stimmt? Morgen sehen wir uns Paris an, wenn es aufwacht!«

Wenn sie sich etwas in den Kopf gesetzt hatte, brachte nichts und niemand sie davon ab. Von dem Empfangschef in Alwins Hotel verlangte sie, eine Stunde vor Sonnenaufgang geweckt zu werden, und in der Küche tat sie ihre Wünsche für einen Picknickkorb kund. Alwin war es nicht gewohnt, in Hotels zu schlafen und von vorn bis hinten bedient zu werden, er hatte nicht gewagt, solche Forderungen vorzubringen. Das *Peletier*, in einer Querstraße des Boulevard Beaumarchais mit Blick auf den Place de la Bastille und die Julisäule gelegen, erschien ihm von verschwenderischem Luxus, aber Nathalie beharrte, es sei nichts Besonderes. »Wenn du das *Martinez* in Cannes sehen würdest – das Bad der billigsten Suite passt knapp in dein

Schlafzimmer, und es ist ganz in Gold und schwarzem Marmor gehalten. Und das *Carlton* hat Kuppeln, die den Brüsten der schönen Otéro nachempfunden sind.«

»Woher weißt du denn das?«, fragte Alwin.

Sie hatte in Luxushotels nichts zu suchen, schon gar nicht in solchen mit Kuppelbrüsten, sondern stammte aus kleinen Verhältnissen. Für den Erben von Möhlitz wäre sie keine Frau gewesen, aber er war nicht mehr der Erbe von Möhlitz, und für ihn war sie die einzige Frau. Halb erschrocken fragte er sich: Und wenn ich Möhlitz wiederbekäme, worauf immerhin Hoffnung besteht, wie Robert behauptet? Dürfte die Herrin von Möhlitz dann eine Französin sein, die im Hurenviertel vom Montmartre lebte? Die Antwort kam ohne Zögern: Sie war die Einzige. Unvermittelt sah er sie am Kopf der Treppe von Möhlitz vor sich, in einem blauen Kleid, dessen Schleppe ein paar Stufen weit hinunterfiel. Ihr Haar zu einer Krone aufgetürmt, wie seine Mutter sie getragen hatte, würde sie alle Blicke bannen, und ihr Charme würde die Herzen der verschlossenen Brandenburger im Sturm erobern. Mit ihrer Wärme, ihrer Lebensfreude würde sie Möhlitz zu einem Heim machen, nach dem ein Mann sich zu jeder Stunde des Tages sehnte.

Ariane von Salchow verblasste neben ihr. Er konnte sich Ariane nicht mit einem Kind vorstellen – Nathalie wohl. Er hatte sie bereits mit einem Kind erlebt, mit ihrem kleinen Cousin, den sie für ihren Onkel hütete. Die beiden hatten sich an der Hand gehalten, hatten verschwörerische Blicke und Geheimworte getauscht, waren miteinander herumgetollt, zusammen mit dem kuriosen Hund ihres Onkels, und hatten dabei vor Vergnügen gejohlt. Die Zärtlichkeit und der Schutz, mit dem Nathalie den Jungen umgab, ohne seinen Entdeckerdrang einzuschränken, erfüllten Alwin mit Sehnsucht. Er war kein umsorgter Junge gewesen. Aber er könnte eines Tages der Vater eines solchen Jungen sein.

Es war das erste Mal, dass er daran dachte, ein Kind zu haben. Ein Kind, dessen Mutter Nathalie war und das sie in ihre stürmische Liebe hüllte wie ihren kleinen Cousin.
Das alles aber änderte nichts daran, dass es für ihr Wissen über Luxushotels in Cannes keine Erklärung gab. In solchen Palästen an Sonnenstränden mieteten sich Europas obere Zehntausend ein, und es widerstrebte Alwin, darüber nachzudenken, wie eine junge mittellose Frau zu solch einer Reise kam.
»Mein Onkel«, beteuerte Nathalie mit ihren schönen, großen Augen. »Er ist Oberkellner im *Martinez*. Da bekommt man so einiges mit.«
»Welcher Onkel von dir ist denn das jetzt schon wieder?«
»Mein Onkel Pâcome«, antwortete sie. »Ein komischer Kauz. Du würdest es nicht glauben – er hat diese Stellung in diesem weltberühmten Hotel, muss in Abendgarderobe erscheinen, aber zur Arbeit fährt er bei Wind und Wetter mit dem Rad.«
Erleichtert atmete Alwin auf, und er schämte sich für sein Misstrauen. Sie quoll über von solchen Geschichten über ihre Familie, die sich unmöglich ein Mensch aus den Fingern saugen konnte, und es war wohl seine eigene Unsicherheit, die ihn an ihr zweifeln ließ. Er musste das ablegen. Weder von Rieke noch von Ariane hatte er sich geliebt gefühlt wie von ihr.
»Woran denkst du denn, *chouchou*?«
»An dich.«
Sie kam zu ihm, umarmte ihn, ließ sich mit ihm aufs Bett fallen. »Legen wir uns schlafen, mein kleiner Dichter und Denker? Wenn wir Paris beim Aufwachen zusehen wollen, müssen wir früh aus dem Bett, und ich möchte jetzt gern in deinen Armen sein. Ich rufe nur rasch meinen Onkel an und sage ihm, dass ich nicht nach Hause komme.«
Sie rief den Onkel ständig an. Alwins Gewissen drängte ihn, sich ihrer Familie vorzustellen, die Leute wissen zu lassen, dass er keine unlauteren Absichten hegte, dass es ihm ernst war mit

Nathalie, auch wenn er einem anderen Stand angehörte und noch dazu aus einem anderen Land stammte.

Aus Deutschland. Dem Erbfeind.

Während er Nathalie zusah, die ihm eine Kusshand zuwarf und aus dem Zimmer schlüpfte, beschloss er einmal mehr, ihrer Familie klarzumachen, dass das keine Rolle spielte. Nicht für ihn. Nicht mehr. Der Krieg, die Feindschaft, all das, was ihre Leben zerrissen hatte, noch ehe sie richtig begonnen hatten, musste ein Ende haben, durfte sie nicht bis in alle Ewigkeit belasten. Er liebte Paris, er liebte Nathalie, er liebte jeden Augenblick dieses Sommers, auch wenn das alles verrückt war und kein vernünftiger Mann einem Mädchen einen Antrag machte, das er gerade einmal ein paar Wochen kannte. Es war ihm egal. Er war sein Leben lang vernünftig gewesen und niemals glücklich. Er hatte das Recht, mit Nathalie glücklich zu sein.

Dass er die Vernunft in den Wind schreiben und dieses eine Mal frei sein wollte, zu tun, was ihm gefiel, hatte er nach der ersten Nacht mit ihr gewusst. An jenem Morgen hätte er seinen schmerzlich erkämpften Offiziersrang aufgegeben, nur um bei Nathalie zu bleiben. Im ersten Augenblick war ihm der Gedanke sogar wie eine Erlösung erschienen. Glücklicherweise war er jedoch nicht auf sich gestellt gewesen, sondern hatte seinen Freund an seiner Seite gehabt: Robert war für ihn da, mahnte zur Vorsicht und setzte sich für ihn ein. »Glaub bloß nicht, dass ich dich nicht verstehe«, hatte er gesagt. »Die Kleine ist ein Fang, den sich keiner von uns entgehen lassen würde, so was gibt's selbst in Paris nicht so schnell noch mal. Ich sehe zu, was ich für dich tun kann. Du kennst mich ja – wenn's machbar ist, bekomme ich das Kind schon geschaukelt.«

Flüchtig war Alwin versucht, ihm zu sagen: »Mach dir keine Mühe. Vielleicht hat es sein Gutes, wenn ich meinen Abschied nehme, vielleicht bin ich für das, was die neue Zeit von einem Offizier verlangt, nicht geschaffen.« Zu seinem Glück hatte er nichts dergleichen gesagt. Es wäre nicht nur schändlich gewesen, wenn der letzte Spross einer Familie von Offizieren so redete, sondern vor allem gefährlich: Wovon hätte er leben sollen, wovon Dörte, seine Mutter und eines Tages seine Familie? Zudem schied man aus der Wehrmacht des nationalsozialistischen Deutschlands nicht einfach aus, weil man es sich anders überlegt hatte. Wankelmut passte nicht zu dem Staat, den Hitler gewollt hatte. Den auch er gewollt hatte. Einem Staat, in dem die Ordnung wiederhergestellt war, die Verlässlichkeit, der Boden unter den Füßen. Dass es für die Freiheit des Einzelnen dabei zu Einschnitten kam, war nichts Bedauernswertes. Zu viel Freiheit war so, als müsste ein Mensch allein durchs All taumeln. Im Nationalsozialismus wusste jeder, wer über ihm stand und ihm die Richtung vorgab, und das schenkte den Menschen Halt.

Alwin durfte es sich gar nicht erlauben, leichtsinnig seine Position zu riskieren, nicht einmal jetzt, nicht einmal in dem einen Sommer, der ihm gehörte. Im Hintergrund lauerte beständig eine Angst, der er lieber keinen Namen gab. Das Wort Erbkrankheit steckte wie ein Splitter in seinem Kopf, und überall gab es Gerüchte. Gewiss war das meiste davon heiße Luft, aber da sich nichts überprüfen ließ, ließ sich auch nichts von der Hand weisen.

Er konnte von Glück sagen, dass Robert ihn vor einer Dummheit bewahrt hatte. Alwin hatte befürchtet, Robert würde ihm Arianes wegen grollen, hatte versucht, zu erklären, dass er wohl doch nicht der Mann war, den die junge Freiin von Salchow sich vorstellte, aber Robert hatte abgewinkt. »Ariane verlobt sich im Herbst mit Gerd von Schweinitz. Die Vorbereitungen sind schon im Gange.«

Das kam so schnell, dass es einer Ohrfeige glich. Sobald der Schmerz jedoch abklang, war Alwin erleichtert. Einem Mann, der von Nathalie Delage geliebt wurde, konnte Ariane von

Salchow nicht den Stolz verletzen. Und Robert, der ja trotzdem sein Schwager werden würde, hatte keinen Grund, ihm etwas übelzunehmen. Wieder einmal hatte der Freund, der seinen Aufenthalt ebenfalls verlängerte, seine Beziehungen spielen lassen und dafür gesorgt, dass Alwin den Platz eines Kameraden übernehmen konnte. Dieser hätte zur Aufsicht über den deutschen Pavillon auf der Weltausstellung den Sommer über in Paris bleiben sollen, und statt seiner blieb nun Alwin.

Es war kein Wachdienst, den er gemeinsam mit Offizieren der anderen Waffengattungen zu versehen hatte. Eher sollten sie als Repräsentanten die Gelegenheit nutzen, dem Ausland die neue deutsche Wehrmacht vorzuführen. Alwin übernahm die Aufgabe gern. Zu seinem Erstaunen schlug ihm mehr Interesse als Feindseligkeit entgegen. Er begann der Atmosphäre auf dem Ausstellungsgelände etwas abzugewinnen, dem Gefühl, nicht als gedemütigter Kriegsverlierer betrachtet zu werden, sondern als Vertreter eines Staates, der sich aus eigener Kraft aus dem Sumpf gezogen hatte. Vor allem aber konnte er mit Nathalie zusammenbleiben. Den ganzen Sommer lang. Sein Zimmer im *Peletier* wurde bis Anfang September im Voraus bezahlt, und mit wem er dort die Nächte verbrachte, schrieb niemand ihm vor.

Die Kameraden rissen höchstens Witze und fragten ihn, ob seine Schöne nicht eine Schwester habe.

»Vertrau uns dein Geheimnis an, von Sterzing! Was hast du, das wir nicht haben, dass die Pariser Loreley bei dir von ihrem Felsen steigt?«

»Hast du ihr was eingeflößt? Der brave Leutnant von Sterzing mit dem Liebestrank der schwarzen Magie?«

»Oder ist es was Fleischliches? Duschst du deshalb immer allein, damit wir dir nichts wegschauen?«

Alles brüllte vor Lachen.

Alwin ertappte sich dabei, dass er trotz aller Verlegenheit das Geplänkel genoss. Er war sein Leben lang Zielscheibe von Spott und Mitleid gewesen, und stattdessen beneidet, womöglich bewundert zu werden war wie Balsam auf wunder Haut.

Die Tür schwang auf, und sie kam zurück, seine Nathalie, seine Liebste, sein Glück. Lächelte ihn strahlend an, rief: »Alles erledigt!«, und war mit zwei Sätzen bei ihm auf dem Bett. »Du siehst aus, als hättest du dir schon wieder deinen hübschen roten Kopf zergrübelt. Tu das nicht.« Sie umklammerte ihn und bedeckte sein Gesicht mit Küssen. »Wir werden nur alt davon, und es macht ja nichts besser.«

Sie begann sein Hemd aufzuknöpfen, und kurz darauf hatte er vergessen, worüber er nachgedacht hatte. In der ersten, pechschwarzen Frühe weckte sie ein Etagenkellner, und durch die Stadt, in der noch Taxis, Lieferwagen und Nachtschwärmer unterwegs waren, fuhren sie zum Montmartre. Den Fluss entlang flackerten die gelben Lichtbündel der Gaslaternen. »Ist das nicht schön?«, flüsterte Nathalie, auf dem Rücksitz des Taxis eng an ihn geschmiegt. »Paris schläft mit halbgeschlossenen Augen wie eine Katze. Würde jemand uns etwas Böses wollen, wäre sie im Nu hellwach und würde ihm Beine machen.«

Alwin lächelte. »Das machen Hunde, nicht Katzen. Und Städte schon gar nicht.«

Sie presste sich noch dichter an ihn. »Dann kennst du meine Katze nicht. Und erst recht nicht mein Paris.«

Und er lernte es kennen. Sie stiegen aus dem Taxi und erklommen die Stufen zu Sacré-Cœur. Als sie die Plattform erreichten, auf der noch kaum jemand war außer ein paar müden Straßenkehrern und Betrunkenen, begann das weite, goldgetupfte Schwarz sich aufzuhellen. Wie ein Vorhang zog es sich zurück und gab Paris darunter frei, so wie wenn er morgens beinahe ehrfürchtig die Decke von Nathalies Körper streifte. Nie hatte er die Erhabene, Schöne so verletzlich gesehen, so zart, getaucht in Grau- und Rosatöne, während in allen Straßen, auf allen

Brücken, hinter allen Fenstern wie mit dem Zauberstab ein Licht nach dem anderen erlosch.
Sie war verletzlich und zugleich unantastbar, vielleicht weil sie das Schönste vereinte, zu dem Menschen imstande waren. Dass Attila vor ihr haltgemacht hatte, war kein Wunder. Wer ihr hätte Schaden zufügen wollen, hätte ein Unmensch sein müssen.
Nathalie murmelte etwas, das Alwin nicht verstand.
»Sag es noch einmal«, bat er sie.
Sie sah auf ihr Paris. »*Mort pour la France.*«
»Warum sagst du das?«
»Weil man doch daran irre werden muss und denken: Wieso kann ich nicht für Frankreich *leben*?«

31

Drei Tage später traf Alwin abgehetzt auf der Gare du Nord ein, um Abschied von Robert zu nehmen, der nach Berlin zurückkehrte. Der Zug war bereits am Gleis eingefahren, die meisten Reisenden eingestiegen, und nur Robert stand mit einer schwarzhaarigen, exquisit gekleideten Dame etwas abseits. Als er Alwin erblickte, vertröstete er die Dame mit ein paar Worten und kam zu ihm. »Wer hätte das gedacht – unser Attila, der Paris schon beim ersten Angriff erstürmt hat. Ich hatte mir gar keine Hoffnungen mehr gemacht, dich noch mal zu Gesicht zu bekommen. Und das, nachdem ich all die Jahre wie ein Wanderprediger auf dich eingeredet habe, damit du ein einziges Mal mit mir in dieses göttliche Sündenbabel kommst.«
Aus ebendem Grund hatte Alwin sich von Nathalie losgerissen und Geld für ein Taxi zum Bahnhof vergeudet: Sein Gewissen plagte ihn. »Es tut mir wirklich leid, Robert. Ich hätte dich nicht so hängenlassen dürfen.«

»Red keinen Quark, Sportsfreund. Wenn die Sirenen singen, braucht's starke Taue und einen Schiffsmast, um Odysseus aufzuhalten.« Robert warf lachend den Kopf in den Nacken, dass sein blondes, nur leicht pomadisiertes Deckhaar aus der Stirn fiel. Alwin hatte wahrlich anderes zu tun, als sich über das Äußere von Männern Gedanken zu machen, doch jetzt fiel ihm auf, wie anziehend der Freund auf Frauen wirken musste. Hätte Nathalie neben ihm gestanden, hätten die Leute die Köpfe nach ihnen gedreht und sich zugetuschelt: Was für ein schönes Paar ...

Dörte hingegen hätte neben ihm wie eine Bedienstete gewirkt. Oder nicht einmal das. Ein Oberleutnant von Salchow hätte sich auch mit keiner Bediensteten sehen lassen, die auf ihre Erscheinung so wenig Mühe verwandte. Dörte war abgemagert, Haar und Augen glanzlos, die Garderobe ungepflegt. Unvermittelt wanderte Alwins Blick hinüber zu der schwarzhaarigen Dame, die noch immer bei Roberts Gepäck wartete. Die alte Angst beschlich ihn. Er hätte nach Hause fahren müssen, sich um Dörte kümmern, ihr klarmachen, dass ein Mädchen sich für einen Mann wie Robert ins Zeug legen musste, sich herausputzen, etwas auf sich geben.

Die Zeichnung fiel ihm ein, die Jean-Romanin ihm geschenkt hatte. Er hatte sie Dörte nicht geben wollen, denn was sollte seine Schwester mit einem Bild der vor Lebendigkeit berstenden Nathalie? Jetzt aber zog er das Blatt doch aus seiner Börse und faltete es auf. »Noch eine Bitte, Robert ...«

Der Freund verneigte sich. »Zu Diensten, *Monsieur coureur de jupons.*«

»Was bedeutet das?« Alwin war entschlossen, Französisch zu lernen. Es war Nathalies Sprache, er wollte jedes Wort, das sie sagte, begreifen. Zugleich half er ihr, ihr Deutsch zu verbessern, bis nichts zwischen ihnen unverstanden blieb.

Robert grinste. »Mein Herr Schürzenjäger.«

»So ist es nicht«, rief Alwin und warf einen nervösen Blick hinüber zum Zug, der schon pfeifend zum Einsteigen aufforderte. Reisende sprangen aufs Trittbrett, ließen sich ihre Koffer zureichen. Die Schwarzhaarige hingegen stand in ihrem maßgeschneiderten Sommermantel noch immer da wie eine Statue.
»Wie ist es denn dann?«, fragte Robert belustigt.
»Ich bin kein Schürzenjäger. Meine Absichten bei Nathalie sind ehrenhaft.«
»Mein lieber Herr Gesangverein!« Robert stöhnte auf und legte eine Hand an die Stirn. »Wie lange kennst du die sirupsüße Sirene? Drei Wochen? Kerle, Kerle, wer da von Ehre und Absichten spricht, ist entweder beschnitten, katholisch oder zu heiß gebadet. Sei mal ein bisschen pariserischer, Sportsfreund. Absichten kannst du zu Hause haben – hierher kommen wir, um zu leben.«
Alwin wollte protestieren, doch im letzten Halbsatz lag etwas, das in ihm widerhallte. Außerdem hatte er für Protest keine Zeit mehr. Das, was ihn mit Nathalie verband, brauchte niemand zu begreifen, solange sie beide es bis ins Innerste begriffen.
»Wegen Dörte«, begann er und wollte dem Freund die Zeichnung in die Hand drücken, doch der hatte das Gesicht dem Zug zugewandt. Die Schwarzhaarige stand noch immer unbewegt, sandte ihm lediglich einen leicht pikierten Blick zu. Robert hob eine Hand und winkte lässig einen Gruß.
»Wer ist das?«
Robert strich sein Stirnhaar zurück. »Flavia Lamporecchi«, antwortete er beiläufig. »Erstklassige Familie, toskanische Grafen, der Vater im engsten Kreis um Mussolini. Ich lasse sie besser nicht länger warten. Mit einer Stute aus derart feinem Stall verdirbt man es sich nicht.«
Alwin schüttelte sich. Der Zug pfiff noch einmal. »Wegen Dörte«, begann er wieder und schob Robert endlich die Zeichnung

in die Hand. »Gib ihr das hier und bestell ihr Grüße, ja? Auch von Rieke, sag ihr, ich habe mit ihr gesprochen, sie hat sich über das Bild gefreut und sendet beste Wünsche.«

Entsetzt brach er ab. Wie konnte er Robert eine solche Lüge auftischen, wo ihm Lügen doch von Grund auf zuwider waren? Aber es ist ja gar keine Lüge, versuchte er, sich zu beschwichtigen, ich werde ja noch mit Rieke sprechen, sobald sich Zeit dazu findet, und natürlich wird sie mir Grüße für Dörte auftragen. Hastig wechselte er das Thema und bemühte sich um ein Lächeln. »Ich weiß, als Bruder hätte ich mich längst darum kümmern müssen. Es ist höchste Zeit, Vorkehrungen für eure Verlobung zu treffen, und ich verspreche dir, sobald ich zurück bin …«

»He, he, immer langsam mit den jungen Pferden!« Robert boxte ihm gegen den Arm. »Habe ich dir nicht eben empfohlen, ein bisschen pariserischer zu sein? Grüble nicht Tag und Nacht über ungelegte Eier. Jetzt bist du erst einmal hier und genießt dein Leben.«

»Es ist doch nur wegen Dörte«, unterbrach Alwin. »Bitte gib ihr das hier. Sag ihr, ihr Bruder sendet ihr herzliche Grüße und schickt ihr das Werk eines Künstlers aus dem Herzen von Paris.«

Robert beugte sich über das Blatt. »Das ist eindeutig deine Circe«, stellte er fest. »Aber wer hat das signiert? Romanin? Den würde ich an deiner Stelle nicht zu meinen Busenfreunden zählen. Hast du das Schmierblatt gesehen, *Le Rire,* in dem er seine Schmähungen gegen politische Gegner publiziert? Ein richtiger Zeichner ist der übrigens nicht, sondern irgendein kleiner Beamter vom *Corps préfectoral,* der in seiner Freizeit ein bisschen kritzelt.«

»Ich fand ihn nett«, murmelte Alwin. »Er hat mir das da für Dörte gezeichnet …«

»Ist ja schon gut.« Robert klopfte ihm auf die Schulter und schob die Zeichnung in seine Brusttasche. »Pass ein bisschen auf, mit wem du dicke Tinte machst, ja? Nett ist in dieser Stadt jeder Dackel, aber das bedeutet weniger als nichts. Dieser Moulin soll nicht denken, wir hätten ihn nicht im Auge, ob er sich nun Romanin nennt oder Napoleon Bonaparte.«

»Wen habt ihr im Auge? Diesen Mann, der in einem Café sitzt und Zeichnungen macht? Und wer seid überhaupt *ihr*?«

»Vergiss es«, sagte Robert. »Konzentrier dich auf deine Süße, da hast du alle Hände voll zu tun. Und wenn dir doch mal der Sinn nach männlicher Gesellschaft steht, gibt's in der Rue Roquépine die deutsche Gemeinschaft, da wirst du mit offenen Armen empfangen. Um deine Schwester kümmere ich mich. Ist doch Ehrensache, Sportsfreund.«

Robert ging, und Alwin hätte auch gehen wollen. Stattdessen blieb er stehen und sah zu, wie der Freund sich von der italienischen Grafentochter verabschiedete, ihr nach Pariser Art Küsse auf die Wangen hauchte und im Anfahren auf den Zug aufsprang. Erst als der letzte Wagen verschwunden war, machte er sich auf den Weg, wobei er sich bei jedem Schritt versicherte, dass kein Grund zur Sorge bestand.

Robert hatte versprochen, sich um Dörte zu kümmern. Etwas an dem Versprechen hatte falsch geklungen, aber gewiss bildete er sich das nur ein. Manchmal wünschte er sich, er hätte mit Robert über die Angst, die ihn quälte, sprechen können. Über die Gerüchte. Die törichten Bemerkungen von ein paar bornierten Ärzten, die sie längst nicht mehr konsultierten. Natürlich verwarf er einen solchen Wunsch gleich wieder. Das Letzte, was er wollte, war, Robert mit seinen albernen Befürchtungen anzustecken. Nur geredet hätte er gern mit jemandem. Nicht mit Nathalie. Wie von selbst zog er seine Geldbörse aus der Tasche und suchte darin nach der Karte von Franz Stock.

In all den Jahren hatte Franz es bei keinem Umzug versäumt, ihm seine neue Adresse mitzuteilen. Seit er als Seelsorger der deutschen Gemeinde von Paris fungierte, wohnte er in der Rue Lhomond im Quartier Latin, nicht weit von dem verzweigten

Komplex der Universität Sorbonne. Alwin verspürte eine verstohlene Freude, weil er sich nach all den Streifzügen mit Nathalie in der Stadt bewegte, als wäre sie ihm bereits vertraut. Vielleicht vertrauter als Berlin, wo er nie mehr als nötig ausgegangen war. Wenn man zu einem Menschen gehörte, war es leicht, auch zu einer Stadt zu gehören, fiel ihm auf. War man allein, war man selbst in der eigenen Stadt fremd.

Franz Stock hatte er ohnehin besuchen wollen, und wo er nun einmal unterwegs war, bot die Gelegenheit sich an. Hätte er es sich für einen anderen Tag vorgenommen, wäre es ihm allzu schwer gefallen, kostbare Zeit mit Nathalie zu opfern. Heute aber hatte sie geplant, ihrem Onkel auszuhelfen, weil ihr Gewissen sie plagte wie ihn seines. Die seltsame Sehnsucht, mit Franz zu sprechen, die ihn alle paar Jahre überfiel, hatte damit nichts zu tun.

Die Räume der deutschen Gemeinde waren in zwei dreistöckigen Häusern mit geteiltem Aufgang untergebracht. *Rektor* stand in Deutsch an einem der Klingelknöpfe, an einem anderen *Sprechstunde,* an weiteren *Wohnheim* und *Bücherei.* Die Straße war hübsch, an ihrem Ende ragte die Kuppel des Panthéon auf. Was für ein Glück es sein musste, eine Wohnung in Paris sein Eigen zu nennen. Im Nachbarhaus befand sich eine Wein- und Likörhandlung, deren Besitzer auf einem Schemel im letzten Flecken Abendsonne saß, während ein Straßenkehrer um ihn herumfegte. Ob Franz hier abends seinen Wein kaufte, so wie er selbst und Nathalie in dem kleinen Laden neben dem Hotel? Gleich darauf fiel ihm ein, dass Franz ja nicht trank, und er schämte sich flüchtig, weil er selbst sich nicht mehr an den Vorsatz hielt.

In dem Haus gab es keine *concièrge*. Stattdessen kam auf sein Klingeln eine blonde Frau die Stufen herunter, die so stattlich war wie Franz zierlich und ihm dennoch auffallend ähnlich sah. »Ich möchte zu Pater Stock«, sagte er automatisch auf Deutsch.

Die Frau sah auf seine Uniform, und ihre Züge verhärteten sich. »Sind Sie hier, weil Sie der Seelsorge bedürfen?«, fragte sie argwöhnisch, ebenfalls auf Deutsch.

»Um Gottes willen, nein!«, rief Alwin. Dann streckte er ihr die Hand hin. »Ich bitte um Entschuldigung, dass ich mich Ihnen nicht gleich vorgestellt habe. Leutnant Alwin von Sterzing. Ich bin ein Bekannter von Franz – ich meine von Pater Stock. Da er mich bat, mich zu melden, falls es mich einmal nach Paris verschlagen sollte, dachte ich, ich komme vorbei …«

Die Frau ließ ihren Blick noch immer ungeniert an ihm auf und ab wandern und starrte ihm dann ins Gesicht. Etwas Bitteres lag in ihren Zügen, das Alwin von Franz nicht kannte. »Und dessen sind Sie sicher? Dass Sie nur irgendein Bekannter sind?«

»Aber ja«, antwortete Alwin und fügte, einem Impuls folgend, hinzu: »Wir kennen uns über den Quickborn. Von Burg Rothenfels.«

Die Erleichterung, die die Frau erfasste, ging sichtbar durch ihren Körper. Sie ergriff seine Hand und drückte sie fast schmerzhaft. »Willkommen in der deutschen Gemeinde von Paris. Ich gebe meinem Bruder gleich Bescheid. Er wird sich freuen, er freut sich immer so sehr, jemanden vom Quickborn zu sehen.«

Franz freute sich in der Tat auch diesmal, als wäre Alwin sein engster Freund. Seine Schwester, die sich als Franziska Stock vorstellte, führte ihn nach oben, in eine etwas beengte Bibliothek, und Franz stand aus seinem Sessel auf, breitete die Arme aus und strahlte. »Alwin! Du weißt nicht, wie oft ich an dich gedacht habe.«

Ihn in der Soutane des Priesters zu sehen war befremdlich, doch er trug sie nicht bodenlang. Unter dem schwarzen Stoff ragten die vertrauten dünnen Beine hervor, und auch das Lächeln war unverändert. »Willkommen in Paris. Du siehst blendend aus, so als ginge es dir rundum gut. Es ist mir eine Freude, Alwin.«

Das war es auch für Alwin. Wie immer, wenn er mit Franz sprach, dachte er: Warum habe ich das nicht schon früher getan, warum ziehe ich diesen Mann nicht öfter zurate? Die Antwort kannte er. Sie gehörten unterschiedlichen Welten an, und in der Vergangenheit hatte Alwin sich nach jeder Zusammenkunft gefragt: Was will er von mir, was springt für ihn dabei heraus, dass er mir hilft? Heute hatte er zum ersten Mal das Gefühl, dass auch Franz das Gespräch mit ihm brauchte.

Seine Schwester brachte Tee und Mandelkekse und zog sich dann zurück. »Hat Franziska dir zugesetzt?«, fragte Franz. »Nimm es ihr bitte nicht übel, Alwin. Es ist deine Uniform, die sie erschreckt, nicht dein Gesicht.«

»Weshalb meine Uniform? Ich bin Angehöriger der deutschen Wehrmacht. Für meine katholischen Kameraden, die wie ich zur Weltausstellung hier sind, bist du ja wohl der zuständige Seelsorger, oder nicht?«

»Natürlich, Alwin. Für jeden Deutschen, der in dieser Stadt der Seelsorge bedarf. Aber ebendarin besteht das Problem.«

»Was für ein Problem? Gibt es zu viele Deutsche in Paris, habt ihr nicht genug Platz?«

»Wir haben fünfhundert Gemeindeglieder«, erwiderte Franz. »Die *Église des étrangères,* die wir nutzen dürfen, um die Messe zu feiern, bietet reichlich Platz, und diese Räume hier sind zwar ein wenig beengt, vor allem seit wir das Wohnheim für alleinstehende Mädchen betreiben, aber wir finden uns zurecht. Es kommen nur in den letzten Jahren zunehmend Menschen um geistlichen Beistand zu uns, die – wie soll ich es sagen, Alwin, die Deutschland nicht aus freien Stücken verlassen haben.«

»Emigranten«, konstatierte Alwin. In dem *Bistrot* von Nathalies finsterem Onkel wimmelte es von diesen Leuten, die ihn betrachteten wie ein Raubtier im Zirkus und nur Nathalies wegen keine Schlägerei anzettelten.

Franz nickte.
»Staatsfeinde«, begehrte Alwin heftiger auf als beabsichtigt. »Kann man es einem Land zum Vorwurf machen, dass es gegen Menschen vorgeht, die ihm unentwegt das Nest beschmutzen? Wer an seinem Vaterland kein gutes Haar lassen kann, der soll gehen – darf ich fragen, was daran falsch sein soll?«
»Das geht mich nichts an, Alwin.« Franz' Hände bewegten sich in seinem Schoß aufeinander zu, bis er die verkrampften Finger gefaltet hatte.
»Warum nicht? Du bist Deutscher und wirst dazu ja wohl eine Meinung haben.«
»Ich bin Kleriker«, erwiderte Franz. »Nach Gott zuerst dem Heiligen Vater in Rom verpflichtet. Und da Papst Pius im Reichskonkordat zugesichert hat, dass deutsche Geistliche der Reichsregierung die Treue halten und sich in politische Fragen nicht einmischen, habe ich seiner Weisung zu folgen. Den Menschen, die um geistlichen Beistand zu mir kommen, bin ich jedoch ebenfalls verpflichtet. Zwischen einem linientreuen Diplomaten und einem steckbrieflich gesuchten Flüchtling darf es für mich keine Unterschiede geben. Die Tröstungen der Kirche schulde ich beiden. Verstehst du mein Dilemma, Alwin?«
»Nein.«
»Wir werden von der Deutschen Botschaft in der Rue de Lille unterstützt«, erklärte Franz. »Anders könnten wir uns nicht halten. In der Botschaft sieht man es jedoch nicht gern, dass wir Emigranten betreuen, namentlich solche, die in Deutschland auf Fahndungslisten stehen. In letzter Zeit bekommen wir immer häufiger Besuch von deutschen …«, kurz zögerte er, »von deutschen Polizeibeamten, die gern die Namen und Aufenthaltsorte dieser Leute von mir erfahren würden. Damit kann ich allerdings nicht dienen. Verstehst du, Alwin? Ich bin meinen Pfarrkindern nicht nur im Beichtstuhl zu Verschwiegenheit verpflichtet.«

»Aber wenn es sich doch um Verbrecher handelt?«

»Dann benötigen sie den Beistand ihrer Kirche womöglich umso dringender«, erwiderte Franz, ohne die ineinander verkrampften Hände zu lösen. »Aber lassen wir das, Alwin. Du bist schließlich nicht gekommen, um dir die Sorgen und Nöte eines Auslandsgeistlichen anzuhören, die so schwerwiegend ja nicht sind. Im Großen und Ganzen könnte ich nicht glücklicher sein als an dem Platz, an den ich gestellt worden bin.«

»Deine Sorgen werden sich sicher legen«, fuhr Alwin ihm ins Wort. »Eine Zeit des Neuaufbaus verlangt nun einmal ein straffes Durchgreifen. Du hast die bittere Not in Deutschland erlebt, das Chaos, die ständig wechselnden Regierungen, von denen eine untauglicher war als die andere. Hier ist es im Grunde doch genauso. Das Land steckt in der Wirtschaftskrise fest, die Menschen wissen nicht mehr, auf wen sie hoffen dürfen, und diese Volksfront, die jetzt gestürzt ist, lässt heilloses Elend zurück. Nur war es eben Deutschland, nicht Frankreich, das den Krieg auf bitterste Weise verloren hat.«

»Alwin«, erwiderte Franz leise, »Frankreich hat den Krieg auch auf bitterste Weise verloren. Kann es in einem solchen Krieg, der einen Kontinent ausblutet, denn überhaupt etwas anderes als Verlierer geben? Dass die Länder Europas in keinen Tritt finden, dass sie Versuchungen von dieser und jener Seite erliegen – meinst du nicht, dass das noch immer der Erschütterung durch diesen Krieg geschuldet ist?«

Alwin wusste keine Antwort darauf.

»Wir können doch einer vaterlosen Generation die Väter, die sie gebraucht hätte, um erwachsen zu werden, nicht zurückgeben«, sagte Franz.

»Das nicht«, fand Alwin seinen Faden wieder. »Aber in Deutschland gibt es jetzt wieder Ordnung, Hoffnung, etwas, an das die Leute sich halten können. Unserem Volk bleibt der Abgrund, in den Frankreich gerade stürzt, erspart, es gibt wieder eine

Führung, die uns die Richtung anzeigt, die uns sagt, was zu tun ist. Und wo gehobelt wird, fallen eben Späne, das ist unvermeidlich.«

»Und sicher auch zu verkraften, solange man nicht der Span ist«, sagte Franz.

»Ob Span oder Teil des Hobels, kann jeder frei entscheiden«, versetzte Alwin, doch bei dem Wort *frei* fiel ihm ein, warum er hergekommen war: Dörte. Was konnte sie frei entscheiden? Einem Menschen, der krank war, blieb so eine Wahl versagt. Aber Dörte war doch nicht krank, beschwor er sich zum hundertsten Mal. Und sie war kein Span – ihr Bruder war schließlich Wehrmachtsoffizier. Repräsentant des Reiches im Ausland. Dörte war die Verlobte Robert von Salchows und würde Herrin von Lebusa sein.

Mit noch immer verkrampften Fingern langte Franz herüber und legte die Hand über seine. »Ich hatte gehofft, du hättest endlich keine so schwere Last mehr zu tragen«, sagte er. »Ich hätte es dir sehr gewünscht, Alwin.«

»So ist es ja auch!«, entgegnete Alwin. »Es geht mir gut. Ich habe mein Offizierspatent, ich bin befördert worden, und ich habe …«

Franz lächelte. »Ich gestehe, dass mich dieses plötzliche Verstummen neugierig macht.«

»Ich habe das Mädchen kennengelernt, das Frau von Sterzing und die Mutter meiner Kinder werden soll«, beendete Alwin seinen Satz. *Mädchen* nannte man seine Zukünftige eigentlich nicht – *junge Dame* war der richtige Ausdruck. Alwin aber sah sie vor sich, sehnte sich nach ihr und fand sie mädchenhaft, auch wenn sie wusste, wie man Pariser benutzte, während ihm die Dinger ständig rissen.

»Ich gratuliere von Herzen, Alwin. Ein Fräulein aus deinen Kreisen, nehme ich an?«

Alwin schüttelte den Kopf. »Eine Französin. Es ist nicht so leicht.«

Franz' Gesichtszüge wurden weich. »Leicht sicher nicht. Aber schön, finde ich. Vielleicht beginnen die Wunden, die seit dem Krieg bluten, sich tatsächlich zu schließen. Ich würde es unseren Ländern wünschen, Alwin. Diese beiden Nachbarn, die sich so lange spinnefeind waren, könnten als Freunde voneinander profitieren.«

Alwin fiel ein, was er auf dem Arc de Triomphe gedacht hatte, beim Blick auf die Champs-Élysées: Könnte Berlin doch von Paris lernen, solche Straßen zu bauen. Und Paris wiederum könnte von Berlin lernen, wie man die Zügel in die Hand nahm und ein in Unordnung und Aufruhr versinkendes Land wieder zu sich brachte. Doch er fand es unerwartet schwer, beinahe schmerzhaft, sich ein gezügeltes Paris vorzustellen.

»Alwin«, sagte Franz, »bei allem Schönen, das man dir ansieht – was bekümmert dich? Ist deine Braut Katholikin? Bist du hier, weil du Rat wegen eines Übertritts brauchst?«

»Um Gottes willen, nein!«, rief Alwin, der darüber noch nie nachgedacht hatte. Waren Franzosen alle Katholiken? Wenn Nathalie – mit einem Priester in der Familie – eine war, musste sie eben zu seinem Glauben übertreten, das war ja heutzutage keine große Sache mehr. »Um meine Braut geht es gar nicht«, sagte er. »Wir sind glücklich miteinander. Sehr glücklich.«

»Es ist schön, dich das sagen zu hören.«

Alwin fand es selbst schön, sich das sagen zu hören. Er wollte, dass auch Dörte glücklich war, zumindest nicht unglücklich, nicht krank, nicht in Gefahr. Wenn das möglich war, sollte alles andere ihm egal sein, er würde nichts weiter verlangen und mit seiner Nathalie einfach leben, leben, leben.

»Es geht um meine Schwester«, sagte er. »Dörte. Ich hatte dir damals von ihr erzählt.«

Wie immer, wenn er mit Franz sprach, wurde aus spärlich tröpfelnden Worten ein Wasserfall. Er erzählte ihm alles. Von dem Arzt, dem Vater seines Regimentskameraden, der behauptet hatte, Dörte litte an erblichem zirkulärem Irresein. Von den Besuchen, die seine Mutter in ihrer Wohnung zu dulden hatte, Beauftragten des Gesundheitsamtes, die sie drängten, ihre Tochter in eine Anstalt zu geben. Von der Drohung, den Fall ans Erbgesundheitsgericht zu verweisen, wie das Gesetz zur Verhütung erbkranken Nachwuchses es vorschrieb. Von seiner Angst, die ihn nachts wach hielt, wann immer er nicht in Nathalies Armen lag.

»Bisher habe ich das abwenden können«, sagte er. »Ich kenne ja Ulrich persönlich, sein Vater ist inzwischen Leiter der Poliklinik für Erb- und Rassenpflege und führt diese erbbiologischen Begutachtungen durch. Er hat Dörtes Fall schon mehrmals zurückstellen lassen, weil ich ihm versichere, dass sie gesund ist, dass ich weitere Gutachten einhole, dass ihr Verlobter Protest einlegen wird. Man will mir helfen. Aber ich bekomme auch zu hören, dass ich für die nationalsozialistische Sache mehr Einsatz zeigen sollte, dass man sich über meine Gesinnung Gedanken macht und man mir unter diesen Voraussetzungen nicht ewig Sonderregelungen für meine Schwester einräumen kann.«

Franz fragte lediglich mit den Augen nach, und Alwin erzählte weiter. Von Sachsenhausen. Dem Schutzhaftlager, dem er in einer Gruppe ausgewählter Offiziere lediglich einen Informationsbesuch hatte abstatten sollen. Davon konnte man gar nichts erzählen. Für manches ließ sich kein Wort formen, weil das Wort etwas wahr gemacht hätte, das nicht wahr sein durfte. Aber Franz war Priester. Wenn man gezwungen war, tagein, tagaus mit Gott zu sprechen, dann lernte man vielleicht, auch Schweigen zu verstehen.

»Ich bin Kavallerieoffizier wie mein Vater«, sagte Alwin. »Mein Großvater und mein Urgroßvater waren auch Kavallerieoffiziere, doch für sie alle war es gut genug, famos zu reiten und sich auf Pferde zu verstehen. In meiner Division gibt es nur noch zwei Reiterregimenter, die nicht motorisiert sind, und ihre Offiziere sind Erben von Gutsbesitzern. Ich bin auch Erbe eines Gutsbesitzers, ich habe nur nichts mehr zu erben. Und ich bin der Einzige, der über die Reiter-SS zur Truppe gekommen ist, ohne eigenes Pferd, ohne Auszeichnung als Reiter. Man gibt mir zu verstehen, man hätte anderweitig Verwendung für mich. Man gibt mir zu verstehen, ich müsste mich für diese Verwendung offen zeigen, wenn ich über den Rang eines Leutnants hinauskommen will.«

»Und willst du das, Alwin?«

Alwin überlegte blitzschnell. Er dachte an Möhlitz, an seine Pflicht, das verlorene Erbe seines Vaters zurückzugewinnen, an die Worte der Mutter, die ihn zum kleinen Vati ernannten, und an alles, was er getan hatte, um sie nicht zu enttäuschen. Dann dachte er an Nathalie. Nicht als Herrin von Möhlitz, sondern als die Nathalie, mit der in den Wochen dieses Sommers gelebt hatte. Er stellte sich ihr Leben in einer beengten Wohnung vor, mit einem Jungen wie ihrem kleinen Cousin und einem Hund wie der komischen Miniaturdogge ihres Onkels, mit einem billigen Restaurant, das im Sommer die Stühle auf die Straße stellte, und einem Schlafzimmer, in dem sie geborgen waren, ob sie sich voll Verlangen liebten oder voll Furcht in den Armen hielten, bis wieder ein Tag erwachte wie jener auf dem Montmartre.

»Nein«, sagte er zu Franz. »Ich habe mein Auskommen. Mir genügt mein Rang.«

Ein kleines Schweigen entstand, in denen er den Worten nachlauschen und ihre Bedeutung erfassen konnte. »Um mich geht es nicht«, fügte er dann hinzu. »Hätte ich nur für mich selbst zu sorgen, hätte ich alles, was ich mir wünschen kann.«

»Aber du hast für deine Schwester zu sorgen«, ergänzte Franz. »Du fürchtest, sie nicht schützen zu können, wenn du dir keine bessere Stellung erkämpfst?«

Alwin zögerte. Wenn er dem zustimmte, gestand er ein, dass es etwas gab, vor dem Dörte geschützt werden musste. Kein

Staatsfeind. Sondern ein junges Mädchen aus bester Familie. Er senkte den Kopf. »Ich weiß es nicht.«

»Alwin«, sagte Franz, »all das, was du mir erzählt hast, kommt mir ziemlich schwer vor, um es allein zu tragen. Hast du darüber je mit jemandem gesprochen, der dir helfen könnte? Was ist mit dem Verlobten deiner Schwester? Er ist ein Freund von dir, richtig?«

»Auf ihn hoffe ich«, erwiderte Alwin. »Robert stammt aus einflussreicher Familie, er hat viele Beziehungen, und er besitzt ein Gut im Brandenburgischen wie das, auf dem Dörte zur Welt gekommen ist. Ich bin sicher, nach der Heirat würde niemand mehr wagen, solche Behauptungen über Dörte in die Welt zu setzen. Und dort auf dem Land würde sie sich geborgen fühlen, bestimmt würde es nicht lange dauern, bis sie sich erholt.«

»Warum erzählst du dann nicht deinem Freund von deinen Sorgen und bittest ihn, die Heirat vorzuziehen, Alwin? Eine gebührende Feier ließe sich doch nachholen, und du könntest endlich wieder ruhig schlafen.«

Alwin blickte auf. Er hatte mit dem Gedanken gespielt, sich aber nicht durchringen können, mit Robert über Dörtes Probleme zu sprechen. Die Gelegenheit hatte sich auch nie ergeben. Sie waren selten allein, und wenn, dann war kaum Zeit für Privates.

»Ich denke, Dörte würde das nicht wollen«, sagte er endlich. Das mochte zutreffen. Dörte wollte nie, dass um sie Aufhebens gemacht wurde, sie hatte das schon als Kind nicht gemocht.

»Und was ist mit deiner Verlobten?«, fragte Franz. »Magst du dich ihr nicht anvertrauen? Ich hätte so gern, dass dir in dieser Sache jemand zur Seite steht, Alwin. Vielleicht könnte die junge Frau deine Schwester ja für eine Weile zu sich einladen, damit du durchatmen und mit ein wenig Abstand über eine Lösung nachdenken kannst?«

Was Franz nicht aussprach, stand dennoch im Raum: *damit deine Schwester eine Zeitlang außer Gefahr ist.* Sollte er wirklich tun, was Rieke ihm schon vor zwei Jahren vorgeschlagen hatte: Dörte wegschicken, weil sie in Deutschland nicht sicher war? Das alles ist übertrieben, sagte er sich. Aber der Gedanke, sich Nathalie anzuvertrauen, war verlockend.

»Wir kennen uns noch nicht sehr lange«, gestand er. »Aber später, wenn wir noch vertrauter sind, werde ich es ihr erzählen. Im Grunde haben wir uns sogar über Dörte kennengelernt: Nathalies Großcousine, die in Paris lebt, ist eine Freundin von ihr.«

»Das ist doch wunderbar!«, rief Franz. »Könnte nicht die Großcousine sie einladen? Dann wäre sie in der Obhut von jemandem, den sie kennt, und allen wäre geholfen.«

»Sie hat sie schon eingeladen«, erwiderte Alwin und beschloss, den Plan in die Tat umzusetzen. Er würde mit Rieke sprechen, schließlich hatte er sich in erster Linie deshalb von Robert zu der Paris-Reise überreden lassen. Auch wenn das nicht mehr vorstellbar war, jetzt, wo Paris zu seinem Leben gehörte und für immer gehören würde.

Er würde seiner Schwester die Stadt zeigen. Es würde ihr guttun, ihre Lebensgeister wecken, wie es auch seine geweckt hatte. Er war ein neuer Mensch, einer, der allmählich lernte, sich selbst zu vertrauen. Dörte würde es ähnlich ergehen, und wenn er abreisen musste, würde er Rieke und Nathalie bitten, Dörte bis zu deren Hochzeit bei sich zu behalten. Es würde alles ins Lot kommen, so wie Franz gesagt hatte – die Wunden, die seit dem Krieg bluteten, waren dabei, sich zu schließen.

Alwin stand auf. Er fühlte sich erleichtert und sehnte sich nach Nathalie. »Vielen Dank, Franz. Es war schön, mit dir zu reden. Das ist es jedes Mal, weißt du das?«

»Mir geht es genauso, Alwin. Ich würde mich freuen, wenn wir das öfter tun könnten. Bitte sei gewiss, dass deine Schwester uns, Franziska und mir, jederzeit willkommen ist. Und dass es uns eine Ehre wäre, deine Verlobte kennenzulernen.«

Alwin überlegte. Nathalie war kein Mädchen, das man einem Mann wie Franz vorstellte. Und sie wäre von einer Teestunde bei einem Priester vermutlich auch nicht angetan, obwohl sie einen Onkel hatte, der dem geistlichen Stand angehörte. Es war wie immer: Er und Franz lebten in verschiedenen Welten, und etwas in ihm wusste, dass sie sich wiederum Jahre nicht sprechen würden.

»Sehen wir, was sich ergibt«, sagte er. »Alles Gute für dich.«

»Für dich ebenfalls, Alwin.« Bei jedem anderen wäre Alwin die Gewohnheit, ihn ständig beim Namen anzusprechen, auf die Nerven gegangen, aber bei Franz hatte er sich daran gewöhnt.

»Und die besten Wünsche für deine Schwester«, fügte Franz hinzu. »Wenn ich dir damit nicht zu nahe trete, würde ich gerne für sie beten.«

Rieke

August 1937

32

Es tat nicht weh. Nicht sehr. Nur ein bisschen.

Sie hatten ausgemacht, sich in der Kneipe zu treffen, im *Café du Dôme*, das grandios war, brodelnd wie der *Kolkrabe* in Berlins besten Tagen. Alwin und Nat kamen aus dem Kino. Sie trafen ein, als Rieke bereits in großer Runde am Tisch saß, und sahen aus wie das Glück auf Beinen. Alwin jedenfalls. Nat wirkte, als hätte der Film sie erschreckt. Vielleicht war sie aber auch nur ein wenig nervös, was kein Wunder war bei der endlosen Liste von Bären, die sie Alwin aufgebunden hatte und die Rieke unter keinen Umständen aufdecken sollte.

»Also vergiss nicht: Gaston ist mein Onkel«, hatte sie Rieke eingeschärft, während sie in der Rue Caulaincourt auf dem Bett gelegen und sich auf den Abend eingestimmt hatten. Was sie genossen, war ein seltener, köstlicher Luxus – ein fauler Nachmittag an einem Sommersonntag in Paris. »Elie ist auch mein Onkel, dann noch der Korse und Pierre, bei dem helfe ich manchmal auf dem Film-Set aus …«

»Du willst mir doch nicht im Ernst erzählen, Alwin glaubt dir, dass du so viele Onkel hast?«

»Ach, was heißt schon glauben.« In ihrer typischen Art hatte Nat mit den Achseln gezuckt. »Es ist wie ein Spiel mit Regeln, über die niemand spricht: Du erzählst jemandem, was er hören will, und er ist damit zufrieden, auch wenn er natürlich wissen könnte, dass es nur für ihn so ist und für andere anders. Er will es eben nicht wissen, und was ist dabei? Für Alwin ist Gaston mein Onkel, für Elie ist er sein Mieter, für dich ein halbes Genie, das erforscht, warum manche Neger sich Teller in die Lippen klemmen, und für mich mein vertrottelter Nachbar, dem ich ab und zu ein Ei braten muss, weil er sich sonst womöglich selbst bald als Gerippe ins Museum stellt. Ist etwas davon gelogen? Nein? Na siehst du. Alles nur eine andere Seite der Wahrheit.«

»Doch«, hatte Rieke gesagt, »eines davon ist gelogen: Dein Onkel ist er nicht.«

»Er könnte es aber sein. Und wen kratzt das? Wer interessiert sich schon für Onkel?«

»Mach, was du willst«, hatte Rieke schließlich die Diskussion, in der sie bei Nat keinen Blumentopf gewinnen würde, beendet. »Mir ist es egal. Ich hätte nur gern, dass du Alwin nicht weh tust. Aber selbst das geht mich im Grunde nichts an.«

»Ich will ihm nicht weh tun«, erwiderte Nat, und Rieke erkannte, dass sie das inmitten ihrer zurechtgebastelten Welt aus Flunkereien ernst meinte. »Deshalb erzähle ich ihm ja nichts, das er völlig falsch verstehen würde. Jedenfalls jetzt noch nicht. Also weiter – von Les Adrets sag ihm gar nichts. Er hat mich nie gefragt, wo ich herkomme, nimmt einfach an, ich bin Pariserin, und das bin ich ja auch, oder nicht?«

»Ich kann ihm von diesem Les Adrets gar nichts sagen«, versetzte Rieke. »Ich weiß nämlich selbst nichts darüber. Wenn ich nach dem gehe, was du über deine Herkunft preisgibst, dann hat dich auf den Champs-Élysées ein Esel im Galopp verloren.«

Nathalie, die dabei war, ihren Mund mit einem dunkelroten, fast schwarzen Lippenstift nachzuziehen, hielt inne. »Das stimmt nicht«, sagte sie, ohne den Stift zu bewegen. »Ich habe es dir erzählt. In der Nacht, als wir Idelles Veilchenlikör geklaut haben. Bevor ich Alwin begegnet bin.«

Das ließ sich nicht abstreiten. In der Nacht hatten sie beide ihren Schutzwall geöffnet und der anderen einen flüchtigen Blick auf das gestattet, was dahinter lag. Rieke hatte nicht von Manfred gesprochen, nicht von ihrer Mutter, Tante Paula, Joachim, Ruben – der ganzen Fülle einer glücklichen Kindheit, die unter den Stiefeln aufmarschierender Nazi-Horden zermalmt worden war. Sie vermochte sich nicht vorzustellen, dass sie je darüber sprechen würde, doch immerhin hatte sie Nat von ihrer missglückten Romanze mit Alwin erzählt, ein kleiner Herzbruch als erste Brücke in die Vergangenheit.

Nathalie hingegen hatte den großen Herzbruch aufgeboten, den ganz großen, eine lebenslange Liebe zwischen zwei Prachtmenschen, der schönen Nathalie von der Mühle und dem schönen Didier vom Schloss, die an Standesunterschieden gescheitert war. Als wäre das nicht genug, hatte es sie die Freundin gekostet, die mit Nathalies großer Liebe zum Altar gegangen war, und die Krönung bildete ein zauberhafter kleiner Junge, der keine Ahnung hatte, wer sein Vater war.

»Was ist eigentlich heute Abend mit Benet?«, fiel Rieke ein.

Nathalie hatte ihr Gleichgewicht wiedergefunden und malte sich die Lippen fertig. »Der ist mit Salah in dieser komischen Metallkirche …«

»Saint-Jean de Montmartre«, sagte Rieke. »Der erste Sakralbau aus Stahlbeton. Benet hat mir heute früh davon erzählt. Findest du es nicht beachtlich, ein Kind zu haben, das Wörter wie Sakralbau kennt, obwohl es noch nicht einmal zur Schule geht?«

Nathalie betrachtete ihr Gesicht in einem winzigen Spiegel und begann, die langen Wimpern ihres linken Auges mit Tusche zu bepinseln.

»Der arme Kerl freut sich auch noch darauf, dass er im Herbst mit dieser grässlichen Schule anfangen muss. Von mir hat er das nicht.«

»Das dachte ich mir. Dafür muss dein Didier ordentlich was im Kopf gehabt haben.«

Nathalie fuhr sich mit dem Bürstchen ins Auge, rief: »*Merde!*«, und verschmierte schwarze Tusche bis über ihre Wange. »Ja, hatte er«, blaffte sie. »Er war so klug, dass es manchmal nicht zum Aushalten war, er stapelte Bücher sogar auf dem Klosett, und über Kirchen aus Stahlbeton hätte er dir einen stundenlangen Vortrag gehalten. Über ihn reden will ich trotzdem nicht. Schon gar nicht heute. Es ist vorbei, Ricí. Es war nie so sehr vorbei wie jetzt.«

»Ich freu mich für dich«, sagte Rieke und meinte es ehrlich. »Für dich und Alwin. Und eigentlich wollte ich ja auch nur wissen, was mit Benet ist, während wir im *Dôme* sind.«

»Salah bleibt mit ihm hier«, sagte Nathalie.

»Aber Benet hat dich seit zwei Tagen nicht zu Gesicht bekommen.«

»Ich weiß, er hat ganz dringend einen ganzen Tag bei mir gut. Ich habe Salah gesagt, wenn er weint, weil ich nicht da bin, soll er mit ihm ins *Dôme* kommen. Alwin kennt ihn ja. Er denkt, er ist mein kleiner Cousin, der Sohn von Gaston …«

»Du hast dein eigenes Kind verleugnet?«, fragte Rieke fassungslos.

»Was heißt schon verleugnet? Warum müsst ihr immer aus allem so ein Drama machen? Ich habe ihn doch nicht versteckt. Im Gegenteil, ich bin mit Benet und Alwin in den Jardins du Trocadéro herumspaziert, wir haben am Springbrunnen gesessen und Eis gelutscht wie all die glücklichen Familien um uns herum. Benet findet es toll, den Cousin zu spielen. Wir sind zwei Spione, die nicht erkannt werden dürfen, und Alwin kann er gut leiden, obwohl wir ihn ausspionieren.«

»Du bist unmöglich, und ich bin wütend auf mich, weil ich darüber noch lache«, sagte Rieke.

»Dass es lustiger ist als die Witze vom Nussknacker, musst du aber zugeben.«

»Wer ist der Nussknacker?«

»Das weißt du nicht? Dieser Kollege von Gaston mit den Elefantenohren, der fortwährend Witze erzählt, über die kein Mensch lacht.«
»Stimmt«, sagte Rieke. »Seine Witze sind traurig. Gestern hat er mir diesen hier erzählt. Ein SS-Mann fragt einen Juden: Rate mal, welches meiner Augen ein Glasauge ist. Das linke, sagt der Jude. Woran hast du denn das erkannt?, fragt der SS-Mann. Ganz einfach, antwortet der Jude. Es hat mich so menschlich angesehen.«
Einen Moment lang war Nathalie tatsächlich sprachlos. Dann sagte sie: »Der arme Mensch muss mal auf andere Gedanken kommen. Bringt ihn mit ins *Café du Dôme*, ja? Er ist ein komischer Kauz, aber wer von uns ist das nicht? Bleibt er eigentlich hier?«
»Nein, er fährt nächste Woche zurück nach Leiden. Am ersten Oktober beginnt der Lehrbetrieb, und hier hat er nur noch einen Vertrag für Gastvorträge.«
»Ein Grund mehr, ihn mitzubringen«, sagte Nathalie. »Der Sommer geht zu Ende, die Gäste reisen ab. Weißt du, wie sehr ich mein Leben lang diese Abschiede gehasst habe?«
»Was ist mit Alwin?«, fragte Rieke. »Wann muss er zurück?«
»Ich habe dir doch gerade gesagt, ich hasse diese Zeit, in der alle abreisen«, antwortete Nathalie. »Deshalb frage ich ihn nicht. Ich nutze einfach jeden Tag aus, an dem er hier ist.«
»Sag ihm, er soll bleiben. Diese Uniform ausziehen, Dörte herholen und mit dir ein neues Leben anfangen.«
»Das kannst du ihm nachher ja selbst sagen«, erwiderte Nathalie. »Er freut sich auf dich. Seit Wochen hat er sich mit dir treffen wollen, aber ich weiß selbst nicht, wo die Tage hin sind. Irgendwie hatten wir nie Zeit.«
Es tat nicht weh. Höchstens ein bisschen. Und es war gut so. Rieke hatte Nathalie noch bei keinem Mann so erlebt. Sie war verliebt. Sie würde Alwin retten.

Zudem hatte Rieke nicht den geringsten Grund, Trübsal zu blasen. Im Gegenteil. Seit ihr Leben ihr zerbrochen war und sie auf einer Scherbe hatte weitersegeln müssen, war es ihr nie so gut gegangen. Auch wenn der Sturz von Léon Blums Volksfront-Regierung die Ängste aus den letzten Jahren der deutschen Republik beschworen hatte. Frankreich war nicht Deutschland. Die rebellischen, freiheitsdurstigen Franzosen würden sich von keinem Faschisten vorschreiben lassen, wie sie ihr Leben zu führen hatten. Und in vier Wochen, wenn die Universitäten ihre Tore öffneten, würde sie wieder studieren.
Professor van Bontjes, der selbst an der Sorbonne studiert hatte, war Abend für Abend in die Rue Caulaincourt gekommen und hatte ihr geholfen, eine Bewerbung zusammenzustellen. Danach war er von Pontius zu Pilatus gelaufen, bis er vor drei Tagen seine lange Gestalt in ihren winzigen Arbeitsplatz gezwängt hatte, um zu verkünden: »Fräulein Thomas! Sie sind akzeptiert! Heute Nachmittag finden Sie sich bitte in der Rue de l'École-de-Médecine ein, damit Ihre Personalien aufgenommen und Stundenpläne für Sie erstellt werden können.«
Rieke war so überwältigt gewesen, dass sie nichts herausgebracht hatte außer: »Aber heute Nachmittag muss ich doch arbeiten.«
Professor van Bontjes strahlte. »Sie sind mir nicht böse, nicht wahr, Fräulein Thomas? Ich habe mir erlaubt, mich um eine Vertretung zu kümmern.«
Er hatte sich erlaubt, sich um alles zu kümmern, der dünne, kluge Professor aus Leiden, um ihr ganzes Leben, das sich jetzt wieder wie ein Leben anfühlte, zerbrochen und geleimt zwar, aber mit einer Struktur. Sie hatte ein Zuhause. Freunde. Ein Gefühl von Familie. Sie würde wieder studieren, etwas voranbringen, und außerdem hatte der unglaubliche Niederländer noch dafür gesorgt, dass sie nicht mehr länger in einer stinkenden Bude in Les Halles Fisch braten musste. Stattdessen saß sie

jetzt in einem gläsernen Kasten vor dem Palais de Chaillot und verkaufte Eintrittskarten und Souvenirbroschüren für das Musée de l'Homme. In diesen Kasten hatte er sich neben sie gezwängt und strahlte sie an. »Sie sind mir nicht böse? Auch wenn ich ein bisschen deichseln musste?«

»Himmel, nein! Sie sind der letzte Mensch auf der Welt, dem ich böse sein könnte. Ich werde Ihnen bis an mein Lebensende dankbar sein. Das haben Sie jetzt von Ihrer Nettigkeit – diesen Dank von mir werden Sie nicht mehr los.«

»Oh, das sollte mich freuen.« Er verbeugte sich und stieß sich die zu hohe Stirn. »Ich habe aber nicht Ihnen, sondern der Menschheit einen Dienst erwiesen.«

Rieke lachte. »Man sollte Ihnen einen Orden verleihen. Und wer ist der zweite Held, dem Sie meinen Dienst aufs Auge gedrückt haben?«

»Auch ich.« Van Bontjes strahlte noch mehr. »Ich bekomme zwei Orden.«

Wäre es nach Rieke gegangen, hätte er etwas Besseres als Orden bekommen, auch wenn er mehr als nur ein bisschen gedeichselt hatte, wie sie kurz darauf bei ihrer Immatrikulation erfuhr. Um ausgerechnet einer Deutschen einen der begehrtesten Studienplätze des Landes zu verschaffen, genügten keine glänzenden Qualifikationen. Er hatte das Fehlende geliefert, und Rieke hatte vor dem Schreibtisch des Sekretärs genau eine Minute Zeit zu entscheiden, ob sie ihn dafür lieben oder hassen sollte.

Sie entschied sich, ihn zu lieben. Er hatte etwas Verrücktes, moralisch Zweifelhaftes getan, um ihr ihren Lebensinhalt zurückzugeben. Das Studium bedeutete ihr alles. Vielleicht war er der einzige Mensch, der verstand, dass sie studieren wollte, damit Manfred nicht sinnlos gestorben war.

»Bei der Bildung, die Ihre Eltern Ihnen mitgegeben haben, wäre es eine Schande, nicht weiterzustudieren«, hatte er wäh-

rend der gemeinsamen Arbeit zu ihr gesagt. Sie würde weiterstudieren. Und sie würde Professor van Bontjes heute Abend zum Essen einladen, auch wenn ihr Geld nur für eine Wurst und einen Pernod zum Runterspülen reichte.
Nathalie stieg vom Bett. Sie hatte das verschmierte Auge in Ordnung gebracht und das Kunstwerk auf ihrem Gesicht vollendet. »Ich geh meinen Süßen abholen. Wenn wir noch ins Kino wollen, müssen wir uns beeilen. Ach nein, deinen Süßen, meine ich. Unseren Süßen, einverstanden?«
»Alwin«, berichtigte Rieke. »Ich hatte ihn gern, aber dass ich ihn süß fand, ist mir nicht in Erinnerung.«
»Ist das dein Ernst? Süße Nazis gibt es nicht? Ich weiß nicht, wie du das machst – ich möchte ihn fortwährend auffressen.«
»Deshalb ist er ja auch dein Alwin und nicht meiner«, sagte Rieke friedfertig. »Wenn ich nachher kurz mit ihm über Dörte reden kann, bin ich zufrieden, und du bekommst ihn unaufgefressen zurück.«
Das Gespräch würde nicht einfach werden. Schließlich waren sie beide Meister der Befangenheit, und im Lärm des *Dôme* war ihr verlegenes Herumgedruckse vermutlich nicht einmal zu hören. Aber viel zu sagen gab es ja nicht. Die entscheidende Vorarbeit hatte Nat geleistet. Alwins Hass auf Frankreich war in der Pariser Sommersonne geschmolzen, seine nachgeplapperten Nazi-Parolen hatte die Geneviève vom Montmartre ihm von den Lippen geküsst, und wenn jetzt noch Rieke ihm versicherte, dass sie sich um Dörte kümmern würde, musste er dem Besuch einfach zustimmen.
Und wenn ich sie erst einmal aus Deutschland herausgebracht habe, lasse ich sie nicht mehr zurück, dachte Rieke und atmete auf. Sie sprach zu oft mit Emigranten, sie wusste zu viel und konnte sich noch viel mehr denken. Dörte litt an Depressionen. Dass sie keine manischen Phasen hatte, keine zirkuläre Störung, und dass ihr Leiden sie nicht zwangsläufig daran hindern muss-

te, ein erfülltes Leben zu führen, würde ihr in Deutschland nichts nützen. Sie war nicht perfekt. Ein fehlerhaftes Werkstück der Produktlinie Mensch und damit auszusondern.

»Süße Nazis gibt es übrigens tatsächlich nicht«, sagte Rieke zu Nathalie, die sich einen nachtblau schillernden Hauch von einem Kleid überstreifte. »Wenn du ihn also fressen willst, dann sorg dafür, dass er aufhört, einer zu sein.«

Nathalie, die erst einen der hochhackigen Riemchenschuhe angelegt hatte, war mit zwei Sätzen bei Rieke und umarmte sie. »Ich gebe mein Bestes, ja? Dafür hast du ihn mir schließlich übereignet, und du weißt nicht, wie dankbar ich dir dafür bin.« Mit ihren schwarzroten Lippen küsste sie Rieke auf die Wange.

Rieke lachte und schob sie beiseite. »Doch, alte Zimtzicke. Ich glaube, so langsam bekomme ich eine Ahnung davon. Nun geh schon. Was seht ihr euch überhaupt im Kino an?«

»*Pépé le Moko*«, antwortete Nathalie.

»Mit deiner Fréhel? Und das muss sein?«

Nathalie nickte. »Ich will ihn noch mal erwischen, ehe er aus sämtlichen Kinos der Stadt verschwindet. Damals, als er herauskam, habe ich mich doch nicht getraut, ihn mir anzusehen. Ich hatte Angst vor diesem Lied, das sie darin singen soll, aber jetzt, mit Alwin, kommt mir das vor wie ein Witz vom Nussknacker. Irgendein Lied, nach dem ich vor hundert Jahren mal getanzt habe – was kann mir das denn anhaben?«

»Vielleicht solltest du es dir trotzdem nicht antun«, sagte Rieke.

»Wegen des Liedes? Ich sag's dir doch, es macht mir nichts mehr aus. Außerdem singt sie überhaupt nicht das Lied, vor dem ich mich gefürchtet habe, sondern ein ganz anderes. Ein trauriges. Aber wenn wir über nichts weiter zu heulen haben als über traurige Lieder, können wir von Glück sagen.«

Rieke erwiderte nichts.

»Es war übrigens Salah, der mir das falsche Lied genannt hat«, redete Nathalie weiter. »Und ich weiß noch immer nicht, warum er sich den Film sieben Mal angesehen hat. Salah ist stockunmusikalisch, und er macht sich weder was aus Kino noch aus Fréhel.«

»Weißt du das wirklich nicht?«

»Sag ich dir doch.«

»Der Film ist in Algier gedreht worden«, sagte Rieke. Sie hatte Salah verstanden. Filme und Wochenschaufolgen anzusehen, die in Deutschland gedreht waren, war, als wickle sie sich das Herz in Stacheldraht, und trotzdem saugte sie diese Szenen wie eine Süchtige in sich auf. »Was machst du eigentlich, wenn Salah nachher mit Benet ins *Dôme* kommt?«, fragte sie Nathalie. »Erzählst du Alwin dann, einer deiner hundert Onkel sieht aus wie ein kabylischer Berber, aber er tut nur so, als ob er einer ist?«

»So was überlege ich mir nicht vorher«, konterte Nathalie. »Es kommt einfach. Schach spielen kann ich nicht. Nur Roulette.«

»Und ich nur *Himmel und Hölle*«, entfuhr es Rieke.

Sie sahen sich an. Rieke griff nach Nathalies Armreif und drehte ihn um ihr Gelenk. »Diese edle Spende von Pierre Théroux trägst du auch immer noch.«

Blitzschnell streifte Nathalie sich den Reif ab und schob ihn Rieke über die Hand. »Hier. Für dich. Weil du's mit mir aushältst, obwohl wir uns nicht ausstehen können.«

»Solltest du ihn nicht lieber Pierre Théroux zurückgeben?« Rieke gab sich Mühe, ihre Rührung zu verbergen. »Und wenn du ihm dabei gleich die Wahrheit sagst, hört er vielleicht auch auf, ständig nach dir zu fragen und Idelle auf die Palme zu bringen.«

»Ach was, wem ist mit deiner heiligen Wahrheit denn geholfen?« Nathalie schnappte sich ihr rotes Kopftuch vom Frisiertisch und knotete es sich um. »Ist die wirklich so viel schöner als mein Spiel, das eine Lieblingsrolle für jeden hat? Der arme Pierre wäre über deine Wahrheit todtraurig. Und ich könnte ihn kaum mehr wegen dieses Wahnsinnsfilms fragen, den Marcel Carné angeblich im Herbst mit Arletty und Jean Gabin zu drehen beginnt. *Der Tag bricht an*, soll der Film heißen, mit Szenenbildern von Alexandre Trauner und dem Drehbuch von Jacques Prévert ...«

»Falls du es vergessen hast – dein Pierre arbeitet nicht mit Marcel Carné, sondern mit Louis Péricard, der auf Rasse mehr Wert legt als auf Talent. Und auch wenn du es Spiel nennst – dass du mit deinem abgelegten Liebhaber herumtändelst, würde Alwin ganz und gar nicht gefallen.«

»Ich tändele ja gar nicht«, sagte Nathalie, zog sich den zweiten Schuh an und schwebte in Walzerschritten zur Tür. »Ich denke nur daran, dass der Sommer bald vorbei ist, und was dann geschieht, weiß man nie. Ich habe für Benet zu sorgen, ich muss mir überlegen, wovon ich uns im Winter die Speisekammer fülle.«

Dem war nichts entgegenzusetzen, fand Rieke. Außerdem hatte sie kein Recht, Nathalie Moral zu predigen, denn dass sie es mit der Wahrheit selbst nicht genau nahm und sich nicht scheute, einen Mann auszunutzen, hatte sie gerade bewiesen. Pierre Théroux von Pathé-Natan würde wegen der kleinen Schlappe nicht sterben.

Nathalie zog die Tür auf. »Bis später, *mon ange*.«

»Bis später, *ma garçe*. Brich dir im Kino nicht das Herz.«

33

Später war jetzt. Sie saßen im vollgestopften *Café du Dôme*, die Tür schwang auf, und Nat und Alwin betraten das Lokal. Nat vielleicht ein wenig geschockt vom Anblick ihrer Fréhel, den sie sich hätte ersparen sollen, oder nervös, weil das Lügengebäude, das sie wegen Alwin errichtet hatte, wie ein Eiffelturm aus Streichhölzern war, aber dafür hübscher denn je. Alwin, den Rieke in der verhassten Uniform erwartet hatte, trug einen nachtblauen Anzug, der die breite Hemdbrust betonte, und eine blaugemusterte Krawatte. Sogar Rieke, die es nicht kratzte, ob ein Mann gut aussah, fand ihn schön. Und die Verliebtheit der zwei umschlungenen Menschen erst recht, auch wenn auf Nathalies Gesicht ein nicht zu deutender Misston lag.

Es tat nicht weh. Nicht sehr. Höchstens ein bisschen.

Und wenn sie Trost brauchte, hatte sie dafür ihren großen Tisch mit fabelhaften Menschen: nicht nur Gaston und Professor van Bontjes, mit denen sie hergekommen war, sondern auch Paul Rivet und eine Schar weiterer Kollegen vom Musée de l'Homme, das sich als das entpuppte, was sein Name vorgab – ein Museum für Menschen. Am Kopf des Tisches saß zudem der Mann, auf den sie im Stillen gehofft hatte: Jean Moulin, der sich als Zeichner Romanin nannte, umgeben von Freunden, Kollegen, schönen Frauen.

Rieke war keine Kunstexpertin, aber sie mochte die lächelnde, beinahe zärtliche Schärfe von Romanins Karikaturen. Dass er nicht mehr ausstellen wollte, dass er sein Appartement in der Rue des Plantes nur noch selten nutzte, war ein Verlust für seinen Pariser Kreis, doch Rieke glaubte zu verstehen, was ihn dazu trieb. Er wollte sich ganz seinen politischen Aufgaben und damit seiner Präfektur in Chartres widmen. Jean Moulin hatte den faschistischen Aufruhr im Februar 1934 erlebt, die wie ein Lauffeuer überspringende Gewalt nach der Affäre um den jüdischen Betrüger Stavisky, die Geschwindigkeit, mit der die Stimmung von Menschenmassen sich auf tödliche Weise gegen eine Gruppe kehren konnte, wenn Drahtzieher damit einen Zweck verfolgten.

Das Scheitern seines Kampfes für Spanien hatte ihm womöglich noch mehr zugesetzt und seinen Entschluss besiegelt.

Er hatte noch Schlimmeres erlebt: seine Regierung, die sich beugte und das verzweifelt um seine Freiheit ringende Spanien nicht länger unterstützte, um es sich mit dem britischen Bündnispartner nicht zu verderben. Solange es möglich war, hatte Moulin seinen Posten im Luftfahrtministerium genutzt, um die Lieferungen fortzusetzen. Pierre Cot, sein Minister, hatte ihm den Rücken freigehalten und mehrere Reisen nach Spanien gedeckt, doch mit dem Sturz der Volksfront-Regierung hatte sich dieses Schlupfloch geschlossen. Die Arbeit als Präfekt mochte Moulin als letzte Möglichkeit erscheinen, sich für das, was ihm am Herzen lag, einzusetzen.

Er war ein ungewöhnlich kultivierter Mann, charmant, verbindlich, einer, der sich anmerken ließ, wie sehr er einen Abend in Gesellschaft seiner Freunde genoss. Ein besessener Aktivist war er nicht. Er lief gern Ski, war für Unsinn zu haben, zeigte gegen die Hitze im Saal ein Foto herum, auf dem er mit einem Freund einen Schneemann baute. Für Elies *Perdu et trouvé* hatte er einmal ohne Honorar eine komische Zeichnung von Sonntagsausflüglern angefertigt, und diese eine Ausgabe war sogar gekauft worden.

Rieke genoss den Abend ebenfalls. Es war schön, mit Moulins Leuten und den Kollegen vom Museum zu reden, sich ihnen zugehörig zu fühlen wie einst ihrem Kreis in Berlin. Auf allgemeines Drängen erzählte Moulin etwas über die Arbeit im spanischen Untergrund, die Schwierigkeiten, ein Informationsnetz bis in unzugängliche Teile des Hinterlandes aufzubauen, wo Partisanengruppen sich verborgen hielten. Dann war Salah mit Benet aufgetaucht, hatte dem Jungen eine Zwiebelsuppe bestellt, ihn auf den Schoß genommen und Moulin zugehört. Gefesselt, wie er war, hatte er noch nicht gesehen, dass Alwin und Nathalie angekommen waren. Die Musik war laut. Zwischen ihrem Tisch und der Tür, wo die beiden noch immer standen, wiegten sich umschlungene Paare im Tanz.

Benet allerdings bemerkte seine Mutter sofort. Er liebte Zwiebelsuppe, er liebte es, eingezwängt zwischen Erwachsenen zu sitzen, aber heute war er nur aus einem einzigen Grund hierhergekommen.

Sobald er Nathalie entdeckt hatte, ließ er den Löffel fallen und rutschte von Salahs Schoß. »*Maman!*«, rief er lauthals durch das Lokal und rannte los.

Rieke und Salah tauschten einen Blick. Salah hob die Schultern. »Wenn der Sommer vorbei ist, ist eben auch das Spiel zu Ende.«

»Alwin ist kein Mann für einen Sommer«, sagte Rieke. Sie hätte gern zur Seite geschaut, doch ihr Blick hing wie gebannt an der Szene. Benet rief noch immer: »*Maman, maman!*«, Nathalie beugte sich hinunter und fing ihn lachend in ihren Armen auf, als würde die ganze aufgeflogene Onkelgeschichte sie nicht kratzen. »Mit Benet hätte er sich abgefunden, davon bin ich überzeugt. Aber sie hätte ihn nicht anlügen dürfen. Damit tut er sich schwer.«

Salahs Augen fixierten sie. »Was meinst du damit, Ricí? Glaubst du etwa, Nathalie und Alwin bleiben zusammen?«

»Ich wünsche es mir«, sagte Rieke. »Alwin ist nicht so, wie du denkst …«

Langsam wiegte Salah den Kopf. »Ich denke gar nichts. Jedenfalls nicht über euren Freund Alwin. Mit ihm hat es nichts zu tun. Es liegt an Nathalie.«

Um die kleine Gruppe herum hatte sich ein Pulk gebildet. Stammgäste begrüßten Nathalie, und Rieke sah nicht mehr, was vorging. »Nathalie hat sich verändert«, sagte sie zu Salah. »So wie mit Alwin habe ich sie noch mit keinem Mann erlebt. Sie ist sogar noch hübscher geworden. Ich bin sicher, sie ist in ihn verliebt.«

»Warum auch nicht?«, fragte Salah. »Aber das heißt ja nicht, dass sie bei ihm findet, was sie sucht.«

»Und was sucht sie?«

Er stieß einen Laut aus, der ein Lachen oder ein Schnauben sein konnte. »Was fragst du mich? Der, der es wüsste, würde es ihr geben, oder?«

Rieke fuhr zusammen und starrte Salah an, als sähe sie ihn soeben zum ersten Mal. Wie blöd bist du eigentlich?, schalt sie sich selbst. Hat das Faschistengift etwa bei dir gewirkt? Glaubst du, ein Afrikaner könnte kein europäisches Mädchen lieben?

Nathalie bahnte sich mit Benet an der Hand und Alwin im Schlepptau einen Weg durch die Tanzenden. Immerhin ging er noch dicht hinter ihr und war nicht vor Entsetzen aus der Kneipe gestürmt. Vielleicht hatte er längst gemerkt, dass Nathalie log, vielleicht war es für ihn ein so harmloses Spiel wie für sie. Er kam ihr bleich vor, aber das mochte an der Beleuchtung liegen.

Ein Geräusch ließ sie herumfahren, aber es war nur die Tür des Hinterzimmers, die aufflog und an die Wand knallte. In diesem Hinterzimmer stand ein Billardtisch, und die Leute, die herauskamen, hielten ihre Queues noch in den Händen. Drei Männer und eine Frau. Der Mann und die Frau, die vorangingen, gehörten zu den Menschen, die es gewohnt waren, angestarrt zu werden. Sie waren beide schlank, hielten sich gut, hatten dunkles Haar, der Mann gebräunte Haut. Die junge Frau hatte einen Hosenanzug an, der Mann trug sein Sakko am Aufhänger über einer Schulter. Er wandte sich um, sagte etwas zu den zwei Männern, die folgten, riss offenbar einen Witz, der besser ankam als die von Professor van Bontjes. Alle vier lachten. Dann drehte er sich wieder nach vorn und erstarrte.

Rieke hatte ein solches Entsetzen, einen solchen Schrecken, der alle Farbe aus einem zuvor blühenden Gesicht saugte, schon gesehen. Ihre Mutter, die begriff, dass Manfred nicht mehr nach Hause kommen würde. Ihre Tante Paula vor dem brennenden Reichstag. Hier brannte nichts. Hier war niemand gestorben. Doch aus dem tiefgebräunten Gesicht des Mannes wich alle Farbe.

Jean Moulin, der die Gruppe offenbar kannte, hatte die Hand zum Winken erhoben und ließ sie wieder sinken. Rieke drehte sich so langsam um, als hätte sie Angst, selbst einen Schrecken zu erleiden, und sah, was der Mann sah: Nathalie. Sie war so bleich wie er, und die Arme hingen ihr schlaff am Körper herab.

»Ich hab dir doch gesagt, sie ist in Paris«, sagte die dunkelhaarige Frau heiter und so laut, dass das halbe Lokal sie hören musste. »Ich habe sie am Trocadéro gesehen, am Springbrunnen, mit dem Nazi in voller Montur und diesem Kind. Deshalb wollte ich mit dir hierher. Es ist nicht nur das Stammlokal von deinen Spanien-Freunden, sondern auch von ihr.«

Der Mann beachtete sie nicht. Er beachtete nur Nathalie.

Die zwang sich aus der Erstarrung, schlang die Arme um Benet und hob ihn in die Höhe. »Salah hat mir Zwiebelsuppe gekauft«, sagte Benet. »Wenn die kalt wird, sieht sie aus, als ob Elies Hausschuh drin schwimmt.«

»Warum gehst du nicht weiter?«, herrschte Alwin sie von hinten an. »Ich muss mich hinsetzen, Nathalie, ich brauche etwas zu trinken, ich muss das alles erst einmal begreifen.«

Allem Anschein nach würde er dazu keine Zeit mehr haben, ehe es etwas Neues zu begreifen gab.

Wir müssten ihnen helfen, dachte Rieke, wir sind so viele, und sie kommen allein nicht zurecht. Aber wir wissen ja gar nicht, was ihnen passiert ist. Die Szene kam ihr absurd vor wie in dem Bombenwitz von Professor van Bontjes. In den Saal voller Zigarettenrauch und Musik war eine Bombe eingeschlagen, die niemand gehört hatte. Wer überlebte?

»Nathalie«, sagte der Mann.

»Was ist denn jetzt los?«, rief Alwin kurzatmig. »Wer ist der, was will der von dir?«

Nathalie beachtete ihn nicht. Sie hielt Benet so fest, dass der zu zappeln begann. Er war müde, jammerte über seine Zwiebelsuppe.

Alwin presste sich die Fäuste an die Schläfen. »Ich werde verrückt, ich muss aus diesem Irrenhaus raus! Hättest du vielleicht die Güte, mir zu sagen, was hier gespielt wird?«

Nathalie sagte nichts.

Statt weiterzuschreien, begann er nun zu betteln: »Bitte, Nathalie, sag mir, warum du mich angelogen hast, sag mir wenigstens, wie es jetzt weitergeht.«

Nathalie umklammerte Benet, der laut zu weinen anfing, und starrte den Mann an.

»Ist das dein Junge?«, fragte er. »Dein Kind, Nathalie?«

Endlich stand einer auf, ging hinüber und stellte sich neben sie.

»Salah«, sagte der fremde Mann.

»Guten Abend, Fabrice«, sagte Salah.

»Erzählst du mir, wessen Junge das ist?«, fragte der Fremde. »Claudine sagt, sie hat ihn von Didier, er gehört zu meiner Familie. Wenn das stimmt, werde ich ihn nicht bei ihrem Nazi lassen.«

Benet weinte. Salah versuchte, ihn aus Nathalies Armen zu befreien. Erst als ihr klarwurde, dass sie ihm wehtat, ließ Nathalie den Jungen los. »Frag Nathalie, nicht mich«, sagte Salah zu dem fremden Mann.

Nathalie beugte sich vor und kniff die Augen zusammen. »Ich sag's dir«, spie sie ihn an. »Meiner ist er, meiner, meiner, meiner. Dass ich ihn von Didier hab, spielt keine Rolle, denn Didier wird ihn nie zu sehen bekommen. Keiner von euch Cadières.«

»Ich glaube kaum, dass Didier zulassen wird, dass ein Nazi seinen Sohn erzieht.«

»Ihn erzieht aber kein Nazi!«, schrie Nathalie. »*Ich* erziehe ihn, und mir sind alle Nazis auf der Welt egal. Mich kümmert nur mein Kind. Nur mein Kind! Wenn du Didier von ihm erzählst, wenn ihr versucht, mir mein Kind wegzunehmen, verschwinde ich mit ihm, dass kein Mensch uns je findet.«

Sie rang nach Atem. Über ihr Gesicht flossen die Tränen in breiten Bächen und verschmierten die schwarze Schminke. »Ich will nichts von euch. Und ihr habt nichts von mir zu wollen.«

Salah schlang den Arm um sie, versuchte sie zu beruhigen, doch sie hatte überhaupt keinen Blick für ihn, für sie existierte nur der fremde Mann.

»Nur eins.« Wieder rang sie nach Luft. »Nur eins. Wie geht es Chérubin?«

»Katzen sind nicht unsterblich«, sagte der Mann.

»Wann?«

»Damals schon, als wir beide weggegangen sind. Als der Sommer zu Ende war.«

Jeux de guerre – Kriegsspiele

Les Adrets-de-l'Estérel.
Paris.
Und Mers-el-Kébir.

Delphine

August 1939

34

Wenn es an der Zimmertür klopfte, hoffte sie, es wäre ihr Mann, in diesen Sommertagen ganz besonders. Natürlich hätte er in seinem Haus vor dem Zimmer seiner Frau nicht anklopfen müssen, aber es war so seine Art, er tat es immer und überall. Aber es würde nicht Didier sein, sondern eher die alte Bernardine, die die Kinder zurück ins Kinderzimmer holte, wo sie mit ihrer Cousine spielen konnten, oder das Mädchen aus der Küche, um zu fragen, ob die Menükarten fertig waren. Gelegentlich war es auch ihre Schwiegermutter, und zwar immer dann, wenn sie mit etwas nicht zufrieden war. Delphine legte das Märchenbuch, aus dem sie den Kindern vorgelesen hatte, beiseite. »Herein.«

Es war ihr Mann.

»Ist etwas passiert?«, entfuhr es Delphine. Sie hatte sich so viel anderes vorgenommen. Nächtelang hatte sie sich ausgemalt, was sie sagen, wie sie ihn ansehen, wie sie auf ihn zugehen würde, wenn er in ihr Zimmer käme, doch im Laufe der Wochen, die vergingen, hatte sie es vergessen. Jetzt entfuhr ihr nur dies: »Ist etwas passiert?«

»Ja«, sagte er. Dann verbesserte er sich: »Nein, natürlich nicht. Ich meine, nichts von Bedeutung, oder zumindest ist das zu hoffen. Ich hätte dich nur gern kurz gesprochen, Delphine. Allein, wenn es geht.«

Delphine setzte das Kind, das sie auf ihrem Schoß festgehalten hatte, weil es sonst beim Märchenlesen trommelte und stampfte, behutsam zu Boden und rief ihre ältere Tochter, die am Fenster saß und ein Stück Samt bestickte. Sie stickte bemerkenswert ordentlich für ein Mädchen von erst sechs Jahren. »Lucille, nimm deine Schwester mit in die Küche und sag Frédérique, ihr dürft jede ein Stück Nougat haben. Und dann geht nach drüben ins Kinderzimmer, spielt mit Beatrice.«

Lucille war ein stilles, folgsames Mädchen, das es jedem recht machen wollte. In Windeseile packte sie ihr Stickzeug zusammen, das sie ihrem Vater gewiss gern gezeigt hätte, nahm ihre Schwester bei der Hand und zog die Kleine, die sich wie ein Eselsfohlen sträubte, mit sich aus dem Zimmer.

Didier zwang sich zu einem Lächeln. »Sie sind beide sehr groß geworden.«

Wie konnte man das über Kinder sagen, die man jeden Tag sah? Er hob das Märchenbuch auf. »Charles Perrault«, sagte er, weiter verkniffen lächelnd. »Der gute alte *Riquet à la houppe* hat noch immer seinen Zauber, nicht wahr?«

»Um ehrlich zu sein, Madeleine mag ihn nicht besonders«, sagte Delphine und hätte sich ohrfeigen wollen. Was Madeleine tat, interessierte ihn nicht. Er hatte andere Sorgen als bockige Vierjährige, die sich gegen ihre Märchenlektüre sträubten. »Setz dich doch zu mir«, probierte sie es von neuem.

Didier aber blieb mit vor dem Schritt verschränkten Händen stehen. »Ist alles in Ordnung mit dir und den Kindern? Geht es euch gut?«

»Danke, wir können nicht klagen«, sagte Delphine.

»Das freut mich.« Dann hörte er auf zu lächeln und räusperte sich. »Delphine, weswegen ich dich sprechen wollte – ich denke wirklich nicht, dass es einen Grund gibt, sich Sorgen zu machen, aber ich muss morgen verreisen. Nicht weit. Nur nach Toulon.«

»Auf die Präfektur?« Das war kaum eine Reise zu nennen. Seit Alphonse Delage sich zunehmend schwertat, fuhr Didier so gut wie jede Woche, ohne Delphine davon in Kenntnis zu setzen, und war meist zum Abendessen zurück. Kurz flammte die Hoffnung in ihr auf, er könne sie auffordern, ihn zu begleiten. Dann schalt sie sich eine Idiotin.

»Nein«, sagte Didier. »Nicht auf die Präfektur. Und es geht auch nicht eigentlich um eine Reise, das heißt, ich fahre vermutlich von Toulon gar nicht weg …«

Er wand sich. Stotterte. Delphine war die Comtesse Cadière de l'Estérel, und eine Comtesse schrie ihren Mann nicht an, aber es kostete Mühe, sich zu beherrschen. *Mère de Dieu*, hätte sie ihn anschreien wollen, waren wir nicht einmal Freunde? Verkauft worden sind wir beide, auch wenn jeder weiß, dass ich das bessere Geschäft gemacht habe, aber meine Entscheidung war es so wenig wie deine. Ja, ich habe gedacht, ich könnte diese Ehe zu einem Erfolg machen, ich habe gedacht, dich zum Mann zu bekommen sei das Zweitbeste, das mir passieren könnte, und das Erste stand nie zur Wahl. Dass es in deinen Augen das Schlechteste war, mich zur Frau zu bekommen, habe ich nicht gewusst, und dass du nach acht Jahren noch immer vor mir stehst wie ein Schuljunge, der Angst hat, eine Tracht Prügel zu kassieren, tut mir weh. *Mère de Dieu*, wer hat uns eigentlich am Tag der Hochzeit verboten, weiter Freunde zu sein?

»Delphine?«

»Ja, ich habe dich gehört«, sagte sie. »Ich war nur in Gedanken.«

»Woran hast du gedacht?«

»An nichts Wichtiges.«

Er lächelte. »Ich würde es gern wissen. Wenn es nichts Wichtiges ist, umso mehr.«

»Ich habe an Madeleine gedacht«, log Delphine, weil sie meistens an Madeleine dachte, wenn sie nicht an Didier dachte. Sie war so schwierig. Für ein weibliches Mitglied der Familie Cadière war es alles andere als ratsam, schwierig zu sein.

»Madeleine, ja«, sagte Didier. »Sie ist nicht krank, oder?«

»Nein. Sie ist gesund wie ein Fisch im Wasser.«

»Das ist schön.« Didier lächelte, aber nur kurz. »Delphine, wegen dieser Reise, die ich morgen mache – eine Reise ist es gar nicht. Ich bin einberufen worden.«

Im ersten Augenblick wusste sie nicht, was er meinte. Als es ihr klarwurde, folgerte sie, dass sie falschliegen musste. Es war ja nicht möglich.

Von Krieg war in den letzten zwei Jahren ständig geredet worden, doch jedes Mal hatten sämtliche Männer ihres Kreises versichert, die Gefahr sei abgewendet und werde nicht wieder aufflackern. Als Hitler bekundete, dass Österreich zu Deutschland gehörte. Als Hitler behauptete, Teile der Tschechoslowakei gehörten ebenfalls zu Deutschland, und als Premierminister Daladier nach München flog, um mit seinem britischen Kollegen Chamberlain Hitler die Erlaubnis zu erteilen, diese Landesteile zu besetzen. Als Hitler Teile von Polen annektierte und gleich darauf Teile eines Landes namens Litauen, von dem Delphine noch nie gehört hatte. Als Daladier im Radio verkündete, es sei jetzt genug, man müsse Hitler eine Grenze setzen, und wie Großbritannien sichere auch Frankreich Polen im Fall eines Angriffs seinen Schutz zu. Zu diesem Angriff werde es jedoch nie kommen, die Geste der Drohung sei genug.

Zu einem Krieg werde es nie wieder kommen. Chamberlain und Daladier hatten das große Bluten erlebt und wollten Frieden für ihre Zeit.

Nachdem ihr in Sekundenschnelle all das durch den Kopf geschossen war, blieb das, was Didier gesagt hatte, noch immer stehen. Er war einberufen worden. Auf ein Schlachtschiff namens *Bretagne,* auf dem er es im Alter von dreiunddreißig nicht weiter als bis zum Rang eines Lieutenants gebracht hatte, während sein Bruder Claude im Alter von dreiundzwanzig im Rang eines Capitaine gestorben war. Sie wusste das von ihrer Schwiegermutter. Tief im Innern war sie überzeugt, dass Didier für den Dienst in der Armee nicht geeignet war.

»Gibt es Krieg?«, fragte sie.

Didier knetete seine Hände. »Nein, nein. Nicht doch. Das kann ich nicht glauben.« An seinem Lächeln scheiterte er. »Niemand, mit dem ich gesprochen habe, weiß, warum dieser Einberufungsbefehl ergangen ist. Eine Vorsichtsmaßnahme ist die wahrscheinlichste Erklärung. Ribbentrop soll heute zu Molotow nach Moskau geflogen sein, das gibt natürlich Anlass zur Sorge, und wir haben dieses Beistandsabkommen mit Polen geschlossen.«

»Es tut mir leid«, sagte Delphine. »Ich verstehe dich nicht, weil ich nicht weiß, wer diese Leute sind. Du sagst mir, ich soll mich mit dem Lesen von Zeitungen nicht belasten, sondern lieber fröhlich mit den Kindern sein, also wirst du mir das leider erklären müssen.«

»Entschuldige«, sagte Didier. »Ribbentrop ist der deutsche Außenminister, Molotow sein sowjetischer Amtskollege. Dass sie sich treffen, kommt unerwartet, weshalb es unsere militärische Führung nervös macht. Bisher war wohl sicher angenommen worden, dass die Feindschaft zwischen Hitler und Stalin beide hindern würde, den Griff nach Polen zu wagen.«

»Und jetzt wird das nicht mehr angenommen?«

Didier zögerte. »Wenn Hitler mit der Sowjetunion zu einer Einigung kommt, wäre das Hindernis ausgeräumt«, sagte er endlich. »Sie könnten Polen zwischen sich aufteilen. Der Versuch unserer Regierung, nicht nur mit den Briten, sondern auch mit den Sowjets eine antifaschistische Allianz zu bilden, scheint ja leider an allzu vielen Vorbehalten gescheitert zu sein. Irgendwer soll gesagt haben: Ich verbünde mich doch nicht mit dem Teufel, um einem kleinen Schreihals mit Schnurrbart den Hintern zu versohlen.«

Er war ein kluger Mann, ein gebildeter Mann, der anders als die meisten Männer nichts aussprach, ehe er nicht Zeitungen, Bücher und was ihm sonst zur Verfügung stand, zurate gezogen hatte. Von Gesprächen mit ihm hätte sie profitieren können, aber sie war nur Delphine, eine nicht besonders kluge, nicht besonders gebildete Frau, mit der sich solche Gespräche nicht lohnten. Soweit sie sich erinnerte, war auch Nathalie nicht besonders gebildet gewesen, sondern bei erster Gelegenheit aus der Schule geflüchtet. Aber klug war sie gewesen. Auf ihre Nathalie-Art klug genug, um zu wissen, was für Delphine ein Buch mit sieben Siegeln war – wie man einen Mann glücklich machte.

Sie selbst versagte erbärmlich darin. Und das Erbärmlichste war, dass sie nach acht Jahren Ehe und zwei Kindern noch immer jede ihrer Unzulänglichkeiten an Nathalie maß.

»Du sollst auch weiterhin fröhlich mit den Kindern sein«, sagte Didier. »Die Einberufung von Reservisten ist nun einmal verfügt, also muss ich mich bei Vizeadmiral Godfroy melden, aber in ein paar Tagen bin ich sicher zurück. Am Krieg mit dem Westbündnis ist Hitler nicht gelegen. Die britische Flotte ist die stärkste der Welt, und unsere eigene steht nach dem Ausbau an Stelle vier. Nur ein Wahnsinniger würde einen solchen Machtblock angreifen.«

»Aber den Krieg im Osten will er?« Delphine wusste nicht, was sie glaubte, nicht einmal, was sie hoffte oder fürchtete. Sie wollte nur, dass er ihr anvertraute, was ihn bewegte, dass er sie teilhaben ließ. Wenn er in einen Krieg ging – wie konnte sie ihn gehen lassen, ohne ihm zu sagen, was nie gesagt worden war?

»Ja, das ist wohl so«, sagte Didier und schluckte. »Den Krieg im Osten scheint er zu wollen.«
»Und wir haben ein Beistandsabkommen. Dann werden wir doch wohl Truppen nach Polen schicken müssen, oder verstehe ich das mit diesem Abkommen falsch?«
»Warten wir erst einmal ab«, erwiderte Didier. »Wenn es erforderlich wird, einen Teil der Flotte nach Polen zu schicken, dann sicher nicht das Mittelmeergeschwader vor Toulon. Eher kann ich mir vorstellen, dass wir aus Sicherheitsgründen vor die algerische Küste entsandt werden.«
»Und wenn du dich irrst? Wenn Hitler Frankreich angreift?«
Didier schüttelte den Kopf. »Honoré reist morgen zur Festungsinfanterie an die Maginot-Linie. Sicher erklärt er dir gern heute Abend beim Essen, dass Maréchal Pétain, der Held von Verdun, persönlich diese Befestigung abgesegnet hat, dass wir bald drei Milliarden Franc und damit praktisch den gesamten Verteidigungsetat dafür ausgegeben haben und dass niemand sie angreift, weil sie uneinnehmbar ist.«
»Ist dieser Held von Verdun nicht hundert Jahre alt? Er muss doch längst aus dem Heeresdienst ausgeschieden sein.«
»Anfang achtzig«, erwiderte Didier. »Und ja, er ist ausgeschieden, aber das hindert ihn nicht, seine Meinung kundzutun.«
»Von der du nichts hältst«, fügte Delphine hinzu. »Genauso wenig wie von Honorés Begeisterung für diese Linie«, sagte Delphine. »Colonel de Gaulle, für den du in Saint-Cyr geschwärmt hast, hat sich dem Bau widersetzt, weil eine feste Verteidigung zu viele Truppenteile bindet.«
Auf Didiers Gesicht zeigte sich etwas wie Erstaunen. »Du weißt noch, dass ich das gesagt habe? Nach all der Zeit?«
Nein, dachte Delphine, ich weiß nichts von dir. Du bist mein Mann, aber ich habe nicht das Recht, etwas von dir zu wissen, weil du mich nicht geliebt hast und ich dich nicht. Wenn jetzt Krieg kommt – haben wir dann noch immer kein Recht?

Aber es kam ja kein Krieg.
»Trotzdem«, sagte Didier. »Honoré ist Berufsoffizier mit Fronterfahrung, und wenn er so ein Urteil ausspricht, wird es schon Hand und Fuß haben. Ich dagegen bin ein kleiner Lieutenant, der ohne die Beziehungen seiner Familie durch die Prüfungen gerasselt wäre. Der Spuk ist sicher in ein paar Tagen vorbei.«
»Und wenn nicht?«
Er sah sie an und ließ die Schultern hängen. »Ich weiß es nicht, Delphine. Wir haben Erntezeit, mit Alphonse Delage geht es täglich bergab, und Michel ist ein gebrechlicher Mann, dem ich das nicht aufbürden kann. Wenn wirklich die Mobilmachung erfolgt, werde ich darum bitten müssen, mich unabkömmlich zu stellen.« Abrupt drehte er sich um, ging zum Fenster und sah in den vollkommen makellosen, leeren Himmel. »Ich weiß, es wäre die Pflicht eines jeden Mannes, sich Adolf Hitler entgegenzustellen. Aber was ist mit dem hier? Mit Les Adrets?«
Wann immer er den Namen aussprach, hörte Delphine dazu ein Echo: Was ist mit Les Adrets, für das ich mein Lebensglück geopfert habe?
»Ich darf doch Les Adrets nicht seinem Schicksal überlassen«, sagte Didier. »Schon gar nicht, wo nicht einmal die Zukunft geregelt ist.«
Das war das zweite Echo. Der zweite Schlag. *Wo nicht einmal die Zukunft geregelt ist* bedeutete: *Wo ich nicht einmal einen Sohn habe.*
Sie wusste, wie sehr er sich das gewünscht hatte – eine neue Generation, die die vom Krieg zerstörte Ordnung wiederherstellte: einen neuen Claude vom Schloss, dem ein neuer Stéphane von der Mühle als Verwalter zur Seite stand. Als Hochzeitsreise hatte ihr Vater ihnen eine Kreuzfahrt entlang der italienischen Küste geschenkt, und Delphine hatte Didier, der an die Tür ihrer Flit-

terwochenkabine klopfte, furchtbar gern gemocht. Auf dieser Reise hatte er oft geklopft, weil er sich seinen Wunsch erfüllen wollte, zumindest den nach einem kleinen Claude, denn daran, dass Nathalie zurückkommen, heiraten und ihrem Vater einen Enkel schenken würde, glaubte kein Mensch. Die übrigen Passagiere hatten ihnen gerührte Blicke zugeworfen, und Delphine hatte sich beinahe wie eine richtige Ehefrau gefühlt. Neun Monate später war Lucille zur Welt gekommen.

Das Klopfen war seltener geworden, aber es war nicht ausgeblieben. Sie waren vielleicht nicht glücklich miteinander gewesen, aber es gab noch immer Hoffnung, dass sie es werden konnten – nicht so, wie Nathalie glücklich gewesen war, aber auf eine stille, eigene Weise. Delphine war unendlich glücklich über die kleine Lucille gewesen. Als sie das nächste Mal schwanger wurde, hatte sie sich vorgestellt, wie glücklich Didier über einen kleinen Claude sein würde und dass sie ihr Glück würden teilen können.

Sie verlor das Kind. Didier klopfte noch seltener, aber ein einziges Mal genügte, um von neuem zu hoffen. Nach Madeleines Geburt kam Didier fast gar nicht mehr. Am Tag manchmal, wenn es etwas zu besprechen gab, aber nicht in der Nacht. Wir sind noch jung, hatte Delphine oft gedacht, wir wären nicht die Ersten, die nach zwei Töchtern einen Sohn bekommen. Wenn es ihr Mann aber nicht mehr ertragen konnte, ihr ein Kind zu machen, konnte sie daran nichts ändern.

»Ich gehe dann packen, ja?« Didier setzte wieder sein Lächeln auf, bei dem sie sich fühlte wie ein kleines Mädchen, eine ihrer Töchter, die man schonen, aber nicht ernst nehmen musste. »Morgen breche ich in aller Herrgottsfrühe auf. Mach dir nicht die Mühe, aufzustehen, wir sehen uns ja heute noch beim Abendessen. Aber vielleicht verabschiedest du dich von Fabrice und wünschst ihm Glück? Er wollte nach draußen, sehen, wie der Wein steht. Es wäre eine nette Geste.«

»Fabrice ist da?«

»Wusstest du das nicht? Er ist gestern Nacht gekommen und reist morgen mit mir ab. In die andere Richtung, mit Honoré an die Maginot-Linie.«

So war es immer. Fabrice war ein Geist, der durch ihr Leben strich, und ehe man ihn zu fassen bekam, war er schon wieder auf und davon. Wen er begrüßte und von wem er Abschied nahm, entschied er, wie es ihm passte. Wohin er fuhr, behielt er für sich, womöglich wusste er es selbst oft nicht. Wie er sein Leben finanzierte, war Delphine nicht ganz klar, aber er hatte auf seinen Reisen etliche Sprachen gelernt und übernahm sporadisch Aufgaben im diplomatischen Dienst. Zudem kümmerte er sich um den Verkauf von Produkten aus Les Adrets. In beidem war er gut, kaum weil er diplomatisch oder charmant gewesen wäre, sondern weil Verhandlungspartner seine Unverschämtheit unterhaltsam fanden. In den Klatschspalten fanden sich regelmäßig Notizen über sein skandalöses Liebesleben mit Bildern von Schönheiten, die ihn anschmachteten. Wenn er zu Hause war, sah er nach Wein und Oliven und kümmerte sich um Claudine, die sich langweilte.

Didier ging zur Tür, hauchte ihr im Vorbeigehen lächelnd einen Kuss auf die Wange. »Versuch bitte, nicht so betrübt dreinzuschauen, Liebes.«

Vielleicht solltest du mal einen Blick in den Spiegel werfen, dachte Delphine. Er war sehr dünn geworden, und wenn man ihn aus der Nähe betrachtete, erkannte man den abgezehrten alten Mann, der einmal aus ihm werden würde.

35

Delphine wartete, bis er gegangen war, und trat vor die Frisierkommode, um ihr Haar zu ordnen. Dann ging sie die Treppe hinunter und durch die leere Halle, in der es selbst im Sommer kühl war.

Durch die Hintertür betrat sie den Milchhof und blickte auf die Mühle in der Senke, den Hang, der wirkte, als hätte er sich seit Menschengedenken nicht verändert. Einst war es für sie der schönste Ort der Welt gewesen, das Ziel ihrer Wünsche. Sie hatte trotz allem dankbar zu sein, weil sie hier lebte. Der Ort war das Zuhause ihrer Kinder, das machte auch sie zu einem Teil davon.

Fabrice stand dort, wo der hohe Wacholder die Reihen der Olivenbäume von den Weinreben trennte. In der roten Erde, die von der Sonne fast kahlgebrannt war, glaubte Delphine noch immer die Konturen einer ungeschickt gezeichneten Hand und die Buchstaben in den fünf Fingern zu erkennen. In Wahrheit war da nichts mehr. Was ist mit dir los, Fabrice, dachte sie, wirst du auf einmal sentimental?

Damals, als seine rote Katze gestorben war, hatte sie den steifen Kadaver aufgehoben, obwohl sie sich vor Toten ekelte und sich vor dieser Katze immer gefürchtet hatte, und hatte sie hier begraben. Der Boden war hart wie Stein gewesen, aber Delphine, das Arbeitspferd, hatte mit dem Spaten so lange hineingehackt, bis sie vor Erschöpfung auf die Knie gefallen war. Es war ihr richtig erschienen, da zu diesem Zeitpunkt ihre gemeinsame Kinderzeit endgültig vorüber war. Sie hatte geglaubt, es würde Fabrice etwas bedeuten. Als er nach Hause gekommen war, dunkelbraun gebrannt wie ein Pirat, war Lucille schon auf der Welt gewesen. Delphine war mit ihm zu der Stelle gegangen und hatte ihm erzählt, was sie getan hatte.

»Warum stellst du nicht noch ein Kreuz hin und schreibst *Mort pour la France* darauf?«, hatte Fabrice gefragt. »Die Ägypter haben ihre Katzen mumifiziert und ihnen Schreine gebaut – meinst du, meine Katze hätte sich aus so einem sentimentalen Firlefanz etwas gemacht?«

»Aber es ist doch unsere Stelle!«

»*Uns* gibt es ja nicht mehr. Also brauchen wir auch keine Stelle.«

Jetzt schien er seine Ansicht geändert zu haben. Als Delphine näher kam, sah sie jedoch, dass er keineswegs aus Sentimentalität hier war, sondern mit Michel sprach, den seine Gestalt verdeckte. Michel war zu einem zerbrechlichen Greis zusammengeschrumpft, aber er schleppte wie eh und je Wasser an seinen Hang. »Tausend Jahre«, hörte Delphine ihn zetern, »tausend Jahre hält sein Reich, sagt der *boche*. Der ist größenwahnsinnig. Tausend Jahre stehen meine Olivenbäume. Aber kein Reich von Menschen.«

Dann sah er Delphine und zog seine Mütze. Die letzten drei Strähnen von weißem Haar hatte der Schweiß an seinen Schädel geklebt. »Madame la Comtesse.«

»Delphine.« Fabrice drehte sich ohne ein Lächeln um, griff routiniert nach ihrer Hand und hauchte Luftküsse über ihre Wangen. »Gib mir einen Augenblick.« Rasch wechselte er noch ein paar Worte mit Michel, etwas über ein Schädlingsmittel, das er aus einem mittelöstlichen Land mitgebracht hatte, dann machte Michel sich auf den Weg.

»Und?«, fragte Fabrice. »Was gibt es? Eine Strafpredigt, die Jeanne-Camille dir aufgetragen hat? Die hundertste Aufforderung, endlich eine standesgemäße Erbin zu heiraten? Verschwende nicht deinen Atem, Delphine.«

»Warum bist du hergekommen?«, fragte sie zurück. »Du reist doch schon morgen wieder ab.«

»Macht man das nicht so, ehe man in den Krieg zieht? Von seiner Familie tränenreich Abschied nehmen?«

»Didier hat gesagt, es ist nur eine Vorsichtsmaßnahme.«

»Didier mag jedes Buch Frankreichs von vorn bis hinten gelesen haben. Aber er versteht nichts vom Krieg.«

Plötzlich fiel Delphine ein, wie der Comte Claude sie »Kriegskinder« genannt hatte. Wenn sie Kriegskinder waren, hätten sie vom Krieg dann nicht genug verstehen müssen, um einen neuen aufzuhalten? Eine Mischung aus Panik und Traurigkeit ergriff sie. Sie wusste instinktiv, dass es Fabrice war, der recht hatte, nicht Didier, und dass sie auf tragische Weise versagt hatten. Sie hatten es versäumt, ihr Leben ins Reine zu bringen, und das, was jetzt auf sie zurollte, würde ihnen dafür keine Zeit mehr lassen.

»Du glaubst also, es gibt Krieg?«

»Das ist nicht zu vermeiden, oder? Hitler wollte Österreich, und wir haben ihm Österreich gelassen. Er wollte die Slowakei, und wir haben ihm die Slowakei gelassen. Wollen wir ihm jetzt auch Polen lassen? Warum schenken wir ihm dann Frankreich nicht gleich mit dazu?«

Delphine verstand. »Hast du Angst?«

»Nein. Warum sollte ich?«

Er war als Junge frech, geradeheraus und oft boshaft, aber nie zynisch gewesen. »*Parbleu,* weil man dabei sterben kann!«, schnauzte sie ihn an.

Fabrice zuckte die Schultern. »Ich habe so manches gemacht, bei dem man hätte sterben können. Um ehrlich zu sein, ist das spannender als das meiste, bei dem man nicht stirbt. Ich habe im spanischen Vorgebirge geholfen, eine Brücke zu sprengen. Das glaubst du nicht, was für ein Spektakel das ist, welche Wucht das hat. Wie der Weltuntergang. Das Ende von allem.«

»Warum tust du das?«, fragte Delphine. »Ich habe dich nie für einen Idealisten gehalten, nicht einmal für sonderlich an Politik interessiert, so wie Didier.«

»Ich bin auch nicht sonderlich an Politik interessiert. Ich kann nur Leute nicht leiden, die anderen vorschreiben, was sie zu tun und zu lassen haben. Und ich packe das, was ich will, lieber an, statt mich ständig zu fragen, warum ich es will.«

Delphine sah ihn sich an, seine Hand, mit der er sich am Stamm des Wacholders abstützte, und den gesenkten Kopf, das scharf gezeichnete, dunkle Profil vor dem strahlenden Blau des Himmels. Es war wie ein Bild, das nicht in die Wirklichkeit gehörte, vielleicht eine Filmszene: Der Kriegsheld nimmt Abschied von seiner schönen Geliebten. Nur sie selbst passte nicht ins Bild, aber sich selbst musste sie ja nicht sehen.

Dann fiel es ihr ein. Es war ein Bild aus ihrem Spiel. In dem Spiel hatte man sich selbst nie sehen müssen, sondern konnte sein, wer und was man wollte. Auf einmal bereute sie, dass sie nie wie Nathalie und Fabrice in dem Spiel hatte versinken können. Bei den beiden hatte es immer echt geklungen, als wären sie im Spiel tatsächlich alles, was sie sein wollten – erwachsen, mächtig, toll vor Liebe und frei. Wenn sie es recht bedachte, hatte sie auch Salah, der wenig sagte und sich in Geheimnisse hüllte, im Spiel oft nicht erkannt. Einzig sie und Didier hatten immer sich selbst gespielt. Lucie, die verlassene Ehefrau des schönen Verräters, und Lucien, seinen betrogenen Freund – zwei, die im Spiel ebenso wenig bekamen, was sie wollten, wie im Leben, und die nicht den Mut aufbrachten, danach zu greifen.

Ein Gedanke durchzuckte sie. Und wenn sie es jetzt tat? Dies war immerhin der Ort, an dem sie das Spiel gespielt hatten, an dem es zum Leben erwacht war. Sie fuhr sich mit der Hand durch ihr dünnes Haar. Wenn sie wollte, konnte es dicht und seidig sein, feucht und weinfarben und beim Trocknen schimmernd wie Honig. Sie würde Nathalie spielen. Nathalie, die sich nahm, was sie wollte, bis sie es satthatte und ohne Abschied verschwand.

»Fabrice«, sagte sie und glaubte zu hören, wie ihre Stimme sich veränderte. »Ich will einen Sohn.«

»*Merde alors.*« Er stieß sich von dem Wacholderbaum ab, und Delphine registrierte das Spiel seiner Schultermuskeln unter dem Hemd. »Erst Jeanne-Camille und jetzt du. Was glaubt ihr eigentlich, was ich bin, ein orientalischer Fruchtbarkeitsmagier? Ich habe Michel etwas mitgebracht, was sie am Euphrat auf ihre Dattelpalmen streichen, um Pilze zu bekämpfen. Aber womit eine Frau sich bestreichen kann, damit sie in der Nacht, bevor ihr Mann in den Krieg zieht, schwanger wird, das weiß ich nicht.«

»Jeanne-Camille hat auch mit dir gesprochen?« Delphine vergaß, dass sie Nathalie war, und fühlte sich schuldig. Auf den Gedanken, ihre so unzugängliche Schwägerin könnte sich mit den gleichen Problemen quälen, war sie nie gekommen. Jeanne-Camille erzog Beatrice, ihre Tochter, mit der gleichen straff organisierten Strenge, mit der sie den Haushalt regierte, und Delphine hatte angenommen, das eine Kind sei ihr mehr als genug.

»Nicht nur einmal«, erwiderte Fabrice. »Sie läuft deswegen seit Jahren von einem Arzt zum anderen, und wenn ihr mal wieder ein Quacksalber ein Vermögen abgeknöpft hat, ohne etwas auszurichten, droht sie mir Prügel an, wenn ich nicht auf der Stelle heirate.«

»Und einen Sohn bekommst? Einen Erben für Les Adrets?«

Fabrice nickte. »Denk nicht, dass mir das am Hintern vorbeigeht. Wenn ich nicht so vollkommen ungeeignet wäre, meinen Kopf unter ein Joch zu beugen, würde ich es tun.«

Und wenn du Nathalie hättest haben können, dachte Delphine. Aber Nathalie wollte Didier, den sie nicht haben durfte, und du hättest nur mich haben können, die du aber die meiste Zeit nicht einmal wahrgenommen hast. Am Ende hat keiner von uns bekommen, was er wollte, aber morgen ist Krieg, und für das Kind, den Erben, können wir trotz allem noch sorgen. Wenn ich mutig bin. Wenn ich Nathalie spiele.

»Fabri«, sagte sie. »Bei mir ist es anders.«
»Was ist bei dir anders?«
»Anders als bei Jeanne-Camille. Ich könnte Kinder bekommen.«
Unverhofft hob er den Kopf, und über sein Gesicht flog ein Lächeln. »Daran besteht kein Zweifel. Ich bekomme Lucille und Maddie ja nachher noch zu sehen, oder? Schau, was ich Lucille mitgebracht habe.«
Er fasste in seine Hosentasche, zog den Stoff stramm, was in Delphines Unterleib eine pochende Hitze auslöste, und holte eine Handvoll holzgeschnitzter Tiere hervor, ein Kamel, ein Krokodil, einen Reiher auf langen Beinen. Dabei lachte er, schien alles vergessen zu haben, den Krieg, das Haus ohne Söhne, die Einsamkeit. »Für Beatrice habe ich ein Brettspiel, für das ich zu blöd war. Ich wette, sie begreift die Regeln in zwei Minuten. Und das hier ist für Maddie.« Aus der anderen Hosentasche zog er eine Doppelpfeife aus Pfahlrohr, kaum länger als sein Handteller. »Es heißt *zummara* und klingt, als würde ein Zikadenmann alle schönen Frauen der Welt besingen.«
Wenn du nur mein Schwager wärst, würde ich dich jetzt küssen, dachte Delphine. Auf die Wange. Da, wo dein Knochen wie eine Sichel ist.
»Wenn sie größer ist, fahre ich noch einmal nach Bagdad und kaufe ihr eine für Erwachsene, die einen halben Meter lang ist«, sagte Fabrice. »Natürlich nur, wenn mir kein Kohl fressender Hunne den Garaus macht.«
»Hör auf, so zu reden«, wies sie ihn zurecht. »Das hier ist keines von deinen Spielchen. Wenn es Krieg gibt, wird echten Menschen der Garaus gemacht.«
Sein Gesicht verzog sich zur Fratze. »Tatsächlich? Besten Dank für die Belehrung. Ich hatte einen Bruder, der konnte ein Lied davon singen.«
Delphine erschrak. »Es tut mir leid.«
»Keine Ursache. Wer kann schon alles im Kopf behalten?«

Sie ballte die Fäuste, kniff die Augen zu und sagte sich: Ich bin Nathalie. Wie hatten die anderen sich mit solcher Leichtigkeit verwandelt, warum fiel es ihr so unendlich schwer? »Fabri, noch mal zurück zu dem, was ich dir gesagt habe: Bei mir ist es nicht wie bei Jeanne-Camille. Eure ganze Familie ist zart gebaut, aber ich kann so viele Kinder bekommen, wie ihr wollt. Einen Jungen. Den nächsten Claude. An mir liegt es nicht.«
»Was willst du damit sagen?«, versetzte er scharf. »Dass es Didier ist, der keinen Sohn zeugen kann? Das ist Unsinn.«
Um ein Haar hätte Delphine aufgelacht. »Du hast mich nicht verstanden«, sagte sie. »Jeanne-Camille und Honoré tun alles, um einen Sohn zu bekommen, aber sie bekommen keinen, und du kannst ihnen nicht helfen, auch nicht in dieser letzten Nacht. Aber mir kannst du helfen. Uns allen. Didier und ich bekommen keinen Sohn, weil wir nichts dafür tun. Didier tut nichts. Davon, dass ich Nacht für Nacht allein in meinem Bett liege, kommt kein Sohn in meinen Bauch.«
Einen Augenblick lang wirkte Fabrice verwirrt. Dann fasste er sich. »Was willst du?«, fragte er. »Dass ich mit dir schlafe?«
Delphine nahm es den Atem. Sie spürte, wie sich jeder Muskel in ihren Armen, in ihren Schultern und bis hinauf in den Hals spannte, wie ihre Hand, als gehöre sie nicht ihr, sondern Nathalie, ausholte.
»Nein, Delphine«, sagte Fabrice. »Gib mir keine Ohrfeige, das wäre albern und deiner nicht würdig. Einer muss die Dinge aussprechen, wie sie sind, und Kinder wachsen nicht aus Kohlköpfen.«
Ihre Hand sank herab. Ihr kamen die Tränen. Sie war nicht Nathalie. Nur Delphine. Und er hatte recht.
Leichtfüßig trat er vor, schloss die Arme um sie und legte sein Gesicht an ihres. »Dummes kleines Mädchen. Was wolltest du denn meinem Bruder erzählen? Dass er im Traum in dein Zimmer gewandelt ist und seinen Stammhalter gezeugt hat? Aber

vermutlich ist Didier der einzige Mann auf der Welt, der sich so etwas sogar noch einreden ließe.«

Delphines Weinen schüttelte ihren Körper. Sie klammerte sich an Fabrice fest, ließ die Tränen laufen, rang schluchzend nach Atem. Er ließ sie sich ausweinen, bis sie keine Kraft mehr hatte. Dann half er ihr, sich auf den Boden zu setzen, dorthin, wo die rote Katze und auch ihr Spiel begraben lagen, und setzte sich neben sie. Mit seinem weißen Hemdsärmel wischte er ihr das Gesicht ab, die Tränen von den Wangen und den Rotz von der Nase. Als sie sich schämen wollte, fiel ihr ein, dass er irgendwo in Spanien Brücken gesprengt hatte und somit Schlimmeres gewohnt sein musste.

»Es tut mir so leid«, sagte sie, als sie endlich wieder in der Lage war, Worte zu formen. »Ich weiß nicht, was in mich gefahren ist. Ich war so furchtbar verzweifelt.«

Er lächelte sie an. »Bist du's jetzt nicht mehr?«

Sie musste mitlächeln. »Doch. Und eine blöde Kuh bin ich obendrein. Einen Moment lang habe ich mir tatsächlich eingebildet, eine Nougatrolle wie ich könnte den begehrtesten Mann der Gegend verführen.«

Mit seinen schlanken Fingern strich er ihr das Haar hinter die Ohren, Strähne für Strähne, als wäre es schwer und golden. Dann beugte er sich vor und küsste sie auf den Mund. Delphine war noch nie so geküsst worden. Nicht so, dass es in ihrem ganzen unattraktiven Körper tief beglückend ankam, und nicht von einem Mann, der so gut roch. Sie saß still da, tat nichts und genoss. Dann war es vorbei. Als Letztes genoss sie, dass er sich Zeit nahm, um sich von ihr zu lösen, und sie ihm dabei in die Augen sehen konnte.

»Geh nach oben, verführ deinen eigenen Mann«, sagte er. »Und dann leg dich schlafen, morgen wird es ja auch wieder Tag.«

Sie kämpfte, um nicht noch einmal zu weinen. »Ich will nicht, dass du gehst.«

»Ich bin ein Streuner, Delphine, so wie meine Katze einer war. Ich lege mich irgendwo nieder und springe gleich wieder auf und muss weiter.« Er berührte ihr Haar mit den Lippen und stand auf. »Übrigens: Ich liebe Nougat. Wenn überhaupt eine Frau mich verführen könnte, zu bleiben, dann du.«

Der seltsam kristallklare Himmel hatte den Mistral angekündigt. Delphine legte sich mit Kopfschmerzen ins Bett, und als sie wieder aufstand, waren die drei Männer fort. Im Laufe des Tages unterzeichneten die beiden Außenminister in Moskau einen Nichtangriffspakt zwischen der Sowjetunion und dem Deutschen Reich. Eine Woche später drangen Verbände der deutschen Wehrmacht bei Sonnenaufgang über die polnische Grenze. Tags darauf erfolgte die Generalmobilmachung, und am 3. September erklärten Frankreich und Großbritannien Deutschland den Krieg.

Die jungen Männer verschwanden. Zurück blieben Alphonse Delage, Michel mit dem Olivenrechen und Pâcome von der Post, der im Verwalterhaus aushalf. Dazu Scharen von Frauen und Kindern, die sich daranmachen mussten, die Erne allein einzubringen. Zwei Tage darauf kam jedoch Didier wieder nach Hause. Als Leiter eines landwirtschaftlichen Betriebes, der zur kriegswichtigen Versorgung der Bevölkerung beitrug, war er bis auf weiteres unabkömmlich gestellt worden.

Nathalie

Mai 1940

36

Sie hatte den Film nicht sehen wollen. Seit *Pépé le Moko* war sie nicht mehr im Kino gewesen, und es kam ihr falsch vor, ausgerechnet jetzt zu gehen.

Kino war wie das Spiel, wie Fréhel in *Pépé le Moko*: Man selbst sah sich, wie man sein wollte, gaukelte sich das Leben vor, von dem man träumte, aber die anderen starrten auf das, was wirklich da war, in all seiner hässlichen Armseligkeit. Es half ihr nicht mehr. Kein Spiel und kein Film. Dieser – *Der Tag bricht an* von Marcel Carné – war gedreht worden, ehe der Krieg begann, und Nathalie hatte noch auf eine Rolle gehofft, ehe ihr Lügengebäude mit einem Schlag in sich zusammengebrochen war. Sie hatte den Film noch weniger sehen wollen als irgendeinen anderen.

Sie war dann doch ins Kino gegangen, weil Elie die Karten als Geschenk zu Paulettes achtzehntem Geburtstag gekauft hatte, aber Paulette in einen »verdorbenen« Film nicht gehen durfte. Sie begehrte neuerdings auf, die fromme Paulette, wollte gern Schneiderin werden, wollte aus dem *Pletzl* heraus und vermutlich auch sich verlieben. Wie wir alle, dachte Nathalie. Umso unerbittlicher schloss ihre Mutter sie ein, und Onkel Elie erhielt die strikte Anweisung, sie nicht länger mit sündigen Geschenken in Versuchung zu führen. Andernfalls werde er künftig nicht mehr zum Sabbatmahl eingeladen.

»Würdet ihr nicht gern gehen?«, hatte er Ricí und Nathalie gefragt. »Ihr Mädchen müsstet doch auch einmal auf andere Gedanken kommen. Benet könnte bei mir bleiben. Ich hätte ohnehin zu arbeiten.«

Also arbeitete Elie an der Juniausgabe von *Perdu et trouvé*, in der er einen Bericht über Gastons einschläfernde Vorträge im Musée de l'Homme bringen wollte; Benet, dessen Strebsamkeit Nathalie unheimlich war, saß dabei und machte seine Hausaufgaben; und Ricí und Nathalie sahen Marcel Carné.

»Ich glaub, Elie hatte recht«, sagte Ricí, als der Film zu Ende war. »Auf andere Gedanken kommt man vielleicht nicht, aber es ist schön, so etwas zu erleben. Zu sehen, dass Menschen nicht nur alles in den Sand setzen und zerschlagen, sondern imstande sind, etwas so umwerfend Schönes zu schaffen.«

Sie hatte Tränen in den Augen, und Nathalie ging es nicht anders, auch wenn sie es nicht wie Ricí in Worte fassen konnte. Der Film mit der Kulisse eines Pariser Hauses wie ihrem in der Rue Caulaincourt, die Alexandre Trautner gebaut hatte, mit der ganz düsteren, ganz trostlosen Musik von Maurice Jaubert, in der einmal ein Vogel sang, und mit den unvergesslichen Gesichtern von Jean Gabin und Arletty war umwerfend schön. Er erzählte eine so kleine Geschichte, sie passte in eine einzige Nacht, in nicht mehr als einen Straßenzug, und enthielt doch alles: Ein Mann verschanzt sich in seiner Wohnung, er hat einen anderen erschossen, und das Haus ist von Polizisten umstellt. Eine Nacht lang kann er sich halten, muss dabei eine Zigarette an der anderen anzünden, weil ihm die Streichhölzer ausgegangen sind. In den engen Räumen, durch die er streicht wie ein Tier, sieht er ohne Begreifen vor sich, wie ihm sein Leben in den Händen zerbrach:

Ein Mädchen hat er geliebt, hat alle Hoffnung auf einen Fetzen vom Glück in das Lächeln dieses Mädchens gesetzt und eine andere, die ihn liebhatte, aufgegeben. Das Mädchen spielt mit ihm, spielt mit einem anderen, auf einmal ist die Pistole da, und alles ist zu Ende. Als der Tag erwacht, stürmt die Polizei die

Wohnung, und der Mörder, dem die letzte Zigarette ausgeht, bringt sich um.
»Wenn man es jemandem erzählt, klingt es banal«, sagte Ricí. »Aber das ist es nicht. Es kommt mir vor, als wäre unsere ganze Zeit in dem Film: all die verpassten Chancen, die Gabelungen, an denen wir den verkehrten Weg genommen haben, ohne zu wissen, was zum Teufel wir falsch gemacht haben.«
Nathalie nickte und hakte sich bei ihr ein. »Gehen wir einen trinken? Ich will dir sagen, was noch in dem Film ist.« Sie verließen das Kino, draußen glänzte die Straße vom Regen der letzten Stunden, und in den Pfützen spiegelte sich das Gelb aller Laternen. Es herrschte noch Leben hier – um die Place Pigalle herrschte immer Leben, in das man eintauchen konnte, ohne dass jemand Fragen stellte. »In dem Film sind die größten Schauspieler, die wir haben, und ich bin keiner von ihnen. Mein Vater hat mir von klein auf eingeredet, dass ich zu etwas Großem geboren bin, und seit ich laufen konnte, habe ich auf dem Klosett der Cadières für dieses Große geübt. Wenn ich keine Comtesse werden konnte, dann wenigstens ein Star wie Fréhel. Die arme Fréhel. Aber ich bin gar nicht zu Großem geboren. Ich bin nur ich. Und weißt du was? So schlimm ist das gar nicht.«
»Ach, Nat.« Ricí drückte ihren Arm. »Wirklich auf dem Klosett?«
Nathalie nickte, und sie brachen mitten in einer Menschenwoge um die Place Pigalle in viel zu lautes Gelächter aus. Kriegsgelächter. Immer laut genug, um das, was lieber weinen wollte, zu übertönen. »Ich wollte auch die Besitzerin des größten Klosetts von Frankreich werden.«
»Und ich würde liebend gern mit dir den größten Calvados Frankreichs trinken gehen, aber wir haben kein Geld.«
In ganz Paris schien niemand mehr Geld zu haben. Das Musée de l'Homme konnte sich keine Ticketverkäuferin mehr leisten. Nur weil sie alle – Gaston, Paul Rivet und die paar Kollegen,

die, als unabkömmlich eingestuft, in Paris verblieben waren – Rici liebten, schanzten sie ihr zu, was sich an Arbeit auftreiben ließ. Für Nathalie galt das Gleiche: Filme wurden mit dem knappsten Aufwand gedreht, und Pierre Théroux, der noch immer gekränkt war wie eine Klosterschülerin, ließ sich lange bitten, ehe er Nathalie eine Rolle verschaffte. Der Krieg musste Unsummen verschlingen, und etliches war rationiert: Brot, Fett, Leder, Rindfleisch und Nylonstrümpfe. Aber sie schlugen sich durch. Nathalie war findig darin, Dinge, die es angeblich nicht mehr gab, zu beschaffen, und kannte alle möglichen Leute. Hätte nicht einer von ihnen gefehlt, wäre die Sache mit dem Krieg nur halb so schlimm gewesen.

Drôle de guerre nannten die Pariser diesen Krieg, den »komischen Krieg«, auch wenn er für die, die er überrollt hatte, alles andere als komisch war. Polen gab es nicht mehr. Hitler und Stalin hatten es unter sich aufgeteilt, und Idelle hatte in die Fenster ihres achteckigen Zeitungskiosks Bilder der zerbombten Stadt Warschau gehängt. Es sah nicht mehr wie eine von Menschen bewohnte Stadt aus, sondern wie eines dieser geisterhaften Ruinenfelder, die Archäologen irgendwo aus Wüstensand buddelten. »Dass wir keine Truppen geschickt haben, ist Verrat«, erklärte Idelle jedem, der sich an ihrer Bude blicken ließ, weshalb sie noch weniger Zeitungen verkaufte als sonst. »Wir haben diese Stadt auf dem Gewissen – es hätte genauso gut unsere sein können.«

Wenn Nathalie daran nur dachte, musste sie den Arm ausstrecken und die nächstbeste Hauswand berühren. Paris berühren. »Gehen wir ins *Provençal*«, sagte sie zu Rici. »Mir ist bis auf die Knochen kalt, und der Korse lässt mich anschreiben.« Paris war heil, man nörgelte nur ein bisschen, weil man mit rationierten Lebensmitteln nicht exquisit kochen konnte. Paris würde nichts geschehen. Die französischen Truppen, die nach Polen hätten geschickt werden müssen, saßen mit dem Expeditionscorps der britischen Verbündeten hinter der Maginot-Linie und spielten Piquet. Einer der wohltätigen Damenzirkel, die überall aus dem Boden schossen, sammelte Geld für Rosensträucher, damit die tapferen *poilus*, die Frontsoldaten, im Grau der Bunker und Wallanlagen nicht trübsinnig wurden.

Auf der anderen Seite saßen die Deutschen hinter ihrer Siegfriedlinie und spielten Skat. Sie nannten den Krieg »Sitzkrieg«, und da keine der beiden Linien einnehmbar war, würde der Sitzkrieg wohl andauern wie ein Tauziehen zwischen ebenbürtigen Gegnern.

Rici und Nathalie schoben sich in das *Bistrot*, das voll war, aber ungewohnt still wirkte. Der Korse hatte sein Radio auf den Tresen gestellt, und ein Pulk von Stammgästen drängte sich darum. Rici und Nathalie quetschten zwei Stühle an einen Tisch im Winkel, und Nathalie bediente sich selbst am Calvados. »Hast du was hören können?«, fragte Rici, als sie mit den Gläsern an den Tisch kam.

Nathalie schüttelte den Kopf. »Ich hab's gar nicht versucht. Lieber mach ich's heute, wie Elie gesagt hat: auf andere Gedanken kommen.«

»Gelingt dir das?«

Ihre Blicke trafen sich.

Ob Sitzkrieg oder komischer Krieg – er mochte nur halb so schlimm sein, aber er war schlimm genug. Es hatte einen Vorstoß im Saarland gegeben, nur ein Scharmützel, wie *Le Matin* schrieb, doch bei dem Scharmützel waren zweitausend französische Soldaten umgekommen. Im April waren die Deutschen in das neutrale Norwegen einmarschiert, weil sie Erz für ihre Rüstungsindustrie brauchten. Damit brachen sie das Völkerrecht, hatte Rici erklärt, weshalb endlich britische und französische Truppen zur Hilfe entsandt wurden.

Französische Truppen.

Es war wie damals in der *Union sacrée*. Auf einmal gab es nur noch Franzosen. Die Algerier und Tunesier, Marokkaner und

Zuaven der 3. Nordafrikanischen Division waren auch welche. Und in der 3. Nordafrikanischen Division, die hinter der belgischen Grenze beim Ardenner Wald lag, war Salah.
Nathalie hatte es nicht fassen können, als er ihr wortlos den Marschbefehl auf den Küchentisch gelegt hatte, sie hatte schreien, wüten, etwas zerschlagen wollen. Keine Stunde zuvor war sie vor Dankbarkeit den ganzen Weg hinauf zu Sacré-Cœur gerannt, weil sie geglaubt hatte, der Kelch wäre an ihnen vorübergegangen, sie wären alle in Sicherheit in ihrem Asyl in der Rue Caulaincourt. Elie war zu alt, Gaston hatte ein steifes Knie, und an Salah meinte sie nicht einmal denken zu müssen. Bis er mit dem Befehl am Tisch stand. »Aber du kannst nicht einberufen werden, du bist doch überhaupt kein Franzose!«, hatte sie geschrien. »Jetzt offenbar doch« war alles, was er geantwortet hatte.
Daran, wie herzzerreißend es gewesen war, es Benet beizubringen, wollte sie nicht denken. Lieber Calvados trinken. Salah würde irgendwo in einem von Rosen bekränzten Unterstand sitzen, sich auf einem Feldkocher seinen unvermeidlichen Tee brauen und Piquet spielen, obwohl er nicht einmal die Regeln kannte. Er würde zurückkommen. Noch ehe es Sommer war. Der Sitzkrieg, der alles Geld verschlang, konnte schließlich nicht ewig dauern.
Ohne Salah herumzulaufen fühlte sich himmelschreiend falsch an. Sie waren immer zusammen gewesen, er hatte sie begleitet, wohin sie auch gehen musste, und dass sie ihn jetzt nicht begleiten konnte, kam ihr grausam vor. Und dabei war Salah nicht einmal ihr Mann. Sie war nicht die Frau, die den blaugrauen Brief erhalten würde, wenn man Salahs Marke fand, auf der seine Waffengattung, seine Einheit, seine Nummer und seine Religion vermerkt waren.
Mort pour la France.
Nathalie wurde übel. Über den Tisch hinweg griff Ricí nach ihrer Hand. »Ist ja gut, *ma garçe*. Unserem Salah geht es prima.«

»Woher willst du das wissen?«
»Ich weiß es ja nicht. Du hast recht, mich bringt es auch zur Weißglut, wenn im Museum jeder diese leeren Trostformeln murmelt. Aber ehe man sich versieht, tut man es selbst.«
»Mich bringt es nicht zur Weißglut«, sagte Nathalie und drückte Ricís Hand, so wie Salah ihre drückte, wenn sie sich bei ihm entschuldigte. Es sollte bedeuten: Vergiss es. Was ist schon dabei, wenn dir ein falsches Wort herausrutscht, solange wir uns nicht alleine fühlen.
Ricí drückte zurück. »Danke für den Calvados.«
Prüfend sah Nathalie ihr ins Gesicht. »Machst du dir auch Sorgen? Oder bist du nur wegen deiner Examen nervös?«
Trotz Krieg ging ihr Leben weiter. Ricí, die einen Preis als fleißigste Studentin von Paris verdient hätte, stand vor dem Abschluss und verbrachte ihre gesamte freie Zeit mit Lernen. Wenn alles gutging, würde sie sich im Herbst eine Stellung als frischgebackene Ärztin suchen können, und wenn bis dahin der Krieg zu Ende und Salah zu Hause war, würde in der Rue Caulaincourt ein Gelage nach dem anderen gefeiert werden.
Ricí zögerte mit der Antwort. »Nein«, sagte sie schließlich, »ich bin nicht nur wegen der Examen nervös. Nicht nur. Aber auch.«
»Du bist ein Quatschkopf«, sagte Nathalie. »So eine Intelligenzbestie wie du schafft die paar Prüfungen doch mit verbundenen Augen. Mich wundert, dass sie dich nicht längst rausgeschmissen haben, weil du alles besser weißt als die Professoren.«
Ricí bemühte sich um ein Lachen, aber ohne Erfolg. »Schon richtig. Um das Fachliche brauche ich mich wohl nicht zu sorgen. Es ist nur …«
»Was ist nur?«
»Für die Examensmeldung muss ich meinen Pass vorlegen«, sagte Ricí. »Und das stellt mich vor ein unlösbares Problem. Mein Pass ist abgelaufen.«

»Na und? Dann lässt du dir eben einen neuen ausstellen.«

»Aha.« Ricí schob ihre Brille auf den Nasenrücken und sah Nathalie an. »Und wie mache ich das? Gehe ich zur deutschen Botschaft im Palais Beauharnais und sage: Guten Tag, mein Name ist Friederike Antonie Thomas, ich hätte gern einen neuen Pass, am besten gleich zwei?«

»Wieso am besten gleich zwei?«, fragte Nathalie und kam sich dämlich vor.

»Weil eine Menge Leute, die wir kennen, für einen Pass ihre Großmutter verkaufen würden«, sagte Ricí. »Im Land eines Kriegsgegners unterhält man keine Botschaft mehr, mein ahnungsloser Engel. Aber selbst ohne Krieg bekäme ich keinen, denn Nestbeschmutzern wie mir hat Hitler die Staatsbürgerschaft aberkannt. Ich bin staatenlos. Mir steht von keiner Botschaft der Welt ein Pass zu.«

»Aber das können die doch nicht mit dir machen!«, rief Nathalie. »Wie sollst du dich denn zum Examen melden ohne Pass?«

»Das Verrückteste ist: Selbst wenn ich einen deutschen Pass hätte, könnte ich mich nicht melden, sondern täte gut daran, den in der hintersten Schrankecke unter meinen Miederhöschen zu verstecken.«

»Und warum das?«

»Weil wir Krieg haben, Schlafmütze. Dass ich vor demselben Staat, vor dem jetzt ganz Europa flüchten möchte, schon vor Jahren geflüchtet bin, zählt nicht. Dass Hitler mein Feind und zugleich euer Feind ist, spielt keine Rolle. Ich bin Deutsche und damit ein *étranger indésirable*, ein unerwünschter Ausländer. Statt mir die Examen abzunehmen, würde man mich vermutlich mit dem nächsten Zug nach Rieucros ins Internierungslager schicken.«

»Nach Rieucros? Aber das ist doch bei uns!«, rief Nathalie entsetzt. »Ich meine, im Süden, im Midi, es ist irgendein Kaff in den Bergen.«

»Die unerwünschten Ausländer sollen da auch keinen Luxusurlaub machen«, erwiderte Ricí bitter. »Wenn es nach den freien Ländern Europas ginge, hätten wir uns längst ans andere Ende der Welt verziehen sollen. Nur wollte uns da leider auch niemand haben. Immerhin kann den Franzosen keiner vorwerfen, dass sie die Hatz auf uns besonders intensiv betreiben. Solange wir uns still verhalten, lässt man uns durchs Netz rutschen. Nur sollten wir uns nicht gerade einen Studienplatz an der École de Chirurgie erschleichen. Und auch keine Lebensmittelmarken beantragen, denn schließlich sterben Frankreichs Söhne nicht dafür, dass seine Feinde sich die Bäuche vollschlagen.«

Nathalie schüttete sich die letzten Tropfen aus ihrem Glas in den Mund. Dann stand sie auf, ging um die Tischecke herum und küsste Ricí auf den Haarschopf. »Wenn dieser Korse hier Kaviar anbieten würde, würde ich alles Geld, das ich nicht habe, auf den Kopf hauen und dir welchen kaufen«, sagte sie. »Zu mir haben sie das auch gesagt. Meine Großmutter vor allem. Tapfere provenzalische Söhne verrecken, damit ich kleine Hunnin mir den Bauch mit Kaviar vollschlagen kann. Ich war sechs. Ich hatte keine Ahnung, was Kaviar ist, aber ich hab mir vorgenommen, irgendwann schlage ich mir den Bauch damit voll, bis ich platze und meine Großmutter den Dreck wegmachen muss.«

Ricí schlang die Arme um ihre Taille und sah zu ihr hoch. »*Ma garçe?*«

»Ja, was denn?«

»Wie schmeckt denn Kaviar?«

»Grässlich«, antwortete Nathalie. »Ich kann nicht anders, ich muss bis heute von jedem Kerl, der behauptet, er will mir die Welt zu Füßen legen, verlangen, dass er mir Kaviar bestellt. Aber schmecken tut das Zeug, als würdest du raus ins Meer waten und einen Riesenschluck davon trinken.«

»Ich war noch nie am Meer«, sagte Ricí.
»Wirklich nicht?« Nathalie zog Ricís Kopf an ihren Bauch und wiegte sich mit ihr in den Hüften. »Hör zu, das versprech ich dir hiermit feierlich: Wenn dieser Krieg und euer Hitler und all das vom Tisch sind und wenn die mir meinen Salah, diesen Bettvorleger, nach Hause schicken, dann fahr ich mit dir ans Meer. Nur wir zwei und Benet. Der war auch noch nie da.«
Ricí biss sie liebevoll in den Bauch. »Das hat Manfred immer gesagt. Wenn das alles vom Tisch ist, wenn in Deutschland kein Kriegstreiber und kein Faschist mehr das Maul aufreißt, dann fahren wir ans Meer.«
»Wer ist Manfred?«
»Mein Vater. Den haben Nazis totgetrampelt, in der Nacht nach Hitlers Ernennung. Stell dir mal vor, du bist der erste von Tausenden Toten, die die Nazis auf dem Gewissen haben.«
Nathalie spannte den Bauch an und versetzte Ricís Gesicht einen Schubs. »Stell ich mir nicht vor. Wenn ich mir Leute vorstelle, die andere tottrampeln, wird mir schlecht, und wer hat was davon? Lieber bereden wir diese Sache mit deinem Pass. Du bekommst also jetzt keine Lebensmittelkarten mehr? Das ist nicht das Ende der Welt. Wir schmeißen unser Zeug zusammen, und dieser Valéry, den ich neulich kennengelernt habe, kann auf dem Schwarzmarkt Fleisch besorgen. Außerdem hat Gilles erzählt, dass die Leute ihm Kaninchen zum Schlachten bringen. Wir könnten ihm unsere bringen, wenn wir auf dem Balkon welche halten würden …«
»Auf unserem Balkon? Stell dir mal vor, du gehst auf der Rue Caulaincourt spazieren, und plötzlich fällt dir ein Kaninchen auf den Kopf.«
Nathalie ließ sie los und begann in ihrer Handtasche nach Zigaretten zu kramen. »Das wäre dann also geklärt. Und was machen wir mit deinem Examen? Wie kommt es überhaupt, dass du bist jetzt studieren konntest, ohne deinen Pass vorzu-

zeigen? Das ist doch nicht das erste Examen, das du machst, oder doch?«

»Bisher war ja mein Pass nicht abgelaufen«, sagte Ricí.

»Aber du hast doch gesagt, als Deutsche hättest du gar nicht mehr studieren dürfen.« Sie fand einen geknickten Stummel, der sich noch anzünden ließ. Idelle unkte, Zigaretten würden demnächst auch rationiert werden. Es war höchste Zeit, sich einen Vorrat anzulegen.

Ricí schnappte ihr den Stummel weg und nahm einen Zug. »Als Deutsche nicht«, sagte sie.

»Wie dann?«

Ricí seufzte, zog ihren Pass aus der Tasche und schob ihn Nathalie hin. »Als Niederländerin.«

Nathalie schlug das abgegriffene, gefaltete Dokument auf. Das schlecht befestigte Foto war verblasst und so zerknittert, dass Ricí kaum zu erkennen war. »*Voornaam: Frederika*«, stand darunter. »*Meisjesnaam: Heuwel. Achternaam: van Bontjes*«.

»Bin ich verrückt oder du?«

»Die Welt«, sagte Ricí. »Das ist der Pass von Professor van Bontjes' Frau. Sie ist vier Wochen nach ihrer Hochzeit bei einem Unfall gestorben. Der Professor wusste, wie wichtig mir dieser Studienplatz war, er wollte mir unbedingt helfen, und ihm war klar, als Frau eines niederländischen Kollegen mit Gastprofessur würde man mir keine Schwierigkeiten machen. Jedes Mal wenn er hier war, hat er dafür gesorgt, dass niemand Verdacht schöpfte. Dass der Pass ablaufen würde, wussten wir natürlich beide. Er und Boris wollten versuchen, mir zu einer Einbürgerung zu verhelfen.«

»Boris ist dieser glutäugige Mensch, der Gedichte über Eskimos schreibt?«

»So ungefähr. Er ist der Arktis-Experte des Museums, stammt aus Sankt Petersburg und ist selbst eingebürgert. Professor van Bontjes hoffte, mit Boris' Bürgschaft könnte er das für mich auch erreichen, zumal Frankreich dringend Mediziner braucht. Ende April wollte er wieder hier sein und sich darum kümmern. Aber er ist nicht gekommen.«

Nathalie ließ sich auf ihren Stuhl plumpsen und starrte auf das grüne Ausweispapier.

»Du siehst, du bist nicht die Einzige, die in einem Glashaus aus Lügen lebt.«

»Quatsch«, sagte Nathalie. »Du lügst, weil sie dir sonst dein Leben wegnehmen. Hast du Gaston gefragt, ob er weiß, wo der Nussknacker abgeblieben ist? So zerstreut, wie die beiden sind, hat er sich vielleicht nur im Datum geirrt.«

Ricí drückte den Stummel aus und stand auf. »Würde es dir etwas ausmachen, wenn ich doch kurz versuche, von dieser Radioübertragung etwas mitzubekommen? Gaston hat übrigens auch nichts von Professor van Bontjes gehört. Die Leute vom Museum machen sich Sorgen wegen dieser Gerüchte über Truppenbewegungen an der Sauer, von denen heute früh die Rede war.«

»Es gibt doch jeden Tag neue Gerüchte über Truppenbewegungen. Pierre meint, damit will Hitler die Westmächte nur in die Irre führen.«

»Sicher«, erwiderte Ricí. »Aber irgendwann muss sich ja zeigen, wozu all die Irreführungen dienten.«

Sie gingen zusammen hinüber zum Tresen. Für gewöhnlich hätte Nathalie sich in dem Pulk männlicher Stammgäste vor Händen und Lippen nicht retten können, aber heute musste sie drängeln, um einen Platz zu ergattern. Die Stimme des Radiosprechers war durch das Rauschen kaum zu verstehen. Einige Männer lauschten angespannt, die übrigen tauschten geflüsterte Kommentare. Nathalie gab es auf, holte noch zwei Gläser Calvados und trug sie zum Tisch, wo sie auf Ricí wartete.

Das Flüstern schwoll an, jemand stieß seine Faust in die Luft, und zwei dunkelhaarige Männer, Spanier aus Bilbao, die nach der Niederlage der Republikaner über die Berge geflüchtet waren, packten einen dritten und schüttelten ihn. Ricí kam zum Tisch zurück. »Es ist so, wie wir befürchtet haben«, sagte sie. »In London ist Premierminister Chamberlain zurückgetreten, weil sie ihm vorwerfen, er hätte Hitler nicht aufgehalten. Der neue Mann heißt Winston Churchill, sieht aus wie Choupinette und regiert mit einem Allparteienbündnis. Es wird ernst. Die Deutschen haben hinter der Sauer die Grenze zu Luxemburg überquert.«

»Was wollen sie denn da? Ich dachte, Luxemburg wäre nicht viel größer als ein Topflappen.«

»Dann wohl ein heißes Eisen anfassen«, sagte Ricí. »Im letzten Krieg sind sie durch den Topflappen marschiert, um Frankreich anzugreifen.«

»Aber wir haben doch diese mit Rosen bepflanzte Wunderlinie!«, rief Nathalie. Dann hielt sie inne, und ihre Hände schlossen sich um das Glas, ohne es aufzunehmen. »Ricí, du weißt doch alles, du liest doch Zeitung und redest mit diesen Neunmalklugen vom Museum. Hast du je von einem Militär mit Namen de Gaulle gehört?«

»Ich habe ein Plädoyer zur Einführung einer Berufsarmee von ihm gelesen«, erwiderte Rieke. »Allerdings hätte ich nicht gedacht, dass du dich dafür interessierst.«

»Didier hat sich dafür interessiert«, sagte Nathalie. »Er war in Saint-Cyr, er hat mir ellenlange Briefe geschrieben, in denen ich nur die Liebesbeteuerungen gelesen habe. Aber irgendwas bleibt eben doch hängen. Dieser de Gaulle ist der Ansicht, die ganze Linie ist Quatsch, habe ich recht? Er meint, wir hätten das Geld in den Aufbau einer modernen, gut ausgebildeten Angriffsarmee mit schweren Panzern verwenden sollen. Hör zu, Ricí, du kannst deine Examen jetzt nicht machen. Nicht solange die Sache mit deinem Pass nicht geklärt ist und wir nicht wissen, was wird. Versuch auf keinen Fall, den Ausweis von der Niederländerin noch einmal vorzulegen, geh kein Risiko ein, versprich mir das.«

»Du hast gut reden«, sagte Ricí. »Weißt du, wie lange ich auf diese Examen gewartet habe?«
»Die laufen dir ja nicht weg«, beschwichtigte sie Nathalie. »Bleib in der Rue Caulaincourt, geh von mir aus in dein Museum, aber nicht mehr in die Universität. Ich will nicht, dass sie dich in die Pyrenäen verschleppen. Morgen Abend gehe ich zu Jean in die Rue des Plantes. Der ist der einzige Staatsbeamte, den wir kennen, und er wird wissen, wie wir an einen Pass kommen.«
»Jean Moulin?«, fragte Ricí »Der ist in Chartres. Er kommt auch nicht mehr her. Premierminister Reynaud hat allen Präfekten den Urlaub gestrichen und Weisung erlassen, dass sie ihre Präfekturen nicht verlassen dürfen.«
Reynaud war der Premierminister der Demokratischen Allianz, der Daladier abgelöst hatte. Es lohnte sich kaum noch, sich ihre Namen zu merken, sie wechselten wie auf einem Karussell, von dem der eine ab- und der andere wieder aufsprang. Ricí und Nathalie tranken den Rest vom Calvados und verließen das Lokal, traten wieder hinaus in die Nacht, die noch immer von Lichtern erfüllt, aber still geworden war. Nathalie hakte sich bei Ricí ein.
»Bitte bleib in der Wohnung, bis wir wissen, was passieren wird«, drängte sie. »Wir haben beide viel mehr verloren als irgendwelche ersetzbaren Liebhaber, richtig? Ich will keinen von euch verlieren. Es reicht mir schon, Angst um Salah haben zu müssen.«
»Mir reicht es auch mit der Angst«, erwiderte Ricí. »Meine Freunde – Joachim, Ruben, Kutte, Dörte … Ich weiß von keinem, was aus ihm geworden ist. Aber gerade deshalb kann ich nicht in der Wohnung bleiben, ich muss dort sein, wo ich mitbekomme, was geschieht, wo ich etwas tun kann. Verstehst du das? Ich kann doch nicht einfach hinnehmen, dass all das hier überrannt wird, zertrampelt wie die Welt, aus der ich gekommen bin.«
Nathalie betrachtete im Gehen das Straßenpflaster, die Lichtflecken von den Laternen, die darüber tanzten. »Ja, ich versteh dich«, sagte sie. »Ich glaube, ich kann's auch nicht.«

Salah

Mai 1940

37

Wenn man aus ein paar Schritten Entfernung auf die Befestigungen blickte, sahen sie aus wie ein buckliges Fabeltier, dessen Höcker aus dem mit Schaumkraut überwucherten Wiesengrün ragten. So grün wie hier, ganz im Norden des Landes, so seidig und knisternd war das Gras in Les Adrets nie, nicht einmal ehe es Mai wurde und die Sonne es zu verbrennen begann. Das Streicheln von Gras an seinen Hüften und das kaum hörbare Geräusch hatte Salah nie vergessen. Auch nicht, wie er darin zu erkennen glaubte, dass Allah, der Allerhabene ihn nicht vergessen hatte.

An einen Allerhabenen zu denken, der Menschen nicht vergaß, war hier nicht mehr möglich. Salah lag unter der Beobachtungskuppel der Schießscharte, die Glieder wie gelähmt, erstarrt vor dem Lärm, der die Luft in Fetzen riss. Ohne Unterlass waren Detonationen zu hören, sie tauchten die gesamte Länge des Flusses in einen schwefelgelben Wall aus Rauch. Unter Sirenengeheul stürzten Flugzeuge aus dem Himmel, als wollten sie ihre Nase in die Erde rammen, um erst im letzten Augenblick über den Dächern der Bunker ihre Bomben abzuwerfen. Beton und Stahlträger der Kuppel zitterten von dem Gewicht der Panzer, und Salahs verkrampfte Hände spürten, wie der Boden bebte. Der Pilot des Aufklärungsfliegers, der vor zwei Tagen zurückgekommen war, die Tragflächen zerschossen wie zwei Siebe, hatte von einer eisernen Schlange ohne Ende gesprochen, in der sich deutsche Panzer durch den angeblich undurchdring-

lichen Wald fraßen. Über Funk war die Nachricht eingetroffen, ein komplettes Armeekorps sei weiter unten, in Richtung Sedan, kopflos vor ihnen geflohen.
Salah konnte ihnen daraus keinen Vorwurf machen. Hätte er sich rühren können, hätte der Schrecken nicht seinen Körper in Starre versetzt, hätte er den Öffnungsmechanismus betätigt und wäre aus der Kuppel gesprungen, ohne zu prüfen, ob das Land hinter ihm zur selben Hölle gehörte wie das Land vor ihm. Er wäre gerannt wie nie zuvor, sehnte sich danach, das Trommeln seiner Sohlen zu hören, um sein Leben zu laufen, statt reglos in der Todesfalle liegen zu bleiben. Er musste sich sammeln, seinem Körper befehlen, sich die Kontrolle über das Entsetzen zu verschaffen. Mühsam stemmte er den Oberkörper höher, brachte das Gesicht näher an die Scharte, versuchte durch Schwaden von Qualm, die Lage zu überblicken.
Das Geschütz abfeuern konnte er nicht mehr. Nach wenigen Salven hatte die Klappe der Munitionszuführung sich verklemmt und ihn wehrlos gemacht. Seine Kompanie verfügte über einen Techniker, aber ohne Funkgerät konnte er ihn nicht erreichen. Wenn es ihm gelang, seinen Körper aus der Starre zu schütteln und die Dachklappe einen Spaltbreit zu öffnen, war es vielleicht möglich, Kameraden ein Zeichen zu geben. Es klang irre. Aber es war besser, als in einer Kapsel inmitten der Hölle allein zu sein.
Gerade als er die Hand ausstreckte und nach der ersten Schließvorrichtung tastete, schnitt ein zischendes Pfeifen durch das Getöse. Eine Stielgranate fraß sich durch den Rauch, schoss geradewegs auf seine Schießscharte zu. Salah warf sich wieder zu Boden, barg den Kopf in den verkrampften Armen, riss den Mund weit auf, damit ihm von dem ohrenbetäubenden Geräusch nicht die Trommelfelle platzten.
Wer hier starb, wurde zerfetzt, von dem blieb nichts übrig. Der war umsonst in einer Blechwabe im Hafen von Mers-el-Kébir

zur Welt gekommen, hatte umsonst in schwarzer Nacht neben seiner fiebernden, vor Schmerzen fiependen Schwester gelegen und war umsonst der eine von ihnen beiden gewesen, der noch lebte, als der Tag erwachte. Salahs Schwester hatte Taruh Ze geheißen, glückliche Rose. Einmal, als all das noch kein halbes Leben her war, hatte er sich in Les Adrets ohne die anderen zu der gezeichneten Hand beim Wacholderbaum geschlichen und ihren Namen neben seinem in den Finger geschrieben. Taruh Ze. Wo immer ich bin, bist auch du.

Wer hier starb, war nirgends mehr. Nur die Marke war unzerstörbar. Auf Salahs war seine Religion vermerkt, seine Waffengattung, Festungsinfanterie, seine Einheit, 1. Nordafrikanische Infanterie-Division, auch wenn sein Regiment der dritten regulären Division zugeführt worden war, um diese nach Verlusten aufzustocken, und seine Nummer.

Der Versuch, sich noch einmal aufzurichten, war sinnlos. Dem Fauchen der Granate, die seine Scharte knapp verfehlt hatte, folgte ein weiteres, dann noch eines, und das seit Stunden ohne Pause. Kannten diese Männer, die Tag und Nacht von Belgien durch den Ardenner Wald marschiert sein mussten, um die vielgepriesene Maginot-Linie links liegen zu lassen, denn keine Erschöpfung, keine Spur von Angst? Waren sie überhaupt Männer, aus Fleisch gemacht, nicht aus Stahl? Wie konnten sie ohne Unterlass und gegen eine Übermacht feuern, während die Männer in den Bunkern und Geschütztürmen längst völlig zermürbt waren, keine Krieger mehr, nur noch elende Reste von Soldaten?

Sie hätten die Linie verteidigen müssen, vorstürmen, statt sich zu verschanzen, Brücken über den Fluss schlagen und mit den eigenen schweren Panzern, den sogenannten Char B, den Gegner überrollen. Wenn es eines gab, das sie in dem lachhaften Schnellverfahren, das Ausbildung hieß, gelernt hatten, dann war es diese Beschwörungsformel: Die Linie schützt unser

Land. In der Linie steckt alles, was unser Land dem Gegner entgegenzusetzen hat, alle teure, moderne Technologie, alles Geld, unser Millionenheer und die Truppen der britischen Verbündeten. Solange wir die Linie halten, kommt der Feind nicht in unser Land.

Wenn wir sie nicht halten, ist er drin.

Und dabei war es nicht einmal sein Land, sondern blieb das der anderen, auch wenn es das einzige war, das er kannte.

Der Schrecken hatte sie niedergemäht, sie hintübergeworfen wie Käfer, die auf dem Rücken liegen blieben und mit den Beinen zappelten, bis ihnen auch dazu die Kraft ausging. Salah hätte noch einmal versuchen müssen, die Sperre in seiner Munitionszuführung zu lösen, aber die Glieder verweigerten ihm den Dienst. Es war nichts mehr übrig, keine Hoffnung und keine Kraft. Er war allein mit der Hölle.

Grelles Licht brannte sich in seine Netzhaut und machte ihn blind. Der Einschlag schien nicht von vorn zu kommen, sondern von oben, ein Donnern, das die Kuppel niederwalzte und sein Hirn fast zum Explodieren brachte. Er sah noch immer nichts, spürte auch keinen Schmerz, nur warme Nässe, die ihm aus dem Mund troff. Dass es so lange dauerte, wunderte ihn, ja dass er noch Zeit hatte, sich zu wundern, ehe die Granate, die durch die Scharte eingedrungen sein musste, ihn zerfetzte. Die eiserne Kuppel schien ihm wie nach unten gewölbt, sie nahm ihm den Atem, drohte ihn zu erdrücken und würde doch jeden Augenblick mit ihm zusammen in Stücke gesprengt werden.

»Verdammt, Salah, hilf mir! Du musst hier raus!«

Fabrice Cadière de l'Estérel. Sein Capitaine, der eigens dafür gesorgt hatte, dass Salah seiner Kompanie zugeteilt wurde. Vermutlich hatte es ihm Vergnügen bereitet. Fabrice hatte schon sein ganzes Leben lang an solchen Spielen Gefallen gefunden, daran, Menschen wie Insekten miteinander unter Glaszylinder zu sperren und zu beobachten, wie sie agierten.

In jener Nacht in Paris allerdings, vor dem *Café du Dôme*, hatte man *ihn* unter einen Glaszylinder gesperrt, zusammen mit dem Deutschen Alwin, dem Liebhaber seiner Geliebten. Alle Gäste des Cafés waren nach draußen gestürmt, hatten um die beiden einen Ring gebildet und sie angefeuert: »Na los, mach ihn fertig, den *boche – pour la France*!«
Der Deutsche war wie von Sinnen gewesen. Fabrice war wie von Sinnen gewesen. Neben dem Deutschen wirkte Fabrice geradezu zierlich, aber es war am Ende der Deutsche, der die Verletzung davontrug. Wenn Fabrice außer sich war, dann war er gefährlich, er war im Kämpfen so zügellos wie in allem. Der Deutsche hatte ihn zu Boden gestoßen, doch Fabrice war wie aus einem Katapult wieder in die Höhe geschnellt, hatte seinen Rivalen gepackt und ihn frontal gegen einen parkenden Lieferwagen geschleudert, als hätte er gar kein Gewicht.
Es war kein Spaß, auch wenn Salah versuchte, es als solchen zu behandeln. Er trennte sie, gab jedem aus dem Handgelenk eine Ohrfeige wie zwei ungezogenen Jungen und bemühte sich, nicht auf die Wunde zu sehen, die ein herausragender Stützbalken dem Deutschen gerissen hatte. »Warum teilt ihr sie euch nicht? Was Nathalie braucht, kann ein Mann allein sich sowieso nicht aus den Rippen schneiden«, hatte er gesagt, weil er wütend auf Nathalie gewesen war, die Benet solche Szenen zumutete, die ihnen allen solche Szenen zumutete. Aber nicht lange. Sie war, wie sie war, und er hätte sie auch teilen wollen. Wenigstens jetzt, ehe die Granate ihn zerfetzte, wollte er noch einmal das Spiel spielen, sich ausdenken, er hätte Nathalie geteilt.
»*Merde*, Salah, beweg dich!« Fabrice zerrte an seinen Beinen. »Dieses Dach hat ein halbes Stuka abbekommen, es schmilzt dir auf den Schädel, und wenn du mir nicht hilfst, schmilzt dein Kopf darunter mit.«
Er war noch am Leben. Daran bestand kein Zweifel. Der Höllenlärm von vorn setzte wieder ein, und eines seiner Beine begann

höllisch zu schmerzen. Dann kam die Hitze, drang mit tausend Klingen in seinen Rücken. Sein Körper wollte sich wehren, wollte sich Luft verschaffen, war aber wie ein durchlöcherter Ballon, der immer wieder in sich zusammenfiel. Er konnte nur robben. Fabrice zog, und Salah kämpfte mit allem, was ihm geblieben war, darum, sein Gewicht zurückzuschieben, aus der Kuppel heraus, in den Schacht, der hinunter in das Gewölbe aus Bunkern führte. Unter dem Lärm der Mordwaffen hörte er Fabrice ächzen und stöhnen. Menschengeräusche. Er stöhnte mit.

Jäh geriet sein Körper ins Rutschen, befreite sich, glitt durch die Röhre nach unten. Fabrice besaß nicht die Kraft, ihn zu halten, wurde umgerissen, und einer über dem andern prallten sie auf den Boden. Es tat unglaublich weh. Als er seinen eigenen Schrei hörte, hallten all die Schmerzensschreie, die seit Stunden das Getöse durchbrochen hatten, in seinem Kopf von neuem auf. Der Schmerz war überall, Arm, Bein, Rücken, Kopf. »Ich halt's nicht aus«, hörte er sich brüllen, nicht sicher, ob er wirklich Worte formte.

Fabrice rappelte sich auf die Knie, dann in die Höhe, stolperte vornübergebeugt durch den halbdunklen Gang. Erst jetzt bemerkte Salah, dass er sehen konnte, auch wenn ihm immer wieder schwarz vor Augen wurde. Das Getöse der Stukas, der Bombeneinschläge, der Granaten und Panzersalven war auch hier unten zu hören, kaum gedämpft, als könnte es durch die Decke brechen. Fabrice kam wieder, schleppte einen Blecheimer mit sich. »Bleib liegen.« In einem Schwall schüttete er Salah den Inhalt über den Rücken. Das Wasser war eisig, aber es linderte für kurze Zeit den Schmerz.

Fabrice übergoss ihn noch dreimal, bis ihm vor Kälte die Zähne klapperten, dann wickelte er ihn, nass, wie er war, in eine Decke. »Dein Bein ist gebrochen«, sagte er. »Vermutlich mehrmals. Der Arm sieht auch nicht gut aus. Aber die Verbrennung ist weniger schlimm, als sie sich anfühlt. Du hast Glück gehabt.«

»Habe ich?« Salahs Stimme krächzte, und seine Zähne schlugen weiter aufeinander. Eine Ohnmacht drohte ihn zu übermannen, er wollte sich fallenlassen, schreckte aber wieder auf. Fabrice hielt ihm ein kleines Stück oval zurechtgeschnittenes Leder vor die Augen. Die eingeprägte Schrift konnte Salah nicht entziffern. »Mein Schwager ist tot«, sagte er. »Der arme Honoré. Seine Linie hat ihn erledigt. Und uns alle mit.«

»Wo sind die anderen? Tot?«

Das Gewölbe war wie ein Maulwurfsbau, Kasematten und Einstiege waren durch ein System von Gängen verbunden. Dieser Abschnitt war ihrer Kompanie zugeteilt. Für gewöhnlich war hier das Wimmeln zu lange eingesperrter Menschen zu spüren, selbst wenn Ruhe geboten war. Waren sie die einzigen Überlebenden, würden sie irgendwann an die Oberfläche treten und nirgendwo mehr Kameraden finden?

Seine Gedanken wurden wirr. Fabrice schüttelte den Kopf. »Wir lassen uns zurückfallen. Colonel de Gaulle steht mit zweihundert Panzern vor Montcornet, ganz allein, ohne Unterstützung aus der Luft. Wir wollen versuchen, ihm zu Hilfe zu kommen.«

»Haben wir dazu Befehl erhalten?«

Fabrice schnaufte. »Meinen Befehl. Das genügt. Diese ganze Armee ist in Auflösung, ein Haufen kopfloser Hühner. Statt auf Weisung zu warten, können wir froh sein, wenn wir überhaupt noch kampffähige Einheiten finden, wenn uns noch etwas zu tun einfällt.«

Salah lag auf der Seite, vor Schmerzen gekrümmt. »Müssen wir denn noch etwas tun? Ist es nicht sinnlos?«

Fabrice streifte die nasse Decke von ihm ab und wickelte ihn in eine trockene. Dann setzte er ihm die Öffnung einer Feldflasche an die Lippen und goss ihm den Inhalt in den Mund. »Trink das. Verdammt, ich weiß, dass du Moslem bist, aber das hier ist Medizin, und ich sag's keinem Menschen.«

Salah schluckte. Die Flüssigkeit war scharf, erinnerte an einen Tag in Les Adrets und half im Handumdrehen. Fabrice wischte ihm den Schweiß vom Gesicht, es fühlte sich an, als würde er ihn streicheln. »Doch«, sagte er, »wir müssen etwas tun. Wir müssen weiterkämpfen, egal, ob es sinnlos ist, wir dürfen einfach nicht aufhören.«

Diese Worte passten nicht zu ihm. Er war der jüngste Comte Cadière, der hochmütig den Mund verzog und sich an den Gefühlen anderer ergötzte. »Warum?«, fragte Salah. »Du kamst mir nie vor wie ein Idealist, der für verlorene Ideale den Kopf hinhält.«

»Ich bin keiner«, sagte Fabrice. »Ich aale mich lieber an Stränden. Aber das hier, dieses Faschistengift, das uns verpestet, ist so falsch, dass wir nicht anders können, als es zu bekämpfen. Egal, wer wir sind. Egal, was wir wollen.«

»Woher weißt du, dass es falsch ist?«, fragte Salah. »Gibt es unter deinen Freunden denn nicht viele, die es richtig finden? Richtiger als Juden, die Premierminister sind, Kommunisten und Frauen in Kabinetten, Afrikaner, die Rechte fordern, Arbeiter, die studieren wollen. Werden sich die Leute, mit denen du lebst, nicht damit arrangieren?«

»Ich weiß es nicht.« Kurz presste Fabrice die Lippen aufeinander. »Ich habe ja mit euch gelebt, am Weinberg, wo unsere Hand ist. Wir dürfen uns nicht damit arrangieren. Es ist so falsch, dass wir, wenn wir jetzt aufgeben, nicht nur kein Frankreich und kein Europa mehr haben, sondern kein Gesicht, keinen Stolz, uns selbst nicht mehr.«

Salahs Augen waren zu schwach, um zu sehen, ob er weinte. Aber er hörte den verzweifelten Zorn, die verzweifelte Entschlossenheit heraus. »Das muss weg, davon muss unser Land frei sein. Dass wir das haben heranwachsen lassen, in Italien, in Spanien, in Deutschland, dass wir das den Kindern angehängt haben, das ist unsere Schuld. Wenn wir aufhören zu kämpfen, geht es nicht weiter. Dann können die Kinder uns nicht mehr ertragen, auch nicht die Erinnerung an uns.«

Er nahm die Feldflasche, trank, gab sie dann wieder Salah.

»Mach, dass du wegkommst«, sagte der. »Zu deiner Kompanie, nach Montcornet, zu Colonel de Gaulle.«

Fabrice verrieb kaltes Wasser auf seiner Stirn. »Red keinen Unsinn«, sagte er. »Erst muss ich in einem der Dörfer einen Arzt finden, der dir das Hemd, das mit der Haut verschmolzen ist, vom Rücken lösen kann. Vorher können wir die Brandwunden nicht desinfizieren.«

»Du bist mir nichts schuldig«, sagte Salah. »Nicht einmal als mein Kommandant.«

Fabrice beachtete ihn nicht. »Außerdem brauche ich jemanden, der mir hilft, dich hier rauszuholen«, sagte er. »Bevor die Deutschen die Anlage stürmen. Sobald ich wieder zur Truppe stoße, schicke ich einen Transport, aber bis dahin muss jemand dich verstecken. Hältst du hier allein durch, während ich mich umsehe? Länger als eine Stunde bleibe ich nicht weg.«

Er stand auf. Soweit Salah erkennen konnte, war er nicht verwundet, nur völlig erschöpft. »Überleg dir, was du tust«, sagte er. »Wenn du mich liegenlässt, kann es dir keiner verdenken. Du hast um dein Land zu kämpfen, das nicht mein Land ist. Ich bin nicht auf deiner Seite. Dass mein Land frei von Gift sein muss, denke ich auch, aber ich meine damit nicht nur Hitler, Franco und Mussolini, sondern deine Leute. Die Deutschen haben Polen besetzt, weil polnische Soldaten einen ihrer Radiosender angegriffen haben. Die Franzosen haben mein Land besetzt, weil einer ihrer Diplomaten einen Klaps mit einem Fliegenwedel abbekommen hat, wie dem, mit dem dein Kindermädchen dir den Hintern versohlt hat.«

Fabrice sah ihn unverwandt an, seine Augen flackerten, sein Kehlkopf zuckte. »Das sind doch vorgeschobene Gründe«, sagte er endlich.

»Sicher«, versetzte Salah. »Aber mein vorgeschobener Grund ist hundert Jahre her, und die Franzosen sind immer noch da.« So viel zu sprechen hatte ihn angestrengt. Bei den letzten Silben ging ihm der Atem aus, und ein Anfall von Schüttelfrost packte ihn. Einschläge prasselten auf die Decke des Tunnels, die aussah, als gäbe sie Stück um Stück nach.

Fabrice stützte flüchtig seine Stirn in eine Hand. Dann kniete er sich vor Salah auf den Boden und gab ihm noch einmal von dem scharfen Anisschnaps zu trinken. »Versuch zu schlafen«, sagte er und strich ihm das schweißnasse Haar aus dem Gesicht. »Ich schicke so schnell wie möglich jemanden her. Sei auf meiner Seite, Salah. Wenn du mir hilfst, das Gift aus meinem Land zu entfernen, helfe ich hinterher dir. Das ist kein Vertrag zwischen dir und mir, sondern zwischen unseren Ländern. Zwischen allen Ländern. Wir müssen jetzt zusammen kämpfen, oder das Gift bringt uns alle um, und wenn wir überleben, können wir nachher nicht weitermachen wie zuvor.«

Seine Lippen zitterten. Vielleicht war er doch verwundet. Oder er war so lange ohne Schlaf und Erholung auf den Beinen wie die Deutschen, aber anders als diese ein Mensch aus Fleisch und Blut.

»Lass mich liegen«, krächzte Salah. »Du kannst keine Dörfer absuchen, hier sind doch schon überall Deutsche.«

Fabrice' Augen flackerten noch immer, er hatte Mühe zu fokussieren. »Der kleine Junge«, sagte er, »Didiers Sohn – wird für ihn gut gesorgt?«

»Nathalies Sohn. Bénézet.« Salah schwanden sämtliche Sinne gleichzeitig, doch während er Benets Namen aussprach, hätte er schreien wollen: »*Merde à Dieu*, Scheiß auf Allah den Allerhabenen, wenn er mich sterben lässt. Ich habe Benet versprochen, wir fahren mit dem Zug nach Avignon und sehen uns die Kathedrale an.« »Für ihn wird bestens gesorgt. Nathalie ist eine gute Mutter, und wir steuern alle unseren Teil bei.«

»Daran zweifle ich nicht.«
»Du wirst dabei nicht gebraucht, und dein Bruder auch nicht.«
Fabrice stand auf und wankte zum Einstieg. »Nein, wohl nicht. Wir haben mit dem Kind unserer Schwester, das seit heute keinen Vater mehr hat, genug zu tun.«
Salah musste schmerzhaft den Hals verdrehen, um zu sehen, wie er die in die Wand eingelassenen Stiegen hinaufkletterte. Er nahm alles, was er hatte, zusammen, um sich zu überwinden, den Sprung über einen endlosen Schatten zu meistern, und als er es schließlich geschafft hatte, war Fabrice' Kopf bereits in der Luke verschwunden.
»Wenn ich hier sterbe«, rief Salah ihm hinterher. »Dann helft Nathalie.«

Alwin

Juni 1940

38

F*all Weiß*. Das war der interne Name für den Polenfeldzug. Als er nach Polen gekommen war, hatte Alwin Ilsebill gehabt, die dichte gelbweiße Mähne, um die Hände darin zu vergraben. Ein Reiter war er gewesen, Kavallerist, Offizier in einem der letzten berittenen Regimenter, vornehmlich zur Aufklärung eingesetzt. Wer als Soldat seinem Land diente, war kein Verbrecher, und die Lage mit Polen bedurfte der Regelung. Danzig war eine deutsche Stadt, die ständigen Grenzverletzungen waren nicht zu dulden, und das deutsche Volk, dem man die Kolonien geraubt hatte, benötigte Lebensraum nicht weniger als seine Nachbarn im Westen. Zudem war Gehorsam eine Tugend, die keine Fragen stellte. Die Treue, auf die er einen Eid geleistet hatte, erforderte Vertrauen, dass ein Befehl seinen Sinn hatte, auch wenn man ihn nicht erfasste.

Günther von Kluge, der die 4. Armee befehligte, war ein guter Befehlshaber, und Heinz Guderian, dem das Korps unterstand, war einer der besten. Der Krieg sollte schnell beendet werden, umso weniger Menschen würden leiden. Guderians Schnelligkeit in der Tucheler Heide trug ihm den Spitznamen *Der schnelle Heinz* ein. Für Alwin war er zu schnell. Dem Überrennen der verstreuten polnischen Einheiten, dem Vorpreschen über zerfetzte Leichen hinweg war er nicht gewachsen. Vor allem dem Geschrei nicht. Frauen, Kinder, Vieh.

Für das, was ihm geschehen war, schämte er sich in Grund und Boden. Ein Zittern hatte seinen Körper befallen, ihn binnen

Sekunden hilflos gemacht wie einen Fallsüchtigen. Er konnte sein Pferd nicht mehr lenken, nur sich vornüberbeugen und das Gesicht in Ilsebills Mähne verbergen. In seinen Ohren dröhnten in fliegendem Wechsel drei Geräusche: das Fauchen von Schüssen, der Aufprall von Körpern und das Schreien. Er konnte von Glück sagen, dass ein gegnerischer Granatsplitter ihn erwischt hatte. Nur ein kleiner, der ihm die Elle des linken Arms am oberen Ende durchtrennte. Er fiel vom Pferd und verlor das Bewusstsein. Das Nächste, an das er sich erinnerte, war die Fahrt mit dem Krankentransport nach Berlin.

Er kam in die Charité, erhielt auf Roberts Anweisung Sonderbehandlung, blieb lange in der Klinik, offiziell aufgrund des komplizierten Bruchs. »Das andere hängen wir nicht an die große Glocke, Sportsfreund«, sagte Robert und kniff ihn in die Wange. Robert schien ständig Heimaturlaub zu haben, überdies zeichnete er sich ständig aus und wurde zum Major befördert. »Glaub bloß nicht, dass du der Einzige bist, der beim ersten Angriff kotzt. Das ist die Feuertaufe. Kommt in den besten Familien vor.«

Alwin schämte sich so sehr, dass er dem Freund nicht ins Gesicht sehen konnte. »Robert, ich bin mir nicht sicher. Vielleicht eigne ich mich nicht …«

»Quatsch keine Opern. Was war dein Vater von Beruf? Kavallerieoffizier oder Karnickelzüchter? Na siehst du. Alles halb so wild. Und unter uns, angenehm ist das doch keinem, da im Osten. Die Slawen sind ein Pack für sich, die müssen anders angefasst werden als unsere Leute, und das ist nicht jedermanns Sache. Werde du erst mal richtig gesund. Lass den Winter verstreichen, und im Frühjahr versetzen wir dich in ein motorisiertes Regiment. Ich verspreche dir: Sobald du wiederhergestellt bist, habe ich etwas Appetitlicheres für dich.«

Um nicht unhöflich zu sein, hatte Alwin gefragt, was er meinte. »Fall Gelb«, hatte Robert mit einem Glimmen in den Augen

geantwortet. »Und wenn du die Suppe brav löffelst, gibt's als Nachtisch mit Sahnehäubchen Fall Rot.«
»Und was ist das?«
»Fall Gelb ist der Westfeldzug. Luxemburg, Niederlande, Belgien, drei auf einen Streich.«
»Und Fall Rot?«
»Frankreich.« Robert zwinkerte ihm zu. »Wenn du für das nationalsozialistische Europa eine Hauptstadt wählen müsstest – welche würde das wohl sein?«

Und jetzt waren sie hier. Tatsächlich hatten ihre geballten Angriffsblöcke aus Panzerfronten und Bombardierung aus der Luft im Zuge eines Monats drei Länder zur Kapitulation gezwungen. Das vierte, das überheblich Schöne, Stolze, wand sich zu ihren Füßen. In Dörfern und Städten starrten ihnen die leeren Straßen von Geistersiedlungen entgegen. Die Leute warfen ihre Habe auf Fuhrwerke, Karren, Leiterwagen und flüchteten vor den Gerüchten, die ihrer Ankunft vorauseilten, ziellos in Richtung Süden. Trecks der Verzweiflung blockierten endlos die Straßen und mussten mit Warnschüssen aus dem Weg getrieben werden.
Alwin hatte kein Pferd mehr, nichts zum Festhalten, sondern fuhr ein Zündapp-Motorrad in einem Geschwader von Kraftradschützen. Sie flankierten das Kommandeursfahrzeug von General Zietz-Marbach, eine Mercedes-Benz-Limousine des Typs 170 V, und die Wagen der Stabsoffiziere, zu denen der frisch beförderte Robert gehörte.
Alwin hatte Angst gehabt, tun zu müssen, was er in Polen getan hatte, aber Robert erklärte ihm mit unendlicher Geduld, dass das in niemandes Interesse sei. »Du glaubst doch wohl nicht, dass wir in dieses herrliche Land gekommen sind, um es zu zerschlagen? Nicht mal im Traum! Was wir wollen, ist Wein, Weib und Gesang. Dies hier ist Frankreich, nicht der finstere

Osten, und unser Ziel heißt Waffenstillstand, nicht Vernichtung. Wir kommen als Sieger, das ja. Aber als milde Sieger, die die Hand zur Versöhnung reichen und dem am Boden liegenden Gegner auf die Beine helfen.«

Das klang gut und richtig, daran wollte Alwin gern teilhaben. Alles in ihm hatte sich dagegen gesträubt, nach Frankreich zurückzukehren, den Sumpf der Erinnerung aufzuwühlen, aber jetzt, wo er zu spüren glaubte, wie nahe sie Paris kamen, wusste er, dass er keine andere Wahl hatte. Dieses Land war sein Schicksal. Einst war er überzeugt gewesen, er hätte hier sein Glück gefunden, jetzt aber begriff er, dass es ihm bestimmt war, für Frankreich da zu sein, nicht umgekehrt. Dem Land auf die Beine zu helfen, wie Robert sagte. Was er in Polen gesehen hatte, was er in den niederländischen Städten gesehen hatte, alptraumhafte Verwüstung, aus der kein Leben mehr erwachsen konnte, sollte Frankreich erspart bleiben.

»Noch haben sie Angst vor uns, weil die Propaganda der Judenpresse Greuelmärchen über uns verbreitet«, erklärte Robert weiter. »Aber du wirst sehen, in ein paar Wochen küssen sie uns vor Dankbarkeit die Füße, weil wir ihnen Disziplin und Ordnung bringen. Sieh dir doch an, wie verwahrlost sie sind. Die tapferen *poilus*, die Helden des großen Krieges – hast du nicht auch bis zur Vergasung diese Legenden gehört? Und jetzt? Die Armee der *Grande Nation* ist voller Neger, die ihren Namen nicht schreiben können, aber dämlich grinsen, wenn man ihnen ein Glas Milch schenkt. Voller Feiglinge, die beim ersten Schuss wie die Hasen flüchten. Ihre Frauen und Kinder müssen hilflos herumzigeunern, ihre Regierung von Ratten hat das sinkende Schiff verlassen, und ihre Offiziere samt dem Schreihals de Gaulle lassen sich von ihren britischen Freunden nach England verschiffen, wo sie sich an Churchills Rockzipfel ausweinen.«

Was er sagte, hatte Hand und Fuß. Frankreich war ein Land im Chaos. Premierminister Reynaud, der um jeden Preis hatte weiterkämpfen und das Blut seiner Männer vergießen wollen, hatte sich nach London abgesetzt. Zugleich waren über dreihunderttausend Soldaten und Offiziere, die in Dünkirchen eingekesselt worden waren, in jede verfügbare Nussschale gesprungen, um über den Ärmelkanal zu entwischen. Unter ihnen befand sich der zum Brigadegeneral ernannte de Gaulle, den ihr eigener Befehlshaber zu ihrem gefährlichsten Gegner erklärt hatte. Zietz-Marbach sagte über ihn: »Schlau wie Sau. Und halsstarrig wie ein Ochse. Ganz allein hat der drei Panzerangriffe gegen unsere Front bei Montcornet gefahren, als seine Kumpane längst eingesargt waren oder um Gnade winselten.«

Von der Halsstarrigkeit war nichts geblieben. De Gaulle hatte wie die anderen Führer Frankreichs ein kopfloses Volk seinem Schicksal überlassen. In ihrer Not hatten die Menschen sich dem einzigen Mann zugewandt, dem sie noch vertrauten: Maréchal Pétain, ihrem größten Kriegshelden. Der Maréchal war sofort zur Stelle gewesen, er hatte erklärt, er werde sich seinem Land bedingungslos zum Geschenk machen, doch er war über achtzig Jahre alt. Selbst wenn er sein Bestes gab und unverzüglich Verhandlungen mit der deutschen Führung aufgenommen hatte, würde er der Herkulesaufgabe kaum gewachsen sein.

Alwin sah über die verlassenen Felder, die Weiden, auf denen unversorgtes Vieh brüllte, und war entschlossen, sich der Aufgabe zu stellen. Etwas in ihm wurde weich. Was immer am Ende geschehen war, er verdankte Frankreich die glücklichste Zeit seines Lebens. Er würde es in seiner Stunde der Not nicht im Stich lassen.

Am Unterlauf der Seine entlang gelangten sie nach Rouen, das vollkommen ausgestorben war. Ein Haufen Soldaten aus Alwins Kompanie geriet außer Rand und Band, zog johlend durch die leeren Straßen der Bischofsstadt, um Geschäfte zu plündern und wie besoffen zu grölen:

»Wir werden noch weiter marschieren,
Bis alles in Scherben fällt,
Denn heute gehört uns Deutschland
Und morgen die ganze Welt.«

Alwin erkannte sich selbst nicht wieder, als er die Männer zusammenschrie. »Ihr steht hier als Repräsentanten eures Landes, das sich für euch schämen muss. Der deutsche Soldat ist kein barbarischer Hunne, er kommt in dieses Land als Lehrer, der streng, aber gerecht vorgeht.«

Zu seiner Überraschung fügten sich die Leute ohne Murren, und Alwin erntete ein Lob von Koch-Erbach. Als sie den Marsch fortsetzten, wechselte Robert aus dem Auto aufs Kraftrad und fuhr eine Weile lang neben ihm her. »Kerle, Kerle, wer hätte gedacht, was in meinem alten Alwin steckt«, sagte er. »Zeig aber bei den Männern ruhig ein bisschen Nachsicht. Sie sind überdreht, und jetzt, wo die Wirkung der Panzerschokolade nachlässt, tut die Erschöpfung ein Übriges.«

Alwin fühlte sich selbst bis auf die Knochen erschöpft. Er wäre gern einige Tage in Rouen geblieben, damit die Truppe sich erholen konnte, aber der Plan sah vor, dass sie bis Chartres weitermarschierten, ehe sie eine längere Pause einlegten. Es hatte sein Gutes. Sie wussten nicht, wo sie unterwegs noch auf Widerstand stoßen würden, und er wollte so schnell wie möglich nach Paris. Robert versicherte ihm, Paris sei zur offenen Stadt erklärt worden und würde nicht umkämpft werden, doch in der Nacht sah Alwin die Bilder von Warschau und Rotterdam vor sich, die er vergessen wollte, und machte sich Sorgen. Müde war er dennoch. Todmüde.

»Was meinst du mit Panzerschokolade?«, fragte er Robert.

Der Freund grinste. »Pervitin. Auch als Hermann-Göring-Pillen bekannt. Die niedlichen kleinen Tabletten im blau-roten Röhrchen, die du seit den Ardennen brav zum Frühstück schluckst.«

»Die Vitamine? Seit drei Tagen sind keine mehr ausgegeben worden.«

»Amphetamine«, verbesserte Robert. »Ein echtes Zaubermittel. Eine Pille am Morgen, und alles, was dich behindert – Angst, Müdigkeit, Zipperlein –, ist wie weggeblasen. Aus einem Mann wird eine Kanone, die ohne Unterlass feuert. Lass mich wissen, wenn du welche brauchst, am besten führt man immer einen Vorrat mit sich. Nur beim Fußvolk ist Vorsicht geboten. Morgen in Chartres holen wir uns ein paar ordentliche Mützen voll Schlaf, und solange nicht gekämpft wird, bleiben die Wunderpillen in der Schachtel. Wir wollen ja nicht, dass die Jungs uns überschnappen.«

Unvermittelt musste Alwin an Franz Stock denken, der nicht einmal Alkohol trank, um sich das Leben zu erleichtern. Bei Kriegsausbruch war er aus seinem geliebten Paris ausgewiesen worden, hatte Alwin nur noch rasch die übliche Karte schreiben können, er erhalte eine Stelle in Magdeburg und übersende seine neue Adresse. War er selbst da nicht in Versuchung geraten, sich mit ein paar Gläsern den Schmerz erträglicher zu machen?

Als Alwin aus Paris zurückgekommen war, hatte er eine Zeitlang jeden Abend getrunken. Mit Dörte war es weiter bergab gegangen. Seine Mutter jammerte und überließ alles ihm. Robert ging er aus dem Weg, weil er sich vor dessen Fragen fürchtete, und die Einsamkeit erdrückte ihn. Früher hatte er sie leichter ertragen, doch da hatte er noch nicht gewusst, dass etwas anderes möglich war. Eines Abends, als er einmal mehr versucht hatte, vernünftig mit Dörte zu reden, und sie nichts als wirres Zeug von grauen Tauben in bunten Städten vor sich hin gemurmelt hatte, war ihm die Kraft ausgegangen. Er war nicht nüchtern gewesen, hatte eine ganze Flasche Trollinger Rotwein getrunken, und auf einmal hatte er den Telefonhörer in der Hand gehabt und Dr. Wandlitz angerufen.

Ein Wagen der Gekrat, der Krankentransportgesellschaft, hatte Dörte am Morgen abgeholt und in die Heilanstalten von Wittenau gebracht. Offiziell war sie zu einer Kur dort, doch was tatsächlich hinter den Mauern der Klinik zur Irrenpflege vor sich ging, wusste Alwin nicht. Nur dass er seinen Entschluss tief bereute und sein Törtchen wieder bei sich zu Hause haben wollte. Er setzte alle Hebel in Bewegung, und als er sich keinen Rat mehr wusste, bat er Robert um Hilfe. Er bekam Dörte zurück, still und schmal und verstört zwar, aber unversehrt. Er nahm sich vor, sich nie wieder derart gehenzulassen, sondern mit dem Alkohol vorsichtig zu sein, einerlei, wie sein Leben ihm zusetzte. Mit dem Pervitin würde er ebenfalls vorsichtig sein, sich von Robert zwar ein Röhrchen geben lassen, es aber für Notfälle aufbewahren.

Sie erreichten Chartainvilliers, einen Vorort im Nordosten von Chartres, am frühen Abend und stießen dort unerwartet auf Widerstand. Eine Horde Soldaten, ausschließlich Neger, stellte sich ihnen in den Weg. Völlig ungeordnet und offenbar von ihren Offizieren im Stich gelassen, gingen die Männer, deren schwarze Gesichter über französischen Uniformen grotesk wirkten, zum Angriff über. Die gut ausgebildeten Schützen der Division waren ihnen haushoch überlegen, doch die Neger schienen keine Todesangst zu kennen. Als sie schließlich eingekreist und entwaffnet worden waren, hatten die Deutschen sechs Gefallene zu beklagen.

An den Anblick hatte Alwin sich noch immer nicht gewöhnt. Ein Mann, der sich eben noch mit seinem Kameraden über Motorradtypen unterhalten, der Bilder seiner Verlobten herumgezeigt hatte, lag nun verkrümmt am Boden, die Augen nicht mehr menschlich, im Gras nur ein wenig Blut. Vielleicht hatte Zietz-Marbach sich auch nicht daran gewöhnt, vielleicht war er übermüdet wie sie alle. Auf die Frage, was mit den Gefangenen, die aus der französischen Kolonie Senegal stammten, zu

geschehen habe, antwortete er nur: »Ich habe keine Lust, mich bis Paris mit Negern abzuschleppen.« Befehle erteilte er nicht, sondern ließ die Männer mit den Negern allein.
Es geschah innerhalb von Augenblicken. Einer begann, und alle Übrigen ahmten ihn nach. Sie rissen den Negern die Erkennungsmarken herunter. »Was willst du denn damit?«, rief einer der Korporäle und schleuderte die Marke in weitem Bogen von sich. »Neger brauchen keine Namen. Da genügt ein Brandzeichen.«
In Windeseile waren alle Marken von den Ketten gerissen und fortgeworfen. Die Senegalesen drängten sich aneinander wie ein Pulk zusammengetriebener Tiere. Das Weiß der angsterfüllten Augen leuchtete auf den schwarzen Gesichtern. Einer der Deutschen zog die Waffe. »Das ist für unsere Kameraden. Jeder von denen, die ihr gemetzelt habt, ist hundert von eurer Sorte wert.«
Ein Schuss hallte. Dann ein zweiter, dann eine Salve von Schüssen. Am Ende lagen die fremdländischen Soldaten wie ein Haufen Mehlsäcke übereinander. Es war zu spät für Alwin, sich zu fragen, warum er nicht eingegriffen hatte wie am Vortag, als es um die Plünderung von ein paar Geschäften ging.
Neger gehörten zu den Untermenschen. Aber das sagte sich leicht, wenn man gesehen hatte, wie sie starben. Er würde das Bild nicht loswerden, es würde sich zu den Bildern von Sachsenhausen, der Tucheler Heide, Warschau, Rotterdam gesellen, den zahllosen Bildern, die sich wie Eiter hinter seiner Stirn gesammelt hatten.
Als Zietz-Marbach, der sich offenbar beruhigt hatte, zurück an den Ort des Geschehens kam und den Leichenberg sah, wandte er sich an seinen Adjutanten. »Mein lieber Schwan. Ich fürchte, jetzt haben wir ein Problem.«
Sie standen in Waffenstillstandsverhandlungen, sie hatten sich verpflichtet, das geltende Kriegsrecht und die Bevölkerung der besiegten Gebiete zu achten. Die Senegalesen waren keine

Partisanen oder sonstige Verbrecher, sondern Soldaten, die ihr Land verteidigt hatten. Dafür, dass sie jetzt ohne Möglichkeit der Identifizierung leblos dalagen, gab es keine Rechtfertigung. Die einzige Bestrafung, die die Täter erhielten, war der Befehl, die Leichen zu zählen. Zietz-Marbach ließ die Zahl – 168 – in ein Dokument eintragen, dann gab er Anweisung, die Toten liegen zu lassen und hinter der Ortsgrenze einen Lagerplatz für die Nacht zu suchen, statt wie geplant nach Chartres weiterzumarschieren.

Als Lager bot sich die Ruine eines Gehöfts an, das von einer Bombe getroffen worden, aber nur zum Teil ausgebrannt war. Zietz-Marbach schickte Aufklärer los, um zu prüfen, ob sich niemand in den verlassenen Gebäuden versteckt hielt und ob sich Lebensmittel zur Beschlagnahme fanden. Als sie wiederkamen, trug einer von ihnen ein blondes Mädchen mit nackten Beinen auf dem Arm. Von weitem sah sie aus, als sei sie eingeschlafen. Von nahem war sie eindeutig tot.

»Schade drum, was?«, fragte der Träger. »Könnte meine Kleine sein, meine Helga. Ist im gleichen Alter. Drin sind noch sieben. Alles Frauen und Mädchen, alle strohblond.«

»Wunderbar«, freute sich Zietz-Marbach. »Lassen Sie sie hübsch aufreihen, treiben Sie Leichentücher auf, Kerzen, was immer Sie finden. Wenn Sie mit Ihrer Entdeckung unser Problem gelöst haben, bekommen Sie eine Erwähnung im Heeresbericht.«

39

Am nächsten Morgen zogen sie nach Chartres, dessen zweitürmige Kathedrale sie von weitem grüßte und Alwin an Paris denken ließ. Die Hauptstraße sah aus wie für den Sonntag sauber gefegt. Die Schaufenster der Geschäfte waren verrammelt, die Lokale finster, die Gehwege menschenleer. Alwin erinnerte sich dunkel, im Studium gelernt zu haben, Chartres unterhalte die kostbarste Sammlung mittelalterlicher Schriften Europas. Damals hatte er nur mit halbem Ohr hingehört, weil er von Frankreich nichts hatte wissen wollen, heute aber nahm er sich vor, sich die Dokumente anzusehen. Es würde ihm guttun, die Bilder der letzten Tage verblassen lassen, und er konnte Dörte davon schreiben.

Die Stadt wirkte menschenleer wie Rouen, doch die Aufklärer, die Zietz-Marbach vorausgeschickt hatte, hatten berichtet, dass dem nicht so war. Zwar war der größte Teil der Einwohner südwärts geflüchtet, doch hatten Flüchtlinge aus Rouen, die sich nicht mehr weiterschleppen konnten, ihren Platz eingenommen. Wer genau hinsah, erkannte angstvolle Gesichter hinter Spaltbreit geöffneten Fensterläden.

Am Ende der Straße befand sich die Präfektur, ein stattliches dreistöckiges Gebäude, über dessen Tor Frankreichs Trikolore in der Windstille schlaff herunterhing. »Runterholen«, befahl Zietz-Marbach. Der Gefreite, der den Befehl ausführte, wollte die Fahne zu Boden fallen lassen, aber Alwin ließ sie sich aushändigen und betrat mit der Stoffbahn über dem Arm das Haus. Es roch nach Holzpolitur, alten Büchern und schwach nach etwas Blumigem, es strahlte Gediegenheit und Beständigkeit aus, was Alwin gefiel. In den Hof gelangte man durch einen Rundbogen, Sonne fiel ein, und über das Mauerwerk wucherte wilder Wein. In der Mitte des Hofs standen drei Männer und warteten. Einer war in die Soutane eines Priesters gewandet, der Zweite musste an die hundert Jahre alt sein, und den Dritten, der die Uniform eines Offiziers der Luftstreitkräfte trug, erkannte Alwin.

»Romanin«, entfuhr es ihm.

»Romeo.«

Einen Moment lang löste sich die Spannung im Gesicht des Mannes. Dann nickte er Alwin zu, straffte sich und wandte sich an General Zietz-Marbach. »Mein Name ist Jean Moulin, ich bin der Präfekt von Chartres«, sagte er gemessen und höflich, wenn auch ohne dem General seine Hand zu reichen. »Meine Begleiter sind Monsignor Lejards, der Generalvikar der Diözese, und Pierre Besnard, der Bürgermeister. Wir sind hier, um die Stadt Chartres gemäß dem Kriegsrecht kampflos zu übergeben. Im Gegenzug erwarten wir, dass die Rechte der Zivilbevölkerung gewahrt bleiben. Wir haben eine große Zahl von Flüchtlingen hier, vornehmlich Frauen und Kinder, die dringend Lebensmittel und ärztliche Betreuung benötigen. Sofern nichts dagegen spricht, schlage ich vor, dass ich mich um die Verteilung der Vorräte kümmere und mich mit Ihrem Quartiermeister bespreche. Wir halten zwei Bäckereien offen, und die Trinkwasserversorgung ist organisiert. Es sollte also niemand Not leiden.«

Alwin hatte den Mann in Paris gemocht und mochte ihn jetzt umso mehr. Mit Männern wie ihm wollte er verkehren, wohlerzogenen Männern, die einen anderen Mann, der seine Pflicht tat, zu schätzen wussten, auch wenn er auf der gegnerischen Seite stand. War sein Vater so gewesen? Er wünschte es sich, und vor allem wünschte er, selbst als ein solcher Mann zu wirken. »Bitte sorgen Sie sich nicht«, sagte er zu Moulin. »Wir sind froh, wenn die Verwaltung der Stadt in Ihren Händen bleibt, da Sie mit den Gegebenheiten vertraut sind. Und Ihren Leuten sagen Sie bitte, für sie ist der Krieg zu Ende. Sie haben nichts zu befürchten und sollen in ihre Häuser zurückkehren.« Jean Moulins Haselnussaugen suchten seinen Blick. »Im Namen der Stadt Chartres bedanke ich mich«, sagte er.

Der Moment war schön. Erst als er vorüber war, erschrak Alwin. Er war seinem General in die Parade gefahren und hatte dessen Entscheidung eigenmächtig an sich gerissen. Beklommen wandte er sich um, blickte aber in das vollkommen zufriedene Gesicht Zietz-Marbachs, der ihm obendrein auf den

Arm klopfte. »Machen Sie mal hübsch weiter, Sterzing. Wie man dieser Sprache mächtig sein kann, ohne sich die Zunge zu verknoten, wird mir ein Rätsel bleiben. Sagen Sie unserem Freund, dem Präfekten, er kann in seinem kleinen Königreich hier gerne weiter residieren. Nur eine Unterschrift von ihm bräuchten wir dann noch. Wegen unseres Problems, Sie verstehen. Aber das hat Zeit bis nach der Quartierbelegung und einer ordentlichen Mahlzeit, auf die ich möglichst nicht mehr allzu lange warten würde.«

Alwin war nicht bewusst gewesen, wie gut sein Französisch war, wie leicht er in die Sprache gewechselt hatte. Seit jenem Sommer war er nicht in der Lage gewesen, sie loszulassen, sondern hatte jede Gelegenheit ergriffen, Französisch zu lesen, zu hören, zu denken. Es wieder zu sprechen war wie ein Duft, der Erinnerung weckte. Er gab den größten Teil der Nachricht weiter, und Jean Moulin machte sich umgehend mit dem Quartiermeister auf den Weg, um ihm geeignete Häuser für die Unterbringung der Mannschaften zu zeigen. Anschließend besprachen sie die Versorgungslage der Stadt, und nachdem alles organisiert war, hatte Moulin Zeit, Alwin in den Anbau des Rathauses zu führen, in dem die berühmte Bibliothek untergebracht war.

»Dass unsere Besatzer Interesse für die Schätze unseres Landes aufbringen, überrascht mich«, sagte er. »Leider kann ich Ihnen die Handschriften aus dem zwölften Jahrhundert nicht zeigen. Wir haben sie bereits vor vier Wochen evakuiert.«

»Wo befinden sie sich denn?«, fragte Alwin.

Jean Moulin verschränkte die Hände auf dem Rücken, und sein Gesicht glich einer Tür, die sich schloss. »In Sicherheit.«

»Romanin«, sagte Alwin, »ich habe Verständnis für Ihren Argwohn und würde in Ihrer Lage das Gleiche empfinden. Darf ich noch einmal als Ihr Beinahe-Namensvetter zu Ihnen sprechen, nicht als Offizier der Besatzungsmacht? Nach dem Aufenthaltsort der Dokumente frage ich nicht, um mich daran zu vergreifen, sondern weil ich sie hierher zurückführen möchte. Um ein Zeichen des Vertrauens zu setzen und die Bevölkerung wissen zu lassen, dass sie von uns nichts zu befürchten hat.«

Jean Moulin, der zwar bleich und übernächtigt wirkte, aber tadellos rasiert war, brauchte eine Weile für die Replik. »Dass wir von Ihnen nichts befürchten, können Sie wohl kaum erwarten«, sagte er. »Sie haben unser Land überrannt. Zwischen uns und Ihnen von Vertrauen zu sprechen wäre absurd. Dass Sie persönlich im Rahmen der Gegebenheiten das Beste wollen, glaube ich Ihnen. Genügt das? Wo sich die Dokumente befinden, kann ich Ihnen sagen, weil es nicht schwierig für Sie wäre, es selbst herauszufinden. Sie sind im Château de Villebon, keine zwanzig Kilometer von hier.«

Alwin hasste es, sich geohrfeigt zu fühlen. Von einem Mann, den er nach Belieben hätte ohrfeigen können, ohne dafür belangt zu werden, fand er es unentschuldbar. »In der Tat«, sagte er. »Es ist für uns keine Schwierigkeit, etwas, das wir wissen wollen, herauszufinden. Wie die Rückführung der Dokumente zu veranlassen ist, werde ich mit meinem Stab besprechen. Sollten Sie noch ein Anliegen haben, wenden Sie sich an meinen General.«

Er schwang herum und verließ den Anbau. Wenn der Mann glaubte, er könne ihm eine Lektion in Würde erteilen, bekam er eine zurück. Mit fliegenden Mantelschößen eilte er die Straße hinunter und begab sich in das Zimmer, das im *Hôtel de France* für ihn reserviert worden war. Ein Kauz, der am Empfang herumlungerte, bot ihm einen Korb voller Flaschen an, von denen jede zwanzig Franc kosten sollte, vom schlichten Tischwein bis zum Jahrgangs-Cognac. Alwin kaufte dem Mann, der eindeutig ein Plünderer war, wahllos drei Flaschen ab. Das Abendessen für die Offiziere wurde im Restaurant des Hotels serviert. Alwin hätte gern darauf verzichtet, doch die Teilnahme war obligatorisch. Wie erwartet, war Jean Moulin eingeladen, ansonsten jedoch keiner der Honoratioren der Stadt.

Das Essen war ordentlich. Für jemanden, dem noch nie in Frankreich eine Abendmahlzeit aufgetischt worden war, vermutlich vorzüglich, und für die Männer, die sich seit Wochen aus Rucksack-Rationen verpflegten, ein Festmahl. Nach dem Kaffee entließ General Zietz-Marbach die Leute, behielt lediglich seinen Adjutanten, einen persönlichen Bediensteten und Alwin im Raum.

»Sterzing, Sie übersetzen.« Er schob Moulin das Dokument zu. Was er auf Deutsch sagte, wiederholte Alwin auf Französisch und versuchte, über den Inhalt der Worte nicht nachzudenken: »Wenn Sie uns dies dann bitte noch unterschreiben würden – ein höchst bedauerlicher Vorfall, der den Verhandlungen unserer Länder nicht im Weg stehen soll. Wir waren gezwungen, unterwegs eine Gruppe uniformierter Neger zu füsilieren, nachdem sie sich in wahrhaft bestialischer Weise an fünf wehrlosen französischen Frauen und drei Kindern vergangen und sie anschließend ermordet haben.«

Jean Moulin wartete nicht ab, überprüfte nichts, begehrte sofort auf. »Unsere Senegalschützen? Sie waren zur Verteidigung der Stadt bestellt und sind erst vor zwei Tagen abgezogen worden. Dass sie eines solchen Verbrechens schuldig sind, ist völlig ausgeschlossen.«

»Nun, Sie sind es aber. Die Verletzungen der Frauen weisen typische Merkmale auf. Sie wollen ja wohl nicht mit mir über die Eigenheiten von Negern streiten.«

»Wir streiten nicht über Eigenheiten von Negern. Sie beleidigen Angehörige der französischen Armee.«

Die Worte flogen hin und her.

Jean Moulin blieb ruhig, gab aber keinen Zoll nach. »Sie wissen so gut wie ich, dass die Schützen mit dem Tod der Frauen nichts zu tun haben. Selbstverständlich werde ich dieses Papier nicht unterschreiben.«

Der General redete nun, und Alwin übersetzte. »Haben Sie das eben noch einmal gesagt?«, fragte er. »Sie werden das nicht unterschreiben?«
»Natürlich nicht.«
Der General schob Alwin beiseite. Neben ihn trat dafür der vierschrötige Bursche, den Alwin für seinen persönlichen Bediensteten hielt, und drosch Jean Moulin seine Faust ins Gesicht.
Der Schlag war so heftig, dass der Präfekt vom Stuhl fiel und dumpf auf dem Boden aufprallte. »Unterschreiben«, befahl der General. »Sterzing, das brauchen Sie nicht zu übersetzen. Sie können gehen.«
Alwin ging nicht.
Der Bursche trat Jean Moulin in den Bauch. Dann riss er ihn in die Höhe und setzte ihn wieder auf den Stuhl. In rascher Folge ließ er fünf Faustschläge auf sein Gesicht einprasseln. Moulin blutete aus dem Mund. Beinahe ungläubig sah er zu dem Schläger auf.
»Ich habe gesagt, Sie können gehen«, sagte der General zu Alwin, ehe er sich an seinen Adjutanten wandte. »Machen wir Ernst und schaffen ihn weg.«
So wie er dabeigestanden hatte, als die Senegalesen erschossen worden waren, stand Alwin auch jetzt da, während der Adjutant und der Bursche des Generals Moulin unter den Armen packten und aus dem Raum schleiften. In dieser Nacht schlief er nicht, legte sich in Kleidern aufs Bett und starrte an die Decke, ehe er wieder aufstand und im Zimmer auf und ab ging. Am Morgen suchte er als Erstes Robert auf, um ihm zu schildern, was geschehen war, aber der wusste bereits Bescheid. »Ziemlich zäh, der Franzose«, sagte er. »Ich denke aber, dass er im Laufe des Tages klein beigeben wird.«
»Wir dürfen das nicht tun!«, rief Alwin. »Du hast selbst gesagt, wir kommen hierher nicht als Feinde, wir streben ein Bündnis unserer Länder an. Das können wir doch nicht beginnen, indem wir einen französischen Staatsbeamten verprügeln.«

»Du bist ein furchtbar netter Kerl, Alwin«, sagte Robert. »Manchmal sogar zu nett. Aber weißt du, was dein Fehler ist? Du siehst den Wald vor lauter Bäumen nicht, verlierst vor bedauerlichem Kleinkram das Große, Ganze aus dem Blick. Diese Unterschrift wird nun einmal benötigt, und wir bringen den Mann ja nicht um. Außerdem, nur nebenbei – den Staat, in dem er Beamter war, den gibt es nicht mehr.«
Alwin jagte den ganzen Tag durch die Stadt, um herauszufinden, wohin Moulin gebracht worden war.
In der Dämmerung sah er General Zietz-Marbach mit einer Gruppe Stabsoffiziere, dem Adjutanten und seinem Burschen die Straße zum Hotel herunterkommen. Sie schleiften den blutüberströmten Moulin zwischen sich. Alwin schloss sich ihnen an, als sie das Hotel betraten, und niemand hinderte ihn. Der General drehte sich sogar nach ihm um und sagte beinahe freundlich: »Man hört ja verschiedentlich die Ansicht, dem deutschen Offizier solle es nach Möglichkeit erspart werden, derlei notwendige Übel mit anzusehen, um ihn nicht zu verrohen. Ich persönlich teile diese Ansicht nicht. Die Welt ist roh, und was sein muss, muss sein. Sehen Sie sich ruhig alles an, was Sie möchten.«
Sie zerrten Moulin die Treppe hinauf in den ersten Stock und stießen ihn in ein Zimmer mit einem einzigen Bett, auf dem ein Neger geschlafen hatte. Erschrocken fuhr er auf und zog das Laken über seine schwarze Haut. »Da du Neger so liebst, willst du bestimmt gern heute Nacht mit einem schlafen«, sagte der Bursche in brüchigem Französisch und versetzte Moulin einen so harten Stoß in den Rücken, dass er auf den schwarzen Mann stürzte. Wie ein groteskes Liebespaar lagen ihre Körper beieinander.
»Genug für heute«, befahl Zeitz-Marbach und trieb alle aus der Tür. »Lassen wir ihn ein bisschen Kraft sammeln. Morgen früh ab vier Uhr geht es weiter.«

Alwin konnte weder essen noch schlafen oder auch nur still auf seinem Bett liegen. Er musste an Dörte denken, für die er verantwortlich war, wohingegen er Moulin kaum kannte. Der Mann war anfangs höflich behandelt worden, er hätte lediglich das Dokument zu unterschreiben brauchen, das den toten Senegalesen schließlich nicht mehr schaden konnte. Sie trugen ja nicht einmal Marken bei sich, und ihre Namen waren nicht zu ermitteln.
Um Mitternacht erkannte Alwin, dass ihm all das gleichgültig war. Aus seiner Nachttischschublade nahm er das Röhrchen, das Robert ihm gegeben hatte, und schluckte eine Tablette. Dann stand er auf und ging hinunter in den ersten Stock, um nach Moulin zu sehen.
Die Tür des Zimmers war nicht verschlossen, und durch das Fenster fiel Mondlicht. Auf dem Boden vor dem Bett hatte der Neger sich zusammengerollt und schlief mit leisem Schnarchen. Auf dem Bett lag Jean Moulin, Gesicht, Hemd und Laken waren blutbesudelt. Alwin erfasste auf der Stelle, was der Mann getan hatte: Um unter den Schlägen nicht schwach zu werden und das verleumderische Dokument zu unterzeichnen, hatte er sich mit einer Glasscherbe die Kehle durchgeschnitten.
Der größte Wahnwitz bei allem war, dass Alwin ihn einen Augenblick lang glühend beneidete.
Die Wirkung des Pervitins setzte ein. Wie ein Automat begann Alwin zu funktionieren, kniete sich vor das Bett, riss den Bezug vom Kissen und faltete einen Streifen daraus, den er mit beiden Daumen auf die Wunde drückte, so fest, als wollte er Moulin erwürgen. Soweit er sehen konnte, war der Schnitt nicht allzu tief und saß zu nah am Kiefer, um die Schlagader zu verletzen. Moulin keuchte, aber Alwin gab ihn nicht frei, bis er unter seinen Fingern spürte, dass das Pumpen des Blutes schwächer wurde, und der Strom schließlich ganz versickerte. Im selben Augenblick verlor Moulin das Bewusstsein. Alwin hielt den durchnässten Kissenbezug noch immer auf den Hals des Mannes gepresst,

doch er lockerte langsam den Druck. Als Moulins Atem sich ein wenig beruhigte, ließ er ihn los, lief auf den Gang und schrie nach oben: »Ein Notfall! Wir brauchen sofort einen Arzt.«
Aus sämtlichen Zimmertüren strömten Männer, eilten in Schlafanzügen und Morgenmänteln die Treppe hinunter. Zietz-Marbach tauchte ebenfalls auf, enthielt sich jeder Kritik an Alwins Verhalten und bemühte sich um Hilfe. Ein Arzt war in der Stadt nicht mehr aufzutreiben, lediglich ein ältlicher Zahnarzt, der jedoch in der Lage war, eine Naht zu setzen. »Er hat Glück gehabt«, sagte er zu Alwin. »Zumindest hoffe ich das.«
Jean Moulin musste fünf Tage strengste Bettruhe halten, bis die Wunde sich zu schließen begann. Am sechsten durfte er ein paar Schritte im Hof der Präfektur umhergehen und einen Brief an seine Mutter schreiben. Davon, ihn noch einmal zu schlagen, war nicht mehr die Rede, und auch das Dokument wurde nicht noch einmal erwähnt. Moulin bedankte sich nicht bei Alwin, und der erwartete keinen Dank. Sie sprachen überhaupt nicht mehr miteinander. Die Truppe bereitete ihren Aufbruch vor, um in längstens vier Tagen in Paris zu sein.
Was geschehen war, während er sich um den verletzten Moulin gekümmert hatte, erfuhr Alwin von Robert: Winston Churchill hatte dem geflüchteten de Gaulle gestattet, über die BBC eine Rede zu halten, die nach Frankreich übertragen wurde. Darin forderte er die Franzosen auf, sich keiner Kapitulation zu fügen, sondern Widerstand zu leisten und mit allen Kräften den Kampf fortzusetzen. Die weiten Gebiete der Kolonien wären noch immer im Besitz Frankreichs, die Flotte sei intakt, und in England wolle er die evakuierten Soldaten für neue Schlachten sammeln. Jeder Bürger Frankreichs, wo immer er sich befand, hätte die Pflicht, sich zu widersetzen.
»Ich fordere alle Franzosen, die frei bleiben wollen, auf, mir zuzuhören und sich mir anzuschließen. Es lebe das freie Frankreich in Ehre und Unabhängigkeit!«

Sein dramatischer Appell würde ihm nichts nützen. In Paris hatte inzwischen Maréchal Pétain in einer Rede erklärt, er fordere mit schwerem Herzen seine Landsleute auf, die Waffen niederzulegen. In Verhandlungen mit den Deutschen habe er um eine Möglichkeit gebeten, die Feindseligkeiten beizulegen, unter Soldaten und mit intakter Ehre.
Adolf Hitler befand sich bereits in Frankreich, um den Vertrag über den Waffenstillstand zu unterzeichnen. Im Wald von Compiègne. In einem Eisenbahnwagon.

Nathalie

November 1940

40

Betet, betet!«, schrie sie aus Leibeskräften, streckte ein Bein über den Rand des Karrens, hob den grünen Rock und ließ ihren Fuß kreisen, bis der Schuh zu Boden fiel. »Ihr Weibsbilder von Paris, wenn euer Maul zu anderem als zum Fischverkaufen taugt, dann betet das Braune, *oh non, pardonnez-moi,* das Blaue vom Himmel, bis euch die Zähne wackeln. Vom Beten wird's zwar kein Brot vom Himmel regnen, auch keinen Käse, von Zigaretten ganz zu schweigen, aber solange wir beten, zeigen wir der Welt, dass wir noch nicht begraben sind, und darauf ein kräftiges Amen!«

»Amen!«, echote das bis auf den letzten Platz gefüllte Lokal, und dann toste Applaus los. Erschöpft ließ Nathalie sich in den Stuhl plumpsen und zog den Kopf des Hundes an sich. »Und fertig, Charles. Ich glaube, wir haben unsere Sache wieder einmal so schlecht nicht gemacht.«

Der Rüde presste ihr die Schnauze mit dem enormen Bart in den Schoß. Er war ein Überbleibsel aus Choupinettes zweitem Wurf von einem mysteriösen Liebhaber, bei dem es sich, den Charakterköpfen der Welpen nach zu urteilen, zweifellos um einen Riesenschnauzer handelte. Inzwischen bevölkerte die Schar dieser unverwechselbaren Exemplare den Montmartre. Aus dem zweiten Wurf hatten sie der Hündin diesen Rüden gelassen, weil sie nach dem Auszug des ersten Wurfs wochenlang getrauert hatte. Würde man mir Benet wegnehmen, hätte ich keine Kraft zum Weitermachen, hatte Nathalie gedacht, während andere Eltern alles dafür taten, ihre Kinder in den Süden des Landes zu schaffen. Die nicht von den Deutschen besetzte Zone, in der Maréchal Pétain von dem Kaff Vichy aus regierte, galt als sicherer, und auf dem Land, wo keine Besatzungstruppen zu ernähren waren, war die Versorgung besser. Nathalie und Ricí, die in der unbesetzten Zone fraglos sicherer gewesen wäre, hatten jedoch beschlossen, die Gemeinschaft in der Rue Caulaincourt zusammenzuhalten. Sie gab ihnen Kraft, den Alltag zu bestehen und das, was darüber hinausging. Wenn sie durchhalten wollten, überleben, bis die Nacht vorbei war, mussten sie es gemeinsam tun.

Und in ihre Gemeinschaft gehörte nun auch Choupinettes Sohn, den Nathalie Charles de Gaulle getauft hatte, weil sie fand, dass er mit seinen eigentümlichen Ohren, den Brauenwülsten und dem Bart dem General der Streitkräfte von *France libre* zum Verwechseln ähnlich sah. Ebendeshalb trat er Abend für Abend mit ihr auf, obwohl sie ihn hier nur Charles rufen durfte, ein Allerweltsname, aus dem niemand ihr einen Strick drehen konnte.

Sie musste auf der Hut sein. Ihre Revue, die sie auf einem ausrangierten Filmkarren im *Provençal* aufführte, war ein Publikumsmagnet und zog auch Besatzungssoldaten an, die sich auf der berühmten Sündenmeile des Montmartre amüsieren wollten. Bereits den Namen der Revue – *Ville éteinte*, die ausgeknipste Stadt – verurteilte Ricí als puren Leichtsinn, aber sie verstand Nathalie und ging selbst nicht anders vor. Vorsicht war geboten, aber eine Spur von Risiko, ein halber Schritt zu weit, machte den Leuten Mut, belebte erloschenen Kampfgeist, flüsterte ihnen zu: Wir können es wagen. Wir *müssen* es wagen. Wir haben gar keine Wahl!

Général de Gaulle war im August zum Tode verurteilt worden. Vermutlich hätten die Nazis und ihre Kollaborateure die Hälfte ihres tausendjährigen Reichs geopfert, um ihn in die Finger zu bekommen, und wer sich zu ihm und seinem *France libre* bekannte, mochte sich in den Verhörräumen der Sicherheitspolizei in der Avenue Foch wiederfinden. Dennoch tauchte der Schriftzug *Vive de Gaulle* über Nacht an Häuserwänden auf, geschmückt mit dem Lothringer Kreuz, das der General als sein Zeichen gewählt hatte, und dem »V« für *Victory*, Winston Churchills Symbol, mit dem er versprach, dass er an den Sieg über den Faschismus unerschütterlich glaubte. Dennoch gab es Menschen, die an versteckten Radios *The French Speak to the French*, Franzosen sprechen zu Franzosen, hörten, die Sendung der BBC, mit der Vertreter des Freien Frankreich den Widerstand im Land zu stärken hofften. Und es sollten mehr werden, mehr und mehr und mehr.

The French speak to the French bedeutete Hoffnung. Es war Beweis dafür, dass die erloschene Stadt der Lichter der Welt nicht gleichgültig geworden war, dass da draußen noch irgendwo Tag war und der Kampf weiterging. Die Nazis hatten den Befehl erlassen, sämtliche Radiogeräte in der zuständigen Kommandantur abzuliefern, doch es gab Leute mit Sondergenehmigungen und andere, die den Befehl schlicht nicht befolgten. Wer *The French speak to the French* hören wollte, der fand einen Weg.

Immer wieder übertrug der Sender de Gaulles dramatischen Appell aus den schwärzesten Tagen: »*Ist das letzte Wort gesprochen, muss die Hoffnung sterben? Nein! Das, was uns jetzt in die Knie zwingt, kann uns eines Tages den Sieg bringen, denn Frankreich ist nicht allein. Es ist nicht allein. Es ist nicht allein. Was immer geschieht, die Flamme des französischen Widerstandes darf und wird nie verlöschen. Morgen, genau wie heute, werde ich wieder aus London zu Ihnen sprechen.*«

Dazu kamen Nachrichten vom Kriegsverlauf und persönliche Botschaften von Angehörigen, die nach England entkommen waren. Frequenzen und Sendezeiten wurden auf Flugblätter gedruckt, die Piloten der Royal Air Force über Dörfern und Städten abwarfen. Sie riskierten ihr Leben dabei, brachten sich Nacht für Nacht aufs Neue in Todesgefahr für ein paar Sendeminuten im Radio. Wir sind alle verrückt geworden, dachte Nathalie, und anders geht es nicht. Wer normal bleibt in einer Welt, die verrückt spielt – was für ein Mensch ist der?

Ricís Gruppe vom Museum, die in einem Lagerkeller eine Druckerpresse versteckt hielt, vervielfältigte die Flugblätter und verbreitete sie auf jede erdenkliche Weise: Unverdächtig wirkende Passanten ließen Stapel von Mauersimsen rieseln, verstreuten sie in öffentlichen Gebäuden, schoben sie in Briefkästen und klebten sie an Parkbänke. Für ihr Publikum im *Provençal* war Nathalie auf eine besondere Idee verfallen: Charles. Ihren zählenden Hund.

Solch eine Nummer passte in eine Revue und erregte niemandes Argwohn. Zu Beginn lobte sie Charles, hielt ihm einen Knochen vor die Schnauze und versprach ihm: »Wenn du uns brav mit den lästigen Zahlen hilfst, darfst du am Ende den Knochen fressen.« Das Wort Knochen wiederholte sie mehrmals auf Französisch und auf Deutsch, wobei sie sich vor den Soldaten verbeugte. Der Knochen war aus Holz, und Charles war wie seine Mutter ein wählerischer Fresser, aber die Zuschauer wussten Bescheid: Helmut Knochen hieß der Chef der Sicherheitspolizei, ihn und seine gesamte Nazi-Maschinerie bot Nathalie ihrem Hund zum Fraß. Anschließend stellte sie ihm Rechenaufgaben, zeigte reichlich Bein und ließ den Hund mit der Pfote scharren. Dabei klatschte sie beständig in die Hände und rief durch den Saal:

»16-Komma-3, nicht möglich, schon wieder richtig! Da muss unserer Stadt doch glatt ein Licht aufgehen, wenn solch ein kluger Hund ihr hilft.«

Charles war ein reizender Hund, aber dumm wie Bohnenstroh. Das alberne Hundegeturtel interessierte ohnehin niemanden. Ein Teil der Gäste kam, um Nathalie auf Beine, Busen und Hintern zu glotzen, und der Rest – die Stammkundschaft – entnahm ihrem Gekreische Frequenz und Uhrzeit der nächsten BBC-Sendung *The French speak to the French*. Englisch war für Nathalie noch immer sinnentleertes Kauderwelsch, und der Rest der Sendung wurde in Französisch ausgestrahlt, doch diesen Satz, dem vier hämmernde Noten und der triumphale Ruf »*This is London*« vorausgingen, würde sie hersagen können, bis sie starb.

War sie ehrlich, so hatte sie begonnen, die Sendung zu hören, weil sie hoffte, eine Nachricht von Salah zu erhalten. So viele Soldaten hatten sich aus Dünkirchen nach England retten können, warum also nicht auch er? Inzwischen war ihr klar, dass er nicht zu denen, die Nachrichten bei der BBC hinterließen, gehören würde. Salah war Berber, man würde ihm beim britischen Radio so wenig einen Platz einräumen wie hier. Sie hatte beschlossen, davon auszugehen, dass er dort drüben in Sicherheit war und wiederkommen würde, wenn der Krieg zu Ende war. Damit keine Zweifel aufkamen, verbot sie sich, an ihn zu denken. *The French speak to the French* hörte sie dennoch.

This is London. Ici Londres. Wie ein Heilsversprechen.

Sie und Ricí hatten sich das so ausgemalt: Wenn sie die lange Dunkelheit überstanden, würde Ricí ihrer Tante Paula schreiben und sie mit Nathalie besuchen fahren. London sehen. Rote Doppeldeckerbusse, Polizisten mit Backschüsseln auf den Köpfen und Damen, die – schlimmer als Salah, an den sie nicht denken durfte – von früh bis spät Tee tranken. Ricí würde so perfekt Englisch gelernt haben, wie sie seinerzeit Französisch gelernt hatte, und Nathalie würde immerhin »*This is London*« sagen können und: »*The French speak to the French.*«

»Bei deinen Beinen genügt das«, behauptete Ricí.

Nathalie schloss die Arme um ihren Hund und beugte sich vor, dass ihr das Haar übers Gesicht fiel. Das war ihr Vorhang, hinter den sie sich für Augenblicke zurückziehen konnte. Der

Applaus brandete um sie, die Gruppe am vordersten Tisch forderte grölend eine Zugabe, und sie ließ alles wie Wasser an sich abperlen. Gleich würde sie aufspringen und sich bei der Erfüllung von Sonderwünschen generös zeigen müssen, doch die kurzen Pausen brauchte sie, um durchzuhalten.
Sie führte die Revue seit den Tagen im Juni auf, in denen es ausgesehen hatte, als gäbe es aus dieser Nacht kein Erwachen mehr. Starr vor Entsetzen hatte sie an der Place de Clichy gestanden und der endlosen Kolonne von Pariserinnen zugesehen, die mit Bündeln, Koffern, Kochtöpfen und an den Händen mitgezerrten Kindern aus der Stadt flüchteten. Sie war gelähmt vor Schrecken, vor Angst um Salah, um Paris, um ihr Leben, doch auf einmal fiel ihr ein, was sie als Kind in solcher Bedrängnis getan hatte: Nathalie ging es elend. Nathalie war zu schwach und zu traurig, sich zu retten. Aber sie brauchte ja nicht Nathalie zu sein!
Sie konnte sein, was sie wollte. Sie war Geneviève.
Eine Gruppe, die aus sechs Frauen und doppelt so vielen Kindern bestand, führte einen Wagen mit sich, ein ausgemustertes Pferdetaxi, auf dem sich Hausrat türmte, obenauf eine schwankende Kinderwiege. Nathalie war losgerannt, hatte die Seitenwand des Wagens gepackt und sich hochgezogen, ohne sich um das Scheppern der Geschirrtürme zu scheren. »Nicht flüchten!«, hatte sie geschrien. »Ihr könnt doch Paris nicht im Stich lassen.«
»Die Deutschen kommen. Die Deutschen sind schon hinter Chartres.«
»Attila war auch hinter Chartres«, rief Nathalie, obwohl sie keine Ahnung hatte, wo oder wer genau dieser Attila gewesen war. »Aber nach Paris ist er trotzdem nicht gekommen, weil Geneviève und die Pariser Frauen es nicht zugelassen haben.«
So hatte es angefangen, und so war es geblieben: Kommt alle ins *Bistrot Provençal*! Die Geneviève vom Montmartre singt,

tanzt und albert in der ausgeknipsten Stadt. Und betet ein bisschen. Betet Attila aus der Stadt.

Revuen, in denen Frauen ihre Beine zeigten, gab es in Paris an jeder Ecke, damit erregte sie niemandes Verdacht. In ihr Programm ließen sich Geheimbotschaften aller Art einbauen. Die Gruppe vom Museum konnte Leute, denen eine Nachricht übermittelt werden musste, ins *Provençal* bestellen, und Gaston und Ricí halfen Nathalie, die Informationen codiert in ihren Text einzuflechten. Der Korse war zufrieden. Er mochte keine Nazis, aber noch weniger mochte er leere Kassen, und seine war jetzt immer voll.

Den Wagen, der als Bühne an der hinteren Wand des Schankraums stand, hatte sie Pierre Théroux abgeschwatzt. Es war der aus dem verunglückten Geneviève-Film, bei dessen Dreharbeiten sie damals über die Absperrung gefallen war. Pierre spielte noch immer den Beleidigten, auch wenn er inzwischen Scharen neuer Geliebter gehabt hatte, aber den Wagen hatte er ihr trotzdem überlassen, und in ihre Revue kam er so gut wie jede Woche. Auch heute saß er wieder auf seinem Stammplatz.

»Du solltest ein bisschen vorsichtiger sein«, hatte er vorhin, vor Beginn der Vorstellung, gemault. »Wenn sich ein Offizier hierher verirrt, der zwei plus zwei zusammenzählen kann, weiß der im Nu, was du hier darstellst mit deinem Atilla dem Hunnen. Und dann kannst du dich einsargen lassen, *ma belle.*«

»Sicher«, hatte Nathalie erwidert. »Aber wenn ich nichts tue, brauche ich mich nicht einsargen zu lassen, weil ich dann schon eingesargt bin.«

»Warum hängst du dich eigentlich derart aus dem Fenster?«, hatte er gefragt. »Nein, ich finde es auch nicht erfreulich, dass diese Flegel sich in meiner Stadt wie die Herren aufspielen, es ärgert mich, dass sie uns vorschreiben, wann wir zu Bett zu gehen haben, und dass sie unsere Lebensmittel nach Berlin verschleppen, während wir hier von Steckrüben leben. Aber wir hätten es schlimmer treffen können. Aus Paris ist kein Warschau geworden, und wenn man sich an die Vorschriften hält, lassen sie einen sein Leben weiterführen. In Longchamp soll es im Frühjahr wieder Galopprennen geben, und über Geld für Filmprojekte wird auch verhandelt.«

»Aber ohne Bernard Natan, richtig?«, hatte Nathalie gefragt.

»Natan? Der sitzt doch wegen Verstößen gegen die Sittlichkeit hinter Gittern.«

»Sicher«, sagte Nathalie. »Ein Freund von der Statisterie hat mir erzählt, er muss sich jetzt Nuham Tannenzaft nennen, und wenn er seine Strafe abgesessen hat, liefert die Regierung in Vichy ihn an die Deutschen aus.«

»Was haben denn die Deutschen mit Natan zu tun? Seine Schweinereien hat er doch bei uns gedreht.«

»Er ist Jude«, hatte Nathalie nur gesagt. »Ich muss mich jetzt umziehen. In fünf Minuten habe ich auf meinem Karren zu stehen.«

»Wir reden später!«, hatte er ihr zugerufen, und jetzt winkte er ihr mit seinem halbgeleerten Glas Wein nach. Nathalie verspürte wenig Lust, mit ihm zu reden, denn das, was seine Fragen beantwortet hätte, konnte sie ihm nicht sagen. Er war kein Schlechter. In die Avenue Foch zu laufen und Nathalie zu verraten wäre ihm nicht eingefallen, aber einer wie er, dem das alles im Grunde gleichgültig war, würde keine Strapazen auf sich nehmen, um etwas geheim zu halten. Er war sich selbst der Nächste.

Genau wie sie. Damit hatte er ja nicht unrecht. Die Nazis, die ihr begegneten, hofierten sie, verwöhnten sie mit Getränken und Zigaretten und hätten ihr Kaviar bestellt, wenn der Korse welchen angeboten hätte. Sie ließen sie ihr Leben führen, und Nathalie war nie eine Frau gewesen, die sich für andere aufopferte. Nuham Tannenzaft, oder wie er hieß, ging sie samt seiner Nacktfilme, in denen er ihr schließlich nie eine Rolle zugeschanzt hatte, nichts an.

Aber Elie.
Der kleine Mann, der sie samt Benet und Salah von der Straße aufgelesen hatte, wagte sich kaum noch vor die Tür, sondern kauerte zusammengesunken in seinem Arbeitszimmer. Nur hatte er nichts mehr zu arbeiten. Seit dem ersten Judenstatut, das im Oktober erlassen worden war, durften Juden in Presse, Kultur und Bildung nicht mehr tätig sein. Sie hatten Elie sein Lebenswerk weggenommen, sein harmloses, sterbenslangweiliges *Perdu et trouvé,* in dem er von Kanarienvögeln berichtet hatte, die die *Marseillaise* pfeifen konnten, und von einer Frau, die an der Porte de Montreuil Strickmützen für Haustiere verkaufte. Sein umständliches Geschreibsel hatte keinen Menschen interessiert, aber für ihn war das kleine Kuriositätenkabinett seine Welt. Jeden ersten Mittwoch im Monat war er mit Choupinette an Idelles Kiosk vorbeispaziert, hatte seine neueste Ausgabe in ihrem Fenster hängen sehen und war hochzufrieden zum *Café Dowidl* weitergeschlendert, um sich zur Feier des Tages ein Stück Kaffeekuchen mit Sahne zu gönnen.
Das Café gab es nicht mehr. In seine Räume zog ein Soldatenheim mit Speise-, Spiel- und Schankzimmern. *Perdu et trouvé* gab es auch nicht mehr. Verloren und nicht wiedergefunden.
»Wenn das Käseblatt und das mieseste Lokal vom Montmartre alles sind, was er zu beweinen hat, kann er von Glück sagen«, schimpfte Idelle.
»Das klingt so mitleidlos«, sagte Gaston.
»Das hat die Wahrheit so an sich«, erwiderte Idelle.
Dem Statut nach durften nur ausländische, keine französischen Juden nach Deutschland deportiert werden, doch die Einbürgerungen der letzten zwanzig Jahre wurden mit sofortiger Wirkung aufgehoben. Elies Einbürgerung stammte aus dem Jahr 1919. Wann sein Jahrgang an der Reihe sein würde, war lediglich eine Frage der Zeit.

Nathalie war nicht selbstlos. Aber dies hier betraf sie selbst. Sie würde ihr Zuhause verlieren. Zwar hatte Idelle wie üblich alles an sich gerissen und die Wohnungen auf ihren Namen überschreiben lassen, sobald bekannt wurde, dass jüdischem Vermögen die Beschlagnahme drohte, aber um die Wohnungen ging es nicht.

Elie war ihr Zuhause.

Ricí war ihr Zuhause.

Ihre bezopfte Großcousine, diese Brillenschlange, die ihr mit ihrer Besserwisserei zuweilen den letzten Nerv raubte, hieß neuerdings Christine Lubac: Kinderpflegerin, Ehefrau von André Lubac, der seit Dünkirchen verschollen war. Im Lagerkeller des Museums wurden nicht nur Flugblätter erstellt, sondern auch Pässe gefälscht, und einen davon bekam Ricí. Diese zerstreuten Museumsprofessoren hatten Übung mit Kleinkramgefummel, und ihre Pässe gerieten nicht übel, aber einer genauen Prüfung durch den deutschen Sicherheitsdienst hätten sie niemals standgehalten. Ricí galt in Deutschland als Verbrecherin, auch wenn sie kaum mehr getan hatte, als öffentlich zu erklären, dass Nazis ihren Vater totgetrampelt hatten. Was ihr drohte, wenn sie ausgeliefert wurde, wollte Nathalie sich lieber nicht vorstellen.

Sie war nicht selbstlos. Hier aber ging es um sie selbst.

In Notfällen, wenn jemand in höchster Gefahr schwebte, organisierte die Gruppe vom Musée de l'Homme einen Transport über die Demarkationslinie, hinüber in die freie Zone. Dort gab es Kontakte, Leute, die bereit waren, Flüchtlinge zu verstecken, bis sich eine Möglichkeit bot, sie mit einem der tollkühnen britischen Piloten auszufliegen. Das alles war unsicher, es gab kein richtiges Netz, kaum Verständigung und viel zu wenig Helfer, aber Ricí war eine, die sich durchbiss. Auch nach Paris war sie schließlich mit nicht mehr als der Adresse einer Fremden gekommen.

Nathalie hatte sie bestürmt, sich in den Süden schmuggeln zu lassen: »Ich wollte mit diesem Kaff mit Namen Les Adrets-de-l'Estérel im Leben nie wieder etwas zu tun haben, aber wenn du dich bis dorthin durchschlägst, gebe ich dir einen Brief mit. Nicht gerade an meinen Vater oder *grand-mère* Rose. Aber an Sebastien vielleicht. Der ist wie der Zwillingsbruder vom Korsen, nur mit noch größerer Nase, bei dem kommst du unter.«

»Im Nasenloch?«

»Alles besser als hier. Les Adrets ist am Ende der Welt. Da findet dich kein Schwein.«

»Bring mich mit deinem Edelmut nicht zum Heulen«, hatte Ricí geknurrt. »Warum schreibst du den Brief nicht an deine Tante, die mit ihrem Freund von der Post sowieso alle Briefe liest?«

»Tante Edwige.« Widerwillig nahm Nathalie wahr, wie ihre Mundwinkel sich hoben. »Die mir mit knapp vierzig erklärt hat, sie wäre zwar alt, aber ins Grab wollte sie sich dann doch nicht legen. Wenn du willst, schreib ich ihr. Solange meine Großmutter, die alte Vettel, lebt, wird sie dich nicht ins Haus kriegen, aber Pâcome – *mon cher Monsieur le bon Dieu,* dem fällt bestimmt etwas ein.«

»Und wenn er mich auf dem Postsack schlafen lässt. Hör zu, meine provenzalische Käseziege, falls uns irgendetwas Riesenkräfte verleiht und uns diesen Kampf gewinnen lässt, schreiben wir beide unseren Tanten und machen uns auf eine Tantenreise, ja? Aber bis dahin muss ich hier bleiben. Ich habe einmal Hitler kampflos meine Welt überlassen. Wenn er mir die zweite auch noch wegnehmen will, muss er mich umbringen.«

Nathalie verstand und hielt fortan den Mund, aber die Angst war geblieben. Und von alldem konnte sie Pierre Théroux selbstverständlich kein Wort sagen.

Sie brachte die Zugabe hinter sich, nicht ihre Maréchal-Nummer mit der Schleife um den Bauch, *Ich mache Ihnen meine*

Person zum Geschenk, die es nur für Stammgäste gab, sondern eine harmlose: »Und zum Abschluss präsentieren Charles und ich Ihnen wieder unseren beliebten Rat zum sparsamen Umgang mit Volksressourcen: Warum nicht Papier sparen, indem Sie Ihre wöchentliche Fleischration in Ihre *Métro*-Fahrkarte einwickeln? Aber verwenden Sie keine schon abgeknipsten Karten, Ihr Fleisch könnte durchs Loch fallen.«
Der Witz war so fad, er hätte von Gastons Nussknacker-Freund stammen können, der vermutlich in den Niederlanden verhaftet worden war. Aber da Nathalie wusste, wie sie dazu die tapfere kleine Hausfrau in der Schlange vorm Schlachter spielen musste und wann der Rock gelupft gehörte, brüllte alles vor Lachen. Anschließend setzte sie sich da und dort auf Knie und Schöße, kniff hier in eine Wange und kraulte anderswo ein Kinn, und zum Schluss scheuchte sie die ganze Horde aus der Tür. »Jetzt husch, husch ins Körbchen. Das Nachtwächterchen kommt gleich, und morgen ist auch noch ein Tag.«
Pierre maulte wie erwartet, wollte noch irgendwo ein Glas trinken, doch dazu war es zu spät. Ärgerlich genug, dass er nicht Leine zog, so dass sie mit Ricí, Gaston und den beiden Männern vom Museum, die sie mitgebracht hatten, nicht rasch noch etwas besprechen konnte. Letzten Endes einigten sie sich darauf, das kurze Stück gemeinsamen Wegs, die Caulaincourt hinunter bis zur *Métro*-Station, gemeinsam zu gehen. Ein Bekannter des Korsen, der regelmäßig ins Lokal kam, ging ebenfalls in die Richtung.
Sie waren somit zwei Frauen, vier Männer und Nathalies Hund, liefen in einer schwarzen Novembernacht durch eine Stadt, die ihre Lichter ausgeknipst hatte. Die Straße war so gut wie leer, nur ein Mann mit Aktenkoffer begann zu laufen, um bis zur Sperrstunde daheim zu sein. Hinter den Fenstern der Häuser lauerte Finsternis. Nathalie schauderte und schloss ihre zu dünne Jacke. Sie brauchte einen Wintermantel, konnte jedoch

froh sein, auf ihre Kleiderkarte wenigstens einen für Benet ergattert zu haben.
Sonderlich laut waren sie nicht. In den alten Zeiten hatten sie einmal so wild gelacht und ein unanständiges Lied gesungen, dass eine Frau mit Nachthaube das Fenster aufgerissen und ihre Pillenschachtel nach Nathalie geworfen hatte. Damals hatte man im Laternenlicht alles klar erkennen können, das wutverzerrte Gesicht, die Pillen, die sich aus der Schachtel ergossen, und es hatte Anlass zu noch mehr Gelächter gegeben. Heute war es zu dunkel, und sie wollten niemanden aus dem Schlaf reißen.
Deutlich und weithin zu sehen war nur das weiße »V«, das jemand mit Kreide auf ein Plakat des Maréchal geschmiert hatte, quer über den Schriftzug *»Travail, Famille, Patrie« – Arbeit, Familie, Vaterland –*, mit dem Pétains Regierung die drei Werte ersetzt hatte, die wohl die ganze Welt mit Frankreich verband. *Liberté, Egalité, Fraternité – Freiheit, Gleichheit, Brüderlichkeit.*
Sie redeten ein bisschen, wie Bekannte nach einem netten Abend eben redeten. Wie befürchtet, belegte Pierre Nathalie mit Beschlag. »Glaubst du übrigens wirklich, niemand merkt, dass du versuchst, die Leute für Winston Churchill zu gewinnen?«
»Warum sollte ich? Meinst du, seit du mich verlassen hast, habe ich mich dicken Kahlköpfen mit stinkenden Zigarren zugewandt?«
»*Du* hast *mich* verlassen«, erwiderte Pierre. »Und du brauchst dich nicht über mich lustig zu machen. Ich meine es gut, Nathalie. Du bist leichtsinnig, und außerdem kann sich für deine Briten sowieso kaum noch ein Mensch erwärmen. Ich rede nicht von den Anhängern des Maréchal – sondern von ganz gewöhnlichen Franzosen, die ihren Zorn über den Tod von tausend französischen Marinesoldaten nicht so einfach unter den Teppich kehren werden.«

Nathalie unterdrückte ein Stöhnen. Wovon er sprach, war ihr nur allzu klar, die Propagandamaschine der Nazis wusste die Ereignisse ja weidlich auszuschlachten: Die ganze Stadt war gepflastert mit mannshohen Plakaten, die zeigten, wie ein Schiff in einem blutroten Meer versank. Aus den Blutwellen ragten Gesicht und Hand eines ertrinkenden Matrosen, und darunter stand in schwarzen Lettern: *Mers-el-Kébir – Vergesst es nicht.*
Die Sache war schlimm. Sie warf sie in ihrem Kampf um Meilen zurück und ließ sich nicht wegerklären. Bereits vor der Kapitulation war ein Großteil der französischen Flotte in den Hafen von Mers-el-Kébir verbracht worden. Der algerische Ortsname steckte wie ein Splitter in Nathalies Hirn. Salah war dort geboren worden, aber an ihn wollte sie nicht denken, und um ihn ging es auch nicht. Es ging um Churchill, der seine Schiffe dorthin entsandt hatte, um zu verhindern, dass die Franzosen die ihren den Deutschen übergaben. Frankreich hatte kapituliert, ohne sich mit seinem Verbündeten abzusprechen. Die Briten standen allein, mussten sich fühlen wie das letzte gottverlassene Bollwerk vor einer Lawine, die ins Unendliche wuchs. Hitlers Luftwaffe warf Bomben auf britische Städte. Hitlers U-Boote versenkten britische Versorgungsschiffe im Atlantik.
Nathalie wollte die Tat der Briten nicht verteidigen. Das überließ sie Ricí, denn sie verstand zu wenig, und der Gedanke an die tausend Toten tat zu sehr weh. Sie glaubte einfach, dass er denen, die den Befehl ausgeführt hatten, auch weh tat. Churchills Plan sah vor, dass die französischen Besatzungen sich dem britischen Kommando unterstellten. Auch de Gaulle hatte das gewollt: die intakte französische Flotte aufseiten der Briten und seines *France libre,* im Krieg gegen Hitler, im Kampf um Frankreichs Freiheit.
Was dagegensprach, verstand Nathalie nicht. Sie hatte nicht zugehört, wenn Didier versucht hatte, ihr militärische Begriffe von Ehre und Fahnentreue zu erklären. Offenbar konnte man

das Überlaufen zu den eigenen Verbündeten einem Soldaten als Verrat auslegen, wenn seine Regierung zum Feind übergelaufen war. Zu kompliziert für das kleine Hirn von Nathalie Delage! Aber die britische Admiralität hatte auch dafür einen Vorschlag vorbereitet: Wenn die Franzosen nicht überlaufen wollten, sollten sie ihre Schiffe ausliefern, damit sie nach England oder in einen neutralen Hafen gebracht und entwaffnet werden konnten. Nachdem die stundenlangen, zermürbenden Verhandlungen von Schiff zu Schiff gescheitert waren, stellte der britische Admiral seinem französischen Kollegen ein Ultimatum: Für einen der gangbaren Wege musste die Entscheidung fallen, oder es bliebe nur der unsägliche Weg der Vernichtung.

Nathalie hatte so sehr dagegen aufbegehrt wie Pierre und all die anderen: »Ich versteh nichts von Scheiß-Kriegen, ich hab meinem Liebsten am Brusthaar gefummelt, wenn er mir damit die Ohren vollgeschwafelt hat, aber verdammt, ich habe einen Sohn! Auf diesem Schiff waren tausend halbe Kinder, tausend kleine Spinner, die Kirchenbauer oder sonst was Verrücktes werden wollten, die tagsüber große Töne spucken und sich nachts an ihre *maman* klammern, obwohl sie schon neun oder von mir aus neunzehn Jahre alt sind.«

»Ich habe keine Antwort für dich«, hatte Ricí gesagt, »und ich habe es satt, mir Antworten aus den Fingern zu saugen, als hätte irgendein Teil von mir diesen Krieg gewollt. Mich hat keiner gefragt, ob ich das machen will. Ich denke, die Männer in der britischen Admiralität hat auch keiner gefragt, und vielleicht ist das die Grundlage von Krieg: dass die, die ihn machen, die anderen nicht fragen.«

Ricí hatte ihr vorgelesen, was in dem Ultimatum gestanden hatte: »Wir, die wir noch immer Ihre Verbündeten sind, dürfen keinesfalls zulassen, dass Ihre prächtigen Schiffe in die Hände des deutschen Feindes gelangen. Wir sind entschlossen, bis zum

Letzten zu kämpfen, und wenn wir siegen – und wir glauben daran, dass wir siegen –, werden wir nie vergessen, dass Frankreich unser Verbündeter war.«
Es klang, als hätte der, der es vorgebracht hatte, dabei geweint, dachte Nathalie. Etwas Mundgerechtes, um es Pierre als Antwort zu servieren, hatte sie trotzdem nicht. Die Franzosen hatten das Ultimatum abgelehnt, die Zeit war verstrichen, und die Briten hatten das Feuer eröffnet. Die meisten Schiffe hatten sich ins Flachwasser retten können, eines aber war samt seiner tausend Mann Besatzung von einer Bombe getroffen worden und gesunken. Wäre mein Sohn auf diesem Schiff gewesen, dachte Nathalie, wäre meine Familie in einem Haus im bombardierten London verbrannt, dann dürfte nie jemand versuchen, mir eine Antwort zu geben.
»Das ist das Problem mit euch Frauen«, maulte Pierre. »Ihr wollt euch in politische Fragen einmischen, ihr wollt Männern erklären, was Recht und Unrecht ist, aber wenn sie euch auf Herz und Nieren befragen, dann kommt nichts.«
»Genau«, sagte Nathalie, die müde war. »Dann kommt nichts.«
Von der Place de Clichy, vom Soldadenheim, kamen ihnen zwei Männer entgegen.
»Oho«, sagte Pierre, »Mademoiselle haben schlechte Laune, weil einmal ein Mann nicht schmachtend an ihren Lippen hängt.« Dann aber entdeckte er, dass Nathalie mit den Zähne klapperte, zog sich seinen Staubmantel aus und legte ihn ihr um die Schultern.
Die beiden Männer trugen Uniform – Wehrmachtsangehörige, die nicht in Kasernen, sondern in den glanzvollen Hotels rund um die Place de l'Opéra beherbergt waren.
»Danke«, sagte Nathalie zu Pierre.
Ricí stritt sich mit den Männern vom Museum über etwas Belangloses wie Eskimos, und Charles, der Hund, der sonst eher still war, gab ein verhaltenes Knurren von sich.

»He«, rief einer der Soldaten ihnen auf Deutsch entgegen, »macht gefälligst nicht solchen Radau. Und überhaupt habt ihr längst zu Hause zu sein und euch hier nicht rumzutreiben.«
»Wenn's gestattet ist – wir wohnen hier«, versetzte Nathalie, ebenfalls auf Deutsch.
»Ich werd' verrückt«, sagte der Soldat zu seinem Kameraden, »eine von unseren.«
»Und was für eine.«
»Halt dich da raus, lass mich das regeln«, sagte Pierre auf Französisch und schob sich an Nathalie vorbei. »Ich bitte um Entschuldigung, mein Herr. Ich habe Sie nicht verstanden.«
»He, lass das Mädel in Ruhe«, herrschte der Soldat ihn an. »Pfoten weg, verstanden?«
Pierre verstand nichts. »Darf ich fragen, was Sie von uns wollen?«
Der Hund knurrte. Nathalie befahl ihm, ruhig zu sein, und warf Ricí die Leine zu, ehe er von einem der Deutschen einen Tritt kassierte. Dann versuchte sie, sich an Pierre vorbeizudrängen, um die Sache mit den Deutschen beizulegen. Solche Bürschlein, denen nach ein paar Gläsern ein Ventil platzte, kannte sie zur Genüge, und sie wusste mit ihnen umzugehen. Pierre jedoch schob sie zurück. »Lass mich das machen. Diese Kerle sind angetrunken.«
»Verdammt, und wer arbeitet von klein auf in Kneipen, ich oder du?«
Der Deutsche begriff vermutlich nicht, dass dies kein ernsthafter Streit war. Er sprang hinzu und versetzte Pierre einen Stoß. Der schlug zurück. Ein Reflex, wie ein Mensch sich eben wehrte, wenn er grundlos angegriffen wurde, aber kein heftiger Schlag. Der Deutsche schrie auf, hielt sich das Gesicht, obwohl Nathalie sicher war, dass Pierre ihn an der Schulter getroffen hatte, und ging zu Boden. Charles bellte. Ricí und Gaston kämpften zu zweit darum, ihn zu bändigen.

Den Mannschaftswagen, der plötzlich da war und am Rinnstein zum Stehen kam, hatte niemand gesehen. Die Türen schwangen auf und entließen sechs Männer in dunklen Uniformen.
»Pierre!«, schrie Ricí und stieß den unverletzten Deutschen von ihm weg. »Laufen Sie, laufen Sie, so schnell Sie können!«
»Das ist doch Unsinn«, erwiderte Pierre. »Es wird sich aufklären, schließlich ist ja gar nichts passiert. Mein Name ist Pierre Théroux, ich bin Regieassistent bei Louis Péricard …«
Die deutschen Gendarmen hörten nicht hin. Zwei packten ihn und drehten ihm die Arme auf den Rücken.
»Sein Mantel«, murmelte Nathalie wie von Sinnen.
Ein dritter Gendarm nahm ihr den Mantel ab und hängte ihn Pierre wie einem Kleiderständer über. Dann zerrten sie ihn ins Auto.

41

Das Netz, das die Nazis über Paris gespannt hatten, bestand aus dünnen, dicht verwobenen Fäden, die überall hinreichten, sich aber nicht durchdringen, geschweige denn entwirren ließen. In der Kälte, die mit jedem Tag gnadenloser wurde, rannte Nathalie von einer Stelle zur anderen, vom Palais Beauharnais in die Avenue Foch, von der Botschaft zur Leitung des Sicherheitsdienstes, vom Gefängnis Cherche-Midi zum Sitz der Abwehr im *Hôtel Lutetia*. Überall bekam sie die gleiche Antwort, wie eine vor der Nase zugeworfene Tür. Man war höflich zu ihr. Man erklärte sein Bedauern, beteuerte, man hätte einer so schönen Frau gern weitergeholfen. »Leider aber sind wir hier nicht zuständig. Wenn das Anliegen dringend ist, wenden Sie sich bitte an folgende Dienststelle …«
Damit begann das Rennen durchs Labyrinth von vorn.

Das Anliegen war dringend. In Paris hatte der härteste Winter eingesetzt, den Nathalie bisher erlebt hatte, und die Gruppe aus dem Museum besaß Informationen über Krankheiten, die in den Gefängnissen ausbrachen, über unbeheizte Zellen und Gefangene, die nicht einmal Decken bekamen. Pierres Verhaftung lag bald sechs Wochen zurück. Sie musste ihn freibekommen! Jedem Funktionär in schwarzer, brauner oder grauer Uniform, dem sie an seinem Riesenschreibtisch gegenübersaß, beteuerte sie, dass Pierre überhaupt nichts verbrochen hatte, dass er ein harmloser, unpolitischer Mann war, der sich mit den Besatzern gutstellen und seine läppischen Filme drehen wollte. Aber ohne den geringsten Erfolg. Die Männer zuckten die Schultern, dass das Spinnen-Abzeichen der Nazi-Partei am Revers hüpfte, und erklärten, sie könnten nichts tun.
»Sie sollten ein wenig besonnener in der Wahl Ihrer Worte sein«, riet ihr einer in der Behörde von Helmut Knochen. »Ich sage Ihnen das, weil es mir in der Seele weh täte, wenn eine so zauberhafte Frau zu Schaden käme. Gern opfere ich meinen Feierabend und treffe mich mit Ihnen privat, um mich Ihrer Sache anzunehmen. Ich lege Ihnen jedoch dringend nahe, nicht länger durch Ämter zu laufen und zu erklären, der am 8. November in der Rue Caulaincourt Festgenommene sei in Ihrem Kreis der Harmloseste gewesen, der dem Nationalsozialistischen Staat gegenüber am wenigsten negativ eingestellt sei. Ist Ihnen nicht klar, was Sie damit über sich und Ihre Freunde aussagen, Madame?«
Nathalie konnte nicht fassen, wie töricht sie sich benommen hatte. Sie traf sich mit dem Mann, ekelte sich so sehr, dass sie drei Tage lang krank war – und erreichte nichts. Im *Hôtel Majestic* solle sie vorsprechen, dem Sitz des Militärbefehlshabers, lautete der Rat, den sie bereits dreimal erhalten und vergeblich befolgt hatte. Louis Péricard, den sie bat, sich für Pierre einzusetzen, wollte mit der Sache nichts zu tun haben, und Ricí, die

Tag und Nacht im Museum verbrachte und immer bleicher und abgezehrter aussah, schüttelte ebenfalls den Kopf.

»So leid es mir tut, wir können nicht einmal Erkundigungen einziehen, wo Pierre sich befindet. Wir bereiten die Herausgabe einer Zeitung vor, wir müssen so vorsichtig sein wie nie zuvor. Wenn wir in dieser Sache Verdacht auf uns lenken, sind wir geliefert. Am liebsten würde ich sogar Gaston heraushalten, weil er allzu vertrauensselig ist.«

»Aber irgendetwas muss ich doch tun können«, rief Nathalie. »Ich fühle mich schuldig, ich hätte Pierre da nicht hineinziehen dürfen.«

»Du hast ihn in nichts hineingezogen«, erwiderte Ricí. »Er war zur falschen Zeit am falschen Ort, das ist bei einer Willkürherrschaft gang und gäbe. Aber er wird ja wohl freikommen. Du darfst dich nicht so quälen, du siehst elend aus, Nathalie.«

»Danke, gleichfalls.«

Sie tauschten einen Blick und machten weiter, weil nichts anderes möglich war.

Zum *Hôtel Majestic* in der Avenue Kléber fuhr sie noch einmal, um nichts unversucht zu lassen, machte sich jedoch keine Hoffnung mehr. Es war der Tag vor Weihnachten. Nach Feiern war in der Rue Caulaincourt niemandem zumute, aber sie mussten an Benet denken und hatten daher bereits vor Wochen beschlossen, ihr Möglichstes zu tun. Idelle hatte tatsächlich ein Kaninchen aufgetrieben und auf dem Balkon einen Verschlag gebaut. Benet jedoch hatte das Kaninchen Abadie getauft und erklärt, er werde mit keinem Mitglied des Haushalts mehr ein Wort reden, wenn Abadie Gilles zum Schlachten übergeben würde. Also würde es Ricís *Pot-au-feu* geben, der ohne Fleisch nicht grässlicher schmecken würde als sonst, Nathalie hatte Wein und Zigaretten gehortet, und Gaston wollte sich an einer *Tarte tatin* versuchen.

Ein Geschenk fehlte noch. Benet hatte gesagt, er wünsche sich nichts als Salah, aber Nathalie wollte ihm einen Bildband von den Kathedralen Frankreichs kaufen, den einer der *bouquinistes* am Quai Voltaire im Angebot hatte, sie hatte ihn sich seit Wochen reservieren lassen. Das Geld hatte sie nicht ganz zusammen, doch um die paar Sou würde der Verkäufer sich herunterhandeln lassen. Vom Hotel aus würde sie hinfahren und das Buch besorgen.

Sich in der Stadt zu bewegen war nicht mehr so einfach, schon gar nicht, wenn man es eilig hatte. Da Benzin für Armeefahrzeuge beschlagnahmt und nur noch in knappsten Rationen an die Bevölkerung verkauft wurde, gab es kaum noch Busse und so gut wie gar keine motorisierten Taxis mehr. *Métro*-Stationen waren geschlossen worden, und die verbleibenden Züge fuhren selten. Nathalie verpasste ihre *Métro* und musste ein *vélo-taxi* bezahlen, mit dem sie immerhin schneller war als zu Fuß. Sie war sehr müde, besaß noch immer keinen warmen Mantel und fror. Ihr weißes Kopftuch hatte sie auf die Schnelle nicht gefunden und daher das rote umgebunden.

Die altmodische Pracht der Hotelfassade, die hinter winterkahlen Baumkronen aufragte, hatte etwas Beruhigendes, das sofort verflog, wenn man das Foyer betrat. Im Innern herrschten Effizienz, Disziplin und Ordnung. Uniformierte, die die breite Treppe hinauf und hinunter hasteten, erinnerten an Ameisen. Hinter dem gläsernen Portal hielt ein Soldat Nathalie auf, spreizte die Beine und stemmte die Hände in die Hüften.

»Heute nicht mehr, Madame. Wenn es sich anders nicht beilegen lässt, kommen Sie im neuen Jahr wieder.«

Über seinen Versuch, sie mit seiner martialischen Grimasse einzuschüchtern, hätte Nathalie gelacht, wenn sie nicht so dringend an diesem Mann vorbeigemusst hätte. Sie zog alle Register, doch schnell wurde klar, dass sie bei ihm auf Granit biss. In ihrer Verzweiflung reckte sie sich auf Zehenspitzen, um nach jemandem Ausschau zu halten, der sich als hilfsbereiter erweisen konnte, und dabei entdeckte sie den Mann. Er kam mit einem Ordner unter dem Arm die Treppe herunter, hob den Kopf, und ihre Blicke trafen sich.

»*Mon chou rouge.*« Die Worte waren aus ihrem Mund, ehe sie einen einzigen Gedanken fassen konnte.

»Nathalie.«

Er hatte gesagt, er wolle sie nicht wiedersehen, sie solle gehen, er wolle nicht einmal ihre Hilfe mit seiner blutenden Wunde. Gewiss wollte er jetzt noch einmal das Gleiche sagen, aber dass er nicht durchhalten würde, dass er Wachs in ihren Händen wäre, erkannte sie mit einem Blick. Wenn sie etwas lesen konnte, dann Sehnsucht.

»Alwin«, rief sie, »bitte hilf mir!«

Ob ihr Tun moralisch vertretbar war, spielte keine Rolle. Es ging um Pierre, der seit sechs Wochen in einem Gefängnis saß, hungerte, fror und womöglich misshandelt wurde. Moral war dagegen ein Witz, und zwar einer von den schlechten.

»Das geht in Ordnung, Gruber. Die Dame ist eine Bekannte von mir.« Der Grimmige trat aus dem Weg, und Alwin führte Nathalie durch das Foyer. »Komm mit in mein Büro. Auch wenn ich bezweifle, dass ich dir behilflich sein kann.«

Das Zimmer im ersten Stock diente ihm offensichtlich nur zum Arbeiten, zumindest entdeckte sie keine persönlichen Gegenstände. Genau wie seine Kameraden zuvor ließ auch er sie vor dem Schreibtisch Platz nehmen und verschanzte sich dahinter, aber das nützte ihm nichts. Sie sah ihn an, sah etwas schmelzen und schmolz ein bisschen mit. Es war schön gewesen, damals im Sommer, und in der Erinnerung war es noch schöner. Es war kein Krieg gewesen, vom Eiffelturm hing keine Hakenkreuzfahne, und er war als Gast mit staunenden Augen gekommen, nicht als Feind. Sie hatte ihm zusehen dürfen, während er sich in Paris verliebte, und jetzt konnte sie nicht anders, sondern musste es noch einmal sagen: »Willkommen in Paris.«

Mit offenem Mund starrte er sie an. Es geht ihm elend, dachte sie. Was immer er hier tut, er ist dafür nicht geboren.
»Bitte hilf mir«, sagte sie. »Es geht um Pierre Théroux, den Regieassistenten von Pathé-Natan …«
Sein Gesicht wurde hart. »Ach – um einen deiner Onkel?«
»Nein, verdammt«, sagte sie, »um einen völlig harmlosen Mann, der mir ein paarmal mit Arbeit ausgeholfen hat.«
»Und womit hast du ihm dafür ausgeholfen?«
»Mit nichts«, log sie. Um die Wahrheit zu sagen, war die Sache zu wichtig. »Er ist mit meiner Großcousine verlobt. Mit Rieke Thomas. Du hilfst also nicht mir, sondern vor allem ihr.« Zu spät fiel ihr ein, dass sie damit Ricí gefährdete, doch sie atmete sofort wieder auf. Das Leben, das sie führten, lehrte sie, dass man niemandem trauen durfte, nicht seinem Nachbarn, nicht seinem Schlachter, nicht dem hübschen Jungen, mit dem man letzte Nacht getanzt hatte, und natürlich am wenigsten einem, der eine Uniform der Wehrmacht und eine Nazi-Spinne am Revers trug. Ricí hatte ihr erzählt, dass andere Gruppen der *Résistance* ihren Mitgliedern verboten, sich untereinander zu befreunden oder gar zu verlieben, weil Gefühle ein Risiko darstellten und Vertrauen tödlich sein konnte. »Wir im Museum waren Freunde, ehe all dies anfing, aber auch wir müssen einander im Auge behalten. Schon wenn jemand festgenommen wird und unversehrt wieder freikommt, muss er für uns verdächtig sein, weil er umgedreht worden sein könnte.«
Nathalie verstand den Gedankengang, aber sie wusste auch, dass weder sie noch Ricí so leben konnten. Wenn sie niemandem vertraute, fraß die Einsamkeit ihre Kraft. Sie sah Alwin an, dass seine Kraft von der Einsamkeit bis auf den Grund zerfressen war, und sie vertraute ihm. Er würde nicht nachforschen, was mit Ricís Papieren war, und selbst wenn er es herausfand, würde er der Freundin seiner Schwester daraus keinen Strick drehen.

Nette Nazis gibt es nicht, hatte Ricí sie gewarnt, und damals, nach der verfluchten Nacht im *Café du Dôme*, hatte sie Nathalie angeschrien: »Ich habe dir gesagt, du sollst mit ihm nicht spielen, du warst doch seine letzte Chance, sich aus diesem Teufelsdienst zu befreien.« Wenig später hatten sie sich wieder vertragen, und Ricí hatte sich entschuldigt: »Wenn einer fähig ist, dem Teufel zu dienen, kann man wohl kaum denen die Schuld zuschieben, die ihn nicht daran hindern.«

Aber sie hatte nicht recht. Nicht ganz. Unter den Scharen von Männern, die in Paris herumliefen und von denen manche gerade doppelt so alt wie Benet waren, konnten unmöglich alle Diener des Teufels sein. Alwin war keiner. Sie erzählte ihm, was an dem Abend im November geschehen war, und eine Woge von Hoffnung durchströmte sie. Er war ihr Weihnachtsgeschenk. Er würde ihr helfen. Wenn Pierre heute noch freikam, würde sie ihn zum Weihnachtsessen in die Rue Caulaincourt einladen, sie würde den ganzen Abend nur ihm zuhören, sosehr er ihr auf die Nerven ging.

Alwin zog einen Schreibblock heran, machte sich ein paar Notizen und griff zum Telefon. »Mach dir keine Sorgen«, sagte er, und Nathalie fand, dass das der schönste Satz der Welt war. »Es ist ein Missverständnis. Wir kommen euch vielleicht streng vor, weil in diesem Land so vieles im Argen liegt und wir die Sicherheit unserer Leute gewährleisten müssen, aber wir sind nicht ungerecht. Wenn der Mann nichts getan hat, wird er auf freien Fuß gesetzt.«

»Heute noch, Alwin?« Sie wünschte, sie hätte auch ihn zum Weihnachtsessen einladen können, irgendetwas tun, um sich bei ihm zu bedanken.

»Ich muss ein paarmal telefonieren«, sagte er. »Es ist möglich, dass Formalitäten zu erledigen sind, aber in den nächsten paar Tagen dürft ihr mit seiner Freilassung rechnen.«

»Wenn er noch bleiben muss – können wir ihn besuchen, ihm Decken bringen, etwas zu essen?«

»Darauf, dass er ordentlich versorgt wird, kannst du dich verlassen«, erwiderte Alwin. »Falls es sich noch lohnt, sorge ich dafür, dass seine Verlobte ihn über Weihnachten besuchen kann.«
Er wählte eine Nummer und ließ sich verbinden. Nathalie hörte, wie jemand auf dem Gang ein Lied sang, irgendetwas über rieselnden Schnee und starre Seen und darüber, dass bald Weihnachten war, eine kräftige Männerstimme, die fröhlich die Melodie verhunzte. Für Schnee war es kalt genug, aber Nathalie kannte jemanden, der schwarz ein bisschen Kohle besorgen konnte. Wenn sie rechtzeitig mit Benets Geschenk vom Quai Voltaire kam, würde sie ihn rasch noch aufsuchen.
Alwin wiederholte ihre Angaben für seinen Gesprächspartner am anderen Ende der Leitung: »Pierre Théroux, Filmschaffender. Nein, keine jüdische Abstammung, ein Zwischenfall bei der Place de Clichy, am 8. November … Verstoß gegen die Ausgangssperre, das ist wohl richtig.«
Er wurde erneut verbunden, dann ein weiteres Mal, wiederholte immer hektischer dieselben Fakten und Fragen. Endlich verstummte er, hörte sich reglos an, was der andere zu sagen hatte, und fragte noch einmal nach: »Vom Feldgericht? Meldung müsste uns vorliegen?« Es klang, als hätte er Mühe, die Worte zu bilden. »In Fort Neuf. Ich verstehe. Heute Morgen um neun.«
Als er den Hörer auflegte, hatte sich auf seiner Stirn ein Schweißfilm gebildet, der sich rasch über das Gesicht ausbreitete. »Sie sagen, Riekes Verlobter hat sich eines Gewaltverbrechens gegen einen Wehrmachtsangehörigen schuldig gemacht …«
»Das ist Unsinn!« Nathalie sprang auf. »Ich habe es dir doch erzählt, der Soldat hat ihn gestoßen, und Pierre hat ihn auf die Schulter geboxt. Es war nichts als ein albernes Gerangel, wie es Männer eben so machen. Du muss noch einmal anrufen, sag

ihnen, sie können Pierre wegen dieser Lappalie nicht noch länger festhalten.«
Alwin stand ebenfalls auf, lief um den Tisch herum und blieb vor Nathalie stehen. »Ich kann nicht«, stieß er hervor, die Augen weit vor Entsetzen. »Er ist tot, Nathalie. Er ist vor zwei Wochen zum Tode verurteilt und heute früh um neun in Fort Neuf erschossen worden.«

Jeu de la mort – Todesspiel

Paris

Rieke

Februar 1941

42

An Morris-Säulen und Mauern öffentlicher Gebäude klebte eine Woche lang die Bekanntmachung, der Filmschaffende Pierre Théroux aus Paris sei wegen einer Gewalttat gegen einen deutschen Wehrmachtsangehörigen zum Tode verurteilt und durch ein Erschießungskommando hingerichtet worden. Rieke konnte für Nathalie noch so oft wiederholen, dass die Nazis ein Exempel statuiert hatten und sie an Pierres Tod keine Schuld trug. Dass es Nathalie nicht gelang, sich von den Schuldgefühlen frei zu machen, verstand sie. Vermutlich hätte sie es auch nicht gekonnt.

Nathalie veränderte sich. Sie wurde schweigsamer. Härter. Es war, als hätte sie erst jetzt bis ins Letzte erfasst, was so viele noch immer nicht begriffen: dass es mit Faschisten keine Mittelwege gab, kein Arrangieren, kein »Es wird schon nicht so schlimm kommen«. Dass es um Leben und Tod ging und dass man seine Wahl treffen musste. Sie kam Rieke einsam vor, und nie zuvor war deutlicher geworden, wie sehr Salah, der ihr Halt gegeben hatte, ihr fehlte. Da sie trotz intensiver Nachforschungen auf keine Todesmeldung gestoßen waren, hielten sie schon um Benets willen daran fest, dass Salah noch lebte. Wie oft Nathalie jedoch daran zweifelte, vermochte Rieke nicht zu sagen.

Die Aufgaben, die Nathalie für die Gruppe vom Musée de l'Homme übernahm, wurden gewagter, als kenne sie keine Furcht mehr. Die Zeitung *Résistance*, die ihr Netzwerk seit Beginn des Jahres herausgab, verteilte sie auf Bahnhöfen, in Schulen und Kirchen, Theatern und Kinos – überall da, wo Menschen ein und aus gingen, wo jedoch auch die Gefahr am größten war, erwischt oder denunziert zu werden. Boris Vildé gefiel es nicht, sie dafür einzusetzen: »Du bist zu auffällig«, sagte er. »Wenn du einen Raum betrittst, sieht jeder Mann hin.«

»Aber mir trauen Männer nichts zu, als mit dem Arsch zu wackeln«, versetzte Nathalie.

»Du hast ein Kind«, erinnerte sie Gaston.

»Ebendeshalb muss ich tun, was ich tue«, beendete Nathalie die Diskussion. »Wir sind so wenige. Die Leute fügen sich wie die Schafe. Ein Teil jammert, er hätte genug mit dem Beschaffen von Lebensmitteln zu tun, einer heult, man könnte ja sowieso nichts machen, und der dritte sagt, das wäre doch alles gar nicht so schlimm. Wir müssen ihnen zeigen, dass es viel schlimmer ist, als sie es sich in ihren schwärzesten Alpträumen vorstellen können, dass die verdammten Lebensmittel dagegen egal sind und dass man sehr wohl etwas tun kann, dass wir viel mehr tun könnten, wenn wir nur mehr Leute wären.«

Sie rang nach Atem. »Ich wünschte, ich könnte mehr tun«, fügte sie dann hinzu. »Wenn das nächste Mal jemand drüben in der freien Zone in ein Versteck gebracht werden muss, schickt mich. Ich bin eine Meisterin im Lügen, mich schreckt nichts, und wenn sich einer in der verdammten Provence auskennt, dann ich.«

Natürlich kam das nicht in Frage, aber recht hatte Nathalie trotzdem: Sie hatten viel zu wenig Leute. Ihre Zeitung war ein Weg, Menschen aufzurütteln, ebenso wie die unermüdlichen Appelle von de Gaulle über die BBC. Aber das, was es zu berichten gab, war eher dazu angetan, die tiefe Hoffnungslosigkeit, die über dem Land lag, noch zu verstärken. Der Kriegsverlauf war niederschmetternd. Zwar hatten die Briten der monatelangen Bombardierung standgehalten und eine Invasion vorerst abgewendet, doch die Verwüstung der Städte, die Not der Menschen waren unvorstellbar. Die Nazis schlachteten Bilder des zerbombten London weidlich aus, präsentierten sie in Zeitungen und Wochenschauen und stellten die stumme Frage: Wollt ihr das für Paris?
Was *France libre* betraf, so hatte de Gaulle den ebenfalls nach London entkommenen Major Leclerc, einen Mann, der zu allem entschlossen schien, zum Brigadegeneral ernannt und nach Afrika entsandt, um die Kolonien auf die Seite der Alliierten zu bringen. Ohne Federlesens hatte Leclerc den Kampf gegen Hitlers italienische Verbündete aufgenommen und damit die Deutschen gezwungen, wertvolle Truppen zur Unterstützung zu entsenden, die ihnen in Europa fehlen würden. Leclerc hatte seine Leute schwören lassen, ihre Waffen nicht niederzulegen, bis die Trikolore – *»unsere schöne Trikolore«* – über Straßburgs Kathedrale wehte.
Das war reichlich pathetisch für Riekes Geschmack, aber Pathos eignete sich, um Menschen Mut zu machen. Leider war die Sahara, die Leclerc mit seinen Truppen durchqueren wollte, so weit entfernt von Paris, von London, von Warschau und Rotterdam, dass kaum jemand darin ein Zeichen der Hoffnung sah. Im Bewusstsein der Menschen verankerte sich, was Hitlers Propaganda dort verankern wollte: Großbritannien und *France libre* kämpften auf verlorenem Posten, während die Welt – die Vereinigten Staaten wie die Sowjetunion – sich nicht scherten.

Wer das hörte, musste zu dem Schluss kommen, Frankreich habe gut daran getan, sich beizeiten zu ergeben, Pétains vorauseilender Gehorsam, mit dem er Gefangene ausliefern, Geiseln festhalten und Gesetze nach deutschem Vorbild aufsetzen ließ, sei weise und zum Wohle Frankreichs nötig. »Zumindest werden wir nicht die Fußabtreter Europas sein, wenn Hitler es erst ganz unter seinem Stiefel hat«, hatte Rieke einen Besucher im Museum sagen hören.

Dennoch gab es Widerstand, formten sich Gruppen wie ihre in allen Teilen des Landes. Nur agierten sie vereinzelt und vergeudeten so ihre Schlagkraft, weil es ihnen nicht gelang, ihre Differenzen beizulegen und Hand in Hand zu arbeiten. Die in Lyon ansässige Gruppe *Combat* war die erste, mit der sich eine Zusammenarbeit anbahnte, und der Mann, der den Kontakt vermittelt hatte, war Jean Moulin. Wie alle Staatsbeamten, die linken Parteien entstammten, war er seines Postens enthoben worden, lebte seitdem im Haus seiner Eltern und widmete sich mit allem, was er aufbringen konnte, der *Résistance*.

An diesem Abend war er mit einigen Mitgliedern der Lyoner Gruppe nach Paris gekommen, um mit ihnen über den Aufbau eines Netzwerks zu sprechen. Sie trafen sich abends, wenn das Museum seine Tore geschlossen hatte. Rieke kam allein, ohne Nathalie, die an diesem Abend auch nicht auftrat, sondern bei Benet blieb. Er lag mit einer Mittelohrentzündung im Bett, und Rieke hoffte, Nathalie würde sich einfach dazulegen und ausruhen. Seit Pierres Tod lief sie umher wie gehetzt. Sie selbst war vielleicht nicht anders, doch sie bildete sich ein, zumindest Risiken besser einschätzen zu können.

Es war bitterkalt, die Ausstellungsräume wurden schon seit Wochen nicht mehr beheizt, und die Teilnehmer saßen in Decken gehüllt da. Das Wasser im Krug war von einer dünnen Eisschicht bedeckt, und Wein hatte niemand mitbringen können, weil er neuerdings rationiert war. Ein Liter alle zehn Tage für jeden Erwachsenen, und das in einem Land, in dem man selbst Totengräbern und Gerichtsvollziehern ein Glas anbot. Vielleicht laufen am Ende mehr Leute zu uns über, weil ihnen ihr Wein fehlt, als weil sie Hitlers Gewaltherrschaft fürchten, dachte Rieke nicht ohne Zynismus. Jean Moulin, der ohne langes Fackeln zu sprechen begann, hatte allerdings auch etwas von gutem Wein – er besaß Flair, war gut für die Nerven und rückte Dinge zurecht.

»Gut, ihn hierzuhaben«, sagte Rieke zu Gaston. »Wenn einer uns aufhelfen kann, dann er.«

»Und dir auch?«, fragte Gaston.

»Was meinst du damit?«

Gaston lächelte. »Du bist noch so jung, Ricí. Du solltest nicht immer nur arbeiten, kämpfen, Leid erleben. Unser Leben kann so schnell zu Ende sein. Und Jean ist ein schöner Mann.«

Rieke spürte ein Kribbeln in den Wangen. Manches ließ sich nicht von der Hand weisen, aber darüber reden wollte sie trotzdem nicht. »Leider bin ich keine schöne Frau«, sagte sie mit albernem Lachen. »Dafür eigne ich mich ziemlich gut zum Barrikadenbauen.«

Zu ihrer Erleichterung kam Boris Vildé, der sie allein sprechen wollte, und sie zogen sich in einen Winkel des Raumes zurück. Auf sein Anliegen kam Boris nicht gleich, sondern wartete erst mit ihr die Rede Jean Moulins ab.

»Unser größtes Problem beruht auf unserer Unfähigkeit, uns untereinander zu verständigen«, sagte Moulin. »Hätten wir das beizeiten geschafft, hätten wir uns womöglich das Schlimmste erspart. Warum schaffen wir es nicht jetzt, warum lassen wir nicht für die Zeit der Not außer Acht, ob wir Kommunisten, Sozialisten, Gaullisten oder sogar Royalisten sind, und sind einfach nur Antifaschisten? Wir haben zu wenig Leute, wir können auf niemanden verzichten. Wenn wir eine Chance haben wollen, müssen wir uns zusammentun.«

Sosehr sie versuchte, seinen Worten zu folgen, ging Rieke nicht aus dem Sinn, was Gaston gesagt hatte. *Unser Leben kann so schnell zu Ende sein.* Ihre Zusammenkünfte fanden in einem Vortragsraum des Museums statt. Unter dem Vorwand, Programme zu verkaufen, wachte ein Mitglied der Gruppe vor der Tür. Um sich zu tarnen, hatten sie einen Literaturzirkel ins Leben gerufen, die »Freunde Alain-Fourniers«, benannt nach einem Schriftsteller, der mit nicht einmal dreißig im Weltkrieg gefallen war. Ich bin auch noch nicht dreißig, dachte Rieke, und das hier ist ein Weltkrieg, auch wenn die Welt sich nicht schert. Ich will leben, nicht fallen.

»Macht Ihnen das nichts aus?«, rief Albert Gaveau, Boris' leidenschaftlicher Stellvertreter, der dem kommunistischen Lager entstammte. »Sich mit Leuten zu verbünden, die unsere Gegner waren, mit den Konservativen, die Spanien im Stich gelassen haben? Ich weiß doch, dass Ihnen Spanien das Herz gebrochen hat, nicht anders als mir.«

»Ist das so wichtig, was mir etwas ausmacht?«, entgegnete Jean Moulin. »Hier und jetzt bricht mir Frankreich das Herz, und ich bin kein Arzt, ich weiß nicht, wie viele von diesen Herzbrüchen ein Mensch überlebt. Aber vielleicht spielt das ja auch keine Rolle. Wenn ein Faschist mich zu Tode prügelt oder auf mein Elternhaus eine Bombe wirft, kann mein Herz gebrochen sein, so oft es will – tot ist es nur einmal, dafür aber für immer.«

Es gab nicht oft Applaus in dem engen Saal. Sie waren alle zu sehr darauf bedacht, kein Aufsehen zu erregen, jetzt aber klatschten viele in die Hände, und Rieke war eine von ihnen.

»Général Leclerc entstammt dem Adel und tritt für konservative Standpunkte ein, die aus meiner Sicht jeder Gerechtigkeit entbehren«, fuhr Jean Moulin fort, ohne die Stimme zu erheben. »Ich wünsche ihm und mir, dass wir eines Tages über diese Standpunkte wieder wutentbrannt streiten können, dass wir die Freiheit dazu noch einmal bekommen und dass wir sie dann nutzen. Bis dahin aber ist Général Leclerc für mich der Teufelskerl von einem Feldherrn, der unsere Truppen gegen die Faschisten durch die Wüste führt und uns zuruft, wir sollen durchhalten – er ist auf dem Weg. Ich bin nicht gläubig. Sonst würde ich für ihn beten.«

Er hatte sich verausgabt, beugte sich vor und stützte die Hände auf die Knie.

»Es geht ihm nicht gut«, raunte Boris Vildé, der eine deutsche Kriegsgefangenschaft überstanden hatte, Rieke zu. »So wie er sieht ein Mann aus, der gefoltert worden ist.«

Sie hatten darüber gesprochen. Sie sprachen immer wieder darüber. Wer in Gefangenschaft geriet, hatte damit zu rechnen, erbarmungslos gequält zu werden, bis von seinem Körper, seinem Menschsein nichts mehr übrig war. Rieke schloss ganz fest die Arme um den Leib. Einmal, vor einer Ewigkeit, hatte sie geglaubt, die Folter gehöre einer versunkenen Epoche an. »Es gibt kaum jemanden, der das durchhält«, murmelte Boris. »Wir müssen darauf vorbereitet sein.«

Wie die Vorbereitung aussah, wusste Rieke. Zyankalikapseln. Clemens, der Mann ihrer Tante Paula, der auf einer schwarzen Liste der Nazis gestanden hatte und nach deren Machtergreifung umgekommen war, hatte eine solche Kapsel bei sich getragen. Mit größter Wahrscheinlichkeit hatte er sie geschluckt. Boris hatte welche an die Mitglieder der Gruppe verteilt. »Tragt sie immer bei euch. Unter allen Umständen. Kein Mensch verlangt von euch, dass ihr eine Gestapo-Folter durchsteht, aber wer redet, kann eine komplette Einheit mit sich in den Tod reißen. Ihr müsst nicht unverwundbar sein. Nur sicher, dass ihr im Notfall die Kraft habt, die Kapsel zu schlucken.«

Ich bin noch nicht dreißig, dachte sie. Ein einziger verunglückter Liebesversuch, ein paar verrutschte Küsse, die Keuschheit einer Klosterfrau – wie kann ich sicher sein, die verdammte

Kapsel zu schlucken, wie stirbt man, wenn man noch aufs Leben wartet?

»Wann kommt deine Freundin Nathalie?«, fragte Boris leise. »Es war eigentlich sie, die ich sprechen wollte, wegen dieser Sache, die sie uns neulich angeboten hat. Wir haben jemanden, der um jeden Preis aus Paris rausmuss und nicht warten kann.«

»Das geht nicht!«, rief Rieke, dann erschrak sie und dämpfte ihre Stimme. Je weniger Leute in einen konkreten Plan eingeweiht waren, desto weniger konnten ihn verraten. »Nathalies Junge ist krank«, flüsterte sie. »Außerdem ist Nathalie nicht geeignet, sie ist zu impulsiv, und sie würde ja auch nichts nützen. Unten im Süden, wo sie gelebt hat, könnte sie gewiss ein Versteck finden, aber mit verborgenen Wegen über die Grenze kennt sie sich nicht aus.«

»Ich weiß«, flüsterte Boris zurück. Niemand würde sie hören. Ein Gast von der *Combat*-Gruppe hatte das Wort ergriffen, und sie rutschten mit ihren Stühlen noch dichter an die Wand. »Als Schlepper kommt sie für uns nicht in Frage, und wir haben auch schon jemanden, der den Betreffenden nach Marseille bringt.«

»Er hat eine Schiffspassage?«

Boris nickte. »Lissabon. Dann Kolumbien. Ich habe die Dokumente bei mir. Sie sind mehr wert als Gold.«

Viel mehr, dachte Rieke. Sie kannte etliche Leute, die für solche Papiere alles, was sie besaßen, hergegeben hatten. Idelle bestürmte Elie, sich um entsprechende Visa zu bemühen, aber auf legalem Weg gab es schon lange keine mehr, Elie hatte kein Geld, und er wollte nicht weg. »Wer weiß, ob meine kleine Paulette mich nicht eines Tages noch braucht«, sagte er.

Boris berührte ihren Arm. »Der Mann, von dem ich spreche, ist Paul, Ricí.«

Rieke hatte damit gerechnet. Paul Rivet, der Begründer des Museums, war in seinem Zorn auf die Nazis immer verzweifelter und maßloser geworden. »Die Menschheit ist eins und nicht teilbar«, lautete sein Leitsatz, mit dem sich Krieg und Rassenwahn der Nazis nicht vereinen ließen. Er hatte Protestgedichte über dem Portal aufgehängt und zum Schluss sogar einen Brief an Maréchal Pétain geschickt, in dem er schrieb: »Frankreich ist nicht auf Ihrer Seite, Monsieur, Sie vertreten nicht Frankreich.« Es war klar, dass er sich daraufhin verstecken musste, und seit mehr als zwei Wochen hatte Ricí ihn nicht gesehen. Wieder berührte Boris ihren Arm. »Es geht lediglich darum, dem Schlepper die Dokumente zu bringen – und eine Karte, wo er Paul findet. Der Schlepper wartet in einer Pension in Saint-Denis, aber er braucht sie noch heute Nacht. Ich wollte Nathalie darum bitten, ich dachte, wenn sie nachts einen Mann in einer Pension besucht, fällt das nicht weiter auf, denn sie sagte doch, von ihr wird nur erwartet, dass sie …« Er brach ab und sah Rieke verlegen an.

»Mit dem Arsch wackelt?«, fragte Rieke ungerührt. »Ja, das kann sie, ihr Arsch ist die reinste Pracht, und die ins Hotel bestellte Hure spielt sie dir mit links. Aber sie macht es nicht. Es ist zu gefährlich, ihr kleiner Junge hat außer ihr keine Verwandten.«

»Ich weiß. Ich würde sie wirklich nicht in Erwägung ziehen, wenn es nicht so dringend wäre. Aber Paul wird gesucht …«

»Ich mach's«, fiel ihm Rieke ins Wort. »Ich weiß, ich sehe nicht aus wie die ideale Kandidatin, aber auch Huren sind ja nicht alle hübsch. Mit ein bisschen Schminke und Haarpomade wird sich schon etwas bewerkstelligen lassen.«

»Natürlich«, stammelte Boris. »Ich habe doch nicht sagen wollen, du kämst für die Rolle nicht in Frage, aber …«

»Nichts aber«, erwiderte Rieke. »Machen wir uns an die Arbeit. Umso schneller sind Pauls Dokumente auf dem Weg.«

Eine Stunde später brach Rieke auf. Um ihre Ausstattung hatte sich Albert Gaveau gekümmert, dessen Schwester Maskenbildnerin war, und Boris hatte ihr sein Fahrrad geliehen. Rieke hielt sich für zäh, doch durch die schwarze, eisige Nacht bis nach Saint-Denis zu fahren war eine solche Tortur, dass sie nicht dazu kam, Angst zu empfinden. Auf den vereisten Straßen schlingerten die Reifen, so dass sie alle Mühe hatte, einen Sturz zu verhindern, die Kälte kroch unter sämtliche Kleiderschichten, und Wind und Graupel fuhren ihr mit tausend Nadeln ins Gesicht. Dass ihre Verwandlung zu einer Schönen der Nacht nicht sonderlich erfolgreich gewesen war, spielte keine Rolle, denn wenn sie ihr Ziel jemals erreichte, würde Alberts mühevolles Werk ohnehin beim Teufel sein.

Konnte man einsamer sein als in einer eiskalten Nacht ohne Licht? Wann immer Rieke den kleinsten Schimmer oder eine Ahnung von menschlichen Stimmen wahrnahm, musste sie einen Umweg fahren, um ja nicht einem Gendarm, der die Einhaltung der Sperrstunde kontrollierte, in die Hände zu fallen. Dass sie das Haus am Ende der Straße, das ein schief hängendes Türschild als *Auberge chez Martine* auswies, am Ende fand, schien ihr einem Wunder gleichzukommen. Auch hier brannte vorschriftsgemäß kein einziges Licht, doch als Rieke mit steifen, schmerzenden Fingern an die Tür klopfte, ging eines an. Nicht mehr als eine einzelne Birne, die einen trüben Schimmer durch die Vorhänge sandte, aber Rieke hätte vor Erleichterung heulen wollen.

Gleich darauf setzte die Angst ein. In den paar Sekunden wurde ihr klar, was geschehen konnte: Sie konnte sich dumm anstellen, ihr Hirn war ja viel zu eingefroren, um klar zu denken, sie konnte die ganze Aktion verpatzen und nicht nur sich, sondern auch den Schlepper der Gestapo ausliefern. Hinter der Tür mochte eine Falle lauern, der Schankraum voller Gendarmen sein. So oder so war es jetzt zu spät, denn die Tür wurde aufgezogen.

Eine Frau mit einer Wollhaube steckte den Kopf in den Türspalt, entdeckte Rieke und betrug sich, als empfinge sie jede

Nacht halberfrorene Frauen auf Fahrrädern. »Ach ja«, sagte sie. »Na, dann kommen Sie mal, Sie werden ja schon sehnlichst erwartet.«

Rieke ließ das Rad stehen und folgte der Frau in den halbdunklen Raum. Die Wärme, die ihr entgegenschlug, war überwältigend, spülte einen Schwall wohltuender Erinnerungen an die Oberfläche ihres Bewusstseins: ihre Wohnküche im Wedding, der gusseiserne Ofen, der vor Hitze knisterte, wenn sie mit Manfred vom Rodeln auf dem Rauenberg kam, ihre Mutter, die mit einer Schar Freundinnen um den Tisch saß, lachte, aufsprang, sie beide zugleich umschlang und mit ihren warmen Händen ertastete, wie eisig ihre Wangen waren. »Wer seid ihr denn? Zwei Eisbären? Und hatten meine zwei Lieblingseisbären es schön?«

Die Frau drehte sich um. »Ihr Rad holen Sie besser rein, dem wachsen über Nacht sonst Beine.« Rieke schob Boris' Rad in die Stube, und die Frau schlurfte zur Treppe, deren Ende im Dunkel lag. »Monsieur!«, rief sie nach oben. »Ihr Mädchen wär dann da. Ein ganz schön zerrupftes Huhn haben die Ihnen geschickt, aber Krieg ist eben Krieg.«

Oben wurden Schritte laut, und dann löste sich aus dem Dunkel die hochgewachsene Gestalt eines Mannes. Rieke wurde sich bewusst, wie sie aussehen musste – die verlaufene Schminke, die zerzauste Frisur, die zerrissenen Strümpfe. Mühsam rief sie sich ins Gedächtnis, dass sie nicht wirklich hier war, um dem Mann eine erfreuliche Liebesnacht zu bereiten, und dass es völlig egal war, ob sie ihm gefiel.

»Oh, aber nicht doch, Madame Martine!«, rief der Mann in einem Tonfall, von dem Rieke jäh auffiel, wie sehr sie ihn vermisst hatte. »Das ist kein Huhn – das ist meine Frau.«

Polternd stürmte er die Treppe herunter und schloss Rieke, die vor Nässe tropfte, in die Arme. Es ist nur ein Schauspiel für die Wirtin, ermahnte sich Rieke, kein Grund, zu übertreiben, aber sie scherte sich nicht um ihre Mahnungen, sondern ließ sich in seine Arme fallen. Er hielt sie fest und lächelte. »Gehen wir in unser Zimmer?«, fragte er. »Du fühlst dich an wie die Eisäpfel im Garten von meinem Großvater – gleich fängt die Schale an zu knacken.«

Er wünschte der Wirtin eine gute Nacht, als stünde fest, dass Rieke bis zum Morgen bleiben würde, und ihr wurde klar, dass sie die Strecke bei Nacht nicht noch einmal bewältigen konnte. Sie wollte bleiben. Gehalten werden, sich wärmen lassen, nichts mehr denken. Behutsam führte er sie die Treppe hinauf, über einen kurzen Gang und in ein stockdunkles Zimmer.

»Warte«, sagte er, schob den Riegel hinter ihr zu und zündete auf dem Nachttisch eine Kerze an. Mehr als ein schmales Bett, Schrank und Waschtisch gab es nicht. Die Fensterläden waren geschlossen, und auf dem Bett lagen mehrere Decken, die unendlich einladend wirkten.

Vor allem aber sah sie ihn. Seine Ohren, seine Hände, seine Knitterfalten in den Augenwinkeln. Oh, mein Gott, dachte sie, oh, mein Gott, oh, mein Gott. War das möglich? Konnte inmitten von Wahnsinn und Todesangst etwas auf einmal vollkommen wundervoll sein, so wundervoll, dass man sich nicht das Kleinste daran anders wünschte?

»Professor van Bontjes«, war das Einzige, was sie von all den fliegenden Gedanken in Worte fassen konnte.

»O nein«, sagte er, nahm ihr den triefenden Mantel ab und hüllte sie in eine der Decken, wobei er sie wieder umarmte. Zart hob er ihr Kinn. »O nein, meine liebste Rieke – können Sie mich bitte Claas nennen? Wir sind schon so lange verheiratet, erst als Eheleute van Bontjes, jetzt als Madame et Monsieur Lubac, ich denke, da ist das angebracht.«

»Ich habe gar nicht gewusst, dass Sie Claas heißen«, sagte Rieke und wollte lachen und weinen vor Überwältigung und vor Glück.

»Jetzt weißt du's«, sagte er. »Dein Mann heißt Claas.« Dann küsste er sie.
Sie hatten die ganze Nacht. Nur eine, aber die kam ihnen ewig und üppig und kostbar vor. Vor Sonnenaufgang würde Claas aufbrechen, um Paul Rivet abzuholen und an sein Schiff nach Kolumbien zu bringen. Rieke würde warten, bis es hell war, um nach Paris und in ihren Alltag zurückzukehren. Sie würden einander lange nicht wiedersehen, aber das war auszuhalten, weil sie jetzt wussten, dass es sie gab und wieder geben würde. Wenn das Dunkel vorüber war. Wenn sie den Kampf gewonnen hatten.
Claas schmuggelte ständig Menschen aus der besetzten Zone, er half Piloten der SOE, der britischen Geheimorganisation, die mit *France libre* und der *Résistance* zusammenarbeitete, nach Landungen im Bergland, nahm Waffen und Material entgegen und sorgte dafür, dass sie aus Frankreich herauskamen. Rieke brauchte ihn nicht zu fragen, warum er das tat, und er fragte sie ebenfalls nicht. Er selbst war aus Leiden in buchstäblich letzter Sekunde herausgeschmuggelt worden. »Eigentlich schade«, sagte er. »Ich hätte gern gewusst, ob Hitler mir fünf Köpfe abschlagen lässt wie Medusa und ob sie immer wieder nachwachsen. Ich bin so ziemlich alles, worauf bei ihm der Tod steht: Sozialist, Halbjude, Freimaurer, Pazifist, und zu allem Unglück mag ich Menschen.«
Rieke lachte glücklich und küsste ihn.
»Ich liebe dich«, sagte er.
»Ich weiß«, sagte sie umso glücklicher. »Weil ich die Einzige bin, die über deine Witze lacht.«
Sie liebten sich sehr. Als sie Alwin geliebt hatte, hatte sie oft gedacht, sie hätte zum Lieben kein Talent. Mit Claas erkannte sie, dass sie gar keines brauchte, weil Lieben kinderleicht war.
Sie erzählte ihm von ihren Examen, die sie nicht mehr hatte ablegen können, und er versprach ihr, dass sie ihr Studium

dann eben im dritten Anlauf beenden würde, wo und wann immer sie wieder Boden unter den Füßen hätten.
»Egal, wie alt ich bin?«
»Oh, ganz egal. Du bist dann eben die Frau Doktor mit weißem Dutt und ehrenwerter Goldrandbrille.«
Sie erzählten sich von den Reisen, die sie machen, den Orten, die sie sehen wollten – die ganze Welt, alles, was davon übrig war, jeden Flecken, wo Menschen lebten.
»Meinst du, man könnte beim Reisen ein Kind mitnehmen?«, fragte sie.
»Unsere Kinder nehmen wir überallhin mit«, sagte Claas. »Wir sind immer zusammen, kleben aneinander.«
»Wie viele Kinder willst du denn haben?«
»Fünf. Das ist eine gute Zahl, findest du nicht?«
Rieke nickte. »Eine sehr gute.«
Sie wollten nicht schlafen, jede Stunde schien viel zu wertvoll. Am Ende aber war es unwiderstehlich, einander in den Armen zu halten, sich warm und beschützt zu fühlen und in der Gewissheit einzuschlafen, dass Ihnen nichts geschehen konnte.
»Ich war heute glücklich«, sagte sie. »Ich hatte ja dich.«
Dann schlief sie ein.
Am Morgen roch das Bett noch nach Claas, und er hatte ihr seinen weichen blauen Schal um den Hals gelegt, den sie anbehielt, damit sie mit seinem Duft zurück in die Stadt fahren konnte. Es war jetzt nicht mehr so kalt. Es würde nicht länger als ein paar Wochen dauern, bis etwas vom Frühling zu spüren war. Sie fuhr zum Museum, um Boris das Rad zurückzubringen und ihn wissen zu lassen, dass Paul auf dem Weg war. Danach wollte sie etwas tun, das nur ihr gehörte, durch die Stadt spazieren, sich in irgendein Café setzen, noch eine kleine Weile mit ihrem Geheimnis allein sein, ehe sie nach Hause, in ihren Alltag zurückkehrte.
Es war noch früh, das Palais, das zudem zwei andere Museen beherbergte, hatte zwar schon geöffnet, doch auf dem Platz vor

dem Portal waren keine Menschen zu sehen. Rieke lehnte das Rad gegen die Glaskabine, in die Claas sich zu ihr hereingedrängt hatte, und zog eine Tür auf. Die Eingangshalle war dunkel, sicher war wieder einmal der Strom gesperrt, und einen Augenblick lang kam der Raum ihr leer vor. Allzu leer. Dann begannen sich Gestalten abzuzeichnen, die von rechts aus dem Gang zu den Verwaltungsräumen traten, drei, die merkwürdig dicht beieinandergingen, dann wieder drei und dahinter noch einmal drei.

»Ricí!«, schrie Gaston.

»Lauf weg«, schrie Boris, »lauf, lauf, lauf!«

Dann wurde er zu Boden geschleudert, und zwei Männer rannten gleichzeitig los. Sie erreichten Rieke, ehe sie sich aus der Starre lösen konnte, und packten sie, ehe sie wusste, wie ihr geschah.

Alwin

April 1941

43

Die Passierscheine trafen am Morgen ein. »Wenn Sie wollen, können Sie gleich fahren, Herr Hauptmann«, sagte Gretel, die Sekretärin der Abteilung. »Der Wagen steht bereit, und Standartenführer Knochen hat seinen Besuch auf morgen verschieben lassen.«

Knochen, der Befehlshaber des Sicherheitsdienstes, war neuerdings ständig im *Hôtel Majestic* auf Besuch. Nachdem er den ganzen Winter über darauf gedrungen hatte, war im März mit der Übertragung von Machtbefugnissen der Wehrmacht auf seine Dienststelle begonnen worden. Letzten Endes würde ausschließlich seine Gestapo für die Sicherheit der Truppen in der Stadt verantwortlich sein, was vor allem bedeutete, dass die Umsetzung der Judenstatuten und die Verfolgung des Widerstandes in ihrer Zuständigkeit lagen. Ob Spione, Saboteure, Rebellen, für Knochen waren sie alle Ratten, die darauf brannten, dem britischen Feind in die Hände zu spielen – auch wenn es sich um ein paar Schüler handelte, die Schnurrbärte auf ein Plakat gekritzelt hatten, oder einen verwirrten Alten, der mit der Verdunkelung nicht zurechtkam.

Knochen hasste die Briten. Im Gegensatz zu den Franzosen, die er für Schwächlinge hielt, imponierten sie ihm, und dass sie sich weigerten, mit Deutschland ein Bündnis der Herrenmenschen einzugehen, trieb ihn zur Raserei. »Wissen Sie, was ich mit jedem RAF-Piloten mache, den ich in die Hände bekomme, mit jedem von diesen Bastarden, die den kleinen Dreckterroristen

Granaten liefern? Ich säbele ihn mir wie meine Wurst aufs Brot, Scheibe für Scheibe, und dazwischen schmiere ich mir Butter satt.«

Alwin wurde übel. Knochen ließ sich mit Vorliebe über seinen Verbrauch an Butter aus, die für die Bevölkerung selbst auf Bezugsschein kaum noch zu bekommen war. Terroristen, die aus Großbritannien eingeflogene Granaten auf deutsche Einrichtungen warfen, sah er überall. Alwins Dienststelle nahm ihm zu wenige spektakuläre Verhaftungen vor. »Sie treffen die Natternbrut nicht in ihrem Nest. Die deutsche Wehrmacht, diese Schönwettertruppe, ist für so etwas zu zart besaitet. Das muss einer mit Biss anpacken.«

Angepackt hatte er es, und auf seinen Coup war er stolz. Albert Gaveau war seine Entdeckung, sein persönlich angelernter Agent. »Wissen Sie, was so großartig ist an dem Kerl? Er pflückt die Frucht nicht, ehe sie reif ist. Er kann warten. Und hat sich das nicht gelohnt?«

Daran bestand kein Zweifel. Die Aushebung von Rebellen, die Hetzblätter herausgaben, britische Lügenpropaganda verbreiteten und Verbrecher außer Landes schafften, war ein Dienst, für den Deutschland Helmut Knochen zu danken hatte. Dennoch fand Alwin die Bezeichnung Terroristen für die Musée-de-l'Homme-Gruppe übertrieben. Die Leute hatten niemanden umgebracht, bei keinem von ihnen waren Waffen gefunden worden. Vielmehr handelte es sich um einen Haufen weltfremder Intellektueller, die ihre idealistischen Träume nicht mit den realen Anforderungen moderner Staatsführung in Einklang bringen konnten.

Und um Frauen.

Natürlich mussten sie bestraft werden. Aber den Tod für ein paar verwirrte Museumsmitarbeiter zu fordern erschien Alwin geradezu monströs. *So wie bei Pierre Théroux.* Sooft er daran dachte, schnitt ihm der Name des Mannes wie ein Peitschenhieb durchs Hirn. Fehler passierten überall, hatte er sich zu beschwichtigen versucht. Es war eine Sisyphusarbeit, in einem besetzten Land eine Verwaltung zu errichten, zumal der Krieg ja weitertobte. Da kam es eben zu Überreaktionen, das ließ sich nicht vermeiden.

Er hatte mit Robert gesprochen, der durch seinen höheren Dienstgrad mehr Einblick hatte und sein Bedauern erklärte. »Tut mir leid um den Burschen – ein Freund von dir?«, hatte er gefragt. »Ist denn der Leichnam der Familie übergeben worden? Wenn nicht, dann kümmere dich darum, ich würde sogar prüfen, ob sich nicht ein Obolus zu den Begräbniskosten beisteuern lässt. So etwas gefällt ja keinem von uns. Aber wer am Mühlwerk spielt, muss schon selbst aufpassen, dass er nicht zwischen die Steine gerät, ansonsten kann er es hinterher nicht dem Müller anlasten. Wir beide müssen demnächst mal wieder einen trinken gehen, Sportsfreund, aber nicht in dem öden Soldatenheim.«

»Das wäre schön. Ich würde gern bei Gelegenheit mit dir über Dörte sprechen, Robert.«

»Dörte. Ach ja, die Gute. Im Frühjahr bin ich nach Berlin bestellt, da muss ich zusehen, dass ich mir einen Abend für sie frei halte.«

Er war vor drei Tagen nach Berlin gefahren, zusammen mit fünf weiteren Offizieren der obersten Garde, in einer Sache, zu der jeder etwas munkelte, aber niemand Farbe bekannte. Alwin hatte seiner Mutter bereits vor Wochen Geld und einen Ballen Duchesse-Satin geschickt, um Dörte ein Abendkleid schneidern zu lassen. Der Stoff, taubengrau wie Dörtes Augen, mochte für ihren zarten Knochenbau vielleicht allzu wuchtig wirken, so wie einst das zu große Geburtstagskleid, aber er hatte sich in den edlen Schimmer verliebt. Es war schön, Stil zu haben und ihn sich leisten zu können, er wusste, dass Robert es schätzte, und er konnte nur hoffen, dass die Mutter in der Lage war, sich um einen ordentlichen Schneider zu kümmern. Roberts Liebe zu Dörte war eingeschlafen, daran war der Krieg schuld, doch ein wenig Mühe mochte sie neu beleben. Darauf musste er hoffen. Solange er diese – seine schwerste – Sorge nicht los war, durfte er an manche Dinge nicht einmal denken.

Nur an Nathalie. An manchen Tagen hämmerte er sich das ein: Denk an nichts, nur an Nathalie, in ihrem Kleid in Goldbronze. Den Stoff, sündhaft teuren Georgette, hatte er bei demselben Händler gefunden wie den für Dörte. Er verachtete sich, weil er versuchte, sie zu kaufen. Aber das brachte ihn nicht davon ab.

»Es ist für uns beide besser, wenn wir uns nicht mehr sehen«, hatte sie gesagt, nachdem sie sich, nach Pierre Théroux' Tod, drei Tage lang wie Tiere aufeinandergestürzt hatten. Nein, nicht wie Tiere. Sondern wie tief erschütterte Menschen. Er hatte selbst geglaubt, es sei besser, wenn sie sich nicht mehr sahen, aber sie saß ihm schon wieder im Blut. Als er ihr den Stoff geschenkt hatte, hatte sie gesagt: »Du weißt, dass ich keine anständige Frau bin. Ich kann so etwas nicht widerstehen.«

Sie war keine anständige Frau, aber sie war Leben und Wärme. Mit ihr zu schlafen machte süchtig, doch wirklich schlimm war, dass er auch das andere wollte: nicht ihr ordinäres Feuerwerk auf dem Heuwagen, mit dem sie die Säufer in der Kneipe wild machte, während er spürte, dass sie Kübel von Spott über ihn und sein Volk ausschüttete. Umso mehr aber einen Alltag mit ihr, den er nicht haben konnte, Spaziergänge mit ihren komischen Hunden, Essen in Lieblingslokalen, ohne sich vor Blicken zu fürchten, und die Freundschaft des patenten, blonden Jungen, den ihr ein Bruder des Südfranzosen gemacht hatte. Der Kerl war widerlich. Ein Triebmensch, dunkel, sinnlich, gewalttätig, keinesfalls einer zivilisierten Rasse zugehörig, auch wenn Nathalie behauptete, er wäre von altem Adel. Sein Neffe aber war ein wohlerzogenes, aufgewecktes Kind, das in Alwin den Wunsch weckte, ihn in seine Obhut zu nehmen.

Den Wunsch, einen Sohn zu haben. Einen kleinen Jungen, der sich an seiner Hand festhielt und sich auf ihn verlassen konnte. Der kleine Benet, der in jenem Sommer so zutraulich gewesen und beim Spazierengehen an seiner und Nathalies Hand gelaufen war, war groß geworden und hielt Abstand. Nathalie brachte ihn nur mit, wenn es nicht anders ging, und achtete darauf, dass niemand sie sah. »Wir sind Franzosen, Alwin. Seine Schulkameraden könnten ihm übel zusetzen, wenn sie ihn mit einem Besatzer sehen. Auch mir könnten Leute übel zusetzen, aber ich bin ja kein Kind, ich entscheide selbst, welchen Preis ich zahle.«

Sie hatte entschieden zu gehen, er hatte entschieden zu gehen, sie waren beide gegangen, aber doch nicht ganz. Der Winter war furchtbar gewesen, kalt und voll Feindseligkeit. Alwin hatte gedacht: Mir ist egal, ob sie anständig ist. Ich will, dass sie mit ihrem Jungen bei mir bleibt. Sie mussten sich heimlich treffen, in entlegenen Hotels, die nichts Heimeliges hatten, damit ihre Leute sie nicht mit ihm sahen. Er begann sich nach einer Wohnung umzuschauen. Mehrere seiner Kameraden waren in Wohnungen umgezogen, und er wollte etwas, das ihnen beiden gehörte, das ein Stück ihrer Geschichte werden konnte.

Die Wohnung, die er schließlich fand, war atemberaubend. Siebzehntes Arrondissement, Rue de Renaudes, oberstes Stockwerk, mit einem Blick über ein dicht an dicht gesetztes Mosaik aus blauen Dächern. Er malte sich aus, wie er und Nathalie hier hinter dem schmiedeeisernen Fenstergitter beieinandersitzen würden, sich mit hohen Weinkelchen zuprosten, nicht mehr fremd sein, nicht mehr verlassen, sondern Teil der Stadt wie an dem Morgen im Montmartre. Er hatte den Mietvertrag mit ihr gemeinsam unterzeichnen wollen, doch sie hatte behauptet, sie hätte keine Zeit. »Es ist das Beste, wenn wir das lassen, Alwin. Auch für dich.«

Geh nur. Lass mich stehen. Es bringt mich jedes Mal um, und ich weiß nicht, wie viel von mir überhaupt noch am Leben ist, aber es ist das Beste für mich.
Dann waren die Leute vom Musée de l'Homme verhaftet worden. Knochens Coup, mit dem er endgültig den Beweis erbrachte, dass die Wehrmacht nicht imstande war, sich selbst zu schützen, dass ihr Schutz bei ihm und seiner Behörde am besten aufgehoben war. Stunden nach der Verhaftung hatte Nathalie ihm eine Nachricht gesandt, ihn angefleht, sich mit ihr zu treffen. Auf dem stillgelegten, geisterhaft leeren *Métro*-Bahnhof Champ de Mars, hatte sie auf ihn gewartet, der Mantel zu dünn, das rote Kopftuch schief, am ganzen Körper zitternd. Er hatte sie aufgefangen, ehe sie stürzte. »Ricí«, hatte sie geweint, immer wieder den Namen, Ricí, Ricí, Ricí, dann: »Bitte hilf.«
Sie war mit ihm in die Wohnung gekommen, die er gerade erst übernommen und noch nicht fertig eingerichtet hatte, sie hatte geschworen, sie werde ihm alle seine Wünsche erfüllen. Er hatte gar keinen – nur den, sie möge sich ihm nicht verkaufen, sondern schenken, weil sie ihn so sehr wollte wie er sie.
»Damals im Sommer – hast du dich da auch nur verkauft?«
»Nein. Nie. Bitte, Alwin, ich tue alles, was du willst, aber hilf.«
Anfangs war er sicher gewesen, dass er das erledigen konnte, dass es ein Leichtes sein würde. Es ging nur um ein paar komische Vögel, die Flugblätter verstreuten, und noch war nicht Knochens Gestapo, sondern seine Dienststelle beim Militärbeauftragten für solche Sicherheitsfragen verantwortlich. Aber er irrte, wie er sich bei Pierre Théroux geirrt hatte. Wo immer er auch in der Sache vorsprach, rannte er gegen Wände. Die Musée-de-l'Homme-Leute verblieben im Militärgefängnis von Cherche-Midi und warteten auf ihren Prozess. Wer eine Aussage machte, wer Namen nannte, mochte sich vielleicht retten. Für die, die schwiegen, war mit Todesurteilen zu rechnen.

Das Spiel, das Nathalie mit ihm spielte, war so grausam wie wirkungsvoll: Sie betrat die Wohnung nicht mehr, sondern wartete zwischen den Kachelwänden des Bahnhofs auf ihn. Wie eine Leichenhalle, fand Alwin, ein Relikt aus einer toten Zeit. Wenn er dort eintraf und Nathalie nichts als eine weitere niederschmetternde Nachricht überbringen konnte, schrie sie ihn an, er sei ein Diener des Teufels, mache sich mit Mördern gemein, trage Schuld am Tod von Pierre Théroux und würde auch die Leute vom Musée de l'Homme auf dem Gewissen haben. Hinterher entschuldigte sie sich. »Sei mir nicht böse, ich weiß nicht mehr, was ich sage. Ich bin vor Angst um meine Freunde verrückt.«

Alwin wünschte, er hätte solche Freunde gehabt. Mit der Frau, die er liebte, in den Armen stand er auf dem Bahnhof und wusste: Er konnte sie nicht haben, wenn er ihr nicht gab, was sie verlangte. Sie feilschte mit ihm. Erst forderte sie, er solle für sie die gesamte Gruppe aus dem Gefängnis herausschaffen, auch den Russen, der mit diesem Paul Rivet das Ganze angezettelt hatte. Das stand jedoch außer Diskussion. Knochen hasste den Russen, er hätte ihn gewiss gern wie einen britischen Piloten in Scheiben geschnitten und gebuttert, weil er ihm nicht verriet, wo Rivet sich versteckt hielt. Weinend gab sie nach, nannte ihm fünf, dann nur noch vier Namen, und zuletzt blieben Gaston Mercier, den sie damals als ihren Onkel ausgegeben hatte, und Ricí – Rieke Thomas.

»Du hast sie doch einmal geliebt, sie war mit deiner Schwester befreundet, du kannst doch nicht zulassen, dass diese Leute Ricí umbringen!«

Diese Leute sind meine Leute, hätte er sagen wollen. Dass Rieke mit einem falschen Pass gelebt und Widerstand gegen die Besatzung organisiert hatte, kam ihm unglaublich vor, obwohl ihre Einstellung ihm bekannt war. »Wir dürfen nicht aufhören zu kämpfen, bis der letzte Deutsche aus unserem Land ver-

trieben ist«, hatte in einem der Flugblätter gestanden. Er fühlte sich davon verletzt. Ihre Liebe lag lange zurück, doch etwas in ihm fand, sie hätte ihn verraten. Ihn und ihr Land. Sie war schließlich selbst Deutsche, und Verrat schmeckte gallebitter. Als Nathalie etwas auf Französisch sagte, herrschte er sie an: »Sprich Deutsch.«
Sie gehorchte. »Ich tue alles, was du willst. Nur hilf.«
Das hatte er versucht. Natürlich wollte er Rieke nicht ihrem Schicksal überlassen, doch bei allem, was er auf offiziellem Weg versucht hatte, war er gescheitert. Er nahm die Passierscheine, die Gretel ihm auf den Tisch gelegt hatte, die Besuchserlaubnis für Cherche-Midi. Dies hier war seine letzte Möglichkeit: Er musste Rieke dazu bewegen, selbst ihr Leben zu retten.
Vor dem, was ihn erwartete, fürchtete er sich. Zwar hatte er mit aller Autorität darauf bestanden, dass die Gefangenen anständig behandelt werden müssten, aber das Gefängnis am Boulevard Raspail glich einer Festung – was hinter den einschüchternden Mauern und dem hohen, streng bewachten Tor vor sich ging, vermochte niemand zu kontrollieren. Seine Papiere wurden von drei Beamten einer Prüfung unterzogen, ehe der Wagen in den Gefängnishof einfahren durfte. Dort nahm ihn ein deutscher Sicherheitsoffizier in Empfang, und ein französischer Gendarm führte ihn über Gänge und Treppen zu Rieke. Von hier fliehen zu wollen wäre ein vollkommen aussichtsloses Unterfangen.
Sie hatten Rieke nicht in ihrer Zelle gelassen, sondern in ein kleines Sprechzimmer im Kellergeschoss gebracht. Der Raum war sauber, roch nach Bohnerwachs und besaß eine Fensterluke, es gab einen Tisch und zwei Stühle, und in einer Ecke saß eine uniformierte Wärterin auf einem Schemel. Riekes Gesicht war bleich und hager wie ein Totenschädel, man hatte ihr die Brille weggenommen und den Zopf abgeschnitten, das Haar stand ihr in Büscheln vom Kopf. Über Stirn und Schläfe er-

streckte sich eine bläuliche Verfärbung, wie man sie sich überall zuziehen konnte, doch sonst schien sie ihm unverletzt.
»Guten Morgen, Rieke.« Er räusperte sich. »Geht es dir gut – den Umständen entsprechend, meine ich?«
Sie antwortete nicht, sondern sah nur fragend mit ihren riesigen Augen zu ihm auf.
»Lassen Sie uns allein«, sagte er zu der Wärterin. Die war Französin, kuschte vor der deutschen Uniform und verschwand.
»Ich bin gekommen, um dir zu helfen«, sagte Alwin, sobald die Tür sich hinter ihr geschlossen hatte. »Hör mir zu, Rieke, ich bin in der Lage, etwas für dich zu tun, aber nur, wenn du mit mir zusammenarbeitest. Du hast dich eines schweren Verbrechens schuldig gemacht, das weißt du. Das hier ist Ernst. Kein Spiel.«
»*Himmel und Hölle*«, murmelte Rieke. »Leider habe ich den Stein ins falsche Feld geworfen. Der Großteil Europas hat ihn ins falsche Feld geworfen.«
»Zum Teufel, das ist kein Moment für Witze!«, brach es aus ihm heraus. »Ist dir klar, dass du zum Tode verurteilt werden kannst, wenn du nicht vernünftig bist?«
»Ja, das ist mir klar«, antwortete sie ruhig. »Ich wusste von Anfang an, wer der Gegner ist, ansonsten hätte ich gar keinen Kampf begonnen. Ich wollte Ärztin werden. Ich hätte Besseres zu tun gehabt.«
»Rieke, ob du Ärztin wirst oder nicht, du kannst aus dieser Sache noch heil herauskommen. Du musst uns nur deinen guten Willen beweisen.«
»Gib dir keine Mühe«, sagte sie. »Das kommt nicht in Frage.«
»Aber du willst doch nicht sterben!«
Ihre Augen wirkten glasig. »Nein. Von den Tausenden, Hunderttausenden, Millionen, die ihr in ganz Europa metzelt, will das niemand, Alwin. Nicht einmal ihr selbst wollt es. Wie geht es Dörte?«

»Gut«, antwortete er hastig, »sie würde sich freuen, dich wiederzusehen. Wir sind nicht die Unmenschen, als die du uns hinstellst, wir kämpfen um eine neue Ordnung, und das ist härter, als wir es uns vorstellen konnten. Aber wir wollen einer jungen Frau keinen Strick daraus drehen, dass sie aus schwierigem Elternhaus stammt und in etwas hineingeraten ist …«

»Ich bin hineingeraten, ja. So wie ganz Europa, das mit dem Schädelbruch vom ersten Krieg umhertorkelte und nicht klar denken konnte. Aber mein Elternhaus war nicht schwierig. Manchmal denke ich: Wenn alle Elternhäuser so unkompliziert und fröhlich, so zärtlich und behütend wären wie meines, könnten in keinem kleine Hitlers heranwachsen, die uns lehren, wie man das Leben schändet und die Welt zerschlägt.«

»Halt den Mund!«

»Von mir aus.«

Alwin riss sich zusammen. »Alles, was wir wollen, ist die Wahrheit, Rieke. Vertrau dich den Offizieren an, die dich vernehmen, stell dir einfach vor, du würdest mit mir sprechen, und erzähl ihnen alles: Fang an mit deiner Flucht aus Deutschland, erkläre ihnen, du wärst nach dem Tod deiner Eltern durcheinander gewesen, dann die Sache mit deinem Pass, sag, du hättest vor Angst nicht weitergewusst, und zum Schluss erzählst du, wie du in diese Gruppe geraten bist und wer noch dazugehört. Dieser Paul Rivet zum Beispiel. Wenn du unseren Leuten sagst, wo der sich aufhält, wird man es dir zu deinen Gunsten auslegen.«

»Das kann ich mir vorstellen«, erwiderte Rieke. »Wenn ich euch meine Großmutter und meine weiteren Verwandten verkaufe, sicher auch. Leider habt ihr mir keine übrig gelassen.«

»Herrgott, nimm doch Vernunft an! Du bist jung, du könntest noch so viel aus deinem Leben machen. Ich gebe dir mein Ehrenwort darauf, dass dir nichts geschieht, wenn du dich einsichtig zeigst. Du wirst nach Deutschland geschickt, aber dort bekommst du nach kurzer Zeit deine Freiheit zurück …«

»Danke bestens«, versetzte Rieke schneidend. »Ich habe zwar meinen Stein ins Höllenfeld geschmissen, aber ich hüpfe nicht noch hinterher.«

Alwin sprang auf. »Du redest dich um Kopf und Kragen, ist dir das nicht klar?«

»Doch.«

Er sackte in sich zusammen. »Begreifst du nicht, dass ich dir helfen will?«

»Doch«, sagte sie noch einmal und rieb sich die glasigen Augen. »Aber ob du das kannst, wirst du mich entscheiden lassen müssen. Das ist meine Freiheit, die ihr mir weder wegnehmen noch zurückgeben könnt. Pass auf Dörte auf, ja? Hol sie zu dir. Dass dein Abgott Robert sie heiratet, glaubst inzwischen ja wohl nicht einmal mehr du.«

Als sie aufstand, sah er, dass sie an Händen und Füßen gefesselt war und nur in winzigen Schritten würde gehen können. Noch immer suchte er nach Worten, wusste aber, dass er verloren hatte. Die Wärterin kam, um Rieke zurück in ihre Zelle zu bringen, und er wurde von dem Offizier wieder in den Hof begleitet. »Lassen Sie mich einen Augenblick allein«, bat ihn Alwin, weil er das Gefühl hatte, er müsse ersticken, wenn er in das Auto einstieg. Der Offizier zog sich zurück. Alwin ging ein paar Schritte zur Seite und lehnte sich neben einer Tür an die Wand. Es half ihm nicht, sich zu sagen, dass Rieke, anders als Pierre Théroux, nicht unschuldig war, dass sie sich ihr Schicksal selbst zuzuschreiben hatte, dass sie sich jeder Hilfe verweigerte. Sie war seine Freundin gewesen. Kein Mann von Ehre lieferte seine Freunde dem Henker aus.

Freunde, die verbohrt und verblendet waren, aber niemanden getötet hatten.

Als der Mann auf den Hof heraustrat, glaubte er eine Sekunde lang, er müsse im Stehen eingeschlafen sein und träumen. Es war ja nicht möglich, es konnte nicht jedes Mal, wenn er in höchster Not war und sich keinen Rat mehr wusste, dieser Mann auftauchen. Aber er war es. Daran bestand erst recht kein Zweifel mehr, als er den Mund aufmachte. »Alwin! Du weißt nicht, wie oft ich an dich gedacht habe. Ich habe versucht, dir meine neue Adresse zu schicken, aber die Karte ist zurückgekommen.«

Franz Stock. In seiner Soutane. Wie vom Himmel gefallen.

Wie er hierherkam, war rasch erklärt. Er war bereits im August nach Frankreich zurückberufen worden, wiederum als Seelsorger der deutschen Gemeinde, doch daneben versah er jetzt auch den Dienst als Gefängnispfarrer. Dass Alwin Hilfe brauchte, erfasste er ohne ein Wort, darin war er noch immer der alte Franz. Aber etwas anderes war verschwunden. Seine Arglosigkeit.

»Lass uns nicht hier sprechen«, sagte er rasch. »Komm morgen zu mir in die Beichte. Nicht in Paris. Auf dem Mont Valérien.«

»Aber ich bin doch nicht katholisch!«, platzte er heraus.

Zum ersten Mal bekam er an Franz ein Lächeln zu sehen, das weder warm noch froh wirkte. »Auch Protestanten können die Beichte ablegen, wenn sie das Bedürfnis haben«, sagte er. »Sie ist zwar als Sakrament nicht vorgeschrieben, aber es überrascht mich selbst, wie oft man seit meiner Ankunft deswegen an mich herantritt.«

Am Abend darauf fuhr Alwin auf dem Kraftrad aus Paris hinaus nach Westen, auf den Mont Valérien, einen bewaldeten Hügel über dem Vorort Suresnes. Die Festungsanlage, die sich über die Anhöhe erstreckte, hatte den Franzosen im Krieg von 1870 als Stützpunkt gedient und war samt ihrer Ummauerung erhalten. Leichter Wind bewegte zartbegrünte Baumkronen und die Hakenkreuzfahne über dem gemauerten Torbogen. Dem einzigen Wachmann genügte ein Wort von Franz, um Alwin einzulassen. Über den weiten, leeren Platz gingen sie zur Kapelle, einem schlichten Gebäude aus hellem Stein mit hohen, spitz zulaufenden Fenstern. Dahinter führte ein schmaler Weg zu einer Tür in der Mauer, die offen stand und den Blick auf den Wald frei gab.

»Es ist schön hier«, sagte Alwin überrascht. »Ist das die Kirche, in der du jetzt arbeitest? Aber hier draußen wohnt doch kein Mensch.«

Die Kapelle war auch von innen schlicht, ausgestattet mit einem steinernen Altar, steinernen Leuchtern und sechs Reihen von hölzernen Bänken. In die vorderste setzten sie sich. »Ich werde hier arbeiten, sobald der Ort in Betrieb genommen wird«, antwortete Franz. »Wenn jemand dich fragt, sag ihm, was wir besprochen haben, Alwin. Du kommst zur Beichte zu mir. Behaupte, es gäbe in deiner Familie diese Tradition und du hättest keinen Geistlichen deiner eigenen Konfession an der Hand.«

»Von dir hätte ich geglaubt, du könntest nicht lügen«, sagte Alwin. »Dabei hast du eine komplette Geschichte parat wie Nathalie. Im achten Gebot heißt es, du sollst kein falsches Zeugnis ablegen – kannst du es als Priester so einfach brechen?«

»Einfach nicht«, erwiderte Franz. »Nur wenn ich keine Wahl habe, dieses oder eins der anderen zu brechen.«

»Und warum müssen wir Lügen über unser Treffen erzählen?«, fuhr Alwin auf. »Wir kennen uns seit Jahren, sind uns hier in Paris begegnet …«

»Gewiss, Alwin«, sagte Franz. »Nur weiß ich ja noch nicht, in welcher Sache du meine Hilfe benötigst. Falls es um etwas geht, um das wir besser kein Aufhebens machen, will ich gerüstet sein.«

Alwin fuhr zusammen, dann sah er den kleinen Mann an, und es kam ihm vor, als hätte er ihn zuvor nie richtig betrachtet. Er hatte noch immer dieselben weichen, gänzlich unauffälligen Züge, kaum Bartwuchs und wasserhelle Augen, aber das fast kindliche Gesicht war von tiefen Furchen gezeichnet. Als sie sich das letzte Mal begegnet waren, hatte er müde gewirkt. Jetzt wirkte er alt.

»Du hast gesagt, du bist als Gefängnispfarrer bestellt«, begann Alwin. »In Cherche-Midi? Was tust du dort? Lässt man dich … mit den Gefangenen allein?«
Franz Stock folgte so lange seinem Blick, bis Alwins Augen zur Ruhe kamen. »Ja, das ist möglich«, sagte er dann. »Nicht in jedem Fall. Nicht unter allen Umständen. Aber ich weiß, wie und an wen ich mich wenden muss, um ein Entgegenkommen zu erreichen.«
»Und kannst du …« Alwin brach ab. Es gab keine Möglichkeit, das, was er von Franz erbitten wollte, in Worte zu fassen. Nicht einmal in Gedanken vermochte er, die Ungeheuerlichkeit zu Ende zu formulieren.
»Die Antwort lautet ja, Alwin«, sagte Franz. »Ich kann dir nichts versprechen, ohne den Fall zu kennen, aber wenn du dir sicher bist, dass du das willst, dann sehe ich zu, was sich tun lässt.«
Alwin überlegte. »Bist du dir sicher?«, fragte er endlich.
»Ich frage mich das jeden Tag aufs Neue«, antwortete Franz. »Ich kann mich darüber mit niemandem beraten, nur mit mir selbst, mit dem Mann, der ich bin und der seinen Gott um Hilfe anfleht. Dazu komme ich hierher.«
»Was wird das hier, wenn es in Betrieb genommen ist?«
»Eine Hinrichtungsstätte.«
»Und das Gebot, das du noch weniger als das achte brechen kannst?«
»Das fünfte.«
Du sollst nicht töten.
Sie schwiegen beide und sahen sich eine Zeitlang nicht mehr an. Dann blickte Alwin auf. »Ja, ich bin mir sicher«, sagte er.
Franz streckte die Hand aus. Einen Herzschlag lang und kaum spürbar legte er Alwin die Hand auf den Kopf. »Nenn mir den Namen, und ich lasse mir die Akte kommen«, sagte er dann. »Schreib nichts auf und nimm nicht mit mir Kontakt auf, bis du von mir hörst. Melde ich mich nicht, dann kann ich auch nichts tun. Aber ich will alles möglich machen, was ich kann.«

Nathalie

November 1941

44

Einmal, vor Jahren, hatte Nathalie für kurze Zeit geglaubt, daran sterben zu müssen, dass ihr ein Mann so sehr fehlte. Sie war zu zäh, um an so etwas zugrunde zu gehen, aber ein Teil von ihr war dabei abgestorben, eine harte schwarze Stelle in ihrem Herzen zurückgeblieben, in der nichts mehr sich rührte. Später hatte sie geglaubt, darüber verrückt zu werden, dass Salah ihr fehlte, aber vermutlich war sie schon so verrückt zur Welt gekommen, dass das gar nicht möglich war.

Jetzt erfuhr sie, was einer Frau geschah, der ihre Freundin fehlte. »*Merde à Dieu,* Ricí, du blöde Brillenschlange«, schrieb sie auf eine Seite aus Idelles Adressbuch. »Ich sterbe nicht, ich werde nicht irre ohne dich, aber ich komme mir vor, als wäre ich nur halb da und würde als schiefe Hälfte durch diesen Wald aus Häusern stolpern.« All das schrieb wahrhaftig sie, Nathalie Delage, die ihrem Liebsten auf dem Meer nie mehr als zwei Zeilen geschrieben hatte. An Ricí hatte sie schon mindestens zehn geschrieben. Und dabei konnte sie den Brief nicht einmal abschicken.

Sie hatte sogar einen noch längeren geschrieben. An Delphine Monthrun, die jetzt die Comtesse Cadière de l'Estérel war:

Liebe Delphine!
Dir schreibt die blöde Ziege Nathalie.
Wäre ich nicht so blöd gewesen, hätte ich gewusst, wie unbezahlbar es ist, eine Freundin zu haben, wäre ich net-

ter zu Dir gewesen, hätte mich nicht wegen der blöden Männer davongemacht und mir nicht noch hämisch gewünscht, dass Du Dich bis an Dein Lebensende schuldig fühlst. Bitte fühl Dich nicht mehr schuldig, auch wenn noch lange nicht Dein Lebensende ist. Hätte ich gewusst, wie unwichtig das ist, wer wem welchen Mann wegschnappt, und wie viel wichtiger, dass wir diesen Hitler-Wahnsinn überleben, dann wäre ich sicher noch in Les Adrets, aber dann hätte ich nie mein Paris gefunden, also ist alles gut, wie es ist.
Ich wünsche Dir, dass Du mit Didier furchtbar glücklich bist und dass Ihr ein Dutzend kleine Didiers im Château rumlaufen habt.

»Lieber Himmel, Nat. In der Schule hast du wirklich deine Strümpfe geflickt, was? Das mit der Rechtschreibung hat Benet in der ersten Klasse besser gekonnt.«
»Man kann eben nicht in allem ein Naturtalent sein.«
»Nein. Offensichtlich nicht. Das mit Hitler streichst du zur Sicherheit durch, auch wenn's stimmt, aber ansonsten ist das, glaube ich, der schönste Brief der Welt.«
»Jetzt lass mich fertigschreiben. Ich kann dich sowieso nicht ausstehen.«
»Ich dich auch nicht. Ich lieb dich.«

Liebe Delphine!
Die Frau, die Dir diesen Brief bringt, ist meine Freundin Rici, die zwar eine unausstehliche Besserwisserin ist, aber damit passt sie ja bestens zu Euch. Bitte kümmere Dich um sie genauso gut, wie Du Dich um mich kümmern würdest, sie mag keine Leberpastete, säuft wie ein Loch und ist die schlimmste Macarons-Vertilgerin vor dem Herrn. Du warst immer die Netteste von uns, Du verzeihst im-

mer allen, ich weiß, bei Dir ist Ricí so gut aufgehoben wie in Abrahams Schoß. Na ja. Fast.

Deine Nathalie

Sie hatte den Brief gefaltet und ihn Ricí in den Blusenkragen geschoben. »So, und nun zieh Leine. Wenn du dich bis Toulon durchboxt, hast du's geschafft, da findest du irgendeinen Bauern, der dich nach Les Adrets karrt.«

Es war ein hartes Stück Arbeit gewesen, jemanden zu finden, der einen britischen Agenten über die Demarkationslinie schmuggeln und Ricí mitnehmen würde. Ihre Gruppe war zerschlagen worden, die verbliebenen Mitglieder mussten fürchten, beobachtet zu werden, und jede Kontaktaufnahme bedeutete Lebensgefahr. Wer die Gruppe verraten hatte, wussten sie nicht. »Wenn ich es wüsste, würde ich ihn umbringen«, hatte Ricí gesagt.

»Du?« Nathalie hatte selbst solche Gedanken gehegt, während Ricí in Cherche-Midi gefangen saß, und es hatte ihr wenig genützt, sich zu sagen, dass der Verräter vermutlich erpresst worden war. Beim Gedanken an Gaston, Boris, Albert und die Übrigen, die weiter dort festgehalten wurden, nützte es ihr noch immer nichts, obwohl sie selbst gewiss alles und jeden verraten hätte, wenn sie mit Benets Leben erpresst worden wäre. »Glaubst du, du könntest das – einen Menschen töten? Auch wenn er gar keine Wahl hatte?«

»Sicherheitsrisiko«, sagte Ricí. »Versprich mir, dass du vorsichtig bist und dir zehnmal überlegst, wem du traust.«

Jean Moulin durften sie trauen. Er wechselte seine Decknamen wie seine Hemden und fand bei einem Mann namens Pierre Brossolette, der in der Rue de la Pompe zur Tarnung eine Buchhandlung betrieb, einen neuen Anlaufpunkt. Die Zerschlagung der Gruppe hatte seine Bemühungen, die Arbeit der *Résistance* zu koordinieren, zunichtegemacht. Ein anderer hätte aufgeben. Jean Moulin dagegen wollte in einer Maschine der SOE nach

London fliegen, um sich von de Gaulle mit einer Vollmacht ausstatten zu lassen. Durch den Rückhalt des Generals hoffte er, die Mehrzahl der *Résistance*-Kämpfer zur Zusammenarbeit zu bewegen.

»Aufgeben kann ich nicht«, sagte er. »Sooft ich daran denke, sehe ich die über den Haufen geschossenen Soldaten aus Senegal, und eine Stimme zischt mir ins Ohr: *Mort pour la France.*« Und ich sehe Pierre, der mir seinen Mantel umhängt, dachte Nathalie. Gaston, der Benet erlaubt, aus seinen Papierbergen Kirchen zu falten. Was hatte Frankreich schon von *Mort pour la France*? Aber Gaston würde ja leben und freikommen, dafür würde sie sorgen. Sie würde wieder zu Alwin gehen, klammheimlich, ohne dass ihre Leute es mitbekamen, sie würde das eine Naturtalent, das sie hatte, einsetzen, um weiterzukämpfen, sie musste nur erst Ricí sicher auf dem Weg wissen.

Die Cousine davon zu überzeugen, dass sie den über Moulin und Brossolette vermittelten Kontakt nutzen und aus der Stadt verschwinden musste, war das härteste Stück Arbeit gewesen. Sie wollte nicht gehen, wollte Paris nicht verlassen und vor allem ihre Freunde nicht aufgeben. »Ich kann mich doch nicht in Sicherheit bringen, während die anderen dort drin totgequält werden! Versteh mich doch, Nat. In den Untergrund zu gehen und beim Kämpfen umzukommen ist besser, als die, die mit mir gekämpft haben, ihrem Schicksal zu überlassen.«

»*Merde à Dieu*, das ist genauso nützlich wie in Geigen pinkeln!« Je besser Nathalie sie verstand, je wilder sie sich wünschte, sie würde bleiben, desto heftiger musste sie sie anschnauzen. »Was willst du aus dem Untergrund denn Weltbewegendes bewirken? Hitler ermorden? Der ist doch gar nicht hier. Der hat seine scheußliche Visage vor dem Arc de Triomphe ablichten lassen und ist wieder abgezogen, um sich noch mehr von der Welt in den Rachen zu schmeißen. Schreib ihm doch eine Postkarte. Vielleicht kommt er zurück, um sich von der tapferen

Ricí Thomas das Licht ausblasen zu lassen. Oder ist dein heldenhafter Kampfeinsatz in Wahrheit ein Selbstmord, weil du's nicht aushältst, dass du lebst und die anderen vielleicht sterben? Glaubst du, die würden das wollen, du Idiotin, glaubst du, der Rotkohl und ich haben dafür unsere Ärsche riskiert?«

Sie stritten sich lange. Sie klauten Idelles getrocknete und gerollte Artischockenblätter und rauchten sie weg, weil Frauen nicht an Zigaretten kamen. Sie wollten sich nicht loslassen und wussten doch, dass sie es tun mussten, und zwar so schnell wie möglich, ehe jemand auf die Idee kam, nach der verschwundenen Christine Lubac, die es gar nicht gab, an der Adresse von Gaston Mercier, den es sehr wohl gab, zu suchen. »Ich hab Benet sagen müssen, dass Salah vielleicht nicht wiederkommt, wenn Paris befreit ist«, sagte Nathalie. »Ich hab ihm sagen müssen, dass Gaston vielleicht nicht wiederkommt, wenn Paris befreit ist. Soll ich ihm auch noch sagen müssen, dass seine Ricí nicht wiederkommt? Er hat mir ja jetzt schon an den Kopf geworfen, wenn keiner wiederkommt, wozu brauchen wir dann noch Paris?«

»Lieber Himmel, Nathalie, du darfst nicht so mit ihm sprechen. Was, wenn er solche Sachen in der Schule von sich gibt und einer seiner Lehrer eine Meldung macht?«

»Ich kann ihm nicht den Mund zukleben, oder? Nicht ich spreche so mit ihm, sondern er mit mir. Warum bringst nicht du ihm bei, wie man vernünftig ist, wo ich doch nicht dazu tauge? Ach, ich vergaß, du hast zur Kinderbetreuung ja keine Zeit mehr, weil du lieber den Heldentod stirbst.«

»Nein«, sagte Rici kleinlaut und ließ die Tränen laufen. »Ich habe noch nie so sehr leben wollen wie jetzt. Ich hab nur gedacht, ich hätte dazu kein Recht mehr – nicht, wenn die anderen sterben.«

»Du hast die Pflicht«, sagte Nathalie. »Wenn die anderen sterben erst recht.«

Tapfer nickte Ricí. »Ich weiß. Und im Übrigen bin ich bis über all meine Körperteile in Claas van Bontjes verliebt und habe vor, mit ihm mindestens fünf Kinder zu kriegen und sie so unvernünftig aufzuziehen, dass sie niemals einen Hitler wählen.«

»In *wen?*«, fragte Nathalie.

»Den Nussknacker«, erwiderte die heulende Ricí glücklich. »Den mit den blöden Witzen.«

»Faust aufs Auge«, sagte Nathalie.

Ricí war gegangen, und Nathalie war in ihrem Zimmer zurückgeblieben. In ihrer Wohnung, in der sie alle so viel Lärm gemacht hatten, wo so viel Kommen und Gehen gewesen war, war es jetzt still. Und dabei konnten sie noch froh sein, nicht ganz allein zu sein, Elie und Idelle, Nathalie und Benet, Choupinette, Charles und Abadie, das glücklichste Kaninchen Frankreichs.

Nathalie konnte außerdem froh sein, dass sie alle Hände voll zu tun hatte und selten zum Denken kam. Sie hatte ihre *Ville éteinte,* ihre Revue von der ausgeknipsten Stadt, aufzuführen, mit der sie den Leuten vom Montmartre Mut machen und noch immer Botschaften übermitteln konnte, die Brossolettes Gruppe ihr zustellte. Sie verdiente Geld und bekam obendrein Dinge geschenkt, die sonst nicht aufzutreiben waren, Wein, Schokolade, Kaffee, ein bisschen Luxus, der beim Überleben in der Düsternis half.

Sie musste für Benet sorgen, der sich zwar besser ein Mittagessen zusammenstoppeln konnte als sie alle zusammen, aber nachts Alpträume hatte, in denen die Menschen, die ihm geblieben waren, verschwanden und er umherirrte, ohne sie zu finden: »Im Traum frage ich alle Leute nach dir, *maman,* auch Henri und Gilles und den Korsen, aber niemand weiß, dass es dich überhaupt gegeben hat.«

Sie musste den Schauder, der ihr über den Rücken lief, abschütteln und für Elie sorgen, sie und Idelle, die vor Angst immer übellauniger wurde, mussten eine Lösung für den schlimmsten Fall finden. Französische wie ausländische Juden waren inzwischen vollständig in Karteien erfasst. Ohne Vorwarnung waren im August viertausend Pariser Juden auf der Straße verhaftet und nach Drancy, in einen Vorort im Nordosten, verschleppt worden. »Nur in ein Durchgangslager«, hatte Alwin beteuert, als Nathalie ihn dazu mit Fragen bedrängte.

»Und wenn das ein Durchgang ist – wohin kommen die Leute von da?«

»Das ist nicht mein Gebiet, darum kümmern sich Knochen und sein Beauftragter Dannecker«, hatte er sich gewunden. »Sie werden eben irgendwo zum Arbeitsdienst eingesetzt, das ist schließlich zu ihrem eigenen Wohl.«

»Warum können sie nicht hier arbeiten, wie sie es immer getan haben?«, fragte Nathalie weiter. »Alwin, diese Leute wohnen hier, Paris ist ihr Zuhause, sie haben im *Pletzl* ihre Buchläden, Schulen, ihre koscheren Cafés – ihr braucht ihnen zu ihrem Wohl keine Arbeit zu beschaffen, denn sie haben schon eine.«

»Ich will nicht daran denken«, hatte er gesagt und gestöhnt. »Ich bin Offizier, nicht Politiker, und deinen Arzt lässt du doch auch seine Arbeit tun, obwohl du nicht alles verstehst, was er macht.«

»Ich brauch keinen Arzt«, hatte sie geblafft. »Ich bin nicht krank.«

»Meine Güte, Juden sind eben ein fremdes Volk und vielleicht nicht geeignet, mit uns Tür an Tür zu wohnen«, hatte er versucht, sie zu beschwichtigen. »Schon gar nicht in Krisenzeiten, wenn es schlaflose Nächte bereitet, das eigene Volk zu versorgen.«

»Hast du schon mal einen gekannt?«, hatte sie ihn gefragt. »Einen von diesen Juden, die nicht geeignet sind, mit dir Tür an Tür zu wohnen?«

»Ich habe als Student für einen gearbeitet«, hatte er nach langem Überlegen geantwortet. »Für einen Spielzeughändler.«

»Und was war mit dem? Warum war er denn so ungeeignet, neben dir zu wohnen, hat sein Geruch nach *Gefilte Fisch* sich nicht mit eurem Gestank nach Kohl vertragen?« Seine Antwort hatte sie gar nicht erst nicht abgewartet, sondern war aus dem Hotelzimmer gestürmt und aus der Vorstadt den ganzen Weg bis nach Hause gelaufen.
Als Alwin ihr drei Tage später eine Nachricht ins *Provençal* sandte, war sie dennoch wieder zu ihm gegangen. Nette Nazis gab es nicht – doch er war der netteste und außerdem ihre einzige Verbindung zu der Gruppe um Gaston, die noch immer ohne Prozess im Gefängnis saß. Sie hatte ihm Ricís Leben zu verdanken, und sobald er sie anflehte: »Lass mich mit all diesen Bildern nicht allein«, wurde sie schwach.
Es mochte keine netten Nazis geben. Aber es gab welche, die litten.
Sooft sie glaubte, ihre Einsamkeit bringe sie um den Verstand, sah sie Alwin an und schämte sich. Außerdem bekam sie es mit der Angst zu tun, wenn sie mit ihm stritt oder sich von ihm fernhielt. Sie sah Elie an, der wie blind durch die gehefteten Jahrgänge seiner Zeitung blätterte und Papierstaub auf die Köpfe der Hunde rieseln ließ, und dachte: Ich lasse ihn nicht im Stich. Ich lasse Idelle nicht im Stich, die schwört, ehe sie zulässt, dass man ihn abholt, sticht sie ihm und sich ins Herz. Ich lasse Gaston und die anderen nicht im Stich. Ich habe mein rotes Kopftuch und nur dieses eine Talent, ich muss es nutzen. Alwin hatte Ricí aus dem Gefängnis freibekommen und wurde bei ihr weich wie Wachs, er schmolz in ihren Armen und erzählte ihr alles, was sie hören wollte.
»Ich kenne da diesen Priester. Schon seit Jahren. Ich habe dir einmal von ihm erzählt.« Nathalie erinnerte sich überhaupt nicht an irgendwelche Priester, aber dieser hier war Seelsorger in Mont Valérien, der Festung, auf der die Nazis seit dem Sommer Hinrichtungen vollstreckten, an verurteilten Widerstands-

kämpfern ebenso wie an Geiseln, die keine Ahnung hatten, wofür sie starben. Der Priester gehe vor der Hinrichtung in die Kapelle, erzählte ihr Alwin, während sie ihm die blasse, mit rötlichem Flaum bedeckte Haut an seinem Schenkel streichelte. Dort würden die Gefangenen über Nacht eingesperrt, und der Priester leiste ihnen Beistand und begleite sie am Morgen zur Richtstätte. Dorthin führte nur ein einfacher, ungesicherter Weg durch eine Tür in der Mauer, und in der Festung gäbe es Zellen ohne Gitter vor den Fenstern.

In manchen Nächten redete er ohne Unterlass, solange sie ihn nur streichelte, küsste und ihm versprach, ihn nicht alleinzulassen. Er erzählte ihr von Zellen, Gängen und Verhörräumen, in denen der Priester sich ungehindert bewegen durfte, und als sie ihn bestürmte, ließ er sich dort herumführen. Er vertraute ihr an, dass die französischen Gendarmen bei den Geiseln, die sie willkürlich aufgriffen, die Registrierung nicht so sorgfältig handhabten, wie die Deutschen es mochten, dass es dem Erschießungskommando nicht auffiel, ob bei einer großen Zahl von Verurteilten einer fehlte, und dass die Männer, die später die Leichen zählen mussten, jung waren und manchmal nicht hinsahen.

Ehe sie nach einer dieser Nächte nach Hause zurückkehrte, um Benet für die Schule zu wecken, ihn zu umarmen und mit dünnem Tee im Bauch auf den Weg zu schicken, ging sie bei Pierre Brossolettes Buchhandlung vorbei, die noch geschlossen war, und stopfte einen Zettel mit Einzelheiten über das, was sie erfahren hatte, in einen toten Briefkasten. Oft musste sie dafür stundenlang laufen, aber das machte ihr nichts aus.

Nach ein paar Wochen ließ Brossolette ihr eine Nachricht zukommen, mit der er sie nachmittags in die Buchhandlung bestellte. Als sie eintraf, behandelte er sie wie eine betuchte Kundin, der er einen teuren Prachtband aufschwatzen wollte, und Nathalie war froh, dass sie dank Didier zumindest wusste, wie man als Buchliebhaber daherredete. Dank Didier und dank Benet, dachte sie zärtlich. Ihr kleiner Junge hatte die merkwürdige Leidenschaft geerbt, und hätte sie Geld zu verschwenden gehabt, hätte sie ihm das Buch gekauft. Es war zwar in russischer Sprache verfasst, doch den Einband zierte eine Kuppelkirche. Den Bildband, den sie ihm an dem Tag hatte kaufen wollen, als Pierre gestorben war, hatte er nie bekommen.

Brossolette galt als harter Hund, der nicht wie der verspielte Boris in die Falle getappt wäre, weil er Menschen nicht an sich heranließ. Seine Gruppe, das *Comité d'action socialiste*, war auf Betreiben Léon Blums entstanden, der ebenso wie Pierre Mendès France und Jean Zay verhaftet worden war und ihn nicht länger unterstützen konnte. Brossolette musste sich auf seine eigene Urteilsfähigkeit verlassen. Er führte Nathalie hinter das letzte Regal und senkte Kopf und Stimme. »Zum Glück sind Sie noch hübscher als Ihr Ruf«, raunte er. »Die dreckige Fantasie der Leute wird nichts weiter annehmen, als dass ich hier im Dunkeln versuche, Ihnen an den Hintern zu grapschen.«

Doch nichts lag ihm ferner. »Was Sie uns liefern, ist unbezahlbar«, sagte er. »Wir haben zu wenig Waffen und noch weniger Leute, die damit umgehen können, aber wenn Jean in London etwas erreicht, sieht das hoffentlich anders aus. Wir könnten recht bald in der Lage sein, Gefangene zu befreien. Was uns noch fehlt, sind Informationen über Transporte: Auf welchen Strecken werden sie durchgeführt, wie steht es mit der Bewachung, wer steigt wann ein und aus. Meinen Sie, Sie könnten uns so etwas beschaffen?«

Aus dem Augenwinkel erspähte Nathalie einen Mann in einem zu eng sitzenden, kleinkarierten Anzug, der sich am Pfeiler des Regals abstützte, ohne den Bücherreihen einen Blick zu schenken. Sie warf kokett den Kopf in den Nacken, rief: »Wie wundervoll!«, und zog sich das rote Kopftuch herunter. Dann schlug sie eine Seite des russischen Buches um, presste die Spitze ihres

Zeigefingers fest auf die Federzeichnung einer Gruppe betender Menschen und flötete im Tonfall der verzückten Kundin: »Selbstverständlich werde ich mein Bestes geben, um Ihren Preisvorstellungen zu entsprechen. Ein wenig teuer ist es ja. Aber manche Dinge sind mit Geld nicht aufzuwiegen.«

Sobald der Kleinkarierte den Laden verlassen hatte, neigte Pierre Brossolette seinen ordentlich frisierten Kopf und küsste Nathalie die Hand. »Ich küsse Sie nicht, weil ich auf etwas scharf wäre, für das Sie zweifellos reichlich Interessenten finden. Ich bin verheiratet und küsse Sie im Namen Frankreichs. Für das Opfer, das Sie bringen, gibt es keinen Dank.«

»Es ist kein Opfer«, erwiderte Nathalie. »Ich bin eine unabhängige Frau, ich schulde niemandem Rechenschaft.«

Sie erledigte, was den Tag über anfiel, gab ihre Revue-Vorstellung und ließ den Boten, den Alwin ihr schickte, wissen, dass sie später Zeit für ihn hätte. Oft weinte er. Manchmal war auch ihr zum Weinen. Was er ihr auf ihre Fragen antwortete, versuchte sie sich Wort für Wort einzuprägen, und gegen die Müdigkeit, die sie oft zu übermannen drohte, zerbiss sie sich die Innenseiten der Wangen. Schlafen konnte sie, sobald Benet in der Schule war, zu Hause, in ihrem eigenen Zimmer, dem letzten Ort, an dem sie sich sicher fühlte. Ehe sie einschlief, schrieb sie eine weitere Zeile in ihren Brief an Ricí und malte sich aus, wie diese unbehelligt nach Les Adrets gelangt war, Lavendelnougat in sich hineinstopfte und schwarzen *Mourvèdre*-Wein trank.

So war das Jahr vergangen. Es gab ein paar Hoffnungen, die zerplatzt waren, aber auch ein paar Ängste, die sich nicht bewahrheitet hatten. Im Juni hatte Hitler seinen Nichtangriffspakt gebrochen und die Sowjetunion überfallen. »Damit hat er endgültig mehr abgebissen, als er schlucken kann«, frohlockte Idelle. »Jetzt ist es bald vorbei, das bricht dem Größenwahnsinnigen das Genick.« Unter den Kommunisten dachten viele so, und mancher, den der Pakt verunsichert hatte, schloss sich jetzt dem Widerstand an. Hitlers Wehrmacht aber hielt stand und sicherte zugleich die Eroberungen auf dem Balkan. Die Gefangenen vom Musée de l'Homme warteten noch immer auf ihren Prozess. »Es geht ihnen gut«, versicherte Alwin. »Wenn ihr ihnen etwas schicken wollt, sorgt Franz dafür, dass sie es bekommen.«

Nathalie packte alle Decken und warmen Pullover ein, die sie entbehren konnte, und hoffte, der Priester Franz würde Wort halten. In Afrika gab es nicht die erhofften Erfolge zu vermelden, es gab in diesem ganzen Krieg keine Erfolge zu vermelden, dem seit einem Jahr auf sich gestellten Britannien erlahmten die Kräfte, und die Vereinigten Staaten wuschen sich die Hände in Unschuld. Jean Moulin flog im September an Bord einer *Westland Lysander* nach London. »Wenn er zurück ist, muss eine andere Phase des Kampfes beginnen«, sagte Brossolette. »Wir treten auf der Stelle. Wenn nichts geschieht, erstickt uns an der Entmutigung die Kraft.«

Anfang November setzte wieder bittere Kälte ein. »Geh heute nicht weg«, bettelte Benet, während Nathalie auf den Wagen wartete, den Alwin ihr schicken wollte. »Wir könnten unter alle Decken kriechen und uns im Dunkeln eine Geschichte ausdenken. So wie früher. Als kein Krieg war.«

»Der Glöckner von Notre-Dame?«

Benet nickte. Es war seine Lieblingsgeschichte.

Sie machte es so wie damals Didier: erzählte einen Anfang, irgendetwas, das sie aufgeschnappt hatte, und zu zweit, mit verteilten Rollen, spannen sie es weiter. Benet war ein bisschen zu groß dafür, aber das galt für Nathalie erst recht, und bei dem scheußlichen Wetter klang es himmlisch. »Klappe auf«, sagte sie. Er schlug die Decken zurück, und sie sprang zu ihm in die warme, durchgelegene Matratzenkuhle. Für eine kleine Weile war ihre Welt in Ordnung. Dann schlief Benet in ihren Armen ein, und die Angst kam zurück.

Sie hätte zu Alwin fahren müssen. Die Polizei – niemand wusste, ob die deutsche oder die französische – hatte ein paar siebzehnjährige Schüler verhaftet, die an der Place de l'Étoile gegen die Entlassung ihres Lehrers demonstriert hatten. Thérèse, die Mutter eines der Jungen, die vor dem Krieg unwiderstehlich verruchte Damenmode entworfen hatte, gehörte zu ihrer Gruppe. Sie war außer sich vor Sorge, und Nathalie hatte versprochen, sich nach ihrem Sohn zu erkundigen, zu erwirken, dass seine Mutter ihn besuchen konnte. Wie sie das erreichen wollte, fragte die Mutter nicht, und Nathalie an ihrer Stelle wäre es ebenfalls gleichgültig gewesen.

»Sie können mir doch mein Kind nicht nehmen«, hatte sie geweint, und ihr Mann hatte sie zu beruhigen versucht, indem er ihr erklärte, dass nicht einmal in Deutschland Todesurteile über Kinder verhängt würden.

»Das ist richtig«, sagte Brossolette, der niemals jemanden schonte. »Nur gelten seit dem Attentat in der *Métro* alle französischen Gefangenen als Geiseln. Was bedeutet, dass sie ohne Urteil ermordet werden können, sooft wieder einmal unschuldige Franzosen für den Tod irgendeines Deutschen büßen müssen.«

Auf dem *Métro*-Bahnhof Barbès hatte ein Attentäter einen Offizier der Wehrmacht erschossen. Seither galt die Weisung, dass für jeden getöteten Deutschen hundert französische Geiseln sterben mussten. Die Mutter des Jungen schrie und schlug mit den Fäusten an die Wände.

»Wenn ich dich verlieren würde, wäre ich nicht nur außer mir wie die arme Thérèse«, flüsterte Nathalie in Benets schlafwarmes Haar. »Ich wäre tot. Weil du bei mir bist, wird in mir nicht alles steinhart, sondern lebt noch und kann manchmal lachen. Solange ich dich habe, wird es irgendwann auch wieder Tag.« Sie küsste ihn, stand leise auf und ließ die Hunde zu ihm ins Bett klettern. Dann deckte sie alle drei zu und schlich sich aus dem Haus. Der Wagen wartete seit Stunden, ohne ein Wort fuhr der Chauffeur sie in ein Hotel in Saint-Germain-des-Prés. Auf ihren Wunsch hin mietete Alwin sie jedes Mal in ein anderes ein. So verringerte sich die Gefahr, entdeckt zu werden, und sie blieben Schiffe, die sich nachts begegneten.

Als sie in dieser Nacht an die Zimmertür klopfte, öffnete er sofort, packte sie beim Haar und zerrte sie grob in den dunklen Raum. »Wo bist du gewesen?«, schrie er. »Mit wem hast du dich von meinem Geld herumgetrieben, während ich hier auf dich warte, bis ich schwarz werde?«

Er war kaum wiederzuerkennen. Sein Haar war völlig zerrauft, die Augen blutunterlaufen, sein Atem roch wie eine korsische Kneipe. Als sie ihn kennengelernt hatte, hatte er keinen Tropfen getrunken. Er hob die Hand, um sie zu schlagen, doch es war ein Leichtes für sie, seinen Arm am Handgelenk abzufangen und festzuhalten. »Schluss jetzt«, sagte sie. »Wenn ich dir so, wie ich bin, nicht passe, kann ich gern gehen und dich deinen Rausch ausschlafen lassen. Anders gibt es mich nicht.«

Augenblicklich kippte ihm die Stimme, kippte das ganze wütende Geschrei. »Ich will dich so, wie du bist.« Weinend presste er sie an sich. »Aber ich will dich ganz. Ich brauche dich bei mir, oder ich halte das Leben nicht aus.«

Sie befreite sich so sacht wie möglich und führte ihn zum Bett. »Setz dich hin«, sagte sie und streichelte sein Haar. »Und jetzt erzähl mir, was dir passiert ist, *mon pauvre chou rouge.*«

»Dörte«, stieß er hervor, schrie so laut wie Thérèse um ihren Jungen und hämmerte sich mit den Fäusten auf die Knie. »Dörte, Dörte, Dörte.«

»Ja, Dörte, deine Schwester. Geht es ihr nicht gut?«

Er heulte auf wie ein angeschossenes Tier. Wenn in den Wäldern von Les Adrets so etwas vorgekommen war, hatte der Comte den Jäger gefeuert und das leidende Geschöpf selbst getötet.

Alwin tastete durchs Dunkel, zog einen weißen Bogen Papier vom Nachttisch und schleuderte ihn zu Boden.
»Meine Dörte«, murmelte Alwin und fasste mit beiden Händen ins Leere. »Mein kleines Törtchen ist tot.«

45

In den nächsten Tagen sagte Nathalie ihre Auftritte ab und bat Idelle und Elie, die jetzt sonst immer früh zu Bett gingen, für Benet aufzubleiben, damit sie selbst so oft wie möglich bei Alwin sein konnte. Er tat ihr unsagbar leid. Sie brauchte noch immer Informationen über die verhafteten Siebzehnjährigen, sie sorgte sich auch noch immer um die Männer um Gaston, für die schon der zweite Winter im Gefängnis begann, doch vor allem ging sie zu ihm, weil es ihr grausam vorkam, ihn alleinzulassen.
»Ich vermisse dich«, sagte Benet, als sie wieder aufbrach.
»Ich vermisse dich auch«, sagte Nathalie. »Aber der Mann, den ich besuche, hat nicht einmal jemanden, den er vermissen kann.« Benet durfte nicht wissen, dass der Mann Alwin war, mit dem er einst durch Pariser Parks getollt war. Niemand durfte es wissen. Brossolette ahnte es und hatte es akzeptiert, weil er um die Notwendigkeit wusste. Andere würden es nicht begreifen. In Montparnasse war eine Frau kahlgeschoren worden, weil ihre Nachbarn einen Leutnant der Luftwaffe in ihrer Wohnung hatten ein und aus gehen sehen.
»Warum muss der denn dich haben?«, fragte Benet misslaunig.
»Weil er sonst niemanden hat«, antwortete Nathalie. »Er hatte nur seine Schwester, sie ist gestorben, und er ist jetzt ganz allein.«
»Salah ist auch gestorben«, erwiderte Benet. »Und Elie und Idelle sind müde. Wenn du weggehst, bin ich auch ganz allein.«

Vielleicht hätte sie ihn ermahnen sollen, er müsse vernünftig sein, weil er ein Kriegskind war und andere noch weniger hatten als er, aber sie wollte es nicht. Er sollte kein Kriegskind sein, sondern ein ganz normales Kind, unvernünftig und wütend, wenn er nicht bekam, was er brauchte.

Sie fuhr zu Alwin ins Hotel. Meist weinte und redete er die halbe Nacht, breitete sein Leben mit seiner Schwester vor ihr aus, seine Versuche, sie zu beschützen, sein Versagen. Obwohl er ihr so viel erzählte, brauchte Nathalie lange, um wenigstens halbwegs zu erfassen, was mit der Schwester geschehen war. Genaues wusste auch Alwin nicht. »Das ist das Schlimmste. Dass ich nicht weiß, wie meine kleine Schwester gestorben ist.« Sie hatte irgendeine Nervenkrankheit gehabt, hatte Ricí erzählt, aber daran starb man nicht. Nathalie vermutete, sie habe sich umgebracht, doch das wies Alwin von sich. »Dörte war eine von Sterzing! Eine von Sterzing hätte so etwas Feiges niemals getan.«

»Ach, niemals«, erwiderte Nathalie, »das sagt sich so leicht. Und eine von Sterzing, was soll das denn sein? Irgendeine seltsame Tiergattung, die unverwundbar ist?«

Er verstand sie nicht, und sie war zu müde, um es ihm zu erklären. Konnte man einem Goldfisch, der sein ganzes Leben in einem Glas verbracht hatte, erklären, dass es daneben Seen wie den Lac de l'Avellan gab, Flüsse, Meere, grenzenlose Mengen von Wasser? Vielleicht hätte es einer gekonnt, der unendliche Mühe darauf verwandte, weil er den Goldfisch über alles liebte. Alwin bestellte beim Etagenkellner eine Flasche Calvados und redete weiter. Über Dörtes Treue. Von-Sterzing-Treue. »Sie war wie ich. Wenn wir einen Menschen lieben, ist es für die Ewigkeit, und wenn er uns verlässt, bringt er uns damit um.«

Sie hatte ihn einfach reden lassen wollen, aber von dem Pathos wurde ihr schlecht. »So was bringt niemanden um«, sagte sie. »Ich habe auch so gedacht, junge Leute denken alle so, weil sie noch keinen Vergleich haben, aber wir sind dafür zu alt, und Kriegsjahre zählen doppelt. Wir sind die Zwei-Kriege-Generation, die Uralten, und wenn wir uns in solchem Getue verlieren, rennen wir auch noch in den dritten Krieg.« Nathalie verstummte, rief sich zur Ordnung, schob ihr Glas beiseite. »Wen immer deine Schwester geliebt und wer immer sie verlassen hat, er hat sie nicht umgebracht«, sagte sie ruhiger. »Umbringen tut man einen Menschen, indem man ihm eine Kugel in den Kopf jagt, ich glaube, das weißt du besser als ich. Im Totenschein deiner Schwester steht nicht, dass sie an einer Kugel im Kopf gestorben ist, oder?«

»Herzschwäche«, heulte Alwin auf. »Meine Mutter schreibt, in dem Schein steht Herzschwäche, aber meine Mutter ist nicht recht bei sich. Sie ist schon nicht mehr bei sich, seit mein Vater gestorben ist, und Dörtes Herz war doch ganz gesund.«

»Du armes Schwein«, murmelte Nathalie und streichelte ihn. »Wenn ich mir deine Familie vorstelle, kommen mir meine *grand-mère* und mein Vater, der mich nicht mehr wollte, sobald ich kein Goldstern mehr war, wie der reinste Segen vor. Musst du nach Berlin, dich um deine Mutter und das Begräbnis kümmern?«

Alwin nickte verzweifelt. »Unsere Haushälterin hat sich abgesetzt, und meine Mutter ist ganz allein.« Er fuhr herum und klammerte sich an ihre Schultern. »Komm mit mir, Nathalie.«

»Bist du verrückt? Meine Leute würden mich umbringen, wenn ich zurückkomme. Hast du keinen Freund, den du mitnehmen kannst? Was ist mit deinem Robert, der ist doch ein hohes Tier, kann der nicht Urlaub bekommen?« Nathalie traute Robert von Salchow nicht so weit, wie sie ihn hätte werfen können, und hielt sich von ihm fern wie ein Tier mit gesträubtem Nackenfell. Damals während der Weltausstellung hatte er sie mit seinem Charme überschüttet, und auch jetzt, wenn eine Begegnung sich nicht verhindern ließ, war er ausgesucht galant. Er kam Nathalie nicht sonderlich ehrgeizig vor, seine Karriere schien eher etwas zu sein, das er sich gefallen ließ, weil es Menschen seiner Klasse eben zustand. Nein, es war etwas anderes an ihm, das sie frösteln ließ, etwas, das sie erkannte: Er war ein Strippenzieher, ein Spieler. Einer, der sich mit Schachfiguren nicht begnügte.

Eine solche Spielerin war sie selbst gewesen, und vielleicht wäre sie es in einem anderen Leben geblieben. Es hatte Spaß gemacht. Aber die Welt hatte nicht mitgespielt.

»Robert«, wiederholte Alwin, als wäre der Name ihm fremd. »Robert und Dörte …«

Dunkel besann sie sich. Hatte er vor Jahren nicht erzählt, die beiden wären verlobt?

»Robert kann sich nicht für Dörtes Begräbnis freinehmen«, fuhr Alwin tonlos fort. »Er fährt nach Florenz. Zu seiner Hochzeit mit einer toskanischen Gräfin.« Er heulte nicht noch einmal auf, sondern saß still, während ihm Tränen über die Wangen liefen.

Zart legte Nathalie die Arme um ihn. »*Mon pauvre chou rouge.*« Sein Schmerz ging ihr durch und durch. Seine kleine Schwester war verschmäht worden, ausgetauscht gegen eine Bessere, die keine lästige Krankheit mitbrachte. Sie wurde sogar noch im Tod verschmäht, ihr Begräbnis war es nicht wert, die Hochzeit mit der Gräfin zu verschieben. Ums Leben gebracht hatte Robert von Salchow Dörte zwar trotzdem nicht, doch auf Alwin musste es so wirken.

»Glaubst du, sie ist deshalb gestorben?«, fragte sie. »Weil sie davon erfahren hat?«

»Erfahren? Das mit Roberts Verlobung?« Hilflos schüttelte er den Kopf. »Ich wollte nicht, dass sie damit allein ist, ich dachte, ich rede mit ihr, wenn ich auf Urlaub nach Berlin komme, und in der Klinik hat sie ja wohl nichts davon gehört.« Ohne Begreifen starrte er Nathalie an. »Ich habe doch geglaubt, er beschützt sie!«, brach es aus ihm heraus. »Sie ist Robert von Salchows Verlobte, habe ich gedacht, ihr kann gar nichts geschehen, egal, was geredet wird.«

»Beschützt sie wovor?«, fragte Nathalie. »Und was wird geredet?«

»Ich weiß es doch auch nicht.« Schmerzhaft krallten seine Hände sich in ihre Arme. »Es gab da diesen Arzt, der behauptet hat, Dörtes Leiden sei erblich, und Menschen mit Erbkrankheiten dürfen sich nicht fortpflanzen, weil es die Volksgesundheit schädigt. Am Ende ist das zu Robert gedrungen. Du musst mich verstehen, Sportsfreund, hat er gesagt. Deine Schwester ist ein liebes Mädchen, aber mit so etwas darf ich meine Blutlinie nicht belasten. Er könne nicht riskieren, dass ein Geisteskranker das Erbe seiner Väter verwaltet, hat er gesagt, oder dass die Söhne seiner Schwester eines Tages den Geisteskranken am Hals haben.«

Nathalie biss sich auf die Lippen und ließ ihn weinen. Hätte sie den Mund aufgemacht, hätte ihre Wut sie um Kopf und Kragen gebracht.

»Ich bin schuld«, weinte Alwin. »Ich hätte sie schützen müssen, meine Mutter war dem doch nicht gewachsen. Als sie ihr gesagt haben, sie soll sich die Vormundschaft übertragen lassen und Dörte wieder in die Klinik geben, hat sie es eben gemacht.«

»Und in der Klinik ist sie gestorben?«

»Ich verstehe nicht, wie das möglich ist. Ihr Herz war gesund, wir von Sterzings sind alle gesund, Dörte hat kaum je einen Schnupfen gehabt.«

Nein, dachte Nathalie, du bist nicht schuld. Adolf Hitler ist schuld, der so lange Menschen, die ihm nicht passen, aussortiert, bis keine mehr übrig sind und er sein Riesenspielbrett hat, wie er es wollte: menschenleer und totenstill.

Sie blieb so lange, wie sie es aushielt, und ihr Gewissen quälte sie, als sie ging. Er flehte sie an, am nächsten Abend wiederzukommen, aber sie musste auftreten, oder ihnen würde das Geld ausgehen, und vor allem gingen ihr die Kräfte aus. Sie hatte tausend eigene Sorgen und brauchte eine Pause von dem Grauen, das sein Leben war, ein paar Nächte mit Benet und ihrer Revue, einen Funken Normalität. Sie wusste, dass sie ihn im Stich ließ, aber sie fühlte sich vollkommen ausgelaugt. »In ein paar Tagen bin ich wieder bei dir«, versprach sie ihm und ging.

Benet war glücklich, weil er mit ihr ins *Provençal* durfte. Nathalie hatte Idelle gebeten, auf ihn zu achten, und die ließ dafür ausnahmsweise Elie allein. Früher war sie oft ohne ihn in Matineen, Vernissagen und Vorträge gegangen, um ihre Unabhängigkeit zu betonen, doch seit er keine Wahl mehr hatte, weil Juden all dies verboten war, blieb sie daheim. »Dass du für mich einspringst, rechne ich dir hoch an«, sagte Nathalie zu ihr. »Wir sind uns nicht grün, aber wir halten zusammen.«

»Wenn man gezwungen wird, so eng zusammenzuhalten, verliert das mit dem Grünsein an Bedeutung«, brummte Idelle und suchte sich mit Benet einen Platz.

Die Vorstellung, die Nathalie an diesem Abend hinlegte, war ein Witz, und zwar einer von den schlechten. Charles war bei Elie geblieben, und nur das Wohlwollen des Stammpublikums bewahrte sie vor einer Blamage. Während sie spielte, dachte sie daran, dass sie morgen zu Brossolette musste, ihm sagen, dass ihre Quelle für den Augenblick versiegt war, dass sie auf andere Weise Verbindung zu den verhafteten Jungen und der Gruppe um Gaston halten mussten und dass sie keine Ahnung hatte, wie sie das anstellen sollten. Ihr Appell als Geneviève, ihr ewiges *Betet, betet!* kam ihr auf einmal hohl und albern vor. Solange wir beten, zeigen wir der Welt, dass wir noch nicht begraben sind? Um ein Haar hätte sie höhnisch aufgelacht. Wie sollte man der Welt irgendetwas zeigen, wenn die das Gesicht zur Seite drehte?

Während des Applauses öffnete sich die Tür, und ein paar späte Gäste schoben sich herein. Von ihrer Bühne aus konnte Nathalie lediglich zwei Gestalten in dunklen Mänteln ausmachen, auf deren Schultern weiße Tupfen zu Wasser schmolzen. Also hatte es begonnen zu schneien, wie sie befürchtet hatte, und Benet war aus seinen Winterstiefeln herausgewachsen.
Als sie sich umwandte, um sich nach der anderen Seite zu verbeugen, sah sie den Korsen, der hinter dem Tresen hervorschlich und einem seiner Freunde etwas zuflüsterte. Der Freund blickte sich nach einem weiteren Freund um und flüsterte diesem ebenfalls etwas zu, und gleich darauf setzte sich das Geflüster in mehreren Richtungen fort. Was hatte das zu bedeuten? Waren die Neuankömmlinge von der Gestapo, war jemand hier, nach dem sie suchten?
Nicht Idelle, durchfuhr es Nathalie, und ihr Herz begann zu rasen. Einen Juden zu lieben war verboten, und dass Idelle nur Elies Vermieterin war, glaubte in der ganzen Rue Caulaincourt gewiss kein Mensch. Die zwei Männer strebten nun durch die Menge auf Idelles Tisch zu, und das Geflüster ging weiter. Wenn Nathalie kein Aufsehen erregen wollte, musste sie mit der Zugabe anfangen, doch ihre Lippen bebten zu sehr, um sie zu öffnen.
Sieh nicht hin, befahl sie sich.
Dann schrie Benet auf. Mit seiner hellen Kinderstimme übertönte er all das Rascheln und Flüstern. »Salah!«, schrie er, »Salah, Salah, Salah!«
Im Tumult wimmelten alle durcheinander. Nathalie war zu müde, sich mit den anderen zu drängen, und zu müde, um zu begreifen: Salah war da? Aber wie war das möglich? Er konnte ja nicht mehr leben, es war ein Märchen, das sie und Ricí sich zurechtgebastelt hatten, um durchzuhalten. Wäre er nach England entkommen, hätte er Wege gefunden, sich zu melden, hätten die Deutschen ihn gefangen, hätten sie ihn umgebracht,

weil ein dunkelhäutiger Untermensch ihnen keinen Platz in ihren Lagern wert war. Salah musste tot sein – und wenn er nicht tot war, wieso brach das ganze *Bistrot* darüber in Jubel aus?

Nicht das *ganze Bistrot*. Manche standen abseits und wirkten so verwirrt wie sie. Dass Salah, der den Pulk überragte, sich einen Weg zu ihr pflügte, bemerkte sie erst, als er vor ihr stand, und erst dann begriff sie auch, dass es wirklich Salah war.

Mager, nicht mehr jung, mit einer Narbe an der Stirn, aber eindeutig Salah. Wo der zweite Mann abgeblieben war, konnte sie nicht ausmachen, sie sah nur, dass Benet auf dem Tisch stand und winkte. Mehrere Leute tanzten, nur gab es keine Musik.

»Kannst du da runterkommen?«, fragte Salah.

»Ich glaub nicht«, sagte Nathalie.

Seine Hände umfassten ihre Taille. Behutsam, wie man eine Vase mit Blumen aufstellte, hob er sie vom Wagen. Fragen konnte sie nicht stellen, denn es gab zu viele. Gefühle gab es auch zu viele, es war ein einziges Knäuel.

»Nathalie«, sagte er. »Bitte hör mir zu. Wir können hier nicht lange bleiben, ich möchte in keine Kontrolle geraten – kannst du uns für eine Nacht in der Rue Caulaincourt unterbringen?«

»Euch?« Nathalie starrte in sein Gesicht und dann auf die Menge, die der Korse vergeblich zu beruhigen suchte. Den Mann, der mit Salah gekommen war, konnte sie nirgends entdecken.

»Bitte sag nicht gleich nein, hör mich erst an. Ich weiß, es war deine Entscheidung, ihn nie wiederzusehen, aber seitdem ist die Welt eine andere geworden. Ihr wart einmal Freunde.«

»Ich weiß nicht, was du redest!«, sagte Nathalie. »Ich weiß nicht, wo du herkommst, warum ich ein Jahr lang glauben musste, du bist tot, und warum jetzt auch noch diese Kneipe verrücktspielt.«

»Die letzte Frage kann ich dir beantworten«, erwiderte Salah kaum hörbar. »Aber du musst es genauso machen wie die anderen: Spring von mir aus herum und tanze, nur sprich kein Wort. Soldaten sind keine zu sehen, doch bei Gestapo und RNP weiß man's nie.« Er beugte sich vor, legte ihr wie ein Liebhaber den Arm um die Schultern und flüsterte ihr ins Ohr: »Hitlers japanische Verbündete haben einen Stützpunkt im Pazifik angegriffen. Die Amerikaner sind in den Krieg eingetreten.«
Er ließ sie wieder los. Sie sprang nicht herum und tanzte nicht.
»Bist du deshalb hier?«
Er schüttelte den Kopf. »Das ist Zufall, zur Abwechslung einmal ein glücklicher. Wir hätten schon vor Monaten kommen wollen, aber es ist Krieg, es war nicht eher möglich. Ich bin mit Fabrice hier, Nathalie. Und ich bitte dich, sprich mit ihm.«
Nathalie wich zurück, stieß mit dem Rücken gegen den Karren. Von allem, was in diesen Minuten auf sie eingedrungen war – Salah am Leben, die Amerikaner im Krieg –, war kaum etwas bei ihr angekommen, aber dies schlug durch: Fabrice war hier. Fabrice kam noch einmal, um nach ihrem Leben zu greifen. Sie hatten es damals geschafft, ihn zu vertreiben, aber damals war Salah auf ihrer Seite gewesen. »Warum tust du das?«, schrie sie ihn an. »Seit wann verbündest du dich gegen mich mit Fabrice, was für eine absurde Allianz ist das?«
»Er hat mein Leben gerettet«, entgegnete Salah ruhig. »Und ich seines schon zweimal. Es ist Krieg, wir haben zu viele Feinde, um auch noch welche aus unseren Freunden zu machen. Außerdem brauchen wir vermutlich absurde Allianzen, wenn wir aus dieser Nacht je herausfinden wollen: Großbritannien mit den USA und den Sowjets. Kommunisten mit Konservativen. Das freie Frankreich und das versklavte Algerien. Der Comte Cadière und Salah, der kabylische Lakai.«
Nathalie schluckte. Ihre Kehle war trocken, wie geschwollen.
»Sind wir noch Freunde?«, fragte er.

Sie sah zu ihm auf und suchte nach etwas. »Ich weiß es nicht.«
»Gegen dich könnten wir uns nicht verbünden«, sagte Salah. »Nicht gegen dich, nicht Fabrice und ich. Fabrice hat seinem Bruder ein Versprechen gegeben, und ich habe es ebenfalls gegeben, so mulmig mir dabei auch war. Wir sind nicht hier, weil wir dir schaden wollen, sondern um unser Versprechen gegenüber Didier zu halten. Bitte sprich mit Fabrice, lass uns einen Weg für uns alle finden.« Noch leiser, zu Boden blickend, fügte er hinzu: »Für unsere Hand.«
»Didier?«, stammelte Nathalie. »Ihr habt Didier ein Versprechen gegeben? Ist Didier denn auch hier?«
Etwas zuckte in Salahs Augen. »Mers-el-Kébir«, sagte er heiser. »Hast du von Mers-el-Kébir nicht gehört?«
»Doch, natürlich. Um davon nichts zu hören, hätte ich blind und taub sein müssen, die ganze Stadt hing ja voller Plakate. Du bist da geboren, richtig? Aber in den Köpfen der Leute ist es jetzt auf ewig der Hafen, in dem die Briten unsere Flotte bombardiert haben und das Schiff gesunken ist, mit an die tausend französischen Soldaten an Bord …«
»Die *Bretagne*«, sagte Salah. »Didiers Schiff. Didier ist tot, Nathalie.«

46

Einen Augenblick lang fühlte sich Nathalie wie Abadie, das Kaninchen, wenn jemand vergessen hatte, die Balkontür zu schließen, und die Hunde zum Schnüffeln kamen. Es zwängte sich angstvoll in die Ecke seines Verschlags. Doch Abadie, das Kaninchen, hatte Glück. Choupinette und Charles, obwohl inzwischen aufs abenteuerlichste ernährte Kriegshunde, waren Snobs, die sich mit dem Jagen von Kaninchen nicht abgaben, sondern sich ihr Futter servieren ließen. Sie taten dem Kaninchen nichts, und das kleine Herz, das zum Zerspringen raste, beruhigte sich.

Nathalie war kein Kaninchen. Ihr Herz war nicht klein, und wenn es hätte zerspringen können, wäre es längst ein Haufen Scherben. Didier war tot. Ihr Didier. Der netteste Mann auf der Welt. Er war in einem fremden Land gestorben, und sie hatte ihm nicht Lebewohl gesagt. Sie hatte ihm gar nichts gesagt, und jetzt konnte sie ihm nie wieder etwas sagen. Welche Rolle spielten dagegen irgendwelche Streitigkeiten in irgendwelchen Nächten vor dem Krieg? Wenn der Krieg je zu Ende ging, würde Didier nicht mehr da sein. Ihrer Freundeshand in der harten Erde beim Weinberg fehlte ein Finger.

»Natou.«

Als sie aufblickte, stand er schon so dicht vor ihr, dass sein Duft sie einhüllte. *Gauloises Caporal* im Maispapier. Pinie, Harz und Minze – alles das, was herb war an ihrem Land. Seine Hände zitterten. Er hob sie, um sie auf ihre Schultern zu legen, und zog sie wieder zurück. Er sah elend aus. Übernächtigt. Das scharf geschnittene Gesicht abgezehrt wie das von Ricí, als sie aus dem Gefängnis kam, über der Wange eine Schnittwunde, das Haar strähnig und zu lang. Während sie ihn sich ansah, kamen ihr die Tränen, und sie konnte nichts tun, um sie aufzuhalten. Sie nahm ihn bei den Hangelenken, hielt seine zitternden Hände fest und legte sie dorthin, wo er sie hatte hinlegen wollen. Endlich umarmte er sie, hielt sie beim Weinen so fest, dass es ihre Körper schüttelte. Er weinte lauter als sie.

Den Heimweg organisierte Salah. Schob Gaffer aus dem Weg und klang dabei, als spiele er in einem von Louis Péricards Billigfilmen einen Hafenarbeiter. »Macht Platz, Leute, habt ihr noch nie einen über den Durst getrunken? Die zwei da müssen ins Bett, ehe der Gendarm sie erwischt und zum Ausnüchtern in eine Zelle steckt.«

Er war ein anderer geworden, ihr Salah, zeigte Seiten, die ihr fremd waren. Er war nicht mehr ihr Salah. Er gehörte sich selbst.
Draußen, in der kalten Dunkelheit, schob Benet sich neben Nathalie. Misstrauisch betrachtete er den Mann an ihrer Seite, den er zweifellos aus der Nacht vor dem *Café du Dôme* wiedererkannte, als er sich mit dem Deutschen um seine Mutter geprügelt hatte. Die Erinnerung kam Nathalie unwirklich vor, als wären sie damals noch Kinder gewesen, leichtfertige, betrunkene Kinder, die die Kontrolle über ihr Spiel verloren hatten, ohne zu ahnen, dass die Welt längst ernst machte.
»Guten Abend«, sagte Benet. »Ich bin Bénézet Delage.«
Fabrice löste sich von Nathalie und streckte ihm die Hand hin. »Guten Abend, Bénézet Delage. Ich bin Fabrice. Dein Onkel.«
Nathalie fuhr zusammen. *Merde à Dieu,* dachte sie, habe ich nie bemerkt, wie stark man seinen Akzent hört? Und dann fiel ihr etwas ein, eine Angst schoss in ihr hoch, die sie das ganze Jahr über unterdrückt hatte, weil sich noch mehr Angst nicht aushalten ließ. Er sprach mit diesem Akzent, er kam aus Les Adrets – »Ricí!«, rief sie und hörte wieder ihr Herz hämmern. »Meine Verwandte Ricí, sie ist doch bei euch angekommen, nicht wahr, es ist doch alles in Ordnung mit ihr?«
Fabrice' Totenschädelgesicht verzog sich zu einem Grinsen, und einen Herzschlag lang sah er wieder aus wie ihr Fabri. »Ihr lügt mich doch an, ihr beiden, *tu et la formidable Ricí.* Wie kann ein derart kluges Geschöpf mit so zarten Beinen mit dir verwandt sein?«
Sie trat ihn vors Schienbein. So als wäre sie noch Natou. Er gab einen zischenden Schmerzlaut von sich, zog sein misshandeltes Bein in die Höhe und kippte um ein Haar hintüber. »Ihr seid blöd«, sagte Benet. »Ich will wissen, ob Sie wirklich mein Onkel sind. Sind Sie der Bruder von meinem Vater?«
Damals, nach dem *Café du Dôme,* hatten sie ihm erzählt, er solle den Vorfall vergessen, der Mann habe seinen Vater gekannt,

aber es sei keine angenehme Bekanntschaft gewesen. Nathalie taumelte von einem Schrecken in den nächsten. Ihr Leben kam ihr vor wie der Wollpullover, mit dem sie sich am Balkongitter verfangen hatte und der sich dann unaufhaltsam aufräufelte. Reihe für Reihe. Bis nichts mehr übrig war als lauter Wollfäden.

»Das ist richtig«, sagte Fabrice. »Dein Vater war mein Bruder.«

»Er ist gestorben? Im Krieg? War er ein Held?«

Fabrice fasste unter seinen Mantel, zog etwas hervor und hielt es Benet hin. »Ja, Bénézet«, sagte er. »Wenn ich weiß, was ein Held ist, dann war er einer. Er hätte nicht in den Krieg ziehen müssen, er war freigestellt, um auf seinen Besitz zu achten, aber er fand, er müsse für Frankreich kämpfen. Für das Frankreich, das keine Idee ist. Sondern unser Zuhause.«

Benet sah zu ihm auf. Der Wind, der dünnen Schnee trieb, zerrte ihm Haarsträhnen aus der Mütze, und als er versuchte, sich dieses zimtbraune Haar aus der Stirn zu blasen, presste Nathalie sich die Hand vor den Mund, weil es so sehr weh tat.

»Ist er auf einem Panzer gefahren?«, fragte Benet.

»Auf einem Schiff«, antwortete Fabrice. »Auf der *Bretagne*. Sie war ein prächtiges Schlachtschiff, das Typschiff ihrer Klasse, und sie hatte schon einen Krieg hinter sich. Als die Bombe sie traf, hat dein Vater um sein Leben gekämpft. Er gehörte zu den wenigen, die an Land gerettet und in ein Lazarett geschafft wurden, und unser Freund Salah hat ihn für mich gefunden. Ich habe noch mit ihm sprechen können, ich habe ihm erzählt, dass ich dich getroffen habe, und er hat mich gebeten, auf dich aufzupassen.«

Merde à Dieu, dachte Nathalie. In den Wollfaden geriet ein Knoten nach dem anderen.

»Deshalb bin ich gekommen«, sagte Fabrice und legte das Geschenk in Benets Hand. »Weil ich dir das von deinem Vater geben wollte.«

Benet betrachtete den Gegenstand. Wie soll er das denn aushalten?, dachte Nathalie. Nach all den Jahren plötzlich einen Vater zu haben und ihn im nächsten Atemzug schon wieder zu verlieren. Was tun wir diesem feinen kleinen Kerl mit unserem Durcheinander nur an!

»Sagen Sie Benet zu mir«, sagte Benet. »Bénézet war ein Brückenbauer, aber ich baue, wenn ich groß bin, Kirchen.«

»Warum denn das?«, fragte Fabrice entsetzt.

»Weil man die von überall sieht«, sagte Benet und wies auf die weiße Spitze von Sacré-Cœur, die über den Dächern ins sternenlose Schwarz ragte. »Weil man an Kirchen erkennen kann, dass man sich nicht verlaufen hat.«

»Müssen wir all diese illustren Anekdoten auf der Straße besprechen?«, bellte Idelle, und Nathalie hätte ihr die Füße küssen können. »Ich persönlich friere mir den Arsch ab, und auch wenn ich eine freie Frau bin, tut mir der Mann leid, dem sie vom Leben nicht mehr gelassen haben, als in einer stockdunklen Wohnung zu warten.«

»Und ich will bei Salah sein«, sagte Benet und schmiegte sich an Salahs Seite.

Fabrice und Nathalie blieben übrig. Als hätten die anderen für sie gewählt, wozu sie selbst nicht den Mut besessen hätten.

47

»Wir müssen reden«, sagte Fabrice.

Aber sie redeten nicht. Nicht viel. Nicht in der ersten Nacht.

Er hätte in Salahs Kammer schlafen sollen, aber da schlief Benet, der Salah für sich allein wollte. Also verfrachtete sie ihn zu Gaston, in das schmale Eisenbett zwischen den Papierbergen. Es war ungemütlich, traurig, verstaubt und bitterkalt. »Selbst schuld«, schnauzte Nathalie ihn an, als sie ihm eine Decke und einen Krug Waschwasser brachte. »Warum schläfst du nicht in deinem noblen Stadthaus in Passy?«

Er hatte den Mantel ausgezogen, schlotterte in einem zerschlissenen, ölverschmierten Overall. Sein Gesicht, das er ihr im Kerzenlicht zuwandte, war nicht ganz sauber und wirkte nackt.

»Weil Cadière nicht in Paris ist«, sagte er. »Und Luc Dutuit wohnt nicht in Passy.«

»Wer soll das sein?«

Statt einer Antwort zog er eine Ausweiskarte aus der Hosentasche und händigte sie ihr aus. Das verwackelte Foto zeigte einen Mann mit streng zurückfrisiertem Haar und Hornbrille, in dem sich Fabrice nur erahnen ließ, wenn man es unbedingt wollte. Das Dokument, das nicht so gut war wie die Fälschungen aus dem Musée de l'Homme, wies ihn als Luc-Ambroise Dutuit aus, Mechaniker aus Aix-en-Provence, wohnhaft Paris, 18. Arrondissement, Rue Junot. Nathalie ließ die Karte sinken und blickte zu ihm auf. Der Striemen in seinem Gesicht leuchtete blutrot.

»Was machst du?«

Er zuckte die Schultern.

»Sag's mir. Du bist in meiner Wohnung, die ich mit meinem Kind teile, ich habe ein Recht zu erfahren, worauf ich mich einlasse.«

»Auf nichts«, rief er. »Glaub mir, wenn Gefahr bestünde …« Dann brach er ab. »Vergiss es. Ich rede Mist. Es besteht immer Gefahr.« Er nahm ihr die Karte weg und steckte sie wieder ein, ehe er mit steifen, rotgefrorenen Fingern begann, die Verschlüsse des Overalls am Hals aufzunesteln. »Salah und ich gehören zu den FTP«, sagte er. »*Francs-tireurs et partisans.*«

Freischärler und Partisanen. Brossolette hatte vor Wochen bei einem Treffen von der Gruppe gesprochen, die er als Vorbild für eine neue Stufe des Kampfes betrachtete. Das aus kommunistischen Einheiten entstandene Bündnis galt als die straffste Or-

ganisation der *Résistance*, als die gefährlichste, die, die Terror verbreitete. Die FTP-Leute hielten sich nicht mit dem Verstreuen von Flugblättern auf. Sie waren bewaffnet. Sprengten Brücken. Hoben Munitionsdepots aus. Brachten deutsche Züge mit Soldatentransporten zum Entgleisen.
Nathalies Herzschlag hämmerte. »Du bist doch kein Kommunist.«
Er hatte sich ein Schulterzucken angewöhnt, das sie zur Weißglut brachte. »Wenn einer mit einem Sprengsatz und einer Granate umgehen kann, ist ihnen das egal.«
Nathalie konnte sein Gesicht nicht länger ansehen. Sie warf ihm die Decke aufs Bett, schob Gastons Bücherstapel auseinander, um den Waschkrug dazwischenzustellen, und wandte sich ab. »Mehr Decken haben wir nicht. Wir senden alle, die wir auftreiben können, ins Gefängnis. Du wirst zum Schlafen den Mantel anbehalten müssen. Gute Nacht.«
»Wir müssen reden«, sagte er noch einmal.
»Nicht mehr heute. Ich bin müde.«
Sie ging zur Tür und griff nach der Klinke.
»Nathalie.«
Sich nicht umzudrehen wäre albern gewesen. Er saß auf dem Bett, hatte die Decke um sich gezogen, sah sie an. Als sie nichts sagte, begann er zu pfeifen.

»In meinem Musette-Walzer
Schwingt eine Melodie voller Süße,
Die uns den Kopf verdreht
Und die uns das Herz bricht.«

Nach den paar Tönen brach er ab. Er wollte sprechen, doch er fand seine Stimme nicht und flüsterte: »Nicht weggehen. Bitte nicht.«
Sie ging nicht weg.

Seit sie in Juan-les-Pins mit ihm geschlafen hatte, seit er ihr erster Mann gewesen war, hatte sie mit mehr Männern geschlafen, als sie sich je die Mühe gemacht hätte, zu zählen. Mit so gut wie jedem hatte es ihr auf die eine oder andere Weise Vergnügen bereitet, sie hatte sie alle gemocht, manchen liebgehabt und sich in einen gehörig verschossen, doch wenn sie fort waren, vergaß sie ihre Namen und vermisste sie nicht. Als sie jetzt in der Rue Caulaincourt, zwischen Gastons Papierstapeln und in der Hundekälte, wieder mit ihm schlief, musste sie auf dem Höhepunkt weinen, nicht weil sie ihn, sondern weil sie sich selbst so sehr vermisst hatte.

Dies war ihr Heim. Ihr Hort. Ihre Residenz. Sie hatte nie einen von den anderen hierher mitgenommen, jeder von ihnen hätte etwas aufgestört, das sie unangetastet und als ihr Geheimnis brauchte, aber mit Fabrice geriet nichts davon in Gefahr. Er war ein Teil davon und war es immer gewesen.

Sie konnten sich nicht richtig küssen, weil ihnen die Zähne klapperten, sie konnten sich mit den verfrorenen Gliedern auch nicht richtig umarmen, es war ein steifes Lieben unter dünnen Decken, und zwischendurch fielen sie vor Erschöpfung in den Schlaf. Wenn sie wach wurden, liebten sie sich wieder, bis keine Kraft übrig war. Im Einschlafen spürte Nathalie die Tränen auf ihrem Gesicht und war zu müde, sie abzuwischen.

Als sie erwachte, war es noch nicht Tag. Fabrice' Mantel lag über die Decken gebreitet, und beide Hunde waren zu ihnen in das enge Bett gekrochen, so dass es nicht mehr so kalt war. Fabrice hielt sie im Arm, betrachtete ihr Gesicht und streichelte es zart mit einem Finger. Während ihre Augen zu sich kamen und sein Gesicht sich aus dem Dunkel schälte, fiel ihr auf, dass sie es arrogant und albern, gierig und wütend, boshaft und toll vor Glück, aber nur einmal traurig gesehen hatte. Nur an dem Morgen in Juan-les-Pins, als er zu ihr gesagt hatte: »Wenn du dich geirrt hast – komm zurück, Natou. Ich warte auf dich.«

Sie war zurückgekommen, er hatte nicht gewartet, und sie war sicher gewesen, sie könnte ihm nie verzeihen. Jetzt kam ihr das alles wie grausame, sinnlose Verschwendung vor. Sein Körper war übersät von Verletzungen und Narben, weil er sich Felshänge hinunterrollte, auf Züge aufsprang und unter Brückenpfeilern und Bahnwaggons Sprengsätze zündete. Wenn er erwischt wurde, würde dieser Körper zermalmt werden, und es bliebe nicht einmal eine Marke übrig, um sie in einen Sarg zu legen und *Mort pour la France* auf einen Grabstein zu schreiben. Sie konnte Didier nicht mehr sagen, dass sie ihm verziehen hatte, und Fabrice' Traurigkeit schnitt ihr ins Herz.
Weich legte sie die Arme um ihn und zog sein Gesicht an ihres. »*Monsieur la cigale*. Ach, mein *Monsieur la cigale*.« Sie hatte nur zärtlich mit ihm sein wollen, Traurigkeit an Traurigkeit legen und ihn trösten, doch als sie seine harten Rippen, seinen flachen Bauch an ihrem spürte, entdeckte sie, dass sie wieder mit ihm schlafen wollte. Die Hunde würden stören, aber wer sich liebte, musste nicht reden. Es war nicht richtig. Es war keine Lösung, doch wie idiotisch war es eigentlich, zu glauben, dass es für alles eine Lösung gab?
»Kann ich noch bleiben, Natou?«, fragte er. »Noch einen Tag oder zwei? Ich weiß, das hier ist das Letzte, was wir tun sollten, aber darin, das zu tun, was ich sollte, war ich schon immer eine Niete. Wir werden irgendwann reden müssen. Stehlen wir, ehe wir anfangen, ein bisschen Zeit?«
Sie spürte, wie auf seinem Körper trotz der Kälte der Schweiß ausbrach, tastete über aufgeschürfte Haut und abgemagerte Glieder und dachte: Wie kann ich dich denn wegschicken? Und wohin denn? Du bist doch viel zu erschöpft, und ich auch. Sosehr sie sich auch wollten, sie schafften es nicht, sich jetzt zu lieben, sondern schliefen aneinandergeklammert wie ohnmächtig ein.
Als Nathalie erwachte, war sie allein, doch die anderen hatten sich um alles gekümmert, und am Abend kam Fabrice zurück.

Idelle hatte in der Kälte eine Stunde lang um Brot angestanden, und als sie an die Reihe gekommen war, hatte das böse Weib von Bertrands *boulangerie* ihr die Einkaufstasche von der Theke gewischt. »So weit kommt's noch!«, hatte sie geschrien. »Der viehische Jude hat unser Land zugrunde gerichtet, und jetzt lechzt er nach uns französischen Frauen – und die da, so alt wie die ist, macht für solchen Dreck die Beine breit.«

Idelle war eine kaltschnäuzige Frau, die so gut einsteckte wie austeilte, aber die Flutwelle aus Hass, die die Vertrautheit ihres Viertels überschwemmte, riss sie von den Füßen. Aufgelöst und ohne Brot stand sie im Flur und brachte das, was ihr geschehen war, nur in Brocken heraus. »Sie hat diese Ausstellung gesehen. *Le Juif et la France.* Diese trübe Tasse, die in ihrem Leben nie in einer Ausstellung war.«

Die Plakate mit der widerlichen Karikatur eines hakennasigen Juden, der die Krallenhände in eine Weltkugel schlug, hingen überall. Während inzwischen selbst Kaninchenfutter den Familienschmuck kostete, gab es für die Ausstellung im Palais Berlitz Freikarten, damit auch der größte Hungerleider sich ansehen konnte, wem er sein Elend verdankte – dem Judentum, das nach der Weltherrschaft gierte.

»Sind vielleicht Juden in unser Land einmarschiert? Nehmen uns Juden die Kohlen und die Milch weg, damit wir erfroren sind, bevor wir verhungern können?« Idelle warf den Kopf in den Nacken und wies auf die Tür zu Elies Arbeitszimmer. »Der Mann da drin nimmt niemandem was weg und marschiert nirgendwo ein. Er war so selbstgenügsam, dass es mir auf die Nerven gegangen ist, und jetzt lebt er nur noch, weil seine Paulette lebt, etwas anderes will er doch nicht mehr von der Welt!«

Elies Zimmertür öffnete sich, Choupinette hoppelte in den Flur, und Elies grauer Kopf tauchte auf. Er trug seine Hausjacke über einem gebügelten Hemd mit Fliege wie stets. »Vielleicht wäre es besser, wenn ich mich melden würde«, sagte er. »Es gäbe da jetzt das Kommissariat für Judenfragen, und wenn ich mich dort freiwillig einfände, bräuchten wir nicht ständig zu fürchten, sie könnten diese Wohnung stürmen. Wäre ich nicht mehr hier, würde man euch nicht behelligen. Euch würde man ja nicht meinen.«

Idelle schrie auf und lief zu ihm. Es war das erste Mal, dass sie ihn vor aller Augen umarmte, und es sah aus, als nähme die große Frau den kleinen Mann in den Schwitzkasten.

»Doch«, sagte Fabrice. »Die meinen uns. Uns alle.«

»Mich ganz sicher«, bemerkte Salah dumpf. »Wenn die Juden weg sind, kommen wir Afrikaner dran. Die Deutschen sind ordentlich. Die tragen ihren Dreck in Schichten ab.«

»Uns alle«, wiederholte Fabrice. »Wir können keinen entbehren. Mit jedem, den wir uns wegnehmen lassen, gewinnen die an Boden, und unsere Chancen schwinden, weil am Ende von dem Frankreich, das wir retten wollten, nichts mehr übrig ist.«

»Aber das sind doch Franzosen, die dieses Judenkommissariat betreiben und auf der Straße Leute wie Vieh zusammentreiben.«

»Für mich sind es keine«, sagte Fabrice. »Franzosen sind wir. Die Erfüllungsgehilfen sind Nazis. Dreck. Und wir sind unordentlich, wir tragen den nicht in Schichten ab. Versuchen Sie sich ein bisschen zu beruhigen. Ich habe im Rucksack noch eine Flasche *Mourvèdre*, wenn Sie erlauben, sehe ich mich nach etwas Essbarem um, und in den nächsten Tagen sollten wir uns vielleicht überlegen, wo sich im Notfall ein Mensch eine Zeitlang verstecken ließe.«

Idelle starrte ihn an und wischte sich über die Augen. »Wir haben im Keller eine Kartoffelkiste«, sagte sie, wie um zwei Fliegen mit einer Klappe zu schlagen. »Ihr Aufzug nützt Ihnen übrigens gar nichts. Wenn Sie mit diesem Nobelakzent Mechaniker sein wollen, ist meine Großmutter die Prinzessin von England.«

Fabrice holte Kartoffeln aus dem Keller, schnitt sie in Scheiben und briet sie mit einem Stück *Abondance*-Käse und einer Zwiebel aus seinem Rucksack. Er hatte sich ein Geschirrtuch um die Hüften gebunden, obwohl an dem Overall nichts mehr zu verderben war, und Nathalie musste ihn von hinten packen und beinahe hysterisch lachen, weil er kochen konnte, weil das Leben noch sein konnte wie ein Regenschirm in der Sturmflut, und wenn sie sich eng aneinanderdrängten, passten sie alle darunter. Er verteilte den Wein auf sechs Gläser, auch eines für Salah, der es an Nathalie weiterreichte, und eines für Benet. »Ein provenzalischer Junge kann nicht früh genug mit dem Weintrinken anfangen.«

»Ich bin kein provenzalischer Junge«, rief Benet. »Ich bin Pariser.«

Er klang so empört wie verunsichert und erinnerte Nathalie daran, wie sehr sie sich am Esstisch ihrer Großmutter gewünscht hatte, jemand möge aufstehen und sagen, dass sie keine Hunnin war, sondern in die Welt, in der sie lebte, gehörte. Sie legte den Arm um Benet. »Pariser trinken Provenzalen locker unter den Tisch«, sagte sie. »Aber wenn dir der Wein nicht schmeckt, gib ihn mir, ich kann für Paris und die Provence gleichzeitig trinken.«

»Aber du hast schon zwei Gläser«, sagte Benet. »Das ist ungerecht.«

»Und ob«, sagte Nathalie, leerte sein Glas und das von Salah in ihres und trank.

Später, in Gastons Zimmer, nahm Fabrice sie in die Arme, summte *La Java bleue* und begann mit ihr zu tanzen. Sie mussten auf der Stelle treten, weil sie sonst bei jedem Schritt einen der Papierstapel umgestoßen hätten. »Oh, Fabri«, entfuhr es ihr. »Die arme Fréhel.« Sie hätte seit einer Ewigkeit mit jemandem darüber reden wollen. »In diesen Film, *Pépé le Moko*, bin ich mit der Erwartung gegangen, sie würde Jean Gabins Geliebte spielen, aber sie spielt ein dickes, verblühtes Wrack, das niemand mit dem Hintern ansieht. Weißt du noch, wie süß sie war, damals in Sebastiens *Weinender Kuh*, wie wir sie alle bewundert haben? In dem Film hängt dieses Bild von ihr an der Wand, ihr hübsches, zauberhaftes Gesicht, und darunter setzt sich die Alte und singt zu ihrer eigenen Grammophonplatte dieses Lied:

Wo ist denn meine Mühle am weißen Platz?
Mein Tabakskiosk und mein kleines Bistro,
Als jeder Tag für mich ein Sonntag war?«

Sie konnte nicht weitersprechen, und er nahm es ihr ab und sang den Text an ihrem Ohr zu Ende.
»Ich hab so weinen müssen, Fabrice, und es hat mir solche Angst gemacht. Ich hab gedacht, so wie sie, so bin eines Tages auch ich, und dann kann ich nicht mehr zurück. Und jetzt ist Krieg. Warum haben wir denn nicht gewusst, wie schön wir es hatten, wie nicht zum Aushalten schön?«
Er wiegte sich mit ihr weiter und berührte ihr Ohr mit den Lippen. »Ich habe das gewusst«, sagte er. »Ich habe gewusst, dass ich in ein paar Nächten in Juan-les-Pins der glücklichste Mann von Frankreich war, und deshalb lebe ich noch. Ich hätte dich immer mit dem Hintern angesehen, Nathalie, mein Hintern hätte sich Augen angeschafft. Der Rest von mir auch. Mein Leben lang.«
Sie hielt sich an ihm fest, musste wieder weinen und konnte ihn endlich fragen: »Warum hast du nicht auf mich gewartet, Fabrice? Ich bin zurückgekommen, aber du warst nicht mehr da.« Der Morgen in der leeren Straße, vor der Tür der leeren Wohnung hatte sich so tief in sie eingegraben, dass sie die Erinnerung auf Jahre nicht einmal streifen durfte. Salah hatte sie aufgelesen und ins Leben zurückgebracht, sie hatte Benet, Paris

und Ricí bekommen, aber ein Stück von der Einsamkeit jenes Morgens war in ihr geblieben, eine schwarze, harte Stelle, die sich nicht mehr rührte.

Jetzt aber rührte sie sich.

»Du hast dich entschieden«, sagte Fabrice. »Für Didier. Mich wolltest du nicht. Ich bin ans andere Ende der Welt geflüchtet, um darüber nicht den Verstand zu verlieren.«

»Das hat dir Claudine gesagt, nicht wahr?« Vielleicht hatte sie es immer gewusst. Es war so lächerlich, eine alberne kleine Intrige. Wenn sie an Pierres Tod dachte, an Gaston im Gefängnis, an Idelle, die um ihren Liebsten bangte, konnte sie nicht glauben, dass daran ihr Leben zerbrochen war. »Sie ist zu dir gekommen und hat erzählt, sie habe mich und Didier gesehen, habe gehört, wie ich Didier meine Liebe erkläre. So sehr, wie sie mich gehasst hat – ist dir nie in den Sinn gekommen, sie könnte gelogen haben?«

Fabrice ließ sie los, bückte sich und versuchte, den Papierstapel, den sie umgetreten hatten, aufzurichten. »Claudine ist meine Schwester«, sagte er. »Sie kann genauso gut lügen, bis sich die Balken biegen, wie ich, doch wir gehen einander nicht auf den Leim. Didier wusste nie, wann sie die Wahrheit sagt. Ich schon.«

Nathalie überlegte. Er hatte recht, aus ihrer Sicht hatte Claudine vermutlich die Wahrheit gesagt, doch das, was Nathalies Wahrheit gewesen war, hatte sie gar nicht gekannt.

»Sie hat es mir nicht aus Hass auf dich erzählt«, erklärte Fabrice. »Sie war noch ein Kind, sie ist weggelaufen und auf irgendwelchen Lieferwagen in dieses verdammte Nest gefahren, weil sie Angst um mich hatte. Weil sie wusste, Didier würde Delphine heiraten, und annahm, du würdest demnächst bei mir aufkreuzen und mich als Ersatz nehmen.«

»Und genau das habe ich dann ja auch gemacht, nicht wahr?«, erwiderte Nathalie bitter. »Didier wollte mich nicht, ich hatte ein Kind von ihm im Bauch, also bin ich flugs zurückgefahren,

um mir stattdessen dich zu angeln. Gut, dass deine Schwester dich davor bewahrt hat, von mir als zweite Wahl missbraucht zu werden.«
»Ach was.« Fabrice gab den Papierstapel auf, lehnte den Rücken ans Bettgestell und stützte die Stirn in eine Hand. »Ich hatte meinen Stolz doch längst meistbietend versteigert. Den Quatsch mit der zweiten Wahl hätte ich spielend geschluckt, wenn ich dich nur hätte wiederhaben können.«
»Und warum bist du dann weggefahren?«
»Weil ich das mit Delphine nicht geglaubt habe. Ich habe gedacht: Kein Mann kann so blöd sein, eine andere zu nehmen, wenn Nathalie Delage ihn liebt.«
»Er hat Delphine nehmen müssen«, sagte Nathalie. »Er hat es sich nicht ausgesucht.«
»Das ist hart, oder?«, fragte Fabrice. »Für dich, aber auch für Delphine. Sie lebt immer noch so. Als die, die nicht ausgesucht wurde. An seinem Grab hat sie zu mir gesagt: Ich bin immer die geblieben, die schuld daran war, dass er seine Nathalie nicht haben durfte. Von mir hat er nicht einmal den Sohn bekommen, den er sich so sehr gewünscht hat, und von dem Sohn, den er hat, habe ich ihn am Ende auch noch ferngehalten.«
»Sie weiß von Benet?« Nathalies Hände verkrampften sich.
»Sie wissen es alle«, sagte Fabrice.
»Aber ich habe doch … ich bin doch weggegangen, damit es niemand erfährt. Ich habe es niemandem gesagt, nur Salah – nicht einmal meinem Vater, dem ich erzählt habe, mir stinkt das ganze Les Adrets, ich schnappe mir einen reichen Kerl und mache mich davon.«
Fabrice hob den Kopf. »Dein Vater weiß nichts«, sagte er. »Er ist völlig zusammengebrochen, Didier hat gedacht, er stirbt noch vor deiner Großmutter. Aber seit die Flüchtlinge da sind, hat er sich gefangen.«
»Flüchtlinge?«

»Wir haben das ganze Haus voller Leute, die beim Einmarsch der Deutschen geflohen sind«, sagte er. »Ohne Ziel, ohne Geld, nur weg von den Nazis in Richtung Süden. Dein Vater hilft, wo er kann, mit deiner Tante und Pâcome regelt er die gesamte Versorgung. Es tut ihm gut. Sogar deiner Großmutter sagt er inzwischen gelegentlich: Halt den Mund.«

Wie schade, dass ich ihn das nie habe sagen hören, dachte Nathalie. Dann schüttelte sie das Selbstmitleid ab. »Aber von Benet weiß er nichts?« Es war der schlimmste Alptraum von allen: Auch wenn sie sich hundertmal sagte, niemand habe ein Recht dazu, erwachte sie nachts in kaltem Schweiß vor Angst, jemand könne ihr ihr Kind wegholen. Wenn sie an Thérèse, die Modeschöpferin, deren Sohn noch immer im Gefängnis saß, dachte, schnürte es ihr die Luft ab. Sie durfte jetzt nicht daran denken.

»Wir haben es alle nicht gewusst«, sagte Fabrice. »Ich weiß es erst, seit ich dich in Montparnasse mit dem Nazi gesehen habe. Dafür sollte ich mich im Übrigen entschuldigen, nicht wahr? Ich habe mich schlecht benommen, und vielleicht würde ich es sogar tun, wenn er kein Nazi gewesen wäre.«

»Du hast dich dein Leben lang schlecht benommen, Fabrice. Und dafür entschuldigt hast du dich nie.«

Er hob den Kopf, und seine Augen wurden schmal. »Dafür habe ich meine Strafe bekommen, oder? Keine Tracht Prügel mit dem Fliegenwedel, sondern eine, die mir richtig weh tut.«

Nathalie hielt inne. Das war etwas, das sie nie bedacht hatte: dass es ihm weh getan hatte. Nicht ihr allein. Er wandte ihr sein Gesicht mit der roten Platzwunde zu und hatte nichts Forsches, nichts Unverwundbares mehr an sich. »Ist es das, was du glaubst?«, fragte sie. »Dass ich mich für Didier entschieden habe, weil du dich schlecht benommen hast?«

»Sicher. Und das kannst du mir glauben – hätte ich gewusst, dass Didier dich mit einem Kind sitzenlässt, hätte ich mich noch viel schlechter benommen.«

»Und sobald du es erfahren hattest, hast du es allen erzählt? Du hast Didier und den anderen erzählt, dass ich einen Sohn von ihm habe?« Etwas blieb vollkommen ungereimt, und den, der imstande gewesen wäre, es aufzuklären, konnte sie nicht mehr fragen.

»Nein«, sagte Fabrice und verschränkte die Arme vor der Brust. »Ich habe es niemandem gesagt. Auch Didier nicht. Ich war viel zu eifersüchtig, und dafür schäme ich mich. Den anderen sagen musste ich es, als wir erfuhren, dass Didiers Schiff gesunken ist. Salah und ich hatten uns gerade erst nach Les Adrets durchgeschlagen, das voll war von angsterfüllten Frauen und Kindern, und ich hätte Didier erwürgen wollen, weil er unbedingt den Helden spielen musste und den Schlamassel mir überlassen hat. Aber das brauchte ich ja nicht mehr. Pâcome kam mit der Nachricht von der *Bretagne*, und meine Mutter, die Didier kaum je berührt hat, hat geschrien wie ein Tier.«

»Dich hat sie überhaupt nicht berührt«, murmelte Nathalie.

»Nein«, sagte Fabrice. »Wenn sie meinte, ich wäre fällig und bräuchte ein paar hinter die Ohren, hat sie mich zu Jeanne-Camille geschickt, aber an dem Tag hat sie mich gepackt und geschüttelt, und dabei hat sie gekreischt: Sag, dass das nicht wahr ist, sag, dass mein Sohn nicht ertrunken ist! In dem Gekreische und Geschüttle habe ich ziemlich lange gebraucht, um zu kapieren, was sie mich wohl wissen lassen wollte: dass sie meinen Vater nicht hatte heiraten wollen, dass sie einen anderen geliebt hatte, einen Bürgerlichen, und als ihr Vater sie zu der Heirat zwingen wollte, ist sie mit dem anderen durchgebrannt. Aufs Meer. In einem Kajütboot. Sie konnte von den Arbeitern ihres Vaters gerettet werden. Er ist ertrunken.«

Nathalie fror entsetzlich. Sie hatte ihren Mantel nicht ausgezogen, doch die Kälte schien wie Feuchtigkeit durch den Stoff zu sickern. Fabrice sah aus, als friere er bis ins Innerste, während sich auf seiner Oberlippe Schweißperlen formten. Sie hätte zu ihm gehen wollen. Zwischen ihnen erstreckten sich nicht mehr als zwei Schritte papierbedeckter Boden, doch im Augenblick schien die kurze Distanz wie ein Abgrund aufzuklaffen.

»Deshalb habe ich es ihr gesagt«, fuhr Fabrice fort. »Ihr und den anderen, die dabeistanden, Delphine und Jeanne-Camille, die ihren Schrat mit seiner Maginot-Linie auch verloren hat. Meine Mutter hat mich angeschrien, ich solle ihr sagen, dass nicht auch noch ihr Sohn ertrunken ist, für immer verschwunden, unauffindbar, und weil ich das ja nicht konnte, habe ich ihr stattdessen gesagt, dass ihr Sohn einen Sohn hat. Dass er also nicht völlig verschwunden ist.«

Er hatte kaum noch Kraft. Er schloss die Augen, bohrte sich die Finger in die Schläfen, und Nathalie hätte ihn in Ruhe lassen müssen, ihm sagen, dass es genug war. Aber das konnte sie nicht. Sie brauchte die fehlenden Teile. »Und Didier?«, fragte sie.

»Salah«, erzählte Fabrice. »Salah hat gesagt, wenn ich nach Mers-el-Kébir will, um herauszufinden, was mit meinem Bruder geschehen ist, kommt er mit und hilft mir. Wir haben uns über Spanien und Portugal durchgeschlagen, die ganze Reise war derart leichtsinnig, dass sie uns eigentlich das Genick hätte brechen müssen, aber wir haben ihn gefunden. In einem Lazarett im Hafen. Er ist noch am selben Tag gestorben und hat praktisch nicht mehr reden können, doch als ich ihm versprochen habe, auf Delphine und seine Kinder zu achten, hat er es verzweifelt versucht. ›Auch auf deinen Sohn‹, habe ich geschrien, ›du hast einen Sohn!‹, und er hat gelächelt – mit der Hälfte seines Gesichts, die nicht verbrannt war. Ich habe ihm wieder und wieder versprochen, dass ich seinen Sohn in Sicherheit bringe – mir fiel sonst nichts ein. Ich war wie von Sinnen, er starb mir unter den Händen weg, und ich hatte all die Zeit vergeudet, in der ich ihm hätte sagen können, dass er einen Sohn hat und dass ich ihn schrecklich gern mochte, lieber als Claude, den ich doch gar nicht richtig kannte. Er war so anders als ich. Ich fand es wundervoll, dass es solche Menschen gab.«

Ich weiß, dachte Nathalie. Ich war manchmal eifersüchtig, weil ihr euch so sehr mochtet.

»Er hat dann noch versucht, Salahs Namen zu sagen«, fuhr Fabrice fort und starrte ins Leere. »Also hat auch Salah ihm versprochen, auf seinen Sohn aufzupassen, und dann hat Didier nach seinem Ring getastet, dem Siegelring unserer Familie an seiner verbrannten Hand. Dabei ist er gestorben. Salah und ich haben ihm den Ring abgenommen, als er tot war und es ihm nicht mehr weh tun konnte.«

»Und du hast ihn Benet gegeben.«

Fabrice nickte. Er hielt die Augen noch immer geschlossen und atmete stoßweise.

»Danke«, sagte Nathalie. »Danke, dass du es mir erzählt hast.«

»Es stand dir zu. Wir waren fünf. Wir sind nur noch vier.« Er zog seinen Rucksack zu sich, kramte hilfloser darin herum als Benet in seinem Ranzen und förderte endlich ein zerdrücktes Päckchen Zigaretten zutage. Er klopfte sich eine heraus, dann besann er sich, schob sie zurück und hielt das Päckchen Nathalie hin. »Entschuldige. Wie üblich ist mein Benehmen eine Katastrophe.«

Nathalie ließ sich auf die Knie nieder, kroch zwischen den umgestürzten Papierstapeln heran und zog die Zigarette aus der Schachtel. »Katastrophe ist übertrieben, Fabri. Ja, ich fand dein Benehmen schrecklich. Du bist mir vor der Nase herumgetanzt wie ein Spiegel auf Beinen, und ich wollte mich doch so viel lieber als Dame in dem goldenen Spiegel über eurem Klosett betrachten. Bis Didier mir erklärt hat, dass ich nie eine Dame sein werde, was immer ich auch tue.«

»Blöder Didier«, zischte Fabrice. »Auch wenn er tot ist. Ich fand, du warst eine großartige Dame. Eine *Dame aux camélias.*«
Sie gab sich alle Mühe, nicht zu lächeln, sondern ihn anzufunkeln, und verpasste der Luft eine Ohrfeige. »Gib mir Feuer, du Flegel.«
»Alkohol auch?« Er steckte die Zigaretten an.
»Wo zum Teufel hast du denn Alkohol versteckt?«
»Schnaps«, sagte er. »Nur noch einen Rest, den ich einem deutschen Wachposten abgenommen habe.«
Er reichte ihr die metallene Feldflasche zuerst, und sie lachte auf. »Du kannst jetzt aufhören.«
»Womit?«
»Mit dem guten Benehmen«, sagte sie, nahm die Flasche und trank den Schluck scharfen Schnaps allein aus. »Bei einer wie mir gehst du dabei nämlich leer aus.«
Sein Blick suchte ihren, verschleierte sich, glitt verloren ab. »Ich fand uns fantastisch«, murmelte er. »Die zwei Rotzlöffel, die Schrecken von Les Adrets. Arrogant, wie ich war, ist es mir nicht in den Sinn gekommen, du könntest einen anderen nehmen als mich, wo unser Leben zusammen doch so ein grandioser, endloser Spielplatz war. Ich dachte, das mit Didier lässt du bleiben, wenn ich vor dir in die Knie gehe und gestehe, dass ich dir genauso verfallen bin wie alle anderen. Viel mehr verfallen. Rettungslos.«
Sie hörte es ihn sagen. In all den Jahren hatte sie sich verboten, sich daran zu erinnern, wie schön es war, wie reich es sie gemacht hatte: *Ich liebe dich, Natou. Ich würde für dich mein Land verraten, und was mehr ist: Ich würde sogar beten.*
»Als Claudine mir erzählt hat, wie du Didier deine Liebe erklärt hast, ist mein Selbstbild zusammengebrochen, und übrig blieb ein ziemlich kümmerliches Würstchen.«
Er senkte den Kopf und starrte zwischen seinen Knien auf den Boden. Nathalie drückte die Zigarette aus und schloss die Arme

um seinen verkrampften, zitternden Körper. Die Kälte war mörderisch. »Ja, ich habe von klein auf Didier lieben wollen«, gestand sie und blies ihm ins Haar. »Einen kultivierten, wohlerzogenen Mann, der wie *Riquet mit dem Schopf* auf mich abfärben würde. Ich wollte auch kultiviert und wohlerzogen sein, keine vorlaute, derbe, schlecht erzogene Hunnin mehr, und der letzte Mann, den ich lieben wollte, war einer wie du, der noch vorlauter, derber und schlechter erzogen war als ich.«
»Au«, sagte er. »Kann ich das nächste Mal bitte wieder einen Tritt ans Schienbein haben?«
»Nein«, beschied sie ihn, »kannst du nicht, und das, was ich gesagt habe, war überhaupt kein Tritt. Ich habe mich zu Tode erschrocken, als mir klarwurde, dass ich genau den Mann liebe, von dem ich gedacht hatte: Nicht den, und wenn er der letzte Mann auf der Welt wäre. Als mir klarwurde, dass ich Witze, die nicht unanständig sind, zum Gähnen finde, dass ich glücklich bin, wenn ich mich als Dickbein mit meinem Zikadenmann im Bett wälze, und nicht, wenn ich als Goldstern über dem Château schwebe. Ich hätte Zeit gebraucht, aber die wollte Claudine mir ja nicht lassen. Als ich Didier gesagt habe, dass ich ihm nichts übelnehme, weil ich ihn sowieso nicht heiraten könnte, war sie längst auf dem Weg zu dir.«
Sein Rücken krümmte sich, und sein Stöhnen klang, als litte er Schmerzen. »Kein Wunder«, sagte er endlich. »Kein Wunder, dass uns die ganze Welt durch die Lappen gegangen ist, so dämlich, wie wir uns in unserem eigenen kleinen Leben angestellt haben.«
»Wir waren jung«, erwiderte Nathalie. »Und ziemlich allein. Kommst du mit mir ins Bett, und können wir aufhören zu denken? Es ist so schrecklich kalt, und ich glaube, ich falle um und stehe nicht wieder auf, wenn ich dich loslassen muss.«
Sein Kopf fuhr in die Höhe. »Lass mich nicht los, Natou«, flüsterte er. »Das alles von damals kommt mir so albern und

umkehrbar vor gegen das, was sich nicht mehr umkehren lässt. Didier ist tot, und den Mann, dessen Schnaps du getrunken hast, habe ich erwürgt, weil ich keine Kugel mehr hatte. Ich weiß nicht, wie viele Männer ich noch mit meinen Händen umbringen muss, ich darf sie nicht zählen, oder ich renne mir den Kopf an der Wand ein. Bitte lass mich nicht los.«

Ihr Herz zuckte wie unter einem Stromstoß. Sie wartete ab, bis es sich beruhigt hatte, dann suchte sie mit den Lippen seine Schläfe und küsste ihn. »Bleib bei mir, *Monsieur la cigalle*.«

»Die ganze Nacht?«

»Den ganzen Winter«, sagte sie.

48

Er blieb bis Mitte Februar. Zu Weihnachten wollte sie Benet einen Bildband kaufen, der Schnee lag knöchelhoch, und sie gingen zu dritt über den Quai Voltaire. Fabrice besaß ein Paar fein gearbeitete Lederhandschuhe, in denen man unmöglich frieren konnte, er behauptete, sie hätten Benets Vater gehört, und gab jedem von ihnen einen. »So hätte mein Bruder sie verteilt.«

»Aber du hast jetzt keinen«, sagte Benet. »Das hätte meinem Vater ja wohl nicht gefallen.« Er ordnete an, sie sollten beide Fabrice an den Händen halten. »Eigentlich lasse ich mich von Fremden nicht anfassen«, beteuerte er hoffnungsvoll. »Aber anders können wir die Handschuhe von meinem Vater ja nicht teilen.«

Den Bildband, den Nathalie ihm im letzten Jahr hatte kaufen wollen, gab es nicht mehr, und der, den sie ihm aus dem Stapel des *bouquiniste* präsentierte, ließ ihn kalt: »Diese Kirchen kenne ich alle. Warum sollen wir dafür Geld ausgeben?«

»Weil ich dir gern ein Geschenk machen will«, rief Nathalie. »Weil es nicht richtig ist, dass ein netter Junge wie du im letzten Jahr nichts bekommen hat.«

»Ich wollte gar nichts«, sagte Benet. »Nur Salah. In diesem Jahr will ich auch nichts. Nur Gaston und Ricí, die kommen dann vielleicht nächstes Jahr zurück. Und das hier …« Er zog den Siegelring mit dem Wappen der Cadières von seinem schmalen Finger. »Das will ich auch nicht. Dafür kann *maman* eine Menge Dinge bekommen, die nützlich sind.«

Nathalie schoss das Blut in die Wangen, weil sie mit ihrem kleinen Sohn nicht über ihre Schwarzmarktgeschäfte hätte sprechen dürfen. Außerdem tat ihr Fabrice leid, der den Ring seinem Bruder von der verbrannten Hand geschnitten hatte. Fabrice aber nahm den Ring entgegen und schob ihn sich in die Hosentasche. »Dann sollten wir zusehen, dass deine *maman* diese nützlichen Dinge beizeiten bekommt.«

»Das kannst du nicht machen!«, herrschte sie ihn an, als sie allein waren. »Der Ring gehört euch Cadières doch seit tausend Jahren, oder was weiß ich.«

»Michel sagt, nur Olivenbäume gibt es tausend Jahre«, erwiderte Fabrice. »Nichts von Menschen Gemachtes. Lass uns die Reliquie verscherbeln, oder wollen wir wie unsere Eltern nach dem Krieg so tun, als wären wir dieselben wie zuvor?«

Also hatten sie über die Weihnachtstage genug Kohle, um alle Schlafzimmer zu heizen, drei Dosen Rindfleischkonserven und reichlich Rüben, Käse und Gerstenkaffee, zweimal zwanzig Zigaretten, drei Flaschen Wein, eine halbe Flasche Cognac und einen dunklen, echten Riegel Schokolade. Dazu hatten sie Salah bei sich zu Hause, Ricí in Sicherheit und die Vereinigten Staaten im Krieg. Es war so viel Anlass zum Feiern, dass Elie und Idelle aus ihrem Zimmer kamen, und weil Weihnachtslieder zum Fest für drei Religionen nicht passten, sang Fabrice *Musette*-Walzer.

»Das passiert mir nicht oft«, sagte Idelle, »dass ich es schön finde, wenn ein Mann singt.«
»Mir ist es seit hundert Jahren nicht mehr passiert, dass ich es schön fand, zu singen«, sagte Fabrice. »Faschistenjahre zählen fünfzigfach.«
Als sie im Bett lagen, gestand er Nathalie: »Als Junge habe ich mir so sehr ein Akkordeon gewünscht, dass ich zu Weihnachten sogar gebetet habe.«
»Und jetzt?«
»Jetzt nicht mehr«, sagte er und küsste sie. »In dieser Papierfestung zu liegen und es so warm zu haben, dass ich mir ohne Stoff ansehen kann, wie schön du bist, scheint als Geschenk ziemlich üppig. Aber wenn Frieden ist, könnte ich mir vielleicht eines kaufen. Oder zwei. Eines für meine Nichte Madeleine.«
Sie zogen mit Benet durch die Stadt, um Lebensmittel zu beschaffen, sie saßen zu sechst um den Küchentisch, aßen alles Beschaffte auf und spielten *Cadavre exquis,* das sie mit Bildern und Wörtern zu einer kleinen Variante des Weltenspiels ausbauten. Fabrice und Salah zimmerten im Kartoffelkeller einen Verschlag, der als notdürftiges Versteck taugen würde, sie ließen Benet dabei mithelfen und gaben dem Bauwerk den Kampfnamen Saint-Bénézet. Sie tobten im Hof mit den Hunden, gingen ins *Provençal,* und wenn die Fenster verdunkelt und alle zu Bett gegangen waren, liebten und redeten Nathalie und Fabrice sich in den Schlaf. Dass die Zeit, die sie hatten, endlich war, wussten sie vom ersten Tag an. Je mehr Tage aber verstrichen und je leichter es sich anfühlte, glücklich zu sein, desto schwerer fiel es, nicht ans Ende zu denken.
Fabrice hatte nicht verschwiegen, dass er und Salah in den bewaffneten Kampf zurückkehren würden. Sie waren nach Paris gekommen, um auf Jean Moulins Rückkehr aus London zu warten und sich als Vertreter der *Francs-tireurs* zur Verfügung zu halten, wenn Verhandlungen zwischen den Gruppen begannen.

Anfang des Jahres sprang Moulin über den Alpilles mit einem Fallschirm ab, errichtete ein Hauptquartier in Lyon und machte sich daran, Vertreter zu entsenden und Gespräche einzuleiten. De Gaulle hatte Moulin wie gewünscht mit der Vereinigung beauftragt und ihm Geld und Material übergeben, darunter einen Koffer mit einem Funkgerät, das unschätzbare Dienste leisten würde.

Von alldem berichtete Brossolette beim Treffen im Hinterzimmer der Buchhandlung. Hoffnung regte sich. Womöglich war dies das Jahr, in dem der Kriegsverlauf sich wenden würde. In der BBC erklärte Général de Gaulle, die *Résistance* im Innern Frankreichs müsse ihre Kräfte sammeln, denn sie werde bei der Befreiung des Landes eine unentbehrliche Rolle spielen. Das klang, als wäre diese Befreiung tatsächlich möglich. Als wäre sie nicht mehr unerreichbar weit entfernt.

Nathalies Gruppe würde mit Leuten von den *Francs-tireurs* zusammenarbeiten, aber Fabrice und Salah würden nicht hierbleiben. »Wir gehen noch einmal nach Algerien«, sagte er. »Es werden jede Menge Leute gebraucht, die den Widerstand innerhalb der Armee stärken, Einheiten dazu bringen, überzulaufen, sobald die Alliierten dort landen.«

»Du glaubst, die Alliierten landen in Algerien?«

»Ich glaube, dass wir dringend einen Sieg brauchen«, erwiderte er. »Und dass wir ihn in Afrika eher erringen können als hier. Unser Général Leclerc ist ein strategisches Genie und so entschlossen wie ein Berserker, und die Briten haben einen, Montgomery heißt er, der sein Zwilling sein könnte. Je mehr Truppen der Achsenmächte sich an ihren Fronten binden, desto mehr entlasten sie die Sowjetunion. Und wenn sie die Nazi-Pest irgendwo aufhalten, wenn sie sich nur einmal beweisen, dass das möglich ist, dass es letzten Endes nur Sterbliche sind, die man besiegen kann, vielleicht hören sie dann nicht mehr auf damit.«

Es war schön, ihn das sagen zu hören. Die Linien von Truppenbewegungen und Frontverläufen, die er ihr mit dem Finger ins Bettlaken zeichnete, brauchte sie dazu nicht zu begreifen. »Ist es gefährlich, was ihr macht?«
Fabrice grinste. »Nicht doch. Wie Boulespielen vor Sebastiens Bar.«
Sie gab ihm einen Klaps auf die Wange. »Ich spiele auch Boule«, sagte sie. »Und ich werde krank vor Einsamkeit. Allein sein mit der Angst, allein sein mit allen Entscheidungen, niemandem trauen dürfen, sich an niemanden gewöhnen können. Ist es da so verwerflich, dass ich mir manchmal wünsche, eine stinknormale Frau zu sein und zu dir sagen zu dürfen: Geh nicht?«
Er küsste sie, wurde schüchtern, vergrub seinen Kopf an ihrer Brust. »Wir dürfen das alle nicht. Aber wenn du wolltest …«
»Was?«
»Wenn du wolltest, könntest du stattdessen sagen: Komm wieder.«
Sie packte seinen Kopf, zwang ihn, sie wieder anzusehen, zeichnete mit einem Finger seine Brauen nach. Dann nickte sie.
»Wirklich?«
»Ja.«
Er liebte sie still in dieser Nacht. Still und überwältigt.
Zu verdrängen, dass es Dinge gab, die noch ausgesprochen gehörten, war verzeihlich. Sie hatten so viel in so kurzer Zeit nachzuholen, sie mussten manches verschieben, damit rechtfertigte sie sich. Nur wenn sie manchmal wach lag, während Fabrice an ihrer Seite schlief, krochen Gedanken hoch, die sich eisig um ihr Herz legten. Sie hätte etwas wegen Alwin unternehmen müssen. Er hatte ihr mehrmals eine Nachricht ins *Provençal* gesandt, er hatte seine Schwester begraben und wartete darauf, dass Nathalie zurückkam, wie sie es ihm versprochen hatte. Sie hätte ehrlich mit ihm sein müssen, ihm sagen, dass

sie ihn nicht wiedersehen konnte, aber wie durfte sie das bei allem, was daran hing?

Wenn ihr die Angst die Kehle verschloss, rüttelte sie Fabrice an den Schultern. Er wachte sofort auf, nahm sie in die Arme, fragte nichts. In anderen Nächten erwachte sie davon, dass er neben ihr weinte und stumm in seine Hände starrte, dann tat sie das Gleiche für ihn. Ihre Probleme löste das nicht. Aber wer hatte behauptet, dass es dafür eine Lösung gab?

Sie mochten jeder einen Satz haben, den sie vor sich herschoben, um das Zerbrechliche, Schöne, das sie so sehr brauchten, so lange wie möglich zu bewahren. Er sprach seinen aus, als er sich schon mit Salah zum Aufbruch rüstete und ihnen nur noch zwei Tage blieben. Ehe sie nach Algerien reisten, würde er nach Les Adrets fahren, um dort nach dem Rechten zu sehen, nach all den Frauen und Kindern, und um Ricí ihren Brief zu bringen. »Ich will Benet mitnehmen.« Das war sein Satz.

»Nein«, sagte Nathalie. »Nein, nein, nein.«

»Ich bin deshalb zu dir gekommen. Weil ich Didier versprochen habe, seinen Sohn in Sicherheit zu bringen.«

Sprich es endlich aus!, herrschte sie sich an. Aber sie sprach nichts aus, sondern wiederholte nur: »Nein, nein, nein.«

Er umarmte sie, obwohl sie sich wehrte. »Nathalie, ich bitte dich. Er wäre in Les Adrets gut versorgt, es gibt dort viel mehr zu essen als hier, und Delphine würde ihn hüten wie ihr eigenes Kind.«

»Er ist aber nicht Delphines eigenes Kind!«, schrie sie ihn an. »Er ist meines, ich habe ihn gehütet, und von euch hat mir keiner dabei geholfen. Und jetzt bildet ihr euch ein, ihr könnt einfach vor der Tür stehen und ihn mir wegholen, weil ihr zufällig keinen anderen Erben für euren Familienplunder habt?«

Er ließ sie los, rückte von ihr ab. »Glaubst du das?«

Sie rückte auch ab. »Ich gebe Benet nicht her.«

»Dann komm mit«, sagte er.

Sie wusste nicht, was sie sagen, nicht einmal, was sie davon halten sollte, ihr jagten zu viele Gedanken durch den Kopf.
»Ich liebe dich«, sagte er. »Kannst du mir bitte nicht zutrauen, dass ich dir dein Kind wegnehmen will?«
Sie lagen still, sahen sich an, forschten einer im Gesicht des anderen, bis Fabrice die Arme öffnete, und Nathalie sich wieder zu ihm schob. »Lass uns nicht noch mehr Zeit vergeuden, nicht noch einmal im Streit auseinandergehen, als wären wir unsterblich und könnten alles rückgängig machen.«
»Ich kann hier nicht weg«, brach es aus ihr heraus. »Das hier ist mein Platz, so wie deiner in Algerien ist. Elie und Idelle brauchen mich, und meine Leute im *Provençal* und bei Brossolette. Müssen wir auf unseren Plätzen denn nicht bleiben?«
Er wusste so gut wie sie, dass sie keine Wahl hatten. Wenn sie jetzt gingen, sich vom Acker machten, würden sie mit dem, was geschehen würde, nicht weiterleben können. »Doch«, sagte er müde. »Wir müssen bleiben. Solange es eben geht.«
»Und wo ich bleibe, bleibt auch Benet«, sagte Nathalie. »Ich bin seine Mutter, ich muss für ihn da sein. Ich kann mich nicht immer um ihn kümmern, wie es in diesen Merkblättern für gute Mütter steht, die der Maréchal herausgibt – *Für Arbeit, Familie und Vaterland* –, aber ich lasse mein Kind nicht allein. Benet und ich waren nie getrennt. Sicher ist kein Kind in diesem Land, nicht in Les Adrets und nicht hier, aber Benets Sicherheit wird für mich immer über allem stehen.«
Eine Bewegung ging durch Fabrice' Gesicht. »Es ist schön, dass du ihn so genannt hast. Bénézet.«
»Er findet es schrecklich. Er ist mein Ein und Alles. Sag mir, dass du ihn bei mir lässt, Fabrice, dass das diesem Versprechen, das du Didier gegeben hast, nicht entgegensteht.«
Er fasste sie ins Auge, hielt ihren Blick lange fest. »Ist gut«, sagte er dann und küsste ihr Ohr. »Du hast recht, du hast deine Sache großartig gemacht, und wenn du mir sagst, du fühlst

dich imstande, ihn zu beschützen, habe ich keinen Grund, es anzuzweifeln.«

»Ist das dein Ernst?«

Er nickte. »Es tut mir leid, Nathalie. Du hast ihn sein Leben lang gehütet, und jetzt komme ich und will dir erzählen, ich wüsste, was gut für ihn ist.«

Sie zog ihn an sich, hätte vor Erleichterung lachen wollen, fühlte aber, wie es ihr im Hals stecken blieb. »Dir muss gar nichts leidtun«, flüsterte sie ihm ins Ohr. »Auf dich aufpassen musst du. Und zu uns zurückkommen.« Wir bekommen das hin, dachte sie. Wir haben gelernt, und wenn der Krieg ein Ende hat, setzen wir unser Leben wieder zusammen. Wenn wir nicht an einem Ort leben können wie normale Leute, weil er nach Les Adrets gehört und Benet und ich nach Paris, dann leben wir eben einmal hier und einmal da, was kratzt es uns, was normale Leute tun?

Er fing an, sie zu streicheln, schloss halb die Augen und verzog den Mund in einem Glück, an dem sie sich nicht sattsehen konnte. »Ich komme zurück«, sagte er. »Es kann ein Jahr dauern oder länger, aber ich komme zurück.«

Sie ließ die Hände über seine schlanken Hüften gleiten, und wie in den Nächten zuvor begannen ihre Sorgen zu verschwimmen. Daran, wie es ihr fehlen würde, wollte sie nicht denken. Über seine Schulter hinweg blies sie die Kerze aus.

»Ich habe überhaupt nur einmal bezweifelt, dass Benet gut bei dir aufgehoben ist«, sagte er zwischen zwei Küssen. »Nur ein Mal, Natou, damals, als der Nazi bei euch war, und ich weiß, das könnte nie mehr geschehen. Du würdest einen Nazi nie wieder in eure Nähe lassen, allein die Vorstellung kommt mir absurd vor.«

49

Es könne ein Jahr oder länger dauern, hatte er gesagt, und das zeigte, dass er etwas vom Krieg verstand, ihr Zögling von Saint-Cyr, denn es dauerte ein Jahr. Oder eher länger. Von der anderen Seite des Krieges verstand er nichts, denn das lernte man nicht auf Saint-Cyr. Auf der angesehensten Militärschule Frankreichs waren Frauen nicht zugelassen, und ihr Krieg fand dort nicht statt.

Es war ein böses Jahr.

Am Tag nach Fabrice' Abreise war Nathalie wieder in die Buchhandlung in der Rue de la Pompe gegangen, um einen Umschlag mit Papieren abzuholen, den sie auf dem Bahnhof Gare du Nord jemandem übergeben sollte, einem Schlepper, dessen Gesicht sie nicht kannte. Das Gesicht des Mannes, der im hintersten Gang der Buchhandlung auf sie wartete, kannte sie auch nicht. Sie hatte Brossolette erwartet, aber der war offenbar verhindert. Der andere, ein Kahlkopf mit dicken Brillengläsern, kannte die Losung: Nathalie zog ein Buch aus dem Regal, blätterte darin, und er sagte: »Gefällt es Ihnen, Madame? Leider ist es bereits reserviert, aber ich könnte Ihnen etwas Ähnliches zeigen.«

»Wenn ich es mir leisten kann«, lautete die vereinbarte Antwort, und daraufhin sollte er ihr ein anderes Buch geben, das sie nach kurzem Verhandeln kaufen würde. Die Papiere würde sie zwischen den Seiten finden. Sie hatte diesen Ablauf schon häufig hinter sich gebracht, und es war auch nicht das erste Mal, dass sie einen Fremden vorfand. Mit Unbekannten zu arbeiten war normal – je weniger Gruppenmitglieder man kannte, desto weniger konnte man im Notfall verraten. Dennoch steigerte es die Angst: War es diesmal die Falle, von der sie alle wussten, dass sie früher oder später hineintappen konnten, hatte jemand geredet, die Kennworte weitergegeben, lauerten hinter dem Bücherregal die Komplizen des Kahlkopfs?

Nathalie versuchte, ins Zwielicht zu lauschen, aber alles schien still. Der Kahlkopf zog kein Buch aus dem Regal, sondern sagte: »Ich suche Ihnen etwas heraus, doch das erfordert Zeit. Kommen Sie bitte morgen noch einmal vorbei.«

Das bedeutete: Es gab etwas zu besprechen. Sie hatte den Laden zu verlassen, eine Zeitlang abzuwarten und dann den Häuserblock zu umrunden, um über zwei Höfe von der anderen Seite ins Hinterzimmer zu gelangen. Nur keine Hysterie, wies sie sich zurecht. Vielleicht gab es gute Nachrichten. Jean Moulin mochte hier sein. Oder sie hatte eine Botschaft, die nicht warten konnte, in ihr abendliches Programm aufzunehmen.

Es ging um nichts dergleichen. Im lichtlosen Hinterzimmer saßen Brossolette und zwei weitere Mitglieder um den mit Schriftstücken bedeckten Tisch. Brossolette wandte sich ihr sofort zu, als sie hereinkam. »Ich dachte, ich sage dir das persönlich«, begann er ohne Begrüßung und ohne ihr einen Stuhl anzubieten. »Die sieben Männer vom Musée de l'Homme sind heute früh auf dem Mont Valérien erschossen worden. Die drei Frauen werden nach Deutschland in ein Konzentrationslager geschafft.«

Gaston.

Den sie so gern als Onkel gehabt hätte, dass die Onkellüge, die sie Alwin erzählt hatte, fast keine war.

In seinem Bett zwischen den Papierstapeln hatte sie vor Rausch und Liebesglück vergessen, dass Krieg war, und währenddessen hatte er dem Tod entgegengeblickt. Vielleicht hatte er auf eine Rettung in letzter Sekunde gehofft, Gerüchte gehört, dass so etwas möglich war, vielleicht hatte er bis zum Schritt vor den Erschießungspfahl geglaubt, er müsse nicht sterben. Und vielleicht hätte es eine solche Rettung auch gegeben, hätte jemand mit dem Priester gesprochen, der die zum Tode Verurteilten betreute und manchmal jemanden warnen, jemanden wie versehentlich in der Kapelle zurücklassen oder auf eine andere

Liste setzen lassen konnte. Aber niemand hatte mit dem Priester gesprochen.
Nathalie hatte Alwin unaufhörlich bedrängen wollen, bis er ihnen wenigstens einen, wenigstens Gaston herausholte. Dann aber war Fabrice gekommen, und sie hatte acht Wochen lang Weihnachten gefeiert und ihren Freund im Gefängnis vergessen.
Sie musste nach Hause gehen. Wie auf Scherben durch eine Stadt laufen, in der die Kastanienkronen sich mit dem ersten Grün überzogen. Sie musste es Idelle und Elie sagen, und sie musste es Benet sagen. »Ich will nie wieder Weihnachten feiern«, klagte er. »Ich will mir nie wieder was wünschen.« Nathalie kam es vor, als klagten alle sie an – Brossolette, Idelle, Elie und ihr eigener Sohn. Manchmal wünschte sie sich, sie hätten es tatsächlich getan, damit sie sich hätte verteidigen können. Dann aber fiel ihr nichts ein, das sie hätte vorbringen wollen.
An einem Morgen im März standen Beamte des Sicherheitsdienstes in der Rue Caulaincourt vor der Tür und verlangten Einlass. Idelle, die seit Wochen kaum schlief, wurde ohnmächtig, Nathalie musste Benet nach dem Arzt schicken, während sie selbst völlig sinnlos Elies Zimmertür bewachte. Aber die Männer wollten lediglich die Berge und Stapel in Gastons Zimmer durchsuchen, sie warfen alles um und hinterließen eine Wüste aus Papier. Anschließend übergab einer von ihnen Nathalie einen zerknitterten Umschlag. »Delage, Bénézet – ist das Ihr Sohn? Der ist der Erbe. Das ganze Gelumpe da drinnen gehört ihm.«
Der Umschlag enthielt Gastons Testament, vier zittrige Zeilen, in denen er erklärte, seine Sammlung an Material aus Papier und Karton solle in Benets Besitz übergehen, der es zur Erstellung von Kirchenmodellen gebrauchen könnte. Wenn sie aus einem anderen Grund gekommen wären, hätten wir Elie nicht rechtzeitig in das Versteck im Keller schaffen können, erkannte

Nathalie. Sie würden es üben müssen, Elie in die Kammer bei der Hintertür umquartieren und sich Warnsignale überlegen, mit denen sie ihn bereits beim Öffnen der Vordertür alarmieren konnten. Um in lähmende Trauer oder Schuldgefühle zu verfallen, war keine Zeit. Sie mussten weitermachen.
In den folgenden Monaten kämpfte Jean Moulin unermüdlich darum, die Zusammenführung der *Résistance*-Gruppen voranzutreiben, und Nathalie übernahm jeden erdenklichen Auftrag, selbst Kurierdienste zwischen Lyon und Paris. Es war das Einzige, das den wühlenden Zorn in ihr beruhigte und die quälenden Fragen in Schach hielt: Was hätte sie anders machen sollen, was sollte sie jetzt anders machen? Bei einer Besprechung im Hinterzimmer fehlten Mitglieder, die von Anfang an dabei gewesen waren. »Wo sind Thérèse und ihr Mann?«, fragte Nathalie.
»Nicht mehr da«, erwiderte Brossolette. »Kommen auch nicht wieder.«
»Warum nicht?«
»Sicherheitsrisiko«, antwortete er. »Ihr Sohn ist noch immer in Cherche-Midi. Sie sind erpressbar. Zu viele Fragen sind auch ein Sicherheitsrisiko. Wenn wir an Schlagkraft gewinnen wollen, müssen wir uns auf das Nötigste beschränken.«
Manchmal wünschte Nathalie, sie hätte das tun können: an Schlagkraft gewinnen. Töten wie Fabrice, statt mit einem Mann zwischen ihren Beinen um Leben zu feilschen, wie sie selbst es tat. Doch beides veränderte sie für immer, erkannte sie plötzlich. Selbst wenn es sich ein paar Augenblicke lang so angefühlt hatte, als ließe sich das alte Leben noch einmal von den Toten auferwecken, das seltsame Gefühl von Unschuld und Zuversicht.
Nathalie band sich ihr rotes Kopftuch um und beschloss: Ich will noch ein Leben übrig haben, wenn der Wahn vorbei ist, ich will nicht Fabrice' Vertrauen in mich erschüttern und riskieren, ihn noch einmal zu verlieren, indem ich das eine tue, das er

nicht verstehen würde. Ich kann es nie wieder tun. Ich kann Papiere und Menschen über die Demarkationslinie bringen, Verstecke ausfindig machen, Geheimbotschaften in frivolen Versen verstecken, Flugblätter verstreuen und Zeitungen auslegen. Ich kann Schmiere stehen und neue Rekruten überprüfen, aber das eine kann ich nie wieder tun.

Es dauerte bis Juli, dann tat sie es doch wieder. Idelle war früh aus dem Haus gegangen, um sich bei Gilles in die Schlange zu stellen und wenigstens Knochen zu ergattern. Die Versorgungslage war so übel, dass sie alle pausenlos krank wurden. Sie mussten Suppe kochen, etwas, das Kraft gab. »Ich würde ja das verdammte Kaninchen schlachten«, fluchte Idelle. »Aber für den Jungen ist ein geschlachteter Freund schon zu viel.«

Es war ein schöner Tag, Morgensonne fiel auf den Küchentisch, wo Benet sein Frühstück aß, eine Art Rührei aus Eipulver mit einem Haferkeks. Würde er aufhören zu wachsen, wenn er nie ordentlich zu essen bekam? Wenigstens empfindet er den Unterschied weniger schmerzlich als seine Kameraden, dachte Nathalie zynisch. Seine Mutter hatte schon vor dem Krieg grauenhaft gekocht.

Ein Gepolter ließ sie beide aufschrecken. Idelle stürmte in die Küche, in der Hand den leeren Einkaufskorb und kalkweiß im Gesicht. Die Hunde, die an ihr hochsprangen, schlug sie weg. »Elie«, stieß sie hervor, »Elie muss nach Saint-Bénézet, sie treiben die Juden zusammen. Auf der Place de Clichy stoßen sie Leute in einen Laster, sie zerren sie aus ihren Betten, sogar kleine Kinder.«

Sie taten, was sie hundert Mal besprochen hatten, stellten keine Fragen, verloren keine Zeit, schärften Benet ein, sich auf dem Schulweg zu verhalten wie immer, und brachten Elie über die hintere Treppe nach unten. Dass sie ihn aus dem Schlaf reißen mussten und er noch benommen war, kam ihnen zugute, denn so fügte er sich ohne Protest. Das Versteck, das sie mit einem

Regal voller leerer Einweckgläser getarnt hatten, würde keiner genaueren Durchsuchung standhalten, aber es konnte ihnen Zeit verschaffen. Mit einem kleinen Vorrat haltbarer Lebensmittel, einer Öllampe, Zeitungen und einem Nachttopf hatten sie den Verschlag bereits ausgestattet, als Salah und Fabrice noch da gewesen waren. Beim Anblick des Nachttopfs wurde es Nathalie eng in der Brust. Eine von ihnen würde ihn regelmäßig leeren müssen, damit Elie nicht in seinem eigenen Gestank erstickte. Mit welchem Recht wagte irgendwer, einem alten Mann, den er gar nicht kannte, auf solche Weise seine Würde zu rauben?
Idelle und Nathalie kehrten in die Wohnung zurück und gingen, so gut sie es vermochten, alltäglichen Verrichtungen nach. Idelle wollte ihren Kiosk öffnen, und Nathalie machte sich auf den Weg, um Lebensmittel zu beschaffen, dabei bekam sie wenigstens das eine oder andere mit. Etliche Leute in der Nachbarschaft hatten erlebt, wie seit vier Uhr morgens Türen gestürmt und Menschen aus ihren Wohnungen verschleppt worden waren. Andere hatten gesehen, wie Juden, die seit vier Wochen einen gelben Stern mit der Aufschrift *Juif* an der Kleidung tragen mussten und damit deutlich erkennbar waren, mit Tritten und Schlägen durch die Straße getrieben und auf Lastwagen verladen wurden. Die gleichen Worte wurden in jedem Geschäft, an jeder Straßenecke wiederholt: »Es waren keine Deutschen, es waren französische Polizisten!« und »Die haben die Kinder mitgenommen. Auch ganz kleine.«
Sich durchzufragen, ohne aufzufallen, war mühsam und nicht ungefährlich. Am Nachmittag, ehe sie Benet von der Schule abholte, wagte sie sich zu Brossolette, dessen Leute sich den ganzen Tag über bemüht hatten, das Nötigste in Erfahrung zu bringen. Offenbar hatte die französische Polizei im Auftrag des Kommissariats für Judenfragen mehr als zehntausend ausländische und staatenlose Juden verhaftet und in das Vélodrome

d'Hiver gebracht, die Winterrennbahn, wo Nathalie mit Alwin und Robert von Salchow in jenem Sommer der Weltausstellung zum Radrennen gewesen war.

»Es heißt, es sollte niemand über fünfzig und keine schwangere Frau verhaftet werden«, berichtete Brossolettes Informant. »In Wahrheit ist das aber wirkungslos, denn die Sortierung soll vor Ort stattfinden. Habt ihr euch dieses ›Vél' d'Hiv‹ mal angesehen? Wenn da drin über zehntausend Menschen zusammengepfercht sind, schaffen es nicht einmal die Deutschen, noch etwas zu sortieren.«

Das Glasdach der Radsporthalle, das der Bombardierungen wegen blau angemalt worden war, würde den Menschen, die dort eingesperrt waren, keinen Schutz vor der Julihitze bieten. Es gab keine sanitären Anlagen, keine medizinische Versorgung, kein Wasser und nichts zu essen. »Wenn sie mich da reinstopfen würden, ich würde mich umbringen, endlich ein Ende machen.«

»Was haben sie mit den Leuten vor, sie können sie doch nicht einfach auf einer Radrennbahn krepieren lassen.«

»Sie können auch das, wenn sie wollen. Sie können alles, das siehst du doch – die Sowjetunion im Krieg, die USA im Krieg, und noch immer rücken sie an allen Fronten vor. Wahrscheinlich ist aber, dass sie die Juden auf ihre Durchgangslager verteilen werden: Drancy, Beaune-la-Rolande und Pithiviers.«

Wohin Menschen aus Durchgangslagern verschleppt wurden, fragte niemand mehr. Jeder wusste: Wer von dort in Züge oder Lastwagen verfrachtet wurde, kam nicht zurück.

Nathalie musste Benet abholen. Zumindest würde sie Idelle eine einzige erleichternde Nachricht überbringen können: Elie war über fünfzig, und er besaß noch immer seinen französischen Pass, wenn auch mit einem roten »J« überstempelt. Um kein Risiko einzugehen, würde er sich ein paar Tage lang versteckt halten müssen, aber die Wahrscheinlichkeit, dass sie dieses Mal nach ihm fahndeten, war gering. Jagdgier und Blutdurst mochten sich an den zehntausend eine kleine Weile lang gütlich tun, bis die nächste Liste voller Menschennamen abgearbeitet wurde. Ehe das geschah, würden sie Elie aus der Stadt schaffen müssen.

In die freie Zone, dachte Nathalie, nach Les Adrets. Fabrice hatte zwar berichtet, dass es auch dort Aktionen der Vichy-Polizei gegen Juden gab, aber die Bevölkerung sträubte sich und fing das Schlimmste ab. Zudem fuhren aus Marseille und Toulon noch immer Schiffe. Wenn es eine Möglichkeit gab, einen alten Mann außer Landes zu schmuggeln, ohne ihn über ein Gebirge zu schleifen, dann von dort.

»Bringen sie jetzt Elie auch um?«, fragte Benet auf dem Heimweg. »Lassen sie von uns keinen übrig? Ich hab Angst, dass sie nur mich übrig lassen, und ich bin dann ganz allein.«

»Kommt nicht in Frage.« Nathalie drückte seine Hand. »Einen Elie kennst du ja gar nicht. Der Herr Kraśnik, der mal bei uns gewohnt hat, ist schon seit dem letzten Winter nicht mehr da. Wo er hin ist, wissen wir nicht, und der, nach dem du mich fragen willst, ist der Abbé von Saint-Bénézet. Dem geht es sehr gut, niemand bringt ihn um. Und uns auch nicht.«

»Versprichst du mir das?«

Nathalie konnte nur nicken, was Benet nichts nützte. Er sah sie gar nicht an, sondern über die Dächer hinweg auf Sacré-Cœur.

Als sie nach Hause kamen, war Elie nicht mehr im Versteck, sondern oben in der Wohnung und entschlossen, das Haus zu verlassen. »Ich musste ihn rausholen«, rief Idelle ihnen völlig außer sich entgegen. »Er hat so laut gegen die Wände gehämmert, er hätte die ganze Nachbarschaft alarmiert.«

Aus dem, was Elie und Idelle abwechselnd stammelten, brauchte Nathalie kaum mehr als ein Wort zu verstehen: Paulette. Die junge Frau, deren Vater aus dem galizischen Teil der Ukraine stammte, war zu Beginn des Jahres für staatenlos erklärt worden.

Elie war überzeugt, dass sie samt seiner Schwester und seinem Schwager zu den Verhafteten gehörte. »Ich gehe und bitte sie, mich gegen Paulette auszutauschen«, sagte er ruhig, ohne Modulation und auch ohne seine üblichen Umschweife. »Ich bin alt und nutzlos. Meine Schwester und mein Schwager sind alt und nutzlos. Aber Paulette muss doch leben. Von uns übrig bleiben.«
Idelle stellte sich vor die Tür, spreizte Arme und Beine, füllte den gesamten Türrahmen aus. »Aus dieser Wohnung kommst du nicht raus, ohne mich umzubringen«, schrie sie. »Wenn du gehst, bin ich tot, Elie. Ich bin tot.«
Die Hunde kläfften. Benet stand wie erstarrt und sah von einem zum andern.
»Ruhe«, rief Nathalie. »*Merde à Dieu*, setzt euch alle da, wo ihr steht, auf den Boden und versucht, zu euch zu kommen. Wir dürfen nicht den Verstand verlieren, sonst ist Paulette genauso erledigt wie wir. Und du sei kein Idiot, Elie. So weltfremd bist nicht einmal du, um zu glauben, die Nazis bedanken sich freundlich, wenn du in ihrer Kommandozentrale auftauchst und ihnen ein Tauschgeschäft vorschlägst. Idelle, wenn noch irgendwo Tee im Haus ist, brüh ihn auf, Salah schwört darauf. Setzt euch mit eurem Tee an den Tisch, bleibt alle drei zusammen und verlasst die Wohnung nicht, bevor ich zurück bin. Unter keinen Umständen, egal, wie lange es dauert.«
»Wo willst du hin?«, fragte Idelle.
»Ins *Pletzl* fahren, herausfinden, ob Paulette wirklich ins ›Vél' d'Hiv‹ geschafft worden ist. Und wenn sie dort ist, hole ich sie da raus. Das verspreche ich euch.«
Das war auch ein Zeichen einer wahnsinnigen Zeit: dass man immer wahnsinnigere Versprechen gab, von denen man wusste, dass man sie unmöglich halten konnte. Und von denen man zugleich wusste, dass man sie halten musste.
Die Fahrt ins *Pletzl* hätte Nathalie gern aus ihrem Gedächtnis gestrichen. Auf dem Rad, das Boris Vildé gehört hatte, radelte

sie mit frivolem rotem Kopftuch durch Straßen voller Verzweiflung. Sie durfte sich nicht verdächtig machen, musste die schaulustige Französin geben, die sich am Leid von Fremden ergötzte, und sich dabei sagen, dass das beileibe nicht der schlimmste Teil ihrer Aufgabe sein würde. Die winzige Hoffnung, Paulettes Familie wäre der Deportation entgangen, erfüllte sich nicht. Sie gehörten zu den Menschen, die im Vélodrome d'Hiver unter der rasch sinkenden Abendsonne auf nichts mehr warteten als auf den Tod.

Nathalie hatte keine Wahl. Sie hatte Gaston nicht geholfen, sie half Thérèse' Sohn nicht, über den ein Todesurteil verhängt worden war. Man konnte aber nicht immer weiterleben, ohne zu helfen, es war, als würde man aufhören, ein Mensch zu sein. Sie schrieb drei Zeilen auf eine Karte, raste zum *Hôtel Majestic* und gab sie einem der Portiers. Dann fuhr sie zum stillgelegten Bahnhof am Champ de Mars, trug das Rad die Stufen hinunter und setzte sich in die düstere gekachelte Halle. Die Station, deren Eingang vor der *École militaire* nie verschlossen worden war, zog sie an, weil sie die einzige in ganz Paris zu sein schien, deren Wände nicht mit Hetzplakaten bepflastert waren. Ein Teil von ihr wünschte, er möge nicht kommen, möge von seiner Sucht nach ihr geheilt sein, und sie hätte somit gar keine Möglichkeit, Paulette zu helfen.

Es dauerte eine Stunde. Dann kam er.

Du bist nicht diese Nathalie, hatte sie während der letzten Stunde auf sich eingeredet. Nicht die, die Fabrice liebt, die mit aller Kraft an der Hoffnung festhält, es müsse noch eine Chance geben, wie gewöhnliche Menschen zu leben. Weihnachten zu feiern. Benet aufzuziehen. Liebe zu machen. Alt zu werden. Sie war nicht die Nathalie, die sich nach alldem sehnte, sondern die, die keinen wollte, die unabhängige Frau, für die das, was sie tat, kein Opfer war. Nathalie, die ihr Spiel spielte – das Weltenspiel, das so hieß, weil ein einzelner Mensch die Welt retten konnte.

»Nathalie.«
Die Nathalie, die nicht sie war, sprang auf, rannte ihm entgegen und fiel ihm um den Hals. »Oh, Alwin, endlich. Ich weiß, ich dürfte nicht hier sein, aber ich halte es ohne dich nicht mehr aus.«
Sie war eine lausige Schauspielerin. Ihr Talent hatte nicht einmal für die läppischen Filme von Louis Péricard ausgereicht, doch für einen, der verzweifelt glauben wollte, was er hörte, würde es genügen. Sie spürte, wie er sich wehrte, wie er den Kampf verlor und zögernd die Arme um sie legte. »Warum hast du mir das angetan, Nathalie? Ich habe geglaubt, es bringt mich um.«
»Meine Leute haben Verdacht geschöpft. Ich muss an Benet denken, ich darf nicht ausgerechnet einen Deutschen lieben, ich habe alles versucht, um dich zu vergessen.« Sie zwang sich, immer weiter zu reden, weiter und weiter und weiter. Um sich vor sich selbst zu ekeln, würde sie Tage und Wochen Zeit haben, wenn das hier gelungen war.
Er hob ihr Gesicht an, streichelte ihre Wangen, suchte ihren Blick. »Ich liebe dich«, sagte er. »Mir ist egal, wer du bist, egal, was wird. Ich will nur nicht mehr allein sein, Nathalie.«
Das war schlimmer als Sex. Auch wenn es nette Nazis nicht gab. Sie gingen in ein Hotel. Die Nacht hindurch musste sie Geduld haben, ihn in Sicherheit wiegen, lieben, reden, trösten, ohne ein Wort von Paulette zu erwähnen. Erst am Morgen begann sie damit. Erzählte, das Mädchen habe Benet gehütet, als er klein gewesen war, sei ihr wie ein Familienmitglied, und dabei dachte sie so fest an Gaston, dass sie weinen konnte. »Du kannst das doch nicht wollen, dass ein junges Mädchen umkommt, das niemandem etwas getan hat – doch nicht ein Mann wie du.«
»Sie kommt ja nicht um, Nathalie, sie wird nur umgesiedelt.«
Nathalie fixierte ihn. Was sie beide wussten, lag in ihrem Blick. »Gib sie mir zurück«, sagte sie. »Ich flehe dich an.«

»Liebes, das kann ich doch nicht. Es hat nichts mit Franz zu tun und nichts mit meiner Dienststelle, ich wüsste nicht einmal, wie ich es anfangen sollte, das Mädchen zu finden.«
»Du wirst es schaffen«, sagte Nathalie. »Für mich. Du hättest es auch geschafft, deiner Schwester zu helfen, wenn du gewusst hättest, was ihr angetan wird.«
Er stöhnte auf. Sie zog ihn an sich und liebte ihn noch einmal.
»Lass mich mit alldem nie wieder allein, Nathalie.«
»Nie wieder«, sagte Nathalie und sah an ihm vorbei.
Drei Tage später brachte er ihr Paulette auf den stillgelegten Bahnhof. Die junge Frau trug eine blutverschmierte Rot-Kreuz-Uniform, war am Ende ihrer Kräfte und sprach kein Wort, schien aber nicht verletzt. Nathalie nahm sie mit in die Wohnung, wo sie bleiben würde, bis sie Papiere für sie auftrieben, bis sie irgendeinen Weg fanden, sie und Elie in Sicherheit zu bringen.
»Du weißt nicht, wie dankbar ich dir bin«, sagte Elie.
Nathalie sagte den gleichen Satz zu Alwin. Er hatte sich verkauft wie sie: Um Pauline aus dem mörderischen Gewimmel des »Vél' d'Hiv« herauszulotsen, hatte er Robert von Salchow um Hilfe gebeten und sich damit von neuem zu dessen Spielball gemacht.
Am nächsten Vormittag, als sie vom Einkaufen kam, verstellte ihr Thérèse den Weg. Die Frau, die ein zerfetztes Abendkleid, eine ihrer eigenen begehrten Vorkriegskreationen, trug und darin wie ein Gespenst wirkte, packte sie und bohrte ihr die Finger in die Arme. »Ich habe nach dir gesucht«, sagte sie. »Hilf meinem Jungen, ich weiß, du kannst es, du bist doch eine Mutter wie ich!«
»Geh mit mir nach Deutschland«, bettelte Alwin in der Nacht. »Oder irgendwohin. Nur verlass mich nicht.«
Nathalie fragte sich, warum sie nicht wahnsinnig wurde. Die einzige Antwort war, dass sie es längst sein musste. Und bei Tag baute Benet aus Gastons Papieren sämtliche Kirchen von Paris.

Knapp zwei Wochen später kam über die BBC, die sie im Hinterzimmer von Brossolettes Buchhandlung noch immer hörten, eine Meldung aus einer Stadt namens El Alamein, die in Ägypten lag und von der vermutlich niemand in Paris je gehört hatte. Der britischen 8. Armee im Verbund mit Streitkräften von *France libre* war es dort gelungen, deutsch-italienische Truppen unter Erwin Rommel, die zum Suezkanal vorstoßen wollten, aufzuhalten. Das alles war unendlich weit weg, und in Brossolettes gedämpften Jubel fragte jemand: »Und was hat irgendein Scharmützel in einer Stadt, deren Namen sich kein Mensch merken kann, mit uns zu tun?«

»Ich glaube, wir können ihn uns merken«, sagte Brossolette. »Ich glaube, die Geschichte wird ihn sich merken, als den Namen des Ortes, in dem das Blatt sich gewendet hat.«

Nathalie hatte im Ohr, was Fabrice gesagt hatte: *Wenn sie die Nazi-Pest irgendwo aufhalten, wenn sie sich nur einmal beweisen, dass das möglich ist, dass es letzten Endes nur Sterbliche sind, die man besiegen kann, vielleicht hören sie dann nicht mehr auf.*

El Alamein, dachte sie. Einst hatte sie Rici verärgert, weil sie sich den Namen der zerbombten Baskenstadt nicht hatte merken können, aber an diesem würde sie festhalten. Er war ihr Rettungsseil. El Alamein.

Fabrice hatte Saint-Cyr absolviert, die angesehenste Militärschule Frankreichs, und trotz aller Abzüge für schlechtes Benehmen glänzende Noten erzielt. Er verstand etwas vom Krieg.

Drei Monate später, am 8. November, landeten alliierte Truppen an den Küsten von Marokko, Tunesien und Algerien. »Wir sind wieder auf französischem Boden«, meldete die BBC.

Salah

November 1942

50

Den nicht«, hatte Fabrice gesagt, und Salahs Hand, die das Messer hielt, war in der Luft erstarrt. »Der ist doch nur ein Diener, der gehört nicht mit uns in eine Hand.«

Salah brauchte ein paar Augenblicke, um sich darauf zu besinnen, dass das knapp dreißig Jahre her war. Aus Fabrice' Nase war Blut gelaufen, und er hatte sich ein Taschentuch dagegengepresst, so dass seine Stimme trotz aller Empörung jämmerlich geklungen hatte. Jetzt lief ihm wieder Blut aus der Nase, aber die Verletzung hatte nicht Salah ihm verpasst. Er presste sich auch kein Tuch dagegen, sondern ließ das Blut auf Salahs Brust tropfen. Jämmerlich klang seine Stimme trotzdem.

»Das geht nicht«, sagte Fabrice. »Ich verbiete es dir.«

»Pech gehabt, Monsieur le Comte«, krächzte Salah. »Hier gilt dein Befehl nichts. Dies hier ist mein Land, und du hast einen Vertrag mit mir gemacht: Wenn ich mit dir kämpfe, um dein Land zu befreien, kämpfst du mit mir, bis meines auch frei ist.«

»*Merde alors*, verdammte Scheiße, den Vertrag halte ich, darauf kannst du Gift nehmen.«

»Fünfzehn Stunden.« Salah versuchte zu lächeln, was ein vergebliches Unterfangen war. »Fünfzehn verfluchte Stunden haben wir diese Stadt in Schach gehalten, damit deine Leute sie einkreisen konnten. Du bist mir ja wohl was schuldig.«

»Bin ich«, sagte Fabrice und küsste ihn. »Nimm mich beim Wort. Wenn Frankreich frei ist, ist Algerien frei. Aber nicht ohne dich.«

»Bleib mir mit deinem Blut vom Hals. Ich hab mein eigenes, *merci mille fois.*«

Vor Sonnenaufgang hatten sie mit einer Gruppe von vierhundert französischen und algerischen *Résistance*-Kämpfern den Gouverneurspalast von Algier überfallen und trotz kümmerlicher Bewaffnung die Telefonzentrale, den Radiosender und mehrere militärische Schlüsselstellungen eingenommen. Sie hatten sie gehalten, bis die alliierten Streitkräfte die Stadt umzingelt hatten. Fünfzehn Stunden lang. Dass die wenigsten von ihnen überleben würden, hatten sie gewusst. »Die sollen mich hier drin wenigstens so lange leben lassen, dass ich noch mitkriege, ob wir da draußen gewonnen haben«, hatte Samuel gesagt, ein Lockenkopf von dreiundzwanzig, der mit Salah und Fabrice zum Sturm auf das Stabshauptquartier gehörte und algerischer Jude war. »Nicht nur hier in Algier, sondern in Oran, in Casablanca, in Tunis, überall.«

Er hatte es nicht geschafft. Während in Oran die Einheiten der Vichy-Franzosen den anlandenden Briten und Amerikanern kaum Widerstand entgegensetzten, kam es im Hafen von Algier zu heftigen Kämpfen. »Noch ist nichts sicher«, hatte Fabrice zu Samuel gesagt, nachdem eine Salve ihm die Brust regelrecht durchsiebt hatte. »Aber wenn du mich fragst, haben wir gewonnen. Überall.«

Salah selbst hatte es ebenfalls knapp zu früh erwischt. Die Meldung von der fast vollständigen Umzingelung war bereits in ihrer Stellung eingegangen, als ihn die Kugel eines Scharfschützen traf. In den Bauch. Das war etwas, das man vermeiden wollte. Aber er hatte ja den Comte Cadière de l'Estérel, *le petit maître du monde,* der wie eine Klette an ihm klebte und ohne seinen Segen keinem das Sterben gestattete. Fabrice, der am Funkgerät gesessen hatte, riss sich die Kopfhörer herunter, warf sich auf Salah und schrie: »Oran ist gefallen, du alter Idiot, wir haben dein Oran, wir haben dein Mers-el-Kébir!«

Im selben Augenblick wurde die Seitenmauer aufgesprengt. Ein Gesteinsbrocken knallte Fabrice an den Kopf und schleuderte ihn von Salah herunter. Mit brechender Stimme versuchte er noch zu brüllen: »Hast du nicht gehört? Wir haben Oran! Steh gefälligst auf!«

Wozu, soll ich die *Marseillaise* singen?, hätte Salah fragen wollen und ärgerte sich, dass einem derart geniale Antworten einfielen, wenn man kein Wort sprechen konnte. Danach hatte der Schmerz eingesetzt, und gleich darauf hatte er das Bewusstsein verloren. Als er zu sich kam, lag er in einem Lazarettbett, das ohne den Schmerz ein Traum gewesen wäre. Der Comte Cadière blutete ihm das Hemd voll, und wie dieser Hänfling ihn hierhergeschafft hatte, hätte Salah gern gewusst. Fabrice blutete nicht nur, sondern heulte und schwitzte, er war ein nasser Sack, der zwei Finger zum V-Zeichen spreizte. »Wir haben gesiegt. Hat der Sieger von Marathon gesagt. So was hat mir immer Didier erzählt, Gott weiß was für alte Kamellen. Wir sind die Sieger von Algier. Und von Oran, Casablanca, Tunis, von jedem Hafen im Maghreb.«

Salah hatte versucht zu sprechen, aber sein despotischer Freund hatte ihn nicht zu Wort kommen lassen. Stattdessen hatte er ihm zwei Tabletten in den Mund geschoben. »Eukodol«, erklärte er stolz. »Schmerzmittel, von den Deutschen. Die sind die reinsten Wanderapotheker. Wenn diese Pillen erst einmal wirken, wirst du kapieren, was für einen grandiosen Coup wir gelandet haben.«

»Fabrice«, krächzte Salah. »Ich kapier's. Es ist nur …«

»Ich quatsche die ganze Zeit, und du kriegst überhaupt kein Bein auf den Boden, richtig?«

»Richtig«, bestätigte Salah. »Außerdem sterbe ich.«

Er war kurz weggedämmert, hatte geglaubt, er liege im verbrannten Gras, auf der roten Erde am Weinberg, neben sich Didier, der ihre Namen nannte, um sie in die eingeritzte Hand im

Boden zu schreiben. Didier, Fabrice, Nathalie, Salah, Delphine. Aufgewacht war er davon, dass Fabrice' Nasenblut ihm auf den Hals getropft war. »Das geht nicht«, hatte Fabrice ihn angefahren. »Das darfst du nicht. Ich verbiete es dir.«
»Pech gehabt, Monsieur le Comte …«
Fabrice legte den blutverschmierten Kopf an Salahs Seite und besudelte das schöne Bett. »Salah, das geht wirklich nicht. Wir holen uns unsere Länder zurück, wir fangen neu an mit einer Welt, in der nie wieder diese verdammte Ressource Mensch in einem Krieg verschwendet wird. Wir stecken Geld in Medizin und Forschung, fahren zum Mond, heilen Speiseröhrenkrebs, legen um die ganze Erde eine Telefonleitung …«
»Ja, ja«, sagte Salah. Das deutsche Schmerzmittel wirkte tatsächlich. Es benebelte ihn, und das machte es leicht. »Bevor du dich in all diese Heldentaten stürzt, musst du aber tun, was ich dir sage, weil das hier mein Land ist, *d'accord*, Monsieur le Comte?«
»Lass den Scheiß, Salah. Du bekommst einen Orden. Von Général de Gaulle.«
»*Mort pour la France?* Den kann er behalten. Ich bin Moslem. Du musst dafür sorgen, dass für mich das *Salat al-Janaza* gesprochen wird, das islamische Totengebet.«
»Scheiß auf deinen Allah den Erhabenen.«
»Mit Allah dem Allerhabenen hat das nichts zu tun«, sagte Salah. »Nur mit mir. Und während es gesprochen wird, will ich, dass du den Namen von meiner Schwester sagst, damit es ist, als wäre es für sie und für mich.«
»Taruh Ze.«
Fabrice heulte, und Salah nickte.
»Mir tut alles leid, Salah. Das mit unserer Hand, mein blödes Geschwätz, alles.«
»Mir nicht. Du warst ein ungezogener Flegel. Jetzt bist du ein Mann. Fertig.« Es wurde schwieriger. So als quelle ihm Blut in

den Mund, das er aber nicht schmeckte. »Und ich bin auch fast fertig. Nur meine zwei Liebsten muss ich dir noch ans Herz legen. Nathalie. Versuch nicht, sie an Maßstäben für andere Leute zu messen, sie hat ihre eigene Moral. So wie du. Dir taugt sie, wie sie ist, und wenn du dich nicht blöd stellst, weißt du das selbst. Und Bénézet. Mit dem musst du durch alle Kirchen von Frankreich. Und Algerien. Du könntest ihm zeigen, wie weit sichtbar ein Minarett ist.«

»Scheiße, Salah.«

Salah schüttelte den Kopf. »Jetzt nicht mehr … widersprechen, Fabrice. Zu anstrengend … Sag mir, dass du das machst.«

»Das ist doch keine Frage. Bénézet ist Nathalies Kind und das Kind meines Bruders, ich werde …«

»Nein«, unterbrach ihn Salah und nahm seinen letzten Rest Kraft zusammen. »Nein, ist er nicht. Nathalie reitet sich immer in solche Sachen hinein, und dann verzweifelt sie, weil sich das anders als beim Weltenspiel nicht von allein auflöst. Benet ist dein Sohn. Der von Didier kann er nicht sein. So wenig wie vom Heiligen Geist.« Das ist mein letzter Anblick, dachte er. Mein Comte Cadière, der ein Gesicht macht wie ein Idiot.

»Aber Didier …«, stammelte Fabrice.

»Didier lag im Sterben«, sagte Salah. »Was immer er gemurmelt, wie er gelächelt oder gestikuliert hat, kannst du für dich deuten, wie du willst, aber das heißt nicht zwingend, dass es so gemeint war. So wie jetzt bei mir. Didier kann Nathalie kein Kind gemacht haben, aber du hast ihn grinsen sehen und wolltest dir einbilden, er hätte sich über seinen Sohn gefreut. Und wenn ich gleich grinse und du das willst, kannst du dir einbilden, ich hätte dich geliebt.«

Nathalie

Juni 1943

51

Hätte Nathalie ihre Weigerung, Benet in die freie Zone zu schicken, bereut, so hätte sie keine Gelegenheit erhalten, ihre Entscheidung zu korrigieren. Nach der Landung der Alliierten in Algerien gab es keine freie Zone mehr. Um die Franzosen dafür zu bestrafen, dass ihre Armee die nordafrikanischen Kolonien nicht verteidigt hatte, hatten die Deutschen auch den Süden des Landes besetzt.

»Was denken sie? Dass wir Kinder sind?«, empörte sich Idelle. »Sie besetzen den Rest unseres Landes, um zu retten, was von ihrem Turm von Babel noch zu retten ist, aus keinem anderen Grund. Und weil da gar nichts mehr zu retten ist, sorgen sie dafür, dass wir mit ihnen in ihren Abgrund stürzen.«

Idelles Reden war dieser Tage schwer zu ertragen. Sie war erschöpft, halb verhungert, schlaflos vor Angst und ausgelaugt vom vergeblichen Hoffen wie die ganze Stadt. El Alamein hatte Hoffnung bedeutet. Algerien hatte Hoffnung bedeutet. Vielleicht die größte, rauschhafteste Hoffnung war der Sieg der sowjetischen Armee vor Stalingrad gewesen, der im Februar das mörderische Schlachten bei zwanzig Grad Kälte beendete. Der Krieg schien sich zu wenden, aber er nahm kein Ende. Jeder deutschen Niederlage folgten endlose Repressalien, die ein Volk, das schon auf Knien rutschte, dazu zwang, auf dem Bauch zu kriechen. Jedem Erfolg der *Résistance* folgten Geiselerschießungen, die die Frage aufwarfen: War der Kampf es wert? Oder verursachte er nur noch mehr Leid?

Auf dem Schwarzmarkt stiegen die Preise ins Astronomische. Nach der Landung in Algerien kam der Warenverkehr über das Mittelmeer zum Erliegen, und es war wiederum die Bevölkerung, nicht die Besatzungsmacht, die den Mangel zu spüren bekam. Selbst für Nathalie, der noch immer Zuschauer ihrer Revue Tauschgüter zusteckten, wurde es unmöglich, hundert Franc für knapp ein Viertelpfund Butter hinzublättern, geschweige denn ein bisschen Zucker oder gar Schokolade für ihren Jungen zu erstehen. Mit dem, was auf Bezugsscheine erhältlich war, ließ sich keine Familie bei Kräften halten, umso weniger, wenn fünf Menschen mit den kargen Rationen für drei auskommen mussten.
Idelle war nicht die einzige Schwarzseherin. Hörte man Nachbarn, Ladenbesitzer und Gäste im *Bistrot*, schlug einem die gleiche Woge aus Mutlosigkeit und düsteren Ahnungen entgegen. Nathalie verstand Idelle und ihr Gerede vom Weltuntergang nur zu gut. Sie war selbst zu Tode erschöpft vom Kämpfen, vom Fürchten, vom Weinen, vom Einsamsein.
Ihre Gemeinschaft in der Caulaincourt war ihr lieb und teurer, als irgendwer ahnte. Aber sie war ihr keine Hilfe. Manchmal kam es ihr vor, als wäre der Erwachsenste darin Benet, und dann erschrak sie und nahm ihn bei den viel zu knochigen Schultern. »Hör zu, Kind. Du bist kein weiser alter Mann, sondern gerade mal zwölf.«
»Und kein Kind mehr.«
»Und ob du eins bist. Geh in dein Zimmer, bau deine Kirchen, scher dich nicht darum, ob die Suppe für den Abend noch einmal gestreckt werden kann, ob Paulette sich unter dem Tisch verkriecht und Elie seinen Tee nicht trinkt. Das sind meine Aufgaben, verstehst du?« Zärtlich rüttelte sie ihn. »Du bist mein Sohn. Kein kleiner *papa*.«
»Was soll der Quatsch denn heißen?«
Er wurde älter, lief schlaksig und raumgreifend, reichte ihr bis ans Kinn und hatte Pusteln auf der Stirn. War er zwölf Jahre

lang das Ebenbild des vornehmen, zartfühlenden Didier gewesen, schlug jetzt das flegelhafte Erbe seines Vaters durch. Oder das seiner Mutter. Vor allem war er Benet. Sie liebte ihn bis zum Platzen. »Nichts. Zieh Leine, nimm die zwei Köter zum Wärmen mit. Ich sehe zu, dass ich meine Mutterpflichten erfülle und irgendwo einen Zipfel Wurst auftreibe.«

Nein, es war nicht Benet, von dem sie sich wünschte, sie hätte ihn beizeiten nach Les Adrets geschickt, wohl aber Elie und Paulette. Obwohl sie dort kaum sicherer wären als hier. Kuriere ihrer Gruppe, die Nachrichten aus dem Süden übermittelten, berichteten von den Aktionen der *Milice française,* französischen Faschisten, die für die Nazis auf die Jagd gingen. Ihr Ziel war es, jeden Juden, jeden *Résistance*-Kämpfer, der sich in den Dörfern zwischen Gebirge und Küste versteckt hielt, aufzuspüren und auszumerzen. An Brutalität schienen sie dabei ihre deutschen Vorbilder übertreffen zu wollen. Vielleicht hatte es also sein Gutes, dass sie für Paulette und Elie nicht rechtzeitig einen Schlepper aufgetrieben hatte. Außerdem wäre zumindest Paulette auch kaum in der Lage gewesen, eine strapaziöse Reise durchzustehen.

Was die junge Frau während ihrer Gefangenschaft in dem mit verzweifelten Menschen vollgestopften »Vél' d'Hiv« erlebt hatte, würde sie vielleicht nie einem anderen vollständig erzählen können. Ihr Vater hatte sich mit Hilfe eines Hakennagels, den er aus dem Pfeiler einer Absperrung gelöst hatte, das Leben genommen. Mehr sagte Paulette dazu nicht, und Nathalie war froh, dass sie mehr nicht hören musste. Paulette aber musste auch das Ungesagte ertragen, und was aus ihrer Mutter geworden war, würde sie womöglich nie erfahren. An manchen Tagen ging es ihr nicht allzu schlecht. Sie blätterte durch das Schnittmusterheft, das Idelle ihr aus dem Kiosk mitgebracht hatte, oder streichelte Choupinette. An anderen Tagen floh sie vor dem, was in ihrem Kopf tobte, unter Elies Schreibtisch und war

für Stunden nicht hervorzulocken. Manchmal blieb sie über Nacht dort, und Elie kroch zu ihr und deckte sie zu.
Es war zermürbend. Und es wurde noch zermürbender dadurch, dass kein Mensch, weder ein Nachbar noch ein zufälliger Besucher, von den beiden in der Wohnung wissen durfte. Judenrazzien wurden in immer kürzeren Abständen durchgeführt, und Denunzianten lauerten überall. Anfangs war Nathalie an der Unlösbarkeit der Aufgabe schier verzweifelt: Wie ließen sich zwei Menschen verstecken, nach denen die allmächtige Maschinerie der Gestapo suchte? Dann aber hatte Alwin sie auf die Idee gebracht, die beiden für tot erklären zu lassen, und er hatte ihr auch geholfen, die notwendigen Papiere zu beschaffen. Sie hatten Kammern und Wandschränke der verwinkelten Wohnung als Notverstecke hergerichtet, versuchten ständig auf der Hut zu sein und daneben Paulette und Elie ihr eingeschränktes Dasein so angenehm wie möglich zu machen.
Ohne Alwin wäre es nicht möglich gewesen. Ohne Alwin hätte Thérèse' achtzehnjähriger Sohn nicht am Tag vor der Erschießung in einem Wäschewagen fliehen und nach Portugal entkommen können. »Ich hätte nie geglaubt, ich wäre in der Lage, mein Land zu verraten«, hatte er in einer Nacht, in der die Verzweiflung ihn einmal mehr in ihren Klauen gepackt hielt, zu ihr gesagt. »Aber kein Mensch kann immer nur allein sein, allein und allein und allein.«
Nein, dachte Nathalie und zog mit aller Kraft an ihrer Zigarette, damit die Sehnsucht sie nicht übermannte. Allein dafür, dass sie Zigaretten von ihm nahm, hätten ihre Leute sie verstoßen, sie womöglich geschoren und geschlagen. Fabrice mochte nie zurückkehren, aus dem einen Jahr waren längst anderthalb geworden, und falls er doch kam, durfte sie ihm nicht unter die Augen treten. Sie würde ihn meiden müssen, denn seine Abscheu war mehr, als sie ertragen hätte. Aber kein Mensch konnte immer nur allein sein, allein und allein und allein. Sie

streichelte Alwin, ohne hinzusehen. »Du verrätst doch dein Land nicht. Diese Leute, Elie, Paulette, der junge Marcel, wollen deinem Land ja nichts Böses. Sie wollen nur leben, still, ohne irgendwen zu behelligen. Indem du ihnen das erlaubst, fügst du deinem Land keinen Schaden zu.«

»Du hast recht«, rief er erleichtert. »Wenn es um Terroristen ginge, die aus dem Hinterhalt deutsche Soldaten ermorden, wäre es etwas anderes. Einem Mann wie deinem einstigen Freund Romanin, der sich zum Terroristen hat machen lassen, könnte ich nicht helfen, obwohl ich ihn damals mochte, obwohl ich ihm einmal geholfen habe …«

Jean Moulin, der mit unglaublicher Beharrlichkeit die Vereinigung der Widerstandsgruppen vorantrieb, mochte der meistgesuchte Mann Frankreichs sein. Ein Terrorist war er nicht. Er gebrauchte nicht einmal Waffen, auch wenn er de Gaulles Ansicht von der Armee, die im Innern Frankreichs aufgestellt werden musste, teilte und seine *Résistance* dazu formte.

»Du würdest von mir nicht verlangen, dass ich einem solchen Mann helfe, nicht wahr?« Alwin schmiegte sich an sie. Im fahlen Lampenlicht schimmerte sein Haar. »Und du bist nicht nur bei mir, weil ich deinen Bekannten helfe? Du tätest mir das nicht an.«

Nathalie streichelte ihn mit starren, wie vereisten Fingern und schüttelte den Kopf.

»Ich bin schon viel zu weit gegangen«, sagte er. »Für dich. Alles, was ich je sein wollte, ist, ein rechtschaffener Deutscher, ein Mann zu sein, auf den sein Vater stolz wäre. Wenn ich mein Land verraten würde, wäre alles sinnlos. Die ganze Qual.«

Sie hätte ihm gern erklärt, dass er in ihren Augen rechtschaffen war, weil etwas in ihm nicht anders konnte, als dieses Land zu verraten, aber er hätte es nicht verstanden.

Er stöhnte. »Werde meine Frau, Nathalie.«

»Das kann ich nicht.«

»Ich könnte euch schützen. Dafür sorgen, dass ihr zu essen habt. Wenn du bei mir wärst, hätte ich etwas, für das es sich lohnt.«

»Lass uns abwarten«, sagte sie und brach vor Sonnenaufgang auf. Er flehte sie an, ihn das nächste Mal in seiner Wohnung zu treffen, sie solle ein *vélo-taxi* mit Verdeck nehmen, er würde dafür sorgen, dass niemand sie sah. »Diese ewigen Hotels sind so kalt und fremd. Ich möchte, dass wir beide irgendwo zu Hause sind.«

Vermutlich hatte er recht. Die Gefahr, gesehen zu werden, war in der Rue de Renaudes nicht größer als vor den Hotels, aber sie blieb bei ihrer Weigerung. Sie wollte nicht irgendwo mit ihm zu Hause sein. Nicht auch noch das. Nach den Nächten mit ihm brauchte sie Zeit für sich allein, ehe sie in ihre eigene Welt zurückfinden konnte. Idelles Kiosk, der jetzt an den meisten Tagen geschlossen blieb, kam ihr wie ein Kokon vor, in den sie sich verkroch. Im Dunkeln, hinter verschlossenen Läden, hörte sie Paris vorbeirauschen, doch zu ihr drang nichts durch.

Sie durfte sich nicht in die Hoffnungslosigkeit fallenlassen. De Gaulle, der in Algier seine Exilregierung begründet hatte, und der famose Général Leclerc beschworen sie immer wieder, sie dürften nicht aufgeben. Die Nachrichten waren gut: Leclercs unglaubliche 2. Panzerdivision, die sie »Division des Lothringer Kreuzes« nannten, hatte sich Montgomerys 8. Armee angeschlossen, und gemeinsam hatten sie die Nazis aus Tunesien vertrieben. Europa lag vor ihnen. »Haltet durch«, lautete Leclercs Botschaft, die die BBC Abend für Abend ins besetzte Frankreich weitergab.

Nathalie wollte durchhalten, auch wenn sie nie weiter denken konnte als bis zum nächsten Tag. Die Treffen in Brossolettes Buchhandlung waren in eine Zahnarztpraxis in Montparnasse verlegt worden. Treffpunkte zu wechseln war jetzt, wo die Gestapo ihr Netz immer enger zog und fanatisch Jagd auf die

Köpfe der *Résistance* machte, wichtiger denn je. Auch die Mitglieder, die zu Treffen kamen, wechselten. Brossolette war zu de Gaulle nach London geflogen, war mit dem Fallschirm zurückgekehrt und hatte sich mit den Weisungen aus England Jean Moulin angeschlossen, der selbst noch einmal in London gewesen war. Von Lyon aus begannen die beiden mit der Gründung eines Nationalen Widerstandsrates, dem alle Kräfte der *Résistance* angehörten.

Nathalie lieferte Informationen an eine Einheit der *Francs-tireurs*. Die Gruppe stellte Verstecke für Männer bereit, die sich weigerten, sich zum Zwangsarbeitsdienst nach Deutschland verfrachten zu lassen. Über das, was sie sonst noch taten, dachte Nathalie nicht nach. Der Kampf musste mit allen Mitteln geführt werden. Bis aufs Blut. Bis zum Letzten. Ohne die Frage, was hinterher von ihnen übrig blieb.

Und dann war Fabrice wieder da. Saß einfach zwischen den anderen im Kellerraum der Zahnarztpraxis und starrte ihr mit tief in den Höhlen liegenden Augen entgegen. In seinem Blick erkannte sie ihre eigene Sehnsucht. Während der Besprechung durfte kein privates Wort gewechselt werden, doch er formte ihren Namen tonlos. Sie wandte sich ab. Sobald sie ihre Informationen bekommen hatte, sprang sie auf, gab an, sie sei in Eile, und floh aus dem Gebäude.

Am Abend hätte sie Alwin in einem Hotel in Popincourt treffen sollen, aber sie riegelte sich in der Wohnung ein und wies die anderen an, auf Klopfen auf keinen Fall zu öffnen. »Es besteht keine Gefahr. Ich habe nur Ärger mit einem Gast.«

Kindisch, dachte sie. Aber ich habe keine Kraft, ihn anzulügen, und noch weniger dazu, ihm die Wahrheit zu sagen und mich von ihm verachten zu lassen.

Drei Tage später brachte ein Junge ihr nach ihrer Vorstellung im *Provençal* einen Blumenkorb, in dem eine verschlüsselte Nachricht verborgen war. Eine Warnung. Bis auf weiteres solle sie zu keinem Treffen erscheinen, sich bedeckt halten, jegliche Aktion abbrechen. Man befürchte, ein kürzlich verhafteter Mann aus dem Lyoner Führungskreis sei unter der Folter zusammengebrochen und habe seinen Peinigern Namen genannt. Wen es betraf, wusste niemand, doch die Verhaftungswelle, die losbrach, drohte die Bewegung zu verschlingen. Am Stadtrand Lyons war ein geheimer Treffpunkt ausgehoben worden, und acht Männer waren in die Hände der Gestapo gefallen. Einer von ihnen war Jean Moulin.

52

Fäuste hämmerten an die Holzverschalung des Kiosks, so dass die Regale im Innern wackelten. Mit den uralten Druckerzeugnissen, die aus ihren Fächern rutschten, löste sich eine Staubwolke, die den engen Raum für Sekunden in Nebel hüllte. Nathalie musste husten. Nicht zu öffnen hätte keinen Sinn.

Sie entriegelte die Tür. Noch ehe sie sie aufstoßen konnte, wurde sie aufgerissen. »Natou.« Es war Sommer, und er trug einen Mantel, der um seinen Körper hing.

»Bist du verrückt?«, schrie sie ihn an. »Ich habe gedacht, es ist die Gestapo!«

Mit beiden Händen schob er sie ins Innere zurück, zwängte sich hinterher und schloss die Tür. »Wenn du das Wort noch lauter brüllst, kommt sie sicher gern vorbei.« Dann brach er vor Erschöpfung in die Knie. Für mehr als sie beide, sie stehend und er kniend, war in der Enge kein Platz. »Schick mich nicht weg, Natou. Jean ist tot.«

»Jean Moulin? Das glaube ich nicht!«

Er hatte sie angeführt, hatte sie zusammengehalten, hatte drei Jahre lang dafür gesorgt, dass die Bewegung ihren Mut be-

wahrte. Er konnte nicht tot sein. Wenn es ihn nicht mehr gab, hatten sie verloren.
»Es wird viele geben, die es nicht glauben«, sagte Fabrice. »Und vielleicht ist das gut so. Aber es stimmt. Die Information stammt von Lucie Aubrac, deren Mann mit ihm verhaftet wurde. Sie hat Pineau sprechen können, der im selben Gefängnis festgehalten wird und dort als Barbier fungiert. Sie haben ihn totgeschlagen. Tagelang. Sein Gesicht, sagt Pineau, war nicht mehr erkennbar.«
Er lag auf den Knien und starrte zu ihr auf, in den Augen ein Zorn, der all seine Kraft beanspruchte und der kein Zurück kennen würde. Ein Zorn, dessen Wurzel endlose Traurigkeit war. Sie kniete sich zu ihm. Er griff nach ihr wie ein Blinder.
»Und Salah. In Algier.«
»Nein!«
Sie schrien beide. Zwischen den verstaubten Regalen, wo sie nach keiner Seite umstürzen konnten, klammerten sie sich aneinander und schrien aus sich heraus, was sie seit ihrer Trennung in sich verschlossen hatten. Wenn man nicht weinen konnte, musste man schreien wie am Spieß, bemerkte Nathalie. Dass niemand sich wunderte und kam, um nachzusehen, war ihr Glück. Viel gewundert hatten sich die Leute vom Montmartre wohl noch nie, und im Juli 1943 wunderte sich über Menschen, die vor Schmerz schrien, vielleicht niemand mehr.

Wo es Salah nicht mehr gab, wo es Jean Moulin nicht mehr gab, wie hätte jemand von ihr verlangen können, Fabrice loszulassen? Sie ließ ihn nicht los. Ohnehin hatte er ihr gedroht: »Versuch nicht noch einmal, mir wegzulaufen, denn ich bin schneller als du. Wenn du mich loswerden willst, sag mir ins Gesicht, dass du mich nicht liebst.«
Ehe sie Atem holen konnte, um ihm zu antworten, hatte er ihre Hände genommen. »Das tust du nicht, nicht wahr, Natou, so

etwas tust du einem Helden von Algier nicht an.« Er gab ihr seinen *Ordre de la libération,* die kleine Bronzeplakette mit dem Lothringer Kreuz, die Charles de Gaulle den Helden des Widerstands verlieh und die sie Benet bringen sollte. »Und wenn du so herzlos bist und es doch tust«, fuhr er fort, »dann bekommst du nicht, was ich für dich habe. Das willst du nämlich. Ich weiß, dass du es willst.« Er zog es unter dem Revers hervor wie ein Zauberkünstler. »*Voilà,* ich bin Pâcome von der Post, aber dieser Brief ist nicht blaugrau.«

»Von wem ist der?«

»Von deiner viel netteren Großcousine Ricí.«

Sie hatte ihm den Brief aus der Hand gerissen und den Umschlag zerfetzt. *»Beste Briefschreiberin von ganz Montmartre«,* stand oben am Briefkopf, und Nathalie musste aufhören und sich den Brief ans Gesicht drücken, ehe sie weiterlesen konnte. *»Das Wichtigste zuerst: Ich vermisse Dich. Das Zweitwichtigste: Mir geht es gut. Und falls Dich das Drittwichtigste auch interessiert, nämlich wie es Claas (dem Nussknacker) geht, so habe ich Dir zu berichten, dass ich täglich fetter werde, obwohl wir hier auch nicht gerade aus dem Vollen schöpfen. Sag mal,* ma garçe, *fändest Du es ganz und gar undenkbar, auf unserer Tanten-Reise nach London selbst so eine Art Tante zu sein?«*

Nathalie ließ den Brief sinken. »Ricí bekommt ein Baby? Und dieser Claas van Bontjes, der die grässlichen Witze erzählt, der ist auch bei euch?«

»Das mit dem Witzeerzählen scheint uns erspart geblieben zu sein«, antwortete Fabrice. »Er ist schon wieder weg, und in den paar Tagen hatte er sich wichtigeren Dingen zu widmen, wie du dem Brief entnehmen kannst. Das täte ich auch gern, Natou. Mich wichtigeren Dingen widmen. Aber wenn du mich anders nicht bei dir bleiben lässt, könnte ich es mit einem Witz versuchen.«

Sie ließ ihn bleiben. Und den Witz erzählte sie: »Zwischen Hitler, Mussolini und Franco schlägt eine Bombe ein. Wer überlebt?«

Er sah zur Seite, ließ sie aber nicht los. »Wenn wir die sehr schnell werfen, vielleicht wir.«

In die Rue Caulaincourt konnte sie ihn nicht mitnehmen. Er hatte ein winziges, verdrecktes Zimmer in der Avenue Rachel mit einer Fensterluke auf den Friedhof vom Montmartre, ein bisschen Geld, das SOE-Agenten zur Unterstützung der *Résistance* ins Land schmuggelten, und ein Radio, versteckt unter einer Bodendiele. »Leichtsinnig«, sagte Nathalie.

Fabrice zuckte die Schultern. »Wenn die Gestapo herkommt, dann weil sie mich enttarnt hat. Da macht das Radio keinen Unterschied mehr.«

Das Gute an diesen unfassbar schmalen Pariser Häusern war, dass es keine lauschenden Nachbarn gab. Sie mussten sich eine Zeitlang völlig bedeckt halten und waren froh, das Radio zu haben, einen Zugang zur Außenwelt. Über die BBC erfuhren sie von der Landung der Alliierten in Sizilien, von Bomben auf deutsche Städte. Es hätte noch Mitleid übrig sein sollen, weil unter zerbombten Dächern Kinder wohnten, aber Mitleid kostete Kraft.

Zudem erfuhr Fabrice über *The French speak to the French*, wie er mit seiner FTP-Einheit Kontakt aufnehmen konnte. Sein Kontaktmann war ein Kommunist, der sich Colonel Rol nannte und den er aus Spanien kannte. Er hatte den Sitz der Gruppe in ein Versteck in den Katakomben verlegt, Paris' einstigem Steinbruch, der als unterirdischer Riesenfriedhof diente. Das Netz war für Fremde praktisch nicht zu durchkämmen, es eignete sich zur Lagerung von Waffen und zur Übermittlung von Nachrichten. Dorthin würde Colonel Rol Fabrice zurückbeordern, doch für den Augenblick hielt er es für das Beste, dass er sich ruhig verhielt.

Die paar Augustwochen waren ihre Atempause. Nathalie schlich sich über den Friedhof, sobald ihr Haushalt versorgt war, und fiel ihm am Grab von Marie Duplessis in die Arme. Zwischen Gräbern, zumal denen von Pariser Lieblingskurtisanen, kontrollierte niemand die Einhaltung der Sperrstunde. Sie gingen Hand in Hand zur Avenue Rachel hinunter, schüchtern, wie sie sonst nie gegangen waren, und Nathalie bemerkte, wie durch all die Verdunkelung in der ausgeknipsten Stadt der Sternenhimmel regelrecht blendete.

Das Zimmer war scheußlich. Die Liebe war schön. In der ersten Nacht spürte er, wie sie sich vor Angst verkrampfte, hielt sie noch fester und streichelte ihr Gesicht. »Mach dir darum jetzt keine Sorgen mehr, mein dummes, liebstes Dickbein. Ich weiß Bescheid. Salah hat es mir gesagt. Und um ehrlich zu sein, ich glaube, wenn er nicht gerade gestorben wäre, hätte ich ihn vor Freude erdrückt.«

Sie brauchte einen Augenblick, ehe sie begriff, wovon er sprach. Dann konnten sie doch weinen, um die Jahre, die sie als Familie hätten leben können, um das Staunen, das geteilte Entdecken, um alles Lachen und allen Streit und um die viel zu läppischen Gründe, die das verhindert hatten. Sie weinten zusammen, sie beruhigten und liebten sich. Erst als Fabrice in ihren Armen einschlief, brach Nathalie von neuem der Schweiß aus, und sie wünschte, sie hätte ihm sagen können, was sie wirklich fürchtete.

Sie erholten sich. Schöpften Kraft aneinander und Hoffnung an den Meldungen vom alliierten Vormarsch in Italien. Mussolini stürzte, und im September erklärte Italien seine Kapitulation, um gleich darauf auf alliierter Seite wieder in den Krieg einzutreten. In Nordafrika stabilisierte sich die Lage. Es war, als würde Frankreich allmählich auf einer Landkarte wieder auftauchen, auf der es als verloren ausgestrichen worden war. »Wenn ich nicht blind und blöd zugleich bin, steht die Planung für eine Invasion«, sagte Fabrice.

»Und wann?«

»Wenn das Wetter sich hält, vielleicht noch in diesem Herbst. Leclerc hat mit seinen Leuten diesen endlosen Gewaltmarsch durchgestanden, indem er ihnen vorgebetet hat wie Geneviève auf dem Wagen, dass es danach nach Frankreich geht. Lange wird er sich nicht mehr aufhalten lassen.«

Umso wichtiger war es, dass die Armee im Schatten bereitstand, wie de Gaulle es forderte, dass sämtliche Kräfte von innen und außen zusammentrafen, um die Umklammerung des Grauens aufzusprengen. Die angeschlagene, ihrer Führung beraubte *Résistance* setzte Trümmer zusammen und nahm den Kampf wieder auf. Brossolette war der Verhaftung entgangen, konnte aber nicht mehr nach Paris zurück. Neue Köpfe mussten Verantwortung übernehmen. »Was wir brauchen, sind harte Einschläge, und zwar so schnell hintereinander, dass sie nicht mehr wissen, wo ihnen der Kopf steht.«

»Ihre Vergeltungsschläge werden auch härter, Fabri.« Die Bekanntmachungen, die in einer Art von bitterem, kaltem Triumph von Geiselerschießungen und Hinrichtungen kündeten, tauchten jetzt fast täglich an Hauswänden und Morris-Säulen auf.

»Ich weiß«, sagte er und drückte sie an sich. »Ich liebe dich.«

Tags darauf kehrte er an seine Arbeit zurück. Er verschwand für drei Tage in den Katakomben, um sich mit einem Armenier namens Manouchian zu treffen, der die Gruppe der Einwanderer in der FTP leitete. Eine Woche später gelang dieser Gruppe ein Mordanschlag auf einen SS-Mann, der die Aufsicht über den Zwangsarbeitsdienst innehatte. In immer kürzeren Abständen folgten weitere Anschläge und gaben den Deutschen zu verstehen: Die *Résistance* war nicht tot. Sie war ein verwundetes Tier, das von jetzt an Gegner zerfleischen würde, bis es gerettet oder vernichtet war.

»Dieser Manouchian ist ein Dichter«, sagte Fabrice. »Er wollte niemanden töten.«

»Und du, *Monsieur la cigale?*«
Blicklos und glasig starrte er sie an. »Ich wollte gar nichts. Nur mit dir noch einmal nach Cannes.«
Sie waren so vorsichtig, wie sie es sich abverlangen konnten, trauten sich jedoch wieder hinaus. Gingen auf dem Friedhof spazieren, teilten ein Glas Wein in entlegenen Bars, kamen zu Suppe und Spiel in die Rue Caulaincourt. »Manche würden das, was ihr Vorsicht nennt, Leichtsinn nennen«, unkte Idelle, doch in Wahrheit tat das Glück, das sie wagten, nicht nur ihnen, sondern dem gesamten Haushalt gut.
Die Nachricht von Salahs Tod kam Nathalie vor wie das Ende von Benets Kinderzeit, wie das Hinausstoßen in eine Welt, in der er noch fremd war und Halt suchte. Fabrice stellte sich ihm nicht als Vater vor, sondern blieb der Onkel, der mit dem Traumvater verbunden war. Damit machte er Benet ein Angebot, ohne den Platz, den Salah in seinem Leben eingenommen hatte, zu bedrohen. Der Heranwachsende konnte einen Schritt über eine Schwelle setzen, ohne sich von dem kleinen Jungen, der an Salahs Hand die Stufen zu Sacré-Cœur hinaufgestiegen war, loszureißen.
Als es am letzten Septembertag noch einmal warm wurde, fuhren sie in den Bois de Vincennes, um in einem der Seen zu schwimmen. Fabrice nahm Boris' Rad, und Nathalie und Benet zwängten sich auf den Gepäckträger. Als sie ankamen, troffen Fabrice' Kleider vor Schweiß, er riss sich alles vom Leib, warf es ins Gras und sprang ins eisige Wasser wie als Junge in den Lac de l'Avellan. Als er auftauchte, klebten ihm Seerosenblätter auf den Schultern. Er fing Nathalie, um sie in den See zu werfen. Sie biss und strampelte, Benet kam ihm zu Hilfe und lachte so laut, wie er nicht einmal vor dem Krieg gelacht hatte.
»Du bist ein Verräter«, sagte Nathalie zu ihm, als sie sich abgetrocknet hatten und ihr Picknick auspackten: eine große Zwiebel, einen nicht ganz so großen Apfel, ein graues, rundes

Brot, einen Zipfel *Lonzu*-Wurst, den der Korse Nathalie geschenkt hatte, und eine Flasche Rosé, die Fabrice aufgetrieben hatte.

Fabrice bemerkte Benets Verunsicherung und sagte: »Unsinn. Männer müssen sich gegen Frauen zusammenrotten, sonst kriegen sie kein Bein auf den Boden.«

»Aber ihr seid zu zweit«, protestierte Nathalie.

Fabrice, der mit seinem Feldmesser jedes Stück des Picknicks in ein großes und zwei kleine Teile schnitt, flüsterte mit Benet, der schließlich alle großen Teile auf ein Brett für Nathalie häufte und es ihr mit verlegenem Stolz entgegenhielt. »Dafür sind Männer höflich und geben Frauen doppelt so viel.«

Müde von Wein und Sonne, fuhren sie zurück in die Stadt. Fabrice pfiff einen Walzer, und Nathalie, die Benet auf dem Schoß balancierte, sang falsch mit. Es war das erste Mal, dass sie sich bei Tageslicht zusammen in die Rue Caulaincourt wagten. Hinter der Biegung sah sie die Männer, die aus dem Soldatenheim kamen, und schrie auf. Seltsamerweise sah sie Robert von Salchow, der ohne Mütze, mit tanzender Stirnlocke voranging, noch vor Alwin.

Sie ließ Benet los, das Rad geriet ins Schwanken, und ehe Fabrice es abfangen konnte, stürzte es am Rinnstein um. Nathalie traf mit der Schulter auf dem Pflaster auf, und Benet fiel über sie. Der Schmerz war scharf, so dass sie flüchtig vergaß, warum der Unfall geschehen war. Passanten eilten herbei: »Sind Sie in Ordnung, Madame? Und du, junger Mann? Nichts gebrochen?«

Hinter ihnen rappelte Fabrice sich auf die Füße. »Danke, wir kommen zurecht«, beschied er den Mann, der zu helfen versucht hatte.

»Sie brauchen nicht so schroff zu sein«, empörte der Mann sich. »Da ist man nett, und dann das. Was machen Sie überhaupt hier, sind Sie nicht ein bisschen jung, um auf der faulen Haut zu liegen?«

Das war der Grund für die Schroffheit: ständige Angst, jemand könne sich allzu eingehend mit ihnen beschäftigen. Fabrice presste eine Entschuldigung hervor und versuchte, sich an dem Mann vorbei zu Nathalie und Benet niederzubeugen. »Könnt ihr aufstehen, Natou? Ist euch etwas passiert?«
Nathalie drehte mühsam den Kopf und sah Fabrice' Gesicht neben dem Mann auftauchen. Über seine Stirn lief ein breites Rinnsal dunkles Blut. Er hat immer so schnell und so heftig geblutet, durchfuhr es sie. Schon als Kind. Mehr als eine Beule und eine Platzwunde hatte er jedoch kaum davongetragen, und Benet, der sich die Hosen abklopfte, schien unverletzt. Ihre Schulter schmerzte, aber ihr Gefühl sagte ihr, dass es sich um eine harmlose Prellung und Abschürfung handelte. »Nicht der Rede wert.« Sie suchte Fabrice' Blick, wünschte sich die Leute weg, wollte ihm jäh um jeden Preis sagen, dass sie ihn liebte.
Fabrice stieß kurzerhand den Mann beiseite, und sie streckte die Hand nach ihm aus. Dann vernahm sie in ihrem Rücken die Stimme. »Sag, dass das nicht wahr ist, Nathalie. Nicht das.«
Sie fuhr herum, und einen Schritt hinter ihr stand Alwin. Seine Mütze saß schief, das rote Haar lugte darunter hervor, und die Augen waren aufgerissen. »Ich habe dir doch gesagt, wenn du das tust, bringst du mich um, Nathalie – doch nicht mit ihm, doch nicht nach allem, was war!«
»He, he. Nicht so wild, Sportsfreund.« Robert trat zu ihm und klopfte ihm auf den Arm. Dann drehte er sich um und scheuchte die Soldaten, die sich neugierig näherten, zurück. An ihrer unverletzten Schulter spürte Nathalie Fabrice' Hand, die ihr hatte aufhelfen wollen und jetzt herunterglitt.
»Komm weiter.« Robert von Salchow schloss die Hand um Alwins Oberarm. »Das ist ja wohl keinen Volksauflauf wert. Diese Französinnen sind süß, bei denen kommst du auf deine Kosten, anders als bei einer italienischen Faschistentochter, dieser tau-

ben Nuss. Aber wenn es genug ist, ist es eben genug. Man hängt doch nicht sein Herz an einen Strumpfbandhalter.«

Alwin starrte Nathalie an. Er schenkte Robert von Salchow keine Beachtung, doch das Starren schien ihn so viel Kraft zu kosten, dass er sich willenlos mitzerren ließ.

»*Maman!*« Benet klang wie als kleines Kind.

Nathalie wagte nicht, sich umzudrehen, sie sah Alwin nach, bis er mit Salchow im Gewühl verschwand.

»Geh nach oben, Benet«, sagte Fabrice. »Deine *maman* kommt gleich nach.«

»*Maman?*«, wiederholte Benet unschlüssig.

»Mach dir keine Sorgen. Es dauert nicht lange.«

Der Junge lief los. Nathalie kauerte am Boden, ohne sich umzudrehen. Sie würde sprechen müssen. Aber sie konnte Fabrice dabei nicht ansehen. »Ich weiß, es ist das eine, das ich nicht hätte tun dürfen«, sagte sie. »Ich habe uns alle verraten, dich und mich und das, wofür wir kämpfen. Ich rede mich nicht heraus. Das würde es schlimmer machen. Alles, was ich sagen kann, ist: Ich war allein, ich musste entscheiden, ich wusste mir keinen anderen Rat.«

Fabrice blieb so lange still, dass sie schon glaubte, er wäre gegangen. »Kannst du mir noch etwas sagen?«, fragte er dann.

»Was?«

»Kannst du mir sagen, ob du mich liebst?«

Sie fuhr herum. Boris' Rad lag noch immer auf dem Gehweg, Passanten mussten einen Bogen darum schlagen. Fabrice stand daneben, das Gesicht müde und blutverschmiert, das Haar noch vom Fahrtwind zerzaust. »Du musst mich das fragen, nicht wahr? Weil du es jetzt nicht mehr glauben kannst.«

»Ich habe dich gefragt, weil ich es gern hören möchte«, sagte er. »Aber ich kann es auch erst zu dir sagen. Ich würde dich gern beschützen vor dem, was du tun musst, doch das kann ich nicht, und du kannst es auch nicht. Es ist, wie du gesagt hast: Wir sind

allein, wir müssen entscheiden, und es gibt keine gute Entscheidung, höchstens eine weniger böse.« Er trat den letzten Schritt auf sie zu und brachte seinen Mund an ihr Ohr. »Hinter dem Soldatenheim, am Boulevard de Clichy, haben die Deutschen ein Cabaret beschlagnahmt, wo sie Frauen nackt für sich tanzen lassen. Wenn es voll ist, passen siebzig von ihnen hinein, und wir bekommen dafür eine Mills-Granate mit Hohlladung und hundert Metern Reichweite. Sobald sie fertig ist, sprengt Manouchian den Laden in die Luft. Und wenn er es nicht mehr kann, mache ich es.«
Schwäche übermannte ihn. Er hielt sich kurz die verletzte Stirn, dann hob er wieder den Kopf. »Wir sind allein, wir müssen uns entscheiden, und was es mit uns macht, kann niemand uns sagen. Ich liebe dich. Dass ich nicht weiß, wie viele Tage uns bleiben, kann ich nur aushalten, wenn ich keinen mehr verschwende.«
Nathalie legte die Arme um ihn und spürte sein Herz schlagen. Ich liebe dich so sehr, dass ich's nicht sagen kann, dachte sie, es schnürt mir die Kehle zu, macht alle Worte stumm. Sie schrieb es ihm auf den Rücken. Sie wollte mit ihm in die Wohnung und es ihm auf sein Herz küssen. »Ich kann es nicht mehr tun«, sagte sie. »Zu Alwin gehen. Ich halte es nicht noch einmal aus.«
Fabrice streichelte ihr Haar. »Du hast getan, was du konntest. Du solltest meinen Orden bekommen. Bitte quäl dich nicht mehr. Gehen wir nach oben und spielen *Cadavre exquis*?«

Mit diesem Tag war der Sommer zu Ende. Der Manouchian-Gruppe gelangen vier kleinere Anschläge, während an dem Sprengsatz für das Cabaret am Boulevard de Clichy noch gearbeitet wurde. Im November nahm die französische Polizei Manouchian und zweiundzwanzig Mitglieder seiner Gruppe auf dem Bahnhof von Évry gefangen. Kurz darauf war ganz Paris gepflastert mit blutroten Plakaten, die die Gesichter der

Verhafteten zeigten und sie als *Armee der Verbrecher* brandmarkten.
Nathalie und Fabrice besprachen nicht, was das für sie bedeutete. Nichts, das sie hätten sagen können, hätte etwas geändert. Sie verschwendeten keinen Tag. Benet wollte nicht Weihnachten feiern, aber Nathalie trieb Winteräpfel auf, und sie backten zusammen eine zuckerlose *Tarte tatin*. Zu *Saint-Sylvestre* begrüßten sie das neue 1944 als das Jahr, das die Wende bringen würde, die Invasion, den Sieg, ob sie daran glaubten oder nicht.
Den Mitgliedern der Manouchian-Gruppe wurde ein Schauprozess gemacht, bei dem der Ausgang feststand: Todesurteile für die Männer und Deportation für die einzige Frau. Manouchians Frau war der Verhaftung entkommen. Wie würde sie leben, während sie darauf wartete, dass ihr Mann erschossen wurde, in der eisklaren Februarstille auf dem Mont Valérien?
Sie brauchten Geld, und Nathalie trat wieder häufiger auf. Als sie am Abend nach der Vollstreckung aus dem *Provençal* kam, hatte jemand die roten Plakate bekritzelt. Nicht mit Kreide, nicht mit dem »V« für Victory, sondern mit Kohle und dem Schriftzug *Mort pour la France*. Nach wenigen Schritten hörte sie das Aufheulen einer Sirene, und ein Brigadewagen der *sapeurs-pompiers*, des Feuerschutzregiments, schoss an ihr vorbei. Es kam jetzt vermehrt zu alliierten Bombenabwürfen. Womöglich hatte es am Gare du Nord einen Treffer gegeben.
Nathalie folgte der Biegung der Straße und sah, dass das Feuer nicht am Gare du Nord ausgebrochen war, sondern näher bei ihrem Haus, am Boulevard de Clichy. Ihr Atem wurde flach.
Fabrice hatte ihr gesagt, was sie tun sollte, wenn es so weit war: ruhig bleiben, nicht auffallen, schnellstens ihre Wohnung aufsuchen und sicherstellen, dass keine Spur auf ihre Verbindung hinwies. Er hatte selbst fortwährend darauf geachtet, solche Spuren zu vernichten, Liebeserklärungen, die er mit ihrem Lippenstift ans Fenster schmierte, wieder abzuwischen und nichts

liegenzulassen, kein Stück Rasierseife, kein Päckchen Zigaretten.
Gegen den Gedanken, dass sie ihn heute Nacht nicht in den Armen halten würde, sträubte sich ihr ganzer Körper. Heute Nacht nicht und morgen Nacht auch nicht, vielleicht in keiner Nacht mehr, bis die Invasion kam. Wenn sie denn kam. Sie durfte nicht nach ihm suchen, würde vermutlich keine Nachricht bekommen und wusste nicht, wie sie das noch einmal aushalten sollte.
Ehe sie ihren Schlüssel ins Schloss schieben konnte, öffnete Idelle die Tür und zerrte sie in den Flur. »Sei ganz leise, schrei nicht, denk an deinen Jungen.« Sie schob die Riegel vor. »Dein Comte ist verhaftet worden, er und fünf andere Männer, sie haben sie die Straße entlanggeschleift. Du musst jetzt stark sein, Nathalie. Für ihn kannst du nichts mehr tun, aber wenn du Verdacht erregst und die Gestapo in diese Wohnung lockst, sind wir alle dran.«

Alwin

April 1944

53

Er kam näher und nahm ihren Geruch wahr. Unter dem Parfüm, das *Soir de Paris* hieß und das nur sie tragen konnte, und unter dem wundervollen Duft ihres Haars ware noch eine andere Note, eine fremde, saure, verschwitzte – der Geruch der Angst.

Ich kann das nicht tun.

Seine Hände zitterten. Er wollte dieses eine Mal, dieses letzte, entscheidende Mal den Spieß umdrehen – die Ware, die sie ihm verkaufen wollte, nehmen und den Preis nicht zahlen. Sie hatte ihm unzählige Male das Gleiche angetan, sie hatte ihn damit zerstört, und er würde nie wieder gesund werden. Seit er gewusst hatte, dass sie kommen würde, war er entschlossen, ihr ihre eigene Medizin zu verabreichen. Nicht länger ihr Spielball zu sein. Sondern selbst der Spieler. Sobald sie ihm gegeben hatte, was er von ihr wollte, würde sie entdecken, dass sie betrogen worden war.

Sie schob ihn weg und schwang die Beine aus dem Bett. »*Pardonne-moi*«, sagte sie und korrigierte sich nicht. Das rote Tuch glitt zu Boden, sie hob es auf und knotete es sich wieder ums Haar.

»Was ist denn jetzt los?«

»*Rien.*« Nichts. Sie sprach Französisch mit ihm, als hätten sie nie miteinander Deutsch gesprochen, als wäre die deutsche Sprache nicht das eine Stück Zuhause gewesen, das sie mit ihm geteilt hatte.

»Komm zurück. Hast du nicht gehört? Ich habe gesagt, wir sind im Geschäft.«

»Nein«, sagte sie, »ich hätte nicht herkommen dürfen. Ich mag eine Hure sein, aber selbst die macht es einem, den sie liebt, umsonst.«

Er sprang aus dem Bett. »Du liebst doch nicht mich!«

»Doch, *mon chou rouge*. Auch wenn dir das nichts nützt.«

Wollte sie noch einmal versuchen, ihm Sand in die Augen zu streuen, hielt sie ihn für so töricht, ihr trotz allem wieder auf den Leim zu gehen? Um ein Haar hätte er aufgelacht. Ihr Unterfangen war sinnlos. Aber das wusste sie nicht.

»Nathalie.« Hart packte er sie bei den Armen und zog sie zu sich. »Geh nicht. Bleib bei mir.« Als sie versuchte, sich ihm zu entwinden, entfuhr ihm: »Diese Nacht ist so schlimm.« Dass sie auf einmal fortwollte, verwirrte ihn, es entsprach nicht der Spielregel, und er war ein lausiger Spieler, war es immer gewesen.

»Ich weiß«, sagte sie. »Aber ich muss ja gehen.«

Hatte sie ihn durchschaut? Etwas sagte ihm, dass er dieses Spiel verloren hatte wie alle anderen zuvor. »Warum?«, fuhr er sie an. »Du bist ihm nichts schuldig. Er ist ein Mörder, so sieht die Wahrheit aus. In diesem Cabaret waren Frauen.«

»Ich weiß.«

»Hat er dich vielleicht gefragt, was du davon hältst?«

»Nein«, sagte sie. »Aber ihn hat auch niemand gefragt.«

Und mich? In einer Woge von Bitterkeit kam die Erkenntnis, dass ihn sein Leben lang niemand gefragt hatte, nicht sein Vater, nicht seine Mutter, nicht Dörte, nicht sein Land und erst recht nicht Nathalie.

Er stieß sie zurück, und sie taumelte gegen die Wand. »Wenn du ihn willst – warum sagst du dann mir, dass du mich liebst?«

»Weil es stimmt.«

»Hör auf!« Er schrie. »Wenn du jetzt gehst, kannst du nicht mehr zurück, und dein feiger Terrorist ist morgen tot.«

»Ich weiß.«
Er wollte ihr den Weg abschneiden, aber sie war schneller und entfloh auf den Flur. »Ich hätte euch sowieso nicht geholfen!«, schrie er ihr hinterher. »Glaubst du, ich mache mich zum Verräter für eine Hure und ihren Granaten werfenden Liebhaber?« Nathalie klinkte die Tür auf, und sein Geschrei drang bis ins Treppenhaus. »Du bist verrückt!« Seine Stimme kippte. »Bei Gott, wir haben den Verstand verloren.«
»Ich weiß«, sagte sie zum hundertsten Mal. »Und hätte die Welt nicht das Gleiche getan, vielleicht wären wir davongekommen.«
Sie lief die Treppe hinunter, und er setzte an, um ihr zu folgen. Als er das Bein ausstreckte, bemerkte er, dass er ohne Hosen dastand, und alles brach zusammen. Er musste sie gehen lassen. Er hatte verloren, auch wenn er nicht begriff, was er falsch gemacht hatte. Dass sie auch verlieren würde, dass sie ab morgen früh um sieben ohne den Mann, den sie liebte, würde leben müssen, so wie er ohne sie leben musste, hätte ihm ein Trost sein sollen, aber es war keiner.
Vielleicht weil er ihr Gesicht nicht sehen würde, wenn dieses eine Mal er die Macht in den Händen hielt und ihr Schmerz zufügte. Oder vielmehr, weil er sich auch diesmal irrte? Wo war sie denn, seine Macht? Stand nicht wiederum am Ende er als der Spielball da, über den entschieden wurde?
Alwin zog die Tür zu, kehrte in sein Schlafzimmer zurück und setzte sich an das Fenster, an dem er mit Nathalie hatte sitzen wollen und über Paris blicken wie an einem Morgen in Montmartre.
Am schönsten Tag seines Lebens.
Jener Sommer war die einzige Zeit gewesen, in der er über sein Leben selbst entschieden hatte, erkannte er. Freiheit. Bei all den Männern, die um dieses Begriffs willen Foltern durchgestanden hatten und gestorben waren, hatte er sich gefragt: Was ist so

begehrenswert daran? Jetzt glaubte er, etwas davon zu erahnen. Er hatte verloren, und Nathalie hatte gewonnen, weil sie ihre Entscheidung getroffen hatte: Er hatte sie um den Preis für ihre Ware betrügen wollen, und sie hatte ihm einen Strich durch die Rechnung gemacht, indem sie ihm die Ware gar nicht anbot. Sie würde ihren Geliebten verlieren. Aber nicht sich selbst. Er dagegen hatte sich nie besessen.

Alwin blieb die Nacht hindurch am Fenster sitzen. Wenn er für Augenblicke im Sitzen einschlief und wieder aufschreckte, sah er auf Paris, und als es ihm das fünfte oder sechste Mal geschah, erkannte er, dass das Nachtschwarz kaum merklich begonnen hatte, sich zu lichten. Der Tag erwachte. Es war Zeit zu gehen.

Robert holte ihn in seiner Limousine ab, er hatte all dies organisiert und geregelt. Alwin hatte noch nie eine Erschießung überwacht. »Ich habe mir gedacht, du würdest das in dem Fall gern selbst in die Hand nehmen, Sportsfreund«, hatte Robert gesagt. »Also habe ich mich um die Dienstwege gekümmert. Ein bisschen schieben, du kennst mich ja, das ist für mich kein Problem.«

Nein, dachte Alwin, das war es für dich nie. Er betrachtete den Freund im Profil, der munter schwadronierte, als wäre er bereits hellwach. Daheim, auf seinem Gut Lebusa, hatte Roberts gräflich-italienische Gemahlin ihn gerade zum Vater eines Sohnes gemacht, keines Geisteskranken, sondern eines Wonneproppens, wie er strahlend sämtlichen Gratulanten vorschwärmte. Alwin dagegen würde nie Vater werden. Auch kein Onkel. Nichts.

Paris erwachte. Es will uns nicht mehr haben, dachte Alwin. An den ständigen Streiks und Sabotageakten rieben sich deutsche Planung und Gründlichkeit auf. Es hat uns nie haben wollen, es wischt die Furcht beiseite und schüttelt uns ab.

»Du sagst ja gar nichts«, bemerkte Robert.

»Ich bin wohl noch müde.«

»Na«, erwiderte Robert, »unser kleines Donnerwetter wird dich schon aufwecken. Du hast doch nicht etwa Muffensausen? Es ist keine große Sache, in der Regel knicken nach der ersten Salve alle um wie die Blumenstengel. Du hältst zwar die Ordonnanzwaffe im Anschlag, aber das ist eine Formalität. Keine Sorge, du brauchst nicht selbst zu schießen. Außerdem bin ich doch bei dir. Versprochen ist versprochen.«

Auch danach hatte ihn Robert nicht gefragt, sondern bestimmt, dass er ihn begleiten würde. »Klar stehe ich dir zur Seite, wenn du deiner Nemesis zum letzten Mal ins Auge blickst. Dazu sind Freunde doch da.«

Wozu, fragte sich Alwin, wozu sind Freunde da?

Der Mont Valérien schälte sich aus den Frühlingsnebeln. »Und mit deinem Freund, mit dem gibt's auch gleich ein Wiedersehen«, schwatzte Robert weiter. »Dem Franzl aus dem Bayrischen. Für den hast du eine Schwäche, richtig?«

»Franz kommt aus dem Sauerland«, versetzte Alwin. Er hatte Franz lange nicht gesehen, genau gesagt, seit er Nathalie zum letzten Mal geholfen hatte, vor einem Jahr, beim Fall des Schülers, den sie von der Liste gestrichen und mit einem Wäschewagen hatten ausfahren lassen. Dennoch war Franz' Stimme ihm präsent. »Wenn du dir sicher bist, dass du das willst«, glaubte er ihn zu hören, »dann sehe ich zu, was sich tun lässt.« Franz hatte ihn gefragt. Er hatte ihm geholfen, diese Menschen zu retten, weil Alwin es wollte. Die Vorstellung war seltsam: Er, Alwin, sollte die Macht gehabt haben, Leben von Menschen zu retten? Er, Alwin, hatte nicht mehr tun müssen, als sich dafür zu entscheiden?

Die Limousine hielt unter der Hakenkreuzfahne am Portal der Festung, die im Wind knatterte. Sie werden sie herunterholen, dachte Alwin. Sie werden uns aus ihrer Festung und aus ihrer ganzen Stadt jagen, und wenn sie sich an uns erinnern, wird es voller Hass sein, unauslöschlicher noch als nach dem ersten

Krieg. Würde jemand ihm Glauben schenken, wenn er erklärte, dass er Paris geliebt hatte und nach dem, was danach kam, nicht gefragt worden war?

Die Nebel lichteten sich. Die Sonne bahnte sich ihren Weg. Vor der Doppeltür der Kapelle, die im rosigen ersten Licht ein friedliches Bild bot, stand Franz. »Die Männer sind bereit«, sagte er, nachdem er Robert begrüßt hatte. »Gefasst. Keine Zwischenfälle.«

Dann wandte er sich an Alwin. »Heute sagte ich nicht: Wie schön, dich zu sehen, Alwin. Ich hoffe, es geht dir gut.«

Ihm selbst ging es nicht gut. Er wirkte übernächtigt und krank, aber er hatte etwas an sich, das sich nicht veränderte. Er war immer Franz Stock.

»Kein langes Kaffeekränzchen«, mahnte Robert launig. »Erlösen wir die Herrschaften aus ihrem Elend, das Erschießungskommando soll sich ja nicht die Beine in den Bauch stehen.«

Franz öffnete die Tür der Kapelle, und die sechs Todeskandidaten, die die Nacht hier verbracht hatten, wurden von ihren Wärtern hinaus in den Frühlingstag geführt. Nathalies Liebhaber, der dunkle Triebmensch, der aussah wie ein Gewohnheitsverbrecher, ging als Erster. Nur sah er jetzt nicht mehr so aus. Er hinkte und schwankte, sein rechter Arm war notdürftig mit einer schmutzigen Binde umwickelt, und sein Gesicht war von Schlägen bis zur Unkenntlichkeit entstellt. Den Kopf zu heben bereitete ihm Mühe, und die Haut um seine Augen war wie rohes, verschwollenes Fleisch, doch er sah Alwin unverwandt an. Als Franz zu ihm trat und ihn berühren wollte, verzog er diese Ruine von Gesicht zu einem Lächeln und schüttelte den Kopf.

»He, Sportsfreund.« Robert stieß Alwin den Ellenbogen in die Seite. »Waffe ziehen nicht vergessen. Dann kannst du weiter unser Gruselkabinett bewundern.«

Die anderen fünf Männer waren nicht ganz so übel zugerichtet, doch geschlagen worden waren sie alle. Alwin zog seine Walther P.38 und spannte sie. Sie lag leicht in der Hand. So als wäre sie nichts. Demnächst sollte sie durch eine durchschlagsfähigere Waffe ersetzt werden. Alwin aber hatte sie immer gemocht. Er begriff etwas. Es dauerte nicht länger als ein paar Herzschläge.

Diese Männer hatten ihre Entscheidung getroffen. So wie Franz, der die Nacht mit ihnen gewacht hatte, so wie Nathalie, die einen von ihnen befreien wollte, dann aber entschieden hatte, dass sie nicht noch einmal einen Menschen missbrauchen würde. Der Einzige, der keine Entscheidung getroffen hatte, war er, der auf Roberts Geheiß hier war und Nathalie gestern gar nicht hätte helfen können. Und wenn er schon Robert nicht hatte, brauchte er Roberts Pervitin, um zu handeln, aber der Vorrat war aufgebraucht.

Er dachte noch einmal an den Morgen auf dem Montmatre. Daran, wie Freiheit geschmeckt hatte. Nur noch ein Mal.

»Gehen wir?«, fragte Franz.

Alwin berührte seinen Arm. »Warum öffnest du nicht schon die Tür?«, fragte er. »Ich würde gern noch einen Moment lang bleiben.«

»Oho!« Robert lachte. »Wer hätte das gedacht – in dir steckt ja ein kleiner Sadist.«

Alwin wartete, bis Franz den Weg hinunter zu der Tür in der Mauer zurückgelegt und sie entsperrt hatte. Als sie offen stand, gab sie den Blick auf den noch leicht nebelverhangenen Wald frei. Zur Rechten war es nur ein kurzes Stück bis zum Richtplatz, wo im Unterstand das Erschießungskommando auf seinen Antritt wartete. Zur Linken zog sich der Wald bis hinunter an den Rand der Ortschaft. Lichter Wald. Zum Verstecken kaum geeignet. Aber das war nicht seine Sorge.

Auf einem Fuß wirbelte er herum, legte an und schoss Robert in den Kopf. Um zuzusehen, wie er fiel, blieb keine Zeit. Er wandte sich schon wieder um, hörte nur den Aufprall des Körpers. Dann

legte er auf den vordersten Wachmann an. »Zurücktreten«, befahl er. »Lassen Sie die Männer frei.«
Die Wachleute waren zu sechst. Sie hätten ihn überwältigen können, aber das war ihre Entscheidung, nicht seine. Sie traten zurück.
»Lauft«, sagte Alwin.
Die sechs Gefangenen rannten los. Ob sie in ihrem kümmerlichen Zustand weit kommen würden, war fraglich, doch auch das war nicht seine Sorge. Franz trat von der Tür weg und sandte ihm einen Blick aus leuchtenden Augen. Die sechs Männer humpelten auf die Tür zu und verschwanden einer nach dem andern in die Freiheit. Alwin legte sich den Lauf der Pistole an die Schläfe.
Wenn man seine Entscheidung getroffen hatte, war es ganz leicht.

Les jeux sont faits – Das Spiel ist entschieden

Paris

Paris und Nathalie

26. August 1944

54

Nachdem am 6. Juni das, was keiner mehr glauben konnte, geschehen, die Invasion geglückt und das Heer der Alliierten an der normannischen Küste gelandet war, unterbrach Général Leclerc den Siegestaumel mit den Worten: »Ich bitte, mich vom Schauplatz entfernen zu dürfen, um die Hauptstadt Frankreichs zu befreien.«
Er war nicht glücklich, dieser Général Leclerc. Dafür, dass die Amerikaner seine 2. Panzerdivision neu bewaffnet hatten, hatte man ihm Kompromisse abgezwungen, die an seine Substanz gingen. In Paris wollte man ihn nicht. Die Amerikaner planten, die logistische Katastrophe der Hauptstadt zu umgehen und die FFI, die französischen Streitkräfte im Innern, sich selbst zu überlassen. Die FFI war die Armee im Schatten, das Heer der *Résistance*, befehligt aus den Pariser Katakomben, dem Massengrab vergangener Zeiten.
Seit Wochen kämpften sie mit letzten Kräften, und mehr und mehr Menschen strömten ihnen zu. Eisenbahner blockierten

Rangierbahnhöfe, Postbeamte transportierten nur das, was zur Verständigung mit der *Résistance* im Süden, die Marseille und Toulon befreite, nötig war. Pariser errichteten ein Netz aus Barrikaden, und der »Aufstand zur Befreiung« rief jeden, der sich auf seinen Beinen halten konnte, mit Küchenmessern und Pflastersteinen auf die Straße.

Die Besatzer konterten mit Panzern, mit Massenerschießungen und Galgen auf öffentlichen Plätzen. General von Choltitz, der Militärkommandant, hatte Befehl von Hitler erhalten: Paris dürfe unter keinen Umständen übergeben, sondern müsse in Schutt und Asche gelegt werden, bis die Ruinen nicht mehr verrieten, was die Stadt, die dort gestanden hatte, gewesen war.

Bis nur noch ihr Name übrig war. Leichter zu merken als Guernica.

Die amerikanischen Befehlshaber zogen es vor, das Risiko einzugehen. Im Quartier südwestlich der Hauptstadt bereiteten sie ihre Armee auf die geplante Außenroute vor. Colonel Rol, Kommandant der FFI, schickte einen Gesandten aus den Katakomben. »Wir bitten, Truppen sofort nach Paris in Marsch zu setzen«, lautete seine Nachricht. »Zwei Drittel der Stadt sind in unserer Hand, aber lange können wir uns nicht mehr halten.«

General Patton von der 3. US-Armee erklärte sein Bedauern, doch das Verlangte sei strategisch keine kluge Entscheidung. Aber General Patton hatte einen Mann unter sich, der seine Division nicht monatelang durch eine Wüste geführt hatte, um hundert Kilometer vor dem Ziel die Waffen zu strecken.

Am Morgen des 23. August flog ein Kurierflugzeug des Typs *Piper L-4* über das Hauptquartier der Pariser Polizei, das Colonel Rols FFI eingenommen hatte. In der Maschine saßen Lieutenant Mantoux und Capitaine Callet von der 2. Panzerdivision, genannt »Division des Lothringer Kreuzes«, und warfen im Hof des Quartiers einen Stein ab, um den eine Nachricht gewickelt war. Die Nachricht war von ihrem Befehlshaber Général Leclerc persönlich hingekritzelt worden und lautete: »Haltet durch. Wir kommen.«

Innerhalb der nächsten Stunden war das Zentrum von Paris mit Flugblättern übersät: »Haltet durch. Wir kommen.«

Ob die Geschichte völlig der Wahrheit entsprach, würde sich vermutlich nie feststellen lassen, aber es war eine schöne Geschichte, und schöne Geschichten würde Frankreich brauchen, wenn es die entsetzlichen ertragen wollte. Am Abend desselben Tages stand Leclercs 2. Panzerdivision vor Paris. Während sie sich vorkämpfte, besetzten FFI-Kämpfer das Rathaus, und am Abend des 24. August drangen Leclercs Truppen ins Stadtzentrum ein. Seine Panzer umringten das *Hôtel Meurice*, wo der deutsche Kommandant sein Hauptquartier errichtet hatte. Am Morgen des 25. August widersetzte sich General von Choltitz dem Befehl seines Führers und erklärte die Kapitulation. Er wurde zum Bahnhof von Montparnasse gebracht, wo er die Stadt übergab. Die beiden Männer, die sie entgegennahmen, waren Général Leclerc und Colonel Rol für die FFI, die Armee der *Résistance*. Auf dem Eiffelturm, in sommerlicher Windstille, wurde die Trikolore aufgezogen.

Am 26. August betrat Charles de Gaulle, Präsident von Frankreich, seine Hauptstadt. Auf der Place de l'Hôtel, vor dem Rathaus, erwarteten Tausende seine Ankunft. »*Nom de Dieu*«, kreischte eine Frau, die sich neben Nathalie und Benet drängelte, »er ist ja ein Riese! Kann ihm nicht jemand sagen, er soll sich ducken, es wird doch noch gekämpft!«

Präsident de Gaulle, der knapp zwei Meter groß war und obendrein sein *Képi* trug, duckte sich nicht. Zwei, drei Kugeln von auf Dächern verschanzten Scharfschützen ließen Menschen auseinanderspritzen, trafen aber ins Mauerwerk. De Gaulle, der sich ruhig, beinahe wie in Trance, von den Scharen, die nur seine Stimme kannten, hatte bestürmen, betasten, herzen und küssen lassen, verschwand im Rathaus und tauchte Minuten später auf dem Balkon wieder auf:

»Ich begrüße Paris, das sich selbst befreit hat«, sagte er.

Der Jubel saugte alles auf. Die Schüsse der Heckenschützen, das Heulen von Granaten, das Dröhnen der Panzerhaubitzen und die Schreie von Sterbenden. Die Leute sprangen, winkten, hoben Kinder in die Höhe, Mädchen warfen Blumen und Frauen ihre weißen Kopftücher.

Nathalie hielt ihr rotes mit beiden Händen fest. Zu spät, war alles, was sie denken konnte. Zu spät. Aber in dem Krieg, der ihre Welt niedergewalzt hatte, wäre jeder Tag zu spät gewesen. In jeder Familie, jedem Leben klafften Löcher, die sich nicht schließen würden, die das höchstens achtjährige Mädchen, das vor ihr auf den Schultern einer ächzenden Frau saß, noch als Erwachsene spüren würde, eine Leere, eine Schwärze, eine Traurigkeit, die sie sich nicht würde erklären können.

»Nein«, sagte Charles de Gaulle, »wir werden unsere Gefühle nicht verbergen.« Über alle Köpfe hinweg rief er den Namen seiner Stadt: »Paris! Entsetztes Paris. Zerstörtes Paris. Zu Tode gequältes Paris – aber befreites Paris.«

Nathalie fühlte eine Schwäche in den Knien. Zumindest brauchte sie sich, anders als die ächzende Frau, ihr Kind nicht auf die Schultern zu laden. Es war ihr über den Kopf gewachsen. Kriegsjahre zählten doppelt, Faschistenjahre fünfzigfach.

Die offenen Wagen, die in die Straße eingefahren waren, um Präsident de Gaulle und seine Begleiter zum Triumphzug über die Champs-Élysées abzuholen, durchquerten im Schritttempo die Menschenmenge. Leclercs Panzer und Mannschaftswagen mit Colonel Rols FFI-Kämpfern würden ihnen folgen. Die Parade war nicht ungefährlich, auch um die Champs-Élysées wurde noch gekämpft, aber sie war das, was die Pariser brauchten. Was sie verdient zu haben glaubten. Alle Pariser. Nathalie zuckte die Achseln und fühlte sich plötzlich allein. Erleichtert ja. Befreit auch. Nur nicht triumphierend, sondern so, wie de Gaulle gesagt hatte: Entsetzt, zerstört, gequält. Aber frei.

Zu spät, dachte sie.

Zu spät, um es umzukehren, zu spät, um weiterzumachen ohne Angst, wir könnten noch einmal untätig bleiben, bis es wieder zu spät ist. Zu spät, um zu lachen, ohne zu weinen.

Aber nicht zu spät, um zu leben.

Nathalie zerrte ihren Hund, der es fertiggebracht hatte, sich inmitten des Getöses in einem Sonnenfleck zusammenzurollen, auf die Füße. »Hoch mit dir, de Gaulle. Hast du gehört? Ab heute heißt du wieder de Gaulle, die Zeit der Kampfnamen ist vorbei.«

Köpfe drehten sich nach ihr um. Ein Mann entdeckte den Bart und die wulstigen Brauen ihres Hundes und lachte hell auf. Choupinette, de Gaulles Mutter, hatte die Befreiung nicht mehr erlebt, sie war im Mai an Altersschwäche gestorben. Dass in so einer Zeit ein uralter Hund sich im Schoß seines Herrn zu Tode schnarchen durfte, hatte fast etwas Tröstliches.

Zu spät.

Aber Elie und Paulette lebten. Rici und ihr Nussknacker lebten nicht nur, sondern wechselten Windeln. Thérèse, deren Sohn sich in Lissabon mit einer Tänzerin verlobt hatte, wollte ihren Modesalon wiedereröffnen und Paulette als Lehrmädchen aufnehmen. Sie würde sicher nicht mehr gesund werden, ganz Europa würde nicht gesund werden, aber zwischen nicht gesund und tot war viel Raum.

Nathalie tippte ihrem Sohn auf die Schulter: »Gehen wir auch?« Sie wies auf den Menschenstrom, der dem Konvoi der Wagen folgte. Viele sangen oder summten die *Marseillaise*, aber Nathalie hatte noch nie singen können. Vielleicht hätte sie

sonst leise ihre *Java bleue* dagegengehalten: »*Mein Liebling, in meiner Umarmung will ich dich fester halten, um den Abdruck und die Wärme deines Körpers zu bewahren.*«
»Zu der Parade?«, fragte Benet. »Ach nein. Ich würde lieber rechtzeitig zur Île de la Cité aufbrechen, damit wir in Notre-Dame gute Plätze bekommen.«
Nathalie boxte ihn. »Na schön. Das hätte ich mir ja denken können.« In der Kathedrale von Notre-Dame wurde bis in die Abendstunden ein *Te Deum* gesungen, zum Dank für die Befreiung der Stadt. Benet war nie in Messen gegangen und war unmusikalisch wie seine Mutter, aber den Doppeltürmen von Notre-Dame konnte er nicht widerstehen. »Dir ist das ernst, oder? Dass du Kirchen bauen willst? Ich meine, nicht nur aus Gastons Pappen, sondern richtige?«
Benet sah sie an, wie dreizehnjährige Söhne ihre Mütter eben ansahen. »Was ich aus Gastons Papieren baue, sind Modelle, keine Kirchen. Die muss man vorlegen, wenn man sich an einer Architekturschule bewerben will. Als ich klein war, hat Salah mit mir welche aus Leder gemacht, während wir vor Sacré-Cœur gesessen und auf Kunden gewartet haben.«
Nathalie legte den Arm um ihn, und gegen den Menschenstrom machten sie sich auf den Weg.
Ein bisschen enttäuscht war sie. Nicht weil sie scharf auf Triumphmärsche gewesen wäre, sondern weil sie gehofft hatte, einen der sieben Panzer zu erspähen, die Général Leclerc der FFI zur Eroberung des Senats überlassen hatte. Aber das war in Ordnung. Damit, dass das Warten noch dauerte, hatten sich die, die überlebt hatten, abzufinden. Unterwegs sahen sie die amerikanischen Panzer, die in Leclercs Windschatten in die Stadt rollten, die Klappen, die sich öffneten, und die Gesichter blutjunger Männer, die daraus auftauchten. Pariser Mädchen, die nicht länger warten wollten, sprangen auf und schenkten ihre Küsse den Fremden.

Der frühe Aufbruch nützte ihnen nichts. Notre-Dame de Paris war zum Platzen voll, und Hunde durften nicht hinein. Also setzten sie sich vor dem Haupttor mitten auf den Platz. Es war ja warm genug, auch noch als die Sonne sank. Benet starrte wie gebannt auf die Türme der Kirche, aus der aus hundert Kehlen der Lobgesang rollte.

Nathalie machte sich nichts aus kirchlichen Chorgesängen. Sie erinnerten sie an Sonntage in Notre-Dame de l'Assomption unter der Fuchtel von *grand-mère* Rose. Dem brausenden Danklied zuzuhören, ohne dass jemand sie behelligte, gefiel ihr trotzdem. Sie würde es machen, wie Geneviève es vielleicht gemacht hatte, als Attila aus der Stadt vertrieben war und die Scharen der Frauen sich jubelnd verzogen. Noch einmal beten. Namen aussprechen.

Zu spät für Pierre.

Zu spät für Gaston.

Zu spät für Boris.

Zu spät für Jean Moulin, für Missak Manouchian, für Paulettes Eltern und, *merde à Dieu*, für Salah und Didier. Für unsere Hand. Für die fünf vom Château.

Jemand berührte ihre Schulter. Sie drehte sich um, machte den Mund auf, doch der Mann schüttelte den Kopf und legte ihr den Finger auf die Lippen. »Nicht Benet stören«, flüsterte er. »Er sieht so entrückt aus wie wir, wenn wir mindestens Absinth getrunken hatten.«

»Fabri.« Sie flüsterte auch. »Ich dachte, du bist bei der Parade.«

»War ich auch. Aber als mir das Paradieren zu viel wurde, habe ich Rol gesagt, dass ich mich verdrücke. Dann habe ich mich gefragt, wo ich euch finde, und wie du siehst, war das nicht schwer zu erraten.«

Benet drehte sich um, rollte pikiert mit den Augen und wandte sich wieder der Kirche zu.

Fabrice setzte sich neben sie und legte den Arm um sie.

»Ein bisschen mehr Bewunderung könnte er seinem Heldenvater schon zeigen«, flüsterte Nathalie.
»Ach.« Fabrice zuckte die Schultern und wirkte inmitten der Menge verloren. »Heldenväter sind etwas für kleine Jungen, für den kleinen Manfred zum Beispiel, dem es blendend geht, wie dieser unglaubliche Pâcome uns tatsächlich über das Funkgerät in den Katakomben mitgeteilt hat. Manfreds Heldenvater wird hoffentlich bald über Spanien bei den beiden eintreffen. Ich aber war, als Benet ein kleiner Junge war, nicht da.«
Nathalie zog ihn an sich und strich ihm über Stirn und Schläfe, wo ein Schlag mit der Stahlrute sein Gesicht für immer verändert hatte. »Bei aller Liebe – wie kann Ricí sich denn ein Kind anschaffen, das Manfred van Bontjes heißt? Wer soll denn das aussprechen?«
»Heldennamen sind nicht zum Aussprechen. Nur zum Aufblicken.«
»Hör auf«, sagte Nathalie und küsste seine Wange. »Dafür, dass du nicht da warst, als Benet klein warst, kannst du nichts. Er braucht dich jetzt.«
»Ich weiß«, sagte er. Seine Augen bedankten sich, auch wenn er kein ganzes Lächeln schaffte. »Nur nicht als Held, sondern als einer, der ihm ohne Aufregung erklärt, dass es in bösen Zeiten keine guten Entscheidungen gibt. Höchstens weniger böse.«
»Woran denkst du?«
»An Général Leclerc, der zu wütend zum Feiern ist«, sagte er traurig. »Seine drei Bataillone Senegalschützen, die mit ihm durch die Sahara gezogen sind, hat er nicht mit nach Paris nehmen dürfen. Hätte er sie nicht zurückgelassen, hätten die Amerikaner ihm die Panzer verweigert, weil Präsident Roosevelt keine Schwarzen unter seinen Helden wünscht. Ich denke an das, was ich Salah für sein Land versprochen habe, und habe Angst, dass ich nicht stark genug bin, um es zu halten. Dass wir alle nicht stark genug sind, um neu anzufangen und es diesmal

besser zu machen. Und ich denke an dich und mich und frage mich, ob wir den Mut haben werden, unserem Sohn die Wahrheit zu sagen über unser Heldentum in böser Zeit.«

Das *Te Deum* schwoll an. Von dem Geräusch der Leuchtrakete, die zwischen den Türmen aufblitzte, war nichts zu hören. Nathalie, die nicht viel anderes gedacht hatte, gab ihm einen festen Klaps auf den Rücken und einen noch festeren Kuss auf den Mund. »Ziemlich viel Gedenke für einen Mann, der gerade aus einem Panzer geklettert ist und noch danach stinkt. Ja, das alles wird uns auf den Kopf fallen. Aber vielleicht nicht vor morgen früh?«

Fabrice lächelte endlich, umarmte sie und zahlte ihr den Kuss zurück. Doppelt und fünfzigfach. Niemand störte sich daran. Es gab keine Sperrstunde mehr, nur eine Augustnacht an der Seine, und alle Verliebten von Paris hatten Narrenfreiheit. Alle, für die es nicht zu spät war. Unter dem Brausen des *Te Deum* zog sie ihren Liebsten an sich, bis die Rippen knackten, und fügte ihrem Gebet noch zwei Namen hinzu.

Zu spät für Alwin. Zu spät für Dörte. Nicht zu spät für uns.

Von seinem Lächeln war noch etwas übrig, als sie sich voneinander lösten. »Irgendwelche Vorschläge, an was ich bis morgen früh stattdessen denken könnte?«

Kuss auf den linken Mundwinkel, Kuss auf den rechten, Zupfen am Ohr, um sicher zu sein, dass er da war. »An ein Bad zum Beispiel«, sagte sie. »An ein Lied, das du deinem Weibchen heute Nacht ins Ohr zirpen könntest, wenn du wieder sauber bist. An deine Bratkartoffeln. An *Gauloises Caporal* im Maispapier. An *keinen* Alkohol, weil die Welt gerade besoffen genug macht.«

Das *Te Deum* verausgabte sich in den letzten Tönen. Fabrice zog Nathalie auf seine Knie und lehnte seine Wange an ihre. »Kartoffeln haben wir nicht mehr. *Gauloises* auch nicht. Aber mit keinem Alkohol könnte ich dienen. Ginge das?«

Sie lehnte ihre Nase an seine, so dass ihre Blicke sich ineinander lösten. »Geht alles«, sagte sie. »Und wenn es nicht geht, spielen wir eben etwas anderes.«
»Eine brandneue Welt.«
Noch einmal küssten sie sich, dann war die Musik verklungen. Fabrice stand auf und hielt ihnen beiden die Hände entgegen. »Gehen wir nach Hause? Wir müssen noch immer verdunkeln, aber ich denke, wir können, bis es Tag wird, im Fenster eine Kerze brennen lassen.«

Nachbemerkung

Jean Moulin, ohne den es dieses Buch nicht geben würde und ohne den es viel Wichtigeres als dieses Buch nicht geben würde, war der jüngste Unterpräfekt Frankreichs und ab 1937 auch der jüngste Präfekt Frankreichs. Als Präfekt des Département Eure-et-Loir mit Sitz in Chartres hat er im Juni 1940 zum ersten Mal gezeigt, wie einzigartig entschlossen er war, sein Frankreich keinem faschistischen Regime zu überlassen, weder in der kleinsten Einheit noch im Ganzen. In meinem Roman habe ich versucht, dafür mit ganz unzureichenden Worten »Danke« zu sagen und: »Wir vergessen das nicht.«

Jean Moulin war jedoch nicht, wie in meinem Buch behauptet, schon ab 1937 Präfekt von Eure-et-Loir, sondern zunächst von Aveyron mit Sitz in Rodez. Der Wechsel erfolgte 1939. Ich habe mich – nach langem Überlegen und schweren Herzens – dazu entschlossen, die beiden Präfekturen Jean Moulins zu einer einzigen zusammenzuziehen, um den Leser, der in diesem Roman ohnehin eine Fülle von Namen, Daten, Informationen aufzunehmen hat, nicht unnötig zu überfrachten.

Ich hoffe, diese Entscheidung ist nachvollziehbar.

Noch viel mehr hoffe ich, dass viele, die dieses Buch gelesen haben, sich wünschen, eine Biografie von Jean Moulin zu lesen. Wer sich ihm noch mehr nähern möchte, dem empfehle ich den Besuch des Musée Jean Moulin in Paris, das zugleich Général Leclerc und der Befreiung von Paris gewidmet ist – ein Museum, eine minutiöse, sorgfältige, beständig aktualisierte Dokumentation, ein Mahnmal, eine Liebeserklärung, ein Ort der Trauer und eine Gedenkstätte.

Die Gedenkstätte für Abbé Franz Stock, für den ein Seligsprechungsverfahren eingeleitet ist, befindet sich auf dem Mont Valérien, in der Kapelle, in der er Verurteilte abholte, um sie auf ihrem Weg in den Tod nicht alleinzulassen. Dort, unweit der Hinrichtungsstätte, wo Deutsche den Namen ihres Landes auf unaussprechliche Weise schändeten, ist ein Platz nach einem Deutschen benannt: nach Abbé Franz Stock. Für die Versöhnung zwischen den beiden Ländern, die er geliebt hat und für die er so gern gelebt hätte, setzt er damit sein Zeichen noch im Tod.

Die *Résistance*-Organisation *Francs-tireurs et partisans* hieß bis zum April 1942 noch *Comité militaire national.* Um den Leser – wie im Fall von Jean Moulins Präfektur – nicht mit noch mehr Namen zu verwirren, verwende ich bereits im Winter 1941 den, unter dem sie berühmt geworden ist.

Ich habe mir zudem erlaubt, dem 2. Armee-Korps der 4. Armee unter General Günther von Kluge für die Schlacht in der Tucheler Heide eine Kavallerie-Division zur Aufklärung hinzuzufügen. Da während des Polenfeldzugs Kavallerie-Divisionen, namentlich deren letztverbliebenen berittenen Regimenter, zur Aufklärung vielfach eingesetzt wurden und das Gelände sich eignet, hielt ich dies aus militärischer Sicht für möglich und damit für zulässig.

Nie wieder Faschismus. Nie wieder Krieg.

Charlotte Roth
London, September 2016

Glossar

Action française. Rechtsradikale, nationalistische und antisemitische Organisation, die bereits 1898 im Zug der Dreyfus-Affäre von Henri Vaugeois und Maurice Pujo gegründet worden war. Während der 1930er und 1940er Jahre war der Schriftsteller Charles Maurras ihr namhaftestes Mitglied. Trotz seiner Deutschfeindlichkeit riet Maurras von einem Krieg gegen Hitler ab und unterstützte später die Regierung Pétains, als dessen geistiger Vater er gelten kann.

Adhan. Islamischer Ruf zum Gebet.

Aérodrome. Militärflugplatz.

Affiche rouge. »Rotes Plakat«. Hetzplakat der deutschen Besatzer und der Vichy-Regierung, auf dem die verhafteten *Résistance*-Kämpfer der Gruppe Manouchian als ausländische Kriminelle diffamiert wurden. Das Plakat war tausendfach in Paris zu sehen. Die verhafteten Freiheitskämpfer wurden hingerichtet.

Alliance démocratique. Liberal-konservative Partei der rechten Mitte, der u. a. Raymond Poincaré angehörte. Versank nach dem Zweiten Weltkrieg in der Bedeutungslosigkeit.

Aqeeqah. Islamisches Fest zur Begrüßung eines neugeborenen Kindes. Wird traditionell sieben Tage nach der Geburt gefeiert, wobei ein Schaf geschlachtet und mit den Gästen und den Armen der Gegend geteilt wird.

Arrondissement. Pariser Bezirk und zudem Verwaltungseinheit unterhalb der Départements.

Banon. Provenzalischer Rohmilchkäse aus Ziegenmilch *(Köstlich! Unerlaubte Anmerkung des nicht vegan lebenden Autors.)*

BBC Home Service. Zentraler Radiosender Großbritanniens mit Sitz in London, der am 1. September 1939 durch Zusammenlegung der bisher bestehenden Regionalprogramme begründet wurde. Damit sollte verhindert werden, dass die diversen Frequenzen vom Feind als Navigationshilfen benutzt wurden. Jede Sendung begann mit den Worten: »*This is the BBC Home Service.*«

Belote. Zu Beginn des 20. Jahrhunderts in Frankreich entstandenes sehr beliebtes Kartenspiel, das üblicherweise zu viert gespielt wird.

Blanquette. »Weißes«, d.h. aus hellem, nicht durch Anbraten gebräuntem Fleisch zubereitetes Kalbsragout der französischen Küche.

Bodega. Aus dem Languedoc stammende Sackpfeife der traditionellen südfranzösischen Musik.

Bougnoul. Französisches Schimpfwort für einen Araber, vor allem nordafrikanischer Herkunft. Bedeutung unklar.

Boulonnais. Kaltblutrasse aus der Picardie, mit starkem orientalischem Einschlag, als Zugpferd beliebt.

Bristol Blenheim. Leichter Bomber der *Bristol Aeroplane Company*, eingeführt 1935. Sehr erfolgreich auf Nachtflügen eingesetzt. Der auch als Aufklärer geplante, frühzeitig ausgemusterte Typ MkII hatte einen auf 468 Gallonen Fassungsvermögen erweiterten Tank und war für Langstreckenflüge geeignet.

Cabrette. »Kleine Ziege«. Sackpfeife aus der Auvergne.

Cagoule. Eigentlich *Comité secret d'action révolutionnaire nationale.* 1936 von Eugène Deloncle gegründete, militant rechtsextreme, faschistische Organisation, die politische Morde beging, jedoch nur bis 1937 bestand.

Casillon. Provenzalische Süßigkeit aus Mandeln und kandierten Früchten, vermutlich seit dem Spätmittelalter bekannt.

Chemin de fer. Französisch für Eisenbahn. Variante des Baccarat-Glücksspiels.

Code de l'indigénat. 1875 zunächst für Algerien verfasste, später auf alle französischen Kolonien ausgeweitete Dekretsammlung, die die Einheimischen als *sujets* (Untertanen) deutlich schlechterstellte als *citoyens* (Staatsbürger). In Algerien vielfach auch »Knüppelcode« *(Code matraque)* genannt, wurde er erst Ende 1945 außer Kraft gesetzt.

Compagnie. Einheit der Infanterie, bestehend aus 140 Mann, geführt von einem Capitaine.

Croisette. Avenue entlang der Küste von Cannes, seit 1912 bebaut mit Luxushotels.

Dame, Die. Illustrierte Mode- und Frauenzeitschrift, die seit ihrer Gründung 1911 wöchentlich erschien, bis sie 1943 kriegsbedingt eingestellt wurde.

Département. Französische Gebietskörperschaft.

Dépêche du Midi, La. 1870 gegründete, regionale südfranzösische Tageszeitung, die den Sozialisten nahestand.

Distinguished Flying Cross. Britische Tapferkeitsmedaille für Angehörige der *Air Force*, im Zweiten Weltkrieg mehr als zwanzigtausendmal verliehen.

Épicerie. Lebensmittelgeschäft.

Escadron. Einheit der Kavallerie, bestehend aus 120 Mann, geführt von einem Capitaine.

État française. Französischer Staat. Eigentlicher Name des Vichy-Regimes unter Staatschef Philippe Pétain und Premierminister Pierre Laval.

Étoile Nord-Africaine. »Nordafrikanischer Stern«, kurz ENA oder »der Stern« genannt. 1926 in Frankreich vor allem durch eingewanderte Kabylen unter Führung von Messali Hadj gegründete, algerisch-nationalistische, antiimperialistische Organisation, die sich später trotz Verbots durch die Kolonialregierung zu einer Partei entwickelte. *El Ouma* war die Zeitung, die sie herausgab.

Faisceau, Le. Kurzlebige französische faschistische Partei, die keine nennenswerten Erfolge erzielte und sich 1928 wieder auflöste, bis dahin allerdings ihre Zeitung *Le Nouveau Siècle* täglich herausgab und verbreitete.

Flying Officer. Niedriger Offiziersdienstgrad der *Royal Air Force*, entspricht einem *Lieutenant* der Army.

Folies Bergère. Weltberühmtes Pariser Kabarett bzw. Music Hall, das in den 1920er Jahren auf dem Höhepunkt seiner Glanzzeit stand.

France libre. Im Juni 1940 von Charles de Gaulle im britischen Exil gegründete Militärorganisation aus französischen Truppen, die entschlossen waren, nach der Niederlage weiter gegen Hitlers Deutschland und das Vichy-Regime zu kämpfen.

Front populaire. Zusammenschluss der französischen Linksparteien unter Einbeziehung der Gewerkschaften, die im Frühsommer 1936 unter Ministerpräsident Léon Blum an die Regierung gelangten. Trotz zahlreicher begrüßter Reformen – darunter dem ersten bezahlten Urlaubsanspruch für alle Arbeiter – gelang die angestrebte Stabilisierung der politischen und wirtschaftlichen Lage nicht, und es kam innerhalb des Bündnisses rasch zu Differenzen.

FTP. *Francs-tireurs et partisans.* Freischärler und Partisanen, eine der wichtigsten bewaffneten *Résistance*-Gruppierungen. Gruppen mit der Bezeichnung FTP-MOI *(Main-d'œuvre immigrée)* bestanden aus Fremdarbeitern, zahlreichen polnischen Juden und Armeniern. Die FTP-MOI unterstand ab Juni 1943 der militärischen Leitung von Missak Manouchian. Fünf Monate nach seiner Übernahme wurde beinahe die gesamte Pariser Gruppe verhaftet und im Februar 1944 hingerichtet.

Galoubet. Rohrpfeife der traditionellen provenzalischen Musik, für gewöhnlich zusammen mit einer Trommel von einem einzigen Musiker gespielt.

Grande école. Angesehenste französische Hochschulen, Ausbildungsstätten der Führungselite in Politik, Wirtschaft, Wissenschaft, Kultur und Militär.

IKPK. Internationale kriminalpolizeiliche Kommunikation. 1923 in Wien gegründete, erste internationale Polizeiorganisation, der fünfzehn europäische Länder sowie die USA und die Türkei angehörten. Vorläufer von Interpol.

Java. Um 1910 in Frankreich entstandene Form des Walzers, die sich vor allem in den 1920er und 1930er Jahren enormer Beliebtheit erfreute, vor allem weil für die viel kleineren Tanzschritte kein großer Saal nötig war. Bei der *Java* tanzen die Paare deutlich sinnlicher, eng aneinandergeschmiegt, und die Hände des Mannes ruhen auf den Hinterbacken der Partnerin, was verschiedentlich zu Verboten der *Java* führte.

Java bleue, La. Dieses bekannteste Tanzlied des Pariser Revuestars Fréhel wurde erst in den 1930er Jahren durch einen Film zu ihrem größten Erfolg. Da jedoch nicht ausgeschlossen ist, dass es bereits früher existierte, und weil es so hinreißend ist, dass es einfach keinen Ersatz dafür gibt, lasse ich es sie bereits Mitte der 1920er Jahre in meiner südfranzösischen Bar *Zur weinenden Kuh* singen.

Képi. Leichte, dem Tschako ähnliche Kopfbedeckung der französischen Streitkräfte. In Gebrauch seit Mitte des 19. Jahrhunderts.

Landaulet. Offener Landauer.

Maginot-Linie. In den 1930er Jahren errichtete, schwer befestigte Verteidigungslinie mit Bunkern und Geschütztürmen entlang der französischen Grenze, die Angriffe abwehren sollte. Benannt nach dem französischen Verteidigungsminister André Maginot.

Maire. Französischer Bürgermeister, gewählt durch den Rat *(Conseil municipal)* einer jeden Gemeinde.

Majordome. Hochrangiger Bediensteter, Haushaltsvorstand; vergleichbar dem englischen Butler.

Maquis. Französisch für Unterholz, Dickicht, dichter Buschwald. Als *Maquis* oder *Maquisards* wurden die Angehörigen der *Résistance* und des Untergrundes – vor allem im Süden des Landes – bezeichnet, die sich in Wäldern und an spärlich bevölkerten Berghängen versteckt hielten.

Marelle. Hüpfspiel für Kinder, vergleichbar dem deutschen *Himmel und Hölle.*

Milice française. Paramilitärische Organisation des rechtsextremen Politikers Aimé-Joseph Darnand, die in den Jahren 1943 und 1944 bestand und der deutschen Besatzungsmacht dabei half, verfolgte Personen – vor allem Juden und Angehörige der *Résistance* – im Untergrund aufzudecken.

Morris-Säule. Französisch: *Colonne Morris.* Rechteckige Pariser Variante der Litfaßsäule.

Musée de l'Homme. »Museum des Menschen«. Anthropologisches, bis heute bestehendes Museum, das Paul Rivet 1937 anlässlich der Weltausstellung im neu erbauten Palais de Chaillot gründete. Die dort entstandene *Résistance*-Gruppierung war eine der ersten, die sofort nach der Besetzung effektiv arbeiteten und eine Untergrundzeitung herausgaben. Durch Verrat wurde die Gruppe bereits im Frühjahr 1941 ausgehoben und ihre führenden Mitglieder ein Jahr später hingerichtet.

Pastis. Im französischen, vor allem ländlichen Süden illegal gebrauter Anisschnaps, als Ersatz für den 1915 als gesundheitsschädlich verbotenen Absinth.

Petit Journal, Le. 1863 gegründete Tageszeitung, die in ganz Frankreich erschien und auf ihrem Höhepunkt, um die Jahrhundertwende, eine Auflage von mehr als zwei Millionen Exemplaren erreichte. *Le Petit Journal* kann als eines der ersten Erzeugnisse der Sensationspresse gewertet werden, zeichnete sich durch eine wöchentliche farbige Beilage mit Berichten von Skandalen und spektakulären Mordfällen aus und wurde zum offiziellen Organ der Vichy-Regierung.

Pieds noirs. »Schwarzfüße«. Spottname für in Algerien geborene Franzosen.

Piquet. Traditionelles französisches Kartenspiel für zwei Personen, in der Variante *Piquet-Chouette* jedoch auch für mehrere Personen spielbar.

Pistou. Paste aus Basilikum, Knoblauch und Tomaten, die in der provenzalischen Küche gern an eine herzhafte Suppe gegeben wird.

Poilu. Umgangssprachliche Bezeichnung für einen einfachen französischen Soldaten des Ersten Weltkriegs. Das Adjektiv *poilu* bedeutet »behaart« und spielt auf die schlechte hygienische Versorgung in den Schützengräben an.

Präfekt. Französisch: *préfet.* Seit Napoleon und bis 1982 der höchste Verwaltungsbeamte eines Départements, Vertreter des französischen Zentralstaats auf Département-Ebene.

Quickborn. 1909 gegründete katholische Jugendbewegung, die für ein selbstbestimmtes Leben ohne Genussgifte eintrat und das Erlebnis der Heimat durch Wanderungen propagierte. Mit der Burg Rothenfels am Main unterhielt sie ein eigenes Gebäude. Ein berühmtes Mitglied der Quickborn-Bewegung war Abbé Franz Stock, der Seelsorger der Pariser Gefängnisse und der Hinrichtungsstätte Mont Valerién.

Riquet à la houppe. Deutsch: *Riquet mit dem Schopf.* Märchen von Charles Perrault. 1697 in der Sammlung *Contes de ma Mère l'Oye* erschienen.

Rive Droite. Das rechte Ufer der Seine, das traditionell als bürgerlicher und konservativer gilt.

Rive Gauche. Das linke Ufer der Seine, traditionell liegen hier die unkonventionelleren, belebteren Viertel, in denen Kunst, Bildung und Kultur zu Hause sind.

RNP. Rassemblement national populaire. Nationale Volksversammlung. 1941 von Marcel Déat gegründete rechtsextreme, faschistische Partei, die unter dem Vichy-Regime die Kollaboration mit den Nationalsozialisten unterstützte.

Saint-Cyr. Die *École spéciale militaire de Saint-Cyr* wurde 1802 von Napoleon gegründet und ist die Ausbildungsstätte für Offiziere des französischen Heeres. Bis zu ihrem Umzug in die Bretagne im Jahr 1945 hatte sie ihren Sitz in Fontainebleau.

Salat al-Janaza. Totengebet des Islam.

SNCF. Sociéte Nationale des Chemins de fer Français. Französische Eisenbahngesellschaft, seit 1938 voll verstaatlicht.

SOE. Special Operations Executive. Britische geheime Militäreinheit für Sondereinsätze, unter die sowohl Spionage und Sabotageakte als auch die Zusammenarbeit mit den Widerstandsbewegungen der besetzten Länder fielen. Im Sommer 1940 auf Churchills Initiative aus drei bestehenden Geheimorganisationen mit Hauptquartier in der Baker Street gegründet. Die Offiziere der SOE, die sich u. a. durch Fallschirmabsprünge oder Landungen hinter den Feindlinien in besetzte Gebiete einschleusen ließen, wurden auf unkonventionellen Wegen rekrutiert, umfassend geprüft und ausgebildet. Der Großteil der Bevölkerung wusste bis Kriegsende nichts über die Existenz der SOE.

Soir de Paris. Parfümkreation des russisch-französischen Parfümeurs Ernest Beaux (bekannt für das *Chanel N° 5*).

STO. Service du travail obligatoire. Französisch für Pflichtarbeitsdienst. Organisation des Vichy-Regimes, die vor allem Facharbeiter für den Einsatz im Deutschen Reich verpflichtete. Gegründet im Februar 1943.

Stollwerck. Deutsches Lebensmittelunternehmen, das vor allem durch seine Kakao- und Schokoladenprodukte und durch die Aufstellung von Verkaufsautomaten seit 1887 bald weltweit Erfolg und Bekanntheit erlangte.

Stuka. Sturzkampfflugzeug.

Temps, Le. Politisch unabhängige französische Tageszeitung, die bis zum November 1942 – dann jedoch nicht mehr länger unabhängig – in Paris erschien.

Tirailleur. Französisch für Plänkler, Soldat der Vorhut. Entwickelte sich zum stehenden Begriff für einen in den französischen Kolonien rekrutierten Infanteristen.

Traînarde. Französisch für »Trödelliese«.

Train bleu. Eisenbahnlinie, offiziell *Calais-Méditerranée Express*, die seit 1886 zwischen Calais und der Côte d'Azur verkehrte und zahlreiche britische Touristen in nur einem Tag an die Küstenstädte brachte. Den Namen verdankt die Linie der blauen Farbe ihrer Waggons. 1939 wurde der *Train bleu* für die Dauer des Krieges eingestellt.

Union sacrée. Französisch für »Heilige Einheit«. Der Begriff wurde geprägt von Staatspräsident Poincaré am 14. August 1914 und bezeichnete die herbeibeschworene Beilegung politischer Differenzen während der Dauer des Krieges.

Völkerbund. Zusammenschluss von Staaten. Als Konsequenz aus dem Grauen des Ersten Weltkriegs gegründet, bestand mit Sitz in Genf seit 1920. Bei der Erreichung seines vorrangigen Ziels, der dauerhaften Sicherung des Friedens, versagte er auf tragischste Weise. Die verbliebenen Mitglieder lösten ihn 1946 auf.

WAAF. Women's Auxiliary Air Force. Freiwilligen-Verband von Frauen der *Royal Air Force*, der unter vielem anderen für die Versorgung der Einsatzpiloten zuständig war.

Welbike. Faltbares Motorrad für Fallschirmspringer.

Westland Lysander. Ursprünglich als Bomber konzipiertes Flugzeug, das bevorzugt von der SOE für Einsätze in Frankreich genutzt wurde, da es auf unwegsamem Gelände und sehr engem Raum landen konnte. Bis zu drei Passagiere konnten damit transportiert werden.

Wing Commander. Hoher Offiziersdienstgrad der *Royal Air Force*. Entspricht einem *Lieutenant Colonel* der Army.

Zuaven. Infanterieeinheiten der französischen Armee (vier Regimenter im Zweiten Weltkrieg), der Nordafrikaner, zum großen Teil algerische Kabylen, angehörten.

Nur wer zurückblickt,
kann nach vorne blicken

CHARLOTTE ROTH

ALS WIR UNSTERBLICH WAREN

ROMAN

Berlin 1989: In der Nacht des Mauerfalls lernt die junge Ostberlinerin Alexandra den Geschichtsstudenten Oliver kennen, zu dem sie sich sofort hingezogen fühlt. Doch seine Familie reagiert ablehnend auf die Beziehung, und als Alexandra ihrer Großmutter den jungen Mann vorstellt, bricht die alte Frau zusammen.
Welches Geheimnis der Vergangenheit verbindet die beiden Familien? Die Suche führt das Paar in das Berlin Anfang des 20. Jahrhunderts, eine Stadt, deren Menschen auf dem Vulkan tanzen und in der sich die Studentin Paula leidenschaftlich für die Rechte der Frauen und Arbeiter engagiert. Ihre Träume von Gerechtigkeit und Frieden teilt sie mit dem charismatischen Clemens – doch ihre Ideale zählen wenig in einer Welt, die aus den Fugen geraten scheint …
Brillant recherchiert, hochdramatisch erzählt – Charlotte Roth erfindet in diesem Roman die Familiensaga neu und lässt den Leser gleichzeitig an den dramatischen Umbrüchen des 20. Jahrhunderts teilhaben.

KNAUR

*»Wir rennen dem Himmel die Tür ein.
Und keiner hält uns auf.«*

CHARLOTTE ROTH

ALS DER HIMMEL UNS GEHÖRTE

ROMAN

London 2011. Die junge Läuferin Jennifer will an den Olympischen Spielen teilnehmen. Jetzt aber drohen Panikattacken ihren Traum zu gefährden. Mit ihrem Trainer, dem Iren Gregory, der sie heimlich liebt, reist Jennifer nach Mandeville, auf den Landsitz ihrer Familie. Sie hofft, sich bei ihrer fast hundertjährigen Urgroßmutter Alberta Rat holen zu können. Auch diese hat einmal an einer Olympiade teilgenommen, damals in Berlin, im Jahr 1936. Auf den Spuren ihrer Familiengeschichte wird Jennifer lernen, worum es im Leben wirklich geht.

KNAUR

Wie sieht das Leben aus,
wenn man keinem mehr trauen kann?

CHARLOTTE ROTH

WEIL SIE DAS LEBEN LIEBTEN

ROMAN

Berlin Ende der 1920er Jahre: Die junge Franka hat nur einen Wunsch: Sie möchte Zoologie studieren. Ihre strengen Eltern und die Weltwirtschaftskrise machen ihren Traum zunichte, doch immerhin gelingt es ihr, als Tierpflegerin im Berliner Zoo unterzukommen. Die Arbeit mit den geliebten Tieren geht ihr über alles, ihnen schenkt sie ihre ganze Zuneigung, nicht den Menschen. Dann lernt sie den faszinierenden Adam kennen und lieben. Doch Adam ist Sinto, und inzwischen haben die Nazis die Macht in Deutschland ergriffen. Adams Leben ist in höchster Gefahr, und Franka ist bereit für ihn zu kämpfen – und für ihre Tiere.
Allein jedoch hat sie in diesem Kampf keine Chance. Aber wem kann sie trauen?

»Charlotte Roth reist mit viel Gefühl durch die deutsche Geschichte.« *Emotion*

KNAUR